外国文学名著丛书

〔俄〕冈察洛夫 / 著

奥勃洛莫夫

陈 馥 / 译

"外国文学名著丛书"编委会

人民文学出版社

И. А. ГОНЧАРОВ
ОБЛОМОВ
据 И. А. ГОНЧАРОВ,СОБРАНИЕ СОЧИНЕНИЙ В ВОСЬМИ ТОМАХ,
ГОСЛИТИЗДАТ,МОСКВА,1953 年版译出

图书在版编目(CIP)数据

奥勃洛莫夫/(俄罗斯)冈察洛夫著;陈馥译. —北京:人民文学出版社,2022(2025.4重印)
(外国文学名著丛书)
ISBN 978-7-02-015241-4

Ⅰ.①奥… Ⅱ.①冈…②陈… Ⅲ.①长篇小说—俄罗斯—近代 Ⅳ.①I512.44

中国版本图书馆 CIP 数据核字(2021)第 242655 号

责任编辑	李丹丹
装帧设计	刘　静
责任印制	王重艺

出版发行	人民文学出版社
社　　址	北京市朝内大街 166 号
邮政编码	100705
印　　刷	北京盛通印刷股份有限公司
经　　销	全国新华书店等
字　　数	462 千字
开　　本	850 毫米×1168 毫米　1/32
印　　张	22.125　插页 3
印　　数	5001—8000
版　　次	2008 年 6 月北京第 1 版
印　　次	2025 年 4 月第 2 次印刷
书　　号	978-7-02-015241-4
定　　价	86.00 元

如有印装质量问题,请与本社图书销售中心调换。电话:010-65233595

冈察洛夫

出版说明

人民文学出版社自一九五一年成立起，就承担起向中国读者介绍优秀外国文学作品的重任。一九五八年，中宣部指示中国科学院文学研究所筹组编委会，组织朱光潜、冯至、戈宝权、叶水夫等三十余位外国文学权威专家，编选三套丛书——"马克思主义文艺理论丛书""外国古典文艺理论丛书""外国古典文学名著丛书"。

人民文学出版社与中国科学院文学研究所，根据"一流的原著、一流的译本、一流的译者"的原则进行翻译和出版工作。一九六四年，中国社会科学院外国文学研究所成立，是中国外国文学的最高研究机构。一九七八年，"外国古典文学名著丛书"更名为"外国文学名著丛书"，至二〇〇〇年完成。这是新中国第一套系统介绍外国文学作品的大型丛书，是外国文学名著翻译的奠基性工程，其作品之多、质量之精、跨度之大，至今仍是中国外国文学出版史上之最，体现了中国外国文学研究界、翻译界和出版界的最高水平。

历经半个多世纪，"外国文学名著丛书"在中国读者中依然以系统性、权威性与普及性著称，但由于时代久远，许多图书在市场上已难见踪影，甚至成为收藏对象，稀缺品种更是一书难求。在中国读者阅读力持续增强的二十一世纪，在世界文明交流互鉴空前频繁的新时代，为满足人民日益增长的美好生活的需要,人民文学出版社决定再度与中国社会科学院外国文学研究所合作,以"网罗经典,格高意远,本色传承"为出发点,优中选优,推陈出新,出版新版"外国文学名著丛书"。

值此新版"外国文学名著丛书"面世之际,人民文学出版社与中国社会科学院外国文学研究所谨向为本丛书做出卓越贡献的翻译家们和热爱外国文学名著的广大读者致以崇高敬意!

"外国文学名著丛书"编委会
二〇一九年三月

编委会名单
（以姓氏笔画为序）

1958—1966

卞之琳	戈宝权	叶水夫	包文棣	冯　至	田德望
朱光潜	孙家晋	孙绳武	陈占元	杨季康	杨周翰
杨宪益	李健吾	罗大冈	金克木	郑效洵	季羡林
闻家驷	钱学熙	钱锺书	楼适夷	蒯斯曛	蔡　仪

1978—2001

卞之琳	巴　金	戈宝权	叶水夫	包文棣	卢永福
冯　至	田德望	叶麟鎏	朱光潜	朱　虹	孙家晋
孙绳武	陈占元	张　羽	陈冰夷	杨季康	杨周翰
杨宪益	李健吾	陈　燊	罗大冈	金克木	郑效洵
季羡林	姚　见	骆兆添	闻家驷	赵家璧	秦顺新
钱锺书	绿　原	蒋　路	董衡巽	楼适夷	蒯斯曛
蔡　仪

2019—

王焕生	刘文飞	任吉生	刘　建	许金龙	李永平
陈众议	肖丽媛	吴岳添	陆建德	赵白生	高　兴
秦顺新	聂震宁	臧永清

目　次

译本序 ……………………………………… 张秋华 *1*

第一部 …………………………………………… *1*

第二部 ………………………………………… *203*

第三部 ………………………………………… *397*

第四部 ………………………………………… *519*

译 本 序

冈察洛夫于一八一二年出生在俄国一个半地主半商人的家庭。一八三一年他进入莫斯科大学语文系。毕业后长期在政府部门任公职,但始终坚持文学创作。

一八四七年,冈察洛夫发表了他的第一部长篇小说《平凡的故事》,描写十九世纪三四十年代资本主义在俄国兴起时,一个耽于幻想、温情脉脉的地主少爷如何顺应时势,放弃浪漫主义,成为一个冷冰冰的实业家的故事。小说立刻博得与他同时代的俄国大评论家别林斯基的好评,他特别赞赏作家独到的"描绘的本领"。

一八四九年,冈察洛夫发表了《奥勃洛莫夫的梦》。这是未来巨著《奥勃洛莫夫》中的一章,但是没有写完,因为冈察洛夫于一八五二年随俄国海军上将普佳金作了一次环球考察,回国后将旅途见闻写成一部游记《战舰巴拉达号》。

一八五九年,《奥勃洛莫夫》终于问世。同时代人斯卡比切夫斯基说:"只有生活在那个时代,才能理解这部小说在公众中引起了怎样的骚动,并对整个社会产生了怎样令人震惊的影响。它发表在农奴制取消前三年社会强烈动荡的时期,当时整个文学界正掀起对昏昏沉沉、怠惰与停滞的讨伐。这部小说宛如一颗炸弹,投在知识分子的圈子里。"

一八六九年,冈察洛夫发表了他的第三部长篇小说《悬崖》。作品通过女主人公的爱情波折,表现了四五十年代俄国青年对新生活的追求。冈察洛夫坚持他的三部小说乃是一个整体,反映了俄国由农奴制度向废除农奴制过渡时期所经历的三个阶段:"旧生活、昏昏沉沉、觉醒"。三部曲中,《奥勃洛莫夫》是最符合作家创作才能特征的一部伟大杰作。在这部小说里,冈察洛夫的"描绘的本领"发挥得淋漓尽致,具有极大的艺术魅力。正是由于这种精雕细刻的文风,原本并不复杂的情节竟发展成一部洋洋洒洒的巨著。

故事开始时,受过高等教育但已退职达十二年之久的奥勃洛莫夫正躺在沙发床上。他"三十二三岁了,中等身材,面目可亲,眼睛是深灰色的,不过从他脸上看不出他有什么明确的思想,或者专注于什么事情"。而奥勃洛莫夫的衣着可以说是他的另一个"自我"。作者写道:"奥勃洛莫夫的家常服装跟他那沉静的面容和柔弱的身子真是再相称不过了!他穿一件用波斯料子缝制的大袍……宽宽的,足可以把他裹上两圈。"而为了更舒服自在,奥勃洛莫夫在家里总是穿一双长长的、软软的、肥肥大大的便鞋,早上"他下床的时候,眼睛不必看地板,只要一伸腿,两只脚总是能够准确无误地插进鞋里"。从奥勃洛莫夫那缺乏明确的思想的淡漠的脸相,到他那似乎被赋予生命的大袍与便鞋,绝不限于外表的逼真,而是直透入人物的灵魂和性格的核心。这是一个在农奴主寄生生活条件下成长起来的、慵懒成性的、丧失了意志与行动能力的人。

和果戈理一样,冈察洛夫也通过人物生活于其中的环境来丰富和突出形象。在奥勃洛莫夫的书斋里,"挂在墙上的画框周围雕花似的结着布满灰尘的蜘蛛网。镜子照不见人，倒成了可以在上面画符号记事的牌子"。"难得有一天早晨他吃饭用的桌子上不残留着些面包渣，不摆着前一天晚饭后没有收走的搁着盐罐和啃过的骨头的盘子"。"书架上有两三本翻开的书和一张报纸，写字台上有一瓶墨水和几支鹅毛笔，但是翻开的书页上有一层灰尘，纸也黄了，显然是早就扔在那里的，报纸则是去年的，那瓶墨水呢，如果把笔插进去，从里面准会嗡的一声飞出一只吓坏了的苍蝇来。"正如有的评论家指出的，冈察洛夫的描绘酷似十七世纪荷兰画派精美绝伦的市民生活风俗画。而俄国大评论家杜勃罗留波夫则精确地抓住了作家创作方法的独特之处。他说："冈察洛夫才能的最强有力的一面，就在于他善于把握对象的完整形象……他绝不迷离于对象的某一个方面，也不会迷离于某一事件的某一瞬间，而是把这对象转来转去，从四面八方来观察他，期待着这一现象的所有瞬间的完全显现，到那时候他才开始艺术加工。"

奥勃洛莫夫在彼得堡他的寓所里，由他的农奴仆人扎哈尔侍候着。他躺着，坐着，过了一天又一天。这一天清晨，他原想起床，但眼下需要就田庄收入的问题给村长回信，这件事竟弄得他心烦意乱。他只有继续躺在床上，空想着如何应付。他就这样在床上吃了早饭，又接待了客人，忽而坐起来，忽而躺下去，忽而把脚伸出床外想穿上便鞋，忽而又把脚缩回来，忽而似清醒，忽而似做梦，直挨到下午四时还未起床，而小说的第一部已到尾声。无怪乎与冈察洛夫同时代的俄国作家谢德林读后说："想起来都可怕，这只是第一天，而他竟能这样躺上三百六十五天！"

至于搬家,那更是奥勃洛莫夫无法忍受的痛苦了。当扎哈尔向他提出,既然"别人"都能搬家,他们自然也可以搬时,他竟勃然大怒道:"照你看,我是'别人'吗?"对于他说来,"别人"是那些需要自己刷靴子和穿衣服,不奔波劳碌就没有饭吃的人。而他本人呢,"感谢上帝!我这辈子还没有自己动手穿过袜子!"一个懒惰已深入骨髓的地主老爷就这样活生生地出现在读者面前。他从来都是衣来伸手,饭来张口,靠三百五十个农奴养活他,却觉得这一切都是天经地义而洋洋自得。

作者在《奥勃洛莫夫的梦》这一章中形象地说明,奥勃洛莫夫田庄这个典型的俄国家长制地主庄园生活环境正是奥勃洛莫夫性格的摇篮。这片"乐土"保证奥勃洛莫夫家的人平静地走完由生到死的人生之路。在这里,吃与睡是头等重要的大事。整个上午主人们都在仔细讨论并决定一天的食谱,而厨房里剁肉和切菜的声音直传到村子里。午餐后则是死一般的静寂:在屋子里、树荫下、马厩里,到处可以听见均匀的午睡的鼾声。接着又是吃,吃了睡,睡了吃。好动的小奥勃洛莫夫原想上山涧和打谷场去玩耍,但只要他一动,就有一群大人在身后阻止他,惟恐他跌伤或晒得头疼,他只有静下来。他幼小的心灵日复一日吸吮着这里的一切,终于形成了自己未来的生活纲领。当读者在第一章中见到他的时候,他已人到中年,只会这里躺躺,那里坐坐了。

但在好友施托尔茨的一再敦促下,奇迹发生了。奥勃洛莫夫振作起来,整理行装,预备去巴黎。不仅如此,他竟堕入情网。他不再总是睡觉,他的眼睛开始发光,他穿上燕尾服,不停地拜访奥莉加。而奥莉加看到奥勃洛莫夫内心的温柔与善良,也爱上了他,并且抱着满腔热忱,决心唤醒这个沉睡的生命。但是,当爱情发展到需要负担起成家立业的艰辛职责的时候,奥勃洛莫夫陷入烦恼与痛苦之中。他想,照这样下去,什么时候才有幸福和安宁呢?于是,在昙花一现的回光返照之后,他退缩了。他找出种种借口,连连失约,终于两人不得不分手。后来他和会做馅饼并且善于服侍他的房东太太普舍尼岑夫人这个善良的小市民女人结合了,在维堡区的一处庭院里找到了另一个奥勃洛莫夫田庄,吃着,睡着,缓缓地、过早地进了坟墓。正如他最终向施托尔茨所说的:"我已经永远脱离了你想带我去的那个世界……我的弱点已经使我跟这个坑长在一起了,你若把我拉开,我就会死。"这一场面冈察洛夫写得十分动情,犹如一首哀歌。同时也是对农奴制度的强烈控诉。

一部成功的作品总会给文学宝库增加一些新的东西。《奥勃洛莫夫》一书的贡献在于:在冈察洛夫之前虽然有很多作品谴责农奴制度,但没有一部小说描写了主人公整个一生,并通过他如此有力地表现出剥削阶级的寄生生活如何戕害了一个人的灵魂,使他从不会穿袜子开始,而以不会生活告终,任什么也不能挽救他这种走向毁灭的命运。这也正是这部小说在反农奴制斗争中取得巨大成功的主要原因。

冈察洛夫企图用施托尔茨作为奥勃洛莫夫的对立面,树立起一个理想人物。这是一个不知疲倦的事业开拓者,最后也是他赢得了奥莉加的心。但正如作者自己所说,施托尔茨"写得不好,苍白无力,表现得太赤裸裸了"。

虽然这个形象在一定程度上也代表了俄国社会对资本主义化的要求,但是只有奥莉加才是俄国进步阵营承认的理想人物。她对待生活严肃认真,对人既热情又有理智。她爱上奥勃洛莫夫,以"足以使顽石活起来"的努力去挽救他。但是当她确知自己不可能成功的时候,她痛苦却毅然地离开了他。她和充满活力的施托尔茨结合了,又并不满足于那种没有理想的平庸生活。她说:"我逐渐变得对什么也不满足了。"奥莉加是俄国文学史上众多优秀俄罗斯妇女形象中的一个,她们都很坚强,有高尚的追求,与市侩习气格格不入。

冈察洛夫对次要角色的心理特征也是从不疏忽的。例如农奴仆人扎哈尔为了缅怀昔日奥勃洛莫夫家族的显赫,总是身着旧时代的号衣,并按老规矩留着"宽极了的连鬓胡子,从里面似乎就要飞出两三只小鸟来"。而那个不停地在做点心和做饭的房东太太普舍尼岑夫人的滚圆的胳膊肘儿,永远活动不止,"敏捷地画着圆圈",更是十分传神。对于奥勃洛莫夫来说,这胳膊肘儿正是他童年时代奥勃洛莫夫田庄"美好"生活的再现。他仿佛在这胳膊肘儿的不停活动中找到了安宁,回到了故园。

读者一定会注意到,冈察洛夫在批判和否定农奴制度与地主阶级人物时,毫无疾言厉色,没有辛辣的讽刺,相反,时常温情脉脉,几乎要一洒同情之泪。这恐怕是和冈察洛夫对文学应如何塑造人物形象的看法相联系的。在《奥勃洛莫夫》中,主人公曾向友人谈到,对于写作,怨气和嘲笑是不够的,"你们尽管去写盗贼、娼妓、狂妄自大的糊涂虫好了,但是别忘了他们是人……你们以为思想不需要心灵吗?不对,能使思想结出果实的是爱。你们应该向堕落的人伸出手去把他拉起来。如果他濒于毁灭,应该为他痛哭,而不是嘲笑他……"也许正是这个原因,英国评论家V.S.普里契特曾说:"在十九世纪俄国伟大的疯狂的文学中,冈察洛夫的小说,照我的感觉,其感情是最柔和、最富于同情心的。"但是杜勃罗留波夫指出,冈察洛夫对自己的主人公的一些赞扬是"不公正的",因为他毕竟无力完成自己任何一个良好的意愿。

在典型问题上,冈察洛夫也有自己的看法。他于一八七六年二月十一日致信陀思妥耶夫斯基道:"您说,'新诞生了这样一个典型',请原谅我斗胆指出其中的矛盾。如果是新诞生的,那就不是典型……典型是由长时期多次的重复、现象与人物的沉淀而形成的……"这看法显然是片面的,但却与他的描绘本领珠联璧合。因为只有这样的人物才容许作家有充分时间来进行全面细致的观察,从而完成这样丰满而生动的描写。善于紧跟时代并作出迅速反应的屠格涅夫的小说,就完全不同了。

《奥勃洛莫夫》创作于一百多年前,艺术创作原则也只能供借鉴。但是这部作品却使作家冈察洛夫和他笔下的奥勃洛莫夫不朽。奥勃洛莫夫的形象是历史的、具体的,但是奥勃洛莫夫性格或气质却具有一般的意义,它在不同时间会不同程度地再现于不同人物的身上。

作家的一个同时代人说得好:"冈察洛夫在我们的文学中占有一个无人能取代的位置,任何其他即使更耀眼的光辉也不能完全掩盖他的光辉。"

张 秋 华
一九九四年九月

第 一 部

一

伊利亚·伊利奇·奥勃洛莫夫早晨在他寓所里的床上躺着，这是戈罗霍夫大街①上几幢大楼房当中的一幢，里面住的人多得能赶上一座小县城。

这个人三十二三岁了，中等身材，面目可亲，眼睛是深灰色的，不过从他脸上看不出他有什么明确的思想，或者专注于什么事情。思想像一只鸟儿无拘无束地在他脸上游逛，在他眼睛里翻飞，或者栖息到两片半张着的嘴唇上，躲进额头的皱纹里，然后消失得无影无踪。于是他脸上就温和而平静地漾出一种无忧无虑的神情，这无忧无虑的神情又从脸上转移到整个体态上，甚至转移到睡袍的褶缝里。

他的脸上偶尔也会出现一种近乎倦怠或者无聊的表情，使得他的目光黯淡下去。不过无论倦怠也罢，无聊也罢，片刻都不能从他的脸上逐去那占主导地位的基本表情——温和；不仅不能从他的脸上逐去，也不能从他的整个心灵上逐去，而他的心灵明明白白地表露在他的眼睛里，微笑里，头和手的每一个动作里。一个只看表面现象的冷眼旁观的人，对奥勃洛莫夫瞟上一眼以后会说："他想必是一位好好先生，憨厚老

---

① 圣彼得堡市中心的一条大街，因商人戈洛霍夫在此建房而得名。

实!"看问题深一点、心肠热一点的人,在长时间观察过他的面孔以后,却会含着微笑饶有兴致地琢磨着走开。

奥勃洛莫夫的脸色既不是红润的,也不是黝黑的,更不是白净的,而是难以分辨的,或者说给人这种印象,大约因为他还不到发福的年纪已经发福,不知是缺少运动还是缺少新鲜空气,也许两方面的原因都有吧。总的说来,由于他的脖子、胖胖的小手、柔软的肩膀肤色都过于白净,他的身体对于一个男子汉就显得太娇嫩了。

即使在他受到惊扰的时候,他的动作也是柔和的,不失一种慵懒的优雅风度。一旦愁云从他的心头升到颜面上来,那目光就模糊了,额头上会出现许多皱纹,神色中变幻着疑惑,忧郁,惶恐。不过这种惊惧很少定型为明确的思想,更少变为意向,往往化作一声叹息,消逝在漠然的或者半睡半醒的心态中。

奥勃洛莫夫的家常服装与他的沉静的面容和柔弱的身子真是再相称不过了!他穿一件用波斯衣料缝制的大袍,不缀穗子,不镶天鹅绒,也不掐腰,没有一处会让人联想到欧洲,是一件真正东方式的大袍,宽大得可以把他的身子裹上两圈。袖子也是按照通常的亚洲式样做成,从手指到肩头越往上越肥大。这袍子虽然已经不新了,有些地方磨得失去了原先的自然光泽,但是它的东方色彩依旧鲜明,料子也依旧结实。

在奥勃洛莫夫眼里,大袍有说不完道不尽的好处,它软和,舒服,穿在身上无拘无束,像个听话的奴仆一般顺从身子的任意摆动。

奥勃洛莫夫在家从来不系领带,也不穿西服背心,因为他喜欢自由自在。他脚下那双便鞋也是长长的,软软的,肥肥大大的。他下床的时候,眼睛不必看地板,只要放下两条腿,两只脚立刻就能准确无误地插进鞋子里。

奥勃洛莫夫躺着并不像病人或者困了想睡觉的人那样出于需要,也不像累了的人想歇一下那样出于偶然,更不像懒汉那样以此为享受。卧床只不过是他的正常状态罢了。他在家的时候(他几乎天天在家)总是躺着,而且总是在我们见到他的那个兼做卧室、书房和会客室的屋子里。他还有三个房间,不过他很少去,要去也是在早上仆人打扫他的书房的时候,并且不是每天去,因为不是每天都打扫书房。那三个房间里的家具全都罩着,窗帘也不拉上去。

奥勃洛莫夫所在的房间乍一看好像布置得很好。那里有一张红木文书桌、两张织锦面长沙发、几扇绣着些自然界没有的鸟儿和果实的漂亮屏风。此外还有丝绸窗帘、地毯、几幅油画、青铜器、瓷器,以及许多好看的小玩意儿。

但是一个老练而又注重品味的人把这个房间里的东西扫上一眼就会发现,主人不过是想勉强维持一个起码的体面的假象①,能不再为此操心就行。奥勃洛莫夫在布置自己的书房的时候显然只求做到这一点。讲究的人不会喜欢这些笨重难看的红木椅子和摇摇晃晃的书架。一张沙发的靠背已经塌了下去,用胶粘合的木头有些地方已经脱胶。

那些油画、花瓶、小玩意儿也都具有同样的特征。

主人自己对自己的书房陈设态度如此冷漠、不经心,他的目光似乎在问:"是谁把这些东西弄来摆在我屋里的?"由于他对自己的财物态度冷漠,或许还由于他对伺候他的扎哈尔

---

① 原文为拉丁语。

态度更加冷漠,那书房仔细看看真是脏乱得惊人。

挂在墙上的画框周围雕花似的结着布满灰尘的蜘蛛网。镜子照不见人和物,倒成了可以在上面画符号记事的碑牌。地毯上污迹斑斑。沙发上扔着毛巾。桌子上难得有一天早晨不摆着前一天晚饭后没有收走的搁着盐罐和啃过的骨头的盘子,不残留着一些面包渣。

如果没有这只盘子,没有刚抽完烟支在床边的长烟袋,没有躺在床上的主人,那真会让人以为这间屋子没有人住——什么东西都蒙着一层灰,失去了原先的色泽,简直没有一点迹象表明有活人存在。虽说书架上有两三本翻开的书和一张报纸,书桌上有一瓶墨水和几支鹅毛笔,但是翻开的书页上有一层灰,纸也黄了,显然是早就扔在那里的;报纸是去年的,而那瓶墨水呢,如果把笔插进去,从里面准会嗡的一声飞出一只吓坏了的苍蝇来。

这天奥勃洛莫夫比平日醒得早,大约才八点钟。他心事重重,脸上的表情时而像是恐惧,时而像是苦闷,时而又像是懊丧。他显然为内心的斗争所苦,可是理智还没有出来帮他的忙。

原来奥勃洛莫夫昨天收到他那个领地上的村长由乡下寄来的一封信,内容令人不快。一个村长能写些什么令人不快的话,那是尽人皆知的,不外乎收成不好、租交不上来、进款减少之类。其实这位村长去年和前年给东家老爷写的也是这样的信,不过最近这封信给他的刺激还是像任何出人意料的坏消息一样强烈。

这可不是闹着玩儿的,必须想办法采取一些措施。其实,说句公道话,奥勃洛莫夫还是关心自己的事务的。几年前,在收到村长寄来的第一封使他不愉快的信的时候,他就已经开始构思旨在整顿他的庄园的各种改革的蓝图。

根据这个蓝图,他要采取种种新的经济的、警察的以及其他性质的措施。不过这个蓝图还远远没有达到周密的程度,而村长却年年写来使他不愉快的信,催他行动,自然也就打破了他的平静。他意识到在蓝图形成以前非采取果断的措施不可了。

奥勃洛莫夫一睁开眼睛就打算起身,洗漱,喝茶,然后仔细考虑考虑,好歹想出个点子,拿张纸记下来,总而言之,认认真真来做这件事。

可是半小时过去了,他还躺在那儿,为这个打算苦恼着,后来转念一想,喝完茶再干也来得及,而茶照例可以在床上喝,何况躺着思考也没有什么关系。

他就这么办了。喝完茶以后,他从床上抬起半个身子,几乎要起来了,这时候他看了看鞋子,甚至开始从床上放下一只脚去,却又立刻把脚缩了回来。

时钟敲过九点半,奥勃洛莫夫浑身一震。

"我到底怎么啦?"他懊丧地说出声来,"真不像话,该做事了!只要一放任自己,那就……"

"扎哈尔!"他喊了一声。

从与奥勃洛莫夫的书房仅隔一条小走廊的一间屋里,起初传来类似一只被铁链锁着的狗的咆哮声,接着就有两只脚从什么地方咚的一声跳到地板上。这是扎哈尔从他的炉炕上跳下来,他通常都是坐在这炕上打瞌睡消磨时光。

一个上了年纪的男人走进书房,他身上穿一件腋下开裂的灰色常礼服(衬衫就从这裂口处露出来)、一件也是灰色的钉着铜扣子的背心,头顶像膝盖一样光滑,两边腮帮子上都长着杂有白毛的淡褐色颊须,既宽又密,每一边都有三把胡子那么多。

扎哈尔不仅不想改变上帝赐给他的形象,也不想更换服装,他在乡下穿的就是这么一套。他的衣服全都按照他从乡下带来的式样做。他喜欢灰色常礼服和背心是因为这种半制服式的衣服使他依稀回想起大公馆门房的制服,他从前伺候故去的老东家和老东家太太上教堂或者出门做客的时候穿过,在他的记忆中也只有门房制服能代表奥勃洛莫夫家的地位。

此外再也没有什么东西能够使这个老仆人回想起偏僻的乡野间领主们过的阔绰安逸的生活了。老东家和老东家太太已经去世,先人们的肖像留在家中,想必是扔在阁楼上了。有关这个家族从前如何生活、如何显赫的传说越来越无人谈起,或者只有留在乡下的少数老人还记得。因此灰色常礼服对于扎哈尔就很珍贵。这种服装,还有少东家的表情和举止中保存着的酷似他双亲的某些特征,以及少东家的任性,在扎哈尔眼里都包含着这个家族昔日的威风。扎哈尔对少东家的任性虽然常常出声或者不出声地抱怨,内心却把它当成贵族老爷的意旨、东家的权利来尊重。

如果没有这种任性,扎哈尔就有点感觉不到自己头上还有一位东家老爷了。也只有这种任性能够使他回想起自己的青年时代,他们离开多年的乡村,以及有关这个古老家族的传说,那是唯一的一种由老仆人、老奶娘、老嬷嬷们一代一代编下去,一代一代传下去的编年史。

奥勃洛莫夫家曾经是一方的名门大户,后来天晓得是什么原因使得这个望族渐渐败落,竟至在后起的贵族之家中间

销声匿迹。只有白发苍苍的家奴们还确切地记得往日的盛况,珍重地传来传去,奉为神圣。

扎哈尔如此喜爱自己的灰色常礼服,道理就在这里。或许他珍爱自己的颊须也是因为他小的时候看见许多老仆人都有这副古色古香的贵族扮相吧。

奥勃洛莫夫在想心事,好半天都没有注意到扎哈尔。扎哈尔一言不发地站在他面前,最后忍不住干咳了一声。

"什么事?"奥勃洛莫夫问。

"是您叫我啊!"

"我叫了吗?我叫你干什么?想不起来了!"奥勃洛莫夫一面伸懒腰,一面说,"你先去吧,等我想起来再说。"

扎哈尔走了,奥勃洛莫夫还躺在床上想那封可恶的信。

过了大约一刻钟,他说:

"行了,别再躺下去了!该起床了……不过等我把村长的信再仔细看一遍,然后就起床。扎哈尔!"

于是又传来双脚跳到地板上的声音,发威的声音也更大了。扎哈尔走进书房,奥勃洛莫夫却又想他的心事去了。扎哈尔等了约两分钟,不时厌烦地微微斜着眼睛看看他,最后朝门外走去。奥勃洛莫夫突然问:

"你上哪儿去?"

"您不吭声,我干吗在这儿白站着?"扎哈尔声音嘶哑地说。据他说,他的嗓子哑了是因为有一次他带着猎狗跟老东家骑马去打猎的时候好像有一阵大风灌进了他的喉咙里。

扎哈尔侧身对着奥勃洛莫夫站在书房中央,一直斜着眼睛望着他。

"你的腿瘸了吗?就不能多站一会儿?你明明看见我在

想事,那就等一下嘛!你在那边还没睡够?把我昨天收到的那封村长写的信找出来。你放到哪儿去了?"

"什么信?我什么信也没看见。"扎哈尔说。

"是你从邮差手里接过来的嘛,脏兮兮的一封信!"

"您搁在哪儿我怎么知道?"扎哈尔拍着饭桌上的纸张和东西说。

"你总是什么都不知道。在那个字纸篓里找找看!或者会不会掉到沙发后面去了?瞧,沙发靠背到现在也没修好,还不去叫个木匠来修一修?是你弄坏的嘛,什么也不管!"

"我可没弄坏,"扎哈尔说,"是它自个儿坏了,也不能使一辈子啊!到时候它就得坏。"

奥勃洛莫夫觉得没有必要反驳,只问了一句:

"找到了吗?"

"这儿有几封信。"

"不对。"

"那就没了。"扎哈尔说。

"好了,你走吧!"奥勃洛莫夫不耐烦地说,"我自己起来找。"

扎哈尔回自己屋里去了,他刚把两只手撑在炉炕边上,准备一跃而上,却又听见急促的呼唤:"扎哈尔,扎哈尔!"

"主啊!"扎哈尔再一次向书房走去,嘴里抱怨说,"怎么这样折磨人?倒不如早点死了好!"

"您有什么事?"扎哈尔用一只手扶着书房的门,为了表示他没好气,脸也不转过去,只从眼角看着奥勃洛莫夫,因此奥勃洛莫夫只看得见他一边脸上丛生着的宽极了的颊须,从那里面似乎就要飞出两三只小鸟来。

"手帕,快点! 你自己应该想到嘛! 没长眼睛!"奥勃洛莫夫厉声说。

扎哈尔听到伊利亚·伊利奇下这道命令、说这句责备他的话的时候,没有露出任何特别的不满情绪或者惊讶神情,大约在他看来这样的命令、这样的责备都是极其自然的。

"谁知道手帕在哪儿?"他抱怨说,同时在屋里转圈子,把每一张椅子都摸了一下,虽然明摆着椅子上什么东西也没有。

"您总丢东西!"他又说,同时打开通往客厅的门,想看看是不是在那边。

"上哪儿去? 在这儿找! 我从前天起就没到那边去过。快点呀!"奥勃洛莫夫说。

"哪儿有手帕? 没有手帕!"扎哈尔说。他摊开两只手环顾四周,忽然间声音嘶哑地气呼呼地吼道:"瞧,就在您身子底下! 瞧,露着一个角。您这是躺在手帕上找手帕啊!"

不等奥勃洛莫夫答话,扎哈尔又打算走了。奥勃洛莫夫看见是自己不好,有点难为情。他连忙找一个由头派扎哈尔的不是。

"你打扫得够干净的:到处是灰尘,到处是脏东西,我的上帝! 喏,喏,你看看墙角! 什么事也不干!"

"要说我什么事也不干……"扎哈尔委屈地说,"我可是尽心尽力的,连命都豁出去了! 差不多天天都掸灰扫地……"

接着他指了指屋子当中的地板和奥勃洛莫夫吃饭用的那张桌子又说:

"瞧这儿,瞧这儿,都扫过,收拾过,就跟要办喜事似的……还要怎么样?"

"这个是什么?"奥勃洛莫夫指了指墙壁和天花板,打断了扎哈尔的话,"这个呢?这个呢?"他又指了指昨天就扔在那里的毛巾,以及饭桌上那只忘了收走的盘子和一块面包。

"嗯,这个我拿走就是。"扎哈尔拿起盘子,宽容地说。

"就这一样!还有墙上的灰尘呢?蜘蛛网呢?……"奥勃洛莫夫指着四壁说。

"那个我等复活节前再收拾,到时候要擦圣像,就把蜘蛛网摘了……"

"书和画你扫不扫呢?……"

"书和画圣诞节前扫,到时候我跟阿尼西娅一块儿把书柜都倒腾倒腾。现在什么时候扫啊?您总在家待着。"

"我有的时候上剧场,有的时候出门做客,你不会……"

"黑灯瞎火的扫什么!"

奥勃洛莫夫责难地看了扎哈尔一眼,摇摇头,叹了一口气,扎哈尔却满不在乎地望望窗外,也叹了一口气。主人似乎在想:"唉,你比我自己还要像奥勃洛莫夫。"仆人很像是在心里说:"得了吧!你光会说让人又听不懂又难受的话,你才不管这儿有没有灰尘、蜘蛛网呢。"

"灰尘里头能长出蛀虫来,你明白吗?"奥勃洛莫夫说,"有的时候我甚至看见墙上有臭虫!"

"我那儿还有跳蚤呢!"扎哈尔满不在乎地回答说。

"这好吗?让人恶心啊!"奥勃洛莫夫指出。

扎哈尔开怀地笑了,笑得连他的眉毛、胡子都挪到一边去了,整个面孔直到额角涨得通红。

"世上有臭虫能怪我?"他以天真的惊讶口吻说,"是我发明的吗?"

"是因为不卫生，"奥勃洛莫夫打断了扎哈尔的话，"你尽胡说！"

"不卫生也不是我发明的。"

"你那边晚上闹耗子，我都听得见。"

"耗子也不是我发明的。耗子啦，猫啦，臭虫啦，这些畜生哪儿都少不了。"

"怎么别人家里没有蛀虫，也没有臭虫？"

扎哈尔脸上露出疑惑的神情，或者不如说是十拿九稳的信心，确信这种事情是不会有的。

"我那儿什么都多，"他固执地说，"臭虫这东西可没法管，不能跟着它钻进缝里去。"

他心里却似乎在想："睡觉的地方没有臭虫算什么？"

"你打扫打扫，把墙角的垃圾扔出去，那就什么都没有了。"奥勃洛莫夫指点说。

"今天扔出去，明天又堆满了。"扎哈尔说。

"不会，"主人说，"堆不满。"

"准会堆满，我知道。"仆人坚持说。

"堆满了你再扫出去！"

"什么？天天四处收拾墙犄角儿？"扎哈尔问，"这日子怎么过？倒不如求上帝把我的灵魂召去得了！"

"为什么别人家里干干净净的？"奥勃洛莫夫不以为然地问，"你到对面那个调琴师家去看看，瞧着心里痛快，人家只用一个女仆……"

"德国人能有什么垃圾？"扎哈尔突然反问，"您瞅瞅他们是怎么过日子的！一家子一星期就啃一根骨头。老子的衣服脱下来儿子穿，儿子脱了老子再穿。娘和闺女们的裙子都短一截,她们就总是缩着脚,跟母鹅似的……他们能有什么垃圾?他们不像咱们,衣柜里成年累月地搁着一堆一堆的破衣服,墙犄角儿一冬就堆满了面包皮……他们可不随便扔面包皮,都拿去做成面包干下啤酒!"

扎哈尔谈到这种悭吝的生活甚至啐了一口唾沫。

"少说废话!"奥勃洛莫夫说,"还是收拾收拾吧。"

"有时候我要收拾,可您又不让。"扎哈尔说。

"又来了!这么说都怪我妨碍你。"

"可不是吗,您总在家待着怎么收拾?您要是出门一整天,我准收拾了。"

"亏你想得出,滚开!你还是回你屋里去吧。"

"本来嘛!"扎哈尔坚持说,"要是今天您出了门,我跟阿尼西娅一准儿把屋子都收拾了。不过光我们俩可弄不了,还得雇几个老妈子,全都擦洗一遍。"

"嘿!真会打主意,雇老妈子!去吧!"奥勃洛莫夫说。

他懊悔把扎哈尔叫来谈这件事。他总是忘记,一涉及这个敏感的问题就会惹出许多麻烦。

奥勃洛莫夫倒是爱清洁的,不过他希望清洁工作在不知不觉间自自然然地完成。可是只要他一开口叫扎哈尔做掸灰、擦地板之类的事情,扎哈尔就顶嘴,证明要干就必须把家里弄个天翻地覆,因为他心里很清楚,这种情况少东家连想一想也会吓得半死。

扎哈尔走了,奥勃洛莫夫陷入沉思之中。几分钟以后,时钟又敲响了半小时。

"怎么回事?"奥勃洛莫夫几乎是惊恐地说,"快十一点了,我还没有起床,到现在还没有洗脸漱口?扎哈尔!扎哈尔!"

"唉,我的上帝呀！真是!"从外室传来扎哈尔的声音,接着是那一跳。

"洗脸水打了吗?"奥勃洛莫夫问。

"早就打了!"扎哈尔说,"您干吗不起床?"

"打了水你怎么不说？你要是说一声,我早就起来了。去吧,我这就来。我要先做点事,我要写东西。"

扎哈尔出去了,可是不一会儿他拿着一本写得满满的油腻腻的本子和几片纸又走进来,说:

"您既是要写东西,那就顺便把账瞧一瞧,得交钱了。"

"什么账？什么钱?"奥勃洛莫夫不满地问。

"卖肉的、卖菜的、洗衣服的、卖面包的都要钱。"

"光想着钱!"奥勃洛莫夫埋怨地说,"你怎么不一笔一笔的给我看,而要一下子全都拿来?"

"您总赶我走,总说明天吧,明天吧……"

"这回怎么就不能等明天再说呢?"

"不行啊！人家催得紧,再也不给赊账了。今天是一号。"

"唉!"奥勃洛莫夫烦恼地说,"又来一件操心事！你站在那儿干什么？放在桌子上吧。我这就起来洗脸看账……你说洗脸水打了?"

"打了!"扎哈尔说。

"那我现在……"

奥勃洛莫夫哼哼着在床上支起半个身子,打算起来。

"我忘了跟您说,"扎哈尔又说,"刚才您睡着的时候,管事派门房来说,咱们非搬不可……人家等房子用。"

"又怎么啦？人家等房子用，我们当然要搬家。你跟我啰唆什么？这件事你已经说过两遍了。"

"人家也跟我啰唆。"

"你就说我们一定搬。"

"人家说，您答应了一个月了，可还没搬。人家说，要告到警察局去。"

"让他告去吧！"奥勃洛莫夫断然说，"再过三个来星期，天气暖和一点，我们自己会搬。"

"过什么三个来星期！管事说，过两个星期工人就来了，要大拆大改……他说：'请你们明后天就搬走……'"

"嘿—嘿！这也太急了嘛！还想怎么样，叫我们马上就搬吗？你不许再向我提房子的事。我已经说过一次，你又来了。记着！"

"那我怎么办？"扎哈尔问。

"怎么办？他就这样对付我！"奥勃洛莫夫说，"他倒来问我！关我什么事？你别来烦我，你爱怎么办就怎么办，只要不搬就好。为东家尽点力都不行！"

"我能怎么办，我的老爷伊利亚·伊利奇？"扎哈尔开始温和地说，"房子又不是我的，人家的房子，叫搬能不搬吗？这要是我的房子，我巴不得……"

"你不会求个情？就说我们住长了，房租也从不拖欠。"

"我说了。"扎哈尔说。

"那他们怎么说呢？"

"怎么说？还是那句话：'请你们搬走，这房子我们要改建。'他们想把大夫住的那套房子跟我们住的打通，改成一大套，房东的儿子办喜事要用。"

"唉,我的上帝!"奥勃洛莫夫丧气地说,"世上真有这样的蠢驴,要结婚!"

他转过身子仰面躺着。

"您最好还是给房东写封信,"扎哈尔说,"没准儿他叫人先改那套房子,"扎哈尔说着向右边指了指,"就不来打搅您了。"

"好,我起来就写……回你屋里去吧,我要想一想。你什么也不会干,芝麻大的事情都要我亲自处理。"

扎哈尔走了,奥勃洛莫夫开始思索。

先考虑哪件事好呢?村长的来信还是搬家?或者先算账?他觉得为难。生活中让人操心的事情像潮水一般涌上来,他茫然失措了,在床上辗转反侧,不时地发出一声慨叹:"唉,我的上帝!生活真搅得人不安宁,躲也躲不开。"

正不知他还要像这样犹豫多久,外室的门铃响了。

"客人都上门了!"奥勃洛莫夫一面把袍子裹紧,一面说,"我还没起床,真丢人!这么早会是谁呢?"

他躺在床上好奇地望着房门。

二

一个约莫二十五岁的年轻人走进书房来,他由于身体健康而容光焕发,双颊、嘴唇、眼睛都露出笑意,让人看着羡慕不已。

他的发式和衣着无可非议,面庞、衬衫、手套、燕尾服全都光彩照人。一条精致的表链吊着些小饰物露在西服背心外面。他掏出一块极细的麻纱手帕,闻了闻洒在上面的东方牌香水气味,然后用这块手帕随便揩了揩脸,又掸了掸他的缎面礼帽和漆皮长筒靴。

"哦,是沃尔科夫,您好哇!"奥勃洛莫夫说。

"您好,奥勃洛莫夫!"这位光彩照人的先生朝他床前走去,嘴里说。

"请别过来,请别过来,您刚进门,一身寒气!"奥勃洛莫夫说。

"这个娇气包,锡巴里斯人①!"沃尔科夫说,同时用眼睛寻找可以放下帽子的地方。他看见到处是灰尘,就将帽子拿在手中,接着掀起燕尾服的两片后襟,正想坐下,但是仔细观

---

① 锡巴里斯是古希腊一城市,在今意大利南部,因该城居民富有、奢侈而闻名于世。

察了一下圈手椅以后,仍旧站着。

"您还没起床!您身上穿的是什么便服?这种衣服早就没人穿了。"他奚落地说。

"这不是便服,而是大袍。"奥勃洛莫夫说着提起宽大的衣襟美滋滋地往自己身上裹了裹。

"您身体好吗?"沃尔科夫问。

"好什么!"奥勃洛莫夫打着哈欠说,"不好!脑充血害得我好苦。您呢?"

"我吗?挺好,健康快活,很快活!"年轻人动情地说。

"您这么早从哪儿来?"奥勃洛莫夫问。

"从裁缝店来。您看,这燕尾服不错吧?"年轻人在奥勃洛莫夫面前转着身子说。

"好极了!做工很考究。"奥勃洛莫夫说,"不过后背为什么这么宽?"

"这是骑装,骑马穿的。"

"哦!原来如此!您骑马?"

"那当然!我这身燕尾服是特意为今天定做的。今天是五一,我要跟戈留诺夫骑马去叶卡捷琳娜宫[①]。哦,您不知道吧?米沙·戈留诺夫晋升军官了,所以今天和往常不同。"沃尔科夫兴冲冲地说。

"嘿!"奥勃洛莫夫说。

"他骑一匹枣红马,"沃尔科夫接着说,"他们团的人都骑枣红马,我骑的是乌骓。您怎么样,走路去还是坐车去?"

[①] 叶卡捷琳娜宫在圣彼得堡城郊,是彼得一世为他的妻子建造的园林宫殿。十九世纪每年五月一日在这里举行游园活动。

"嗯……不走路也不坐车。"奥勃洛莫夫说。

"五一不去叶卡捷琳娜宫！您怎么啦,伊利亚·伊利奇！"沃尔科夫惊愕地说,"人人都去！"

"哪能人人都去！不会人人都去！"奥勃洛莫夫懒洋洋地指出。

"走吧,亲爱的伊利亚·伊利奇！索菲娅·尼古拉耶夫娜要带利季娅去,车上只有她们两个,对面还有一条板凳,您可以跟她们……"

"不行,我坐不来板凳。再说,我去干什么？"

"要是您愿意,米沙给您另外备一匹马好不好？"

"他真想得出！"奥勃洛莫夫几乎是自言自语地说,"您怎么粘上戈留诺夫家的人了？"

"哦！"沃尔科夫涨红了脸,"要跟您说吗？"

"说吧！"

"您可跟谁也别说,保证？"沃尔科夫说着就在奥勃洛莫夫面前的沙发上坐下来。

"好吧。"

"我……爱上利季娅了,"他对奥勃洛莫夫耳语道。

"太好啦！多长时间了？她好像挺可爱。"

"已经三个星期了！"沃尔科夫深深地吸了一口气说。"米沙爱上了达申卡。"

"哪个达申卡？"

"您是从天上掉下来的,奥勃洛莫夫？连达申卡都不知道！她跳舞跳得那么好,全城的人都着了迷！今天我跟米沙去看芭蕾舞,他想抛一束花。要有人领他去,他害羞,还嫩嘛……哦！该去买茶花了……"

21

"还去哪儿？算了吧，到我这儿来吃饭，我们聊聊天。我有两件倒霉事……"

"不行，我要去秋梅涅夫公爵家吃饭，戈留诺夫一家都去，她，她……利季娅也去。"最后几个字他是小声说的。"您怎么不上公爵家去了？那是个多快活的家庭，多大的气派啊！瞧他们的别墅！整个儿隐没在花丛中！还修了回廊，哥特式的①。听说今年夏天要开舞会，演活画。您去吗②"

"不，我想我不会去。"

"哦，多好的家庭啊！今年冬天逢星期三他们都要招待不下五十位客人，有时候多达一百位……"

"我的上帝！那该多没意思啊！"

"怎么会呢？没意思！人越多越热闹嘛！利季娅常常去，我本来并没注意到她，可是忽然间……

  我一心想要把她遗忘，
  枉自以理智压制情感……"

他说着就唱了起来，忘乎所以地在圈手椅中坐下，又猛地一跃而起，拍了拍衣服上的灰尘，说：

"您这儿灰尘真多，到处都是！"

"都怪扎哈尔！"奥勃洛莫夫抱怨说。

"好，我该走啦！"沃尔科夫说，"我要去帮米沙买茶花。再见！③"

"晚上来喝茶，看完芭蕾舞就来，给我讲一讲那边的情况。"奥勃洛莫夫发出了邀请。

~~~~~~~~~~

  ①②③ 原文为法语。

"不行,我已经答应去穆辛斯基家,今天是他们招待客人的日子。您也一起去吧!要不要我引见?"

"不,上那儿去干什么?"

"去穆辛斯基家干什么?瞧您说的!半个城的人都上他家去。什么'干什么'?在那儿大家什么都谈……"

"什么都谈就没意思了。"奥勃洛莫夫说。

"那您上梅兹德罗夫家去好了,"沃尔科夫接过话来说,"那儿可是只有一个话题:艺术。只听见他们说什么威尼斯派、贝多芬、巴赫、达·芬奇……"

"天天总谈一个话题多没意思!大概是一帮学究!"奥勃洛莫夫打着哈欠说。

"您可真难伺候。这城里的名门大户还少吗?如今他们都有专门招待客人的日子,萨维诺夫家逢星期四请吃饭,马克拉申家逢星期五,维亚兹尼科夫家逢星期日,秋梅涅夫公爵家逢星期三。我天天都有事!"说到这里沃尔科夫两眼放光了。

"您天天这么跑来跑去不腻烦吗?"

"腻烦!怎么会腻烦?快活得不得了!"沃尔科夫无忧无虑地说。"早上起来看看报,要了解时局①,知道点新鲜事儿。感谢上帝,我的公务不需要我坐班。一星期两次我到将军家去坐一坐,吃顿饭,就可以了,然后是拜访,好久不去的地方去照个面,还有……那就是俄国剧院或者法国剧院的新女伶啦!要上演歌剧了,我去订票。现在我正谈恋爱……夏天快到了,米沙已经请准了假,我要跟他到他们家的庄园去玩一个月,换

---

① 原文为法语。

换口味。那儿可以打猎。他们的邻居都好极了,要开乡村舞会①。我和利季娅可以去树林里散步,去划船,去采花……哦!……"沃尔科夫高兴得转了一圈。"不过我该走了……再见!"他一面说,一面在蒙着灰尘的镜子跟前枉然地左照右照。

"请等一等,"奥勃洛莫夫挽留说,"我本来想和您谈谈我的事情。"

"对不起②,我没工夫,"沃尔科夫急着要走,"下回吧!您想不想跟我去吃牡蛎?您就可以跟我谈了。走吧,米沙请客。"

"不,您请便!"奥勃洛莫夫说。

"那就再见啦!"

沃尔科夫刚走几步又折回来,他指指自己那只仿佛铸在手套中的手问:

"您看见这个了吗?"

"这是什么?"奥勃洛莫夫不解地反问。

"这是时新的系带细羊皮手套③!您瞧,多服帖啊!再也用不着受两小时罪去扣那个扣子,把带子一拉就妥了。刚从巴黎来的货。要不要我给您捎一副来试试?"

"好,就请捎一副!"奥勃洛莫夫说。

"您再看看这个,可爱极了,对不对?"沃尔科夫从他那些小饰物中拣出一个说,"这是折角名片。"

"我看不清那上面的字。"

"Pr. 就是公爵,M. 表示米哈伊尔,姓氏秋梅涅夫刻不下

---

①②③　原文为法语。

了。这是他在复活节那天送给我的,代替复活节彩蛋。再见吧,再见①。我还要跑十个地方。我的上帝,活在世上真快活啊!"

于是沃尔科夫走了。

"一天跑十个地方,真可怜!"奥勃洛莫夫想,"这也叫生活!"他用力耸了耸肩。"这样一来,人还存在吗?给肢解成什么啦?当然,上剧场看戏,爱上个什么利季娅……她长得挺可爱,这并不坏!在乡下跟她一起去采花,去划船,也挺好。不过一天跑十个地方真可怜!"他做出这个结论,同时翻过身去仰面躺着,庆幸自己没有这些无谓的欲望和念头,不东跑西颠,而是躺在这里,保持着做人的尊严和自己的安宁。

门铃又响了,打断了他的思路。

另一位客人走进来。

这是一位绅士,他穿一件缀有带双头鹰徽志纽扣的墨绿色燕尾服,脸刮得光光的,深色的颊须匀称地将他的面庞围住,眼睛里流露出勉为其难而又心平气和的神情,面容憔悴,脸上挂着若有所思的微笑。奥勃洛莫夫高兴地打招呼说:

"你好,苏季宾斯基!难得来看看老同事!别过来,别过来!你刚进门,一身寒气。"

"你好,伊利亚·伊利奇!"客人说,"我早就想来看你,你知道我们那个鬼差事!瞧,为了一个报告我提着一箱文件。万一上头问起什么事情,我叫信差马上赶到这儿来。一分钟也不能自主。"

"你才去上班?怎么这样晚?"奥勃洛莫夫问。"你向来

---

① 原文为法语。

是十点就……"

"向来是,现在可不一样了,十二点才出门。"他在最后两个字上加重了语气。

"哦,我明白了!"奥勃洛莫夫说,"你当处长了! 有多长时间啦?"

苏季宾斯基意味深长地点了点头,说:

"复活节前的事了,但是忙得要命! 八点到十二点在家,十二点到五点在衙门,晚上还要办公。简直是与世隔绝了!"

"嘿! 当处长! 了不起!"奥勃洛莫夫说,"恭喜恭喜! 想当初我们在一块儿还都是小科员。我看明年你就要升任五品官啦!"

"瞧你说的! 今年我就该拿到贵族身份,①我想上头会以政绩卓著为我申报,现在我既然已任新职,怎么能在两年之内接连……"

"今天来我这儿吃饭,喝一杯庆祝你高升!"奥勃洛莫夫说。

"不行,今天我要去副局长家吃饭。星期四以前必须把报告准备好——麻烦透了! 省里来的呈文靠不住,我必须亲自核实那些履历表。福马·福米奇又生性多疑,事必躬亲。今天饭后还要和他坐下来办公。"

"饭后还要办公?"奥勃洛莫夫疑惑地问。

"你以为怎么样? 能早点脱身就算不错,还赶得上去叶卡捷琳娜宫……我来是要问你去不去参加游园活动,我

---

① 一八五六年以前,俄国文官中的非世袭贵族要升至五品才能取得贵族身份。而晋升官阶的根据,要么是年限到了,要么是政绩卓著。

可以来……"

"我身体不大舒服,去不了!"奥勃洛莫夫皱起眉头说,"再说,事情也多……不行啊,我去不了!"

"可惜!"苏季宾斯基说,"天气挺好,我就盼着今天能喘口气呢。"

"你们那儿有什么新闻吗?"奥勃洛莫夫问。

"新闻多着呢,现在信函中不写'最忠实的仆人'了,而是写'谨致'。履历表不交两份了。我们那儿增设三个科室、两名特勤官。我们的委员会关门了……哦,多着呢!"

"我们的老同事都好吗?"

"都还不错。斯温金丢了一份卷宗!"

"真的?局长怎么说?"奥勃洛莫夫的声音颤抖起来,想起过去,他感到恐惧。

"局长下令,不找回卷宗就推迟奖励。那份卷宗可是要紧的,关系到'惩处'。局长认为……"说到这儿苏季宾斯基的话几乎变成了耳语,"他丢这份卷宗是……有意的。"

"不可能!"奥勃洛莫夫说。

"不可能不可能!这是冤枉。"苏季宾斯基用一本正经的庇护口吻说,"斯温金那个人太马虎,有时候天晓得他会给你做出什么结论来,把调查材料弄得乱七八糟。他真把我害惨了,不过这件事不可能,从来没发现他做过这种事……他不会这么干,不会不会!那份卷宗准是夹在什么地方了,以后会找出来。"

"这么说,你还真忙!"奥勃洛莫夫说,"不停地干。"

"忙死了忙死了!话又说回来,跟福马·福米奇这样的人干事倒是心情舒畅,奖励是少不了的!就连什么事也不干的人他都不会不关照。只要年限一到,或者政绩卓著,他就给你申报晋升;如果年限不到,也不能得十字勋章呢,就给你来一笔奖金……"

"你的薪水是多少?"

"薪水嘛,是一千二百卢布,膳食补贴七百五,房贴六百,补助费九百,车马费五百,奖金差不多有一千。"

"好家伙!"奥勃洛莫夫说着从床上纵身坐了起来,"是不是你的嗓子特别好?和意大利歌唱家一样了!"

"这有什么!你看,佩列斯特韦托夫也拿附加费,事情可比我干得少,而且什么都不懂。当然,他的声誉不如我的高。我很受器重。"接着苏季宾斯基垂下眼皮谦逊地说,"部长前不久还提到我,说我是'部内精英'。"

"好样儿的!"奥勃洛莫夫说,"就是要从八点干到十二点,从十二点干到五点,在家还要干——哎哟哟!"

他摇了摇头。

"我不干公务又干什么呢?"苏季宾斯基问。

"可干的事还少吗?读书啦,写作……"奥勃洛莫夫说。

"我现在还不就是读读写写。"

"这不算,你应该发表……"

"哪能人人都当作家。你不是也没写作嘛。"苏季宾斯基反驳说。

"不过我手上有庄园,"奥勃洛莫夫叹了一口气说,"我在考虑一个新的蓝图,打算进行种种改革。太伤脑筋,太伤脑筋……可你干的是别人的事,不是自己的事。"

"有什么办法!既然拿钱,就必须干事。夏天我要休息休息了,福马·福米奇答应特别为我安排一次出差……这下我又可以拿到一笔差旅费,也就是五匹马的车贴和一天三卢布的补助费,外加奖励……"

"太多啦!"奥勃洛莫夫羡慕地说,接着叹了一口气,陷入沉思之中。

"我正等钱用呢,秋天我要结婚了。"苏季宾斯基又说。

"你说什么?真的?跟谁?"奥勃洛莫夫关切地问。

"不开玩笑,是跟穆拉申娜小姐结婚。还记得住我旁边那座消夏别墅的一家人吗?你在我那儿喝过茶,好像见过她。"

"我记不得了!漂亮吗?"奥勃洛莫夫问。

"嗯,挺可爱。如果你愿意,我们上她家吃饭去……"

奥勃洛莫夫踌躇起来。

"嗯……好吧,不过……"

"下星期去。"苏季宾斯基说。

"行,行,下星期去。"奥勃洛莫夫高兴地说,"我的衣服还没做成。怎么样,是门好亲事吧?"

"嗯,她父亲是四品官,给她一万卢布,住宅是公家的,给我们一半,有十二间房,家具也是公家的,取暖、照明都由公家负担,还行……"

"行!那还用说!苏季宾斯基真了不起!"奥勃洛莫夫说,言下不无羡慕之意。

"伊利亚·伊利奇,我要请你当男傧相,注意……"

"当然啦,一定!"奥勃洛莫夫说,"库兹涅佐夫、瓦西里耶夫、马霍夫他们怎么样?"

"库兹涅佐夫早就结婚了,马霍夫接了我原来的职位,瓦西里耶夫调到波兰去了。伊万·彼得罗维奇得了圣弗拉基米

29

尔勋章,奥列什金呢,如今该称呼他'钧座'①了。"

"他是个好人!"奥勃洛莫夫说。

"好人好人,名副其实。"

"他人很善良,性格又温和,不急不躁。"奥勃洛莫夫说。

"那么热心,"苏季宾斯基又说,"而且从来不巴结上司,不背后使坏,不给人下绊,不突出自己……能帮忙他都帮忙。"

"这个人太好了!有时候你在拟公文当中出了差错,有疏漏之处,摘由摘得不对,或者法律条款引用不当,没事,他只不过叫另外一个人再拟一份就是。真是个大好人!"奥勃洛莫夫说。

"我们那位谢苗·谢苗内奇却是积习难改,"苏季宾斯基说,"惯于虚张声势。最近他办了这样一件事:省里来了呈文,申请在我们部的下属机关门口盖狗窝,以防公物被盗。我们的建筑师是内行,既能干又诚实,造了一份很适中的预算,没想到他觉得预算数字太大,要调查盖一个狗窝究竟需要花多少钱,结果在一个地方发现可以少花三十戈比,马上写报告……"

门铃又响了。

"再见,"这位官员说,"我聊得太久了,万一上头找我……"

"再坐一会儿吧,"奥勃洛莫夫挽留说,"正好我要和你商量商量呢,我有两件倒霉事……"

"不行不行,我还是过两天再来吧!"他一面往门外走,一

---

① 帝俄对三、四、五品大官称"钧座"。

面说。

"陷得太深了,亲爱的朋友。"奥勃洛莫夫目送苏季宾斯基出去,心里想,"对世上其他的东西他一概视而不见,听而不闻。可是他却会出人头地,渐渐把实权掌握到手中,青云直上……这就是我们所谓的仕途!人在其中,而人的智慧、意愿、情感有多大用处?不过摆设而已!活了一生一世,身上有许多东西还从来没有动过……然而从十二点到五点他在衙门办公,从八点到十二点他在家里办公——可怜!"

奥勃洛莫夫体验到一种平静的快乐,因为从九点到三点,从八点到九点他都可以在自己家里的沙发上待着;想到他不必呈递报告、草拟公文,他的思想感情可以在广阔的天地间驰骋,更产生一种自豪之感。

奥勃洛莫夫浮想联翩,没有注意到床前站着一位身材瘦削、皮肤黝黑的先生,满脸胡子拉碴,故意衣冠不整。

"您好哇,伊利亚·伊利奇!"

"您好,片金!请别过来,请别过来,您刚进门,一身寒气!"奥勃洛莫夫说。

"嘿,这个怪物!"客人说,"还是老脾气不改,百事不管的懒汉!"

"百事不管!"奥勃洛莫夫说,"我马上拿村长写来的信给您看看,伤脑筋透了,您还说我百事不管!您从哪儿来啊?"

"书店。我去看杂志出版了没有。您看到我的文章了吗?"

"没有。"

"我给您寄来,您看看。"

"谈什么?"奥勃洛莫夫打着哈欠问。

"谈贸易、妇女解放、今年这明媚的四月天,还有新发明的灭火剂。您怎么不看？写的是我们日常的生活啊！我尤其拥护写实主义文学流派。"

"您忙吗？"奥勃洛莫夫问。

"够忙的。每星期给报纸写两篇文章，还有书评，我刚写完一篇小说……"

"什么内容？"

"写某城市的市长打市民的嘴巴……"

"这倒真是写实主义。"奥勃洛莫夫说。

"可不是吗？"文学家高兴地说，"我贯彻的就是这种思想，我知道它是新颖的，大胆的。有个过路人亲眼目睹了这种打嘴巴的场面，后来见到省长，就向省长告状。省长派一个下去办案的官员顺便核实这件事情，调查调查那位市长人品如何。办案的官员把一些生意人召集起来，表面上是向他们查询商业方面的情况，附带也就搜集那位市长的材料。可是生意人怎么样呢？他们点头哈腰，满脸堆笑，众口一词把那位市长捧上了天。办案的官员又从旁打听，于是才了解到，这帮生意人都是些十分狡诈的家伙，他们贩卖腐烂的东西，缺斤短两，甚至蒙骗官府，丧尽天良，因此打他们的嘴巴倒是正当的惩罚……"

"这么说，您写的市长打人嘴巴就像古代悲剧作家笔下的天命执法①一样？"奥勃洛莫夫问。

"正是如此，"片金说，"您说话真是恰如其分，伊利亚·伊利奇，您应该写作！不过我同时也揭露了那位市长的独断专行和百姓的道德败坏，指出下属官员的无能以及采取严厉

---

① 原文为拉丁语。

而又合法的措施的必要性……这思想……够新颖的吧？"

"不错，尤其对于我。"奥勃洛莫夫说，"我看得太少……"

"的确，在您家里看不见几本书！"片金说，"不过我恳求您一定看一看《赃官与淫妇之恋》这篇东西，可以说是绚丽的诗篇，即将问世。至于作者是谁，我不能告诉您，暂时是个秘密。"

"什么内容？"

"暴露我们社会的整个运行机制，而且诗意盎然。一切动因都触及了，所有的社会阶层都评到了。作者就像是传讯了一个无能而又劣迹昭著的大官和一群欺骗他的贪赃枉法者，各类淫妇也都分析到了……法国女人啦，德国女人啦，芬兰女人啦，等等，等等……活生生的，真实得让人心惊肉跳……我听过某些段落的朗读，作者真伟大！在他的文字里可以感觉到但丁、莎士比亚……"

"您扯到哪儿去了！"奥勃洛莫夫欠起身来吃惊地说。

片金发现自己的确扯得太远，立刻打住。

"您自己看一看就知道了。"他又说，语气已经不像刚才那样热烈。

"不，片金，我不打算看。"

"为什么？可轰动啦，大家都在议论……"

"让他们去议论好了！有些人除了议论无事可做。这也是一种志趣。"

"出于好奇看一看也好嘛！"

"我什么没见过？"奥勃洛莫夫说，"他们写作为的是什么？不过自娱罢了……"

"怎么是自娱，写得多真实啊！真实得引人发笑。简直是一幅幅活的肖像。无论写什么人，商人也好，官吏也好，军官也好,岗警也好,都写得栩栩如生。"

"他们这样做目的何在?是不是寻开心,证明他们无论写什么人都能写得惟妙惟肖?可是丝毫不涉及人生,缺乏对人生的理解和同情心,缺乏你们称之为人道的精神。只有自负。他们写盗贼、娼妓就像在大街上抓到这些人并且把他们送进监狱。他们的小说里没有'无形的眼泪',只有公开的,而且是粗野的嘲笑、怒气……"

"还需要什么呢?妙的就是,您自己说出来了,那沸腾的怒气——对恶行的怒气冲冲的压制,对堕落者的含着鄙夷的嘲笑……这就够了!"

"不,不够!"奥勃洛莫夫突然激动地说,"你们尽管去写盗贼、娼妓、狂妄自大的糊涂虫好了,但是别忘了写人。而人道何在?你们想只用头脑写作!"奥勃洛莫夫的声音几乎嘶哑了,"你们以为思想不需要心吗?不对,能使思想结出果实的是爱。请你们向堕落的人伸出手去把他拉起来,如果他濒于灭亡你们要为他痛哭,而不是嘲笑。要爱他,在他身上看到自己,对待他像对待自己一样,那我才看你们的作品并且向你们致敬……"奥勃洛莫夫说完又在沙发上舒舒服服地躺下。"他们写盗贼,写娼妓,"他接着说,"可是忘了写人,要么是不会写人。有什么艺术可言?您发现什么诗意啦?你们尽管去揭露腐败肮脏的现象好了,不过请别拿你们写的东西来冒充诗。"

"我们周围的一切都在沸腾,在运动,您倒要我们去写风花雪月:玫瑰啦,夜莺啦,或者凛冽的清晨啦,是吗?可是今天我们只需要赤裸裸的社会生理学而无暇作歌……"

"人,给我写人!"奥勃洛莫夫说,"要爱人……"

"瞧您说的,去爱放高利贷的商人、假仁假义的伪君子、盗窃成性或者愚钝糊涂的官吏吗？您怎么啦？显然您不是从事文学创作的人！"片金激动地说，"不对，应该惩罚他们，把他们逐出公民行列，逐出社会……"

"逐出公民行列！"奥勃洛莫夫忽然站起身来，面对着片金有所感悟地说，"那就意味着忘记了在这个不成器的东西内部还存在着至高无上之源，忘记了这个败坏了的人毕竟是人，也就是你们自身。逐出！你们又怎么能够把他逐出人类这个圈子，逐出自然界，逐出上帝的慈悲之怀呢？"他目光炯炯，几乎是喊出这句话来。

"您扯到哪儿去了！"这回轮到片金吃惊了。

奥勃洛莫夫发现自己也扯得太远，立刻闭上了嘴，又站立片刻，打了一个哈欠，慢慢地躺倒在沙发上。

两个人沉默了一会儿。

"那么您究竟看什么书？"片金问。

"我……多半是看游记之类的书。"

又是沉默。

"等《赃官与淫妇之恋》发表了，您看不看呢？"片金问，"我可以给您带来……"

奥勃洛莫夫摇了摇头。

"那么我把我的短篇小说寄给您吧？"

奥勃洛莫夫点头表示同意。

"我该到印刷所去了！"片金说，"您知道我今天来干什么吗？我是来邀请您去叶卡捷琳娜宫，我有车。明天我要写一篇关于游园活动的文章，一块儿去看看，我注意不到的您还可以提醒我，这样也有意思一些。走吧……"

"不，我身体不舒服。"奥勃洛莫夫皱着眉头说，同时把被子拉过来盖在身上,"我怕潮气,现在外面还没干透。您今天来我这儿吃饭多好,我们聊聊……我有两件倒霉的事情……"

"不行,今天我们编辑部的人都到圣乔治饭店碰头,从那儿出发去游园。晚上还要写东西,天麻麻亮就要送到印刷所去。再见吧。"

"再见,片金。"

"晚上还要写东西。"奥勃洛莫夫想,"那么什么时候睡觉呢?他一年大概能挣到五千卢布!这个数目不小!不过要不停地写,把心智花在一些区区小事上面,改变自己的信念,出卖智力和想象,违反自己的天性,激动,愤慨,发狂,不得安宁,东跑西颠……不停地写啊写,就像一个轮子,一架机器。明天,后天,逢年过节,无论冬夏,他都必须写!什么时候才能停下来歇一口气呢?可怜!"

奥勃洛莫夫转过脸去看看桌子,那上面光光的,墨水干了,鹅毛笔不见踪影。他心里很高兴,高兴他此刻像新生婴儿一般无忧无虑地躺着,不忙这忙那,不出卖任何东西……

"可是村长的信怎么办?房子怎么办?"他忽然想起这两件事,沉思起来。

门铃又响了。

"怎么今天都到我这儿来聚会?"奥勃洛莫夫说,等着看是谁来了。

来客的年纪说不准有多大,他正处在根据外貌很难判断年龄的时期。他不美也不丑,不高也不矮,既不是金发男子,也不是黑发大汉,天生没有任何显著的,无论是好是坏的特点。许多人称呼他伊万·伊万内奇,有些人称呼他伊万·瓦西里奇,也有一些人称呼他伊万·米哈伊雷奇。

关于他的姓氏也是说法不一,有些人说他姓伊万诺夫,有些人称呼他瓦西里耶夫或者安德烈耶夫,有些人认为他姓阿列克谢耶夫。初次见面的人听别人介绍了他的尊姓大名以后立刻就忘记了,连他的长相都想不起来,也没有注意到他说过什么话。他存在,不会给社会增添什么。他不存在,也不会使社会丧失什么。他的思维不具备机敏、独到之类的特征,正如他的躯体没有任何特征一样。

也许他起码还能讲一讲他的所见所闻,引起别人的兴趣,可惜他没有去过什么地方。自从在彼得堡出生以后,他就没有离开过这座城市,他的所见所闻自然是别人都知道的了。

这样的人讨人喜欢吗?他是否有爱,有恨,有痛苦?看来他应该有爱,有恨,有痛苦,因为凡人都免不了如此。不过他不知怎么一来竟然能够爱一切人。天下就有这么一种人,你无论用什么办法也不能在他们心中唤起敌意、复仇这一类的情绪。不管你怎样对待他们,他们总是怀着爱心。不过,老实说,他们的爱,以热度论,永远达不到炽烈的程度。虽然人们都说,这种人爱一切人,因此心地善良,其实他们谁也不爱,他们的所谓善良也仅仅是不凶狠而已。

如果别的人当着这种人的面给乞丐布施,那么这种人也会扔给乞丐一枚小钱。如果别的人辱骂,或者驱赶,或者嘲笑乞丐,这种人也会跟着辱骂和嘲笑。他算不上富翁,因为他并不阔绰,相反,倒是比较贫困。但又无论如何不能把他当成穷人,因为比他穷的人还多着呢。

他一年有一笔约三百卢布的收入,此外还干着一份小差事,领一份数额不大的薪俸,所以不愁吃穿,从不向人借钱,而别人更不会产生向他借钱的念头。

他在衙门里没有特别固定的工作,因为同僚和上司怎么也弄不清楚究竟什么事情他做得差些,什么事情他做得好些,当然也就无法确定他究竟擅长什么。别人交给他做这件事也好,那件事也好,他做出来总是让上司难以评价,左看右看,最后只能说:"先搁着吧,等我再看看……嗯,大致不差。"

你在他脸上永远捕捉不到任何表明他此刻在同自己谈话的那种思虑或者梦想的迹象。你也永远不会发现他正以热切的目光注视着外界的某一样东西,似乎想了解它。

如果有熟人在街上遇见他,问他:"上哪儿去啊?"他会回答说:"上衙门",或者说"逛商店",或者说"去看望一个人"。要是这位熟人说:"你还不如跟我上邮局",或者"去裁缝店",或者"散散步",他就会跟着这位熟人去裁缝店,上邮局,朝着完全相反的方向散步去了。

除了他的母亲以外,恐怕再没有什么人发现他出世了。在他活着的时候也很少有人注意他,大约将来同样不会有人注意到他如何从人世间消失的吧。他死后谁都不会问起他来,不会感到惋惜,也不会因此高兴。他既没有仇敌,也没有朋友,而熟人倒有不少。也许只有为他送葬的队伍会引起路人的注意,使路人第一次向这位无法确定其面貌的人脱帽致敬,深深地鞠躬。说不定还会有好奇的人跑到送葬的队伍前面去打听死者的姓名,问过以后也就忘了。

阿列克谢耶夫也罢,瓦西里耶夫也罢,安德烈耶夫也罢,别的姓氏也罢,都不过是芸芸众生的一个既不完全亦无个性的代号,一声喑哑的回响,一种模糊的反光而已。

扎哈尔在大门口或者小铺里惯于对聚集在那里的人一五一十地介绍前来拜访他的少东家的形形色色的客人，可是就连他一提到这位……我们姑且称之为阿列克谢耶夫的客人，也往往语塞。他左思右想，总抓不到这个人在外貌、举止或者性格方面有什么突出的特征，末了只好摆摆手，说："这一位是四不像！"

"哦！是您，阿列克谢耶夫！"奥勃洛莫夫招呼他说，"您好！从哪儿来？请别过来，请别过来！您刚进门，一身寒气，我就不跟您握手啦！"

"瞧您说的，寒气！"阿列克谢耶夫说，"我本来没打算今天上您这儿来，可是我碰见奥夫奇宁，他把我拉到他家去了。我这是来请您的，伊利亚·伊利奇。"

"上哪儿？"

"上奥夫奇宁家呀，走吧。马特维·安德烈伊奇·阿利亚诺夫、卡济米尔·阿尔贝特奇·普海洛、瓦西里·谢瓦斯季扬内奇·科雷米亚金都在那儿。"

"他们都上那儿去干什么？又有什么必要找我？"

"奥夫奇宁请您去吃中饭。"

"哼！吃中饭……"奥勃洛莫夫毫无兴致地说。

"然后一起去叶卡捷琳娜宫。他们叫我跟您说，要您雇一辆敞篷马车。"

"去那儿干什么？"

"干什么！今天那边有游园活动，您不知道今天是五一？"

"您坐一会儿，我们考虑考虑……"奥勃洛莫夫说。

"您起来呀！该穿衣服了。"

"再等一会儿，还早嘛。"

"还早!他们要我们十二点到,提前吃中饭①,下午两点左右就去游园。快走吧!叫人来服侍您穿衣服?"

"穿衣服?我还没洗脸呢?"

"您洗呀!"

阿列克谢耶夫在屋里来回走了几趟,在他看过上千次的一幅画前面站住,向窗外瞟了一眼,又从书架上拿起一样东西翻来覆去地端详了一阵,仍放回原处,然后吹着口哨重新踱起步来。他这样做是为了不妨碍奥勃洛莫夫起床洗脸。这样过了大约十分钟,阿列克谢耶夫忽然问奥勃洛莫夫:

"您怎么啦?"

"什么?"

"还躺着?"

"莫非有必要起来?"

"当然!人家等着我们呢。您不是想去嘛!"

"去哪儿?我哪儿也不想去……"

"伊利亚·伊利奇,刚才还说我们去奥夫奇宁家吃中饭,然后去叶卡捷琳娜宫……"

"天气这么潮湿我会去!那儿的东西有什么我没见过?瞧,就要下雨了,天阴得很。"奥勃洛莫夫懒洋洋地说。

"天上连一片云也没有,您倒以为要下雨了。您觉得天阴是因为您这些窗户不知有多少日子没擦了,玻璃太脏,根本不透光,有一幅窗帘几乎放到了底。"

"您去跟扎哈尔说说看,他马上就会要求雇老妈子来,把

---

① 彼得堡天亮得晚,早饭吃得晚,中饭指下午五点钟那顿正餐,晚饭吃得更晚。

我赶到外面去待一整天！"

奥勃洛莫夫沉思起来，阿列克谢耶夫坐在桌旁用手指敲着桌面，心不在焉地望望四壁和天花板，过了几分钟又问：

"那么我们怎么办？您是起来穿衣服呢，还是就这样躺着？"

"怎么啦？"

"去叶卡捷琳娜宫呀……"

"您总惦着叶卡捷琳娜宫，真是！"奥勃洛莫夫懊恼地说，"就不能在这儿坐着？是不是屋里冷，或者空气不好，您总想出去？"

"哪儿的话，我在您这儿总是觉得挺好，我很满意。"阿列克谢耶夫说。

"既然这儿挺好，为什么还想到别处去？不如在我这儿待一天，一块儿吃中饭，晚上您自便！……哦，我忘了，我怎么能出门！塔兰季耶夫要来吃中饭，今天是星期六。"

"既然这样……好吧……您就……"阿列克谢耶夫说。

"我告诉您我的事情了吗？"奥勃洛莫夫连忙问。

"什么事情？我不知道。"阿列克谢耶夫睁大眼睛望着奥勃洛莫夫说。

"为什么我这么久还没起床？就因为我一直躺在这儿想，我怎么才能摆脱困境。"

"什么困境？"阿列克谢耶夫问，同时竭力做出一副惊恐的样子。

"有两件倒霉的事情！我不知道该怎么办。"

"究竟是什么事情？"

"人家撵我走。您想想，要搬家，什么都乱了套，一大堆麻烦事……想想都让人害怕！我在这儿住了八年啦。房东竟然给我要这个把戏,说:'请你们搬走,快点!'"

"还要快点！人家来催自然是有这个必要。"阿列克谢耶夫说,"搬家很讨厌,麻烦得很,丢了这个,砸了那个,挺烦人！您这房子多好……租金多少?"

"上哪儿去找这么好的房子,还要马上找到?"奥勃洛莫夫说,"这房子干燥,暖和,住户都相安无事,失窃的事情只发生过一次！天花板看上去不大牢靠,石灰都脱落了,不过一直也没塌下来。"

"您说说!"阿列克谢耶夫晃着脑袋说。

"想个什么办法才能……不搬家呢?"奥勃洛莫夫心事重重地自问。

"您租这房子是有合同的吧?"阿列克谢耶夫问,并且从上到下观察这间屋子。

"对,不过合同已经过期,后来我一直按月付房租……究竟从什么时候起按月付房租,我记不得了。"

"您打算怎么办?"阿列克谢耶夫沉默片刻以后又问,"是搬还是不搬?"

"根本没打算,"奥勃洛莫夫说,"我连想都不愿意想。让扎哈尔去想个办法吧。"

"有些人倒特别爱搬家,"阿列克谢耶夫说,"好像只有换个住处才是一种乐趣……"

"让'有些人'去搬好了。我可是什么变动也受不了！这还只关系到住处!"奥勃洛莫夫说,"您看看村长给我写些什么。我这就把他的信拿给您看……信哪儿去啦?扎哈尔！扎哈尔!"

"唉,圣母啊!"扎哈尔一面从炉炕上往下跳,一面声音嘶哑地说,"什么时候上帝才来召我?"

他走进书房,目光呆滞地看了少东家一眼。

"你怎么不把信找出来?"

"我上哪儿找去?我知道您要的是哪封信?我又不识字。"

"不管识字不识字,你找一找嘛!"奥勃洛莫夫说。

"您自个儿昨天晚上还瞧信来着,"扎哈尔说,"后来我就没瞅见过。"

"信在哪儿呢?"奥勃洛莫夫懊丧地说,"我又没把它吞下去。我记得很清楚,是你从我这儿拿走的,不知放到什么地方去了。哦,你看,原来在这儿!"

奥勃洛莫夫抖了抖被子,一封信从被子里掉到地板上。

"瞧您什么都赖我!……""好了好了!走吧走吧!"扎哈尔和奥勃洛莫夫同时向对方嚷道。扎哈尔走了,奥勃洛莫夫开始念信。那是一张灰色的纸,上面的字很像是蘸着克瓦斯饮料写的,还盖了褐色的火漆封印。颜色很淡的粗大字母稀稀拉拉地排着庄严的队伍由左上角向右下角倾斜着走下来。这队伍在行进中有的时候被一大块淡淡的水印阻断。

"阁下,"奥勃洛莫夫念道,"养育我们的父亲伊利亚·伊利奇大人……"

奥勃洛莫夫跳过几句问候的话,从当中念下去:

"在下谨向东家禀报,你的领地上平安无事。四个多星期没下雨了,想必是我们得罪了上帝,所以不下雨。老辈人都不记得什么时候闹过这样的旱灾,春麦都焦了,跟火烤过似的。秋麦有的闹虫害,有的给早霜打了,我们改种了春麦,还不知道长得出来长不出来。说不定仁慈的主会保佑东家,我们倒不为自个儿操心,就让我们饿死好了。圣约翰节①前又有三个农民逃走了,是拉普捷夫,巴洛乔夫,特别是铁匠的儿子瓦西卡逃走了。我打发他们的婆娘去找,这些娘儿们去了就没回来,听说在切尔基住下了。我干亲家从韦尔赫廖沃到切尔基去了,是管事派他去的,因为听说那边来了一种洋犁,管事派我干亲家去切尔基看那种犁。我托我干亲家去打听那几个逃亡农民,还求过县警察局局长,他说:'拿呈文来,什么调查都能办,叫农民回原籍。'多余的话一句都没有。我就跪下去哭着求他,可他对我大喊大叫,说:'滚开滚开!跟你说了能办,拿呈文来!'可我没递呈文。本地又雇不着人,都到伏尔加河上当船工去了——这儿的人如今就有这么傻,伊利亚·伊利奇,养育我们的父亲!今年集市上不会有咱们的粗麻布了,我已经把烘仓和漂布房锁上,派瑟丘格日夜看守,他是个不喝酒的农民。为了防他偷东家的东西,我日夜监视着他。其他人喝得厉害,还要求改付代役租。欠下的租没付清,我们的父亲和恩人,今年给你交的钱要比去年少两千左右,只求旱灾别弄得我们彻底破产,我们就按我们说的这个数交上。"

接下去是表忠心的话和落款:"你的村长,最卑贱的奴仆普罗科菲·维佳古什金签呈。"村长没有文化,因此只画了一个十字。"信由村长口述,其内弟独眼焦姆卡代书。"

奥勃洛莫夫看了看信的末尾说:

"没有注明年月,这封信肯定是去年写的,一直压在村长

---

① 旧俄历六月二十四日,公历七月七日是东斯拉夫人的圣约翰节。

那儿。信上提到圣约翰节,提到旱灾!他现在才想起来!"①

奥勃洛莫夫陷入沉思之中。

"怎么样?"他接下去说,"您看,他说要'少交两千左右'!还剩多少?去年我收到多少呢?"他两眼盯着阿列克谢耶夫问,"我没告诉您?"

阿列克谢耶夫望着天花板思索起来。

"等施托尔茨来,应该问问他,"奥勃洛莫夫又说,"好像有七八千……真糟糕,没记账!那么今年他只给我六千了!我会饿死啊!在这儿靠什么过日子?"

"着什么急,伊利亚·伊利奇?"阿列克谢耶夫说,"什么时候也别绝望,车到山前必有路。"

"他写些什么您听见了吧?非但不想办法送钱来,说几句宽慰的话,反而故意叫我不痛快!年年如此!现在我感觉很失落!'少两千左右'!"

"是啊,损失挺大,"阿列克谢耶夫说,"两千可不是闹着玩儿的!听说阿列克谢·洛金内奇今年也只有一万二的收入而不是一万七……"

"一万二总还不是六千吧,"奥勃洛莫夫打断了他的话,"村长气死我了!如果真会发生歉收、旱灾这一类的事情,又有什么必要提前让我难受?"

"嗯……这倒是……"阿列克谢耶夫说,"不该这么办。不过农民做事哪会有分寸!这种人什么都不懂。"

"您处在我的地位打算怎么办?"奥勃洛莫夫疑惑地望着

---

① 这天是五月一日,村长的信是"最近"收到的,而圣约翰节在夏季,旱灾也是夏天才会发生。

阿列克谢耶夫问,满心期待着阿列克谢耶夫想出办法来宽他的心。

"要考虑考虑,伊利亚·伊利奇,不能仓促决定。"阿列克谢耶夫说。

"要不就给省长写封信吧!"奥勃洛莫夫若有所思地说。

"谁是你们的省长?"阿列克谢耶夫问。

奥勃洛莫夫没有回答,他思索起来。阿列克谢耶夫闭上嘴,也琢磨开了。

奥勃洛莫夫把信团在手中,托着头,把两个胳膊肘支在两个膝头上,呆坐了一会儿,种种恼人的念头涌上心头折磨着他。

"施托尔茨快点来就好了!"奥勃洛莫夫说,"他来信说很快就到,可是鬼知道他人在哪儿!他能把这件事办好。"

接着奥勃洛莫夫又愁云满面。两个人沉默了许久。最后还是奥勃洛莫夫先有了主意。

"应该这么办!"他坚决地说,几乎从床上起来了,"而且要尽量快,不能拖延……首先……"

这时候从外室传来震耳的门铃声,奥勃洛莫夫和阿列克谢耶夫两个人都不由得颤抖了一下,扎哈尔立刻从炉炕上跳下来。

三

"在家吗?"有个人在外室很不客气地大声问。

"这时候还能上哪儿去?"扎哈尔更加不客气地回答说。

来人年纪在四十岁上下,是那种大块头,个子高,肩膀和整个躯干都很厚实,面目粗蠢,脑袋挺大,结实的脖子稍嫌短了些,两只大眼球鼓起,嘴唇很厚,乍一看给人的印象是粗野,邋遢。看来他不讲究服饰。难得见他把脸刮干净。他对这些事情显然抱着无所谓的态度。他不为自己的衣着脸红,反倒有一种恬不知耻的得意神态。

此人的大名是米海·安德烈耶维奇·塔兰季耶夫,他是奥勃洛莫夫的同乡。

塔兰季耶夫以阴暗的目光看待一切,对周围的事物无不抱着类似鄙夷,公然敌视的态度,见什么骂什么,就像一个受到不公正待遇或者怀才不遇的人,或者一个在命运的打压下虽然被迫低头而心不甘、气不馁的强者。

他的举动大胆随便,说话快,嗓门大,而且几乎总是带着火药味。如果稍微站远一点听他说话,你会觉得像是有三辆空大车从桥上经过。他从不在乎有什么人在场,照样对答如流。一般说来,他对任何人,包括朋友,都很粗鲁,似乎要使你感觉到,他跟你说话,甚至在你家吃饭,都是给了你很大的面子。

塔兰季耶夫是个思维敏捷的机灵人,如果议论一般性的实际生活问题或者错综复杂的案件,那么谁也说不过他,他会立刻为某种情况下如何行动提出一套理论,而且有根有据,末了几乎总是要把向他讨教的人奚落一顿。

然而,自从二十五年前他进某衙门做了一名录事之后,就一直做到须发挂霜。无论他自己还是别人都从来没有考虑过他是否应该晋升了。

原来塔兰季耶夫只不过长了一张巧嘴,在口头上他能把一切问题都解答得清清楚楚,毫不费力,尤其是涉及别人的时候。一旦需要动一动手指,或者向前迈一步,总而言之,需要他把自己创立的理论付诸实践,采取实际步骤,显示办事的能力和效率,他就变了一个人,变得不中用了。他忽然为难起来,身体也不舒服了,不是说不方便就是说还有别的事情,而那件事情他同样不会着手去做,即使去做,也不知道会不会有结果。他仿佛成了一个小孩子,顾此失彼,甚至连一些起码的常识都没有,或者延误了时机,以致半途而废,或者全无章法,最后丢下一个烂摊子,叫人无法收拾,事后他还要骂娘。

他父亲是从前地方上的一名刀笔吏,本想把自己处理讼事的技巧和经验传授给儿子,让儿子也进衙门去干他如鱼得水般干了一辈子的事业,不料命运却另有安排。这位穷得只勉强学过一点俄文的父亲,不愿意看到儿子落后于时代,希望儿子除了掌握诉讼之道以外还学点别的东西,就叫他跟着一位神父读了三年拉丁文。

孩子天资聪慧,三年就学完了拉丁文的初级读写课程和高级句法学,刚开始研读科尔内利·内波斯①的著作,父亲就认为这点知识够了,已经使儿子大大超越了前辈,再学下去说不定会毁了儿子的仕宦前程。

十六岁的米海在父母膝下渐渐忘记了无用武之地的拉丁文,然而在等待来日获得出入地方自治会法院或者县级法院之殊荣的岁月里,这个年轻人经常跟着他父亲去吃酒席。正是在这所学堂里,在人们无所顾忌的谈笑间,他的智力向着精微处发展起来。

他以年轻人的接受能力倾听父亲和他的同僚们谈论由这些前辈刀笔吏经手的种种民事和刑事案件,其中不乏引人入胜的情节。

不过这一切并没有开花结果。父亲费尽心力也没有能够把米海培养成一名精通业务的恶讼师。如果不是命运捣乱,老人家的目的本来是可以达到的。米海的确已经从父辈的言谈中掌握了全部理论,只差把这理论付诸实践了,不料父亲故去,米海还没有来得及跨进法院的大门,一位恩人就把他带到了彼得堡,并且在一个局里给他谋了一个录事的职位,从此不再过问他的事。

于是塔兰季耶夫一生都只是一个理论家。他学的拉丁文,他掌握的那一套任意断案——公正也罢不公正也罢——的精致理论,在彼得堡的公务中都没有派上用场。然而他身上确实有一股连他自己也意识到的沉睡着的力量,这股力量被与他作对的环境永远关锁在他的体内,没有施展的希望,就

---

① 科尔内利·内波斯(公元前约100—前25),罗马历史学家,他的著作在革命前的俄国学校中用作拉丁文教材。

像童话故事里讲的妖精被关在施了魔法的四壁间,失去了害人的能力一样。也许塔兰季耶夫是因为意识到自己身上有这么一股没有使用的力量才说话粗鲁,心怀敌意,总是怒气冲冲、骂骂咧咧的吧。

他以苦涩的心情和轻蔑的眼光看待自己目前从事的抄写文件、订成卷宗之类的工作。远方只有最后一线希望在向他微笑,就是转到收酒税的职务上去。在他看来,只有以此取代他父亲要他继承而没有成功的事业才是有利可图的。在这样的期待中,他父亲为他建立的一套为人处世、欺诈索贿的现成理论,因为没有能够运用到外省那个值得使之一显身手的主要舞台上,就运用到了他在彼得堡的卑微生活中的一切琐事上面,又因为他缺少官场上的交际而潜入他的私交之中。

他骨子里就是一个索贿贪官,又有一套理论,可惜无案可办,也无人求他写状子,于是他想出种种巧妙的方法去勒索自己的同事和朋友。天晓得怎么一来他就能够以软磨硬缠的手段强迫别人请他吃饭,不管对方是什么人,也不管什么场合。他还毫无道理地要求所有的人尊敬他,态度又十分苛刻。他从不因自己的衣服破旧而脸红,然而只要一天没有希望大吃一餐饭、足喝一顿酒,他就会惶惶不安。

因此,他在朋友圈子里扮演的是一只大看门狗的角色,见人就咬,不许人动弹;但是一见有肉扔过来,不管由哪儿扔来往哪儿扔去,他准会冲上去逮住。

到奥勃洛莫夫这里来得最勤的就是这样两个人。

这两个俄国无产者来干什么?他们心里很清楚,他们是来喝酒,吃饭,抽好烟的。他们发现这里是一个既温暖又自在的去处,而且任何时候都招待得一样,即使算不上热情,却也并非无情。

那么奥勃洛莫夫又为什么让他们来呢？这恐怕连他自己也说不清。大约是因为直到今天，在像奥勃洛莫夫庄园这样的偏僻乡村里，每一户殷实人家都养着这么一群男女，他们一无生活来源，二无一技之长，又不事生产，只有一张要吃要喝的嘴，还几乎都是有身份的人。

更有一帮耽于逸乐之徒，他们的生活需要这种补充。如果世上没有多余的人，他们会感到寂寞：谁来把不知搁在哪儿的鼻烟壶找出来递给他们，或者帮他们拾起掉在地上的手帕？他们头痛起来的时候向谁诉苦，并且有权得到对方的安慰？做了噩梦向谁讲，叫谁来圆梦？就寝的时候又找谁来念闲书催眠呢？再说，有的时候还可以差遣这类无产者到附近的城镇去采购，或者帮着处理一些事务——总不能亲自四处奔跑吧？

塔兰季耶夫一进门就嚷嚷，把奥勃洛莫夫从呆滞无聊的状态中拉了出来。他大声说话，争辩，仿佛在演一台独角戏，慵懒的主人倒不必开口或动手了。塔兰季耶夫把生命和运动，有的时候还把各种新闻从外面带进这个由睡眠和安息统治着的房间。奥勃洛莫夫可以一动不动地听着和看着一个非常活跃的东西在他面前动来动去，说个没完。此外，他的憨朴也足以使他相信塔兰季耶夫真能给他出个好主意。

奥勃洛莫夫能够容忍阿列克谢耶夫造访则另有一层同等重要的原因。如果奥勃洛莫夫想按自己的方式生活，也就是静静地躺着打盹儿，或者在屋里踱步，那么阿列克谢耶夫在与不在没有区别，他也会静静坐着打盹儿，或者盯着一本书，或者懒洋洋地打着哈欠（直到流出眼泪）仔细观看屋里的图画和小玩意儿。他能三天三夜像这样待着。如果奥勃洛莫夫独处腻了,需要交流思想,开口说话,出声朗读,谈天论地,发泄发泄,那么随时都有这么一个顺从而又现成的人洗耳恭听。无论奥勃洛莫夫沉默也罢,议论也罢,激动也罢,也无论他怎样看问题,这个人一律奉陪。

其他客人不常来,就是来了,也像前面三位客人一样,只待一会儿。于是奥勃洛莫夫和大家越来越疏远。有的时候奥勃洛莫夫也会对某件新鲜事或者五分钟的交谈发生兴趣,得到满足以后却又不说话了。别人需要交流,需要他参与他们感兴趣的活动。他们在人群中如鱼得水,人人都按照自己的方式去理解生活——就像他不愿意理解生活一样,他们想把他也卷进生活中去,这他可不喜欢,叫他反感,不合他的心意。

有一个人倒合他的心意,虽然这个人也不让他安宁。这个人热爱新鲜事物,热爱社交,热爱科学,热爱整个生活,但是好像爱得更加深,更加真。奥勃洛莫夫虽然对一切人都很和蔼,而真心喜爱和信赖的却只有这一个人,也许是因为他俩一起长大,又同窗共读,一块儿生活过的缘故吧。这个人就是安德烈·伊万诺维奇·施托尔茨。

施托尔茨出门了,奥勃洛莫夫正急切地盼望他归来。

四

"你好哇,老乡!"塔兰季耶夫粗声粗气地说,同时向奥勃洛莫夫伸出一只寒毛森森的手,"这都什么时候了,你还在床上挺着?"

"别过来,别过来!你刚进门,一身寒气!"奥勃洛莫夫一面拉上被子,一面说。

"什么话,一身寒气!"塔兰季耶夫吼起来,"喏,喏,握握手嘛,人家都伸出来了!就要打十二点了,他还四脚朝天!"

他想把奥勃洛莫夫从床上拉起来,奥勃洛莫夫抢先放下两只脚,那两只脚立刻插进鞋里。

"我正要起床。"奥勃洛莫夫打着哈欠说。

"我可知道你怎么起床,你得赖到吃中饭的时候。喂,扎哈尔!你在哪儿,老蠢货?赶紧来帮你老爷穿衣服。"

"您先雇一个自个儿的扎哈尔再嚷嚷吧!"扎哈尔说着走进书房来,恶狠狠地看看塔兰季耶夫又说,"瞧您把地板踩的,像个货郎似的!"

"哼,还多嘴,丑八怪!"塔兰季耶夫说着提起一只脚来,准备等扎哈尔从他身边走过的时候从他背后踹他一脚,不料扎哈尔忽然停步,转身对他气势汹汹地吼道:

"您试试!这是干吗?我走了……"他说完向门口退去。

"算了,米海·安德烈伊奇①,你真爱闹!何苦招惹他?"奥勃洛莫夫说。"扎哈尔,把东西递给我!"

扎哈尔又折回来,斜眼看着塔兰季耶夫,灵巧地从他身边一闪而过。

奥勃洛莫夫让扎哈尔扶着,像个疲惫不堪的人一样勉强下了床,然后勉强走到一张大圈手椅前面,一屁股坐了下去,又不动了。

扎哈尔从一张小桌子上拿来头油、梳子、刷子,在奥勃洛莫夫的头发上抹了一点油,分了缝,用刷子刷整齐。

"您现在就洗脸吗?"扎哈尔问。

"再等一会儿,"奥勃洛莫夫说,"你先去吧!"

正当扎哈尔给奥勃洛莫夫梳头的时候,塔兰季耶夫忽然转过脸去对阿列克谢耶夫说:"啊,您也在这儿?我没看见。您在这儿干吗?您的亲戚可真是个浑蛋!我一直想跟您说……"

"什么亲戚?我什么亲戚也没有啊!"阿列克谢耶夫瞪圆了眼睛望着塔兰季耶夫胆怯地说。

"就是那个人,他还在那儿当差,姓什么来着?……姓阿法纳西耶夫,怎么不是亲戚?是亲戚。"

"可我不姓阿法纳西耶夫,我姓阿列克谢耶夫,"阿列克谢耶夫说,"我没有亲戚。"

"还说不是亲戚!跟您一样不中看,也叫瓦西里·尼古拉伊奇。"

---

① 俄国人名第二段是父名,"××耶维奇"或"××诺维奇"等意为××之子,在口语中,对熟人,尤其是老百姓相互间喜欢简化为"伊奇""内奇"等。

"真的非亲非故,我叫伊万·阿列克谢伊奇。"

"反正他像您。不过他是个浑蛋,您看见他的时候就这么跟他说吧。"

"我不认识他,从来没见过面。"阿列克谢耶夫一面打开鼻烟盒,一面说。

"给我一点鼻烟!"塔兰季耶夫说。他闻了闻鼻烟,又说,"您这个是普通的,不是法国的,对吗?可不是!"接着就厉声指责说,"干吗不买法国的?"

"像您的亲戚那样的浑蛋我还真没见过,"塔兰季耶夫继续说。"我跟他借过五十卢布,两年前的事了。五十卢布算什么?还不早忘了?没那回事,他可记得,月月碰见我就问:'您借的钱怎么样了?'烦死人!这还不算,昨天他上我们局里去了,又跟我说:'您肯定关饷了,可以还债了。'我把薪水给了他,当众臊了他,臊得他都找不着门在哪儿了。说什么'我是穷人,自个儿还缺钱花呢!'好像我就不缺了!我又不是阔佬,赏他五十卢布不在乎!老乡,给支烟抽。"

"烟就在那边一个小盒子里。"奥勃洛莫夫指着书架说。

他若有所思地坐在圈手椅中,摆出一副闲雅的懒相,并未注意周围发生的事情,也没有听别人说什么。他在欣赏他那双白净的小手,抚摩着它们。

"嘿!还是那种?"塔兰季耶夫拿出一支烟,看看奥勃洛莫夫,厉声问他。

"嗯,还是那种。"奥勃洛莫夫机械地说。

"我不是跟你说了嘛,要买另外一种,进口的!真没记性!你可注意,下星期六以前一定得买到,不然我要过好长时间才来。瞧这破烟!"塔兰季耶夫点着烟,吸了一口,吐出一个烟圈儿,而将下一个烟圈儿吞进肚里,又说了一句"没法抽"。

"你今天来得早,米海·安德烈伊奇。"奥勃洛莫夫打着哈欠说。

"怎么,我让你腻烦了?"

"哪里,我只是发觉你今天来得早。平常你要到吃中饭的时候才来,今天刚过十二点。"

"我故意早点儿来打听今天吃什么。你给我吃的都是些什么玩意儿啊!我得知道你今天叫他们做什么菜了。"

"你到厨房去打听吧!"奥勃洛莫夫说。

塔兰季耶夫出去了。

"饶了我吧!"他转回来的时候说,"除了牛肉还是牛肉!唉,奥勃洛莫夫老弟,你真不会过日子,还算是地主呢!有你这样当地主的吗?小家子气,不会款待朋友!马德拉酒买了吗?"

"不知道,你问扎哈尔,"奥勃洛莫夫几乎没有听他在说什么,"大概有酒吧。"

"还是上回德国人卖的那种吗?不行!得到英国商店去买。"

"有这种就行了,"奥勃洛莫夫说,"不然还要派人去买。"

"等一等,把钱交给我,我经过那儿可以捎来。我还得出去一趟。"

奥勃洛莫夫在抽屉里翻了一阵,拿出一张那个时代的十卢布红钞票。

"马德拉酒七卢布一瓶,"奥勃洛莫夫说,"这是十卢布。"

"都给我,人家会找钱,别怕!"

塔兰季耶夫从奥勃洛莫夫手中夺去那张钞票,动作敏捷地塞进自己的衣袋里。

"好,我走了!"塔兰季耶夫一面戴帽子,一面说,"五点以前我再来,我得到一个地方去一趟,人家答应在酒税局给我找一份差事,叫我去看看……对了,伊利亚·伊利奇,你今天雇不雇车去叶卡捷琳娜宫?最好把我捎上。"

奥勃洛莫夫摇摇头表示否定。

"怎么,是懒得动还是舍不得花钱?唉,你这个财主呀!好,回头见……"

"等一等,米海·安德烈伊奇,"奥勃洛莫夫打断了塔兰季耶夫的话,说,"我有事跟你商量。"

"还有什么事?快说,我没工夫。"

"我这儿一下子来了两件倒霉事。房东催我搬家……"

"肯定是你不交房租,活该!"塔兰季耶夫说着又要走。

"算了吧!我总是提前交。问题是人家要改建……等一等!你去哪儿?教教我,该怎么办,人家催得紧,要我们一星期以后就搬走……"

"干吗找我给你出主意?……你别以为……"

"我根本没以为,"奥勃洛莫夫说,"你别吵,别嚷,还是想一想该怎么办吧。你这个人善于处理实际问题……"

塔兰季耶夫已经不是在听奥勃洛莫夫说话,而是在打主意。

"行啊,那你得谢我。"塔兰季耶夫一面摘去帽子,一面又坐了下来,说,"叫他们吃中饭的时候上香槟酒,那你的事儿就算成了。"

"什么?"奥勃洛莫夫问。

"上不上香槟酒?"

"如果你的主意值得……"

"哼,你自个儿还不值这个主意呢。要我白给你出主意?那你问他,"塔兰季耶夫指着阿列克谢耶夫说,"或者问他那个亲戚去。"

"好了好了,你说吧!"奥勃洛莫夫恳求地说。

"我说你明天就搬……"

"嘿!这是什么主意!我自己也知道……"

"等一等,别打岔!"塔兰季耶夫提高了嗓门儿,"明天你就搬到我干亲家母那儿去,到维堡区去……"

"你真想得出!搬到维堡区去!① 听说那边冬天有狼。"

"有时候有,从岛上跑过来的,你管它呢!"

"那边太寂寞,太荒凉,连个人影也看不见。"

"瞎说!我干亲家母就住在那儿,她有房子,有大片大片的菜园子。她可是个挺大方的妇女,带着两个孩子守寡,还有一个没成家的哥哥跟她过,那可是个有脑子的人,不像墙犄角儿坐着的这一位,"塔兰季耶夫说着指了指阿列克谢耶夫,"比你我强多啦!"

"你说这些和我有什么关系?"奥勃洛莫夫不耐烦地说,"我可不往那边搬。"

"我倒要看看你有什么办法不搬。真是的,既然求人出主意,你就得听。"

"我不搬。"奥勃洛莫夫坚决地说。

"那就见你的鬼去吧!"塔兰季耶夫说着拿起帽子往头上

---

① 维堡区当时还是彼得堡市的郊区,比较荒凉。

一扣,向门外走去,可是又转过身来说:

"你这个人真怪!这儿有什么好?"

"有什么好?上哪儿都近便!"奥勃洛莫夫说,"商店啦,剧场啦,熟人啦……都在附近,这是市中心……"

"什么?"塔兰季耶夫打断了奥勃洛莫夫的话,"你说说,你有多长时间没出门了?还是什么时候去的剧场?看望了哪些熟人?请问,你要市中心管他妈的什么用?"

"管什么用?用处多着呢!"

"瞧,连自个儿也说不上来!到那边去,你想想,跟我干亲家母那位大方的妇女住在一块儿,太太平平,安安静静,谁也不来招惹你,一点儿吵闹声都没有,什么都干干净净,整整齐齐。你瞧你在这儿就跟住车马店似的,还算是地主老爷呢!那边又干净又清静,寂寞了还有人跟你说说话。除了我,谁也不会上你那儿去。那两个小娃娃,你爱跟他们玩多久就玩多久!你还要什么?省多少钱啊!你在这儿住交多少?"

"一千五。"

"那边一千卢布差不多能租一幢房子了!里头的房间亮堂堂的,好着呢!她早就想找个好静的,规规矩矩的房客,我这才叫你……"

奥勃洛莫夫茫然地摇摇头表示反对。

"不行,你得搬过去!"塔兰季耶夫说,"你想想看,你能少花一半钱,光住房就省五百卢布,伙食改善一倍,干净得多,不管是厨娘还是扎哈尔都没法再偷东西了……"

从外室传来了咆哮声。

"生活也会更有条理,"塔兰季耶夫接着说,"现在在你这儿吃饭真叫人恶心!要胡椒没胡椒,要醋没醋,刀子也不洗干净,据你说,经常找不着内衣,到处是灰尘,简直是活受罪!那边可是女人当家,不管是你还是你那个蠢货扎哈尔……"

外室的咆哮声更高了。

"那条老狗,都不用再操心了,"塔兰季耶夫接着说,"享现成福就是了。还有什么可考虑的?搬过去不就完了……"

"我怎么能无缘无故搬到维堡区去……"

"真拿他没办法!"塔兰季耶夫揩着脸上的汗水说,"现在已经是夏天了,你就跟去别墅一样嘛!夏天你在这戈洛霍夫大街的屋子里焐着干吗?……那边有别兹博罗德金花园①,紧挨着是奥赫塔区②,走两步就是涅瓦河,还有自己的菜园。尘土啦,闷热啦,全没了!没什么可考虑的,吃饭前我赶紧上她那儿去一趟,你给我车钱,明天就搬……"

"这个人!"奥勃洛莫夫说,"心血来潮竟然叫我往维堡区搬……出这种主意倒简单。不行,你想个办法让我在这儿住下去。我已经住了八年,真不想换地方……"

"这事儿就这么定了,你搬过去。我这就去找我干亲家母。那份差事嘛,我改天再去看……"

塔兰季耶夫正要出门,奥勃洛莫夫又把他叫住,说:

"等一等,等一等!你急什么?我还有一件事情,比这更重要。你看,村长给我写了这样一封信,你说我该怎么办?"

"瞧你这个人!"塔兰季耶夫说,"什么事情自个儿都办不了,全指望我!你能干什么?真不是人,简直就是草包一个!"

～～～～～

① 指别兹博罗德金伯爵府的大花园,离维堡区不远。
② 奥赫塔区向彼得堡市供应牛奶。

"信呢？扎哈尔！扎哈尔！他又把信搁到哪儿去啦？"奥勃洛莫夫说。

"喏，村长的信。"阿列克谢耶夫拿起一团揉皱了的纸说。

"对，就是它。"奥勃洛莫夫接过去念了起来。

"你说说，我该怎么办？"奥勃洛莫夫念完信以后问，"旱灾，欠租……"

"你完了，你这个人彻底完了！"塔兰季耶夫说。

"怎么完了？"

"怎么不是？"

"好，就算是，那你说该怎么办呢？"

"拿什么谢我？"

"不是说好了嘛，上香槟酒，你还要什么？"

"香槟酒是谢我找房子。我给你办了好事，你还不领情，找些话来说，真没良心！你自个儿去找找看！房子事小，主要的是你能得安定，就跟住到亲姐妹家去一样。有两个孩子，一个没成家的哥哥，我天天都会去……"

"好吧，好吧，"奥勃洛莫夫打断了他的话，"现在你说说，我该怎么对付村长？"

"吃中饭的时候再给我来点黑啤酒我就说。"

"还要黑啤酒！没个够……"

"那就再见吧！"塔兰季耶夫一面戴帽子，一面说。

"唉，我的上帝！村长在信上说收入'少两千左右'，他还要加黑啤酒！好，你去买黑啤酒吧。"

"再给点钱！"塔兰季耶夫说。

"你拿去的那张红票子不是还有找头吗？"

"雇车去维堡区要不要钱？"塔兰季耶夫说。

61

奥勃洛莫夫又拿出一卢布银币,懊丧地塞给塔兰季耶夫。

"我跟你说,你那个村长是骗子,"塔兰季耶夫一面把那一卢布银币装进衣袋里,一面说,"可你倒傻呵呵的信他的话。你瞧他都说了些什么!闹旱灾,年成不好,收不上租,农民跑了。扯淡,全是扯淡!我听说我们老家舒米洛夫世袭领地去年打下来的粮食把什么债都还清了,你那儿倒闹旱灾,年成不好。舒米洛夫世袭领地离你那儿才五十俄里①,为什么人家的庄稼没旱死?还说收不上租,放屁!他村长是干什么吃的?怎么不管?怎么会收不上租?咱们那边是没活儿干还是东西卖不出去?嘿,这个强盗!要是我,还不给他点颜色看看!农民跑了,准是他吃了人家的好处放走的,他根本没打算告到警察局局长那儿去。"

"不可能,"奥勃洛莫夫说,"他信上还提到县警察局局长说了些什么话,那么逼真……"

"嘿,你呀!什么也不明白。骗子都写得逼真,你就信我这话吧!比方说,"塔兰季耶夫指着阿列克谢耶夫接着说,"这个老实人,绵羊似的,他能写得逼真吗?没门儿!可他那个浑蛋亲戚就能写得逼真。你也写不出逼真的!所以说你那个村长是浑蛋,就因为他花言巧语写得逼真。瞧他学的词儿:'回原籍'。"

"怎么对付他呢?"奥勃洛莫夫问。

"马上把他撤了。"

"叫谁来当村长?我怎么知道农民谁好谁不好?也许换一个更坏。我有十二年没到庄园去了。"

① 1俄里约合1.06公里。

"你亲自下乡,不然不行。你在那儿住上一个夏天,秋天直接搬新居。我在这儿帮你张罗,把新居准备好。"

"搬新居,亲自下乡!你出的主意都是要人命的!"奥勃洛莫夫不满地说,"别走极端嘛,还是折中好……"

"嘿,伊利亚·伊利奇老弟,你彻底完了。我要是你,早就把庄园典出去了,拿这笔钱另买一处庄园,或者在本城找个好地方买一幢房子,这可值当。然后把房子也典出去,另买一幢……要是把你的庄园交给我,我的名声可就大了。"

"别吹牛,还是帮我想想,怎么才能够既不搬家,又不下乡,问题也解决了……"奥勃洛莫夫说。

"你这个人到底还动弹不动弹?"塔兰季耶夫说,"你瞧瞧你自个儿,能干什么?国家要你有什么用?连乡下也不能去!"

"我现在去为时尚早,"奥勃洛莫夫说,"等我先把我要在庄园实施改革的蓝图定下来……"接着他突然说,"这样吧,米海·安德烈伊奇,你去一趟。你懂行,地方也熟。我不会舍不得花钱。"

"我是你的管事吗?"塔兰季耶夫傲慢地反问,"再说我也不习惯跟农民打交道了……"

"那怎么办呢?"奥勃洛莫夫若有所思地说,"我真的不知道。"

"这样吧,"塔兰季耶夫说,"你给县警察局局长写一封信,问问他那个村长有没有跟他提到过农民外逃的事情,请他到你的庄园上去一趟。然后你再给省长写一封信,请他命令县警察局局长呈交一份有关那个村长的品行的报告。你就这样写:'恳请阁下不吝父爱,以仁慈之心关注村长无行造成余难免之大难,顾念余及余妻更兼嗷嗷待哺之幼儿一十二人面临啼饥号寒之苦……'"

奥勃洛莫夫哈哈大笑,说:

"万一人家要我把孩子带去看看,我上哪儿去找这么多孩子啊?"

"废话!"塔兰季耶夫说,"你就写:幼儿一十二人,人家只当耳边风,才不会来查呢。可是这样写才'逼真'……省长会把信交给秘书,你也得给秘书写几句,当然是内封附件,事情要由秘书去处理。还得把邻居们都求到,你在乡下都有哪些邻居?"

"多布雷宁离我很近,"奥勃洛莫夫说,"我在这儿常和他见面,现在他在乡下。"

"你给他也写一封信,好言相求,就说'请帮我这个大忙,我对您这位基督徒,朋友,邻居不胜感激之至'。随信送上一份彼得堡的礼品……雪茄烟什么的。就这么办,你什么也不懂,你这人完了!要是碰上我,村长可得小心!我会收拾他。邮车什么时候上那边去?"

"后天。"奥勃洛莫夫说。

"那你马上坐下来写信。"

"后天邮车才走,何必马上写?"奥勃洛莫夫说,"明天写也可以嘛!听我说,米海·安德烈伊奇,你做'好事'就做到底吧!中饭我照你说的办,再加一道鱼,或者鸡什么的。"

"还有什么事?"塔兰季耶夫问。

"你坐下来帮我写信,三封信你大笔一挥就完了。你讲得那么'逼真'……"奥勃洛莫夫竭力掩饰着脸上的笑意说,"伊万·阿列克谢伊奇还可以帮着誊清……"

"嘿！真会打主意！"塔兰季耶夫说，"叫我写！我在衙门里已经三天不写东西了，一坐下来左眼就流泪，直跳，肯定是受风了，一弯腰头就晕……你真是个懒汉！伊利亚·伊利奇老弟，你完了，彻底完了！"

"唉！安德烈快点回来就好了！"奥勃洛莫夫说，"他能把事情都办妥……"

"你把他当大善人！"塔兰季耶夫打断了奥勃洛莫夫的话，"那个该死的德国佬，别提有多滑了！……"

塔兰季耶夫对外国人有一种本能的反感。在他看来，法国人、德国人、英国人等于奸诈刁滑之徒或者强盗。他甚至看不到不同民族之间的区别，认为一切外族都是一样的。

"听着，米海·安德烈伊奇，"奥勃洛莫夫郑重地说，"我求过你：说话注意分寸，尤其是提到和我关系密切的人……"

"关系密切的人！"塔兰季耶夫憎恨地说，"他是你的亲人吗？谁不知道他是德国佬！"

"比亲人还亲呢，我和他一起长大，一起读书，我可不许你无礼……"

塔兰季耶夫气得脸红脖子粗，说：

"啊哈！如果你不要我，要那个德国佬，以后我就不进你的门了。"

他戴上帽子向门外走去。奥勃洛莫夫立刻软下来，说：

"我只不过要求你把他当作我的朋友那样去尊敬，提到他的时候注意你的言辞！这不过分吧？"

"尊敬一个德国佬？"塔兰季耶夫十分鄙夷地反问，"为什么？"

"我已经对你说了，哪怕是看在他和我一起长大、一起读书这一点上呢。"

"这有什么了不得的！谁跟谁一块儿念过书是常有的事！"

"如果他在这儿，这些麻烦事他早就帮我解决了，既不要黑啤酒，也不要香槟……"奥勃洛莫夫说。

"啊哈！你这是骂我！那就去你的吧，去你的黑啤酒、香槟酒！把你的钱也收回……我他妈的搁哪儿啦？忘得一干二净，该死的钞票！"

他掏出一张写满了字的油腻腻的纸，说：

"不对，不是这个！……我搁哪儿啦？……"

他一个口袋一个口袋地摸索着。

"别费劲了，别找了！"奥勃洛莫夫说，"我并没有骂你，只不过请你在提到和我关系密切、帮了我很多忙的人的时候，说话注意礼貌……"

"很多！"塔兰季耶夫恶狠狠地说，"你等着吧，他还会帮你更多的忙，你就听他的吧！"

"你为什么对我说这种话？"奥勃洛莫夫问。

"为什么？等那个德国佬扒掉你一层皮你才会明白，不要自己的俄国同胞，而要一个流浪汉……"

"听我说，米海·安德烈伊奇……"奥勃洛莫夫说。

"没什么可听的，我听够了，气死我了！上帝知道，我受了多少气啊……他老子当年在萨克森大概连面包也吃不上，可倒上我们这儿来翘尾巴。"

"你何苦惊动亡灵？他父亲有什么罪过？"

"老子、儿子都有罪过，"塔兰季耶夫挥挥手阴沉地说，"难怪我父亲嘱咐我对这些德国佬要提防着点儿，他一辈子什么样的人没见过！"

"他父亲究竟什么地方让你不痛快,举个例子来说说怎么样?"奥勃洛莫夫问。

"他到我们这个省来的时候是九月份,身上只有一套常礼服,脚下一双半筒靴。现在呢,忽然给儿子留下一笔遗产,这是怎么回事?"

"他只给儿子留下大约四万卢布的遗产,一部分是他夫人的陪嫁,其余都是他教孩子、管理庄园挣来的,他的薪水不少。你看,父亲并没有什么罪过。那么儿子又有什么罪过呢?"

"好儿子!他把他父亲的四万一下子变成了三十万资产,而且当上了七品官①,还是个有学问的人……现在又旅行去了。什么都有他的份儿!一个地道的正派俄国人能这么干吗?俄国人只挑一件事情干,而且是不慌不忙地悠着劲儿对付着干。可你瞧他!要是他干上专卖,发了财,那倒也明白。可他都干什么了?呸!不干净!依我看这种人就该吃官司!如今鬼知道他在哪儿逛!他干吗要到别人的土地上去东逛西逛?"

"他是想学习学习,见见世面。"

"学习!他学得还少吗?还学什么?他瞎说,你信他呢,他像哄孩子似的哄你。哪有大人学习的事儿?你们听听这话!七品大官要学习!你在学校学过,如今还学吗?他(塔兰季耶夫指着阿列克谢耶夫说)还学吗?他的亲戚学吗?哪一个像样的人在学?这会儿他干吗要在什么德国学校坐着读

~~~~~~~~~~~~~~~~~~~~

① 当时俄国文官总共有十四品。

书?他瞎说!我听说他是去看一种机器,要订购,肯定是印俄国钞票的机器!要是我就叫他坐大牢……还有股票呢……唉,这些股票真叫我恶心!"

奥勃洛莫夫捧腹大笑。

"你乐什么?我说得不对?"塔兰季耶夫问。

"算了,别说了!"奥勃洛莫夫说,"你打算去哪儿就去吧!我和伊万·阿列克谢耶维奇把这几封信写出来,我还要赶快把我的规划草拟出来,正好一起做……"

塔兰季耶夫已经走到外室,忽然又折回来,说:

"全叫我给忘了!我一早来是有事找你。"现在他说话一点也不粗野了。"明天人家请我去吃喜酒,是罗可托夫结婚。老乡,把你的燕尾服借给我穿一穿。你看,我的有点旧了……"

"那怎么行!"奥勃洛莫夫听见这个新的要求皱起了眉头,"我的燕尾服你穿不合身……"

"合身,怎么不合身!"塔兰季耶夫打断了奥勃洛莫夫的话,说,"你记得吗?我试过你的常礼服,就跟按我的尺寸做的一样!"接着他又大喊:"扎哈尔!扎哈尔!上这儿来,老畜生!"

扎哈尔像狗熊似的吼了一声,但是没有来。

"伊利亚·伊利奇,你叫他来。他怎么这样?"塔兰季耶夫抱怨说。

"扎哈尔!"奥勃洛莫夫喊了一声。

"该死的!"从外室传来了这句话,同时可以听见双脚跳下炉炕的声音。

"您有什么事儿?"扎哈尔冲着塔兰季耶夫问。

"把我的黑色燕尾服拿来!"奥勃洛莫夫下令说,"米海·安德烈伊奇想试一试,看他穿得穿不得,明天他要去吃喜酒……"

"我可不给他燕尾服。"扎哈尔坚决地说。

"你竟敢违抗你老爷的命令?"塔兰季耶夫吼道,"伊利亚·伊利奇,你怎么不送他进感化院①"

"亏你想得出,把一个老人送到感化院去!"奥勃洛莫夫说,"扎哈尔,把燕尾服拿来,别犟!"

"不给!"扎哈尔冷冷地说,"让他先把咱们的西服背心和衬衫还来,在他那儿四个多月了,也是说穿了去参加命名日宴会,可是有去无回。那背心还是天鹅绒的呢,衬衫是细洋布的,荷兰货,值二十五卢布。燕尾服我不给!"

"那就再见吧!去你妈的!"塔兰季耶夫对扎哈尔伸出拳头一面往外走,一面怒气冲冲地嚷道。接着他又对奥勃洛莫夫说,"你注意,伊利亚·伊利奇,我这就去给你租房子,听见了吗?"

"好吧,好吧!"奥勃洛莫夫不耐烦地说,只求能摆脱他。

"你在这儿把该写的都写好,"塔兰季耶夫又说,"别忘了对省长说,你有十二个孩子,'一个比一个小'②。下午五点钟把肉汤端上桌!你怎么没叫他们做馅饼?"

奥勃洛莫夫没有回答,他早已不再听塔兰季耶夫说话,闭上眼睛想别的事情去了。

塔兰季耶夫走后屋里清静了十来分钟。村长的信和搬家

---

① 一八八四年以前,俄国贵族和地主任意将不听话的奴仆送进感化院惩治。
② 这是童话里常有的说法。

的前景使奥勃洛莫夫心烦,塔兰季耶夫的一阵吵闹也使他感到疲惫。最后他叹了一口气。

"您怎么还不写信?"阿列克谢耶夫轻声问他,"我可以给您修笔尖。"

"修吧,修完您就请便!"奥勃洛莫夫说。"我一个人写,您吃过饭再帮我誊清。"

"好极了,"阿列克谢耶夫说,"我在这儿反倒会妨碍您……趁这工夫我去说一声,叫他们别等我们去叶卡捷琳娜宫了。再见,伊利亚·伊利奇。"

伊利亚·伊利奇并没有听阿列克谢耶夫说什么,他蜷起两条腿,几乎躺在了圈手椅里,又发了一阵愁,然后不知是打起盹儿来还是陷入沉思之中。

五

奥勃洛莫夫是个贵族出身的十品官,在彼得堡已经住了十一年有余,却从未外出过。

起初父母尚在,他的日子过得紧一些,只住两间屋子,仆人也只用他从乡下带来的扎哈尔一个。父母去世以后,他就成了三百五十名农奴的唯一主人,这份遗产在一个边远省份,几乎到了亚洲境内。他的年收入也从五千卢布纸币一跃而为七千至一万卢布纸币。① 于是他的生活也变得排场一些了。他租了一处大一点的住宅,添了一个厨师,还养了两匹马。

那个时候他还年轻,即使不能说朝气蓬勃,起码可以说比现在有朝气,还有种种追求,总在向往着什么,对命运和自身都怀抱着许多希望,一直准备干一番事业,扮演某种角色,首先自然是在仕途方面,这正是他到彼得堡来的目的所在。此外,他也考虑过他在社交界扮演什么角色。最后,在那个由稚嫩步入成熟的转折期,家庭幸福也曾在他脑海中时隐时现,在遥远的前方向他微笑。

然而日子一天天、一年年地过去,他唇边的绒毛变成了坚

---

① 一七六九年俄国开始发行纸币,由于发行量过大而逐渐贬值,到了十九世纪四十年代,一卢布纸币只抵得上二十七个半戈比(1 戈比是 1 卢布的 1%)银币了。

硬的胡须,光可鉴人的眸子失却了神采,腰围粗起来,头发开始无情地脱落,年过三十的他还没有在哪一行显过身手,始终站在门外,也就是十年前他所在的地方。

他一直在准备踏进生活的大门,一直在头脑里绘制未来的蓝图,然而随着时光的流逝他不得不一次又一次修改这份蓝图。

在他看来,人生由两半构成,一半是劳作和无聊——劳作和无聊对于他不过是同义语罢了,另一半是安逸和平静的欢乐。因此,仕途这个主要舞台最初使他感到极为困惑不快。

他在地方上长大,二十年间接触的是故乡温馨的风土人情,由亲人和朋友们怀抱着,家庭的因素渗入他的身心,以至于未来的公务在他的想象中也成了一种家务,举例来说,类似他父亲不慌不忙地在账本上记下收入和支出。

他以为,一个单位的官员就组成一个和睦的家庭,彼此亲密无间,时时关心共同的安宁和快乐,而去衙门上班绝对不是一种天天都必须遵循的习惯。阴雨泥泞,暑热难当,或者不过是心绪不佳,都可以成为不去上班的充足而合理的托词。

当他发现,至少要发生地震这样的大事一个身体健康的官员才可以不上班,他真苦恼极了,因为倒霉的是,彼得堡从来不发生地震。发大水倒也能够使人无法去上班,但又偏偏少见。

当文件袋上标明的"重要"和"至关重要"等字样在他眼前闪现的时候,当他被迫去查询、摘抄、翻阅公文,二指厚的本子写了一本又一本(称之为"摘由"①真像是讽刺)的时候,他

---

① "摘由"本意是简短的公文摘要。

就陷入更深的思索之中。况且什么事情都要求快办,大家总在往什么地方赶路,没有片刻的停留,一件事情还没有脱手,连忙又去抓第二件事情,仿佛第二件事情才是关键所在,而一旦完成就置诸脑后,再去抓第三件事情,长此以往,至于无穷!

有两次人家夜里叫他起来写"摘由",还有几次他在外做客,人家竟通过信差找上门来,为的仍旧是这类摘由。这些都使他感到恐惧,感到极为烦恼。"什么时候才生活呢?什么时候才生活呢?"他反复自问。

至于上司,他从前在父母身边就听说上司是下属之父,因此他对上司的看法是极为可笑、极为家庭化的。他把上司想象成第二个父亲,无论下属有功无功,他经常予以奖励,不仅关心下属的疾苦,还要让下属高高兴兴。

在奥勃洛莫夫看来,上司设身处地为下属着想到了这种程度,竟至要关切地问下属夜里睡得可好,为什么两眼无神,是不是头疼等等。

不料第一天上班就叫他大失所望。上司一到,衙门里立刻乱作一团,人们不知所措,跑过来跑过去,你绊我一下我绊你一下,有的连忙整容,生怕在上司面前显得不够标准。

奥勃洛莫夫后来发现,这种情况之所以发生,是因为有一些上司把连忙冲上前来恭迎他们的下属脸上的吓得发呆的表情不仅看成是尊敬他们的表现,而且看成是热心,甚至是业务能力的表现。

奥勃洛莫夫不必如此害怕自己的上司,因为这位上司待人心慈面软,和蔼可亲,从来不得罪人,下属们都满意得不得了。从来没有人听见他说过一句难听的话,或者喊叫、发火。他从来不要求,总是请求。需要人做一件事情,他请求。邀请人到他家去做客,他请求。就连拘捕人的时候他也请求。他从来不称呼哪一个人"你",对一切人都称呼"你们",既是面向一位官员,同时也是面向在场的所有官员。①

可是不知为什么,只要上司在,所有的下属就都惴惴不安。对上司用亲切的语气提出的问题,下属回答的时候连嗓音也变了,不像跟别人说话那样了。

上司走进办公室来的时候,奥勃洛莫夫忽然不知为什么也觉得胆怯。上司一开口和他说话,他的嗓子也变了,既细又难听,不像他自己的了。

即使身处仁慈宽厚的上司手下,奥勃洛莫夫在衙门里也受够了恐惧和憋闷的罪。如果碰上一位求全责备的严厉上司,天晓得他会怎么样啊!

奥勃洛莫夫勉强干了两年左右,他也许还能再干上一年,直到升官晋爵,然而一个特殊的情况迫使他提前退了职。

有一天,他发出一份重要文件,本来应该发往阿斯特拉罕,他却发到阿尔汉格尔斯克去了。事发后,上面查问是谁的过失。

同僚们都等着瞧好戏,看上司如何召见奥勃洛莫夫,如何冷淡而又不动声色地问"是不是他把文件发到阿尔汉格尔斯克去了"。至于奥勃洛莫夫会用什么样的嗓音回答上司,谁都说不好。

有人料想他根本不会回答,因为他答不上来。

奥勃洛莫夫看看周围的人,自己也吓坏了,尽管他和大家一样,知道上司充其量不过申斥几句罢了,但是良心的自责却

---

① 在俄语中,"您"和"你们"是同一个词。

比上司的申斥厉害得多。

奥勃洛莫夫不等他理应接受的惩罚落到他头上就回家去了,随后叫人送去一份医生证明。

证明说:"十品文官伊利亚·奥勃洛莫夫身患心脏肥厚兼左心房扩大症①,并有慢性肝区疼痛,如进一步恶化,势必危及患者之健康乃至生命。此症盖由日日赴衙门办公所致。为防其反复发作、加剧,宜暂令奥勃洛莫夫先生停止赴衙门办公,禁绝用脑及参加一切活动,特此证明,并签字盖章于后。"

但是这样做只能救一时之急,患病总有康复的日子,接着又必须天天去上班了。奥勃洛莫夫受不了,于是申请退职。他的国务活动就此结束,以后也没有再恢复。

他在社交界倒是比较成功。

初来彼得堡的时候他还年轻,平静的脸上出现活泼表情的时候多些,眼睛里闪耀着生命的火光并且射出光明、希望、力量的光辉的时间也长久些。他像别人一样会激动,对未来抱着希望,为琐碎的事情高兴,也为琐碎的事情苦恼。

不过那都是很久以前的事了,是在一个人还稚嫩的时候,他会把任何一个男子当成知心朋友,也几乎能够爱上任何一个女子并且向她求婚。有的人真的就这样做了,往往造成极大的痛苦而衔恨终生。

在这段幸福的日子里,也曾有不少美女向奥勃洛莫夫投来温柔的,迷人的,甚至是火热的目光,还有数不清的默许的微笑,两三次偷吻,更多的是友好的握手,握到他流出眼泪的程度。

---

① 原文为拉丁语。

不过他从来没有被美女俘虏,从来没有成为她们的奴隶,甚至也没有做过她们的殷勤的爱慕者,原因只说一个就够了,那就是和女人亲密来往太麻烦。奥勃洛莫夫对她们多半只是远远地鞠躬问候,保持着彬彬有礼的距离。

命运很少让奥勃洛莫夫在社交界与女性接近到使他有几天感情勃发,以至于可以认为自己坠入情网的程度。因此他的艳遇都没有发展成为罗曼史,而总是停留在初期阶段,其贞洁单纯的程度不亚于寄宿学校成年女学生的恋爱故事。

他尤其不愿意接近那种面色苍白的忧郁型少女,她们大都有一双黑色的眼睛,里面闪耀着的是"恼人的白天和造孽的夜晚"①,她们有着无人知晓的痛苦和欢乐,她们总是要你相信什么,或者听她们说什么,但是到了该说的时候她们却浑身颤抖,忽然泪如雨下,接着就用两条胳膊钩住男友的脖子,久久地凝视对方的眼睛,然后举目望天,说她们是注定要沉沦的了,有的时候竟至晕倒。对于这样一类少女他是避之犹恐不及的。那个时候他的心灵还纯洁得像一片处女地,或许也曾期待着自己的爱情、自己的时刻、自己的奔放的激情降临。可是后来,光阴荏苒,他的心似乎不再期待,而是绝望了。

奥勃洛莫夫与他那一群朋友分手就更加冷漠了。他接到村长的第一封报告年成不好、收不上租的信以后,立刻把他的第一个朋友,即厨师,换成了厨娘,紧接着又卖了马,最后把其余的"朋友"也放走了。

几乎没有什么能够把他吸引到屋外去,一天天下来他在自己的寓所里越坐越稳。

---

① 参见十九世纪俄国作家尼·帕夫洛夫于1834年作的短诗《罗曼斯》。

他先是觉得整天穿得规规矩矩的太难受,后来就懒得到别人家去吃饭,只有几个亲密朋友例外,多半是单身汉,在他们那里可以取下领带,敞开西服背心,甚至随随便便躺下,或者睡上一小觉。

不久,连晚上的聚会也让他腻烦了,因为要穿燕尾服,还要天天刮脸。

他不知从什么地方看到这样一种说法:只有清晨蒸发的水蒸气有益,而晚间蒸发的水蒸气有害。从此他就害怕潮气。

虽然他有这许多怪癖,他的朋友施托尔茨还是能够把他拖出家门。不过施托尔茨常常离开彼得堡去莫斯科、尼日尼、克里木,甚至出国。他一走,奥勃洛莫夫又回到蛰居状态中,如果不发生非同寻常的事件,那就休想把他从那种状态中拉出来。然而非同寻常的事件总不见发生,近期也没有要发生的迹象。

除此以外,随着年龄的增长,小孩子的胆怯心理又回到奥勃洛莫夫身上,凡是在他的日常生活范围内接触不到的东西似乎都会给他带来危害,这是他对千变万化的外界现象越来越不习惯的结果。

比如说,他的卧室天花板上有裂缝,他并不害怕,因为看惯了。至于他的房间里空气总是很坏,他又闭门不出,这比晚间的潮气更加有害于健康,而天天吃得过饱是一种慢性自杀等等,这些问题他从来就没有考虑过,同样是习惯成自然,也不害怕。

他不习惯的是运动、生活、人群、忙碌。

在拥挤的人群中他觉得憋闷,乘船又担心不能平安到达彼岸,坐车也总觉得马儿就要飞奔起来,把他摔得粉身碎骨。

再不然他就发作神经性的恐惧症,害怕周围的一片寂静,或者干脆连他自己也不知道害怕什么,却浑身起鸡皮疙瘩。有的时候他胆怯地瞟一眼黑暗的角落,觉得只要他一胡思乱想,那里就会出现鬼魂。

他在社交界扮演的角色就是如此。对于少年时代的那些欺骗了他或者被他辜负了的憧憬,那些令人感慨的美好往事,他都懒得再去回味,而有些人即便到了晚年一想起来还激动不已呢。

六

他在家都做些什么呢？看书？写作？自修？

如果手边正好有书有报，他倒是会看的。

当他听说出了一部好作品的时候，心中也会有拜读拜读的愿望。他会去找，去借。如果人家很快就把书送来，他会读起来，对所读的东西渐渐形成自己的看法，坚持下去，甚至能达到通晓的程度。可是他忽然躺下了，冷漠地望着天花板，书搁在他身边，没有看完，也没有看明白。

他冷淡下来的速度比他当初发生兴趣的速度还要快。这本书他一旦扔下，那就再也不会去看了。

其实他跟别人，跟所有的人一样，十五岁以前念的是寄宿学校。后来他的父母经过长时间的争议，决定送他到莫斯科去深造，他在那里好歹总算完成了学业。

他天生怯懦，冷漠，可是学校不给娇生惯养的子弟什么特殊照顾，因此那个时候他在外人面前还没有充分暴露自己的慵懒和任性。在课堂上他不得不正襟危坐，聆听教师们的讲解，因为别的事情都不许做。课下他还必须辛辛苦苦地做作业，弄得满头大汗，少不了长吁短叹。

这一切在他看来都是上天对我们这些罪人施行的惩罚。

他温习功课从来不超过教师用指甲划出的那一行，从来不提任何问题,也不要求讲解。他只满足于笔记本上记下的那一点知识,即使不完全明白听到的和读到的东西,也没有表露过让人讨厌的好奇心。

他能够勉强啃完一本人们称之为统计学,或者历史,或者政治经济学的书,就已经心满意足了。

每当施托尔茨给他拿来一些必读的课外书的时候,他总是默默地望着他,半晌才叹一口气,把书接过去,说:

"布鲁图,连你也反对我!"①

奥勃洛莫夫觉得这种毫无节制的阅读不正常,使他不堪重负。

要这些耗费大量纸张、时间、墨水的笔记本干什么?要教科书干什么?在一个人还有生机的时候,把他禁闭六年七年,用种种严格的规章和处罚条例去对付他,逼他坐在那里苦苦地做功课,不许跑,不许闹,不许笑,这究竟是为了什么呢?

"什么时候才生活啊?"他又这样自问,"究竟什么时候才让这一笔大部分至今还没有任何实用价值的知识资本周转起来?比如政治经济学、代数、几何,在奥勃洛莫夫庄园上我用得着吗?"

历史只会让人丧气。教的学的是,大灾之年降临了,百姓遭殃。大家振作起来,加紧干活,忙个不停,千辛万苦地盼着好日子到来。好日子终于到来,历史可以歇一口气了吧?不,阴云重又布满天空,建成的大厦重又倾倒,人们又要重新干,重新忙……好日子不常在,迅速过去了,生活像一条大河,不停地向前流去,不断地冲毁着什么。

---

① 这句话本是古罗马独裁者恺撒对密谋反对他的朋友布鲁图说的。

他觉得读严肃的著作太累。思想家没有能够在他心中激起对抽象真理的渴望。

不过诗人却打动了他的心,他像所有的人一样进入青年时期。这是人生最幸福的时期,它不背叛任何人,它对一切人微笑。这个时期的人精力旺盛,对生活充满希望,愿意造福于他人,忘我献身,积极行动;这个时期的人心脏和脉搏跳得有力,容易冲动,说起话来慷慨激昂,常常热泪盈眶。头脑和心灵摆脱了蒙昧状态,豁然开朗,要求行动。

施托尔茨帮助奥勃洛莫夫把他的青年时期延长到了他的天性所能容许的最大限度。他抓住奥勃洛莫夫喜欢诗歌这一点,有一年半时间强迫他去思索和钻研。

青年人都爱想入非非,施托尔茨就利用这一点在朋友读诗的时候暗暗引导朋友去追求欣赏以外的其他目的,严肃地指出他二人的前程,促使朋友去考虑未来。他们一起激动,一起流泪,一起庄严盟誓要走一条合乎理性的光明之路。

施托尔茨的青春朝气感染了奥勃洛莫夫,在他心中燃起工作的热望,追求那遥远的,然而却是诱人的目标的热望。

可惜生命之花开过以后并未结果。奥勃洛莫夫老成起来,偶尔才按施托尔茨的意思读一两本书,也不是一口气读完,而是不慌不忙地,懒洋洋地浏览。

无论读到多么有趣的段落,只要到了吃饭或者睡觉的时间,他都会把书扣过来,起身去吃饭,或者吹灯睡觉。

如果给他读的是第一卷,他读完以后不会主动索求第二卷。如果第二卷给他送来了呢,他也会慢慢地读下去。

后来他连第一卷也看不完了,闲暇时光多半是趴在桌子上度过的,有的时候甚至趴在施托尔茨硬要他看的那本书上。

奥勃洛莫夫的学业就这样完成了。他听最后一堂课的那天也就成了他求学的终点。校长在他的毕业证书上签了名,这与从前教师在他的书上划下指甲印一样,被他视为一条界线,不必超越这条界线再攻读什么了。

奥勃洛莫夫的头脑是一个复杂的档案库,里面存放着各种死的事件、人物、时代、数字、宗教,还有许多与任何事物都不相干的政治经济学,数学,或者其他学科的原理、问题、论点等等。

这很像一座由包含着五花八门的知识的零散卷册构成的图书馆。

学问给予奥勃洛莫夫的影响是奇特的,学问和生活之间在他那儿存在着一道他从不打算跨越的鸿沟。对他说来,生活是生活,学问是学问。

他学过一切现行的和早已不通行的法律,也修过实用诉讼法,但是有一次寓所失窃,需要写一份报告给警察局,他拿了一张纸、一支笔,左思右想,最后还是打发人去找文牍来写。

他在乡下的收支账都由村长去记。"在这种事情上学问能有什么作为?"他困惑地说。

于是他卸下知识的重负,恢复了他的蛰居状态,虽然那些知识本可以给在他头脑中无拘无束地闲逛着或者无益地昏睡着的思想指出一个方向。

他究竟干些什么呢?他在继续绘制个人生活的蓝图,在其中不无道理地发现那么多从书本和学问中永远找不到的智慧和诗情。

他弃绝仕途和社交界,开始以另一种方式解决自己的生存问题。他反复思索自己的使命,终于发现,他的活动和生存天地就在他自身。

他明白了,他分内的事是享受天伦之乐和管理庄园。迄今为止他对自己的事务懂得还不多,有的时候是施托尔茨在帮他料理。他根本不清楚自己的收入是多少,支出是多少。他从来就没有记过账。

老奥勃洛莫夫把这份田产传给儿子就像当年祖辈传给他一样,他虽然一生一世都在乡下生活,却从来不费心劳神去琢磨什么新花样,不像现在的人总想开辟一些提高土地产出的新途径,或者推广和强化老办法等等。祖辈在地里种什么,如何种,收了庄稼如何卖,他统统照办。

不过碰到年成好或者粮价上涨使得他的收入比上一年多了,他也很高兴,把这叫作上帝赐福。他只不过不爱想方设法去挣钱罢了。

如果别人向他提出一些在他看来是有害的建议,他会说:"我们祖宗不比我们傻,他们一辈子过得很好,我们也过得去。只要上帝赐福,我们就能吃饱肚子。"

他不必玩弄任何诡计就能从他的地产上获得供他自己和家人以及各种各样的来客每天无节制地吃喝所需的进款,他为此感谢上帝,并且认为还想多得就是罪过了。

如果管事把一千卢布藏进自己腰包里,只交出两千,还流着眼泪说庄稼遭了雹灾、旱灾,因此歉收,老奥勃洛莫夫也会一面在胸前画十字,一面流着眼泪说:"这是上帝的旨意,谁敢跟上帝争辩啊!能拿到这些就该感谢上帝了。"

奥勃洛莫夫的双亲去世以后,庄园的经营管理不仅没有改善,从村长的信看来,显然是更糟了。奥勃洛莫夫应该亲自下乡去找一找收益越来越少的原因,这是明摆着的。

他倒是打算这样做,不过一拖再拖,多少也因为跑这么一趟对于他犹如舍生忘死去建功立业,而且几乎是他一无所知的新的功业。

他有生以来只旅行过一次,坐的是长途马车,垫着羽毛褥子,带着许多箱笼、火腿、面包、烤肉、炖肉,还有几个仆役随身伺候。

他这唯一的一次旅行是由乡下去莫斯科,后来他就以这次旅行去衡量一切旅行。如今,他听说,可不比从前,都是玩儿命似的往前赶!

奥勃洛莫夫迟迟不下乡的另外一个原因是,他还没有想好应该如何着手料理他的事务。

他毕竟与父辈祖辈不同。他读过书,见过世面,因而头脑里滋生了与父辈祖辈的观念相悖的种种想法。他明白,挣钱不仅不是罪过,反倒是每一个公民以诚实的劳动维持公共福利的义务。

因此,他在蛰居状态中绘制的生活蓝图大部分是由一种新式的,与时代要求相吻合的管理庄园和农民的规划构成。

这个规划的基本思想,各部分的配置,以及其中的主要部分,早已在他的头脑中形成,只需添上细部、预算和数字了。

他不知疲倦地考虑这个规划已经有好几年,走路的时候在想,躺着的时候也在想,社交的时候还在想,不是补充这一条就是修改那一条,或者把昨天白天才想到、夜里却又忘记了的重新回忆起来。有的时候一个意外的想法会像闪电一般突然出现,使他的头脑像开了锅一样紧张地工作起来。

他不是别人的现成主意的不足挂齿的执行人,而是自己的思想的创造者和实践者。

他一早起来,喝过茶,立刻在沙发上躺下,用一只手托着头尽心尽力地思索,直到大脑不堪重负,而良心也对他说"今天为公共福利干得不少了"为止。

这时候他才决定休息一下,把操心的姿势变换成一种不那么认真严肃,而是更舒服更便于想入非非的安逸的姿势。

放下让人操心的事务以后,奥勃洛莫夫喜欢遁入自己的内心,生活在自己创造的世界里。

他能从崇高的思想中获得快感,却也并非不懂得人间的疾苦。有的时候他会在心灵深处为人间发生这样那样的灾祸而恸哭,感受到莫名的痛苦和烦忧,向往去到远方——想必是施托尔茨鼓动他去的那个世界……

热泪就沿着他的双颊流下来……

面对人的恶习、谎言、诽谤,面对充斥世界的恶,他也会义愤填膺,热烈希望向人指出他的脓疮,一些思想忽然会在他的头脑里大放光芒,或者像海浪似的徜徉,渐渐成为意向,使他全身的血液沸腾起来,筋肉活动起来,肌腱紧张起来,意向变成了意图,于是他为精神力量所驱使,一时竟然变换了两三种姿势,两眼灼灼有神地支起半个身子,伸出一只手并且激动地向四周张望……眼看他的意图就要实现,变成功业……到那个时候,主啊!这一壮举会产生什么样的奇迹,什么样的好结果啊!……

可是上午一晃就过去了,看看天色已近黄昏,奥勃洛莫夫的精神倦怠了,要休息了。他心中的风浪平息下去,头脑清醒过来,血液在血管里也流得慢了。奥勃洛莫夫静静地,若有所思地翻过身来仰面躺着,把哀愁的目光投向窗外,投向天空,惆怅地目送太阳堂堂皇皇地落到谁家的四层楼房后面去。

他像这样目送夕阳西下不知有多少次了!

第二天早上一切周而复始,又是生活、激情、梦想!有的时候他喜欢把自己想象成一个战无不胜的统帅,连拿破仑,甚至叶鲁斯兰·拉扎列维奇①在他面前都一钱不值。他想象由于某种原因发生了战争,非洲人纷纷侵入欧洲;或者由他发起新的十字军远征,而且亲自参战,决定各国人民的命运,捣毁一些城市,赦免一些人,处死一些人,建立仁爱和宽容的功业。

他又想象自己登上思想家或者大艺术家的宝座,人人向他膜拜。他享有盛誉,人们跟在他身后高呼:"看哪,看哪!这就是奥勃洛莫夫,我们著名的伊利亚·伊利奇!"

在痛苦的时刻,他为种种要他操心的事情烦恼,在床上辗转反侧,或者采取俯卧的姿势,有的时候简直到了茫然失措的程度。于是他起来跪在床上祈祷,热烈而诚心地祈求上天使他免于一场威胁着他的暴风雨。

他把自己的命运托付给上天以后就平静下来,对世上的一切又都无所谓了。至于暴风雨,也由它去吧。

他就是这样使用自己的精神力量,往往是白天整天心潮起伏,一俟黄昏来临,太阳像个大球一般堂堂皇皇地向着那座四层楼房后面落下去,他就摆脱了令人神往的梦境或者恼人的心事,清醒过来,深深地叹一口气。

他又一次若有所思地目送太阳落下去,脸上挂着忧郁的微笑,心情复归平静。

谁也不了解奥勃洛莫夫的这种内心生活,大家都以为他就是那个样子,一味地足睡足吃,此外别指望他会干什么,也

---

① 传说中的古罗斯勇士。

未必能正经想什么。认识他的人都这么说。

至于他的能力,他那炽热的头脑和仁慈的心肠所进行的内在的火山活动,施托尔茨很清楚,而且能够加以证明,可惜施托尔茨几乎总是不在彼得堡。

一辈子围着少东家转的扎哈尔对少东家的内心生活知道得更清楚,然而他确信他和他的少东家都在干事,生活得很正常,也只该像这样生活。

七

扎哈尔五十多岁了。他已经不是那种俄国老家人的直系后裔。俄国老家人可是仆役中的骑士,既勇敢又正派,对主人忠心到忘我的程度。他们身上有一切美德,唯独没有恶习。

扎哈尔却既不勇敢又不正派。他是两个时代的人,这两个时代都在他身上打下了烙印。他由前一个时代继承了对奥勃洛莫夫家的无限忠心,而从后一个时代学会了耍花招和放荡。

他对主人极其忠心,但是又难得有一天不对他说谎。从前的仆人常常阻止主人挥霍浪费,扎哈尔呢,自己也爱花主人的钱去跟朋友们喝酒。从前的仆人像阉人一样贞洁,扎哈尔呢,总往一个不三不四的大嫂家跑。从前的仆人收藏主人的钱财比任何大木箱都牢靠,扎哈尔呢,帮主人付钱的时候总要想法捞一个十戈比的小银币,发现桌子上有个三戈比或者五戈比的铜板也一定会据为己有。如果主人忘了问他要找头,那么以后也就休想再向他要回。

更多的钱他倒不曾偷过,要么是他的需要只以几十戈比计,要么是他害怕被发现,然而绝不是因为他诚实有余的缘故。

从前的老家人就像一只训练有素的猎犬,宁可饿死也不去碰交给他看管的吃食。扎哈尔却不然,他总在寻找机会吃点喝点,即使那东西并没有交给他看管。从前的老家人只想着让主人多吃一点,看见主人吃不下心里就难过,可是扎哈尔看见主人吃光了盘子里的东西心里才叫难过呢。

此外,扎哈尔还喜欢信口胡说。在厨房也好,在小铺也好,在大院门口闲待着的人面前也好,他天天抱怨日子过不下去了,说没听见过有比他家老爷更坏的老爷,一会儿这样一会儿那样,又舍不得花钱,还动不动发脾气,真难伺候,跟着他倒不如死了痛快。

扎哈尔这样说并非出于恶意,存心伤害东家老爷,只不过从祖辈父辈那里继承了这种一有机会就骂骂东家老爷的习惯而已。

有的时候仅仅是出于无聊,想找点谈话资料,或者为了提起听众的兴趣,他也会忽然编出点莫须有的事儿栽到他家老爷的头上去。

他露出一脸信赖对方的神情,嗓音嘶哑地低声说:"我那位总上那个小寡妇家去,昨天还给她写了个字条。"

或者对别人说,他家老爷是世上从来没有过的赌棍酒鬼,整宿整宿地打牌,喝得烂醉。

其实根本没有那回事。奥勃洛莫夫并没有上寡妇家去,也不打牌,晚上安安静静地睡他的觉。

扎哈尔不爱整洁。他很少刮胡子,手和脸倒是洗的,不过多半是走过场,反正任什么肥皂也无济于事。他洗过澡以后,只有一两个小时他的一双黑手看上去变红了,之后仍旧是黑的。

他做起事来笨手笨脚,开门总是这扇打开那扇就关上,等他跑过去开那扇,这扇又关上了。

如果一块手帕或者别的什么东西掉在地上,他一次怎么也捡不起来,总要弯下身去三四次,好像是去捉一个活物。等到他第四次弯下身去捡起来了,还会失手把它重新掉在地上。

他端着餐具或者别的东西要穿过一个房间的时候,刚迈出一步东西就开始往下掉。第一个往下掉的时候,他本打算抓住它,可是动作不够敏捷,反而又弄掉了两个。他张开嘴吃惊地望着落下去的东西,却不注意拿在手中的,托盘歪了,东西就继续往下掉。有的时候他像这样从房间的一头走到另一头,最后托盘里只剩下一个酒杯或者一只盘子,他还骂骂咧咧地把剩下的最后一个也扔掉。

他在屋里走动的时候,不是踢了椅子就是碰了桌子,进门出门的时候也少不了把肩膀撞在关着的一扇门板上,他就两扇门一起骂,或者连房东和做门的木匠也骂在内。

奥勃洛莫夫那书房里的东西,尤其是需要轻拿轻放的细巧物件,不是弄坏了就是打碎了,全都是扎哈尔所为。他无论拿什么东西都使同样大的力气,不会区别对待。

比如说,叫他去剪烛花或者倒一杯水,他使的力气和开两扇大门要使的力气一样大。

一旦扎哈尔热心起来,想给东家老爷彻底收拾打扫屋子,三下两下把东西整理好,那可不得了!他这一举造成的灾难和损失数也数不完,就是有个敌军的士兵闯进来也不至于破坏到如此程度。东西倒的倒,坏的坏,打碎的打碎,椅子都翻转过来,最后不得不把扎哈尔赶出去,或者他自己骂骂咧咧地一走了之。

幸亏他很少这样热心。

这些事情之所以发生,原因自然在于扎哈尔不是在陈设着千奇百怪的精致奢华的物件、使人觉得拘束的幽暗书房和太太客厅里,而是在乡间,在无拘无束的广阔天地和自由空气中接受教育并且养成了自己的习惯。

在那边,他接触到的是挪不动的椅子之类的粗大笨重的家具,使用的多半是铁锹、铁棒、铁门环这样一些经得起摔打的结实的工具,因此习惯于甩开膀子干活。

烛台、油灯、影格、吸墨纸摆在那里三年四年什么事情也没有,只要扎哈尔一拿起来,瞧,就坏了。

碰到这种情况,扎哈尔有的时候会吃惊地对奥勃洛莫夫说:"哟,您瞧瞧,真怪!这玩意儿我刚拿起来它就散了架!"

要么他不做声,连忙悄悄地把东西放回原处,事后一口咬定是东家老爷自己弄坏的。也有的时候他会像这篇小说开头写的那样狡辩,说东西总有用坏的一天,哪怕是铁打的呢,也不能使一辈子啊。

在前两种情况下还可以与他争论一番,等到他狗急跳墙抬起杠来,那就说什么也没有用了,只好承认他有理。

扎哈尔早就给自己划定了一个工作范围,从来不主动越过。

早上他烧茶炊,擦皮靴,刷东家老爷说过要穿的衣服,但是绝对不去刷东家老爷没说要穿的,哪怕已经挂在那里有十年之久。

接下去是扫地,不是每天扫,而且只扫屋子当中那一块地方,不管四个墙角。掸灰也只掸什么都没有摆的桌子,省得还要挪动东西。

做完这几件事,他认为自己就有权在炉炕上打盹儿,或者到厨房去跟阿尼西娅贫嘴,或者到大院门口去跟别的仆役闲磕牙,百事不管了。

如果东家老爷在这几件事之外还派他做什么,他做起来就很勉强,总要先争辩几句,力图证明这样做没有好处,或者根本办不到。

无论用什么手段也无法迫使他在他划定的工作范围之内增加一个新的常设项目。

如果叫他刷洗什么东西,或者把这个拿走那个拿来,他干是干,不过总要抱怨。如果谁想要他从此经常主动地这样干,那是绝对办不到的。

从此你必须天天叫他这样干,而且天天和他磨嘴皮子。

扎哈尔虽然有这些短处,诸如爱喝酒,爱编瞎话,拿走奥勃洛莫夫的几个小钱,打坏东西,手脚也不勤快,他毕竟还是一个对奥勃洛莫夫忠心耿耿的仆人。

为了奥勃洛莫夫,他会毫不犹豫地赴汤蹈火,而且不认为这是什么值得惊叹或者嘉奖的功勋。在他看来,这很自然,只能这样做,或者不如说,他根本没有什么看法,只管这样去做就是了。

在这一点上他没有任何理论。他从不分析他对伊利亚·伊利奇是一种什么样的感情,什么样的关系。这种感情和这种关系不是他发明的,而是从看着他出生、看着他成长的祖辈、父辈、兄长以及其他家奴那里接过来,并且化作了他的血和肉。

扎哈尔会替东家老爷去死,因为他认为自己天生就有这个不可推卸的职责,甚至也并非认为,只不过像一只狗在森林里遇到野兽就会扑上去一样地扑向死神,根本不去考虑为什么该他扑上去,而不是东家老爷。

话又说回来,万一需要扎哈尔通宵不合眼地守在东家老爷床边,这关系到东家老爷的健康甚至生命,那么他肯定会闭上眼睛睡大觉。

从表面上看,扎哈尔在东家老爷面前不仅没有一点低三下四的样子,相反,甚至有些粗野无礼,为一点小事真能对他发火,或者像上面说过的那样,到大院门口去说他的坏话。不过这只是一时的现象,绝不会减少他对东家的那种带有血缘与亲情色彩的忠心;不是对伊利亚·伊利奇其人,而是对一切冠有奥勃洛莫夫这个姓氏因而使他感到亲切、可爱、可贵的人和物的忠心。

也许扎哈尔的这种感情与他对伊利亚·伊利奇其人的看法相左,也许扎哈尔在摸清伊利亚·伊利奇的脾性以后已经产生了别的想法。如果有人对扎哈尔说明他依恋伊利亚·伊利奇到了何种程度,他很可能会争辩。

扎哈尔爱奥勃洛莫夫庄园就像猫爱它的阁楼,马爱它的单马栏,狗爱它的窝——它生在那里,也长在那里。扎哈尔个人的特殊好恶是在这种依恋之情的范围内形成的。

比如说,扎哈尔喜欢奥勃洛莫夫庄园的马夫胜过厨子,喜欢喂牲口的瓦尔瓦拉胜过马夫和厨子,而与这三个人相比,他最不喜欢的是伊利亚·伊利奇,可是在他眼里奥勃洛莫夫家的厨子还是比世上其他厨子高明,而伊利亚·伊利奇也比世上的其他地主尊贵。

他最讨厌管食橱间的仆人塔拉斯卡,却又不会拿这个塔拉斯卡去换世上最好的人,只因为他属于奥勃洛莫夫庄园。

他对伊利亚·伊利奇说话粗野无礼,就像萨满教的巫师对他敬拜的偶像那样,可以给它掸灰,可以失手把它掉在地上,恼火的时候也可以打它两下。不过话又说回来,他心里却始终意识到这偶像的性灵比他的优越。

任何一点小小的原因都足以在扎哈尔的心灵深处唤醒这种感觉,迫使他以虔诚的态度去对待他的东家,有的时候甚至让他感动得热泪盈眶。他绝不会把任何一位老爷抬得比他的东家高,甚至不会让任何一位老爷和他的东家平起平坐!别人更休想这样做!

扎哈尔对待一切其他大人先生,一切来拜访他东家的客人,都有几分傲气,伺候他们的时候总是有一种屈尊俯就的态度,似乎要让他们感觉到,能在他东家这里坐一坐是他们的荣幸。他回绝客人的时候总是不客气地说"老爷正歇着呢",还要神气活现地把来人从头到脚打量一番。

他在小铺里和大院门口也有不说他东家坏话的时候,他会忽然兴起,把他吹得天花乱坠,越说越高兴,如数家珍一般列举这位老爷的长处:聪明、和气、大方、心慈。如果这些长处还不够他吹个痛快,他就从别人身上借一些,诸如名门大户啦,家财万贯啦,权势非同一般啦,等等。

在需要吓唬吓唬门房,或者管事,甚至房东的时候,扎哈尔总是把他家老爷抬出来,威胁说:"你等着我去跟老爷说,有你好受的!"他从没料到世上还有比他家老爷更厉害的权威。

然而,从表面上看,奥勃洛莫夫和扎哈尔之间的关系总像是敌对的。他们两个人生活在一起,彼此都厌倦了。一个人和另一个人天天朝夕相处,要做到只欣赏对方的优点,不以自己的缺点使对方不快,也不因看到对方的缺点而心生烦恼,那么双方就都必须付出代价:他们都必须有丰富的生活经验,说话做事合情合理,还要有一副热心肠。

奥勃洛莫夫已经了解扎哈尔有一个无法估量的优点,那就是对他的一片忠心,而且习惯于接受这份忠心了。他和扎哈尔一样,认为这是理所当然的,不能不如此。他一旦习惯于扎哈尔的这个优点,也就不再欣赏它,纵然他对世间的一切都抱着无所谓的态度,还是无法忍受扎哈尔的数不清的小毛病。

扎哈尔内心深处有从前的仆人固有的对主人的忠心,不同的是多了一些新时代的缺点。奥勃洛莫夫内心虽然看重扎哈尔的忠心,却不具备从前的主人对自己的仆人都有的那种友情,几乎是亲情。有的时候他甚至忍不住对扎哈尔破口大骂。

奥勃洛莫夫自己也叫扎哈尔厌烦了。扎哈尔年轻的时候先在东家大宅当听差,后来升任伊利亚·伊利奇小少爷的随身侍仆,从此他就认为自己的身价高了,是家中的贵族,其使命在于维持这个古老家族的体面,而不是当一件日常用具。因此他早上给小少爷穿好衣服、晚上给小少爷脱去衣服以后就什么事情也不再干。

他的懒惰不仅是与生俱来的,也是仆役生涯教给他的。他在众家奴面前摆架子,不肯去烧茶炊,也不肯扫地。他要么在外室打盹儿,要么到下房或者厨房去闲扯,再不就一连几小时地抄着手站在大门口卖呆。

过了一段这样的生活之后,一副照管整套寓所的重担突然落到了他的双肩上! 他既要伺候伊利亚·伊利奇,又要打扫洗刷,还要跑腿儿! 于是他的心情阴郁起来,脾气也变得粗暴了,一听见伊利亚·伊利奇呼叫,不得不离开炉炕,他就抱怨。

虽说扎哈尔看上去阴沉沉的,脾气粗暴,他仍不失为一个相当心软和善的人。他甚至喜欢和小孩子玩。在院子里或者大院门口,经常可以看到他和一群孩子在一起。他为他们劝架,逗他们乐,领着他们做游戏,或者干脆坐在那里,一个膝头上抱一个,背上还有一个调皮鬼钩着他的脖子,或者扯着他的颊须。

奥勃洛莫夫不让扎哈尔过舒心日子,一会儿叫他做这样,一会儿叫他做那样,不许离开左右一步,而扎哈尔生性喜欢与人交往,又爱闲待着,嘴里还不停地要嚼一点东西,因此总想去找他那位大嫂,或者到厨房,到小铺,到大院门口去。

主仆二人早就生活在一起了,彼此十分了解。奥勃洛莫夫还是婴儿的时候就由扎哈尔照看,在他的记忆中扎哈尔是一个麻利的小伙子,贪吃而又滑头。

他们之间的这种古老的相互依存关系是无法割断的。没有扎哈尔帮忙,伊利亚·伊利奇就不会脱衣服上床、穿衣服起床、穿鞋、梳头、吃饭,而除了这位伊利亚·伊利奇,扎哈尔也无法设想另外一个人来当他的老爷;除了伺候这位老爷穿衣吃饭,对他撒野说谎,同时内心又敬畏他,扎哈尔更无法设想另一种生存方式。

八

塔兰季耶夫和阿列克谢耶夫走后,扎哈尔锁上门,没有立刻坐到炉炕上去,而是等着少东家叫他,因为他刚才听见少东家说要写信。但是书房里一点声息也没有。

扎哈尔往门缝里看了一眼,哟,伊利亚·伊利奇在沙发上躺着,一只手托着头,面前摆着一本书。扎哈尔推开了房门。

"您怎么又躺着啦?"扎哈尔问。

"别捣乱,我这不是在看书嘛!"奥勃洛莫夫断断续续地说。

"该洗脸写信了。"不肯放过他的扎哈尔又说。

"真的,是时候了。"奥勃洛莫夫清醒过来,说,"你先出去。我想一想。"

"才多大一会儿工夫,他又躺下了!"扎哈尔一面往炉炕上蹦,一面抱怨说,"真快当!"

这一会儿工夫奥勃洛莫夫可是看完了那旧得发黄的书的一页,他搁下有一个月了。他把书放回原处,打了一个哈欠,开始思索那缠住他不放的"两件倒霉事"。

"真烦人!"他低声说,一会儿伸直两条腿,一会儿又蜷缩起来。

他渐渐进入陶然忘忧、浮想联翩的境界之中,举目向长空望去,寻找他喜爱的那个天体,而那个天体已经升到苍穹中央,把它的耀眼的光芒倾泻在对面那座楼房的石灰墙上,每天黄昏它都是在奥勃洛莫夫的注视下落到那座楼房后面去的。

"不行,我要先做事,"奥勃洛莫夫认真地想,"然后再……"

如果在乡下,早晨早已过去,就是在彼得堡,也行将过去。从院子里传来人和非人的嘈杂声,几个街头艺人在唱歌,和着歌声的多半是狗吠。有人牵来一头海怪,叫它表演;还有卖各式各样吃食的小贩走来,发出不同的叫卖声。

奥勃洛莫夫枕着两只手仰面躺着。他在制订庄园的规划,脑海里迅速闪过几个有关代役租、劳役租的重要的,根本性的条款。他想出了新的,更加严厉的措施来对付农民的懒惰和四处流浪的癖好,然后转到如何安排自己的乡村生活这一点上来。

他很关心庄园大宅的建筑,有几分钟愉快地设计着房间的布局,确定了餐室、弹子房的长度和宽度,想到了书房的窗户应该朝哪边开,连摆什么家具、铺什么地毯都没有遗漏。

接着他又设计了厢房的布局,考虑了他打算接待的客人的数量,划出一块地盖马厩、棚屋、下房和其他杂用房。

最后他才来设计天然大花园,决定留下所有的老椴树和老橡树,砍去苹果树和梨树改种槐树。他也考虑到了人工小花园,在心里大致估算了需要的费用,发现太高,于是暂时搁下,转而考虑几处花圃和暖房。

这时候他脑海里忽然闪过未来果实累累的诱人景象,如此逼真,使他一下子向前跨越了好几年,到了乡下,他的庄园已经按他的设计建成,他可以在那里住下不走了。

他想象一个夏日的黄昏,他坐在露台上,面前是一张茶桌,头上有蔽日的浓荫,手里拿着一支长烟袋,懒洋洋地吸着烟,若有所思地享受着阴凉和静谧,欣赏着展现在树丛后面的远景,那是一片日渐成熟的庄稼地,太阳向着他熟悉的桦树林后面慢慢下沉,染红了一平如镜的池水,田亩上升起一层水汽,气温在下降,天色转暗,农民们成群结队地往家走。

闲待着的家奴们坐在庄园大门口,只听见他们在说笑,有人在弹三角琴,姑娘们在玩逮人游戏,奥勃洛莫夫身边有他自己的孩子在玩闹,他们爬上他的膝头,搂住他的脖子,而茶炊后面坐着……统治周围这一切的皇后,他的神明……一个女人!他的妻子!此时此刻,在布置得既简朴又雅致的餐室里点燃了使人感到亲切的明亮的灯火,已经当上仆役长的扎哈尔在一张大圆餐桌上摆餐具,他的颊须全白了,他手中的玻璃杯和银刀叉互相碰撞着,发出悦耳的丁丁声,不时有杯子或者叉子掉在地上。晚餐很丰盛,他们坐下来吃,在座的有他童年时代的伙伴、他的忠实的朋友施托尔茨,还有别的人,所有的面孔都是他熟悉的。吃罢晚饭各自回房睡觉……

奥勃洛莫夫一时幸福得满面红光。这幻想多么鲜明,多么生动,多么富有诗意啊!他激动得把脸转过去埋在枕头里,感到一阵突发的对爱情,对平静的幸福的模糊需求。他忽然渴望看到家乡的田野和山峦,渴望有自己的宅院、妻子和一群孩子……

他趴在那里约有五分钟,然后慢慢翻过身来仰面躺着,脸上现出温柔动情的神色,他感到幸福。

他怀着快意慢慢伸直双腿,使得裤脚缩上去了一些,而他丝毫也没有觉察。殷勤的幻想带着他轻飘飘地,无拘无束地,远远地在未来的天地间翱翔。

现在他一心想的是他爱想的事:由他的朋友们组成一个小圈子,这个小圈子里的人定居在他的庄园四周方圆十五至二十俄里以内的村庄和农场上,他们天天来往,今天去这家做客明天去那家做客,在一起吃饭、跳舞。他眼前看到的都是晴天,都是无忧无虑、没有皱纹、含着笑意的开朗的面孔——圆圆的,红喷喷的,有双下巴和旺盛的食欲,而且永远是夏天,永远在娱乐,吃得美美的,过得懒懒散散的……

他幸福到了顶点,不由得喊出一声:"上帝呀,上帝!"这才清醒过来。

外面有五个人同时说:"土豆!""砂糖,砂糖要不?""木炭!""木炭!……""大慈大悲的大人先生们,捐点善款修教堂吧!"隔壁在翻修房子,传来斧头砍斫、工人喊叫的声音。

"唉!"奥勃洛莫夫痛苦地大声叹了一口气,心里想:"这叫什么生活!这种京都的嘈杂真不成样子!什么时候才能过上我向往的天堂生活啊?什么时候才能到家乡的田野间、树林里去啊?要是现在到草地上去,躺在树荫下面,穿过树枝间隙观看太阳,数一数那树枝上停过几只鸟儿,那该多好!你只管在草地上躺着,自有女仆给你把中饭或者早饭送来,她的双颊红扑扑的,两只裸露在外的胳膊肘浑圆柔软,脖子晒黑了;这个狐狸精低眉顺眼,脸上挂着微笑……这种日子什么时候才能过上?……"

"哟,规划!还有村长的事呢?腾房子的事呢?"他忽然想起来了。

"对,对!"他连忙说,"马上就办!"

奥勃洛莫夫迅速抬起身子,在沙发上坐好,然后放下两只脚,脚立刻就插进便鞋里。他又坐了一会儿,终于站起来,若有所思地呆立了约两分钟。

"扎哈尔,扎哈尔!"他大声呼唤道,同时看了看桌子和墨水瓶。

"又怎么啦?"门外传来这句问话,还有那一跳。"真苦了我这两条腿!"扎哈尔用沙哑的嗓子低声说。

"扎哈尔!"奥勃洛莫夫仍旧望着桌子,若有所思地说,"是这样,伙计……"他指着墨水瓶刚说出这几个字就打住,又陷入沉思之中。

这时候他的两只手向上伸去,两个膝头弯了下来,他开始伸懒腰,打哈欠……

他一面伸懒腰,一面断断续续地说:"我们还剩下一点干酪,再……给我一点马德拉酒,吃中饭还早,我先吃一点……"

"哪儿剩下干酪了?"扎哈尔说,"什么也没剩下……"

"怎么没剩下?"奥勃洛莫夫打断了扎哈尔的话,"我记得很清楚,是这么大的一块……"

"没有,没有!一块也没有!"扎哈尔坚持说。

"有!"奥勃洛莫夫说。

"没有。"扎哈尔说。

"那你去买。"

"拿钱来吧。"

"喏,零钱在那儿,拿去。"

"只有一卢布四十戈比,要一卢布六十戈比。"

"那儿还有些铜板。"

"我没见着!"扎哈尔倒换着脚说,"有银币来着,瞧,那不是?铜板我可没见着!"

"有,昨天那个小贩亲自交到我手里的。"

"他当着我的面交的,"扎哈尔说,"我倒是看见他找零钱了,可没看见铜板……"

"莫非是塔兰季耶夫拿了?"奥勃洛莫夫感到疑惑,"不对,他要拿就会把零钱也拿走。"

"那到底还剩下什么呢?"奥勃洛莫夫问。

"什么也没剩下。"扎哈尔说,"兴许还有点昨天的火腿,得问问阿尼西娅。给您端来不?"

"有什么就端什么吧。怎么会没有干酪了?"

"是没有嘛!"扎哈尔说着走出门去。奥勃洛莫夫在书房里沉思地踱步。

"麻烦事真多,"他低声自语,"就拿规划来说,还有多少事情要做啊!……"接着又沉思地说,"明明剩下一块干酪,是扎哈尔吃了,他倒说没剩下!铜板又到哪儿去了呢?"他说着摸了摸桌面。

一刻钟以后,扎哈尔两手端着托盘推开了房门。他走进来以后,本想用一只脚把房门掩上,却踢了个空,结果把托盘上的一只酒杯摔到了地上,装酒的长颈玻璃瓶的塞子和一个白面包也跟着掉了下去。

"你一动就闯祸!"奥勃洛莫夫说,"把掉下的东西捡起来呀!还站在那儿欣赏!"

扎哈尔端着托盘弯下腰去捡面包,刚一屈腿,忽然发现两只手都占着,没办法捡。

"捡起来呀!"奥勃洛莫夫嘲弄地说,"你怎么啦?怎么卡壳了?"

"该死的,真可恶!"扎哈尔冲着掉下去的东西大发雷霆,

"谁见过就要吃中饭了还吃早点?"

于是他把托盘放下,把掉在地上的东西捡起来。他捡起面包吹一吹灰尘就把它放在了桌子上。

奥勃洛莫夫开始吃早点,扎哈尔站在离开他有一段距离的地方斜着眼睛看看他,好像想说什么话。

可是奥勃洛莫夫只顾吃自己的早点,丝毫没有注意他。

扎哈尔干咳了两声。

奥勃洛莫夫还是没有反应。

扎哈尔终于憋不住了,胆怯地说:"管事刚才又派人来了,包工头找过他,问他能不能看看咱们这套房子。说的还是改建的事儿……"

奥勃洛莫夫继续吃他的,没有答话。

"伊利亚·伊利奇!"扎哈尔沉默片刻以后再压低嗓门儿说。

奥勃洛莫夫做出一副没听见的样子。

"人家叫咱们下星期搬走。"扎哈尔声音嘶哑地说。

奥勃洛莫夫喝干了一杯葡萄酒,没有说话。

"咱们到底怎么办,伊利亚·伊利奇?"扎哈尔几乎是耳语般地问。

"我说了不许你提这件事。"奥勃洛莫夫严厉地说,并且站起身来,走到扎哈尔面前。

扎哈尔倒退了一步。

"扎哈尔,你这个人真恶毒!"奥勃洛莫夫生气地说。

扎哈尔很委屈。他说:

"恶毒!我怎么恶毒?我没杀过人。"

"怎么不恶毒?"奥勃洛莫夫又说,"你叫我不得安生。"

103

"我不恶毒!"扎哈尔肯定地说。

"你为什么老拿房子的事情来烦我?"

"我有什么办法?"

"我又有什么办法?"

"您不是要给房东写封信吗?"

"我会写,你等等嘛,哪能一下子就写好!"

"您现在就能写好。"

"现在,现在!我还有更要紧的事情。你以为像劈柴一样,两下就完?瞧,"奥勃洛莫夫说着晃了晃墨水瓶里的一支干了的鹅毛笔,"连墨水也没有!我怎么写?"

"我这就去弄点克瓦斯泡一泡。"扎哈尔说着拿起墨水瓶,三脚两步走到外室去了,奥勃洛莫夫开始找信纸。

"好像连信纸也没有!"他一面这样自言自语,一面在抽屉里翻找,在桌面上摸索。"确实没有!唉,这个扎哈尔,把生活弄得一团糟!"

"你这个人还不恶毒?"奥勃洛莫夫对再次走进书房里来的扎哈尔说,"什么也不管!家里怎么连一张纸也没有?"

"您这叫什么惩罚,伊利亚·伊利奇!我是个基督徒,您怎么骂我恶毒?张口闭口:恶毒!俺们是在老东家跟前落地长大的,老东家骂过我狗崽子,揪过我的耳朵,可没听他说过'恶毒'这个词儿,没玩过新花样!可别造孽!您瞧这不就是纸嘛!"

扎哈尔从书架上拿了半张灰色的纸递给奥勃洛莫夫。

"这张纸能写信吗?"奥勃洛莫夫问,随即把纸扔了,说"夜里我拿它盖杯子,怕有什么……有毒的东西掉进去。"

扎哈尔转过身去望着墙壁。

"算了,拿来吧,我先打个草稿,等阿列克谢耶夫来帮我誊清。"

奥勃洛莫夫坐到桌前,迅速写出下面几个字:"尊敬的先生!……"

"墨水糟透了!"奥勃洛莫夫说,"下次你给我小心点,扎哈尔,把你的事情做好!"

他考虑了一下,接着写道:

"阁下拟改建之房屋,即余租用之二楼寓所,完全符合余之生活方式以及自余进住以来多年养成之习惯。近悉阁下令余之农奴扎哈尔·特罗菲莫夫转告余,谓余租用之寓所……"

奥勃洛莫夫写到这里停下来,把上面这段文字念了一遍,说:

"不流畅,用字重复。"

他小声念着,改了几处,有的字改了又改,最后卡在一个重复使用的连接词上。

他涂掉又恢复,来回折腾了三次,还是不行,要么不通,要么不顺。他不耐烦地说:

"一个连接词就把我缠住了!唉!该死的信,去它的吧!叫我为这种鸡毛蒜皮的事情伤脑筋!应用文我已经写不来了。瞧,都快三点了。"

于是他把信撕成四瓣扔在地上说了一句:"扎哈尔,拿去。"

"看见了吗?"奥勃洛莫夫问。

"看见啦。"扎哈尔一面捡起那些纸片,一面回答说。

"那就再也别拿房子的事情来烦我。你手里拿的是什么?"

"哦,是账本。"

"主啊!你真要把我折磨死!到底是多少,快说!"

"该给肉店八十六卢布五十四戈比。"

奥勃洛莫夫两手一拍,说:

"你疯了?单是肉店就要给这么一大把钱?"

"三个月没给钱了,那就得给一大把!这儿都写着,谁也没偷!"

"你还说你不恶毒?"奥勃洛莫夫说,"买牛肉花了上百万!你吃了有什么用?钱要花得值当。"

"又不是我吃了!"扎哈尔反驳说。

"哦,你没吃?"

"您干吗怨我白吃饭?您瞧瞧!"

扎哈尔说着把账本塞给奥勃洛莫夫。

"还欠谁的?"奥勃洛莫夫问,同时懊恼地推开那一叠油腻腻的账本。

"还欠面包店和菜店一百二十一卢布十八戈比。"

"这简直要叫我破产了!真不像话!"奥勃洛莫夫忍无可忍地说,"你是一头母牛还是什么,嚼这么多菜……"

"我恶毒!"扎哈尔咽着苦水指出,然后转过去侧身对着他老爷又说,"您别让米海·安德烈伊奇进门,那就少花钱了。"

"好了好了,总共是多少,你算一算!"奥勃洛莫夫说着自己也算起来。

扎哈尔扳着指头算。

"去它的,怎么一次和一次不一样!"奥勃洛莫夫说,"你算出来是多少？二百吧？"

"您等一会儿。"扎哈尔眯起眼睛低声说,"八个十加十个十就是十八个十,再加两个十……"

"嘿,像你这样算永远算不完。"奥勃洛莫夫说,"去吧,账本明天再给我,想办法弄点纸和墨水……这么多钱！我说了,一点一点地给,不行,总是要一下子……都是些什么人啊！"

"二百零五卢布七十二戈比,"扎哈尔算完了,说,"您给钱吧。"

"怎么说要就要！等我明天核对一下……"

"您看着办吧,伊利亚·伊利奇,人家可是要钱……"

"好了好了,别烦我！我说了明天就是明天。去吧,我有事,比这个要紧。"

奥勃洛莫夫在一把椅子上坐下来,收拢两只脚,还没来得及想问题,门铃响了。

来人身材短小,肚子不算太大,白净的脸,红喷喷的双颊,秃顶,但是后脑勺上流苏似的披着厚厚的黑发。脱发的地方呈圆形,光得发亮,很像牙雕。他脸上挂着对他看到的一切都热心关注的表情,目光矜持,笑容适度,还有一种既像谦逊又像公事公办的彬彬有礼的态度。

他穿一件合身的燕尾服,衩开得很大,方便得像两扇一碰就能打开的大门。衬衫白得耀眼,与他的秃顶正相匹配。右手食指上戴着一枚镶墨色宝石的沉甸甸的大戒指。

"大夫！是什么风把您吹来的啊？"奥勃洛莫夫兴奋地说,一面伸出手去同客人握手,一面拉过一张椅子来。

"这段时间贵体康泰,没叫我出诊,我闲得无聊,自己找上门来啦！"大夫打趣地说,接着就言归正传,声称:"我刚才到您楼上那家去过,顺便来问候问候。"

"多谢多谢!我这位邻居怎么样了?"

"大概还有三四个星期吧,也可能拖到秋天,再往下……胸积水,结果是明摆着的。您怎么样?"

奥勃洛莫夫悲哀地摇摇头。

"不好啊,大夫。我正想找您商量呢。真不知道该怎么办。我的胃几乎不能消化,上腹闷胀,胃里烧得难受极了,呼吸不畅……"奥勃洛莫夫愁眉苦脸地说。

"请把手伸过来!"大夫说罢就给他号脉,并且闭上了眼睛。过了一会儿问道,"咳嗽吗?"

"夜里咳,尤其是晚饭后。"

"嗯!心慌吗?头疼不疼?"

大夫又问了几个类似的问题,然后歪着他的秃头沉思起来。两分钟以后他忽然抬起头来,毫不犹豫地说:

"如果您在这种气候条件下继续生活两三年,而且总是躺着,吃肥肉和油重的东西,您一定会中风致死。"

奥勃洛莫夫吓得浑身一震,说:

"那我该怎么办?看在上帝分上,您就指教指教我吧!"

"像别人一样,到国外去。"

"到国外去!"奥勃洛莫夫惊讶地说。

"对。不行吗?"

"您饶了我吧,大夫,到国外去!那怎么行!"

"为什么不行?"

奥勃洛莫夫默默地打量了一下自己,又打量了一下自己的书房,然后机械地又说了一遍:

"到国外去!"

"是什么妨碍您去?"

"什么妨碍?什么都妨碍……"

"什么都妨碍是什么意思?缺钱吗?"

"对,对,就是缺钱。"奥勃洛莫夫连忙说,他很高兴抓到了这个最自然的障碍做挡箭牌。"您看看村长给我写些什么……信呢?我把信搁到哪儿去啦?扎哈尔!"

"行了行了,"大夫说,"这不关我的事,我的责任是告诉您,您必须改变生活方式,换换地方,换换空气,换换工作,等等。"

"好,我考虑考虑,"奥勃洛莫夫说,"不过我该到什么地方去,又该干什么呢?"

"去基辛根,或者埃姆斯,"大夫说,"六月七月在那边过,喝矿泉水。然后去瑞士,或者蒂罗尔,用葡萄治疗,九月十月在那边过……"

"去蒂罗尔,活见鬼!"奥勃洛莫夫说,声音轻得有如耳语。

"然后再到一个干燥的地方去,比方说,去埃及……"

"原来是这样!"奥勃洛莫夫心中暗想。

"要排除忧虑和烦恼……"

"您说得容易,"奥勃洛莫夫说,"您没有村长给您写这种信……"

"还要避免想事儿。"大夫接着说。

"避免想事儿?"

"是啊,别让大脑紧张。"

"那么我的庄园规划怎么办?算了吧!我又不是杨木疙瘩!……"

"您看着办吧。我的责任不过是提醒您。您还要清心寡欲,不然会影响治疗效果。要想法散心,骑马啦,跳舞啦,到空气清新的户外做适当的运动啦,聊聊使人愉快的话题啦,尤其是跟女士们聊天,让您的心只为愉快的感觉而轻松地跳动。"

奥勃洛莫夫垂着头聆听大夫说这番话。

"还有呢?"他问。

"也别看书写字——上帝保佑!租一处窗户朝南的别墅,多种些花,让音乐和女人陪伴着您……"

"我该吃什么呢?"

"别吃肉,一般动物性的食物都别吃。面食啦,这冻那冻啦,也别吃。可以喝清淡一点的肉汤,吃蔬菜。不过您可要注意,现在几乎到处流行霍乱,要小心……一天可以散步八小时左右。买一支猎枪……"

"主啊!……"奥勃洛莫夫叹道。

"最后,"大夫总结说,"入冬前到巴黎去,在那种五光十色的生活漩涡里玩个痛快,什么也别想,出了剧场进舞厅,到郊外访友,让您周围只有朋友和欢声笑语……"

"除此之外还需要做什么吗?"奥勃洛莫夫问,脸上不由得露出懊丧的神情。

大夫沉吟半晌之后说:

"再就是呼吸海洋上的空气了,您在英国坐上客轮逛到美国去……"

大夫起身告辞的时候又说:

"如果您完全按照我的话去做……"

"好,好,我一定照办。"奥勃洛莫夫一面送大夫走,一面带刺儿地说。

大夫走了,留下奥勃洛莫夫在那里一筹莫展。他闭上眼睛,把两只手搁在头顶,身子缩成一团,呆呆地坐在圈手椅里。

从他身后忽然传来一声胆怯的呼唤:

"伊利亚·伊利奇!"

"嗯?"他答应了一声。

"到底怎么跟管事说?"

"什么事?"

"搬家的事啊!"

"你又来了不是?"奥勃洛莫夫吃惊地说。

"我的老爷伊利亚·伊利奇,您说我该怎么办?我的命本来就苦,我也是快入土的人了……"

"不对,你显然是想拿搬家来赶我入土!"奥勃洛莫夫说,"你听听大夫是怎么说的!"

扎哈尔无言以对,只深深地叹了一口气,把挂在他胸前的颈巾的两个角都吹得颤动起来。

"你是不是打定主意要逼死我?"奥勃洛莫夫又问,"我让你厌烦了,对吗?你说呀!"

扎哈尔没想到他们的谈话会转这么一个要命的弯子,不胜惶恐地低声说:"基督保佑您长命百岁!谁想害您啊?"

"你!"奥勃洛莫夫说,"我叫你别再提搬家的事,可是你一天不提五次就过不了日子!你要知道,这事弄得我心烦!再说我的身体本来就糟糕透了。"

"我寻思,先生……我寻思,干吗不搬?"扎哈尔吓得声音发抖了。

"干吗不搬!你说得倒轻松!"奥勃洛莫夫说着,连同他坐的圈手椅一起转过去面对着扎哈尔,"搬家是怎么一回事,你仔细想过没有,呃?没仔细想过吧?"

"是没仔细想过!"扎哈尔温顺地说,他决心对东家老爷的话句句点头称是,只要别闹出惊心动魄的场面就好,那种场面对他来说比苦萝卜还苦。

"没仔细想过,那就听我说,然后你再琢磨琢磨能搬不能搬。搬家是怎么一回事呢?搬家就是要你东家到外面去待一整天,穿得规规矩矩的一大早就出门……"

"那有什么,出门就出门嘛!"扎哈尔说,"干吗不出去待一天?总在家坐着对身体不好。瞧您都成什么样儿了!从前您可嫩得跟小黄瓜似的,如今老在家待着,上帝知道您像什么样儿。您就该到街上去溜达溜达,看看外面的人,还有别的……"

"别胡扯,听我说!"奥勃洛莫夫说,"到街上去溜达溜达!"

"可不是嘛,"扎哈尔继续热烈地说,"听人说,运来一个从没听说过的怪物,您还不去看看?您上剧场去,要不就去参加化装舞会,趁您不在我们就把家搬了。"

"少废话!你倒真关心你东家的安宁!叫我到外面去流浪一整天,我在哪儿吃中饭,怎么吃,饭后还睡不睡觉?照你看,这都不关你的事?……趁我不在就把家搬了!我不看着,那还不把东西都砸碎完?我可知道搬家是怎么一回事!"奥勃洛莫夫越来越肯定地说,"搬家就是砸这个毁那个,乱哄哄嚷成一片,把东西都扔在地上,堆成一大堆,箱子啦,沙发靠背啦,画框啦,烟袋啦,书啦,还有些平时从来见不着的玻璃瓶子,鬼知道从哪儿钻了出来!必须看着所有的东西,免得丢了砸了……地上堆的只是一半,另外一半在大车上,或者在新的寓所里。你想抽一口烟,拿起烟斗才发现烟丝已经运走了……你想坐下也没有家具可坐。什么东西上面都是一层灰尘,一碰就脏手,脏了也没办法洗,就要像你一样两手漆黑的走来走去……"

"我的手可是干净的。"扎哈尔说着伸出两只像鞋底一样的手来。

"你就别让我看了吧!"奥勃洛莫夫扭过脸去说,并且继续发挥道,"要是想喝水,拿起水瓶又找不着杯子……"

"拿着水瓶喝也是可以的嘛!"扎哈尔好心地说。

"你们总是这样,地可以不扫,灰可以不擦,地毯可以不敲打。到了新的寓所呢,"奥勃洛莫夫越往下说,他想象中的搬家的情景越生动,"三天也收拾不好,什么都搁得不是地方,画框在墙角边地板上,套鞋在床上,靴子和茶叶还有发蜡在一个包袱里。再一看,不是椅子断了一条腿就是画框的玻璃砸碎了,或者沙发上污迹斑斑。要什么没有什么,谁也不知道在哪儿,不是丢了,就是在老地方忘了搬过来,又要往那边跑……"

"还有来回跑十来趟的呢。"扎哈尔打断了他的话。

"你瞧瞧!"奥勃洛莫夫接着说,"第二天早晨在新的寓所起来一看,那才叫难受呢!没有水,没有煤,大冬天就要这么坐着挨冻,屋子里冰凉,连柴也没有,赶紧去借……"

"还得看上帝赐给什么样的邻居,"扎哈尔指出,"有的人别说一捆柴火,连一勺水也不借。"

"可不是!"奥勃洛莫夫说,"家搬了,到晚上该忙完了吧?没有那回事,还要忙两个星期左右。你觉得东西都放好了……一看,还有事情没有做呢:窗帘没有挂上,画框也没有挂上,烦死人,简直不想活了……而且不断地花钱,花钱……"

"上一回,就是八年前,我记得花了两百来卢布。"扎哈尔证明说。

"你瞧瞧,不是闹着玩儿的!"奥勃洛莫夫说,"新搬进一个地方开头真不舒服!能马上习惯吗?在新的地方我会一连五夜睡不着觉。早上起来一看,对面那个车工的招牌换成了别的东西,心里真不是滋味。再说,吃中饭前看不见这个剪短发的老太婆往窗外探头,我也会觉得寂寞……"接着奥勃洛莫夫责备地问:"你把你东家弄到什么地步,现在明白了吧?"

"明白了。"扎哈尔恭顺地低声说。

"你为什么还要我搬家?那是人受得了的吗?"

"我寻思,别人不比我们差,别人都搬来搬去,咱们也行……"扎哈尔说。

"什么什么?"奥勃洛莫夫突然吃惊地问,并且从圈手椅中欠起身来,"你说什么?"

扎哈尔慌了神,不知道自己怎么会使伊利亚·伊利奇激动起来。他不做声了。

"别人不差!"奥勃洛莫夫惊恐地说,"你竟然说出这种话来!现在我明白了,对你来说,我和'别人'是一样的!"

奥勃洛莫夫讥讽地向扎哈尔鞠了一躬,脸上露出一副遭到奇耻大辱的表情。

"您饶了我吧,伊利亚·伊利奇,我能把您看得跟别人一样吗?……"

"滚开!"奥勃洛莫夫指着房门命令道,"我讨厌看见你。哼!'别人'!好哇!"

扎哈尔深深地叹了一口气,回自己屋里去了。

"这叫什么日子啊!"他一面上炕,一面埋怨说。

"我的上帝!"奥勃洛莫夫也叹息地说,"上午我本来想做点正经事,这样一来把一天都搅乱了!是谁搅乱的呢?是我自己的奴仆,忠心耿耿的奴仆!他都说了些什么话啊!他怎么敢这样?"

奥勃洛莫夫的心情久久不能平静,他一会儿躺下,一会儿起来在屋里踱步,然后再躺下。听到扎哈尔把他贬低为"别人",他认为这是侵犯了他的权利——扎哈尔眼里只能有他这一位主人而不能有任何其他人。

他深入思索这个比较的含义,分析什么是"别人",什么是他本人,这个比较在多大程度上是可以容许的,合理的,扎哈尔对他的冒犯究竟有多严重,最后,扎哈尔是否有意冒犯他,也就是说,扎哈尔是否有一种信念,认为伊利亚·伊利奇和"别人"一样,或许他不过是无心地脱口说了出来呢?这些问题触动了奥勃洛莫夫的自尊心,他决定要让扎哈尔明白他与扎哈尔所谓的"别人"之间的差异,让扎哈尔感觉到自己的行为有多卑劣。

"扎哈尔!"奥勃洛莫夫拖长了声音威严地呼唤他。

扎哈尔听到这一声呼唤,没有像平常那样从炕上往下跳,也没有咆哮,而是从炕上慢慢爬下来,无可奈何地悄悄朝书房走去,一路上不是手碰了这样东西就是身子撞了那样东西,就像一只狗根据主人的声音就感觉到自己的恶作剧暴露了,少不了要挨一顿责罚。

扎哈尔把书房的门推开一半,不敢马上走进去。

"进来!"奥勃洛莫夫说。

门本来就可以随意开关,但是扎哈尔把门开得好像无法挤进一个人去,他只能塞在门缝里,进不了屋。

奥勃洛莫夫坐在床沿上坚持说:

"到这儿来!"

扎哈尔好不容易才从门缝中挤了进去,立刻把门关上,用脊背紧紧顶住。

"过来!"奥勃洛莫夫伸出一个指头指了指自己身边说。扎哈尔向前跨了半步,就在离开指定地点有两俄丈①远的地方站住不动了。

"再往前一点!"奥勃洛莫夫说。

扎哈尔做了一个向前迈腿的动作,其实只是晃了一下身子,跺了跺脚,仍旧站在原地。

奥勃洛莫夫看见这回无论如何也不能让扎哈尔向前靠近一步,只好由他站在那里,默默地、责备地望着他。

扎哈尔在伊利亚·伊利奇无言的注视下浑身不是滋味,于是装出一副没有注意他的样子,比平日更加厉害地侧过身去,甚至没有瞟他一眼。

扎哈尔固执地望着左边,相反的一边,看到他早就看惯了的东西:画框周围的蜘蛛网,并且在蜘蛛身上看到对他玩忽职守的活生生的指责。

"扎哈尔!"过了一会儿奥勃洛莫夫才自尊地轻轻唤了一声。

扎哈尔没有回答,他似乎在想:"你叫谁呢?叫另外一个扎哈尔?我不是站在这儿嘛。"接着就把目光从左边移到右

---

① 1俄丈约合2.13米。

边,仍旧避开伊利亚·伊利奇。这边也有一样东西使他想到自己,那是一面镜子,上面蒙着薄纱似的灰尘,透过这层薄纱他仿佛从雾中看到自己那张阴郁的丑脸正皱着眉头怪模怪样地望着自己。

他不高兴地把目光从这个他太熟悉的愁眉苦脸的东西上面移开,决心看伊利亚·伊利奇一眼。他们两人的目光相遇了。

扎哈尔受不了伊利亚·伊利奇眼睛里的责备神情,于是垂下眼帘向脚下看,在沾满灰尘和污迹的地毯上他又看到一张使他难过的证书,足以说明他是否尽心伺候东家。

"扎哈尔!"奥勃洛莫夫动情地唤了一声。

"您说,什么事儿?"扎哈尔的声音低得让人几乎听不见,他预感到就要有一番惊心动魄的训话,微微颤抖了一下。

"给我一点克瓦斯!"奥勃洛莫夫说。

扎哈尔放心了,他高兴得像个孩子似的一溜烟奔进食橱间,拿了克瓦斯送过来。

"你觉得怎么样?确实不好吧?"奥勃洛莫夫喝了几口,捧着杯子温和地问:

扎哈尔脸上那桀骜不驯的神情瞬间被一线悔恨的光芒照得软化了。他感觉到自己对伊利亚·伊利奇的崇敬之情在胸中渐渐苏醒,涌上心头,于是突然正眼看着他。

"你有没有感觉到自己的过失?"奥勃洛莫夫问。

"什么叫'过失'?准是个让人心里难受的词儿,"扎哈尔有苦说不出地想,"他逼起人来让人没法不哭。"

"怎么了,伊利亚·伊利奇,"扎哈尔用他最低的调门说,"我什么也没说,只不过……"

117

"等等!"奥勃洛莫夫打断了他的话,"你明白不明白你干了些什么?把杯子放到桌子上再回答我!"

扎哈尔什么也没有回答,他根本不明白他究竟干了什么,但是这并不妨碍他怀着崇敬的心看看伊利亚·伊利奇,甚至微微低下头认错了。

"你还不恶毒?"奥勃洛莫夫说。

扎哈尔一直沉默着,只用力眨了三下眼睛。

"你伤了东家的心!"奥勃洛莫夫一字一板地说,同时紧盯着扎哈尔,看见他不知所措,心里很得意。

扎哈尔愁得不知躲到哪儿去才好。

"伤了,对吗?"奥勃洛莫夫问。

"伤了!"扎哈尔低声说。听到这个新的"让人心里难受的"词儿,他简直不知如何是好。他望望右边,又望望左边,再望望正前方,想找个脱身的办法,但是跃入他的眼帘的依旧是蜘蛛网、灰尘、他自己在镜子里的影像和他东家老爷的面孔。

眼见一场惊心动魄的戏在所难免,扎哈尔想:

"有个地缝让我钻进去就好了!唉,我怎么不死啊!"他真的动了感情,眼睛越眨越快,泪水就要涌出来。

最后他几乎是哭着用大白话对东家老爷说出一句著名的歌词:"我哪点儿伤了您的心,伊利亚·伊利奇?"

"哪点儿?"奥勃洛莫夫接口说,"什么叫'别人',你想过没有?"

他停顿了一下,眼睛仍旧看着扎哈尔,又问:

"要我告诉你吗?"

扎哈尔像一只洞穴里的狗熊似的转过身去,向着整个书房叹了一口气。

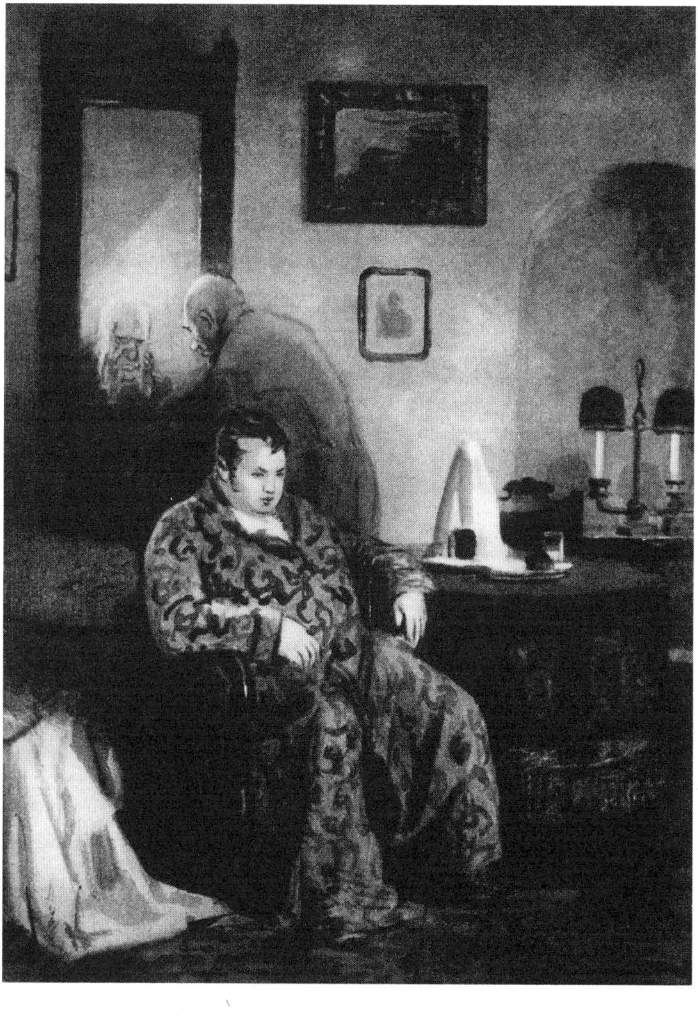

"你所说的'别人'是天地不容的穷鬼,粗野,没有教养,在顶楼上过肮脏贫困的生活。这种人拿一块毡子到院子里随便找个地方一铺就能躺下睡一觉。他会出什么事?什么事也不会出。他只有土豆、鲱鱼可吃。贫困逼得他四处流浪,所以他整天东奔西跑。这种人搬家大概不成问题。比如利亚加耶夫,他夹起一把尺子,包上两件衬衫,就可以走了……你问他:'上哪儿去?'他说:'搬家!'瞧,'别人'就是这样!照你看,我是'别人'吗?呃?"

扎哈尔看了东家老爷一眼,把两只脚倒换了一下,没有做声。

"什么叫'别人'?"奥勃洛莫夫接着说,"'别人'就是那种自己刷皮靴自己穿衣服的人,虽说有的时候他也摆出一副老爷的架势,那是骗人的,他根本不懂仆役是干什么的,他没有人可使唤,样样要自己动手,自己添柴火,有的时候还要自己掸灰……"

"德国人像这样的多着呢。"扎哈尔阴沉着脸说。

"就是嘛!我呢?你看我是'别人'吗?"

"您根本不一样①!"扎哈尔求饶似的说,他仍旧不明白他的东家老爷究竟想说什么,"上帝知道您这是怎么啦……"

"你看你说些什么呀!你分析分析:'别人'是怎么过日子的?'别人'不停地干活,奔波劳碌,不干活就没有饭吃。'别人'要鞠躬到地,'别人'要乞求,要低三下四……我呢?你说说,你看我是'别人'不是,呃?"

"得了,我的老爷,您就别拿这些让人心里难受的词儿来

---

① 这"不一样"和上面说的"别人"原文其实是一个字"другой",由此产生双关效应。

折磨我了！"扎哈尔哀求说，"唉，主啊！"

"我是'别人'！莫非我在奔波？我在干活？缺吃的？骨瘦如柴，一副可怜相？缺这缺那？我好像有人可以使唤嘛！感谢上帝，我这辈子还没有自己动手穿过袜子！我会去麻烦自己？有这个必要吗？我在对谁说这些话？我从小不就是由你伺候的吗？这些你都知道，你看着我娇生惯养长大，从来没有尝过挨饿受冻的滋味，不知道什么是拮据，没有为糊口去挣过钱，什么粗活都没有干过。你怎么敢拿我去跟'别人'比？我的健康状况和那些'别人'的一样吗？我能做那些事情、吃那些苦吗？"

扎哈尔简直一点也听不懂奥勃洛莫夫的话了。由于心里紧张，他撅起了嘴唇。一出惊心动魄的戏开场了，对于扎哈尔这是大难临头。他沉默着。

"扎哈尔！"奥勃洛莫夫又唤了一声。

"您说，什么事儿？"扎哈尔的声音低得几乎让人听不见。

"再给我一点克瓦斯。"

扎哈尔拿来克瓦斯，等伊利亚·伊利奇喝够了，把杯子交给他，他就想溜回自己屋里去。

"别忙别忙！你等一等！"奥勃洛莫夫说，"我问你，你怎么能说这种话糟蹋你的东家？我小的时候是你抱我，后来也一直是你伺候我，而我也是恩待你的呀！"

"恩待"这个词儿把扎哈尔彻底压垮了！他承受不起，眼睛眨得越来越厉害。他越听不懂伊利亚·伊利奇的惊心动魄的话，心里就越难过。

"是我不好，伊利亚·伊利奇，"扎哈尔悔恨地说，"因为我蠢，就是因为我蠢……"

扎哈尔不明白自己究竟干了什么,因此也不知道怎么把这句话说完。

"我呢,"奥勃洛莫夫以一种因为自己的人格没有得到应有的尊重而万分委屈的腔调说下去,"我日夜操心劳累,有的时候脑袋发热,心脏都像是要停止跳动了,夜里睡不着觉,翻来覆去地想问题,考虑怎么做更好……为了谁?都是为了你们,为了农民,当然也是为了你。你看见我有的时候拿被子蒙着头,大概以为我在呼呼大睡,其实我根本睡不着,我是在苦思苦想,怎么才能让我的农民不受穷,不去羡慕别家的农民,到末日大审判的时候不必到上帝面前去哭哭啼啼地数落我,而是为我祈祷念我的好处。"末了奥勃洛莫夫痛心地责备说:"这些不知恩的人呀!"

扎哈尔完全被最后这一段"让人难受"的话感动了。他啜泣起来,那抽泣声和呜咽声汇合到一起,形成说不上像什么乐器奏出来的调子,只能拿中国或者印度的锣声来形容了。

"我的老爷伊利亚·伊利奇!"他哀求说,"您别这样!上帝保佑,您都说了些什么呀!唉,圣母娘娘啊!怎么突然闹成这样……"

"你怎么有脸说那种话!"奥勃洛莫夫不听他的,只管说下去,"瞧,我怀里揣了一条什么样的蛇啊!"

"蛇!"扎哈尔两手一拍,竟至号啕大哭了,听上去好像有二十来只金龟子一下子闯进屋里来,嗡嗡乱转,"我什么时候念叨过它呀?"他哭着说,"我做梦也没见着那该死的害人精啊!"

主仆二人彼此已经无法理解,最后连自己也不理解自己了。

"你怎么说得出口?"奥勃洛莫夫接着说,"我还计划给你一座房子、一片菜园、定量的粮食、一份薪水呢!你既是我的管家,我的王室总管,又是我的亲信!农民们都要向你鞠躬,尊敬地称呼你'扎哈尔·特罗菲梅奇!'你还不知足,封我为'别人'!好大的赏赐!真抬举你东家了!"

扎哈尔还在啜泣,奥勃洛莫夫自己也动了感情。在开导扎哈尔的那一刻,他深深地意识到了自己施与农民的恩惠,最后这段指责扎哈尔的话他是含着眼泪颤抖着声音说的。

"好了,你去吧!"奥勃洛莫夫用和解的口吻对扎哈尔说,"等等,再给我一点克瓦斯!嗓子都干了,你应该想到嘛!没听见你东家说话声音都嘶哑了?看你把我气的!"

等到扎哈尔拿来克瓦斯,奥勃洛莫夫又说:"我希望你已经明白了自己的过错,以后再也不会拿你东家去跟别人比了。为了将功补过,你去和房东交涉一下,别让我搬家。瞧,你是怎么让你东家得安生的!完全破坏了我的情绪,弄得我想不出新的好主意了。吃亏的是谁?其实是你们自己。我全心全意为你们,为你们退了职,闭门不出……好了,你去吧!都打三点了!还有两小时就该吃中饭,两个小时能做什么事情?什么事情也做不成。可是有一大堆事情要做。算了,信等下一个邮班再写,规划明天再做。现在我躺一会儿,我累坏了。你把窗帘放下来,门关紧点,别让人吵我。我也许还能睡上一小时,四点半叫我。"

扎哈尔先给伊利亚·伊利奇盖上被子,又把被子四边塞好,然后放下窗帘,紧紧地合上门,把他严严实实地关在书房里,回自己屋里去了。

"害人精,你死了才好呢!"扎哈尔一面擦去泪痕,一面往炉炕上爬,同时低声埋怨说,"真是个害人精!一座房子,一片菜园,一份薪水!"他只听懂了这几句话。接着他愤怒地捶着炉炕说,"专门会说让人心里难受的话,就跟拿刀子在我心上一刀一刀割似的……等有了我的房子,我的菜园,我也该两腿一蹬断气了!一份薪水!我要不是顺便捞几个十戈比、五戈比的镚子儿,那就连买烟的钱都没有,也没法招待大嫂了!真可恶!……我怎么不死啊!"

奥勃洛莫夫仰面躺着,没有立即入睡。他思绪万端,心潮起伏……

"一下子竟然有两件倒霉事!你就挺住吧!"他说着拉起被子把头完全蒙上。

其实奥勃洛莫夫所谓的两件"倒霉事",也就是村长的那封报忧信和搬家,已经逐渐退居搅扰他的许多回忆之中,不再使他忐忑不安了。

"村长拿来吓唬我的那些灾难还远着呢,"他想,"这段时间还可能发生许多变化,说不定天降喜雨,丰收有望,村长把欠款收齐,逃亡农民也像他信上说的那样给送回了原籍。"

"这些农民究竟往哪儿跑?"他越来越多地从作家的角度去分析这种情况,心想,"他们大概是夜间走的,外面那么潮湿,又没有吃的。在哪儿睡觉呢?莫非在树林里?真不安分!农舍里虽然气味难闻,至少是暖和的……"

"我着什么急?"他又想,"规划也快出来了,何必提前自己吓自己?嘿,我这个人……"

想到搬家,奥勃洛莫夫要多一分不安。这是新近出现的"倒霉事",然而对于得过且过的奥勃洛莫夫,这件事也在逐渐成为历史。虽说他模糊地预感到搬家在所难免,何况还有塔兰季耶夫干预,可是在思想上还是把生活中这件使他感到恐慌的事情推到哪怕一星期以后,这样一来他就赢得了整整一星期的平静!

"说不定扎哈尔想想办法能够交涉成功,根本用不着搬家了。也许能把改建工程推迟到明年夏天,或者干脆取消。总会有办法解决!实际上真的不能……搬家!……"

他这样激动一阵,宽解一阵,终于像往常一样,在"也许"、"说不定"、"总会有办法"之类的叫人安下心来的词汇中找到了整整一箱希望和慰藉,正如放置在我们祖宗的约柜①中的希望和慰藉一样,此刻保佑他不受那两件倒霉事的侵扰。

轻微而又舒服的麻木感传遍他的四肢,有如初降的霜冻给水面微微罩上一层雾气,他渐渐有了一种入梦的缥缈的感觉,再过一分钟,连意识也不知会飞向何方,但是他忽然清醒过来,睁开眼睛。

"我还没有洗脸呢!怎么会这样?而且什么事情也没有做。"他低声说,"我想把规划写成文字,还没有写。给县警察局局长的信,给省长的信,都没有动笔。给房东的信只开了一个头,没有写完。账也没有查,钱也没有付,一上午就这么完了!"

他沉思起来……

"这是怎么一回事?如果是别人,大概都做了吧?"这个念头在他脑海里闪现了一下,"别人,别人,什么叫别人?"

他全神贯注地拿自己和"别人"比较,想来想去,脑子里

---

① 按《圣经·旧约·出埃及记》,约柜最初是摩西依照上帝的旨意命人制作的包金木柜,用来放置刻有十诫的法板,后来演变为教会搁置经书、圣物的箱柜。

逐渐形成一种观念,与他对扎哈尔就别人发表的议论完全相反。

他不得不承认,如果是别人,这些信肯定都写出来了,而且像两个连接词发生矛盾这样的事情一次也不会发生,家也搬了,规划也付诸实行了,乡下也去过了……

"这些事情我本来都能……"他想,"写作能力我好像还有,别说信函,比这复杂的我也写过!我的本事都到哪儿去啦?搬家又算得了什么呢?只要有这个愿望就行!'别人'从来不穿大袍,'别人'……"想到这里他打了一个哈欠……"几乎不睡觉……'别人'在享受生活,到处走,到处看,对什么都感兴趣……我呢?我……不像'别人'!"他觉得悲哀,陷入深深的思索之中,甚至从被子下面伸出头来。

这是奥勃洛莫夫一生中许多清醒的,自觉的时刻中的一刻。

他忽然清楚而明白地想到了人的境遇和使命,把人的使命与自己的生活对照了一下,他头脑中有关人生的诸多问题就像一群栖息在昏昏欲睡的废墟上的鸟儿,被突然射来的一线阳光惊醒,仓皇地举翅飞向天空,这时候他真害怕极了。

他觉得悲哀和痛苦的是,他还不成熟,他的精神力量已经不再增长,惰性阻碍着一切。想到别人的生活多么充实开阔,而他的生活却像一条又窄又可怜的小径上横卧着一块沉重的大石头,艳羡啃啮着他的心。

在他的怯懦的心里酝酿着一种使他苦恼的觉悟,觉悟到他的天性中有许多方面还在沉睡,某些方面只有些微动静,但是没有哪一方面得到充分发挥。

他同时又心情沉重地感觉到,在他体内,如同在坟墓中一般埋着一个非常好的苗子,它或许已经死去,或许像矿床中的黄金,目前还闲置在那里,早该挖出来铸造货币了。

但是这个宝藏压在厚厚的一层废物和年复一年堆积起来的垃圾下面。像是有个人偷了世界和生命赠予他的这个珍宝,拿去埋在他自己的灵魂深处。不知是什么阻碍他登上人生这个大舞台去充分施展他的智慧和意志。也不知是怎样一个暗藏的敌人在他刚刚踏上人生旅程的时候就将魔掌伸向他,使他远远地偏离了人的使命那条正道……

他似乎已经无力冲出荒山野林回到正道上来。他不仅身处密林,就连他的心也在越来越密、越来越暗的林中,而林间小径上的杂草只见多起来,清醒的意识日益少下去,偶尔才能唤醒在他体内沉睡的力量。他的智慧和意志早已麻痹,看来也没有重新活跃起来的希望。

他生活中发生的事情已经琐细到用显微镜才能看见的程度,即便是这样小的事情他也应付不了。他不是经过这一件事走向另一件事,而仿佛是被事情从一个浪尖上抛到下一个浪尖上。他没有能力以意志的弹性去对付一件事情,也没有能力以理性去跟踪另一件事情。

自惭使他心里难过。对既往的毫无结果的惋惜和良知的灼人的谴责使他感到刺心的疼痛,他就竭力甩掉这些谴责加之于他的重负,到自身以外去寻找罪魁祸首,让这些谴责的蜂刺去蜇那个罪魁祸首。然而谁是罪魁祸首呢?

"这都怪……扎哈尔!"他低声说。

他想起刚才与扎哈尔争吵的细节,羞愧得满脸通红。

"万一有人听见了,怎么办?……"想到这里他不觉呆了。"感谢上帝,扎哈尔没有向其他人转述的本事,其他人也不会相信,感谢上帝!"

他一次又一次叹气,诅咒自己,在床上翻过来翻过去,想找一个罪魁祸首而又找不到。他的叹息声连扎哈尔都听见了。

"嘿,瞧他,克瓦斯喝多了,肚子胀!"扎哈尔生气地埋怨说。

"真的,我怎么会这样?"奥勃洛莫夫几乎是含着眼泪自问,接着又把头缩到被子下面去了。

他徒然寻找了一阵那个与他作对、妨碍他像"别人"一样好好生活的根源,叹了一口气,闭上双目。几分钟以后,瞌睡又渐渐使他的感官失去了活动能力。

"我本来也……想……"他困难地眨着眼睛说,"做点什么……莫非我是先天不足……感谢上帝,不是……不能抱怨……"

接着是一声认命的叹息。他从激动不安的状态又回到自己的常态:心平气和,与世无争。

"看来是命该如此……我有什么办法?……"他低声说着渐渐堕入梦乡。

"'收入要少两千……'"他忽然在梦中大声说,"等等,我这就……"他蒙蒙眬眬地醒来。

"不过……我真想知道……我怎么会……这样……"他低声说,两只眼睛随即又闭上了,"真的,原因何在?……一定是……因为……"他竭力要说出来而终于没有说出来。

他没有找到原因,舌头和嘴唇在一瞬间僵了,就那样半张着。他没有说出原因,只叹了一口气,接着屋内就响起一个安然入睡的人发出的均匀的鼾声。

睡眠中断了他那缓缓地、懒懒地向前运动的思潮,瞬间把他带到另一个时代,交给另一群人,让他去到另一个地方,下一章我和读者就要跟随他到那里去。

九　奥勃洛莫夫的梦

我们到了哪里？奥勃洛莫夫的梦把我们带到了哪一片乐土？这地方多么美好啊！

不错，这里没有高山大海、悬崖深谷，也没有茂密的森林，总之，没有任何壮观、蛮荒、阴森之处。

又何必要有蛮荒、壮观之处呢？比如大海，上帝啊！大海只会使人忧郁，人望着大海不由得要落泪。面对着一片汪洋，心会胆怯得紧缩起来，再说那无边无际的画面也单调得使眼睛疼痛难忍，得不到休息。

惊涛骇浪发出的隆隆声不会抚慰脆弱的听觉，并且唱的总是那一个调子，阴郁而神秘，自从有这个世界以来就没有改变过，仿佛有一个注定要受苦受难的大怪物在呻吟，在怨诉，还有什么人的不祥的声音刺人耳鼓。四周听不到鸟语，只有无言的海鸥像遭了天谴一般在接近陆地的水面上沮丧地盘旋。

在大自然的这种哀号面前，野兽的咆哮显得无力，人的声音也微不足道，连人本身都如此渺小、脆弱，无迹无踪地消失在那个广阔画面的无数细部间！也许正是因为如此，人望着大海的时候心情十分沉重。

不，我不要大海！即便在风平浪静的时候，人的心里也不觉得快乐,因为在几乎觉察不到的海水的动荡中,仍旧可以看到那一股无法限制的力量,别看它此刻沉睡着,有的时候却会那样恶毒地嘲弄人的崇高志向,深深地埋葬人的大胆设想和一切辛勤劳作的成果。

高山深谷之所以形成,也不是为了使人赏心悦目。它们是严酷的,可怕的,恰似猛兽向人露出的利爪利齿。它们太容易使我们想到自己这脆弱的血肉之躯而为生命担惊受怕。悬崖深谷之上的穹苍又是那么可望而不可即,似乎已弃人而去。

我们的主人公忽然来到一处安宁之乡,这里的景物与上面描述的完全不同。

这里的天空反而在向大地靠拢,不是为了更狠地打击它,只是为了怀着爱更紧地拥抱它。这片天空就在我们头上,好像可以信赖依托的祖屋房顶,庇护着这方土地,使之免遭灾祸。

这里的太阳一年中间有半年是明亮的,和煦的。它离去的时候也不是说走就走,而是依依不舍,频频回首,在秋季阴雨连绵的日子还一再赠与它热爱的这个地方温暖的晴天。

这里的山仿佛不过是某些地方的那种高耸入云、摄人心魄的崇山峻岭的模型。它们是一连串的缓坡岗峦,仰卧着从坡上溜下去就像是做一种令人愉快的游戏。在坡上坐着遐想,观看日落,也别有一番情趣。

小河嬉戏着,欢快地流去,时而泛成一个大水塘,时而急速奔向前方,时而又似乎在沉思,从小石间潺潺而过,向两边放出一条条顽皮的小溪,在它们的淙淙声中正好做个甜甜的梦。

这方圆十五至二十俄里的地方呈现出一幅幅欢快悦目的

风景画。澄澈的小河两边是沙岸缓坡,小灌木林从小山岗上一直延伸到水边,蜿蜒的谷底有溪流,还有白桦树林,这一切似乎经过精心挑选和配置,并且由一位高手画了出来。

历尽风波的心也好,不知忧患为何物的心也好,都极愿隐避到这个被世人遗忘的地方,过一种无人知晓的幸福生活。这里的一切都应许你颐养天年,直到须发由白转黄,最后像堕入梦乡一般不知不觉地死去。

这里四季分明,有条不紊地交替着。

按历书所示,三月春季来临,浑浊的山溪从坡上流下来,大地开始解冻,地面上升起蒙蒙的热水汽。农民脱去羊皮袄,身着单衫走出户外,手打遮阳久久地观赏太阳,高兴地耸耸肩膀。接他就去拖那底朝上翻转过来的大车,拉拉这根车杆又拉拉那根车杆,把躺在檐下休闲的木仔细察看一遍,用脚踹一下,准备像往常一样干活了。

春天暴风雪不会突然回头,不会再一次用大雪覆盖田亩,压断树枝。

冬天这位难以接近的冷峻美人的本色只维持到法定的大地回暖期,她不会用出乎意料的解冻来撩拨人,也不会用奇寒来折磨人。一切都按大自然的既定程序进行。

十一月开始下雪,主显节①前的气温下降到农民走出户外一会儿胡子上就挂霜的程度。二月嗅觉灵敏的人已经闻得见空气里有即将到来的春的温馨了。

夏天呢,那可是这一带最令人陶醉的季节。这里的空气清新而干爽,充满——不是柠檬、月桂的花香,而不过是艾草、

---

① 主显节是耶稣受洗日,在旧俄历一月六日,公历一月十九日。

松树、稠李的气味。天气晴朗,却又没有炙人的阳光,差不多一连三个月天上没有一片云。

这样的晴天能维持三四个星期。黄昏是温和的,夜间却闷热。星星从天上那样亲切友好地向你眨眼。

如果下起雨来,那可真是好雨!急而又大,雨点欢快地跳跃着,仿佛一个人欣喜若狂的时候眼睛里涌出的大滴大滴的热泪。可是只要雨一停,太阳重又面带含着爱意的开朗的微笑俯视田野和山岗,把它们晒干,大地也报以幸福的微笑。

农民欢迎天降喜雨,说:"雨浇湿了,太阳晒干!"他舒舒服服地让温暖的急雨冲洗他的脸,他的双肩和脊背。

这里的雷电并不可怕,只有好处,因为几乎总是在规定的时间——圣以利亚节①打雷,从不忘记,仿佛是为了证实那个尽人皆知的民间传说②。打雷的次数和强弱程度也似乎年年相同,好像是由国库按年给这个地区发放一定量的电。

这个地方从来没有见过骇人的暴风雨,或者由暴风雨造成的灾害。

从来没有人在报纸上看到过有关这片上帝保佑的乐土的消息,大概也永远不会有人报道或者听说这个地方发生了什么事情,除非某农民的寡妻,二十八岁的马林娜·库利科娃,一胎生下四个婴儿,这种事情是没办法不让人知道的。

上帝也从未用重重的瘟疫③或者一般的瘟疫惩罚这一带

---

① 圣以利亚节在旧俄历七月二十日,公历八月二日。
② 据俄罗斯民间传说,以利亚无疾而终,升天后驾车在天上驰骋,车轮发出隆隆声就是打雷。
③ 《圣经·旧约·出埃及记》第九章说,摩西按上帝的旨意要带领受奴役的以色列人走出埃及,埃及王阻止,上帝使埃及的牲畜都染上"重重的瘟疫"。

地方。当地居民没有一个人见过或者记得有过可怕的天象，诸如火球、突然间天昏地暗等等。这里毒蛇不生，蝗虫不来，没有声震山林的狮子、老虎，连熊和狼也没有，因为此地没有森林。只见大群大群的不停咀嚼的母牛、咩咩叫的绵羊、咕哒咕哒唱的母鸡在田野间和村子里漫步。

天晓得诗人或者梦想家对这个安宁之乡的自然环境是否满意。谁都知道，那些先生爱抬头望明月，低头听夜莺啼啭。他们喜欢卖俏的素娥披上淡黄色的云裳，穿过树枝间隙神秘地向下窥望，或者将一束束的银光注入她的仰慕者眼中。

这个地方的人根本不知道什么是素娥，大家都叫她月亮。她那么和善地睁大眼睛望着村庄和田野，很像一只擦得亮堂堂的铜盘。

诗人若用狂喜的目光去看她，只怕也是枉然，她只会报以质朴的一瞥，就像一个圆脸盘的乡下美妞回答城里来的花花公子的眉目传情一样。

这里也听不到夜莺啼啭，大概是因为没有它们爱栖息的密林和玫瑰花丛吧。不过鹌鹑却多的是！夏天收获季节一到，男孩子们用手都能抓着。

别以为鹌鹑是当地居民饭桌上的一道美味。不，这种腐化堕落之风还没有吹到这个地方，鹌鹑未被列入明文规定的菜谱，它只是唱歌给人欣赏的鸣禽，因此几乎家家屋檐下都挂一个细绳编的笼子养鹌鹑。

诗人和梦想家对这个朴实无华的地区的总的印象也不会好。他们在这里看不到瑞士风味或者苏格兰风味的黄昏：树林、水面、一座座茅屋的外墙、沙丘全都被夕照映得如火一般红，在这火红的背景上突显出一群骑在马上的男子陪伴着一位贵妇,他们正经过一条曲曲折折的沙径去游览一处阴郁的废墟,赶往一座坚固的古堡,在古堡里他们将看到的是祖辈讲过的与红白玫瑰战争有关的场景,晚餐要吃野山羊肉,还有一位小姐在诗琴的伴奏下唱叙事诗。这种情景早已由瓦尔特·司各特①的笔大量写入我们的想象之中。

这种情景在我们这个地方是绝对看不到的。

由三四个小村子构成的天涯的这一角是那么宁静,那么充满睡意!它们彼此相距不远,仿佛是偶然间由一只巨人的手扔了下来,撒得东一个西一个,从此就待在那里不动了。

有一座小木屋正好落在悬崖上,不知过了几世几代,它始终一半悬在深谷之上,靠三根杆子支撑着。三四代人已经在这座小木屋里静静地,幸福地度过了他们的一生。

看样子似乎连鸡也怕进去,可是里面却住着七尺汉子奥尼西姆·苏斯洛夫和他的妻子,他在自己家里连身子都站不直。

不是人人都有本事走进奥尼西姆的家门,来人必须先请求这座小木屋"背朝森林面向我"②。

门前的台阶悬在深谷之上,为了走上台阶,必须先用一只手抓住野草,另一只手抓住屋檐,然后再一步跨到台阶上去。

另外一座小木屋紧紧贴在小丘上,像个燕子窝。旁边还有三座,它们的出现纯属偶然。谷底还有两座。

这个小村子里的一切都静静的,充满睡意。一间间小木屋无言地敞着大门,里外看不见一个人,只有成群的苍蝇在闷

---

① 瓦尔特·司各特(1771—1832),苏格兰著名历史小说家、诗人。
② 据俄罗斯民间传说,巫婆都住在大森林中的鸡脚小屋里,来人必须念这么一句咒语,小屋才会转过来向他开门。

热的空气中嗡嗡地乱飞。

你走进小屋的时候不必大声呼喊,回答你的只有死一般的沉默,难得听到躺在炉炕上等死的老太婆痛苦地呻吟一声或者干咳一下,难得看见一个头发长长的三岁孩子只穿一件内衣、光着两只脚从板壁后面走出来,呆呆地盯着来人瞧一阵子,又胆怯地躲回去。

田野间同样似这般静谧安宁,只偶尔看得见烈日下有个农夫像蚂蚁一样在黑土地上蠕动,他正汗流浃背地扶犁前行。

不声不响、相安无事成了当地的民风。那里从未有过抢劫、凶杀这一类的骇人案件,任何强烈的欲望或者冒险行当都没有让他们动过心。

又有什么强烈的欲望或者冒险行当能够让他们动心呢?他们都有自知之明。这个地方与世隔绝,最近的村庄和县城也在二十五至三十俄里以外。

每年到一定的时候本地农民都要把粮食运到最近的伏尔加河码头上去,他们的足迹也就到那里为止,有的人一年还赶一次集,此外与外界再无往来。

他们的利益止于他们自身,与别人的不相干。

他们知道,"省",即省城,离他们只有八十俄里,但是去过的人却很少。他们还知道,往远处去是萨拉托夫或者尼日尼城,也听说过莫斯科和彼得堡,彼得堡那边是法国人、德国人的天下。再往前走,那对于他们就像对于古人一样,是个不可解的世界,有一些未知的国度,生活在那里的都是怪物,两头人,巨人。接下去是一片黑暗,最后以那条驮着大地的鱼告终。

因为几乎没有人从这里路过,当地人无从获取最新的消息,不知道世上发生什么事情。赶着大车卖木碗木勺木钵的人住在二十俄里以外,知道的事情也不比他们多。他们甚至没有一个可以与之比较的对象,使他们想一想自己生活得好还是不好,富还是穷,能不能追求一点别人有而自己没有的东西。

这些乐天知命的人以为生活本该如此,不可能不如此。他们深信别人的生活方式都和他们的一样,否则就是罪过了。

如果有人对他们说,别人耕地、下种、收割、卖粮的办法和他们的不一样,他们也不会相信。他们能产生什么强烈的欲望,又能为什么事情动心呢?

他们和一切人一样有烦心的事,比如纳税,或者服劳役;也有弱点,比如懒惰、贪睡。然而他们为此付出的代价很小,从不冲动。

最近五年,当地几百口人没有一个死亡,不仅没有横死,甚至也没有自然死亡。

一旦有人因为衰老或者久病不愈而长眠不醒,当地人就会视之为不寻常的事件,久久地惊叹不已。

可是,比方说,铁匠塔拉斯在小土窑里洗蒸汽浴差点把自己闷死,别人不得不用凉水把他浇醒,他们倒一点也不觉得稀奇。

这里最流行的犯罪活动是偷别人菜园里的豌豆、胡萝卜和蔓菁。有一天忽然丢失了两只小猪、一只母鸡,这件事激怒了周围一带的人,大家一致认为是前一天赶着一大车木碗木勺木钵路过这里去集市的那个人干的。一般说来,任何意外事件都极少发生。

不过有一天,一个显然是掉队的进城打工的人被发现躺在村外小桥边的渠沟里。

一群男孩子先发现了他,大惊小怪地跑回村里来说渠沟里有一条吓人的大蛇,也可能是妖精,还添油加醋地说那妖精跟在他们后面追,差点吃了小库兹卡。

胆子大一点的农民拿起木叉和斧子结队向渠沟那边走去。

"你们上哪儿去?"老人们劝阻说,"不怕死是不是?你们想干吗?别招他,没人惹你们。"

农民们还是去了。走到离那个地方约五十俄丈远他们就开始七嘴八舌地大声呼唤那个怪物,可是听不到回应。他们停了一会儿,又向前走去。

渠沟里躺着一个男人,头靠在高一点的地方,身边有一只布袋和一根棍子,棍子上挂着两双树皮鞋。

农民们不敢靠近他,也不敢碰他。

他们有的抓抓后脑勺,有的挠挠脊背,轮流向那个人喊话:

"喂,伙计!贵姓?喂,你要干吗?"

渠沟里的那个人动了一下,想抬头,但是抬不起来,像是有病,不然就是疲劳过度。

有个农民想用木叉捅他一下,许多人就喊叫起来,说:

"别招他!别招他!谁知道他是什么?瞧,他一声不吭,没准儿是个……乡亲们,可别招他啊!"

有几个人说:"咱们走吧,说真的,咱们走吧!他跟咱们又不是亲戚。只会惹祸!"

于是农民们又都回村里去了,告诉老人们躺在渠沟里的是个外乡人,一声不吭,天晓得他在那儿干吗……

老人们坐在房基土台上,把胳膊肘搁在膝头上,说:"既是外乡人,你们就别招他!由他去吧!你们根本没必要走这一趟!"

奥勃洛莫夫在梦中忽然光临的就是这样一个地方。

三四个村子疏疏落落地分布在这里,其中一个叫松树庄,一个叫瓦维洛夫村,彼此相隔一俄里。

松树庄和瓦维洛夫村都是奥勃洛莫夫家的世袭领地,因此统称奥勃洛莫夫庄园。

奥勃洛莫夫家的大宅院在松树庄。离松树庄约五俄里有一个小村子,外加几户散居农民,叫韦尔赫廖沃村,原先也是奥勃洛莫夫家的,早就归了别人。

现在韦尔赫廖沃村属于一个富裕地主,这位老爷把他的地产交给一个德国人经管,自己从不到乡下来。

这一带的地理环境就是如此。

奥勃洛莫夫早上在他的小床上醒来。他才七岁。他的心情是那么轻松愉快。

他是个长相多么可爱,脸色多么红润的胖娃娃啊!双颊圆鼓鼓的,有些小淘气就是故意去鼓也鼓不到这个程度。

嬷嬷在床边等着,看见他醒来就给他穿袜子。他不肯穿,两只小腿乱蹬,淘气了一阵,嬷嬷终于抓住了他的脚,两个人都笑个不停。

最后嬷嬷总算把他抱下床来,给他洗脸,梳头,然后带他去见母亲。

奥勃洛莫夫看见了早已过世的母亲,虽然在梦中,还是高兴得不得了,对母亲的热烈的爱使得睡梦中的他眼皮底下慢慢冒出两大滴热泪,一动不动地停在那里。

母亲搂着他使劲吻了又吻,接着仔仔细细地检查一番,看他的小眼睛是否清亮有神,问他有没有什么地方不舒服,又盘问嬷嬷:孩子睡得可安稳?夜里醒过吗?踢不踢被子?发不发烧?然后才拉起他的小手,把他带到圣像前面。

母亲跪下,一只手搂着他,领着他念祈祷文。

孩子心不在焉地跟着母亲念,两眼望着窗外,一股清凉的气流和丁香花的香味袭来。

"妈妈,今天我们出去玩儿不?"他忽然打断了祈祷问。

"去,宝贝儿。"母亲连忙回答说,眼睛仍旧望着圣像,赶着把最后几句祈祷词念完。

孩子无精打采地跟着念,母亲却是一心一意的。

接着他们就去给父亲请安,然后吃早茶。

孩子在茶桌旁看到的是一位和他们在一起生活的八十岁的老姑婆,她不停地埋怨她的女仆,那女仆已经衰老得颤颤巍巍的,还要站在她身后伺候她。另外有三位老姑娘,是父亲的远房亲戚;一位有点疯傻的男子,是父亲的兄弟;一位有七名农奴的地主,姓切克梅尼奥夫,是来做客的。还有几个老婆子和老头子。

奥勃洛莫夫家的成员和常客纷纷过来抱伊利亚·伊利奇,又是亲来又是夸。孩子忙不迭地擦去脸上那些不受他欢迎的吻痕。

接着就有人来喂他吃面包、面包干、酸奶油。

早茶吃完以后,母亲再和他亲热亲热才放他去花园、庭院和草地上玩,并且严厉叮嘱嬷嬷不能丢下孩子不管,不能让他靠近马、狗、山羊,不能让他离家太远,尤其不能让他到山沟里去,那可是这一带人人嫌恶的最可怕的地方。

一天,有人在这个山沟里发现一条狗,等大家拿了木叉和斧子去打的时候,那狗竟然跑到山那边不见了。大家就根据这一点认为那是一条疯狗。谁家死了牲畜也拉来扔在这个山沟里。据说这里还有强盗、野狼,以及其他稀奇古怪的动物,是这一带乃至人世间从未见过的。

孩子不等母亲嘱咐完毕,早已跑到外面去了。

他仿佛是有生以来第一次怀着惊喜的心情绕着父母的大宅跑了一圈,观看了一遍。大门歪斜了,木屋顶中央已经塌陷,上面长出一层嫩绿的青苔,屋前的木台阶也摇摇晃晃的,屋旁和屋上又加盖了一些房子,还有一座荒芜了的大花园。

他特别想跑到环绕大宅整整一圈的悬垂式回廊上去瞭望流经这一带的小河,但是这回廊的木头朽了,勉强支持着,只有"下人"才得在上面走动,主人是不到那里去的。

他不顾母亲的三令五申,正要登上那诱人的扶梯,这时候嬷嬷出现在台阶上,好不容易才抓住了他。

他挣脱了,向干草垛那边跑,想爬上一架很陡的梯子。嬷嬷刚追到草垛边,又必须赶快去打消他要爬鸽子窝、进牲畜院的念头。他还想——上帝保佑!——到山沟里去呢。

"主啊!瞧这孩子,跟陀螺似的!你就不能乖乖地坐一会儿,少爷?真丢人!"嬷嬷说。

嬷嬷日夜都在忙乱,奔跑,为孩子受罚,为孩子欢喜,为孩子担惊受怕:生怕他摔倒碰破鼻子,也为孩子表露出的天真的爱而动情,或者为他将来的前途黯然神伤——嬷嬷挂心的只有这一件事,只有为他担心这老婆子的血液才热得起来,使她那毫无生气的生活借以维持下去,否则她恐怕早就不在人世了。

这孩子并不是总在淘气,有的时候他忽然会静静地坐在嬷嬷身边,专注地观察周围的一切。他的小脑袋在研究眼前发生的事情,把印象深深地埋入心田,那些印象就和他一起成长发育起来。

清晨是美妙的,空气凉爽,太阳还不高。大宅、树木、鸽舍、回廊,一切都投下长长的黑影。花园里和庭院中都有一些阴凉的角落,引人冥思,使人瞌睡。只有远处的黑麦田像着了火一样,小河也在骄阳下闪着刺目的光。

"嬷嬷,为什么这儿黑,那儿亮,过一会儿那儿也要亮了?"孩子问。

"少爷,因为太阳去接月亮,可是总看不见月亮,所以沉着脸子。要是远远地看见了呢,就眉开眼笑了。"

孩子思索着,观察着周围的一切。他看见,安季普赶着水车去取水,而他身边还有一个安季普在地上行走,比真的安季普大十倍,那水桶的影子与大宅一般大,马的影子把整个草地都遮盖了,可是这影子只在草地上走了两步,不等安季普离开院子,它已经跑到山那边去了。

孩子也跨出两步三步,他的影子也到山那边去了。

他很想到山那边去,看看那马的影子究竟跑到哪儿去了。他刚朝大门外走就听见母亲的声音从窗户里传出来:

"嬷嬷!你没看见孩子跑到太阳地里去了吗?把他领到阴凉处来,晒了头孩子会不舒服,恶心,吃不下饭。你不看着,他会跑到山沟里去!"

"唉,小祖宗!"嬷嬷一面低声抱怨,一面把他拉到台阶上。

孩子以目光锐利、敏于接受的眼睛看着大人的一举一动,注意他们早上都做些什么。

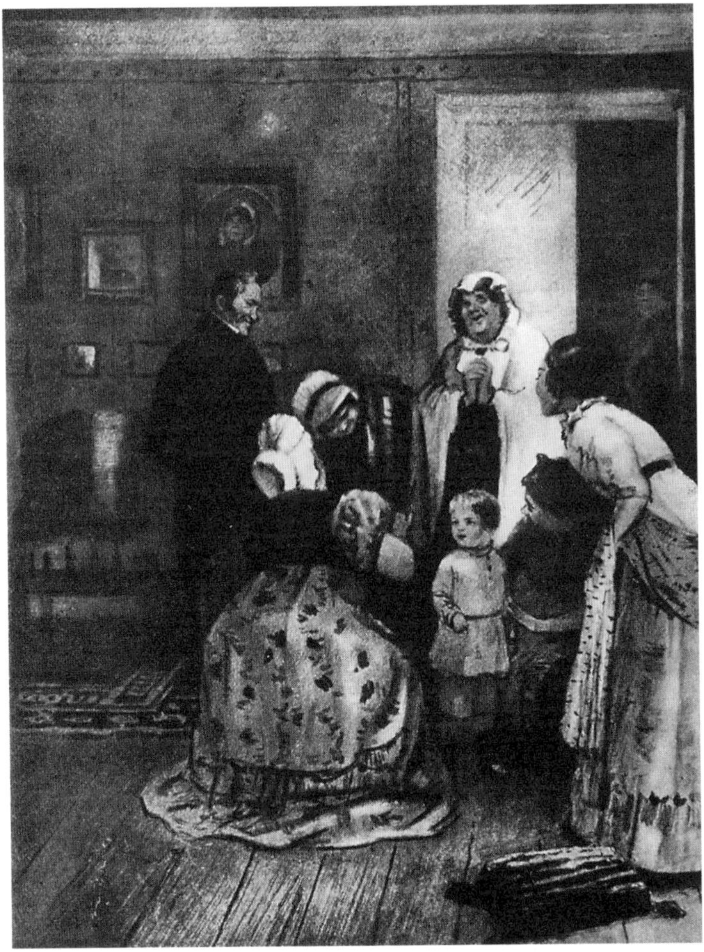

没有一件小事、一个细节逃得过孩子的探究的目光。家庭日常生活的情景刻在他的心坎上,永远抹不掉。他的稚嫩的头脑吸取了许许多多活生生的实例,不自觉地按照他周围的生活模式勾画着他自己的生活蓝图。

不能说,奥勃洛莫夫家早上是在虚度光阴。厨房里剁肉切菜的声音甚至能传到村子里。

可以听见下人房里有纺锤旋转的声音,还有一个女仆的细弱的嗓音,让人难以判断她是在哭呢,还是在编一首凄凉的无词歌。

安季普刚刚拉回来一大桶水,好几个女仆、车夫就提着小桶,抱着水罐子,端着洗衣盆从各个角落里走出来,迎上前去。

一个老婆子从粮仓里拿了一碗面粉和好些鸡蛋到厨房去,厨子突然往窗外泼水,浇在名叫阿拉普卡的狗身上,这只狗一个早上目不转睛地盯着厨房的窗户摇尾巴舔嘴唇。

老奥勃洛莫夫也并非无事可做。他一个早上坐在窗前严密监视庭院中的一切活动。

"喂,是伊格纳什卡吗?你拿的是什么,蠢货?"他问一个从院子里走过的男仆。

"是刀子,拿到下房去磨。"那个男仆回答说,看也没看老爷一眼。

"去吧,去吧,小心,磨快点!"

接着他又叫住一个女仆,问她:

"喂,婆娘,婆娘!上哪儿去了?"

"去地窖了,老爷,"那女仆停下来,手打遮阳望着窗户这边说,"取晌午要吃的牛奶。"

"走吧,走吧!"老爷说,"小心,别把牛奶洒了。"

"嘿,扎哈尔卡,你这个淘气鬼,又往哪儿跑?"他吼道,"我叫你跑!我瞧着呢,这是你第三次乱跑了。给我回外室去!"

于是扎哈尔卡又回到外室去打盹儿。

母牛从地里回来了,老爷头一个操心,叫人给它们喝足水。发现看门狗追鸡,老爷立刻采取严厉措施制止这种混乱现象。

太太也忙得很。她花三个来小时与裁缝阿韦尔卡商量,怎样把老爷的一件绒衣改成小上衣给少爷穿。她亲自画粉线,并且监视阿韦尔卡,怕他偷料子。然后她到女仆室去安排每人一天织多少花边,再把纳斯塔西娅·伊万诺夫娜,或者斯捷潘尼达·阿加波夫娜,或者食客中的另外什么人叫来陪她去花园走走,目的很实际,是要看一看苹果成熟到什么程度了,昨天发现的那些已经成熟的是否掉在地上了,再说有的该嫁接,有的该剪枝,等等。

最让她操心的是厨房,是饭菜。吃什么要由一家人商量决定,连年迈的老姑婆也被请来参加讨论。每个人提出一样自己想吃的菜,有的要杂碎汤,有的要面条或者猪肚儿,有的要牛肚儿或者羊肚儿,有的要红浇汁儿,有的要白浇汁儿。

任何建议都会被认真考虑,究竟接受还是不接受则由主妇定夺。

她一会儿派纳斯塔西娅·彼得罗夫娜,一会儿派斯捷潘尼达·伊万诺夫娜到厨房去提醒厨子加这道菜或者取消那道菜,把做菜需要的白糖、蜂蜜、酒送过去,而且要看看厨子是不是把给他的佐料都用上了。

吃饭是奥勃洛莫夫庄园生活中的头等大事。为了一年一度的那些节日养着多肥的小牛犊啊！还有家禽呢,养这些家禽要费多少心血,花多少力气啊！命名日和其他喜庆事用的火鸡和雏鸡要喂榛子,鹅要圈起来养,不让活动,节前还要装进麻袋里吊几天,叫它们长足皮下脂肪。果酱、腌菜、饼干、点心更是多得不计其数。奥勃洛莫夫庄园的蜂蜜有多甜,克瓦斯饮料有多可口,馅饼烤得有多好啊！

上半天庄园里的人都这么忙碌,操心,像一窝蚂蚁似的过着这种人人看得见的充实的生活。

即便在星期天和节日,上半天这些勤劳的蚂蚁也从不稍事休息,相反,厨房里切菜剁肉的声音更急更响,女仆从粮仓里拿出比平日多一倍的面粉和鸡蛋到厨房去,为此她要来回跑好几趟;养鸡场上会传来更多的哀啼声,洒下更多的鲜血。馅饼要烤特大号的,连主人们第二天都接着吃,第三天、第四天才把剩下的拿到女仆室去,到了第五天最后的残余就变得既干又硬,而且没有馅儿了,但是还作为特殊恩典赐给安季普,安季普先在胸前画一个十字,然后才天不怕地不怕地把这个硬得像石头一般的东西砸碎,美滋滋地吃起来,倒不是因为它的味道好,而是意识到这是主人吃的东西,正如一个考古学家用千年前的陶罐残片喝酒,即便那酒是劣质货,他也觉得是一种享受。

孩子用他那稚气的头脑去观察一切,什么都不放过。他看到,繁忙而有益的上午过去以后就是中午和吃中饭的时刻。

中午燥热,天上没有一片云彩。太阳一动不动地当头照着,烤着小草。空气停滞了。树木和水面也都纹丝不动。一片安然的寂静笼罩着村庄和田野,仿佛一切都已死去。人的声音好像在空旷的地方传播,既响又远。听得见百步以外有一只甲虫嗡嗡地飞过,密密的草丛里鼾声不断,像是有个人躺下去就堕入甜美的梦乡。

大宅里也是如死一般的岑寂,这是人人都午睡的时刻。

孩子看到,父亲、母亲、老姑婆和所有的食客都各自回房。没有自己的房间的人就到草垛上,或者花园中,或者阴凉的穿堂里去。还有的人干脆拿一块手帕盖在脸上(以免苍蝇来叮)睡在暑热和一顿饱饭弄得他支持不住的地方。管园子的家奴也伸开四肢躺在花园中的一丛灌木底下,挨着他的木柄铁锨。马车夫睡在马厩里。

孩子往下房里看了一眼,只见长凳上,地板上,穿堂里,到处都是人,一个挨着一个躺着,小娃娃们没人管了,在院子里爬来爬去,或者玩沙土。连狗也远远地退回自己的窝里去了,幸好这个时候没人可咬。

走遍整个宅院也碰不到一个人。如果这一带有盗匪,可以毫不费力地把东西偷光,并且在院子里装上大车拉走,没人来阻拦。

这是一种吞没一切、无法克制的睡眠,真像是死一样。哪里也没有一点生气,只听得见从各个角落里传来的鼾声,有高有低,音调各异。

偶尔有人从睡梦中蓦地抬起头来,带着吃惊的表情毫无意识地向左右两边望一望,翻一翻身,或者连眼睛也不睁开,迷迷糊糊地啐一口唾沫,咂咂嘴,含糊地说一句什么话,又睡着了。

也有人根本不做任何准备动作,似乎害怕失去宝贵的几分钟,一下子从他躺着的地方纵身起来,抓过一只盛有克瓦斯饮料的缸子,吹开漂浮在面上的苍蝇,那些苍蝇本来静静地漂

147

浮着,这时候就拼命动弹起来,竭力想改善自己的处境。他喝上几口润润喉咙,然后就像挨了枪子儿似的又倒下去了。

孩子不停地观察着。

吃罢中饭他再一次跟着嬷嬷到屋外来。尽管主令如山,嬷嬷也极愿尽责,还是抵抗不住瞌睡的魅力,也染上了肆虐于奥勃洛莫夫庄园的流行病。

起初嬷嬷还挺有精神地看着孩子,不让他跑远了,骂他淘气,接着那传染病的症状就一点点地出现。嬷嬷求孩子别跑出院子,别碰山羊,别爬鸽子窝,也别到回廊上去。

她自己找一处阴凉地——台阶上,地窖门槛上,或者干脆在草地上坐下来,以便一面织袜子一面看孩子。可是不一会儿她对孩子的管束就松下来,开始打盹儿了。

"一不留神他就会爬,这小陀螺,会爬到廊子上去。"嬷嬷迷迷糊糊地想,"弄不好……跑到山沟里去……"

这时候嬷嬷的头快要碰到膝盖了,她织着的袜子也从手中掉下来,眼前没了孩子的踪影,从微微张开的嘴里发出轻轻的鼾声。

孩子急切地盼着这一刻到来,从此他就开始独立生活了。

整个世界上仿佛只有他一个人,他踮起脚尖从嬷嬷身边跑开,去看谁睡在什么地方。碰见有人突然醒来,啐一口唾沫,含糊地说一句梦话,他就停下来仔细观察,然后怀着一颗忐忑的心登上回廊,踩着轧轧作响的破木板跑一圈,然后爬上鸽子窝,或者钻到花园深处谛听一只甲虫发出的嗡嗡声,目送它远远地向空中飞去,侧耳细听草丛里的唧唧声,寻找并且逮住这个打破周遭的岑寂的罪犯,抓到一只蜻蜓就扯掉它的翅膀,看它还能怎样,或者拿一根麦秸把它穿在上面,看它这下

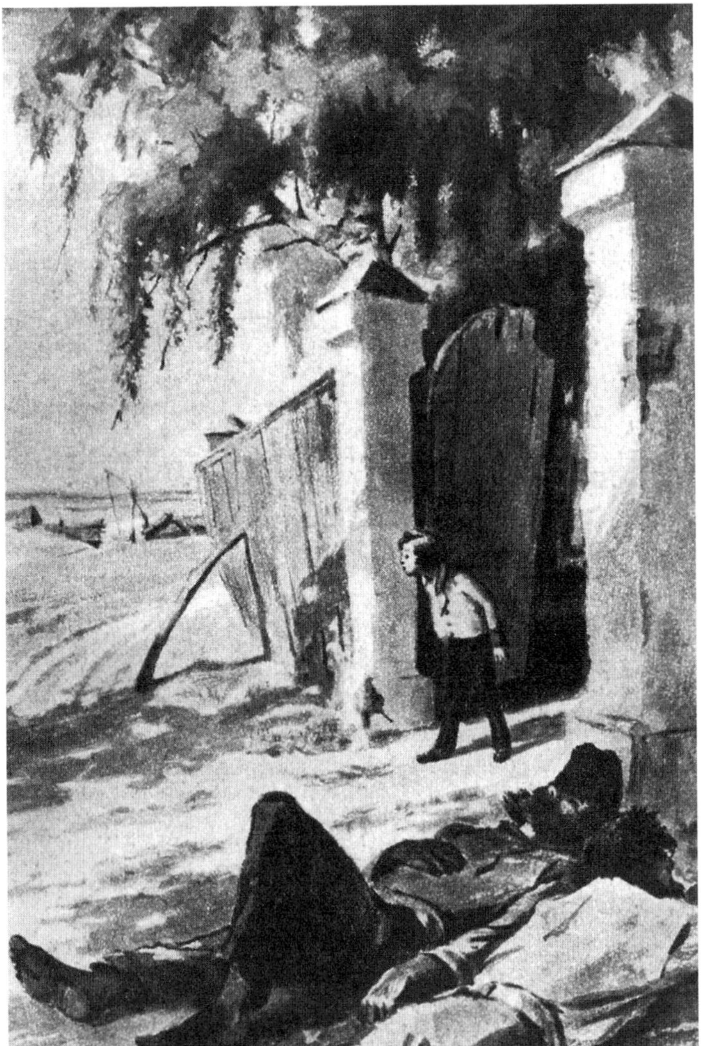

子如何飞,屏住呼吸津津有味地观察蜘蛛怎样吮吸它网住的一只苍蝇的血,看那只可怜的苍蝇怎样在蜘蛛的魔爪中挣扎,发出嗡嗡的声音。最后孩子把受难者和迫害者一并打死。

然后他跑到渠沟里去挖土,找出一些草根,剥去外皮,放在嘴里咂,那味道比母亲给的苹果和果酱还要好。

他也会跑到院门外去。他很想去桦树林玩,看样子好像就在眼前,不必顺着大路绕弯子,而是一直向前,越过渠沟、篱笆和坑坑洼洼的地方,五分钟就能走到。但是他害怕,听说那里有树精,有强盗,有吓人的野兽。

他也想跑到山沟里去玩,离花园不过五十俄丈远。他已经跑到山沟边上了,眯起眼睛想往下看,就像从火山口往下看一样……可是有关这山沟的种种议论和传说突然一齐出现在他眼前,使他万分恐惧,没命地往回跑,浑身颤抖着扑到嬷嬷身上,惊醒了嬷嬷。

嬷嬷醒过来,整理好包在头上的头巾,用一根手指把一绺一绺的白发塞到头巾下面去,装出根本没有睡着的样子,以怀疑的目光把孩子打量了一番,再望望上房的窗户,拿起搁在膝头上的那只袜子,颤抖着手指一针一针织起来。

这时候暑热渐渐消退,自然界逐渐活跃起来,太阳也向树林那边移去。

大宅里的岑寂也渐渐被打破:有一扇门呀的一声开了,院子里响起脚步声,草垛上有人打了一个喷嚏。

不一会儿,一个男仆端着大茶炊从厨房里匆匆走出来,因为茶炊太重他弯着腰。家里的人一个接一个聚集到茶桌边来喝茶,这个人的脸皮还没有舒展开,眼睛里噙着泪水;那个人把一边脸颊和太阳穴睡出一块红斑;还有的人睡意未消,说话的声音都变了味儿。这些人呼哧呼哧的,唉声叹气的,打着哈欠,抓着头皮,伸着懒腰,都还没有完全清醒。

中饭和午睡弄得人口干舌燥,嗓子冒火,喝十二杯茶也无济于事。只听见这个叹气,那个呻吟,为了滋润喉咙求助于越橘汁、梨汁、克瓦斯,有的人甚至需要服药。

人人都在想法解渴,像是要逃避上帝的某种惩罚。他们折腾,他们难受,就像在阿拉伯荒漠上行进而找不到水源的一队客商。

孩子在这里,在母亲身旁,望着周围这些奇怪的面孔,听着他们带着睡意的懒洋洋的谈话,觉得很好玩。他们说的任何废话都能引起孩子的好奇心。

午茶以后,各人做各人的事情。这个人到小河边去,在河岸上静静地漫步,不时地将小石子踢进水里;那个人坐到窗口去,注意观察眼前的每一种瞬间即逝的现象,诸如猫儿在院子里跑过,寒鸦划破天空,他都以目光和鼻尖追随其后,把头转向右方或者左方。有的时候狗儿也喜欢像这样整天蹲在窗台上,把头伸到太阳下面,仔细打量每一个过路人。

母亲把孩子的小脑袋搁在自己的膝头上,慢慢地给他梳理头发,欣赏那头发的柔软,硬要纳斯塔西娅·伊万诺夫娜和斯捷潘尼达·吉洪诺夫娜也来欣赏,并且和她们一起讨论这孩子的前程,把他当成自己创作的一篇光辉的史诗中的英雄。两位女客就预言这孩子将来会发大财。

天色渐渐昏暗。厨房里又生火了,再一次传出细碎的剁肉声——那里在做晚饭。

家奴们聚集在大院门口,响起三角琴声,笑声。他们在玩捉人的游戏。

太阳已经落到树林后面去了,只抛下几道微温的余晖,好似几条火带,将树林分割成几部分,把松树的树巅染成赤金色的。接着它们逐一熄灭。最后一道余晖逗留得久一些,它像一根细针,直插入密叶丛中,然而连它也熄灭了。

景物失去了原来的形状,起初汇成灰蒙蒙的一片,随后变成一片漆黑。鸟儿们的鸣唱也渐稀渐疏,不久就都安静下来,只有一只鸟显得固执,似乎偏要与大家作对,不顾周遭的岑寂,独自单调地叫着,但是间隔越来越长,声音也越来越弱。最后它抖一抖身子,弄得它身旁的树叶瑟瑟颤动……终于睡去。

万籁俱寂,只有纺织娘争先恐后地嚷成一片。地面上升起白色的水气,在草场和河面上弥漫开来。河水也不再喧哗,稍后不知被什么人拍了最后的一下就再也没有动静了。

空气中有了一股潮湿的气味。天色越来越暗。树木一丛一丛地组合成许多魔怪,林子里变得吓人,从那里忽然会传来断裂声,仿佛那些怪物当中的一个挪了地方,踩得干树枝噼啪直响。

第一颗星星亮晶晶的,出现在天上,很像一只有生命的眼睛,于是大宅的窗户里亮起了灯光。

整个大自然庄严肃穆的时刻降临,在这种时刻创造的头脑更加活跃,情思更加沸腾,人心里的欲火更加旺盛,苦恼也更加折磨人,而狠毒的心则更加冷静、更加有力地孕育着犯罪的念头……可是奥勃洛莫夫庄园的人全都睡得那么酣甜,那么安稳。

"妈妈,我们出去玩儿吧。"孩子说。

"你说什么?上帝保佑!这时候还出去玩!"母亲说,"外面潮湿,脚会受寒,而且也吓人,林子里这会儿有树精在走动,他会拐走小孩子。"

"他拐到哪儿去？他像什么样儿？住在哪儿?"孩子问。

于是母亲就让自己的想象任意驰骋了。

孩子听着母亲的讲述,眼睛一开一合,直到睡魔完全把他征服。嬷嬷过来把睡着的孩子从母亲膝头上抱到床上去,让他的小脑袋垂在自己的肩上。

奥勃洛莫夫庄园的人上床的时候,一面在胸前画十字一面说:"感谢上帝,又过了一天！今天平安无事,但愿明天也像这样！荣耀归于我主！荣耀归于我主！"

接着奥勃洛莫夫梦见的是另一个时期。在漫长的冬夜里,他胆怯地偎依着嬷嬷,听她低声讲一个神秘的地方,那儿没有黑夜,也没有寒冷,神迹一个接着一个出现,蜂蜜和牛奶流成河,终年没有一个人干活,都是些像伊利亚·伊利奇少爷这样的好汉①,还有些没听人讲过也没见人写过的美女,整天只知道玩儿。

那个地方有一位善良的女巫,有的时候她会变成狗鱼的样子到咱们这儿来选一个她喜欢的人,要温顺的,本分的,换句话说,是个大家都欺负的懒汉,而且无缘无故给他这样那样好处；他呢,光知道吃现成的,穿现成的,还娶一个绝色美女为妻。

孩子尖起耳朵,瞪圆了眼睛,贪馋地听嬷嬷讲故事。

嬷嬷,或者不如说传说本身,巧妙地避开一切实际存在的

---

① 俄罗斯民间故事里有个好汉名叫伊利亚·穆罗梅茨,家喻户晓,而奥勃洛莫夫的名字是伊利亚·伊利奇,嬷嬷为了哄孩子才这样讲。

东西,使得小奥勃洛莫夫的想象和理智由于浸透了杜撰虚言而成了它们的奴隶,直到晚年。嬷嬷怀着一副好心肠给孩子讲了傻子叶梅利亚的故事,那是对我们祖先,或许也是对我们自己的辛辣的讽刺。①

小奥勃洛莫夫长大以后虽然明白了,世上既没有蜂蜜河和牛奶河,也没有善良的女巫,并且拿嬷嬷当年讲过的故事来取笑,但是他的笑不是发自内心的,背后隐藏着叹息,因为对于他,童话和现实已经混为一体,他往往下意识地觉得惋惜:为什么童话不是现实,现实不是童话呢?

他不由自主地幻想得到那位绝色美女,向往那个人们都逍遥自在、无忧无虑,只知道玩儿的地方。他已经养成一种永远也丢不掉的癖好——在炉炕上躺着,穿不劳而获的现成衣服,吃善良的女巫白给的饭。

他的父亲和祖父在孩提时代听到的也是这些通过老保姆和老家人一代一代传下来的一成不变的童话。

不过嬷嬷在小奥勃洛莫夫的想象中勾勒的已经是另外一幅图画了。

她讲的是俄罗斯的阿喀琉斯②和攸利赛斯③的功勋,是伊利亚·穆罗梅茨、多布雷尼亚·尼基季奇、阿廖沙·波波维奇的勇敢,是壮士波尔康、过路人科列奇谢;讲他们如何在古罗斯的土地上漫游,打败了数不清的异教徒,又如何比赛喝伏

---

① 俄罗斯民间故事中的傻子叶梅利亚排行老三,成天躺在炉炕上睡觉,什么事情也不干,但是却最走运。
② 阿喀琉斯是荷马的史诗《奥德修记》中的希腊英雄,在特洛亚战争中丧生。
③ 攸利赛斯又名俄底修斯,亦译奥德赛或者奥德修,是荷马的史诗《奥德修记》的主人公。

特加酒,要一口气喝下去而且不出声;讲凶恶的强盗、沉睡的公主、变成石头的城市和人,最后是我们本土的鬼神、僵尸、怪物、幻化变形的妖精,等等。

嬷嬷以荷马的朴实敦厚精神,用荷马的那种把细节说得活灵活现的手法,在孩子的记忆里和想象中留下了俄罗斯的伊利亚特,那是由不知多少代以前的俄罗斯荷马们创作的,那个时候的人类还不能对付大自然和生活中的危险和奥秘,在幻化现象和树精面前吓得发抖,只会求阿廖沙·波波维奇保护他们逃脱身边的灾难,而那个时候空中、水下、树林里、田野间,到处都是奇迹。

那个时候的人活着很可怕,没有安全感,走出家门就有危险,随时有可能给野兽撕碎了,让强盗砍死了,叫凶恶的鞑靼人抢去所有的财物,或者干脆失踪。

不然就是天上忽然出现异象,降下火柱、火球,在一座新坟头上冒出火星,或者有人在树林里走动,手中像是提着一盏灯,还发出可怕的笑声,两只眼睛在黑暗中闪闪发光。

人类自己也有许多不可解的现象,比如一个人活了很久,活得好好的,忽然说起胡话来,或者怪喊怪叫,或者夜夜梦游;另外一个人莫名其妙地抽起风来,在地上打滚。在这种现象发生之前,一只母鸡竟像公鸡一样打鸣儿了,还有一只乌鸦在屋顶上叫了几声。

脆弱的人于是惶惶不安,恐惧地环顾左右,在脑海中寻求解开大自然和自身的种种奥秘的答案。

也许是梦,是永远沉静的懒散生活,是缺乏运动和任何实际存在的恐怖、冒险和危难迫使人在自然的世界中去创造另一个虚幻的世界,到那里去给自己的无所事事的头脑寻找消遭和快乐,或者给一些客观情况的平平常常的偶合,以及存在于这个现象之外的现象的成因寻找谜底。

我们可怜的祖先在摸索中度日,他们不曾给自己的意志插上翅膀,也不曾抑制它。面对生活中的不便和邪恶,他们只是天真地惊奇,或者害怕,只知道向不会说话、令人难解的自然现象去探究原因。

死亡的原因被他们归结为上次抬死人出门没有让他的脚先出去,而是让他的头先出去了。火灾之所以发生是因为有一只狗在窗下嗥了三夜。于是他们抬死人出门的时候一定要让他的脚先出去,可是吃的东西一点也没有改变,还是吃那么多,并且像从前一样直接睡在草地上。如果有狗嗥起来,他们就打它,或者把它赶出院外,而松明的火星照旧散落到朽木地板的裂缝中。

直到今天,生活在没有任何虚构的严酷现实中的俄罗斯人依然喜欢相信那些诱人的古老传说,而且大约还会长久地相信下去。

听嬷嬷讲我们俄罗斯的金羊毛①和火鸟②的故事,讲魔堡的机关和密室的时候,小奥勃洛莫夫一会儿想象自己是建树奇勋的英雄,因而精神振奋,虽然也觉得毛骨悚然;一会儿又为勇士的失败而痛苦。

一个故事接着一个故事,嬷嬷讲得绘声绘色,活灵活现,甚至情真意切,因为她自己也有些相信她讲的故事。老婆子

---

① 据希腊神话,金羊毛是伊阿宋带领五十多人远航到黑海东岸的柯尔希达才取得。
② 火鸟是俄罗斯童话中常常讲到的一种奇特的鸟,英雄们要历经千辛万苦去寻找它。

兴奋得两眼放光,摇头晃脑,嗓音也高亢得不似平常。

被神秘的恐怖气氛包围的孩子偎依着嬷嬷,眼睛噙着泪水。

嬷嬷讲到死人半夜里走出坟茔,或者人被妖怪囚禁起来,或者装上一只木腿的狗熊挨村挨户找它的那只被砍断的真腿,孩子就吓得毛发竖立,他的幼稚的想象时而冻结,时而沸腾,他体验到一种既痛苦又舒服的病态感觉,神经绷得像琴上的弦一样紧。

嬷嬷用阴沉的嗓子模仿狗熊的声音说:"嘎嘎响吧,我的椴木腿!我走过大大小小的村庄,娘儿们都睡了,只有一个还没睡,她坐着我的皮,炖着我的肉,纺着我的毛……"狗熊终于走进农舍,就要抓住拿了它的腿的人,孩子受不了啦,他颤抖着尖声叫着扑到嬷嬷怀里。他吓哭了,同时又高兴得大笑,高兴的是他没有给野兽抓去,而是在炉炕上,在嬷嬷身边。

孩子的脑海里有了许许多多奇怪的幻影,恐惧和苦闷多年埋在他的灵魂中,也许已经生了根。他悲哀地环顾四周,只看见生活中有危害和灾难,总幻想那没有邪恶、辛苦、悲哀,而只有绝色美女、可以白吃白穿的仙乡……

童话不只是对奥勃洛莫夫庄园的孩子有影响,对成年人也有影响,甚至影响着他们的一生。东家大院的人也好,村里的人也好,从老爷太太到身强力壮的铁匠塔拉斯,在漆黑的夜晚都会战战兢兢,任何一棵树在他们眼里都变成了巨人,任何一丛灌木都变成了贼窝。

百叶窗咔咔一响,风在烟囱里发出啸声,也会使男男女女、大人孩子吓白了脸。主显节晚上十点一过,谁都不敢一个人到大门外去。复活节前夕,谁都不敢走进马厩,生怕撞见家神。

奥勃洛莫夫庄园的人什么都相信,既相信妖精,也相信僵尸鬼。要是听人说,有一捆麦秸在地里走来走去,他们连想也不想就会信以为真。要是有人放出风来,说这只羊不是羊,而是什么什么;说那个玛尔法或者斯捷潘尼达是女巫,他们就会害怕,绝对想不到应该问一问,为什么这只羊不是羊了,为什么玛尔法变成了女巫。要是有人对此产生疑问,大家反倒会群起而攻之。奥勃洛莫夫庄园的人对神神怪怪的事情就相信到这种程度!

奥勃洛莫夫后来会发现,世界上的事情原本很简单,死人不会走出坟茔,巨人若是有,马上会被拉去演杂耍,强盗会被关进大牢,不过即便他不像从前那样相信幽灵了,总还是有某种恐惧和莫名其妙的苦恼残留下来。

他已经懂得,没有什么灾害是由魔怪引起的,可是灾害的由来他并不清楚,因此仍然时刻担心,惟恐有什么可怕的事情发生。直到现在,他一个人待在一间黑屋子里或者看见死人的时候,还是会受儿时已经埋在灵魂深处的不祥之感的影响而瑟瑟发抖。早上他还嘲笑自己胆小,到了晚上他又怕得脸发白了。

接着奥勃洛莫夫忽然发现自己长到了十三四岁。

他在离开奥勃洛莫夫庄园约五俄里的韦尔赫廖沃村读书,那个田庄的管事是个德国人,姓施托尔茨,在当地办了一所规模不大的贵族子弟寄宿学校。

这位德国管事有一个儿子名叫安德烈,年龄同奥勃洛莫夫差不多,也在这所寄宿学校读书。此外还有一个男学生,因为患淋巴结核几乎不上课。这孩子整个童年时代都用绷带扎着眼睛或者耳朵,又因为不在祖母身边,而是寄人篱下,生活在一群恶人中间,没有人疼他,给他烤他爱吃的馅饼,常常暗自伤心落泪。

当时那所寄宿学校里就只有这几个孩子。

父母不得不让宝贝儿子去读书。小奥勃洛莫夫少不了哭闹一场,最后还是给送走了。

德国管事是个办事一板一眼的务实人,德国人几乎都是这样。如果奥勃洛莫夫庄园距离韦尔赫廖沃村五百俄里,小奥勃洛莫夫也许真能好好学到点东西。现在他能学到什么呢?奥勃洛莫夫庄园的气氛、生活方式和习惯波及了韦尔赫廖沃村。要知道,这个村子曾经是奥勃洛莫夫庄园的一部分,随处是同样的蒙昧时代的慵懒、憨朴的习俗、沉寂和呆滞,只有施托尔茨家例外。

在小奥勃洛莫夫接触第一本书以前,他的头脑和心灵已经填满了奥勃洛莫夫庄园生活的种种场景和风习画。谁知道智慧的种子在一个孩子的头脑中是从什么时候开始发育的,又如何才能探查到最初的概念和印象在幼儿心灵中诞生的过程呢?

也许在孩子刚会说话,甚至还不会说话,连路也不会走,只会以成年人所谓呆呆的目光不露声色地凝视一切的时候,他已经看到并且悟出了他周围的现象的意义和现象之间的联系,只不过不会向自己,也不会向别人道出罢了。

也许小奥勃洛莫夫早就注意到并且明白人们在他面前说的话和做的事,比如他父亲穿一条棉绒裤、一件咖啡色呢面棉上衣,天天只知道反背着两只手从一个屋角踱到另一个屋角,闻鼻烟、擤鼻涕;他母亲只知道喝了咖啡该喝茶,喝了茶该吃饭;父亲从来不想查一查究竟打下多少粮食,也不想惩罚办事不尽心的人,可是他要手帕而你不马上递给他,他就要大骂你一点规矩都没有,并且把家里闹个天翻地覆。

也许小奥勃洛莫夫的幼稚的头脑很早就断定,人正是应该像他周围的大人那样生活。他能有什么别的想法?而奥勃洛莫夫庄园的大人又是怎样生活的呢?

他们有没有问过自己:人生的意义何在?上帝才知道。他们又是如何回答的呢?大约根本不予以回答,因为这个问题在他们看来太简单太清楚了。

他们没听说过世上还有所谓千辛万苦的生活和颠沛流离、终生操劳的人。

奥勃洛莫夫庄园的人对惶惑不安的心绪很不以为然,觉得不停地追求不叫生活,像怕火一样害怕迷恋。如果在别的地方人的躯体能被火山爆发一般迸发出的心灵之火迅速焚毁的话,那么奥勃洛莫夫庄园的人的心灵却平和地、毫无阻碍地陷入松软的躯体之中。

与别处不同的是,他们的生活没有在他们的脸上过早地刻下皱纹,也没有给过他们致命的精神打击和创伤。

这些善良的人把偶尔才被疾病、歉收、争吵,还有劳动之类的种种使人不快的事情破坏的安闲适意和无所事事的生活视为理想。

他们把劳动当成从我们的始祖就开始承受的一种惩罚来忍受,总是爱不起来,一有机会就逃避,认为人可以不劳动,应该不劳动。

他们从来不拿任何弄不清楚的思想或者道德问题为难自己,所以他们总是健康快乐,寿命也长,四十多岁的男人看上去像小伙子一样,老了都得善终,活到大限悄然辞世,在大家不知不觉间吐尽最后一口气,静静地变得僵硬。难怪人们说,从前的人身子骨比现在的人结实。

这话不假,因为从前的人不把人生看成什么复杂的、非同小可的东西,也就不急于向孩子说明它的意义何在,不急于让孩子在踏上人生旅途之前做好准备,不逼迫孩子去啃书本——书本会在人的头脑中产生数不清的问题,而这些问题会吞噬人的头脑和心灵,缩短人的寿命。

他们的生活准则是现成的,由父辈传授给他们,父辈则由祖辈那里继承下来,也是现成的,祖辈又是由曾祖那里继承下来,遵照先人的遗命保持着它的完整性,并且像维护古罗马守护神维斯塔①的圣火一样,不让它受到任何侵犯。列祖列宗是怎样做的,奥勃洛莫夫的父亲在世的时候也照办,说不定奥勃洛莫夫庄园至今仍在沿袭祖制。

他们有什么可思索,有什么可不安,有什么可查询,有什么可追求的呢?

什么也不需要,生活像一条平静的小河,从他们身边缓缓地流过,他们只需要坐在岸上静观那些不可避免、不请自来的现象按次序一个接一个呈现在他们每一个人的眼前。

睡梦中的奥勃洛莫夫也凭着想象依次看到了一幕幕活生生的场景,起初是人生三场大戏:出生、婚嫁、发丧,在他家里或者亲戚朋友家里做法都一样。

接下去是一连串五花八门或喜或悲的小戏,诸如受洗、命名、家庆、斋前宴、斋后宴、盛宴、亲族团聚、问候、道喜、礼节性

---

① 维斯塔是罗马神话中的女灶神。

的眼泪和微笑。

所有的戏都演得一丝不苟,庄严隆重。

他甚至看到那一张张他熟悉的面孔在举行各种仪式的时候露出了怎样的神色,大家是如何操心和奔忙。无论你让他们办怎样棘手的求亲、怎样隆重的婚礼或命名日,他们都办得中规中矩,无可挑剔。让谁坐哪一个座位,上什么菜以及如何上菜,出动的时候谁跟谁坐一辆车,有没有犯什么忌讳,在奥勃洛莫夫庄园办这些事情从来没有人出过一点差错。

能说那里的人不会照管孩子吗?只要看一看当地的母亲们牵着抱着的一个个脸色红润、身子沉甸甸的小爱神就知道了。他们认为孩子就应该是胖胖的,白白的,壮壮的。

当春天到来的时候,如果还没有烤云雀形小面包①,他们就不承认春天已经开始了。他们能不懂这一点,能不按时这样做吗?

这其中包含着他们的全部生活和学问,也包含着他们的全部悲和喜,因此他们不关心别的事情,也不知道还有别的悲和喜。他们的生活只充塞着这些基本的、非做不可的事情,也只有这些事情给他们的头脑和心灵提供源源不断的食粮。

他们怀着激动的心情期待即将举行的典礼、宴会、仪式。等到一个人受过洗,或者完了婚,或者下了葬,他们就把这个人和他的命运抛到脑后,重新陷入平常的漠然心态之中,直到下一个命名日,下一个婚礼,以及诸如此类的事件把他们从那种漠然的心态中拉出来。

孩子一落地,父母关心的第一件事情是尽量准确无误、无

---

① 按旧俄风俗,每年在春分云雀飞来那天要烤云雀形小面包。

可挑剔地为他举行礼俗要求举行的仪式,也就是在他受洗以后设宴,然后才开始细心照料他。

母亲给自己和嬷嬷规定的任务是养育一个健壮的孩子,不让他着凉,不让他遭毒眼或者别的什么坏东西伤害。她们一心一意只想让孩子成天高高兴兴的,吃得多多的。

男孩子刚刚长大,也就是说不再需要嬷嬷照看了,母亲心里就开始暗暗地为他物色配偶,也要一个健壮些、红润些的。

于是又要举行一系列的仪式、宴会,直到他最后完婚,人们在其中投入生命的全部激情。

接下去是周而复始的生孩子,举行仪式,操办酒席,直到葬礼来改变舞台上的布景,不过时间不长,前人让位给后人,孩子到了婚龄,结了婚,生下模样像自己的孩子——生命就按照这个程序单调地、不停顿地延续下去,这根线只在坟墓旁边才让人不易觉察地中断。

不错,有的时候也会出现一些叫他们非操心不可的事情,不过奥勃洛莫夫庄园的人多半采取斯多葛派的态度,以不变应万变地去对付,结果那些烦心的事情在他们头上盘旋一阵之后就过去了,好比鸟儿飞来撞到一堵光溜溜的坚硬的石墙上,由于找不到栖息之处,只好扇扇翅膀继续向前飞去。

比如有一天,奥勃洛莫夫庄园大宅的悬垂式回廊突然坍塌了一段,把一只母鸡和一窝小鸡压在下面。安季普的老婆阿克西尼娅本来坐在回廊下纺线,幸亏她站起来去取梳理好的亚麻,否则肯定也要倒霉。

家里的人嚷成一片,老老少少都跑来看,心想万一刚才在回廊下走动的不是那只母鸡和一窝小鸡,而是太太和伊利亚·伊利奇少爷,那可怎么得了?

在一阵惊呼之后,众人开始互相指责,为什么这么长时间都没有想到提醒某某人注意,叫某某人找人来修,让某某人把它修好。

这廊子竟然垮了下来,大家都觉得奇怪。可是就在前一天他们还惊讶地说,这廊子怎么能支持这么久啊!

接着人们又七嘴八舌地议论该怎么补救,还为压死的母鸡和小鸡叹息了一阵,然后渐渐散去,各就各位,不过留下了话:严禁带伊利亚·伊利奇少爷到回廊跟前去。

又过了三个星期左右安德留什卡、彼得鲁什卡、瓦西卡才接到命令把垮下来的木板和栏杆搬到柴棚里去,免得挡路。那些木头就扔在柴棚里,直到第二年春天。

老奥勃洛莫夫每次在窗口看见这一段垮了的廊子都要琢磨修整的事情,接着把木匠叫来,同他商量怎么办好,是把垮了的一段修复呢,还是干脆把没垮的也拆了。商量一阵之后,他叫木匠先回去,说"你去吧,等我再想想。"

这件事情一直拖到某一天,有一个仆人,也许是瓦西卡,也许是莫季卡,来报告老爷,说他早上到剩下的廊子上去过,发现拐角的地方已经完全脱离墙体,眼看就要垮下来了。

这才把木匠叫来最后一次商量,决定暂时用垮下来的残木撑一撑还没垮的廊子,当月月底完工。

"嘿!"老奥勃洛莫夫对妻子说,"廊子又像新的一样了!你看,木匠把那几根撑木摆得多漂亮,简直跟贵族长①家的廊柱一样!这下行了,又能用好长时间了!"

~~~~~~~~~~~~~~~~

① 贵族长是十八世纪至十九世纪初由俄国省、县级贵族会议选举产生的贵族领袖。

有人提醒他,大门和台阶也该趁这工夫修一修,否则不单是猫儿,连猪崽儿也能钻过台阶的破洞跑到地窖里去。

"对,对,是该修了。"老奥勃洛莫夫关切地说,并且立刻走过去察看。

他用脚晃着那像摇篮一样的木台阶说:"真的,瞧,在脚底下直晃。"

有人当即指出:"这台阶刚做得就摇晃。"

可是老奥勃洛莫夫说:"摇晃又怎么样?十六年没修过,也没见它散架!卢卡这活儿做得真漂亮!……那才是个呱呱叫的木匠呢……可惜死了,愿他的灵魂升天!如今都不好好干了,做不出这样的活儿来。"

于是他把目光转到别处去了。台阶呢,据说至今还在摇晃,不过也还没有散架。

看来这个卢卡确实是一个出色的木匠。

不过也要为主人们说一句公道话,有的时候遇到灾祸或者发觉什么地方不如人意,他们也很着急,甚至冒火发脾气。

他们会说,怎么能由它那个样子?必须马上想办法解决。只听见他们在说,要把水渠上的小桥修好,要扶起园子边上那一段倒下的篱笆,不然牲口会跑进园子里来毁树。

有一天,老奥勃洛莫夫在园中散步的时候竟然关注到了那一段倒下的篱笆,哼哧哼哧地亲手把它扶了起来,并且叫管园子的家奴赶快在那里插两根杆子撑住。多亏老奥勃洛莫夫有这样的办事能力,那一段篱笆维持了一个夏天,只可惜冬天给大雪一压又倒下了。

老奥勃洛莫夫的关注还不止于此,安季普连他的马和水桶刚从小桥上摔进水渠里,立刻就有三块新木板铺了上去。

不等安季普伤愈,小桥已经焕然一新。

园子的那一段篱笆再次倒塌以后,母牛和山羊也没有捞到多少好处。它们只吃光了茶藨子,正要啃第十棵椴树的皮,还没有来得及光顾苹果树,主人就下令把篱笆结结实实地埋好,甚至下令在篱笆外沿挖一道沟。

当场被抓住的两头母牛和一只山羊可倒了霉,它们挨了一顿好打。

伊利亚·伊利奇还梦见父母家的阴暗的大客厅,里面摆着一些永远罩着椅套的古色古香的白蜡木圈手椅、一张绷着已经褪色而且污迹斑斑的淡蓝色厚毛布面子的既笨又硬的大长沙发、一把大皮圈手椅。

漫长的冬夜来临。

母亲盘着腿坐在长沙发上,懒洋洋地织着一只小孩穿的袜子,不时地打一个哈欠,用铁针搔一搔头皮。

母亲身旁坐着纳斯塔西娅·伊万诺夫娜和佩拉盖娅·伊格纳季耶夫娜,她们两人正埋头干活,专心专意地给小少爷缝过节穿的衣物,或者给他父亲缝,或者给自己缝。

父亲反背着手在屋里来来回回地踱步,一副心满意足的神情,或者在圈手椅里坐一会儿再起来踱步,倾听着自己的脚步声。接着他闻一闻鼻烟,擤一擤鼻涕,再闻。

屋里只点一支蜡烛,而且在秋冬两季的晚上才许点。夏季大家都尽量在天黑以前躺下,天亮以后起床,不点蜡烛。

这不完全是为了节省,也是出于习惯。凡是由外面买来而非自家生产制作的东西,奥勃洛莫夫庄园的人都极为吝惜。

杀一只上好的火鸡或者十几只小鸡招待一位客人,他们心甘情愿,可是葡萄干多一粒也舍不得放。如果这位客人自己动手给自己斟一杯葡萄酒,他们就会急白了脸。

不过这种胡作非为的事情在那个地方几乎从来没有发生过,因为只有被大家嗤之以鼻的放诞无礼之徒才会这样做,而这种客人是不会有人请他上门的。

那里确实没有这样做的风气,客人不等主人三请不会动手,他很明白,一请多半意味着请别尝这菜或者这酒。

也不是任何人来都给点两支蜡烛,因为蜡烛是花钱从城里买来的,和所有买来的东西一样,由女主人锁着。点剩的蜡烛头都仔细数过,收藏起来。

总而言之,那里的人不爱花钱。不管一样东西如何需要,只要为了买下它不得不付钱,他们总是很心疼。即使付钱不多,也是如此。如果要花一大笔钱,他们就要叹气,号叫,骂人了。

奥勃洛莫夫庄园的人一致认为,与其花钱,不如忍受种种不便。他们甚至习惯于不以不便为不便。

客厅里那张大长沙发早就污迹斑斑,老奥勃洛莫夫坐的包皮圈手椅也已名不副其实,变成包绳的,只有椅背上还剩下一块皮子,其余的地方五年前已经脱皮,大门板歪向一边,台阶摇摇晃晃,原因大概都在于不爱花钱。即使是买最为必需的东西,要他们一次付出二百、三百或者五百卢布,那几乎就像要他们自杀一样。

有一次,听说附近一位年轻的地主到莫斯科去花三百卢布买了一打衬衫,又花二十五卢布买了一双长筒皮靴,还花四十卢布买了一件举行婚礼要穿的西服背心,老奥勃洛莫夫脸上竟然露出惊恐的神色。他在胸前画了一个十字,像放连珠炮似的说:"得叫这小子去坐牢。"

他们可不管那些政治经济学的大道理,诸如必须有快速活跃的资本流通啦,必须提高生产率、扩大产品交换啦,等等。他们太天真,只懂得也只采纳一种利用资本的方法,那就是存在他们的大木箱里。

客厅里的一张张圈手椅中坐着主人或者常来的客人,姿态各异,都喘着粗气。

他们多半一言不发,因为大家天天见面,脑子里装的那点东西早已掏尽卖光,而纳入的新东西却很少。

静极了,只听见老奥勃洛莫夫脚下那双笨重的长筒皮靴咚咚地踏过来踏过去,墙上的挂钟在木匣子里笃笃地摇着钟摆,佩拉盖娅·伊格纳季耶夫娜或者纳斯塔西娅·伊万诺夫娜有的时候用手或者牙齿扯断线头发出声响。

他们往往像这样一坐就是半个小时,除非有人出声地打了一个哈欠,接着在嘴上画一个十字,说一句:"上帝饶恕!"

接着坐在他旁边的人也打一个哈欠,然后第三个人好像听到了命令,慢慢张开大嘴。由肺里呼出的气体玩的这种带传染性的游戏没有放过在场的任何人,有的人竟至流出眼泪。

不然就是老奥勃洛莫夫走到窗前,向外面看一眼,不无惊讶地说:"才五点钟天就这么黑了!"

"可不是,"有人应声说,"这个季节就是这样,天短了。"

春天一到,他们又惊喜地发现天长了。如果你问他们,天长了对他们有什么用,他们自己也不知道。

他们又沉默了。

如果有人去剪烛花,烛火忽然灭了,大家的精神就会为之一振,而且准会有人说:"稀客到!"

这往往成为话题,引出一番议论。

"这稀客会是谁呢？"女主人问，"该不是纳斯塔西娅·法捷耶夫娜吧？哦，是她就好了！不过不可能，不到节前她不会来。她来了该多好啊！我们老姐俩又可以亲热亲热，说说体己话儿了！还可以一块儿去做礼拜……不过我可没法跟她比！别看我年轻些，没有她那么能站！"

"上次她是什么时候回去的？"老奥勃洛莫夫问，"好像是圣以利亚节后吧？"

"你说什么呀，伊利亚·伊万内奇！总是颠三倒四！她上次不等七七节①到就走了。"太太纠正说。

"好像把圣彼得节斋②的时候她还在这儿。"老奥勃洛莫夫又说。

"你总是这样！"太太责备说，"犟嘴没好下场……"

"把圣彼得节斋的时候她怎么不在？还烤蘑菇馅饼来着，她喜欢……"

"那是玛丽亚·奥尼西莫夫娜，是她喜欢吃蘑菇馅饼，连这也记不清！她也不是圣以利亚节前来的，而是圣普罗霍尔和尼卡诺尔节前来的。"

他们计算时间是根据节日，根据季节，根据家中发生的大小事件，而从不问月份和日期。造成这种情况的原因之一或许在于，除了小奥勃洛莫夫以外，别人都说不准月份的名称③，也弄不清日期的顺序。

老奥勃洛莫夫被太太说得哑口无言，大家重又陷入昏昏欲睡的状态之中。小奥勃洛莫夫也趴在母亲背上打起盹儿

---

① 七七节即降灵节，在复活节后第七个星期日。
② 圣彼得节在旧俄历六月二十九日，公历七月十二日，节前为斋期。
③ 一年十二个月的俄语称谓都是外来语。

来,有的时候竟至堕入梦乡。

过了一会儿才有一位客人深深地叹一口气说:"唉,玛丽亚·奥尼西莫夫娜的丈夫瓦西里·福米奇,上帝保佑,身子骨那么结实,没想到死了!还不到六十呢,像他那样的该活到一百!"

"人都是要死的,谁什么时候死,要听上帝安排!"佩拉盖娅·伊格纳季耶夫娜也叹了一口气说,"这家死了人,可是赫洛波夫家尽忙着办洗礼,听说安娜·安德烈耶夫娜又生了,是第六胎。"

"能生的岂止安娜·安德烈耶夫娜一人!"女主人说,"等她兄弟一结婚,还不知道要生多少呢!小的长大了也要结婚。嫁闺女上哪儿找对象去?现如今都要陪嫁,还要现钱……"

"你们在说什么?"老奥勃洛莫夫走过来问。

"我们在说……"

于是大家把刚才说的话向他重复一遍。

"人生就是这样嘛!"老奥勃洛莫夫以教诲的口吻说,"死的死,生的生,结婚的结婚,我们呢,越来越老,不光是一年跟一年不同,而是一天跟一天不同啊!为什么这样?要是天天都跟昨天一样,昨天跟明天一样,那可就好了!……让人难过的是,想到……"

"老的越来越老,小的越来越大!"不知是谁在屋角睡意蒙眬地说。

"应该多向上帝祈祷,什么也别想!"女主人疾言厉色地指出。

"对,对,"本来想讲一讲人生哲理的老奥勃洛莫夫连忙胆怯地表示同意,接着又在屋里踱起步来。

大家又沉默了许久,只听得见做活的人拉线的声音。有的时候女主人就来打破沉闷的空气,说:

"嗯,天黑了。但愿圣诞节快点到,那个时候客人就来了,热热闹闹的,一晚上不知不觉就过去了。要是马拉尼娅·彼得罗夫娜能来,那才好玩呢!她的点子多!化锡化蜡算命啦,跑到院门外面去啦,我这些丫头都该疯得没人样儿了。她呀,什么乐子都想得出来……真的!"

"是啊,上流社会的贵夫人嘛!"座中一人插话说,"前年她竟然想出高坡滑雪的点子,把卢卡·萨维奇的眉骨都摔伤了……"

大家不由得一怔,看了看卢卡·萨维奇,接着爆发出一阵哄堂大笑。

"你是怎么摔的,卢卡·萨维奇?来,讲给我们听听!"老奥勃洛莫夫说,他已经笑得闪腰岔气了。

大家笑个不停,把孩子吵醒了,他也跟着呵呵地笑。

"嘿,有什么可讲的!"卢卡·萨维奇难为情地说,"都是阿列克谢·纳乌梅奇瞎说的,根本没有那回事。"

"哎!"大家异口同声地说,"怎么没有那回事?我们不是死人吧?……瞧你的额头,那疤痕到现在还看得一清二楚……"

接着又是一场捧腹大笑。

"你们笑什么呀?"卢卡·萨维奇抓住笑声的间歇费力地说,"我本来……也不会……都怪瓦西里那个浑蛋……他给我的小雪橇是破旧的,一滑就散了架……我就……"

众人的笑声盖过了他的嗓音。他竭力要把他摔跤的经过讲完,却是枉然,哈哈哈的声浪涌进外室、女仆室,吞没了整个大宅。人人都回忆起这件滑稽可笑的事情,笑了很久,很一致,非言语所能形容,就像奥林波斯圣山①上众神齐声开怀大笑一样。大家刚刚静下来,只要有人接话茬儿,哄笑声又起。

最后他们好不容易才恢复了平静。

老奥勃洛莫夫沉默了片刻又问:"卢卡·萨维奇,那么今年圣诞节你还滑雪不滑雪呢?"

众人再次捧腹,这回持续了大约十分钟。

"要不要叫安季普在斋期就把高坡准备好?"老奥勃洛莫夫忽然又问,"跟他说,卢卡·萨维奇最爱滑雪,就盼着……"

众人的哄笑使他没办法把话说完。

"那小雪橇……还行吗?"座中一人问,他已经笑得喘不上气来。

又是一阵哄笑。

大家笑了好久,终于渐渐安静下来,有人擦眼泪,有人擤鼻涕,有人拼命咳嗽吐痰,并且艰难地说:

"唉,主啊!这口痰憋死我了……那事儿可真笑死人!造孽啊!摔一个大马趴,把大衣襟都扯开了……"

于是爆发了最后的,也是持续最久的一场哄笑,在这之后大家才不说了。这个人叹一口气,那个人大声打一个哈欠,嘴里少不了含糊地说一句什么话,然后就鸦雀无声了。

屋里又像先前一样,只听得见挂钟笃笃地摇着钟摆,老奥勃洛莫夫的长筒皮靴咚咚地踏过来踏过去,还有用牙齿扯断缝线的声音。

忽然间,老奥勃洛莫夫在屋子当中站住,摸着鼻尖神色惊

---

① 奥林波斯圣山是古希腊传说中众神聚居之处。

恐地说：

"怎么回事？瞧，准是有人死了，我的鼻尖一个劲儿痒痒……"

"唉，主啊！"他太太两手一拍说，"鼻尖痒痒怎么会死人？鼻梁痒痒才会死人。瞧你，伊利亚·伊万内奇，真没记性！你要是到外面去，或者在客人面前这么说，那可就丢脸了。"

"那么鼻尖痒痒是什么事呢？"老奥勃洛莫夫难为情地问。

"鼻尖痒——闻酒香，怎么能说要死人？"

"我总是颠三倒四！"老奥勃洛莫夫说，"哪儿记得清啊！一会儿是鼻子一边痒，一会儿是鼻尖痒，一会儿是眉毛痒……"

"鼻子一边痒是有消息，"佩拉盖娅·伊万诺夫娜接过话茬儿说，"眉毛痒要流泪，额角痒要鞠躬——右边痒给男人鞠躬，左边痒给女人鞠躬，耳朵痒要下雨，嘴唇痒要亲嘴，胡子痒有人送礼来，胳膊肘痒要换地方过夜，脚底痒要出行……"

"嘿，佩拉盖娅·伊万诺夫娜，你真行啊！"老奥勃洛莫夫说，"等奶油跌价，是不是就该后脑勺痒啦……"

女士们笑起来，并且交头接耳。有几个男人脸上也露出笑容。眼看又要爆发一场哄笑，不料这个时候传来一种类似狗和猫要打架之前发出的唔唔嗞嗞声，原来是挂钟要打点了。

"哟，都九点了！"老奥勃洛莫夫惊喜地说，"瞧，时间不知不觉就过去了。喂，瓦西卡！万卡！莫季卡！"

三个睡眼惺忪的仆人出现了。

"怎么还不摆桌子？"老奥勃洛莫夫既吃惊又恼火地问，"也得把东家的事情放在心上啊！还站着干什么？快拿伏特

173

加酒来!"

"难怪鼻尖痒!"佩拉盖娅·伊万诺夫娜连忙指出,"您就要喝酒闻酒香了。"

吃罢晚饭,他们互相亲吻祝福,然后各自回房就寝,这些无忧无虑的人再一次进入梦乡。

伊利亚·伊利奇在梦中看见的像这样度过的白天和夜晚不是个别的,而是一星期又一星期,一个月又一个月,一年又一年。

没有什么事情来打乱这种单调的生活,奥勃洛莫夫庄园的人也不觉得这种生活不好过,因为他们根本想象不到会有另外一种生活;即使他们想象得到,恐怕也会避之犹恐不及。

他们不想要另外一种生活,也不喜欢另外一种生活。如果形势使得他们的生活起了变化,无论何种变化,他们反倒会觉得遗憾。如果明天不像今天,后天不像明天,那真要叫他们难受死了。

别人总想使生活多姿多彩,千变万化,充满意想不到的事情,他们却认为没有那个必要。别人爱怎么过就怎么过,让别人去折腾好了,这与他们奥勃洛莫夫庄园的人不相干。

要知道,各种各样意想不到的事情,即便是好事,总归是麻烦——必须去张罗,操心,奔走,坐不下来,买啊卖啊,写啊算啊,一句话,来回转。那可不是闹着玩儿的!

几十年来,他们一直像这样打呼噜,打盹儿,打哈欠,或者讲点乡下人的笑话来开心,或者聚在一起说说各人夜里都梦见了什么。

如果做了一个可怕的梦,大家就都低头沉思,认真忐忑不安起来。如果是一个预兆,或吉或凶,众人的心情也随之或喜或悲,毫无一点虚假。如果这个梦要求遵守什么禁忌,他们会立刻采取有效的措施。

不说梦呢,他们就打扑克,玩捉傻瓜或者钓主牌,过节的时候跟客人玩波士顿,或者摆大牌阵,卜婚事——红桃王遇见梅花后说明要成婚。

间或有纳塔利娅·法捷耶夫娜什么的来玩一两个星期。老太太们先扯扯家长里短,说说谁过得怎么样,谁在干什么。她们不仅干涉别人的家事和别人的私生活,甚至钻到别人肚子里去打探别人秘而未宣的心事,骂骂那些不像话的男人,尤其是不忠实的丈夫,接着是历数一个个喜庆日子,包括命名、受洗、生育的日子,谁拿什么招待客人,请了什么人,没请什么人。

讲累了以后,老太太们就开始展示各自新购置的衣物,连衣裙啦,斗篷啦,甚至衬裙和袜子。女主人还要把她的家织布料、棉线、花边拿出来炫耀一番。

等到这个话题也说尽了,她们只好以喝咖啡、喝茶、吃果酱来消磨时光。最后是默然枯坐。

她们长时间这样坐着,你看着我我看着你,不时地深深叹一口气。间或她们当中的一位甚至会哭起来。

"你怎么啦,我的太太?"另一位会惊恐地问。

"唉,亲爱的,我心里好难受啊!"下泪的那一位深深地叹一口气回答说,"我们这些罪人都冒犯了上帝。不会有好下场。"

"哎呀,亲爱的,你可别吓人!"女主人打断了她的话。

"是真的,"那一位接着说,"时候到了,民要攻打民,国要攻打国……世界末日到了!"①纳塔利娅·法捷耶夫娜终于说了出来,两人就都失声痛哭。

纳塔利娅·法捷耶夫娜做出这种结论毫无根据,这一年谁也没有攻打谁,连彗星也没有出现过,但是老太太们往往会有一些说不清道不明的预感。

这种生活进程偶尔也会被一起突发事件打乱,比如全家大小都中了煤气。

东家大宅,乃至村子里,除了煤气中毒,几乎没有人患过别的病,不过是某某人夜间撞到尖桩上受了伤,某某人从干草堆上滚下来,某某人被屋顶上掉下来的一块木板砸了脑袋。

即便是这样一类的事情也很少发生,况且各家都有行之有效的办法去对付,比如跌打损伤可以用一种叫作针海绵的水草或者当归搓揉患处,给患者喝一点圣水或者念几句咒语,他也就好了。

可是煤气中毒的事件却经常发生。中毒的人并排躺在床上,只听见一片呻吟声,这个人往额头上贴一些黄瓜片,再用毛巾包扎起来;那个人弄一点酸果蔓塞进耳朵里,同时拿洋姜来嗅;第三个人只穿着一件衬衫就往雪地里跑;第四个人干脆倒在地板上不省人事。

这种事情一个月总要发生一两次,因为他们不喜欢让热气白白地从烟道中溜走,在火苗还泛青色的时候就把火门关了。那火烧得叫人不敢摸炕,也不敢摸炉子,弄不好会把手烫出泡来。

---

① 参见《圣经·新约·马太福音》第二十四章和同书《马可福音》第十三章。

只有一回这种单调的生活被一起真正的突发事件打乱了。

那天中午,大家饱餐一顿之后刚刚休息过来,坐到一块儿准备喝茶,忽然来了一个从城里返回的奥勃洛莫夫庄园的农民,他在怀里左掏右掏,好不容易掏出一封揉得皱皱巴巴的信,是写给伊利亚·伊万内奇·奥勃洛莫夫的。

众人一时都惊呆了,女主人甚至变了脸色,大家的眼睛都盯着那封信,鼻子也朝那边凑了过去。

"真是怪事!谁写的?"太太终于镇静下来说。

老爷接过信,拿在手中不解地翻了几下,不知道该怎么办,于是问那个农民:

"你在哪儿拿到的?谁交给你的?"

"我在城里歇脚的那家车马店,"农民说,"人家说邮局两回来人打听,有没有奥勃洛莫夫家的农民,人家说有封信,给东家老爷的。"

"哦?……"

"一开头我没吭声,当兵的把信拿回去了。可韦尔赫廖沃村的诵经士看见我了,他就去说了。人家又来一回。人家又来一回就骂开了,交了信,还要了五戈比。我问他,我拿这信该怎么着,该往哪儿递?人家叫给老爷送来。"

"你就不该接。"太太气呼呼地说。

"我是没接。我说,咱拿这信干吗使,咱不要。我说,东家没叫咱接信,咱可不敢接,您自个儿送去吧!可当兵的骂得真凶,还说要去告官呢,我才接了。"

"蠢货!"太太说。

"会是谁写来的呢?"老爷一面沉思地说,一面仔细看信封上的地址,"笔迹还真眼熟!"

这封信在众人手中传递了一遍。大家都参与讨论和猜测:这信会是谁写的,写些什么?到头来谁也弄不明白。

老爷命人去找眼镜,单是找眼镜就花了一个半小时。等到老爷戴上眼镜,正想拆信,太太忽然担心地阻止他说:

"得了,别拆,伊利亚·伊万内奇,谁知道这是什么信?说不定很可怕,是一场灾祸!如今的人都变成什么样儿了!明天拆后天拆也来得及,跑不了。"

于是信和眼镜都给锁了起来。大家开始喝茶。这封信很可能就这么一年年搁下去,幸亏事情太不寻常,刺激了奥勃洛莫夫一家人的大脑。在当天喝茶的时候,甚至第二天,他们的谈话总离不开这封信。

最后大家憋不住了,第四天聚在一起的时候就怀着一颗忐忑的心把信拆开了。老奥勃洛莫夫看了看落款,念道:"拉季谢夫。"

"嘿!是菲利普·马特维伊奇写来的!"他说。

"哦!原来是他!"周围的人都嚷起来,"怎么,他到现在还活着?瞧,还没死呢!感谢上帝!他写些什么呀?"

老奥勃洛莫夫开始念信。原来菲利普·马特维伊奇是来向他要啤酒配方的,因为奥勃洛莫夫庄园的啤酒酿得特别好。

"寄给他,寄给他!"众人异口同声地说,"应该给他写封回信。"

两个星期就这样过去了。

"应该写,应该写!"老奥勃洛莫夫一再对他太太说,"配方在哪儿?"

"在哪儿?"太太说,"还得找一找。你等着吧,急什么!

等节日到了,我们开了斋你再写,跑不了……"

"可也是,最好写一写我们是怎么过节的。"老奥勃洛莫夫说。

过节那天大家又谈起这封信。老奥勃洛莫夫准备就绪,要动笔了。他一个人退到书房去,戴上眼镜,在写字台前坐下来。

整个大宅里悄然无声,下人都接到命令:不得重踏地板和大声喧哗。"老爷在写信!"人们诚惶诚恐地说,只有家里死了人才会用这种腔调说话。

老奥勃洛莫夫颤抖着手,像做一件危险的事情一样,小心翼翼地慢慢地写出一行歪歪斜斜的字:"尊敬的先生",这时候他太太忽然走进来说:

"我找来找去,就是没有配方。得把卧室里的衣柜再翻一翻。这封信怎么送去?"

"交给邮车送去。"老奥勃洛莫夫说。

"送这一趟得花多少钱?"

老奥勃洛莫夫拿出一本旧历书翻了翻,说:

"四十戈比。"

"瞧,办这么点小事儿就得花掉四十戈比!"太太说,"倒不如等一等,托城里来的人顺便捎去。你叫农民去打听打听。"

"可也是,最好找便人捎去。"老奥勃洛莫夫说着拿笔在写字台边上轻轻叩了几下,再将笔插进墨水瓶中,然后摘下眼镜。

"真的,这样办好些,"他说,"还有时间,赶得上。"

菲利普·马特维伊奇究竟收到配方没有,我们不得而知。

老奥勃洛莫夫有的时候也拿起一本书来看看,不管是什么书。他从来就没有想到读书是人最根本的需要,而以为是一种可有可无的奢侈,正如墙上可以挂画,也可以不挂画,人可以出去散步,也可以不出去散步。因此看什么书他也就无所谓了,他只把书当成供人开心、助人休闲解闷的东西。

"好久没看书了,"他会这样说,有的时候也换一种说法,"让我来看看书吧!"或者不过是偶然注意到他哥哥遗留下来的那一堆书,随手从中抽出一本,无论是戈利科夫①的著作也好,《详梦新编》也好,赫拉斯科夫②的叙事长诗《罗斯记》也好,苏马罗科夫③的悲剧也好,甚至前年的报刊他读起来都一样津津有味,不时地说一句:

"嘿,真想得出!这个浑蛋!哟,你这个该死的东西!"

他的这些感慨是向作者发的。对于"作家"这个头衔,他毫无一丝敬意,相反,倒有鄙薄之心,和那个时代的人对作家的态度一样。他也像那个时代的许多人,把舞文弄墨者只看做小丑、活宝、二流子、酒鬼一类的人。

他偶尔会把前年报纸上登载的东西大声念出来给大家听,或者当成新闻告诉大家。

"听着,海牙消息,国王陛下经过短期旅行后平安返回皇宫。"他说完还从眼镜上端看大家一眼。

或者说:

"某国驻维也纳公使递交了国书。"

---

① 伊·伊·戈利科夫(1735—1801),俄国历史学家。
② 米·马·赫拉斯科夫(1733—1807),俄国作家。
③ 亚·彼·苏马罗科夫(1717—1777),俄国作家。

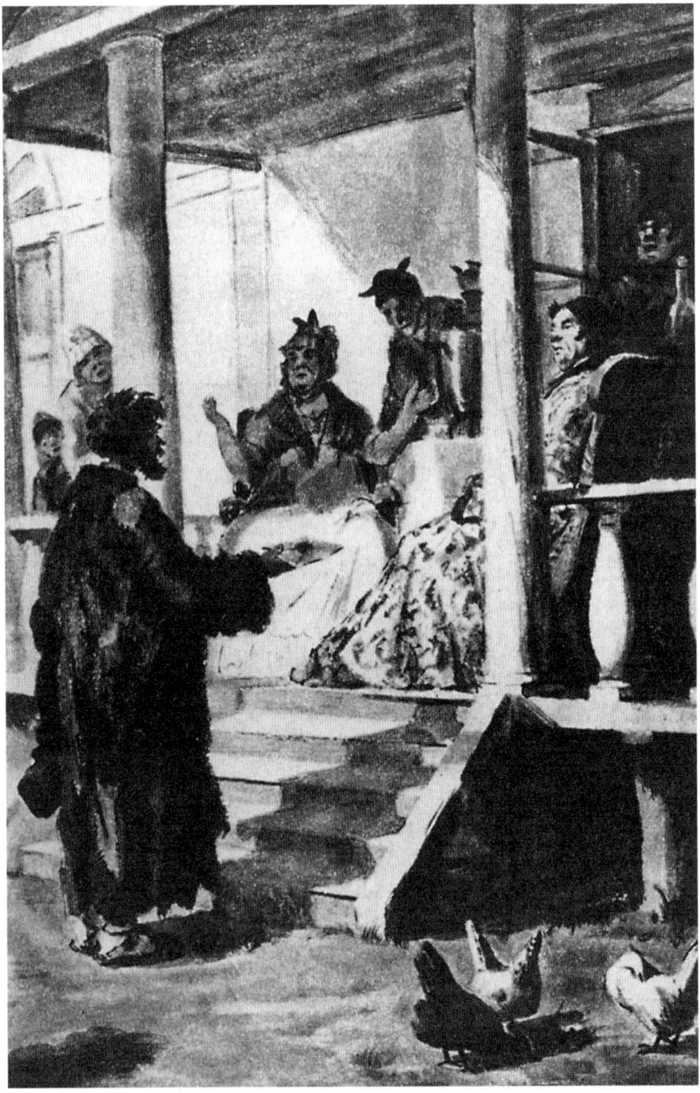

"这儿还有一条消息说,让莉斯夫人①的作品翻译成俄语了。"

座中一位小地主当即指出:"他们翻译这些东西多半是为了骗我们这些贵族的钱。"

可怜小奥勃洛莫夫必须去施托尔茨办的学校读书。星期一早上他醒来就苦恼,只听见瓦西卡在台阶上扯着嗓子喊:

"安季普!套花马,送小少爷去德国人家上学!"

孩子的心战栗了。他可怜巴巴地来到母亲屋里。母亲知道孩子为什么不开心,说些话来哄他,其实自己心里也舍不得和孩子分开整整一个星期。

孩子要去学校的那天早上,家里人想尽办法让他足吃一顿,还要给他烤许多小白面包,拿许多腌菜、饼干、果酱,以及各种各样干的和湿的甜食美味,甚至粮食,叫他带走,因为他们预见到,在德国人家里是不会有许多东西吃的。

"吃那儿的饭长不了肉,"奥勃洛莫夫庄园的人说,"中饭给一道汤、一道煎肉加土豆,午茶给一点奶油,晚饭就什么也不给了。"

不过奥勃洛莫夫梦见的星期一多半听不到瓦西卡叫人套花马的声音,而是看见母亲面带微笑坐在茶桌边等他,告诉他一个好消息:

"今天你不去上学了,星期四是个大节,何必为三天跑这一趟?"

有的时候母亲忽然向他宣布:"今天祭祖周到了,没工夫念书,我们要烙饼。"

---

① 让莉斯夫人(1746—1830),法国女作家,喜欢写感伤的爱情小说。

不然就是母亲星期一早上把他仔仔细细打量一番以后说：

"今天你的眼睛不大精神。是不是不舒服？"她说完摇摇头。

狡猾的孩子虽然身体健康，却不做声。

"这星期你就在家待着吧，"母亲说，"到时候再看。"

家里人也都深信，星期六祭祖无论如何是不兴念书的，或者说，星期四那个节非过不可，这个星期当然就不能念书了。

只有在某个男仆或者女仆代小少爷受过的时候才会听见他们埋怨说：

"哼，娇气包！不知道要赖到什么时候才上你德国老师那儿去。"

此外，安季普也会在一周的当中或者开头突然赶着那匹他熟悉的花马到德国老师那儿去接他，说是玛丽亚·萨维什娜，或者纳塔利娅·法捷耶夫娜，或者库佐夫科夫一家子来了，请少爷回去。

少爷在家一待就是三个星期，到时候一看，再过几天就是基督受难周了，接着是复活节，家里有人不知为什么认为，复活节后的圣多马周也不兴念书。这样一来，只剩两个星期就入夏了，不值得再去。夏天连德国老师自己也要休息，不如等秋天再去。

一转眼，少爷在家已经玩了半年，在这段时间里他长高了多少、胖了多少啊！觉也睡得足极了！那样子真叫家里人看不够，不像从前星期六从学校回来的时候那样又瘦又苍白。

"照那样下去要不了多久这孩子就完了！"父亲母亲说，"书什么时候念都跑不了，健康可是买不来的，人生最宝贵的

183

是健康。瞧,他从学校回来就跟病人刚出院似的,身上的油水全没了,瘦成那个样子……还淘气得不得了,跑来跑去没个够!"

"嗯,"父亲指出,"念书这事儿可不讲情面,不管你是谁都得乖乖地受那份罪!"

慈爱的双亲继续寻找各种借口把儿子留在家中。除了过节,能找到的借口还有的是。冬天他们觉得出门太冷,夏天又太热,有的时候是天要下雨了,秋天道路泥泞难走。有的时候是安季普叫他们放心不下,人醉不像醉,可是眼神不对,万一让车子陷进泥坑里,或者翻下山去,那可不行。

父母亲总是竭力使这些借口在他们自己眼里,尤其在施托尔茨老师眼里显得合情合理一些,因为施托尔茨老师在人前人后都不宽容这种溺爱。

普罗斯塔科夫和斯科季宁①的时代早已过去。学则明,不学则暗的谚语随着书贩子运来的书已经传遍了大小村庄。

老一辈人虽然明白施教的好处,但是只从表面上去理解这种好处。他们看到,如今人人都到社会上去闯荡,指的是做官,拿勋章,挣钱,而且只能通过读书这个途径。从前的书吏、刀笔吏一个个穷困潦倒,他们精通的那一套已经过时。

现在还有一种不祥的传闻,说只会读读写写不行了,还必须懂得一些迄今为止未曾听到过的学问。九品官与八品官之间有了一道鸿沟,要以一种叫作文凭的东西为桥梁。

惯于等因奉此、营私舞弊的旧式官僚渐渐销声匿迹。许

---

① 普罗斯塔科夫和斯科季宁是十八世纪俄国剧作家冯维辛(1745—1792)的戏剧《纨绔少年》中的人物,二人都敌视文明施教。

多健在者被上司以品行不佳革职,还有一些给送上法庭,最幸运的也不过在告别新秩序之后能够及时退隐到自己购置的安乐窝里去。

奥勃洛莫夫的父母对此可谓心领神会,他们懂得受教育的好处,但是只限于肉眼所见的好处。至于说读书是人的内在需求,对此他们还只有极为模糊的认识,所以他们目前只想为自己的爱儿弄到一些可以在人前炫耀的优势。

他们梦想儿子有朝一日穿上绣金制服,当上枢密院的大官,母亲甚至想象他当上省长,不过父母亲都巴不得尽可能便宜地达到目的,用种种巧妙手段暗暗地绕过学海与仕途中的礁石和障碍,而不去费力跳越,也就是说,稍微读一点书,别劳心费神,也别损耗自幼养成的富态身子,只走走形式,想办法把写有各科成绩及格字样的文凭拿到手。

奥勃洛莫夫式的这一整套教育体系遇到施托尔茨体系的强烈反对,双方在斗争中表现得都很顽强。施托尔茨老师直接、公开、持续地攻击对方,而对方却用上面讲到的以及其他种种巧妙手段来避开攻击。

这场斗争怎么也分不了胜负。德国人的百折不挠本来也许能够打垮奥勃洛莫夫那家人的愚顽,不料德国人方面出了问题,致使双方相持不下。原来施托尔茨老师的儿子纵容小奥勃洛莫夫,课上给他提词儿,课下帮他做作业。

伊利亚·伊利奇还清楚地记得他自己家中和施托尔茨家中的生活情景。

他在自己家中一睁开眼睛就会看见床边站着扎哈尔卡,也就是后来成了他的贴身侍仆的那个出了名的扎哈尔·特罗菲梅奇。

扎哈尔卡像先前那个嬷嬷一样,要给伊利亚·伊利奇少爷穿袜子,穿鞋子。别看他已经十四岁了,他只知道躺在床上把脚伸给扎哈尔卡,而且一点不合适就给扎哈尔卡鼻子上一脚。

心中不满的扎哈尔卡如果胆敢去告状,还会挨大人一顿打。

接着扎哈尔卡要给伊利亚·伊利奇少爷梳头,穿上衣,小心翼翼地让他的两只手伸进袖筒里去,不得过分打搅他,还要提醒他该做什么事情了,比如早上起床以后就该洗脸等等。

如果伊利亚·伊利奇少爷想要什么,他只需眨眨眼睛,立刻会有三四个仆人赶紧去实现他的愿望。他本是个活泼的孩子,如果把什么东西掉在地上了,或者需要取什么东西而又够不着,或者需要拿走什么,为什么事情跑一趟,有时候也很想自己干,可是这时候他的父亲母亲加上三个姑姨就会异口同声地喊叫起来:

"你这是何苦呢?上哪儿去啊?养着瓦西卡、万卡、扎哈尔卡是干什么的?喂,瓦西卡!万卡!扎哈尔卡!怎么光张着嘴巴在一边看?瞧我怎么收拾你们……"

于是怎么也轮不到伊利亚·伊利奇少爷自己动手做事。

后来他发现,这样舒心多了,他就学会了使唤人:"瓦西卡!万卡!把这个递给我!把那个递给我!我不要那个,我要这个!快去拿来呀!"

有的时候父母亲的无微不至的关怀也使他厌烦。

他刚从楼梯上往下跑,或者在院子里狂奔,忽然会听到十来个人在他背后拼命呼喊:"哎哟哟!去扶着他,拉住他!别让他摔着碰着……站住,站住!"

冬天他如果想跑到不生火的过道里去,或者打开通风窗,家里人又要大喊:"哎哟哟!上哪儿去?这怎么行?别跑!别去!别打开!小心摔着!小心感冒……"

伊利亚·伊利奇少爷心情忧郁地坐在家中,像暖房里一朵珍奇的小花似的让人精心照看着,也像那朵花一样开得既慢又缺少生气。他的精力不能向外施展,于是转而向内,一天天蔫下去,渐渐衰败。

有的时候,他一觉醒来精力是那么充沛,那么活泼快乐,感觉到身体里有一种东西在躁动,在沸腾,仿佛有个小鬼钻了进去,怂恿他一会儿爬上屋顶,一会儿骑马到正在割草的草场上去,或者到围墙上去坐一坐,或者逗村里的狗玩儿,或者一时兴起飞快地跑过整个村庄,一直跑到地里,又沿着小山沟跑进桦树林,连跑带跳地冲到谷底,或者跟别的孩子一块儿打雪仗,比试比试自己的力气。

那附身的小鬼一个劲儿地怂恿他,他实在按捺不住,大冬天连帽子也不戴就从台阶上跳到院子里,再从院子里跑出大门,一手捏一个雪球向一群孩子那边奔去。

冷风像刀子一样割着他的脸,寒气刺得他的耳朵火辣辣的,而且灌进他的嘴里、喉咙里,可是心中却充满了快乐。他拼命跑啊,叫啊,笑啊。

瞧,孩子们在那边。他扔出一个雪球,因为不熟练没有击中。他正想再捏一个雪球,不料一大团雪正好打在他的脸上,他跌倒了,因为不习惯觉得很疼,但是很开心,哈哈大笑,眼睛里噙着泪水……

这时候家里却闹翻了天,因为少爷不见了!大家又是喊来又是叫。扎哈尔卡奔到屋外,接着冲出来的是瓦西卡、米季卡、万卡,他们失魂落魄似的在院子里乱跑。

在这几个小侍童身后紧追的是两条狗,谁都知道狗是最见不得人跑的。

几个人吼着叫着,狗儿吠着,从村里跑过。

他们终于跑到孩子们玩耍的地方,开始对孩子们实行制裁:抓这个的头发,揪那个的耳朵,有的后脑勺上挨了一巴掌,连孩子们的父亲都受到警告。

接着他们把少爷团团围住,给他穿上随手抓来的小羊皮袄,再给他披上他父亲的皮大衣,外加两床毛毯,凯旋般地把他抬回家去。

家里人以为他完了,伤心得不得了。看见他好好活着回来,父母亲高兴得无法形容。他们先感谢上帝,接着就让儿子喝薄荷茶、接骨木茶,到晚上还要他喝马林果茶,一连三天不准他起床,其实只有一种做法对他有好处,那就是再让他出去打雪仗……

十

伊利亚·伊利奇的鼾声刚刚传到扎哈尔的耳边,扎哈尔立刻小心翼翼、不声不响地跳下炉炕,蹑手蹑足地来到过道中,锁上书房的房门,然后向大院门口走去。

"啊,扎哈尔·特罗菲梅奇,欢迎欢迎!好久不见!"几个马车夫、男仆、女仆、孩子在大院门口异口同声地招呼他。

"你们家老爷怎么啦?是不是出门了?"门房问。

"睡大觉呢。"扎哈尔阴沉着脸说。

"怎么这样?"一个马车夫说,"现在睡好像早了点……他不舒服吧?"

"哎,有什么不舒服的!喝多了!"扎哈尔说话的口气像是他对此坚信不疑。"你们信不信?他一个人就喝了一瓶半马德拉酒、两俄升克瓦斯,瞧,这会儿躺下了。"

"嘿!"那马车夫羡慕地说。

"他今天干吗喝这么多?"一个女仆问。

"塔季扬娜·伊万诺夫娜,"扎哈尔斜着眼睛看了她一眼,说,"哪儿是今天啊!早就没人样儿了,说起来叫人恶心!"

"跟我们家太太一样!"那女仆叹了一口气说。

"塔季扬娜·伊万诺夫娜,太太今天出门不?"马车夫问,

"我得出去一趟,不远。"

"她会出门?"塔季扬娜说,"她正跟她的宝贝儿在一块儿,俩人亲热还亲热不过来呢!"

"这个男人经常来,"门房说,"天天晚上来烦人,该死的东西!总是最后一个到,最后一个走,还骂骂咧咧的,说不该锁大台阶的门……我才不到台阶上去给他守门呢!"

"伙计们,他可真是个傻子,"塔季扬娜说,"这样的没处找!什么都拿来给我们太太!我们太太打扮得跟孔雀似的,走起路来那叫神气。可谁要是看一看她穿的都是什么衬裙什么袜子,那才丢人现眼呢!脖子两个星期不洗,脸上照样抹这抹那……有的时候,上帝饶恕,我心想,'瞧你这德性!还不披上头巾进修道院去赎罪……'"

除了扎哈尔以外,大家都笑了。

"哎呀,塔季扬娜·伊万诺夫娜说到点子上了!"众人啧啧称赞。

"可不是!"塔季扬娜接着说,"老爷们怎么就看上这号女人了?……"

"您这是要上哪儿去?"有个人问她,"手里拿一包什么东西呀?"

"送衣服到裁缝铺去,我那位时髦太太派的,说衣服肥了!可我跟杜尼亚莎给她束她那肥腰,哪回不累得两只手三天干不了活,就跟断了筋似的!得了,我该走了。回头见!"

"回头见,回头见!"几个人应声说。

"回头见,塔季扬娜·伊万诺夫娜,"马车夫说,"晚上来啊!"

"我还说不准,兴许来吧,要不……回头见!"

"回头见!"众人异口同声说。

"回头见……愿大伙儿走运!"塔季扬娜一面走一面说。

"回头见,塔季扬娜·伊万诺夫娜!"马车夫望着她的背影又喊了一句。

"回头见!"她那洪亮的嗓音远远地应道。

塔季扬娜一走,扎哈尔似乎等到了该他说话的时刻。他在大院门口的铁墩子上坐下来,晃着两条腿,面色阴沉而又心不在焉地观察着过往的行人和车马。

"扎哈尔·特罗菲梅奇,你们家老爷今天怎么样?"门房问。

"跟平常一样,油水太多火气大,"扎哈尔说,"还不都是因为你,你可叫我受了不少罪,就是腾房子的事儿!一说他就发火,特不想搬家……"

"这能怪我吗?"门房说,"你住一辈子我也乐意,我又不是房东!是人家叫我催……我要是房东,那敢情好,可我不是……"

"你们家老爷怎么啦,骂人吧?"一个马车夫问。

"骂得叫人受不了,全靠上帝赐给我力量!"

"那有什么!光骂人就是好老爷了!"一个男仆插嘴说,同时嘎嘎地慢慢打开一个圆形的鼻烟盒,除了扎哈尔以外,其他人都伸手去捏一撮。大家开始闻鼻烟,打喷嚏,吐痰。

"他要是骂人,那更好,"那个男仆接着说,"骂得越凶越好。他既是骂人,起码就不会打人了。我伺候过一位老爷,你还不明白是什么事儿呢,他就一把揪住你的头发。"

扎哈尔摆出一脸鄙夷的神情等他把这段议论发完,然后对马车夫说:

"没头没脑地糟蹋人,这他倒不当一回事!"

"不好伺候,是不是?"门房问。

"唉!"扎哈尔眯起眼睛用他的哑嗓子意味深长地说,"那个难伺候呀!这也不是那也不是,骂你不会走路、不懂怎么递东西、把什么都砸了、不打扫、偷吃偷拿……呸!真可恶!……今天他又把我臭骂一顿,那话没法听!为什么事儿呢?就为上星期剩下的一小块干酪,拿去喂狗都丢人,可是人吃了不行!他要,我说没了,他就骂人,说'真该把你绞死',说'该叫你下油锅,拿烧红的铁钳子把你撕了',说'该拿杨木橛子把你钉住'①!他就这么没完没了地骂……你们猜怎么着,前两天我拿开水烫了他的脚,谁知道是怎么弄的,他吼得那个凶啊!我要是不闪开,他那一拳就打在我心窝上了……当真要打!一点儿不含糊……"

马车夫摇了摇头,门房却说:"嘿,这位老爷真麻利:下不为例!"

"骂人的老爷就算是好的!"还是那个男仆淡淡地说,"换了那不骂人的更坏,二话不说上来就揪你的头发,不等你明白为的是什么!"

"骂也白骂,"扎哈尔说,仍旧不理睬那个插嘴的男仆,"他的脚到现在也没好,一直搽药。活该!"

"这位老爷脾气倔!"门房说。

"可了不得!"扎哈尔接着说,"到时候他也能打死人,我把话撂在这儿了!为一点儿小事儿就骂人'秃子'……底下的话我不想说了。今天还发明了新词儿呢,说什么'恶毒'!

---

① 这是一种镇邪的办法。

真能胡扯！……"

"这有什么！"还是那个男仆说，"既是骂人，那就要感谢上帝了，愿上帝保佑这样的老爷身体健康……要是总不吭声，等你从他身边走过，他就会一下子揪住你，跟我伺候过的那位一样。骂人就没什么关系了……"

"你自作自受，"扎哈尔对这个多嘴的男仆没好气地说，"换了我，还不光是揪你的头发呢。"

"他怎么骂'秃子'，扎哈尔·特罗菲梅奇？是秃鬼吧？"一个约摸十五岁的小厮问。

扎哈尔慢慢转过头去，把他那混浊的目光投到小厮脸上，厉声说：

"你给我小心点！说俏皮话你还太嫩！我可不管你是不是将军的人，看我揪你的头发！滚回去！"

小厮倒退了两步，站在那里笑嘻嘻地望着扎哈尔。

"你咧什么嘴？"扎哈尔狂怒了，"你等着，到时候我就揪你的耳朵，叫你跟我咧嘴！"

这时候，一个身高体壮的听差从大楼里跑出来，他脚蹬一双半高腰皮鞋，身穿一件有肩饰的仆役制服，敞着怀，跑到小厮跟前，先打了小厮一耳光，接着骂了一声蠢货。

"您干吗，马特维·莫谢伊奇，什么事儿？"摸不着头脑的小厮捂着脸，使劲眨巴着眼睛问。

"哼！你还有话说？"听差说，"我满屋子到处找你，原来你在这儿！"

听差一手揪着小厮的头发，按下小厮的头，另一只手握紧拳头朝小厮后脖子上慢慢地，颇有章法地揍了三下。

"老爷拉铃拉了五遍，"听差又以教训的口吻对小厮说，

"害得我替你这个狗崽子挨骂！滚回去！"

听差指着台阶向小厮下了这道命令,小厮不知所措地犹豫片刻,眨了两下眼睛,又看看听差,发现再等下去只会多挨几拳,于是甩了甩头发,冲到台阶上去了。

扎哈尔得意极了！他幸灾乐祸地说：

"使劲打,使劲打,马特维·莫谢伊奇！再来,再来！唉,还不够！马特维·莫谢伊奇真是条好汉！多谢多谢！那小子的嘴也太尖了……哼,'秃鬼'！以后还敢不敢损人？"

仆役们哈哈大笑,他们都站在打小厮的听差和幸灾乐祸的扎哈尔一边,谁也不同情小厮。

"我从前那位老爷就像这样,一点儿不差。"刚才总打断扎哈尔的话的男仆又说,"有时候你正想高兴高兴,他好像看透了你的心思,走过来猛一下揪住你,就跟马特维·莫谢伊奇揪小安德留什卡一样。光骂人有什么！骂一句'秃鬼'有什么了不得！"

"他们家老爷说不定就会揪你,"马车夫指着扎哈尔对那个男仆说,"瞧你这一脑袋头发长得有多厚！可是怎么揪扎哈尔·特罗菲梅奇呢？他的脑袋跟南瓜似的……只能揪两个腮帮子上的胡子,那儿倒有东西可揪！……"

众人哈哈大笑,扎哈尔给马车夫这一招打蒙了,本来他跟他一直友好地交谈着。

"等我去跟我们家老爷说,"扎哈尔怒不可遏地用他那嘶哑的嗓子对马车夫吼叫起来,"他就知道该揪你哪儿了,他会把你的胡子扯光。瞧你的胡子,冰溜子似的！"

"你们家老爷能把别人家马车夫的胡子扯光,能耐够大的！不过你们还是自个儿先雇几个赶车的,到时候去扯他们的胡子吧,不然手伸得也太长了!"

"是雇你这样的浑蛋来赶车吗?"扎哈尔声音嘶哑地说,"你连给我们家老爷拉车都不配!"

"好个老爷!你从哪儿挖出来的?"马车夫挖苦说。

所有的人,包括马车夫自己、门房、理发匠,以及那个拥护骂人的做法的男仆都哈哈大笑起来。

"你们笑吧,你们笑吧,等我上老爷那儿去告你们!"扎哈尔声音嘶哑地说。

接着他又对门房说:"你就该管住这帮浑蛋,不该跟着笑!把你派到这儿是干什么的?是维持秩序的。可你都干什么了?等我去跟老爷说,有你好受的!"

"得了得了,扎哈尔·特罗菲梅奇!"门房尽力安抚扎哈尔说,"人家也没拿你怎么样嘛!"

"他竟敢那样说我们家老爷!"扎哈尔指着马车夫激烈地说,接着又以敬仰的口吻问众人,"他知道我们家老爷是怎么样一个人吗?"然后对马车夫说,"你做梦也见不着这样的老爷,他心慈,聪明,一表人才!你们家老爷活脱儿是一匹饿瘪了的马!你们出门驾一匹棕色母马拉车,寒碜,跟穷要饭的似的!吃的只有小萝卜就克瓦斯。瞧你这身衣服,窟窿眼儿多得数不过来!……"

应该指出的是,马车夫身上穿的那件直襟厚呢袍根本没有窟窿儿。

"嗯,像这样的真没处找。"马车夫打断了扎哈尔的话,还用一个灵活的动作把扎哈尔腋下露出的衬衣扯了出来。

"别闹了,别闹了!"门房连连说,同时把他二人拉开。

"好!你扯我的衣服!"扎哈尔大叫起来,同时把衬衣再扯出来一些说,"你等着,我让老爷看看!伙计们,你们瞧他都干了些什么,他把我的衣服撕破了!……"

"是我吗?"马车夫有点心虚地说,"准是你们家老爷揪的……"

"这样的老爷会揪!"扎哈尔说,"他这么心慈,简直不是老爷,而是金子,愿上帝保佑他身体健康!我跟着他就像在天堂一样,什么也不缺,一辈子没骂过我蠢货,真是身在福中,舒舒服服,他吃什么我吃什么,想上哪儿抬腿就走,嘿!……在乡下我有自个儿的房子,自个儿的菜园子,定量的粮食,农民见了我都鞠躬!我又当管事又当王室总管!可你跟着你们家……"

扎哈尔气愤到了失音的程度,一句本该置对方于死地的话竟然没有说完。他停顿了一下,以便重整旗鼓,想出一个恶毒的词儿,但是由于肝火过旺,没能想出来,只说:

"你等着吧,等着我跟你算这笔账,让你撕!……"

谁骂他家老爷就等于骂他,刺激了他的好胜心和自尊心,于是他对主人的忠心苏醒了,要尽全力表现出来。他火冒三丈,不仅朝对方头上烧去,而且朝对方的老爷,乃至对方的老爷的亲友头上烧去,虽然连那位老爷也不知道自己是不是有那些亲友。其间他非常准确地说出他从以前与马车夫的谈话中捡来的所有诽谤和咒骂老爷们的词语。

"你跟你们家老爷是该死的穷光蛋,犹太狗,还不如德国人!我知道你们家老爷祖上是干什么的,是旧货市场的伙计。昨天晚上你们家送出来那些客人,我还以为是一伙地痞钻进屋里来了呢,让人瞧不上眼!他妈也是旧货市场上卖破烂的,偷来的捡来的都卖!"

"得了,得了!……"门房劝阻说。

"哼!"扎哈尔说,"感谢上帝,我们家老爷可是世袭贵族!他的朋友都是将军、伯爵、公爵,还不是随便哪个伯爵他都见呢,有的来了,就在外室站着……上门的尽是作家……"

"作家是干什么的,我的老哥?"门房问,他一心想停止这场争吵,"当官的吗?"

"不是,这些老爷要什么就能琢磨出什么。"扎哈尔解释说。

"他们来你们家干什么?"门房问。

"干什么?这个要抽烟,那个要赫列斯特酒……"扎哈尔发现几乎所有在场的人都嘲笑似的咧开了嘴,就停顿了一下,然后斜睨了众人一眼,像放连珠炮似的骂道:

"你们统统都是浑蛋!扯别人的衣服!我要到老爷那儿去告你们!"他说完就急忙往回走。

"算了吧!别走,别走!"门房叫道,"扎哈尔·特罗菲梅奇!咱们喝啤酒去……"

扎哈尔中途停住脚步,迅速转过身来,也不看那些仆役一眼,以更快的步伐冲到大街上去了。他一直走到街对面的啤酒店门口才转过脸来,面色阴沉地扫了众人一眼,更加阴沉地向大伙儿招了招手,叫他们跟他去,然后消失在啤酒店的门后。

其余的人也都散去,有的进了啤酒店,有的回家,只剩下那个男仆一个人。他慢慢打开鼻烟盒,若有所思地淡淡地自言自语说:

"就算他告到他老爷那儿去又有什么了不得?从各方面看,那位老爷倒真是个心慈的人,只不过骂一顿。光骂骂算什么!有的老爷上来就揪头发……"

十一

下午四点钟刚过,扎哈尔小心翼翼、不声不响地用钥匙打开外室的门,蹑手蹑足地走进自己屋里。当他来到书房门口的时候,他先把一只耳朵贴在门上听了听,然后蹲下去用一只眼睛通过锁孔向里面张望。

由书房里传出均匀的鼾声。

"还在睡,"扎哈尔低声说,"得叫醒他,快四点半了。"

扎哈尔干咳了一声,走进书房去。

"伊利亚·伊利奇!伊利亚·伊利奇!"他站在奥勃洛莫夫的枕边轻声唤道。

鼾声未断。

"嘿,瞧他睡的!跟泥水匠似的!"扎哈尔说,接着又唤了一声"伊利亚·伊利奇!"

扎哈尔轻轻地扯了扯他的袖子,说:

"起来吧,四点半啦!"

伊利亚·伊利奇只唔了一声,还是没有醒。

"起来呀,伊利亚·伊利奇!真丢人啊!"扎哈尔提高了嗓门说。

没有回应。

"伊利亚·伊利奇!"扎哈尔扯着他的袖子一个劲儿地

唤道。

奥勃洛莫夫把头转过来一点,艰难地睁开一只眼睛望着扎哈尔,目光是呆滞的。

"谁在这儿?"他声音嘶哑地问。

"是我。您起来吧。"

"滚开!"奥勃洛莫夫含糊地说了一句,又沉沉睡去。现在他已经不是由喉咙里发出鼾声,而是由鼻子里发出尖利的啸音。扎哈尔拉拉他的衣襟。

"你要干什么?"奥勃洛莫夫忽然睁开两只眼睛,威严地问。

"是您吩咐叫醒您啊!"

"好,我知道了。你的责任尽到了,去吧!剩下的是我的事……"

"我不走。"扎哈尔说着又拉拉他的袖子。

"哎呀,别碰我!"奥勃洛莫夫的语气缓和下来,他把头埋到枕间,又要开始打呼噜了。

"不行,伊利亚·伊利奇,"扎哈尔说,"我巴不得您接着睡,可无论如何不行!"

扎哈尔推了推他。

"哎呀,你行行好吧,别捣乱。"奥勃洛莫夫睁开眼睛,恳切地说。

"嗯,要是对您行行好,过一会儿您该发火了,说我不叫您……"

"唉,我的上帝!这人怎么这样!"奥勃洛莫夫说,"好,让我再睡一分钟,一分钟算什么?我自己知道……"

奥勃洛莫夫忽然不做声了,瞌睡一下子征服了他。

"你光知道睡,"扎哈尔说,他确信伊利亚·伊利奇此刻听不见,"瞧你,赖在床上跟杨木疙瘩似的! 你干吗到世上来?"

"你起来呀! 跟你说……"扎哈尔就要怒吼了。

"什么? 什么?"奥勃洛莫夫抬起头来威严地问。

"我说,老爷您怎么不起床?"扎哈尔的语气软下来。

"不对,你刚才怎么说的——呃? 胆子真大——呃?"

"怎么啦?"

"竟敢无礼?"

"您这是睡糊涂了……真的,您睡糊涂了。"

"你以为我睡着了? 我没睡着,我都听见了……"

他说着竟又睡去。

"唉,你这个人哪!"扎哈尔绝望地说,"干吗像木头似的躺着? 让人瞧着恶心啊。大伙都来瞧瞧吧! ……呸!"

"您起来呀,您起来呀!"扎哈尔忽然恐惧地说,"伊利亚·伊利奇! 您瞧瞧周围的人都在干什么……"

奥勃洛莫夫迅速抬起头来环顾四周,接着又躺了下去,深深地叹了一口气。

"你让我安静一会儿吧!"他郑重地说,"我是吩咐你叫我了,现在我收回这道命令,听见了吗? 我什么时候想醒,自己会醒。"

碰到这种情况,有的时候扎哈尔也只好作罢,临走丢下一句话:"睡你的吧,活见鬼!"有的时候他却要坚持到底,这回他就不肯让步。

"您起来呀! 您起来呀!"他拉开嗓门大喊起来,同时用两只手抓住奥勃洛莫夫的衣襟和袖子。奥勃洛莫夫猛然纵身

起来,向扎哈尔扑过去,口里说:

"等我教训教训你,让你知道东家想睡的时候该不该吵他!"

扎哈尔拔腿就逃,刚迈出第三步,奥勃洛莫夫已经完全清醒了,开始伸懒腰,打哈欠。

"给我……克瓦斯……"从哈欠的间歇中蹦出来这几个字。

这时候扎哈尔背后有个人发出响亮的笑声。主仆二人都转过头去。

"施托尔茨!施托尔茨!"奥勃洛莫夫兴奋地大声呼唤着奔向来人。

"安德烈·伊万内奇!"扎哈尔咧开嘴说。

施托尔茨大笑不止,刚才的一幕他全看见了。

第 二 部

一

就血统而论,施托尔茨只能按父系算半个德国人。他母亲是俄罗斯人,他又信东正教,母语是俄语,那是从他母亲口里,从书本中,从大学课堂上,从与乡下孩子们一起玩的游戏、与孩子们的父亲的交谈中,以及莫斯科市场上学来的。而德语则是从他父亲那里继承下来,又从书本中得到提高的。

施托尔茨在韦尔赫廖沃田庄上长大,在那里受过教育,因为他父亲是那个田庄的管事。他从八岁起就和父亲坐在一起看地图,逐字逐句地研读赫尔德①、维兰德②的作品以及《圣经》里的诗,结算农民、商人、工人所记的文理不通的账,并且和母亲一起念圣经故事,学习克雷洛夫寓言,逐字逐句地研读《泰雷马克历险记》③。

一放下功课,他就跑出去和别的孩子一起掏鸟窝。上课或者祈祷的时候,他的衣袋里不止一次传出小寒鸦的叫声。

中饭后他父亲常常坐在花园里一棵树下抽烟,母亲织毛衣或者刺绣。这时候从外面忽然会传来吵闹和喊叫的声音,

---

① 约·戈·赫尔德(1744—1803),德国哲学家、作家、诗人。
② 弗·马·维兰德(1733—1813),德国诗人、作家。
③ 《泰雷马克历险记》是十七世纪法国天主教大主教、文学家费奈隆写的喻世小说。

接着一大群人就冲到了大门口。

"什么事?"母亲惊恐地问。

"一定又是安德烈给扭送回来了。"父亲冷静地说。

大门敞开了,一群村夫、村妇、村童拥进花园。真的是安德烈让人扭送回来,而且成了什么样子啊!皮靴没了,衣服撕破了,鼻子被打出血来,有的时候是别人家孩子的鼻子被打出血来。

每次安德烈出门好半天不回家母亲都要为他担心,要不是父亲明确反对干涉儿子的行动,母亲就会不让儿子离开一步。

母亲给儿子洗了澡,换了衣服,有半天时间安德烈一身干干净净,像个有教养的乖孩子。可是一到晚上,有的时候是大清早,又会有人把脏得认不出来的安德烈拉回来,或者由农民们把他放在运干草的大车上送回来,或者由渔夫们用小船送回来——他躺在渔网上睡着了。

母亲直哭,父亲却不当一回事,还笑呢。

"将来准是个好小子!"有的时候父亲这样说。

"你行行好吧,伊万·波格丹内奇,"母亲埋怨说,"他没有一天回来身上不是青一块紫一块的,前几天鼻子都打出血了。"

"不把自己的鼻子或者别人的鼻子打破一回两回,还能算是孩子吗?"父亲笑着说。

母亲哭过一阵以后坐下来弹钢琴,在赫兹①的音乐中

---

① 亨利·赫兹(1803—1888),奥地利钢琴演奏家、教师、作曲家,其作品当时很流行。

驰神往,让眼泪一颗颗滴在琴键上。可是儿子回来,或者被人送回来以后,哇啦哇啦地把他刚才的经历讲得那么生动有趣,母亲也乐了,何况他是个善解人意的聪明孩子,很快就会坐下来读《泰雷马克历险记》,或者和母亲一起弹四手联弹。

有一次他出门一星期没有回家,母亲哭肿了眼睛,父亲照样若无其事地在花园里散步,抽烟。

母亲要父亲去找儿子,父亲说:

"要是奥勃洛莫夫的儿子失踪了,我一定发动全村的人加上地方自治局的警察去找,可是安德烈自己会回来。嘿,好小子!"

第二天发现安德烈好好的睡在自己床上,床下有一杆别人的猎枪,还有一磅火药和霰弹。

"你跑到哪儿去啦?哪儿来的枪?怎么不说话?"母亲提出一连串的问题。

儿子只回答了一句:"没事!"

父亲问他有没有把科尔内利·内波斯的著作中某一章译成德语。

他回答说:"没有。"

父亲当即抓住他的衣领,把他拉到大门外,然后给他戴上帽子,又在他背后踢了一脚,将他踢倒在地,并且说:

"走吧,从哪儿来还上哪儿去,回来必须带着译文,不是一章的,而是两章的,还要背熟妈妈叫你背的法国喜剧那段台词,否则别来见我们!"

一个星期以后安德烈才回来,带着译文,台词也背熟了。

等他长大一点,父亲就让他跟随自己坐有弹簧的马车,而且把缰绳交给他,叫他把车赶到工厂去,后来又到地里,乃至进城,见商家,上衙门,又去看过一种泥土,父亲先抓起一小撮闻闻,有时舔一舔,然后叫儿子也闻,并且向他解释这是什么土,有什么用处。他们还去参观草碱、焦油、油脂的生产过程。

儿子到了十四五岁就常常一个人带上行囊,赶一辆大车或者骑马,进城替父亲办事,从来没有忘记过什么,忽略过什么,出过什么差错,或者不按父亲交代的去做。

"好极了,我的宝贝儿子!"①父亲听完儿子的报告总是这样说,并且用他那宽大的手掌拍拍儿子的肩膀,给他两三个卢布,究竟给多少,视他完成的任务大小而定。

儿子每次完成任务回来,母亲都要花许多时间刷洗他身上的煤灰、泥污和油渍。

她不大喜欢这种劳动的、实践的教育。她担心儿子会变成像父亲一样的德国小市民。她把整个德意志民族看成一群地道的小市民,不喜欢他们的粗鲁举止、独立个性、自大作风,不喜欢他们到处提出他们千百年来形成的市民权利的要求,就好像母牛总是举着两只角,不会在该藏的时候藏起来。

在她看来,整个德意志民族都没有也不可能有一个绅士气派的人。她在德国人身上看不到任何温婉、适度、宽容的性格特征,看不到任何在有良好教养的社交圈内会使生活变得令人愉快、帮助人避开某些准则、打破常规、不去受制于什么章程的性格特征。

那些德国蛮子总是横冲直撞,对于在他们那里约定俗成、已经装进他们头脑中的东西死守不放,即使碰得头破血流也要照章办事。

---

① 原文为德语。

她曾经在有钱人家当过家庭教师，出过国，走遍了德国各地。所有的德国人在她脑海中混成一群抽短烟袋、时不时从牙缝中啐一口唾沫的管事、工匠、商人、身子挺得笔直的士兵模样的军官，以及无异于芸芸众生的官吏。他们只会干杂活，卖苦力，遵守鄙俗的规矩，过一种准确无误的枯燥生活，死板地尽职尽责。这些小市民举止生硬，手掌粗大，面色红得俗气，说话粗野。

她认为，一个德国人无论怎样打扮，无论穿什么细布白衬衫，即使穿上漆皮靴，戴上黄手套，也仍旧是个粗人，只见伸出到白袖口外面的是一双红红的糙皮手，做工精美的西服竟然套在一个看上去像面包铺老板或者小吃店服务员的人身上。那双糙皮手似乎就要拿起锥子来，至多是举起提琴的琴弓。

而她儿子在她的梦想中是要做一位标准的贵族老爷的，尽管出身寒微，父亲是德国小市民，可是母亲终归是俄国贵族呀！再说儿子长得细皮嫩肉，手脚秀气，脸白白净净，眼睛光可鉴人，像这样的孩子她在俄国富家子弟中间见得多了，在国外也见过，当然不在德国人中间。

不料儿子竟要到磨房去干粗活，恨不得亲自去推磨，从工厂和地里回来像他父亲一样，身上沾满油污和畜粪，两只手红红的，又脏又粗糙，吃起饭来狼吞虎咽！

她连忙给儿子剪指甲，卷头发，做漂亮的衣领和胸衣，进城给儿子定做短外衣，教他欣赏赫兹的充满沉思默想的音乐，为他唱赞美花朵和生活中的诗情画意的歌曲，给他讲某个武士或者作家的光辉灿烂的一生，和他一起幻想某些人注定要扮演的高贵角色……

难道非要用拨拉算盘子、辨认农民写的油腻腻的收据、与工人打交道这一类事情来毁掉那个光辉前程不可吗？

她甚至憎恶儿子进城要驾的那辆大车,憎恶他父亲送给他的胶布雨衣,憎恶那副绿色麂皮手套,因为这些都是劳动生活的粗俗物证。

偏偏儿子学习成绩优异,父亲就叫他在自己办的小小寄宿学校担任辅导教师。

这样做本来倒没有什么,只是父亲完全按德国人的做法,付给他一月十卢布的工资,就像雇了一个帮工,还要儿子在账簿上签字。

慈祥的母亲啊,其实你不必担心。你的儿子生长在俄国土地上,而不是在有两只牛角和一双推磨的粗手的平庸无聊的小市民中间。离此不远就是奥勃洛莫夫庄园,那里天天在过节,人们经常把劳动当作轭一样卸掉;东家老爷黎明不起,也不去工厂巡视那些涂满油的轮子和弹簧。

再说,韦尔赫廖沃田庄也有大宅,虽然一年之中大部分时间锁着不住人,她那淘气的宝贝儿子常常钻到大宅里去玩,看见过一间间长长的厅堂和走廊,墙壁上悬挂着色彩很黯的肖像,画中人没有红得粗俗的面孔和糙皮的大手,他们的蓝眼睛显得倦怠,头发上扑了白粉,皮肤白皙,面孔娇嫩,胸脯丰满,微露青筋的纤手从似乎在颤动的花边袖口伸出来,傲慢地按在剑柄上。这一代又一代人在锦衣玉食中高雅而又无益地度过了他们的一生。

通过这些肖像,儿子学习了那些光荣的年代、战争和人物的历史,看到了另一种古代故事,与父亲一面吸烟啐唾沫一面给他讲过上百次的故事不同,父亲讲的是萨克森的生活,只有芜菁和土豆,市场和菜地……

差不多每隔三年就会有一些人突然来到,生活一下子沸腾起来,过节啦,开舞会啦,长长的走廊夜夜被烛光照得通明。

这是公爵和公爵夫人带着家人来了。公爵已经白发苍苍,面色蜡黄,两只混浊的眼睛鼓起,脑门大而秃,衣服上佩戴着三颗星,手里拿着一只金鼻烟盒和一根有宝石镶头的手杖,脚蹬一双天鹅绒长筒靴。公爵夫人是个论美貌、身高和体型都不同凡类的女人,似乎从来没有人接近过她,拥抱过她,亲吻过她,连公爵本人也没有,虽然她生了五个孩子。

她似乎高于她三年一次屈尊降临的这个世界,从来没有跟这里的人说过话,也不出门,只和三位老太太坐在拐角的绿色房间里,或者沿着有顶的长廊穿过花园,步行到教堂去,在一把有屏风遮挡的椅子上就座。

不过,除了公爵和公爵夫人,大宅里的其他人却构成一个十分快乐而活跃的世界,小安德烈用他的小绿眼睛一下子看到了三四个不同的圈子,并且用他那聪明伶俐的小脑袋不自觉地、热心地研究这群身份不一、形态各异的人物,仿佛眼前是一场五光十色的假面舞会。

公爵的两个儿子皮埃尔和米舍尔也在其中。皮埃尔立刻向小安德烈传授骑兵和步兵在天亮的时候如何击鼓,骠骑兵的马刀和马刺是什么样的,龙骑兵的马刀和马刺又是什么样的,各团队都有什么毛色的马,学成之后一定要加入什么部队才不丢脸。

米舍尔刚认识小安德烈就让他摆好架势,自己则挥动双拳,变着花样朝他的鼻子和肚子上打,过后才告诉他这叫英国拳术。

大约三天以后,小安德烈凭着乡下人的健壮体魄,依仗两条肌肉发达的胳膊,未经任何训练就用英国拳术加俄国拳术打破了米舍尔的鼻子,从此在这两位小公爵心目中有了威望。

公爵还有两个女儿,一个十一岁,一个十二岁,都是细高挑儿,穿戴华丽,从不跟人说话,也不向人鞠躬问好,而且害怕乡下人。

公爵小姐们有一个法国女家庭教师——欧内斯蒂娜小姐,她常到小安德烈的母亲这里来喝咖啡,教他母亲给他卷头发。有的时候欧内斯蒂娜小姐把小安德烈的头搁在她的膝上,亲自用纸片给他卷头发,揪得他疼得要命,卷完就用一双雪白的手捧起他的小脸蛋温柔地亲吻。

公爵家还有一个专门用车床来车鼻烟盒和纽扣的德国人,一个天天酗酒的音乐教师,一大群女仆,再就是一群大狗小狗了。

这些都使得大宅和村子里充满喧哗、吵嚷、敲击、呼唤和弹琴的声音。

一边是奥勃洛莫夫庄园,一边是公爵的大宅和其中的奢靡的贵族生活,这两方面的因素和德国人的特点汇合在一起,使安德烈长大以后既未成为德国好小子,亦未成为庸人。

安德烈的父亲是农艺师、技师、教师。他跟着经营农场的父亲上了农艺实践课,在萨克森的一些工厂里学了工艺技术,又在离家最近的一所拥有约四十位教授的大学里获得了传授那四十位智者向他讲解过的学科的本领。

他没有继续深造,执意要回到父亲身边去干一番事业。他回来了,父亲给了他一百个塔列尔①、一个新背囊,叫他出

---

① 塔列尔是德国古银币,价值约六马克,当时约合三个银卢布。

去闯荡。

自那以后他就再也没有回过故乡,再也没有见过自己的父亲。他在瑞士和奥地利流浪了六年,到俄国来已有二十载,对自己的命运充满感恩之情。

他上过大学,因此认为他的儿子安德烈也应该上大学,即便不是德国的大学,即便俄国的大学必定会使他儿子的生活发生根本性的变化,引导他远远地离开父亲在心里为他设计的生活轨道。

安德烈的父亲做这一切用的是极其简单的方法,即沿着先人的轨迹直线前进,直到自己的孙儿出世。他很放心,丝毫没有想到,赫兹的变奏曲、母亲的梦想和故事、公爵府上的长廊和夫人客厅竟会把窄狭的德国轨迹变成一条宽阔的大道,这条大道是他、他的父亲和祖父连做梦也没有见过的。

在这一点上安德烈的父亲倒并不死守陈规、固执己见,他只不过不会为儿子设计另外一条道路罢了。

他也不大为此操心。儿子大学毕业回来,在家住了约三个月,他就说儿子在韦尔赫廖沃已无事可做,既然奥勃洛莫夫都到彼得堡去了,他当然也该走了。

为什么安德烈必须去彼得堡,为什么不能留在韦尔赫廖沃帮父亲管理田庄,老头子没有向自己提出过这样的问题,他只记得他自己学成之后他父亲就叫他离开了。

让儿子离开家,这是德国人的习惯做法。孩子的母亲此时已经不在人世,也就无人反对了。

儿子动身的那天,父亲给了儿子一百卢布纸币,对他说:

"你先骑马到省城去找卡林尼科夫,从他那儿拿三百五十卢布,把马留给他。如果他不在,你去把马卖掉;省城的集市快开幕了,卖四百卢布不成问题。到莫斯科大约要花四十卢布,从莫斯科到彼得堡再花七十五卢布,剩下的钱还够你用一阵子,以后你就自便吧。你跟着我干过些事,当然知道我小有资产,不过在我死以前你别指望用这笔钱,而我大概还能活二十来年,除非发生什么意外。现在长明灯还很亮,油也很足。你受过良好的教育,前途无量,可以干公务,可以经商,也可以舞文弄墨,我不知道你作何选择,对什么更感兴趣……"

"我想看看能不能什么都干。"安德烈说。

父亲开怀地哈哈大笑着用力拍打儿子的肩膀,即便是一匹马恐怕也受不了,安德烈却没事。

"如果你能力不够,一上来不知道从何着手,需要找人商量,你就去找赖因霍尔德,他会教你。哦!"父亲举起手指,摇晃着脑袋,强调说,"他可是……他可是……"父亲想赞誉他一番,却找不到恰当的词语,"我们一块儿从萨克森来。他有一幢四层楼房,我这就把他的地址告诉你……"

"不必了,"安德烈说,"等我也有了一幢四层楼房再去找他吧,现在我自己能对付……"

父亲又把儿子的肩膀拍了几下。

安德烈跃上马背。鞍子上绑着两只行囊,一只装了一件胶布雨衣、一双钉了铁钉的肥筒长靴、几件用本地土布缝制的衬衣,都是父亲坚持要他买了带走的。另一只装的是一套做工精致的细呢燕尾服、一件毛茸茸的大衣、一打细布衬衣,还有按母亲的遗愿从莫斯科订购来的皮鞋。

"好了!"父亲说。

"好了!"儿子说。

"一切就绪?"父亲问。

"一切就绪!"儿子回答说。

父子二人相对默视,一个的目光似乎穿透了另一个的身体。

这时候他们身边聚集了一群好奇的邻居,在一旁呆望,想看看德国管事怎样打发他儿子去异乡。

父子二人握了握手。安德烈策马急驰而去。

"这小子就没流一滴眼泪!"邻居们说,"瞧,两只乌鸦飞到这院墙上一个劲儿叫,是冲着他叫,等着瞧吧!……"

"他会怕乌鸦?圣约翰节①夜里他都敢一个人在树林里逛,德国人没事,伙计们。要是俄国人这样,可没那么便宜!……"

"那老异教徒也真行!"一位母亲指责说,"把他儿子像小猫似的扔出门外,不抱一抱,也不哭一声!"

"等等!等等!安德烈!"老父亲喊道。

安德烈勒住了马。

"嘿!像是动了心了!"有些人赞许说。

"什么事?"安德烈问。

"马肚带松了,得紧一紧。"

"到了沙姆舍夫卡我再弄好。不必耽误时间,我要在天黑前赶到。"

"好吧!"父亲挥挥手说。

儿子点点头,也说了一句"好吧!"然后俯身向前,就要策马出行。这时候邻居们七嘴八舌地说:

---

① 据古老的俄国民间迷信传说,圣约翰节也是巫师巫婆节,一些有魔力的植物在这个时候开花。

"唉,你们简直就是畜生!父子不像父子!"

忽然,人群中有个老婆子忍不住大声哭喊着说:"哟,乖宝贝!"她一面用头巾的一角擦眼泪,一面说,"可怜的孩子!你亲妈死了,没人给你祝福了……就让我来给你画个十字吧,我的好孩子!……"

安德烈走上前去,下了马,拥抱了那个老婆子,在老婆子给他画十字并且亲吻他的时候忽然哭了。从老婆子的热情祝词中,他仿佛听到了母亲的声音,母亲的慈颜瞬间出现在他眼前。

他再一次紧紧地拥抱那个老婆子,急忙收了泪,跃上马,又朝马的两肋各抽一鞭子,然后就消失在滚滚尘埃中。三只看门狗狂吠着从两边飞也似的跟在他后面追去。

二

施托尔茨与奥勃洛莫夫同龄,也有三十多岁了。他干过公务,退了职,办起了实业,而且真的有了一幢楼房和许多钱,现在是一家出口公司的合伙人。

他不停地跑来跑去。公司需要派一名代理人到比利时或者英国去,人家派他;需要拟订一个方案或者把一个新的想法付诸实行,人家找他。他既要交际应酬,同时还博览群书,真不知道他怎么顾得过来。

他全身的筋骨、肌肉和神经系统都很强健,犹如一匹纯种英国马。他身材瘦削,几乎没有脸颊,就是说,只有骨头和肌肉而毫无一点丰满浑圆的迹象。他的面色匀净,微微发黑,没有红晕;两只眼睛呈淡绿色,但很传神。

他没有多余的动作,坐,就安安稳稳地坐着;动作的时候,也只有最必需的表情和手势。

正如他的躯体没有多余的东西一样,他在精神生活方面也竭力使实际需要和心灵的精致需求趋于平衡。这两方面同步并行,互相交织,从来没有乱成解不开的大死结。

他迈着坚定的步子,精神抖擞地前进,按预算过日子,惜时如金,一刻也不松懈地控制着自己消耗的时间、劳动、心智和情感。

连悲和喜他似乎也能支配,有如支配手和脚的动作,或者说像支配自己对坏天气和好天气的情绪反应一样。

只要天还在下雨,他就张着伞。换句话说,只要悲哀还在心里,他就伤心,但是不带逆来顺受的情绪,而多半是懊恼,含着自尊。他能耐心地挺着也只是因为他把任何痛苦的原因都记在自己的账上,而不把它当成一件外衣挂到别人的钉子上去。

他享受快乐,如同欣赏路边采摘的一朵小花,是趁它在手中尚未凋萎的时候,而从不把任何欢乐杯中之酒饮到苦涩的最后一滴。

以单纯的态度对待人生,亦即直面人生,正视人生,是他对自己的一贯要求。他明白要做到这一点有多难,因此每当他发现前面有弯曲之处而他能够径直走过去的时候,他的内心就会感到自豪和幸福。

"单纯地生活并不那么简单易行!"他常常这样告诫自己,同时迅速探明,哪里有弯曲不正之处,哪里生活的墨线打起结来了。

他最害怕"想象"这个有两副面孔的旅伴———一副面孔是朋友的,另一副是敌人的。你越不相信它,它越露出朋友的面孔;你若在它的甜蜜耳语下放心入睡,他倒要露出敌人的面孔了。

他害怕幻想,一旦走进它的势力范围,就像人们走进挂有上书"我的孤居,我的幽室,我的憩所"①这样一块匾额的穴

---

① 原文为法语。

屋①，心里清楚自己该几点几分出来。

他心里容不下梦幻和神秘不解的东西。凡是经不起经验和实践的真理分析的东西在他看来都是错觉，是光与色在视网膜上的一种反映，或者不过是尚未经验过的事实罢了。

他也没有对事物一知半解者的癖好——那种人喜欢探究奇迹，或者对千年以后的事情作一番堂吉诃德式的想入非非的推测。他固执地停留在神秘之宫的门外，既不像孩子一样轻易表示相信，也不像纨绔子弟一样随便表示怀疑，只等规律出现，有了规律就有了打开神秘之宫的钥匙。

他对待自己的情感也像对待想象一样仔细和小心。由于他在这方面容易失误，他不得不承认情感的机能这个领域还是个未知的领域②。

在这个未知的领域中，只要能够及时鉴别什么是涂了脂粉的谎言，什么是未加修饰的真实，他就万分感激命运了。当他一脚踩进别人有意用鲜花掩盖的陷阱而尚未跌倒的时候，只要心儿狂跳过，他就无怨无悔；只要心儿没有因此流血，额头也没有因此沁出冷汗，并且长时间给他的生活蒙上阴影，他就很高兴了。

他能够控制自己的情绪，在骑着情感这匹马向前奔驰的时候从不跨越真情与虚假和感伤之间、真实与可笑之间的细细的分界线，而往回奔驰的时候也从不跑到生硬、斗智、狐疑、斤斤计较、不留余地的荒凉沙地上去，因此他认为自己算得上是一个幸福的人。

---

① 俄国大贵族多在自己的花园内建造洞穴式的小屋。
② 原文为拉丁语。

即便在身心投入之时,他也不会飘飘然到忘形的程度;而一旦身处绝境,又总是有足够的力量自拔。他从未被美色炫目,因此从未忘记或者降低男子的尊严,也从未成为美人的"石榴裙下"的奴隶,虽然他也未曾体验过火一般的欢情。

他没有任何偶像,然而他保持住了心灵的力量和肉体的坚强,他的贞洁使他感到自豪。他身上总是散发着一种清新的气息,总是有一股子力量,使那些不害羞的女子也不由得腼腆起来。

他知道这些难得的品质是何等可贵,轻易不肯亮出来,以致别人称他为自私自利之徒,冷酷无情之辈。他善于抑制冲动的情绪,保持精神的轻松自然状态,人们却谴责他,而对一头栽进泥坑里、毁了自己也毁了别人的荒唐鬼则加以赞扬,有时候甚至怀着羡慕和惊异的心情来赞扬。

"为激情驱使所做的一切都是可以谅解的。"他周围的人说,"您是利己主义者,只爱惜自己。我们倒要看看您究竟是为谁爱惜自己。"

"总是为了某一个人而爱惜自己吧。"他仿佛望着远方沉思地说,并且一如既往地不相信激情像诗一样美,不称道激情的恣意勃发及其灾难性的后果,而始终把人对生命的严肃认识和消耗看作人生的理想和奋斗目标。

人们越和他争论这个问题,他越固执己见,在争论的时候甚至会陷入清教徒的狂热之中。他说人的正常使命是依次度过春夏秋冬这四个年龄段,捧好生命之杯,至死不让它白白溢出一点一滴。他说,让火均匀缓慢地燃烧胜于把它弄成燎原之焰,无论后者多么富于诗意。最后他还说,如果他能在自己身上证明自己的见解正确,他就是一个幸福的人,但他不敢存此妄念，因为做到这一点太难了。

不过他还是固执地沿着自己选定的道路前行。没有人看见过他为什么事情苦苦思索。他显然没有做过使他自责得心如刀绞的事情。他的心灵是健康的，在复杂、艰难、全新的环境中他从不张皇失措，而是像重逢旧友一样去面对，仿佛不过是重温旧梦，重游故地。

无论碰到什么事情，他都能立刻拿出合适的办法去解决，正如女管家随时都能从她腰间挂着的一大串钥匙当中挑出恰好能打开这扇门或者那扇门的那一把钥匙一样。

他最推崇的是不达目的誓不罢休的精神，他的眼睛表露出的正是这种性格特征。凡是具有这种精神的人，无论他们追求的目标怎样渺小，他都不会不尊重他们。

"这才叫人呢！"他说。

不消说，他为了达到自己的目的，总是勇敢地跨越一切障碍，决不半途而废，除非前面出现一堵墙或者无法逾越的深渊。

他不依仗那种闭起眼睛全凭侥幸心理去跨越深渊或者硬往墙上撞的蛮勇。他会先把那深渊或者墙测量一番，如果不具备克服障碍的可靠手段，他会向后转，不管别人怎么说他。

要形成这种性格，大约还需要具备构成施托尔茨其人的种种混合因素吧。自古以来我们的活动家们都是用五六种模子浇铸而成，他们半闭着眼睛懒洋洋地望着周围的一切，踏着先人的足迹、打着盹儿沿常轨向前推动社会这架大机器。如今他们终于清醒过来，听到有人在大踏步前进，在生气勃勃地说话……多少取了俄国名字的施托尔茨注定要出现啊！

奥勃洛莫夫怎么会和这种人亲近呢？他的任何性格特

征,他的一举一动,他的整个生存方式,都与施托尔茨的截然相反!这个问题好像已经不成其为问题了,对立的两个极端即使像前人设想的那样不能产生感应,却也并不阻碍感应。

何况把他们两人联系在一起的还有童年和学生时代这两根强有力的纽带,加以奥勃洛莫夫一家曾经慷慨地给了这个有德国血统的男孩以俄国式的既仁慈又实惠的厚待,施托尔茨从肉体和精神两个方面对奥勃洛莫夫都具有强者的作用。尤其重要的是,奥勃洛莫夫天性纯良、光明,具有这种天性的人从心底里喜爱一切好的东西,一切与他的质朴、单纯、永远信赖别人的心相呼应的东西。

任何人有意无意地向他那颗天真烂漫的心看上一眼,即便自己情绪恶劣,满腹怨气,也不能不将心比心,如果客观条件不允许他去接近那颗心,那颗心至少会给他留下恒久的好印象。

安德烈·施托尔茨常常放下手中的事务,或者离开社交圈子,离开晚会、舞会,到奥勃洛莫夫的大沙发上来坐一坐,让懒洋洋的谈话抚慰他那颗动荡不宁或者疲倦的心,而他每次来都能得到宽解,就像一个人离开华丽的厅堂走进属于自己的简朴的居所,或者告别南国的绚丽景物回到儿时常在其间漫步的桦树林。

三

"你好,伊利亚!看到你我真高兴啊!日子过得怎么样?身体好吗?"施托尔茨问。

"唉,不好,安德烈。"奥勃洛莫夫叹了一口气说,"身体不好!"

"怎么啦,有病?"施托尔茨关心地问。

"麦粒肿闹得我好苦,上星期右眼的一个才消,现在又长出一个来。"

施托尔茨笑出声来,说:

"不过如此?这是你睡出来的。"

"什么'不过如此',胃也烧得难受。你该听听大夫刚才是怎么说的,他说'您得到国外去,不然不行,有可能中风'。"

"那么,你怎么样?"

"我不去。"

"为什么?"

"饶了我吧!你听听他都说些什么:叫我到山上去住,去埃及或者美国……"

"那有什么?"施托尔茨冷静地说,"两个星期就到埃及,三个星期就到美国。"

"哎呀,安德烈,连你也这样说!只有你是个明白人,可是连你也说起胡话来。谁去美国,谁去埃及!英国人去是因为上帝把他们造成了那个样子,再说他们在自己国家也没有地方待。我们的人谁走?只有走投无路的人,他反正什么都无所谓了。"

"其实有什么难?坐上马车,或者海船,呼吸呼吸新鲜空气,看看别人的国家、城市、风土人情,看看见所未见、闻所未闻的事物……唉,你这个人!好,你说说,你的事情怎么样,奥勃洛莫夫庄园怎么样?"

"唉!……"奥勃洛莫夫摆了摆手说。

"出了什么事?"施托尔茨问。

"什么事?生活真烦人!"

"感谢上帝!"施托尔茨说。

"还感谢上帝呢!要是生活总宠着我还行,可是生活像学校里那些爱欺侮乖孩子的闹包一样,一会儿冷不防掐你一把,一会儿突然跑过来往你头上撒一把沙子……真受不了!"

"你也太乖了。究竟出了什么事?"施托尔茨问。

"有两件倒霉事。"

"什么倒霉事?"

"我完全破产了。"

"怎么会呢?"

"等我把村长写来的信念给你听听……信呢?扎哈尔,扎哈尔!"

扎哈尔把信找了出来。施托尔茨匆匆浏览了一遍,又笑出声来,大概是那封信的措辞使他觉得好笑。

"这个村长真滑头!"施托尔茨说,"把农民放走了又来告状!倒不如发给他们身份证,叫他们爱上哪儿上哪儿。"

"你饶了我吧,他们谁不想这样!"奥勃洛莫夫说。

"那就让他们都走吧!"施托尔茨满不在乎地说,"谁觉得在这个地方待着好,有利可图,他是不会走的。如果他觉得无利可图,你也无利可图,何必拉着他不放?"

"你胡说些什么呀!"奥勃洛莫夫说,"奥勃洛莫夫庄园的农民都是安分守己、不爱出门的人,干吗让他们四处流浪?……"

"你不知道吧?"施托尔茨打断他的话说,"韦尔赫廖沃村要建码头了,还计划修一条公路,这样一来奥勃洛莫夫庄园就离大路不远了,县城里还要办集市……"

"哎呀,我的上帝!"奥勃洛莫夫说,"还有这样的事!奥勃洛莫夫庄园本来是个无风无浪、与世隔绝的地方,现在要办集市,修大路!农民都往城里跑,商人就要串到我们那儿去——完了!这是灾难啊!"

施托尔茨又笑了。

"怎么不是灾难?"奥勃洛莫夫接着说,"农民本来只管过自己的日子,干自己的活儿,天下的好事坏事一概听不到,什么也不想要。现在呢,他们就要堕落了!乡下有了茶叶、咖啡、天鹅绒裤子、手风琴、上鞋油的长筒皮靴……没有好处!"

"嗯,如果是这样,好处当然不多,"施托尔茨说,"不过你可以到乡下去办一所学校……"

"不早了点?"奥勃洛莫夫说,"农民学文化不好,学了文化大概就不肯种地了……"

"他们会去看有关耕种的书啊!你这个怪人!不过,听我说,今年你真该亲自到乡下去住一阵子。"

"对,只不过我的规划还没有考虑周全……"奥勃洛莫夫心虚地说。

"根本用不着规划!"施托尔茨说,"你只管去,到那边你就知道该怎么办了。你好像早就在订规划,还没订出来吗?你到底在干什么?"

"唉,兄弟!你以为叫我操心的只有庄园这一件事?还有一件倒霉事呢!"

"什么事?"

"人家催我搬家。"

"什么意思?"

"人家就是这么说的:搬走!"

"那又怎么样?"

"怎么样?我愁得翻来覆去,脊背和身子两边都磨掉了一层皮。我一个人,这也要做,那也要做,又是算账,又是付款,还要搬家!钱花得吓人,连我自己都不知道花到哪儿去了!眼看就要一文不名了……"

"你真是个娇生惯养的人,连搬家也作难!"施托尔茨惊讶地说,"正好你提起钱的事,手头还宽裕吗?借给我五百卢布,我马上要汇出去,明天我就到我们账房去取……"

"等等!让我想想……前不久由乡下送来一千,现在还剩……等等……"

奥勃洛莫夫打开抽屉搜索起来。

"这儿……一十、二十,有二百卢布……这儿又是二十。本来还有几个铜板……扎哈尔!扎哈尔!"

扎哈尔照旧从炉炕上一跃而下,然后走进书房。

"桌子上那两个铜板呢?我昨天搁在那儿……"

"伊利亚·伊利奇,您怎么开口闭口两个铜板!我已经向您禀报过,那儿什么铜板也没有……"

"怎么会没有!是买橘子的找头……"

"您准是给了谁,自个儿忘了。"扎哈尔说着就转身要走。

施托尔茨笑出声来。

"唉,瞧你们奥勃洛莫夫家的人!"他说,"自己口袋里有多少钱都不知道!"

"刚才您给了米海·安德烈伊奇多少钱?"扎哈尔提醒他。

"哦,对了,塔兰季耶夫还拿走了十卢布,我忘了。"奥勃洛莫夫连忙对施托尔茨说。

"你为什么让那个畜生到你这儿来?"施托尔茨问。

"让他来!他来就跟回自个儿的家,跟住店似的,"扎哈尔插嘴说,"把东家老爷的衬衫、西服背心都拿走了,有去无回!刚才他还要燕尾服,说'给我穿一穿!'安德烈·伊万诺维奇老爷,您治一治他吧……"

"这不关你的事,扎哈尔。回你屋里去!"奥勃洛莫夫厉声说。

"给我一张信纸,我要写个字条。"施托尔茨说。

"扎哈尔,拿张纸来,安德烈·伊万内奇要……"奥勃洛莫夫说。

"没有纸!刚才找过。"扎哈尔没有再走进书房,就在外室回答说。

"随便拿一张来吧!"施托尔茨说。

奥勃洛莫夫在文书桌上翻了一阵,一张也没有找到。

"就给一张名片也行。"

"我早就没有名片了。"奥勃洛莫夫说。

"你怎么啦?"施托尔茨嘲讽地说,"还想干事,还在订规划呢。请你说说,你出门不出门? 去哪些地方? 跟什么人来往?"

"去哪些地方! 很少,总是在家。这规划真让我不得安宁,还要腾房子……幸亏塔兰季耶夫愿意帮忙找房子……"

"有人到你这儿来吗?"

"有……塔兰季耶夫,还有阿列克谢耶夫。刚才大夫来过……片金来过,还有苏季宾斯基、沃尔科夫……"

"你这儿连书也没有。"施托尔茨说。

"这不是书!"奥勃洛莫夫指着桌子上的一本书说。

"什么书?"施托尔茨看了看说,"《非洲旅行记》,你看到这一页,这页的纸都发霉了。报纸也没有……你看报吗?"

"不看,字太小,伤眼睛……也没有必要。如果有什么新鲜事,整天只听见到处在议论这件事。"

"饶了我吧,伊利亚!"施托尔茨吃惊地望着奥勃洛莫夫说,"你究竟有什么事可干? 活像一个生面团,团好了就这样搁着。"

"真的,安德烈,像生面团。"奥勃洛莫夫悲哀地说。

"承认就没事了吗?"

"不,我只不过对你的话作答而已,并不是为自己开脱。"奥勃洛莫夫叹了一口气说。

"应该摆脱这种昏睡状态。"

"我从前试过,不成功,现在……又有什么必要呢? 没有动力,心灵不渴求什么,理智安安稳稳地睡着!"奥勃洛莫夫略带苦涩地说,"算了,不谈这个……你不如说说,你从哪儿来?"

"从基辅来。再过两星期我要出国。你也一起去吧……"

"行,也许……"奥勃洛莫夫说。

"那你赶紧来写申请,明天就交上去……"

"明天就交!"奥勃洛莫夫回过神来说,"急什么?好像有人催似的!我们再考虑考虑,商量商量,到时候听凭上帝安排!也许还是先到乡下去,出国嘛……等以后……"

"为什么要等以后?不是大夫让你出国吗?你首先应该减肥,身子轻了,心灵的昏睡状态就会消失。你的肉体和心灵都需要运动。"

"不对,安德烈,这只会让我觉得疲劳,我的健康状况不佳。你还是别管我,自己一个人走吧……"

施托尔茨看看躺在那里的奥勃洛莫夫,奥勃洛莫夫也看看他。

施托尔茨摇摇头,奥勃洛莫夫叹了一口气。

"你好像也懒得活着,是不是?"施托尔茨问。

"可不,真是这样,安德烈。"

安德烈一面默默地观察奥勃洛莫夫,一面琢磨,怎样才能切中他的要害,他的要害究竟在哪里,忽然笑起来。

"你怎么一只脚穿厚袜子,一只脚穿薄袜子?"施托尔茨指着奥勃洛莫夫的脚说,"衬衫也穿反了。"

奥勃洛莫夫看看自己的脚,又看看衬衫。

"真的,"他难为情地说,"这个扎哈尔是上帝派来惩罚我的!我受够了他的折磨,说出来你都不会相信!光知道犟嘴、无礼,做事你可别找他!"

"唉,伊利亚啊,伊利亚!"施托尔茨说,"不行,我决不让你这样下去。一星期以后你就认不出自己了。今天晚上我就把我打算干什么、和你一起干什么的详细计划告诉你,现在你穿衣服吧!我要让你振作起来。扎哈尔!来给伊利亚·伊利奇穿衣服!"

"干什么?饶了我吧!塔兰季耶夫和阿列克谢耶夫就要来吃饭了。我们还要……"

"扎哈尔,"施托尔茨不听他的,只顾对扎哈尔说,"来给他穿衣服。"

"是,安德烈·伊万内奇老爷,等我把皮靴擦干净。"扎哈尔爽快地说。

"怎么,都快五点了你还没擦皮靴?"

"擦是擦了,那还是上礼拜的事儿,伊利亚·伊利奇一直没出门,皮靴又不亮了……"

"那就这样穿吧。把我的箱子拿到客厅里去,我在你们这儿住。我这就去穿衣服,伊利亚,你也赶紧穿好。我们到外面随便找个地方吃饭,饭后去拜望两三家人,然后……"

"我说你……怎么一下子……等等……让我想想……我还没刮胡子呢……"

"别犹豫了……我顺路送你到理发店去,你就把胡子刮了。"

"我们去拜望什么人?"奥勃洛莫夫可怜巴巴地大声问,"是不认识的吗?你真想得出!我不如去伊万·格拉西莫维奇家,我差不多三天没去看他了。"

"伊万·格拉西莫维奇是什么人?"

"我以前的同事……"

"哦,就是那个管总务的老头子!他那儿有什么意思?你怎么会有兴趣和那个木头木脑的人在一块儿消磨时间!"

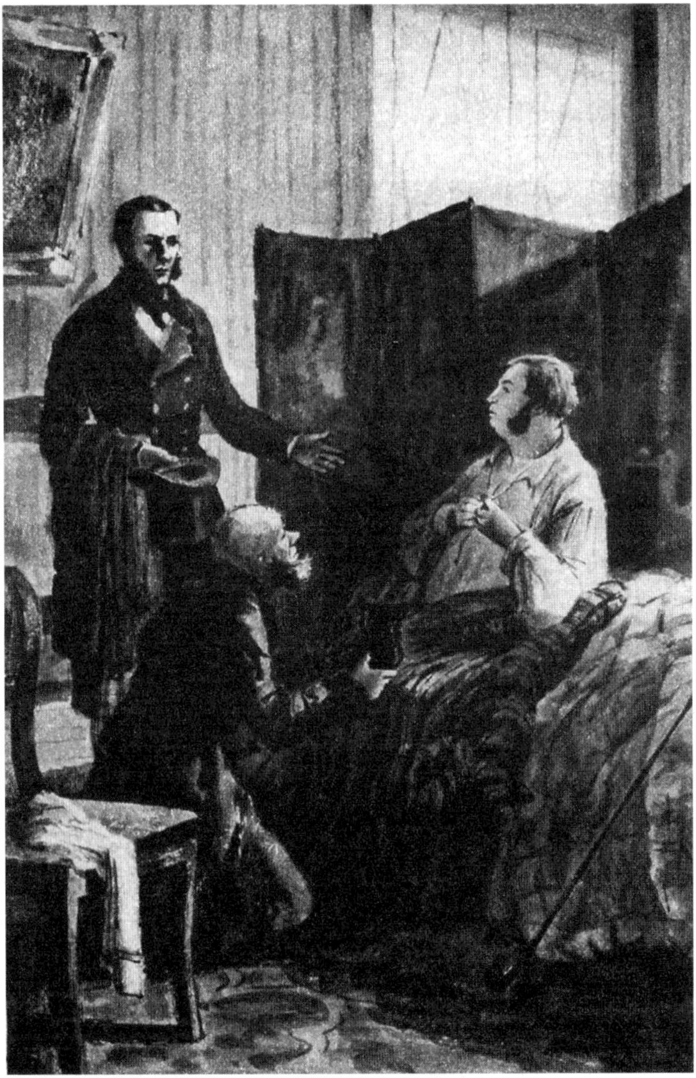

"安德烈,天晓得你有时候说起人来有多刻薄。他可是个好人,只不过没穿细洋布衬衫……"

"你到他那儿去干什么?和他谈什么?"施托尔茨问。

"嘿,他家里什么都挺合适,挺舒服。房间都小小的,沙发椅又高又深,人坐进去就不见了。窗户让常春藤和仙人掌遮得严严实实,还养着十几只金丝雀,三条狗跟人亲热极了!桌子上总是摆着小食品。墙上挂的全是描绘家庭生活的版画。你去了就不想离开。坐在那儿什么心事都没有了,只知道身边有一个人……当然,头脑简单了点,无法和他交流思想,可是老实,善良,有一副热心肠,不存非分之想,也不会用暗箭伤人!"

"你们究竟干些什么呢?"

"干些什么?我去了,两人面对面往沙发上一坐,盘起两条腿,他抽烟……"

"你呢?"

"我也抽烟,听金丝雀唱歌。然后玛尔法把茶炊端来。"

"塔兰季耶夫,伊万·格拉西莫维奇!"施托尔茨耸耸肩膀说,"好,快穿衣服吧!"接着他转过身去嘱咐扎哈尔,"等塔兰季耶夫来了,告诉他我们不在家吃中饭,伊利亚·伊利奇整个夏天都不在家吃中饭,秋天会很忙,没工夫再见他了……"

"我跟他说,我一准儿跟他说,"扎哈尔答应道,"今天的中饭怎么办?"

"你随便跟谁吃好了。"

"是,老爷。"

十分钟以后,施托尔茨刮了胡子,穿好衣服,梳理完毕,而奥勃洛莫夫仍旧神情忧郁地坐在床上,慢条斯理地扣着衬衫的纽扣,那纽扣总塞不进扣眼里。扎哈尔单腿跪在他面前,手里捧着一只没有擦亮的皮靴,就像端着一盘菜,等他少东家扣完纽扣才能给他穿上。

"你连靴子都还没穿上!"施托尔茨惊讶地说,"伊利亚,快点,快点!"

"急什么? 干吗?"奥勃洛莫夫懊恼地说,"我什么没见过? 现在是落伍了,真不想……"

"快点,快点!"施托尔茨催促说。

四

虽然时间不早了,他们还是到一个地方去办了事,接着施托尔茨就邀了一位金矿老板一起去吃饭,饭后又到这位老板的别墅去喝茶,碰上一大群人,奥勃洛莫夫从他离群索居的寓所出来,一下子落入人海当中。那天他们很晚才回家。

第二天、第三天也是如此,一星期不知不觉地就过去了。奥勃洛莫夫抗议,抱怨,争辩,但是天天被朋友拉出去,陪着他到处跑。

终于有一天,深夜回到家里以后,奥勃洛莫夫特别激烈地表示他不愿意再这样奔波了。

"成天不脱皮靴,脚真难受!"他一面穿上大袍,一面抱怨说,"我不喜欢你们的这种彼得堡生活!"说着就在沙发上躺了下去。

"你究竟喜欢哪种生活呢?"施托尔茨问。

"不是这种。"

"这种究竟什么地方让你这么不喜欢?"

"什么都不喜欢,总在争先恐后地奔走,都是卑污的七情六欲在作怪,尤其是贪欲,互相争夺,造谣中伤,搬弄是非,暗中作梗,见了谁都从头到脚打量一番。如果听听他们说些什么,头就发昏,人也要变傻。他们看上去那么聪明,一个个神气活现,谈论的却只是:'这位获得了什么什么,那位拿到了租钱。'有人大叫:'天哪,凭什么啊?'有人说:'这位昨天在俱乐部输了钱,那位得了三十万!'无聊,无聊,无聊!……他们当中找得出一个真正的人吗?找得出一个完整的人吗?人到哪儿去啦?就像一张大票子换成了一堆乱七八糟的小钱。"

"总该有点事情让社会上的人去干吧,"施托尔茨说,"人人都有自己的需求,这就是生活……"

"社会上的人!安德烈,你把我拉到那儿去大概是有意叫我更加不爱去。生活!什么生活!你想从里面寻找什么?头脑和心灵的需要吗?你看看,那儿有一个能让一切围着它转的中心吗?没有中心,没有任何深刻的、切中要害的东西。这些社会上的人都是僵尸,都是处于休眠状态的人,比我还糟糕!他们在生活中跟着什么走?他们倒是没躺着,天天像一群苍蝇似的乱飞,有什么好处?一进客厅你就可以看到,客人们两两相对,规规矩矩而又专心专意地坐着——打牌。这可真是生活赋予他们的光荣任务!是给寻求智力活动的人提供的最好的范例!难道他们不是僵尸?难道他们不是一辈子坐在那儿睡觉?我躺在自己家里,不让自己的头脑染上纸牌病,又有什么地方比他们更该受到谴责呢?"

"这是老话题,已经议论过上千次了,"施托尔茨说,"能不能拿点新鲜东西出来?"

"我们的优秀青年都在干什么?他们跳舞,或者在涅瓦大街上散步,兜风,这难道不是在睡觉?天天虚度光阴!可是,你看看,他们总是摆出一副不可一世的样子,神气得让人莫名其妙,以拒人于千里之外的眼光打量谁不像他们那样着装,谁没有他们那样的门第和封号。这些可怜虫自以为是人上人,说什么'我们干的事是别人干不了的,我们坐池座第一排,只有我们能参加某某公爵的舞会'……他们聚集到一起就酗酒打架,像野蛮人一样!难道这些人活着,而不是在睡觉?不仅青年如此,你看看上了年纪的人吧!他们聚会,互相宴请,但是并不亲热,也没有诚意和彼此间的好感!他们出席宴会和晚会就像去衙门办公,冷冰冰的,没有欢乐的气氛,只不过为了炫耀厨艺、沙龙,事后却在背后讥笑,互相拆台。前天在一起吃饭的时候他们糟蹋没有出席的人,说这个愚蠢,那个下贱,这个是贼,那个是小丑,简直就是打击陷害!当时我真不知道眼睛往哪儿看好,真想躲到桌子下面去。他们说这些话的时候互相那样看着,让人心里明白:'等你一出门,他们也会这样说你'……他们既然是这样一种人,为什么还要聚会?为什么彼此紧紧地握手?没有一回真心笑过,没有一丝好感!都在拼命争名争位。事后夸耀说:'某某人到我家来过,我到某某人家去过'……这叫什么生活?我不想过这样的生活。我从中能学到什么?能得到什么教益?"

"你知道吗,伊利亚,"施托尔茨说,"你这番议论跟古人的一样,这些话古书上都有。不过,也好,至少你在议论,而不是睡觉。还有什么高见?接着说吧。"

"还说什么?你看看吧,我们这儿人人脸色都不好,不健康。"

"是气候的关系,"施托尔茨插话说,"你的气色也不好,虽然你没有跑来跑去,总是躺着。"

"谁都没有明亮安详的目光,"奥勃洛莫夫接着说,"大家都在以折磨人的焦虑和烦恼互相传染,都在痛苦地求索。如果他们是在为自己和他人求索真理,求索福利,那倒也好。没那回事,一看见自己的同事成功了,他们就脸发白。这个人的心事是,明天必须上衙门去,那案子已经拖了四年多,现在对方占了上风。这四年多来他脑子里只有一个念头,心里只有一个愿望,那就是把对方打倒,在对方倒下去的地方建起自己的豪华大厦。四年多以来,在接待室里踱步、坐等、叹气就是他的生活理想和目的!另一个人苦恼的是,他必须每天上班,在办公室坐到下午五点。第三个人却因为没有这样的福气而唉声叹气……"

"你是个好发空论的人,伊利亚!"施托尔茨说,"人人都在谋求什么,只有你什么也不需要!"

"一位戴眼镜的黄脸先生钉住我,"奥勃洛莫夫接着说,"问我有没有看过某某议员的讲话。我说,我不看报,他就瞪了我一眼。接着他大谈路易-菲力普①,就像是谈他的亲生父亲一样,然后缠着我问,依我看,法国公使为什么要离开罗马?莫非一个人一辈子都要天天拿世界各地的新闻来填满自己的头脑,而且议论整整一星期,直到无话可说!今天穆罕默德·阿里②派出一只军舰去君士坦丁堡,他就苦苦思索:为的是什么?明天唐·卡洛斯③失败了,他又惊恐万状。那里在开凿运河,这里在向东方出兵,不得了,失火啦!他面无人色,奔走呼号,似乎那支军队是派出来打他的。只听见人们议论

---

① 路易-菲力普(1773—1850),一八三〇至一八四八年间法国国王。
② 穆罕默德·阿里(1769—1849),十九世纪初至二十世纪中叶统治埃及的王朝的创建者。
③ 唐·卡洛斯,西班牙国王查理四世(1748—1819)之子,谋求西班牙王位,发动卡洛斯战争,失败后,于一八四〇年逃亡法国。

237

纷纷,胡思乱想,其实连他们自己也觉得无聊,对这些事情并不感兴趣。别看他们吵吵嚷嚷,他们的心智却在昏睡!这些事情本来与他们无关,只不过因为没有自己的事情可做才去管别人的事情,滥用自己的精力,而目标是没有的。这种外表的广博掩盖着内在的空虚和对一切事物的不关痛痒!选择一条平凡的劳动小径去走,开出一道深深的轨迹吧,他们又不甘寂寞,不愿做无名英雄,何况在这种情况下博学毫无用处,也没有吹牛皮的对象。"

"好,伊利亚,你我没有滥用精力。不过我们的平凡的劳动小径又在哪儿呢?"施托尔茨问。

奥勃洛莫夫忽然语塞。

"等我订出……计划……"他说。"由他们去罢!"后来他又丧气地说,"我不干涉他们的事情,也不追求什么。我只不过看不出那是一种正常的生活。那不是生活,而是违反常理,违反自然作为目标向人指出的那个人生理想……"

"那个人生理想、常理是什么呢?"

奥勃洛莫夫没有回答。

"你告诉我,你想为自己设计一种什么样的生活?"施托尔茨又问。

"我已经设计好了。"

"究竟是什么?请你讲一讲,怎么设计的?"

"怎么设计的?"奥勃洛莫夫翻过身去仰面躺着,两眼望着天花板,说,"就是这样!到乡下去。"

"怎么还不去?"

"规划还没有做完。再说,我不想一个人去,最好带着妻室……"

"啊,原来如此!太好了。你还等什么?再等三四年,没人肯嫁给你了……"

"有什么办法?这是命!"奥勃洛莫夫叹了一口气说,"我的经济状况不允许!"

"什么话,奥勃洛莫夫庄园呢?有三百名农奴啊!"

"有又怎么样?我和我的妻子靠什么过日子?"

"两个人还愁靠什么过日子!"

"孩子生下来怎么办?"

"你好好教育他们,他们会自食其力。你要善于引导……"

"不行,怎么能把贵族变成工匠!"奥勃洛莫夫生硬地打断了朋友的话,"而且除了孩子,也不止两个人。'我和我太太两个人'不过是一种说法,实际上结了婚以后家里立刻就会多出好些女人来。你看看,哪家哪户没有几个说不清是亲戚还是管家的女人?她们即使不在家里住着,也是天天要来喝咖啡,吃中饭……有三百名农奴也供不起这么多人吃喝!"

"好,假如有人再送给你三十万卢布,你打算干什么?"施托尔茨十分好奇地问。

"我马上放到钱庄去,就靠利息过日子。"奥勃洛莫夫说。

"钱庄利息低,你为什么不向一家公司投资,比如说,向我们公司投资?"

"算了吧,安德烈,你骗不了我。"

"怎么,你连我也信不过?"

"绝对信不过。这不是对你而言,问题在于什么事情都可能发生,万一公司破产,我就一文不名了。放到钱庄去可是另外一码事。"

"好,那么你究竟打算干什么?"

"我要搬到一幢新的舒适的大宅里去住……附近都是些好邻居,比如你……不行,你在一个地方待不住……"

"莫非你能永远在一个地方待着？哪儿也不去？"

"说什么也不去！"

"如果人生的理想是在一个地方待着,那么为什么到处都在忙着修铁路,造轮船？伊利亚,干脆我们提个建议,让他们停下来,反正我们哪儿也不去。"

"有的是总管、管事、商人、官吏、东游西逛的旅行者,他们没有自己的窝,让他们跑来跑去好啦！"

"那么你又是何许人呢？"

奥勃洛莫夫沉默不语。

"你究竟属于哪一个社会阶层？"

"你问扎哈尔去。"奥勃洛莫夫说。

施托尔茨真的按奥勃洛莫夫的话去做了,他喊了一声：

"扎哈尔！"

扎哈尔睡眼惺忪地走进来,施托尔茨问他：

"躺在这儿的是什么人？"

扎哈尔一下子清醒过来,疑惑地侧目看了施托尔茨一眼,又看了奥勃洛莫夫一眼,说：

"什么人？您没瞅见？"

"没有。"施托尔茨说。

"怪事！这是伊利亚·伊利奇老爷。"

扎哈尔的脸上露出了一丝讥笑。

"好了,你去吧！"

"老爷！"施托尔茨说着哈哈大笑起来。

"就是绅士。"奥勃洛莫夫恼火地更正说。

"不对,不对,你是老爷!"施托尔茨继续哈哈地笑着说。

"有什么区别?"奥勃洛莫夫说,"绅士也就是老爷。"

"绅士是自己穿袜、自己脱鞋的老爷。"施托尔茨下了这个定义。

"对,英国绅士是自己动手,因为他们的仆人不太多,而俄国绅士……"

"继续给我描绘你的人生理想吧……好,你周围都是好朋友,接着说,你怎么打发你的日子?"

"我嘛,早上起来,"奥勃洛莫夫说着把两只手放在脑后枕着,脸上现出安逸的神色,他在想象中已经到了乡下,"天气很好,天空湛蓝湛蓝的,没有一片云彩。我规划中的大宅,带露台的一面朝东,向着天然大花园和田野;另一面向着村子。趁我太太还没睡醒,我穿上大袍在花园里散步,呼吸早晨的新鲜空气。在花园里我碰见花匠,和他一起去浇花、剪枝。我为我太太摘一把花。然后我去浴室或者小河里洗澡,回来的时候露台门已经打开,我太太穿一件宽松的上衣,戴一顶包发帽,那帽子轻飘飘的,眼看就会从头上飞去……她在等我。看见我,她说:'茶烧好了。'多甜蜜的亲吻!多可口的茶!多舒服的圈手椅!我在桌边坐下来,桌上有面包干、酸奶油、新鲜黄油……"

"然后呢?"

"然后我穿上宽大的常礼服或者别的上衣,搂着太太的腰,沿着望不到头的幽深的林间小径走去。我们慢慢地、沉思地向前走去,或者各想各的,或者把我们的想法说出来,数着幸福的分分秒秒,就像数脉搏跳动的次数一样,倾听心跳的强弱,在大自然中寻找同感……就这样不知不觉走到小河边,走向田野……河水泛起涟漪,麦穗随着微风在热浪中轻轻摇曳……我们坐上小船,太太轻轻打起双桨……"

"伊利亚,你是个诗人啊!"施托尔茨打断了他的话。

"对,我是生活中的诗人,因为生活本是诗,只怪人们任意糟蹋它!"奥勃洛莫夫沉醉在自己描绘的理想生活中,接着说,"然后还可以到花房去。"

他从想象中挑选出来的是他早已描好的现成画面,因此说起来很兴奋,滔滔不绝。

"然后还可以到花房去看看桃子、葡萄,告诉仆人我们吃什么,再回屋去吃一顿清淡的早餐,等候客人来访……不一会儿就有一位名叫玛丽亚·彼得罗夫娜的叫人给我太太送来一张便条,一本书,或者乐谱。一会儿又有人送来菠萝,或者我们自家温室里有一个特大的西瓜已经成熟,派人送给一位好友在明天吃中饭的时候享用,明天我要到他那里去……厨房里的人这时候正干得热火朝天,系一条雪白的围裙、戴一顶雪白的高帽的厨子跑过来跑过去,搁上这只锅,拿起那只锅,一会儿和面,一会儿揉面,一会儿倒水……只听见刀子剁得震天响……切菜的切菜……搅冰淇淋的搅冰淇淋……饭前到厨房里去转一转,打开锅闻一闻,看看他们怎么做馅饼怎么打酸奶油,那真让人高兴。回来躺在沙发榻上,我太太念点新发表的东西给我听,我们时不时地停下来争论……可是客人来了,比如你和你太太来了。"

"哟,你叫我也结婚?"

"那当然!还有两三位朋友,总是那几个人。我们继续谈昨天没有谈完的话题,或者开开玩笑,或者不言自明地沉默着,深思着,不是因为谁丢了官职,也不是因为参政院的事情使我们心烦,而是因为我们都心满意足,这是一种自得其乐的遐想……这里没有人喷着唾沫星子振振有词地指责不在场的人,也没有人向你投来那样一种目光,暗示你一出门也会有人这样骂你。你也不必和你不喜欢的人拿面包蘸同一个盐罐里的盐吃。你在和你谈天的人眼里看到的是同感,从玩笑中发现的是真心的、毫无恶意的笑……大家以诚相待!眼睛和言语流露的是心中所想的!饭后在露台上喝上等穆哈①咖啡,吸哈瓦那雪茄……"

"你给我描绘的生活和父辈、祖辈的生活一样啊!"施托尔茨说。

"不,不一样,"奥勃洛莫夫几乎是生气地说,"什么地方一样?我太太会去做果酱,腌蘑菇?她会去数纱线,整理家织布?她会打女仆的耳光?你听见了,我说的是乐谱、书籍、钢琴、精美的家具,对吗?"

"那么,你自己呢?"

"我不看去年的报刊,不坐笨重的旧式马车,不吃面条和烤鹅,而要把厨子派到英国俱乐部②或者公使馆去受训。"

"还有呢?"

"还有,暑热一退,我们就赶一辆大车,带上茶炊和甜食到桦树林里去,或者到野外刚割过草的草地上去,在草垛间铺开毯子,享享清福,直到晚饭时分。农民们扛着大草镰从地里回家去,有一辆大车爬行似的过去了,那上面的干草堆得连车和马都看不见了,只看得见草堆上有一顶农民的帽子插着几

---

① 穆哈是北也门的城市。
② 指帝俄时代的贵族俱乐部。

朵花,还有一个孩子的小脑袋;一群赤脚村妇拿着镰刀大声唱着……忽然间,他们看见了老爷和太太,就静下来向东家深深地鞠躬。有一个脖子晒得黑黑的、露着两只胳膊肘儿的村妇羞怯地垂下眼帘,作出要回避老爷的爱抚的样子,可是两只狡黠的眼睛却流露出她内心的欢喜……嘘!……上帝保佑别让太太看见!"

奥勃洛莫夫和施托尔茨两人捧腹大笑。

"野地里升起了潮气,"奥勃洛莫夫最后说,"天也黑下来,雾像翻倒的海一般罩在黑麦田上,马儿不时地抖动肩背,跺着蹄子,是回家的时候了。家里已经上灯,厨房里有五把刀子在剁菜,用平底锅烧了一锅蘑菇,还有肉饼、草莓……有音乐……"说到这里,奥勃洛莫夫用意大利语唱起来:"圣洁的女神……圣洁的女神!①"他说:"我一想起这段咏叹调,内心就不能平静,这个女人哭得多伤心!这段音乐多凄苦啊!……她周围没有一个人了解内情……她是孤独的……那秘密沉重地压在她的心上,她只有向月神倾诉……"

"你喜欢这段咏叹调?"施托尔茨说,"我很高兴,奥莉加·伊林斯卡娅唱这段唱得好极了。我要让你和她认识,那嗓子,那唱法,真叫好!她本人也是个非常迷人的孩子!也许我把她说得太好了,因为我特别喜欢她……不过别扯远了,你接着说吧!"

"还说什么呢?……"奥勃洛莫夫接下去说,"都说到了!……客人们各自到客房去休息。第二天,大家分散活动,

---

① 原文为意大利语。此系意大利作曲家贝利尼(1802—1835)所作歌剧《诺尔玛》中女祭司诺尔玛的咏叹调头两句歌词。

有的钓鱼,有的打猎,有的闲坐……"

"空着手闲坐?"施托尔茨问。

"你想怎么样?好吧,也许拿着一块手帕。怎么,你不想这样过日子?"奥勃洛莫夫问,"这不叫生活?"

"一辈子都这样过吗?"施托尔茨问。

"一直到老,到死。这才是生活!"

"不对,这不是生活!"

"怎么不是?还缺什么?你想想,你看不到一张苍白的、痛苦的面孔,看不到一点为参政院、交易所、股票、报告、部长接见、官衔、膳食津贴之类的事情操心的迹象。只有倾心交谈!你永远不必搬家——仅仅这一点就太可贵啦!这还不是生活?"

"这不是生活!"施托尔茨固执地说。

"那么你认为是什么呢?"

"这是……"施托尔茨思索起来,斟酌着究竟给这种生活冠以什么样的名称才好,"这是一种……奥勃洛莫夫精神。"施托尔茨终于说出了口。

"奥—勃—洛—莫—夫—精神!"奥勃洛莫夫拖长了声音一字一板地说,似乎对这个怪诞的词感到惊讶,并且逐字加以探讨"奥—勃—洛—莫—夫—精神!"

他目光怪异地凝视着施托尔茨,毫无兴致地、胆怯地问:

"依你看,究竟什么是人生的理想?又有什么不是奥勃洛莫夫精神呢?我所梦想的难道不正是人人追求的?"接着他又大起胆子说,"算了吧!你们忙忙碌碌,狂热追求,从政,打仗,做生意,目的难道不是创造安宁,力图实现那个失去的乐园所包含的理想?"

"连你的空想也是奥勃洛莫夫式的。"施托尔茨说。

"人人都要休息,要安宁。"奥勃洛莫夫辩解说。

"不是人人,就连你自己也有十年光景在生活中追求的不是这个。"

"我那时候追求的究竟是什么呢?"奥勃洛莫夫回首往事困惑地问。

"你回想一下,考虑考虑吧。你的书呢?译稿呢?"

"不知扎哈尔塞到哪儿去了,"奥勃洛莫夫说,"可能在哪个角落里吧。"

"角落里!"施托尔茨责备地说,"那个角落里也搁着你的志向:'不遗余力地服务,因为俄罗斯需要许多人的双手和大脑去开发无尽的资源(你自己的话);工作是为了休息得更甘美,而休息又意味着过一种优雅的、精致的生活,即艺术家的生活,诗人的生活。'难道你的这些志向也让扎哈尔搁到角落里去了?记得吗?你曾经打算学成之后遍游各国,以便更好地认识、更深地去爱自己的国家。那个时候你一再说:'思想和劳动就是生活的全部内容。要劳动,即便是默默无闻的,无趣的,要不停地劳动,以便在离开人世的时候意识到你做了自己的那一份工作。'你把这些都搁到哪个角落里去啦?"

"唔……唔……"奥勃洛莫夫不安地听着施托尔茨说出的每一个字,"我记得,我真的……好像……可不是嘛,"他忽然忆起了往事,"安德烈,我们曾经打算先游遍欧洲各地,徒步走遍瑞士,爬上那烫脚的维苏威火山,再下山去参观赫库兰尼姆古城①。简直要发疯了!有多少愚蠢的念头啊!……"

～～～～～～～～～～

① 赫库兰尼姆古城在今意大利那不勒斯附近,公元七九年维苏威火山大喷发,此城埋没于火山灰中。

"愚蠢!"施托尔茨责备地说,"你不是曾经眼泪汪汪地望着拉斐尔①的《圣母像》、柯勒乔②的《夜》、观景殿③的阿波罗雕像的刻印画叹息说:'我的上帝!难道永远没有机会看到这些画和雕像的原作,没有机会因为自己站到了米开朗琪罗④和提香⑤的作品面前,踏着罗马的土地而吓得发呆?难道一生一世只能在花房里看香桃树、柏树、酸橙树,而不能在它们的故乡看到它们?不能去呼吸呼吸意大利的空气,陶醉于那天空的蔚蓝?'你从自己的头脑中放出过多少绚丽的烟火啊!你倒说是愚蠢的念头!"

"对,对,我记得!"奥勃洛莫夫回顾着过去说,"你还拉着我的手说:'来,我们一起许愿,没看到以前不能死……'"

"我记得,"施托尔茨接着说,"有一天你拿来萨伊⑥的一篇作品的译文,上面写着作为命名日礼物送给我,译文还完好地保存在我那儿。你还关起门来一定要数学老师讲个明白,为什么你必须懂得圆和方,但是你没有坚持到底,半途而废了,对吗?英文你也开始学了……也没有学成!后来我拟好出国计划,邀你一起去看看德国的高等学府,你跳起来拥抱了我,又郑重地向我伸出手来,说:'安德烈,我是你的,跟你上哪儿都行。'这都是你说的。你什么时候都有点像在演戏。结果怎么样呢,伊利亚?我已经出国两次了。在受过我们的

---

① 拉斐尔(1483—1520),意大利著名画家。
② 柯勒乔(约1489—1534),意大利著名画家。
③ 指梵蒂冈的观景殿。
④ 米开朗琪罗(1475—1564),意大利著名雕刻家、画家。
⑤ 提香(1488/1490—1576),意大利著名画家。
⑥ 萨伊(1767—1832),法国经济学家。

高等教育之后,我又到波恩、耶拿、埃尔兰根①的大学课堂里去规规矩矩地坐着听讲,还透彻地研究了欧洲,就像研究自己的庄园一样。好了,即使出国旅行是一种奢侈,不是人人都有财力,都有必要这样做,那么考察俄国总是可以的吧?我跑遍了俄国各地。我在劳动……"

"你总有一天会停下来。"奥勃洛莫夫说。

"永远不会。为什么我要停下来?"

"等到你的资本增加一倍的那一天。"奥勃洛莫夫说。

"我的资本增加三倍,我也不会停止劳动。"

奥勃洛莫夫沉默了片刻,又说:"既然你的目的不是在物质方面终身有保障之后退下来颐养天年,那么你这样拼命干为的是什么呢?……"

"这是乡村的奥勃洛莫夫精神!"施托尔茨说。

"要么是在青云得意之后光荣引退……"

"这是彼得堡的奥勃洛莫夫精神!"施托尔茨说。

"那么什么时候才生活呢?"奥勃洛莫夫懊丧地反问,"为什么要苦干一辈子?"

"为了劳动本身,不为别的。劳动是生活的方式、内容、元素和目的,至少是我的生活方式、内容、元素和目的。你看,你把劳动排除在你的生活之外,结果你的生活像什么?我要让你站起来,这也许是我的最后一次尝试了。如果你还是继续坐在这儿,和塔兰季耶夫、阿列克谢耶夫混,你就彻底完了,甚至会成为你自己的包袱。要么现在就起来,要么永远不起来!"施托尔茨最后说。

---

① 波恩、耶拿、埃尔兰根都是德国的城市。

奥勃洛莫夫惊恐地望着施托尔茨,洗耳恭听。他的朋友似乎在他面前摆了一面镜子,他看清了自己,吓坏了。

"别骂我,安德烈,还是帮帮我吧!"他叹了一口气说,"我自己也为此苦恼,你哪怕今天才看到,才听说我在怎样为自己挖掘坟墓、为自己哀悼,也不忍心骂我呀。你说的我都知道,都明白,就是没有毅力。我要是有你那样的毅力和头脑,让我上哪儿去都行。跟着你我也许还能往前走,我一个人是动不了的。你说得对:'要么现在就起来,要么永远不起来。'再过一年就迟了!"

"这是你吗,伊利亚?"安德烈说,"我记得你是个瘦瘦的活泼少年,每天从圣母堂街①步行到库德林村,在那边的一个小花园里……你没忘记那两姐妹吧?还有卢梭、席勒、歌德、拜伦呢?你把这些作家的作品带给她们,又向她们借科坦②、让莉斯夫人写的爱情小说来看……你在她们面前摆老资格,要提高她们的欣赏水平……"

奥勃洛莫夫从床上跳起来说:

"怎么,你连这也记得,安德烈?可不是嘛!我和她们一起幻想,向她们诉说我对未来的憧憬,阐明我的宏图,发挥我的思想和……感情,都是背着你干的,怕你笑话。不过这些统统都在那里寂灭了,此后再也没有重现过!它们都到哪儿去了?又为什么寂灭了?不可理解!我生活中并没有发生过风暴,也没有发生过地震,我没有丧失过什么,良心上也没有任何负担——我的良心是清白的,我的自尊心更没有受到过任

---

① 圣母堂街即今莫斯科的克鲁泡特金特,库德林村在今莫斯科起义广场一带,两地相距约三公里。
② 科坦(1770—1807),法国女小说家。

何致命的打击。上帝知道为什么一切都是枉然!"

他叹了一口气,又说:

"安德烈,你知道吗?我的生命从来没有燃起过熊熊烈火,无论是起死回生的火,还是毁灭一切的火。我的生命不像别人的那样,起初犹如清晨,接着一点一点地增添光和色,变成一切都在沸腾和运动的烈日炎炎的正午,然后逐渐趋于平静,越来越苍白,自自然然地失去光和色,一步步地走向黄昏。我的生命是从熄灭开始的。说来奇怪,可事实如此!从我意识到自己存在的那一刻起,我就觉得自己在熄灭下去。我在衙门里伏案写公文的时候就开始熄灭了,后来在读到书本上讲的许多我不知道如何到生活中去运用的真理的时候,在听朋友们议论、诽谤、互相嘲弄、恶意中伤、胡说八道的时候,在看到友谊是由毫无目的、彼此毫无好感的聚会维系着的时候,又继续熄灭下去。与米娜交往的日子我也在熄灭,浪费精力:我把一半以上的收入都给了她,以为我爱她。在涅瓦大街上那些穿海狸皮领和浣熊皮大衣的人中间心情沮丧、没精打采地走来走去的时候,在别人每周定日举行的晚宴上受到一个还看得过去的求婚者所能受到的亲切接待的时候,我同样在熄灭下去。和别人一样,我在区区小事上销蚀着自己的生命和智慧,从城里搬到别墅,又从别墅搬到戈罗霍夫大街,看见牡蛎和大虾上市才知道春季来临,秋季和冬季都有固定的日子为标志,可以出门散步游玩就是夏天来了。所谓生活,那就是懒洋洋地、安逸地打瞌睡……甚至连自尊——都用到什么上面去了?做衣服一定要找有名的裁缝?一定要到大户人家去抛头露面?一定要让某公爵握我的手?其实自尊本是生命的支柱啊!它到哪里去了呢?或许是我不懂得这种生活,或许是它毫无用处,要怎么样才能过得有意义些,我不知道,也没有看到过,更没有人向我指出过。你像彗星一样,出现的时候光华四射,但是瞬间即逝。我渐渐忘记了这一切,只是熄灭下去……"

对奥勃洛莫夫的这番话,施托尔茨没有报以随随便便的玩笑。他认真地听着,阴郁地沉默着。

"你刚才说我的气色不大好,没精打采的,"奥勃洛莫夫接着说,"不错,我委靡不振,像一件穿得破朽了的大袍,不是因为久经风雨或者劳作过多,而是因为光明在我体内已经给锁闭了十二年,它曾经寻找出路,结果只是烧着了自己的牢房,没有脱离禁锢获得自由就熄灭了。我亲爱的安德烈,十二年就这样过去了,我也不再想苏醒了。"

"为什么你不冲出牢房,跑到别的地方去,而要默默地毁灭呢?"施托尔茨急切地问。

"到哪儿去?"

"到哪儿去?和你的庄稼汉们到伏尔加河上去也行啊,总可以多活动活动,还有些利益可图,有目标,有劳动。要是我,我就去西伯利亚,去锡特卡①。"

"瞧,你总是给我开这么厉害的药!"奥勃洛莫夫沮丧地说,"何止我一个人如此!你看看米海洛夫、彼得罗夫、谢苗诺夫、阿列克谢耶夫、斯捷潘诺夫……你简直数不过来,我们这样的人多得不可胜数!"

施托尔茨还在为奥勃洛莫夫刚才的自白感慨不已,因而没有答话。后来他叹了一口气,说:

---

① 锡特卡是北美洲阿拉斯加东南巴拉诺夫岛上的一个城市。

"不错,日久天长了!可是我不让你这样下去,我要带你离开这儿,先到国外去一趟,然后下乡。等你清瘦下来,你就不会再消沉了,到那个时候再找点事干……"

"对,我们离开这儿!"奥勃洛莫夫突然大声说。

"明天我们就去办出国护照,然后打点行装……我可是说到做到,听见了吗,伊利亚?"

"你什么事都搁到明天!"奥勃洛莫夫好像从云端落到地上来了,不赞成地说。

"你想'今天的事今天做,不要等明天'?来劲了!可是今天来不及了。"施托尔茨说,"不过两个星期以后我们已经离这儿很远了……"

"你说什么,兄弟,两个星期以后,太突然了!……"奥勃洛莫夫说,"让我好好考虑考虑,做好准备……要买一辆旅行马车……再过三个月吧。"

"要什么旅行马车!我们坐驿车到国境,或者坐轮船到吕贝克①,看怎么方便吧。到了那边,许多地方都通铁路。"

"那么房子呢?扎哈尔呢?奥勃洛莫夫庄园呢?都要安排啊!"奥勃洛莫夫拿出了挡箭牌。

"又是奥勃洛莫夫精神!"施托尔茨笑了。他拿起一支蜡烛,向奥勃洛莫夫道了晚安,径自回房就寝。他带上房门的时候再一次对奥勃洛莫夫说:"记住,要么现在就起来,要么永远不起来!"

---

① 吕贝克是德国北部的城市,临吕贝克湾。

五

"要么现在就起来,要么永远不起来!"奥勃洛莫夫早晨一醒来就想起这句咄咄逼人的话。

他起床以后,在屋里走了两三个来回,这才向客厅里张望了一下,看见施托尔茨坐在桌前写着什么。他喊了一声:

"扎哈尔!"

没听见双脚从炉炕上跳下来的声音。扎哈尔不在,施托尔茨差他到邮局去了。

奥勃洛莫夫走到他那张布满灰尘的文书桌前坐下,拿起鹅毛笔来往墨水瓶里蘸了一下,可是墨水干了。他想找一张纸,纸也没有。

他沉思着伸出一个指头机械地在灰尘上面画,画完一看,是"奥勃洛莫夫精神"。

他连忙用袖子擦去这几个字。夜里他梦见这几个字用火写在四壁上,正如伯沙撒王在宴会上看见有个人的指头在与灯台相对的粉墙上写字一样。①

扎哈尔回来,发现奥勃洛莫夫不在床上,呆呆地看了看

---

① 见《圣经·旧约·但以理书》第五章,此事被认为是巴比伦王及其国家即将灭亡的预兆。

他,奇怪他怎么起来了。在这充满惊奇的呆滞目光中也写着"奥勃洛莫夫精神"几个字。

"不过是几个字,"奥勃洛莫夫心里想,"可是真……害人!……"

扎哈尔习惯地拿起梳子、刷子、面巾,走过来准备给伊利亚·伊利奇梳头。

"滚开!"奥勃洛莫夫打落了扎哈尔手中的刷子生气地说,扎哈尔跟着把梳子也掉在了地上。

"您是不是还要躺下?"扎哈尔问,"那我就去铺床。"

"给我拿墨水和纸来。"奥勃洛莫夫回答说。

"要么现在就起来,要么永远不起来!"奥勃洛莫夫思索着这句话。

这是理性和毅力在大声疾呼,他一面倾听这呼声,一面掂量自己的毅力还剩多少,一面考虑把这点残余的毅力用到什么地方去好。

经过一番苦思苦想,他抓起一支笔,抽出一本搁置已久的书,恨不得把他十年没看完、没写出来、没考虑好的一切一下子看完,写出来,考虑好。

现在他该怎么办?是前进还是维持现状?这个奥勃洛莫夫的难题对于他比哈姆莱特的难题还要难。前进意味着立刻脱下大袍,不仅是身上的,还有灵魂上的,心智上的。此外,不但要扫去四壁上的灰尘和蜘蛛网,也要摘除眼睛上的蜘蛛网,使之重见光明!

第一步如何走?从何着手?我不知道,我不行……不对……这不是实话,我知道……而且施托尔茨在这儿,就在我身边,他立刻会告诉我。

他会说什么呢？他会说："一个星期之内写出一份详细的委托书，派委托人下乡，把奥勃洛莫夫庄园典出去，再买进一点地，把建设蓝图送去，城里的套房退了，带着护照到国外去旅行半年，消耗掉多余的脂肪，减轻体重，呼吸呼吸我和他一同向往过的新鲜空气，过一种没有大袍、没有扎哈尔和塔兰季耶夫的生活，自己穿袜子，自己脱长筒靴，只有晚上才睡觉，到大家都去的地方去，乘火车，坐轮船，然后……然后……在奥勃洛莫夫庄园定居，研究播种和脱粒，弄清农民为什么有的穷有的富，到地里去巡视，参加选举，跑工厂、跑磨坊、跑码头。同时还要看许多书报，因为英国人派了军舰到东方来而忧心忡忡……"

这就是他会说的话！这就是前进！……一辈子都这样过！与充满诗情的人生理想永别！这种生活根本不是生活，倒像铁匠铺一样，永远是熊熊烈火，汗流浃背，噼噼啪啪，叮叮当当……什么时候才生活呢？不如维持现状吧？

维持现状就是反穿衬衫，听扎哈尔从炉炕上往下跳的声音，和塔兰季耶夫在一起吃饭，脑子少想事，一本《非洲旅行记》永远看不完，在塔兰季耶夫的干亲家母出租的房子里平平静静地衰老下去……

"要么现在就起来，要么永远不起来！""要么活下去，要么不活了！"奥勃洛莫夫想从圈手椅里站起来，但是脚没能立刻插进便鞋里，他就又坐下了。

两个星期以后，施托尔茨到英国去了，奥勃洛莫夫答应直接去巴黎与他会合。奥勃洛莫夫甚至办好了护照，定做了旅行穿的大衣，买了一顶帽子。事情真的有了起色。

扎哈尔很有见地地说，定购一双长筒靴就够了，那双旧的可以拿去换一副新掌。奥勃洛莫夫买了一床毯子、一件羊绒衣、一套洗漱用具。他本来还想买一只布袋来装食品,可是起码有十个人说,在国外是不兴带着食品上路的。

扎哈尔大汗淋漓地跑遍了大小店铺,虽说把不少十戈比、五戈比的找头塞进了自己的腰包,还是咒骂安德烈·伊万诺维奇和一切想出旅行这种玩意儿的人。

"他一个人出门行吗?"扎哈尔在小铺里说,"听说在那边侍候老爷们的都是姑娘。姑娘能脱得下长筒靴?姑娘又怎么好把袜子套到老爷的光溜溜的腿上去?……"

他咧开嘴笑了,以至脸上的颊须往两边耸了上去,而且摇了摇头。奥勃洛莫夫这回倒没有偷懒,把要带走的和不带走的东西都开出清单,又托塔兰季耶夫把家具和其他留下的物品搬到维堡区他干亲家母出租的三间房子里去锁起来,等奥勃洛莫夫回国再说。

奥勃洛莫夫的熟人已经在议论:"他要走了。真想不到,奥勃洛莫夫动起来了!"说这话的时候,有的人将信将疑,有的人哈哈大笑,也有的人感到惊骇。

一个月过去了,三个月过去了,奥勃洛莫夫还没有走。

临行前一天夜里,他的嘴唇肿了。他说:"给苍蝇叮了,这个样子怎么能上路!"于是他留下来等下一班船。看看已到八月,施托尔茨早就在巴黎等他了,写了好几封信来骂他,但是没有收到回信。

原因何在?大概是奥勃洛莫夫的墨水干了,纸也没有了吧?或者总出现两个连接词打架的句子?再不然就是他在"要么现在就起来,要么永远不起来"这威严的呼号中停留在了后半句上,枕着双手睡去,任扎哈尔怎么叫也叫他不醒了。

其实都不是。他的墨水瓶灌满了墨水,桌子上摆着收到的信,纸也有,甚至是印着国徽的公文用纸,而且他亲手在上面写满了字。

他已经写了好几页,重复使用同一个连接词的现象一次也没有出现。他笔翰如流,某些地方甚至很传神,有文采,与"昔日"他同施托尔茨在一起向往劳动生活和旅行的那个时代无异。

他早晨七时起床,阅读一阵,然后带着些书出门。他脸上那副困倦无聊的神情不见了,相反,有了红晕,两眼放光,像是有了勇气,至少是有了自信心。他不穿大袍了,塔兰季耶夫已经把那大袍和别的东西搬到他干亲家母那边去了。

奥勃洛莫夫现在坐着看书或者写字的时候穿的是家常外衣,脖子上围一块薄薄的三角巾,雪白的衬衫领子盖着领带。他出门的时候穿的是做工考究的常礼服,戴一顶帅气的帽子……他兴高采烈,嘴里哼着歌儿……究竟是怎么回事?……

瞧,他此刻坐在他的别墅的窗下(他住在离市区有几俄里的别墅中),身边放着一束花。他健笔如飞地写着什么,时时抬起头来朝小树林那边的一条小径张望一下,接着又匆匆写下去。

忽然间,有人沿着小径轻快地走来,踩得脚下的沙子沙沙作响。奥勃洛莫夫扔下手中的笔,抓起那束花,跑到窗口去。

"是您吗,奥莉加·谢尔盖耶夫娜?我就来,我就来!"他说着抓起帽子和手杖,跑到栅栏门外,伸出胳膊去让一位漂亮的女子挽着,两人消失在林中高大的枞树树荫里……

扎哈尔不知从什么地方走出来,望了望他的背影,锁上房门,到厨房去了。

"走了!"他对阿尼西娅说。

"回来吃中饭吗?"

"谁知道?"扎哈尔没睡醒似的回答说。

扎哈尔还是老样子,脸上依旧胡子拉碴,身上依旧穿着那件灰色西服背心,常礼服腋下依旧张着口,只是他娶了阿尼西娅为妻,不知是因为他跟那位大嫂闹翻了,还是基于男大当婚的观念。他结婚了,却并未因此有所改变。

施托尔茨介绍奥勃洛莫夫认识了奥莉加和她的婶娘。施托尔茨第一次带奥勃洛莫夫去奥莉加的婶娘家正碰上她家里有客人。奥勃洛莫夫觉得很不自在,照例显得拘束。

"能把手套脱掉就好了,"他想,"屋里这么暖和。我对这些已经很不习惯了!……"

奥莉加一个人在离茶桌远一点的一盏灯下坐着,背靠在圈手椅背上,对周围发生的事情不大感兴趣。施托尔茨在她身边坐下。

看到施托尔茨来了她很高兴。虽然她的眼睛没有因此放出光辉,两颊也没有泛起红晕,但是整个面孔变得柔和安详,而且漾出了笑容。

她称施托尔茨为朋友,她喜欢他是因为他总能让她开怀,忘却愁烦。不过她也有点怕他,因为在他面前她觉得自己太幼稚了。

当她头脑里产生疑惑不解的问题的时候,她并不立刻向他吐露,因为他是那样叫她望尘莫及,使得她的自尊心有的时候为自己不够成熟,为他们在智力和年龄上差距太大而苦恼。

施托尔茨欣赏她也只是把她看作一个具有散发着芳香的

新鲜思想和情感的妙不可言的人,而无一点私心杂念。她在他眼里不过是一个前途无量的可爱的孩子。

然而比起别的女子来,施托尔茨更喜欢和她谈话,也和她谈得多些,因为她浑然不觉地过着一种朴素、自然的生活,她的幸运的天性,她所接受的健康的,而不是弄巧成拙的教育,使得她不回避自然地表露思想、情感和意愿,连眼睛、嘴巴和手的小到难以觉察的动作也无不如此。

她在这条道路上走得如此坚定,原因恐怕在于她不时听到身边有一个"朋友"的步履更加坚定吧。她信任这个"朋友",总是向他看齐。

总而言之,待人接物和谈吐举止如此质朴洒脱的女子实在少见。你从她的目光里永远不会发现她在想:"现在我要抿嘴沉思一下,因为我这个样子挺动人。我要向那边看一眼并且表示惊骇。我要轻轻叫一声,他们就会跑到我面前来。我要坐到钢琴前面去并且微微露出我的脚尖"……

她没有丝毫忸怩作态、卖弄风情的表现,也不会说谎,不会虚情假意,不会捉弄人!然而赏识她的几乎只有施托尔茨一个人,在舞会上她常常独自枯坐一旁,而且并不掩饰自己的寂寞心情,连最殷勤的年轻人在她面前也往往语塞,不知如何与她交谈……

一些人认为她简单,肤浅,因为从她嘴里听不到有关人生和爱情的至理名言,或者出人意料的惊人之语,或者看来的、听来的对于音乐和文学的见解。她话不多,而且说的都是她自己的想法,不值得注意,因此聪明活跃的"骑士们"自然要回避她了。不活跃的"骑士们"呢,又觉得她太深沉,未免望而生畏。只有施托尔茨不停地和她谈话,让她开怀。

她喜欢音乐,不过多半只是悄悄地唱给施托尔茨或者某个女校的同学听。据施托尔茨说,没有一个歌唱家有她唱得动听。

只要施托尔茨在她身边一坐下,屋里就会传出她的发自肺腑的笑声,那么响亮,那么有感染力,使听到的人不知为什么也跟着笑起来。

不过施托尔茨并不总逗她笑,半小时以后她已经怀着好奇心在听他说话了。而当她把目光转向奥勃洛莫夫的时候,她的好奇心竟增加了一倍。奥勃洛莫夫在这种目光的注视下,恨不能钻到地下去。

"他们两个在说我什么?"奥勃洛莫夫不安地用眼睛瞟着奥莉加和施托尔茨这样想。他正想走开,奥莉加的婶娘请他到茶桌边去挨着她坐下,那个位置正好在众目睽睽之下。

他畏怯地回过头去找施托尔茨,施托尔茨已经不在屋里了。他又看看奥莉加,遇到的仍旧是那向他直射过来的好奇的目光。

"她还在看我!"奥勃洛莫夫想,同时难为情地审视自己的衣着。

他甚至用手帕揩了揩脸,生怕鼻子上有污迹;又扯了扯领带,看是不是松开了——他出过这种丑,不过这回一切正常,而她依然看着他!

一个男仆给他端来一杯茶,还有一托盘点心。他想压下自己的羞涩感,显出无拘无束的样子,然而放松的结果却是给自己抓了一大把面包干、饼干、小甜面包圈儿,惹得邻座的小姑娘格格地笑了起来,其他人也都好奇地看了看他抓的那一大把点心。

"我的上帝,她也看着我呢!"奥勃洛莫夫想,"我怎么对付这一大把?"

他不看也知道,奥莉加已经起身离座,走到另一个屋角去了。于是他安下心来。

邻座那个小姑娘睁大了眼睛盯着他,看他怎么对付那一大把点心。

"我赶紧吃掉吧。"奥勃洛莫夫拿定主意,就一块接一块往嘴里塞,幸亏饼干一到嘴里就化了。

只剩下两块面包干了,他松了一口气,这才鼓起勇气朝奥莉加那边看了一眼……

上帝呀!她站在一尊半身塑像旁边,手扶着塑像的基座,正观察他呢。她发现他给点心弄得很窘,就离开了原先坐的地方,好像是为了能更加无拘无束地观察他。

吃晚饭的时候,她坐在餐桌的另一端,一面吃,一面说,好像完全不注意他了。可是,只要奥勃洛莫夫胆怯地朝她那边看上一眼,希望她不再观察他,又总是碰到她的目光,虽然充满好奇,但却是十分善意的……

吃罢晚饭,奥勃洛莫夫连忙向奥莉加的婶娘告辞,婶娘请他第二天过来吃中饭,还请他传话让施托尔茨也过来。奥勃洛莫夫向婶娘鞠了一躬,然后经过整个大厅往外走,一直都没有抬起眼睛来。走过三角大钢琴,再往前就是屏风和房门了,这时候他看了一眼,发现奥莉加正坐在钢琴前面非常好奇地望着他。他甚至觉得她在微笑。

"肯定是安德烈把我昨天穿错一只袜子或者反穿衬衫的事讲给她听了!"奥勃洛莫夫得出这样一个结论,再加上刚才婶娘请他去吃中饭,他鞠了一躬,说明他接受了人家的邀请,这两点竟使得他闷闷不乐地回家去了。

从此奥莉加那专注的目光就留在了奥勃洛莫夫的脑海里。他伸直了腿仰面躺着也好,采取任何一种懒洋洋的安逸姿势也好,都无法入睡。大袍他看着不顺眼了,扎哈尔也粗蠢得让他受不了,灰尘和蜘蛛网更是无法容忍的东西。

他叫下人把几幅糟糕的画拿出去,那都是一个穷画家的保护人硬塞给他的。他还亲自动手整理好许多日子都没有拉上去的窗帘,叫阿尼西娅擦了窗玻璃,摘去了蜘蛛网,然后侧身躺着,想了大约一小时,想的是奥莉加。

一开始他仔细回味她的外貌,凭记忆勾勒着她的肖像。

从严格的意义上说,奥莉加算不上美人,她既没有白皙的肌肤,也没有鲜嫩的脸颊和双唇,眼睛不含内在的光焰,口不似樱桃,齿不似珠玉,手不似五岁孩童的那般纤小,指不如葡萄那般圆润。

不过一旦把她变成一尊雕像,那准是优美与和谐之作。她的头部大小与她略高的身材十分相称,面部的椭圆和尺寸又与头部的大小十分相称,而这些部分同双肩、双肩同躯体也都是协调的……

无论谁见到她,即便是马虎大意的人,也会一时驻足在这尊精心制作的艺术人像面前。

她的鼻子形成微微凸起的优美线条,两片嘴唇薄薄的,多半紧闭着,显示她不停地在思考。她那双暗灰蓝色的眼睛投射出总是生气勃勃、什么也不会放过的敏锐目光,其中也含有会说话的思想。两道眉毛更赋予眼睛一种特殊的美,它们并非弯如新月,也没有给手指扯成细细的。那是两道毛茸茸的淡褐色粗眉,几乎平直,而且很少对称,往往是一道比一道高出一线,致使高的一道上面形成一条浅浅的皱褶,似乎也在述说着包含在其中的思想。

奥莉加走起路来微微低着她那端正地安放在自尊的纤颈上的气质高贵的头,整个身躯平稳地向前移动,步履轻盈得几乎难以觉察……

"她昨天为什么盯着我看?"奥勃洛莫夫想,"安德烈向我发誓,他还没有提过我穿错袜子和衬衫的事,只谈了他对我的友情,我们怎样一起长大、一起读书,反正都是好事。不过他也谈了我目前的状况,说奥勃洛莫夫多么不幸,对周围的事物不够关心,又不大活动,以致渐渐丧失自己秉有的良好素质,生命的火焰越来越弱……"

"究竟有什么可笑的呢?"奥勃洛莫夫接着想,"如果她还有一点同情心,她应该觉得难过,惋惜得心疼,可是她……算了,由她去吧!我不往下想了! 今天我还要去吃一顿饭,以后决不再登门。"

日子一天天过去,他的两只脚,一双手,连头一起,都长在那儿了。

一天上午,塔兰季耶夫把奥勃洛莫夫的家整个搬到了维堡区他干亲家母住的那个巷子里。一连三天,奥勃洛莫夫身边没有床,没有长沙发,饭都在奥莉加的姨娘家吃。奥勃洛莫夫很久没有过过这种日子了。

巧的是,在她们的别墅对面有一处别墅空着。奥勃洛莫夫看也不看就把它租下来,而且住了进去。于是他从早到晚都和奥莉加在一起。他和她一块儿看书,差人给她送去鲜花,陪她去湖边和小丘上散步……

世上真是无奇不有! 怎么会发生这样的事呢? 原来是

这样。

那天他和施托尔茨一起去奥莉加的婶娘家吃饭,奥勃洛莫夫同前一天一样受着酷刑,在奥莉加的注视下咀嚼,说话的时候也意识到、感觉到那目光像当头烈日似的烤炙着他,使他惶恐,使他激动。只是到了露台上,在雪茄烟的烟雾屏障后面,他才得以暂时避开那无言的专注的目光。

"这叫什么?"奥勃洛莫夫对自己说,同时把身子扭过来扭过去,"这是折磨人啊!难道我成了她的笑料?她看别人都不用这种眼光,她不敢。我比别人老实,她才……我去找她说话!"他下定这个决心,"我最好亲口对她说,她的眼神揪我的心。"

忽然间,奥莉加出现在露台门口,面对着他。他为她拉过一把椅子,她就在他身边坐下来。

"您真的觉得非常无聊?"奥莉加问。

"真的,"奥勃洛莫夫回答说,"不过,倒不是非常……我有事可做。"

"安德烈·伊万内奇说,您在拟一项计划,是吗?"

"是的,我想到乡下去生活一段时间,要做一点准备。"

"还出国吗?"

"当然,只等安德烈·伊万内奇准备停当。"

"您很乐意去?"

"是的,我非常乐意……"

奥勃洛莫夫抬眼一看,笑意分明在奥莉加脸上游荡,时而照亮她的眼睛,时而在她的两颊上散开来,只有嘴唇仍像平日那样紧闭着。他没有勇气睁着眼睛说瞎话了。

"我有点……懒……"奥勃洛莫夫说,"不过……"

看到奥莉加如此轻而易举地,几乎不发一问就迫使他承认自己懒惰,他又有点懊丧,心想:"她能把我怎么样?我怕她不成?"

"懒!"奥莉加不以为然地说,脸上露出难以觉察的调皮神情,"会有这种事吗?男人懒——我不明白。"

"有什么不明白的?"奥勃洛莫夫想,"好像很简单嘛。"

"我多半在家待着,"奥勃洛莫夫说,"所以安德烈认为我……"

"您大概总是在看书、写作。"奥莉加说,"您看了吗?……"

她的两只眼睛紧紧地盯着奥勃洛莫夫。

"没有,我没看!"奥勃洛莫夫脱口说出这句话,生怕奥莉加会考问他。

"没看什么?"奥莉加笑问道。奥勃洛莫夫也笑了……

"我以为您问的是哪一部小说呢,我不看小说。"

"您猜错了,我问的是游记……"

奥勃洛莫夫警惕地看了奥莉加一眼,发现她满脸笑容,只有嘴巴不笑……

"嘿!和她说话要留神……"奥勃洛莫夫心里想。

"那么,您看什么书呢?"奥莉加好奇地问。

"我的确比较爱看游记……"

"非洲游记?"奥莉加调皮地低声问。

奥勃洛莫夫涨红了脸,不无根据地猜到奥莉加不仅了解他看什么书,而且了解他是怎么看的。

"您玩乐器吗?"奥莉加又问,意在帮他摆脱窘境。

就在这个时候,施托尔茨过来了。

"伊利亚！我对奥莉加·谢尔盖耶夫娜说了，你酷爱音乐，想请她唱……圣洁的女神①。"

"你胡说些什么呀？"奥勃洛莫夫说，"我根本算不上酷爱音乐……"

"怎么啦？"施托尔茨打断了他的话，"他倒觉得委屈了！我把他当个正经人介绍，他可好，迫不及待地叫别人对他失望！"

"我只是不敢接受音乐爱好者这个称谓，这个称谓概念不清楚，这个角色也难当！"

"那么，您比较喜欢什么音乐呢？"奥莉加问。

"这个问题不好回答！任何音乐我都喜欢！有的时候我会津津有味地听一架破手摇风琴奏一支铭刻在我心中的曲子，有的时候去看歌剧我会中途退场。这回是梅耶贝尔②打动了我，下回是货船上传来的歌声吸引了我，要看我当时的情绪如何！有的时候连莫扎特的音乐我也不想听……"

"这么说，您是真的爱好音乐。"

"奥莉加·谢尔盖耶夫娜，您就唱一段吧。"施托尔茨请求她。

"万一奥勃洛莫夫先生现在的情绪是不想听，怎么办？"奥莉加转过脸来对着奥勃洛莫夫说。

"在这种情况下应该说一句恭维话，"奥勃洛莫夫说，"可是我不善此道，即使有这本事，也不肯……"

"为什么？"

---

① 原文为意大利语。
② 梅耶贝尔(1791—1864)，德国歌剧作曲家。

"万一您唱得不好,"奥勃洛莫夫天真地回答说,"我会觉得非常不自在……"

"就像昨天吃点心……"奥莉加脱口说出这句话,脸刷地红了,后悔不迭。"请原谅,我很抱歉!……"她又说。

奥勃洛莫夫怎么也没有料到奥莉加会这样说,一时不知所措。

"这是恶意的揭短!"他低声说。

"不,这只不过是小小的报复,而且,我发誓,不是蓄意的,谁叫您连句恭维话也没有。"

"等我听了以后或许能找到一句。"

"您要我唱吗?"她问。

"不是我,是他。"奥勃洛莫夫指着施托尔茨说。

"您呢?"

奥勃洛莫夫摇摇头说:

"我不能要我不知道的东西。"

"你真没有礼貌,伊利亚!"施托尔茨说,"就是因为你老在家躺着,穿袜子……"

"饶了我吧,安德烈!"奥勃洛莫夫连忙打断他的话,不让他说完,接着转过脸去对奥莉加说,"要我说一句'哦,我太高兴了,太荣幸啦!您肯定唱得好极了!'之类的话,并不困难,不过,有必要这么说吗?"

"您至少可以表示想听我唱……哪怕是出于好奇。"

"我不敢,"奥勃洛莫夫说,"您又不是女伶……"

"好吧,我就唱给您听。"奥莉加对施托尔茨说。

"伊利亚,准备好恭维话吧。"

这时候天色已晚,屋里上灯了,灯光像月华似的,穿过爬

267

满常春藤的花墙间隙泻到露台上来。奥莉加仿佛披上了一袭轻纱,她的面庞和身段的线条隐到黑暗中去,只听见她那柔和而有力的嗓子带着激动的感情在歌唱。

依照施托尔茨的意思,奥莉加唱了一支又一支咏叹调和抒情曲,有的表达的是痛苦和对幸福的模糊预感,有的表达的是欢乐,而欢乐中又暗含着一丝刚刚露头的愁绪。

这唱词,这曲调,这少女的清纯有力的歌喉,使听者心悸,神经震颤,泪水盈眶,眼睛放光,真想在这乐声中长眠不醒,而同时又更加恋生……

奥勃洛莫夫心潮起伏,身子动弹不得,好不容易才忍住眼泪,不让狂喜的呼声从心灵深处冲出来。他很久没有这种振奋有力的感觉了,这股力量仿佛来自心底,就要去建功立业。

如果一切准备就绪,只需上车出发,此刻他甚至可以出国。

最后奥莉加唱了圣洁的女神[1],种种狂喜亢奋的情绪,闪电般在脑海中掠过的念头,像针一样刺遍他全身的战栗——这一切击倒了奥勃洛莫夫,他支持不住了。

"今天您对我满意吗?"奥莉加忽然停下来问施托尔茨。

"您问问奥勃洛莫夫,看他有什么可说的。"施托尔茨说。

"啊!"奥勃洛莫夫不由得赞叹了一声。

他蓦地抓起奥莉加的一只手,又立即放下,羞赧万分。

"请原谅……"他喃喃地说。

"听见了吧?"施托尔茨对奥莉加说。"伊利亚,"他接着又问,"凭良心说,你多长时间没有这种感受了?"

[1] 原文为意大利语。

奥莉加接过话说:"如果今天早上有人摇着一架破手摇风琴从他窗户底下走过,他也会有这种感受……"她含着善意,语调又柔和,因而没有了讥刺的锋芒。

奥勃洛莫夫责备地看了她一眼,不料施托尔茨又加上一句:

"他的窗户到现在还没有打开,听不见外面的声音。"

奥勃洛莫夫责备地看了施托尔茨一眼。

施托尔茨握住奥莉加的一只手……

"我真不知道是什么原因,"他说,一面吻着她的一个个指头,"奥莉加·谢尔盖耶夫娜,您今天唱得特别好,至少我很久没听到过了。这就是我的恭维话!"

施托尔茨要走了。奥勃洛莫夫也准备离开,但是施托尔茨和奥莉加一起挽留他。

"我是有事,"施托尔茨说,"你回去又躺下了……现在还早……"

"安德烈!安德烈!"奥勃洛莫夫哀求说,"不行,今天我不能留下,我要走!"于是他走了。

他一夜没有合眼,心情忧郁、若有所思地在屋里来回踱步。天一亮他就出了门,沿着涅瓦河和一条条街道走下去,天晓得他心里酝酿着什么样的思想感情啊……

三天以后,他又到奥莉加那里去了。晚上,别的客人坐下打牌,他来到钢琴旁,单独和奥莉加在一起。婶娘头疼,坐在书房里闻酒精。奥莉加问他:

"要不要我给您看安德烈·伊万内奇从敖德萨给我带来的画集?他没有给您看过吧?"

"您好像为了尽女主人的职责,想方设法让我开心,对吗?"奥勃洛莫夫说,"白费心!"

"怎么白费心?我想让您不觉得无聊,让您在这儿就像在自己家里一样,让您觉得无拘无束,轻松自在,别又回去……躺着。"

"她真是个爱嘲弄人的坏东西!"奥勃洛莫夫心里想,却又不由自主地欣赏着奥莉加的一举一动。

"您想让我轻松自在、不觉得无聊?"他问。

"是啊。"奥莉加看着他说,那眼神含着比昨天还要多的好奇和善意。

"为此,第一,您就别这样看我,也别像那天那样看我……"

奥莉加眼睛里的好奇神情增加了一倍。

"就因为您用这种眼光看我,我才觉得很不自在……我的帽子呢?……"

"为什么不自在?"奥莉加温和地问,目光里已经没有了好奇,只有善意和温存。

"不知道,我只是觉得您在用这种眼光掏我不愿意让别人知道,尤其不愿意让您知道的一切……"

"怎么会这样?您是安德烈·伊万内奇的朋友,而他是我的朋友,因此……"

"因此您没有理由像安德烈·伊万内奇那样了解我。"他把话接了过来。

"理由是没有,但是有可能……"

"利用我这位朋友的坦率——他真是帮倒忙!……"

"莫非您有什么秘密?"奥莉加问,"也许是罪行?"她又笑着说,同时向后退了几步。

"也许是吧。"奥勃洛莫夫叹了一口气说。

"对,是非同小可的罪行,"奥莉加畏怯地低声说,"穿袜子一样一只。"

奥勃洛莫夫抓起帽子说:

"真受不了!您还说您想让我觉得自在呢!我不爱安德烈了……他把这事也告诉了您?"

"他今天告诉我的,把我笑死了。"奥莉加又说,"他爱说笑话。对不起,我不说了,我不说了。我要尽量用另外一种眼光来看您……"

奥莉加摆出一副既调皮又严肃的面孔。

"这还只是第一,"她接下去说,"好吧,我不像昨天那样看您了,现在您一定觉得轻松自在了。那第二我应该怎么做才能让您不觉得无聊呢?"

奥勃洛莫夫直视着奥莉加那双温柔的灰蓝色眼睛。

"现在您看我的眼神倒有点怪……"奥莉加说。

奥勃洛莫夫现在的确不是用眼睛看着她,而是像催眠术家那样用意念,用自己的全部意志看着她,不过是情不自禁的,由不得自己不看。

他几乎是用惊骇的目光望着她,心里想:"我的上帝,她多美啊!世上真有这样的人!皮肤这么白,眼睛深不见底,却又在放射光辉,一定是她的心灵在放射光辉!微笑像书一样可以读,一笑就露出这样的牙齿,而她的头……有双肩温柔地托着,像一朵花似的轻轻摆动,吐着芬芳……"

"是啊,我似乎从她身上吸取着什么,有种东西从她身上转移到了我身上。我的心脏,就是这儿,似乎沸腾起来,躁动起来……我感觉像是多了一种从前没有的东西……我的上帝,看着她让人感觉多幸福啊!连气都喘不上来了。"

他脑海里思如潮涌,两眼一直望着奥莉加,仿佛望着无尽头的远方,无底的深渊,充满柔情,忘却了自己。

"哟,奥勃洛莫夫先生,现在可是您在盯着我看了!"奥莉加不好意思地把头扭开,然而好奇心占了上风,她的目光没有从他脸上移去。

他什么也没有听见。

他的确一直看着她,但是没有听见她说些什么,而是在默默地审视自己的内心活动。他摸摸头,那里面也有东西在翻腾和奔驰。他抓不住一个个的念头,它们像成群的飞鸟,一掠而过;而他的左胸,心脏所在的地方,隐隐作痛。

"您别这样怪里怪气地看着我呀!"奥莉加说,"我也觉得不自在了……您大概也想从我心里掏点东西吧……"

"我能从您那儿掏点什么呢?"奥勃洛莫夫不觉问道。

"我也有许多计划,一些刚刚开始制订,一些还没有最后形成。"奥莉加说。

听到"没有最后形成"这个暗示,奥勃洛莫夫一下子明白过来。

"奇怪!"他说,"别看您厉害,您的目光倒是善意的。难怪说,不能相信女人。女人撒谎既可以是有意的——通过言词,也可以是无意的——通过目光、微笑、红晕,甚至昏厥……"

奥莉加不愿加深他的这种印象,不声不响地拿走奥勃洛莫夫手中的帽子,在一把椅子上坐了下来。

"我不了,我不了,"奥莉加连连说,"请您原谅,我的舌头真讨厌! 不过我发誓,没有嘲笑您的意思!"她几乎像唱歌似的说,由于激动,声音微微颤抖着。

奥勃洛莫夫放心了。

"这个安德烈!……"他责备地说。

"请告诉我,为了让您不觉得无聊,第二应该做什么呢?"奥莉加问。

"请唱一支歌!"

"这就是我想听的恭维话!"奥莉加说,兴奋得满面通红,"您知道吗,要是前天我唱完歌以后,您没有发出'啊'的一声赞叹,晚上我一定会睡不着觉,也许还会哭。"

"为什么?"奥勃洛莫夫惊讶地问。

奥莉加沉思不语,过了一会儿才说:

"连我自己也不知道。"

"您自尊心很强,一定是这个原因。"

"当然是,"奥莉加一只手弹着琴键,若有所思地说,"不过自尊心随处都有表现,有很多表现。安德烈·伊万内奇说,这几乎是支配意志的唯一动力。您大概没有这个动力,所以才……"

她没有把话说完。

"才什么?"奥勃洛莫夫问。

"没什么。"奥莉加转了话题,说,"我喜欢安德烈·伊万内奇,并不只是因为他说话逗我笑,有的时候他说话我还哭呢。也不是因为他喜欢我,好像是因为……他喜欢我胜过喜欢别人。您看,这也是自尊心的表现!"

"您喜欢安德烈?"奥勃洛莫夫以紧张的、探究的目光盯着奥莉加的眼睛问。

"当然,既然他喜欢我胜过喜欢别人,我更不用说了。"奥

273

莉加郑重地说。

奥勃洛莫夫默默地望着她,她也默默地、单纯地望着奥勃洛莫夫。

"他也喜欢安娜·瓦西里耶夫娜和季娜伊达·米哈伊洛夫娜,不过都不像喜欢我那样。"奥莉加接着说,"他不会跟她们在一起待两个小时,不会去逗她们笑,不会对她们说知心话。他只跟她们谈他的事业,谈戏剧,谈新闻,但是他跟我说话就像跟妹妹说话一样……不对,就像跟女儿说话一样,"她连忙补充说,"有的时候我一下子没有明白他的意思,或者没有听他的忠告,不同意他的看法,他甚至骂我。可是他不骂她们,好像正是因为这个原因我就更喜欢他了。自尊心!"她又若有所思地说,"我不明白,自尊心怎么会在我唱歌的时候表现出来?别人早就在夸我歌唱得好,可是您连听都不想听,那天几乎是强迫您听的。如果您听过以后一言不发就离开,如果我在您脸上看不到任何反应……我也许会病倒……对,这就是自尊心啊!"最后她肯定地说。

"莫非您在我脸上看到什么了?"他问。

"眼泪,虽然您尽力掩饰。不好意思表露真情是男人的缺点。这也是自尊,不过是虚假的。如果他们偶尔能够羞于表露自己的才智,那倒好些,他们的才智常常出毛病。连安德烈·伊万内奇也不好意思表露真情。我告诉过他,他同意我的看法。您呢?"

"在您面前哪能不同意什么!"奥勃洛莫夫说。

"又是恭维话!而且多么……"

奥莉加不知道怎么说好。

"庸俗!"奥勃洛莫夫替她说了出来,同时目不转睛地看着她。

她微微一笑,肯定了她想说的正是这个意思。

"那天我不愿意请您唱歌,怕的就是这个……第一次听人唱歌,该说什么好呢?不说又不行。要把话说得既聪明又出于真心,那可不容易,尤其是关系到情感,在当时印象深刻的情况下……"

"那天我的确唱得好,很久没有那么好了,甚至可以说从来没有那么好过……别再叫我唱了,我再也不会唱得像那天那样了……请等一等,我再唱一个……"她脸上顿时泛起了红晕,两眼熠熠放光。她在钢琴前坐下,用力弹了两三个和弦,随即唱了起来。

我的上帝!这歌声包含着什么啊!希望,对暴风骤雨的隐隐的恐惧,暴风骤雨来临,幸福的冲动,这一切不在她唱的歌词中,而在她的歌声里。

她唱了许久,时不时地转过头来看奥勃洛莫夫一眼,似乎天真地问他:"满意吗?还有呢!"然后接着唱下去。

由于激动,她的双颊和两耳涨得通红,有的时候在她那鲜嫩的脸上忽然闪现出心灵的电光,迸发出如此成熟的激情的火,仿佛她内心体验着属于遥远未来的生活。但是那火光倏忽即逝,歌声又变得像银铃似的清纯了。

奥勃洛莫夫的心中也有同样的生命在躁动。他觉得自己正经历着这一切,体验着这一切,不是一小时、两小时,而是一连许多年……

从表面上看,两个人一动不动地坐着,然而他们的内心都有烈焰在升腾,为同样的原因战栗着,眼睛里噙着由同样的情绪引出的泪水。这些都是迟早要在她那颗年轻的心里爆发的激情的征候。目前这颗心还只听从尚在沉睡的生命力的某些倏忽即逝的暗示和勃发的支配。

她的歌以一个任意延长的动听的和声结束,她的声音也随着这和声消失了。她停下来,把两只手放在膝上,激动而又兴奋地望着奥勃洛莫夫,想知道他的反应。

一种被唤醒的幸福感朝霞般从奥勃洛莫夫的心底升上来,照得他容光焕发,两只饱含着泪水的眼睛凝视着奥莉加。

这回是奥莉加不知不觉地握住了奥勃洛莫夫的手。

"您怎么了?"她问,"瞧您这副样子!怎么回事?"

其实她知道为什么奥勃洛莫夫会变成这样,暗自欣赏着自己的力量的表现,有点得意。

"您照照镜子吧!"她面带微笑地指着镜中奥勃洛莫夫的面孔对他说,"眼睛在闪光,我的上帝,还含着泪水!您对音乐的感受这么深!……"

"不,我感受到的……不是音乐……而是……爱情!"奥勃洛莫夫低声说。

奥莉加立即放开了奥勃洛莫夫的手,变了脸色。她的目光遇到了奥勃洛莫夫向她直射过来的目光——凝然不动,几近疯狂。注视着她的不是奥勃洛莫夫,而是激情。

奥莉加明白,奥勃洛莫夫的话是脱口说出的,他无法控制,然而是真心话。

奥勃洛莫夫清醒过来,拿起帽子,头也不回地跑出去了。奥莉加不再用好奇的目光送他出门,而是如雕像一般在钢琴旁边一动不动地伫立良久,两眼始终望着地面,只有胸脯在急剧地起伏……

六

无论奥勃洛莫夫懒洋洋地躺着也罢，呆呆地做白日梦也罢，处在精神亢奋的状态下也罢，在他的梦幻中占据突出地位的总是一个女子，多半是他未来的妻子，有的时候是情人。

在梦幻中，他眼前出现的女子身材修长匀称，双手稳重地抱在胸前，目光文静而自尊。她随随便便地坐在按意大利方式种植的屋旁小树林中的藤蔓间，或者轻轻地踏着地毯，或者走在林间的沙石小径上，腰肢摆动着，头优美地竖起在双肩上，脸上挂着若有所思的表情。这是理想的形象，是整个充满安逸和庄严宁静气氛的生活的化身，是安宁本身。

起初他梦见她全身戴满鲜花，站在祭坛前，披着长长的婚纱；后来梦见她在合卺之床的枕畔，羞涩地垂着眼帘；最后梦见她做了母亲，身边围着一群孩子。

他梦见她双唇含着微笑，不是热恋的微笑，而是使他这位丈夫欢喜、使其他人宽心的微笑；眼神也不是色迷迷的，而是对他一个人一往情深，对别人显得羞怯，甚至严厉。

他从不愿意发现她的心在突突地跳，听到她热烈地渴望什么，看到她忽然流泪，露出苦闷、困顿的神情，然后转为狂喜。既不要月亮，也不要忧郁。她不该突然脸色发白，晕倒在地，感觉如五雷轰顶……

"凡是这种女人都有情夫,"他说,"而且会惹出一大堆麻烦:要请医生,去温泉疗养,还有数不清的刁钻古怪的要求。让你不得安寝!"

而在一位自尊、羞涩、安分的妻子身边,男人就可以放心睡觉了。他睡下的时候,自信一觉醒来遇到的依旧是那温婉可亲的目光。再过二十年、三十年,迎接他的温存目光的仍旧是一双平静地闪着温婉情爱之光的眼睛。直到他入土都是如此!

"或许这就是男女婚配的隐秘目的吧?"奥勃洛莫夫想,"他们都要在配偶身上看到永不改变的平静态度,永不枯竭的稳定情感。这本是爱情的标准,稍有偏离——负心也好,冷淡也好——我们就会感到痛苦。如此说来,我的理想也就是人所共有的理想?这是否就是两性关系的圆满解释和最高模式呢?"

为了整体的利益,给情欲一条合法的出路,让它像河水一样沿着一定的路线规规矩矩地向前流去,这是全人类的任务,是进步的顶峰,是乔治·桑①之辈一直在攀登而又往往不得其路而上的顶峰。这个任务一旦完成,那就再也不会有什么负心或冷淡,只有平静而幸福的心永远均匀地跳动着,带来永远丰满、永远甘美、永远精神健康的生活。

这种幸福的实例是有的,不过极少,被当作非常现象。据说是生前注定的。其实也许应该通过教育,有意识地朝这个方向努力,谁知道呢?……

---

① 乔治·桑(1804—1876),法国女作家,提出妇女解放问题,主张婚姻自主。

激情！这在诗歌中和舞台上看起来很好,演员们身披大氅,手持利刃,决斗一场,散戏以后,死者和凶手还可以一起去吃夜宵……

如果现实中的激情爆发以后结局不过如此,那倒也罢,只可惜留下的是硝烟和臭味,毫无幸福可言！回想起来,只有自怨自艾罢了。

最后,一旦激情这种灾难降临,那就像一个人骑着马走上一条崎岖不平、寸步难行的路,马一再跌倒,人也筋疲力尽,终于家乡在望,切莫让它从视野中消失,快快脱离这险境……

的确,必须限制情欲,把它扼杀和淹没在婚配中……

如果一位女子突然向奥勃洛莫夫投来热情似火的目光,或者自己闭上眼睛啊呀一声倒在他的肩上,然后清醒过来,用两条胳膊死命钩住他的脖子,他一定会惊恐地逃走……这是放烟花,是火药桶爆炸,其结果会怎么样？耳聋,眼瞎,烧焦了头发！

现在让我们看一看,奥莉加究竟是哪一种女性！

奥勃洛莫夫无意中表白了自己的感情以后,他和奥莉加很久都没有再单独见面。他像个小学生似的,一看见奥莉加就躲开。奥莉加虽然改变了对他的态度,却不回避他,也没有冷淡他,只是变得更加沉静了。

她似乎惋惜上回发生的事情使她不能再用好奇的目光去折磨奥勃洛莫夫,不能再用善意的嘲笑去刺激他——嘲笑他总躺着,懒惰而又笨拙……

她越来越爱笑他,不过这就像母亲看到儿子穿一件滑稽的衣服不能不笑一样。施托尔茨走了,没有人听她唱歌了,她的钢琴也盖上了,她很寂寞。总之,她和奥勃洛莫夫之间的关系变得不自然起来,双方都觉得拘束。

可是一开始多好啊!他们的结识多单纯啊!他们是多么无拘无束地走到一起来的啊!奥勃洛莫夫比施托尔茨更单纯,也比施托尔茨更善良,虽然他没有像施托尔茨那样逗她笑,或者自己让她觉得好笑,并且容忍她的嘲弄。

再说,施托尔茨临行前曾经把奥勃洛莫夫托付给她,请她关照他,别让他总待在家里。在她那聪明好看的小脑袋里已经形成了一个详细的计划,要叫奥勃洛莫夫改掉睡午觉的习惯,不仅不许他白天睡觉,也不许他白天躺在长沙发上,而且要他保证做到。

她梦想着如何"命令他读"施托尔茨留下的那些书,还要他每天看报,把新闻讲给她听,给村长写信,把整顿庄园的计划拟好,准备出国——总之,不让他打盹儿。她要给他树立一个目标,迫使他重新热爱他冷淡了的一切,施托尔茨回来以后肯定认不出他来了。

这位至今还没有指挥过什么人、还没有开始生活的寡言少语的羞怯少女,要创造这个奇迹!她就是这个转变的促成者!

这个转变已经开始,只要她一张口,奥勃洛莫夫就变了一个人……

奥勃洛莫夫要去生活,去行动,去赞美生命,赞美她。如果说"妙手回春"对于一个治好绝症病人的医生意味着极大的荣誉,那么挽救一个精神濒于毁灭的聪明善良的人又该得到什么样的荣誉呢?……

她自豪和快乐得竟至颤抖起来,视此为天降大任。她在心里已经让奥勃洛莫夫做了她的私人秘书和图书管理员。

忽然,这一切都不得不结束!她不知道该怎么办,因此见到奥勃洛莫夫的时候沉默不语。

奥勃洛莫夫以为自己吓着了她,委屈了她,心里很难过,准备接受愤怒的目光和冰冷的态度,一看见她就发抖,连忙转身。

这期间他已经迁往别墅,三天以来一直是一个人经过小丘和沼地到树林里去漫步,或者到村子里去,在农家门口闲坐,望着村童和牛犊怎样跑来跑去,鸭子怎样在池塘里戏水。

别墅附近有一片湖和一座很大的公园。他不敢到那边去,生怕单独碰见奥莉加。

"我怎么那样唐突!"他想,甚至没有问一问自己脱口说出那句话究竟是真情外露,还是一时受到音乐感染的结果。

他觉得别扭,难为情,或者用他的话来说真是"丢脸",因此不去弄明白那究竟是什么性质的冲动,奥莉加对于他又意味着什么。他没有去分析,他心里究竟多了什么——那是一团从前不曾有过的东西。他的全部感情都混成一团羞愧。

每当奥莉加一瞬间在他的想象中出现的时候,另外一个形象,体现着生活的安宁与幸福的理想,也同时出现,这理想与奥莉加一模一样!两个形象融合成为一个。

"我真鲁莽!"他说,"把事情都弄糟了!幸亏施托尔茨走了,她还没有来得及告诉他,否则我真要恨无地缝可钻了!爱情和眼泪对我合适吗?奥莉加的婶娘那边也没有消息,没有派人来请我去,她肯定说了……我的上帝!……"

他一面向公园深处一条靠边的林荫路走去,一面这样想。

奥莉加觉得为难的只是她下一次如何同奥勃洛莫夫见面,如何让这件事情成为过去——是避而不谈,只当什么事情也没有发生好呢,还是应该对他说点什么?

究竟说什么呢?摆出一副凛然不可侵犯的面孔,傲目以视,或者根本不看他,只傲慢地、干巴巴地对他说,她"怎么也想不到他会有这样的举动,他把她当成什么人啦?他怎么敢如此无礼?……"索涅奇卡跳玛祖卡舞的时候就是这样对一位骑兵少尉说的,虽然她正使出浑身解数要使对方神魂颠倒。

"其实又有什么无礼的呢?"她自问,"如果这是他的真实情感,为什么不能说出来?……不过他刚认识我,怎么会一下子……换了别人,才见过一位女子两三次,绝对不会这样说。再者,别人也不会这么快就感觉到产生了爱情,只有奥勃洛莫夫才会……"

她又回忆起她听到过和读到过的那些一见钟情的故事,心想:

"他一时冲动,情不自禁,现在觉得难为情,不敢露面。由此看来,那就不是非礼。而且,究竟该怪谁呢?当然是该怪安德烈·伊万内奇。是他一定要我唱歌。"

起初奥勃洛莫夫并不想听她唱歌,她还觉得扫兴呢。是她……尽力……想到这里她面红耳赤了——是的,她尽力想使他振作起来。

施托尔茨谈到他的时候,说他提不起精神,对什么都不感兴趣,心如死灰……所以她想看看是不是真的心如死灰。她唱啊,唱啊……从来没有像这样唱过……

"我的上帝!"她想,"其实都怪我,我要去请求他原谅……原谅什么呢?难道去对他说:奥勃洛莫夫先生,都怪我不好,是我引得你……真丢人!事情并不是这样!"她红了脸,跺跺脚说,"谁敢这样认为?……难道我知道会发生什么

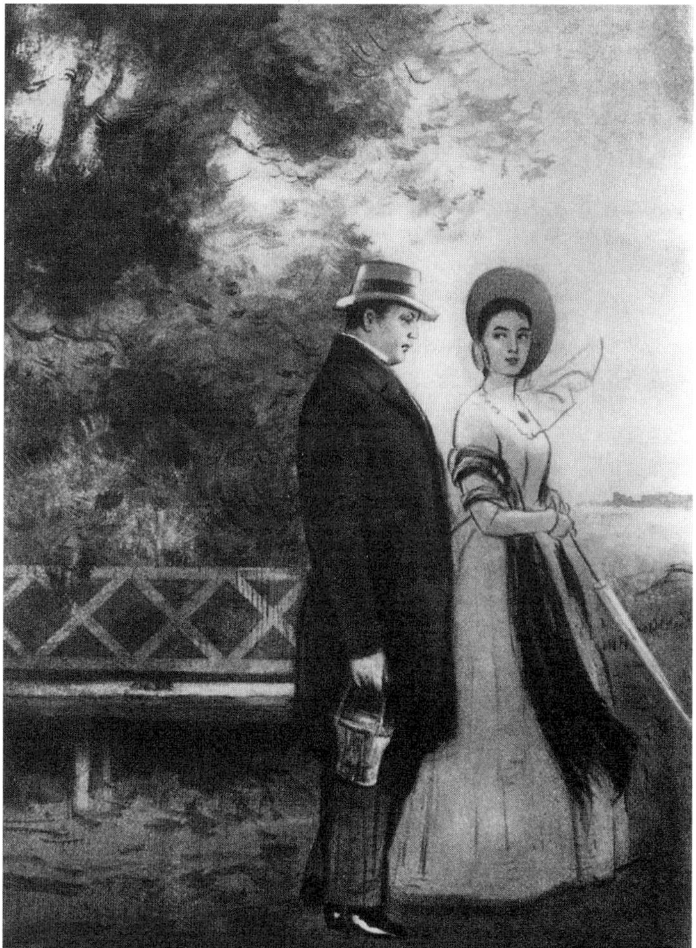

事情?要是没有发生过那件事,要是他没有脱口说出那句话……又会怎么样呢?……我不知道……"

从此奥莉加心里有了一种奇怪的感觉……她一定觉得非常委屈……乃至浑身发热,两颊绯红……

"这是受了刺激……心火有点旺。"医生说。

"奥勃洛莫夫怎么这样!哦,应该给他一点教训,以便今后不再发生类似的事情!我要叫婶婶①别再让他上门,他不该忘乎所以……太胆大了!"她在公园里散步的时候这样想,她的两眼在放光……

忽然,她听见一个人的脚步声。

"有人来了……"奥勃洛莫夫想。

他们面对面碰上了。

"奥莉加·谢尔盖耶夫娜!"奥勃洛莫夫招呼了一声,浑身像杨树叶似的瑟瑟发抖。

"伊利亚·伊利奇!"奥莉加心虚地答了礼,两人都停住了脚步。

"您好!"他说。

"您好!"她说。

"您上哪儿去?"他问。

"唔……"她没有抬起眼睛来。

"我打搅您了吧?"

"哪儿的话……"她迅速而好奇地瞥了他一眼说。

"我可以陪您走走吗?"他试探地看了她一眼,突然问。

两人默默地沿着小径走去。无论在教师的戒尺威胁下,

---

① 原文为法语,以下均同此。

还是校长的怒目注视下,奥勃洛莫夫的心从来没有像现在这样跳过。他想说句话,竭力让自己镇静下来,可就是开不了口,只有心在狂跳,仿佛大难临头。

"安德烈·伊万内奇来信了吗?"奥莉加问。

"来信了。"奥勃洛莫夫回答说。

"他写些什么?"

"叫我去巴黎。"

"您怎么样?"

"我去。"

"什么时候?"

"就走……不,明天……准备好了就走。"

"为什么这样急?"她又问。

他没有回答。

"是不是您不喜欢这别墅,或者……请您告诉我,您为什么要走?"奥莉加这样说,心里却在想:

"真无礼!他还想一走了之呢!"

"不知道是什么原因,我觉得痛苦,不自在,心里火烧火燎的。"奥勃洛莫夫望着别处低声说。

奥莉加没有做声,而是折了一枝丁香来闻,拿花枝遮住自己的脸和鼻子。

"您闻闻,好香!"她说着又拿这枝花去掩住奥勃洛莫夫的鼻子。

"这儿有铃兰花!您等一等,我去采,"奥勃洛莫夫说着向草丛间弯下身去,"这种花更好闻,多一些田野、树林的味道,多一些大自然的气息。而丁香总是长在房前屋后,树枝一个劲儿往窗户里钻,香得腻人。您看,这些铃兰花上的露水还

285

没有干呢。"

他采了几枝献给她。

"木犀草花您喜欢吗?"奥莉加问。

"不,气味太浓。木犀草花和玫瑰花我都不喜欢。一般说来,我不喜欢花。在野外还好,到了室内,真麻烦……成了一堆垃圾……"

"您喜欢屋里干干净净的,受不了垃圾,对吗?"奥莉加调皮地看着他问。

"是的,可是我的男仆那么……"他含糊地说,心中暗想:"啊,好厉害!"

"您直接去巴黎?"奥莉加问。

"嗯,施托尔茨早就在那儿等我了。"

"我想写封信请您带给他。"奥莉加说。

"请您今天给我,明天我就进城。"

"明天?"奥莉加问,"怎么这样急?好像有人赶您走似的。"

"是在赶……"

"谁?"

"羞愧……"他低声说。

"羞愧!"奥莉加机械地重复了一遍,心想:"我这就对他说:奥勃洛莫夫先生,我真没有料到……"

"是的,奥莉加·谢尔盖耶夫娜,"奥勃洛莫夫终于镇定下来说,"我想您一定会吃惊……生气……"

"是时候了……现在就说。"奥莉加心里想,可是她的心跳得厉害,"不行,我的上帝!"

奥勃洛莫夫看着她的脸,想知道她有什么反应,可是她一直闻着她的铃兰花和丁香花,不知道自己怎么了……不知道该怎么说,怎么做。

"唉,索涅奇卡一定能立刻想出办法来,"她想,"可是我真笨!什么也不会……真要命!"

"我都忘了……"她说。

"请您相信我,那是情不自禁……我控制不住自己……"奥勃洛莫夫鼓起一点勇气说,"那天即使天上打雷,石头砸到我头上来,我也会说。什么力量也挡不住……看在上帝分上,您千万别以为我要……当时我立刻就想收回那句唐突的话,不惜一切……"

奥莉加低下头,闻着花儿朝前走。

"忘了这事吧!"奥勃洛莫夫接着说,"何况那不是真的……"

"不是真的?"奥莉加突然挺直了身子说,花儿从她手中散落到地上。

她突然睁大了眼睛,露出惊讶的神色……

"怎么不是真的?"她又问了一遍。

"看在上帝分上,您别生气,忘了吧。我向您保证,那只是一时入迷……受了音乐的影响。"

"只是受了音乐的影响!……"

她的脸色大变,两颊上的红晕消失了,眼睛也没了光彩。

"原来什么事也没有!他收回了不小心说出来的话,还有什么气可生!……也好……现在无风无浪……又可以像原先那样谈天、说笑话了……"奥莉加一面这样想,一面顺手用力扯断路旁的一根小树枝,又用嘴唇扯下一片树叶,随即将树枝和树叶扔在小径上。

287

"您不生气了吧?忘了吧?"奥勃洛莫夫俯首向她问道。

"怎么了?您要我怎么样?"奥莉加闪开一步,激动地,几乎是懊丧地说,"我全忘了……我这个人没记性!"

奥勃洛莫夫闭上了嘴,不知道该怎么办。他只看见奥莉加忽然露出懊丧的神色,却没有看出原因何在。

"我的上帝!"奥莉加想,"现在一切正常,那一幕就像没有发生过一样,感谢上帝!好吧……唉,我的上帝!这是怎么一回事啊?唉,索涅奇卡,索涅奇卡!你多幸福啊!"

"我回去了。"奥莉加忽然说,同时加快了步伐,转向另一条林间小径。

泪水堵住了她的喉咙。她怕自己哭出声来。

"别往那边走,这边近些。"奥勃洛莫夫说,接着又沮丧地骂自己:"我真蠢,有什么必要表白!现在我是错上加错。根本不该提起那件事,它自然会过去,被淡忘。现在没有别的办法,必须去求她原谅。"

"我这样懊恼,"奥莉加想,"准是因为我还没来得及对他说:奥勃洛莫夫先生,我真没想到您会……他就抢先说了……'那不是真的!'瞧,他还会撒谎!好大的胆子!"

"您真的忘了?"奥勃洛莫夫低声问。

"忘了,全忘了!"奥莉加急促地说,同时匆匆往回家的路上走去。

"请您把手伸给我,说明您不生气了。"

奥莉加看也不看他,向他伸出几个指尖,可是他刚碰到这些指尖,奥莉加立刻就把手缩了回去。

"不对,您还在生气!"奥勃洛莫夫叹了一口气说,"我怎么才能让您相信,那是入了迷,我不会任自己忘乎所以呢？……当然，我再也不听您唱歌了……"

"怎么说也没有用，我不需要您保证……"奥莉加激烈地说，"我自己也不会再唱了！"

"好吧，我不说了，"奥勃洛莫夫说，"不过看在上帝分上，您别像这样离开，否则我心里会压着一块大石头……"

奥莉加放慢了脚步，注意听他说什么。

"如果那天我不赞美您的歌喉，您真的会哭，那么今天您不笑一笑，不和我友好地握握手，就这样离开，我也会……奥莉加·谢尔盖耶夫娜！我会病倒，现在我的两条腿在发抖，连站都站不住……"

"为什么呢？"奥莉加看了奥勃洛莫夫一眼，突然问。

"我自己也不知道，"奥勃洛莫夫说，"我的羞惭感已经过去，我不为自己说出那样的话害臊了……我觉得那句话里有……"

奥勃洛莫夫又心乱如麻了，心里又像是多了一样东西，奥莉加的温柔好奇的目光重又烧灼着他。她体态优雅地向他转过身来，那样不安地等着他回答。

"有什么？"奥莉加急切地问。

"我不敢说出来，怕您又要生气。"

"说吧！"奥莉加用命令的口吻说。

奥勃洛莫夫沉默着。

"嗯？"

"望着您，我又想哭了……您看，我没有自尊心，我不为心里有什么而害臊……"

"为什么想哭呢？"奥莉加问，双颊泛起了红晕。

"我总听见您的声音……我又感觉到……"

"什么?"奥莉加问,一股泪泉从胸中涌了上来。她紧张地期待着。

他们走到了台阶前。

"感觉到……"奥勃洛莫夫欲言又止。

奥莉加慢慢地,像是艰难地登上了台阶。

"那音乐……那……激动的心情……那种……感……原谅我吧,原谅我吧,我对付不了我自己……"

"奥勃洛莫夫先生……"奥莉加严厉地说,可是忽然满脸是微笑的光彩,并且温和地接下去说,"我不生气了,我原谅您,不过以后……"

奥莉加没有转过身来,把手向后伸给了奥勃洛莫夫。奥勃洛莫夫握住她的手,吻了吻她的掌心,她用掌心轻轻地按了按奥勃洛莫夫的嘴唇,瞬间飞进了玻璃门,剩下奥勃洛莫夫站在那里呆若木鸡。

七

奥勃洛莫夫瞪大眼睛,张着嘴巴,久久地望着奥莉加的背影,又久久地望着小树丛……

几个陌生人走了过去,一只鸟儿划破天空。一个农妇经过他身边的时候问他要不要浆果,而他仍在那里发呆。

他又缓步沿着那条小径走去,走到一半的地方,发现奥莉加掉在地上的铃兰花,还有她扯下来又气恼地扔了的丁香花枝。

"为什么她这样?"奥勃洛莫夫开始思索,回忆……

"傻瓜,傻瓜!"他拾起铃兰花和丁香花枝的时候忽然出声地说,接着几乎在小径上奔跑起来。"我请求她原谅了,而她……啊,真的吗?……太好啦!"

他喜气洋洋地回到家里,就像嬷嬷说的,"额头上挂着月亮",然后在长沙发的一角坐下来,用手指在蒙着一层灰尘的桌面上迅速地画出"奥莉加"三个大字。

"唉,这么多灰尘!"他从狂喜中清醒过来才发现,于是大喊"扎哈尔,扎哈尔!"他喊了许久,因为扎哈尔和几个马车夫正坐在朝巷子开的大门外。

"快去!"阿尼西娅拉拉他的袖子,严厉地对他耳语说,"老爷叫你半天了。"

"扎哈尔,你看看,这是什么?"奥勃洛莫夫现在没有心情生气,只以温和的语气善意地说,"你想把这个地方也弄得乱七八糟,到处是灰尘和蜘蛛网?对不起,我不允许!奥莉加·谢尔盖耶夫娜说'您喜欢垃圾',让我下不了台。"

"她说这话容易,她们家用着五个人。"扎哈尔说,同时向着房门转过身去。

"你上哪儿去?还不赶快擦干净,这儿简直坐不得,也靠不得……真叫人恶心,这是……奥勃洛莫夫精神!"

扎哈尔气鼓鼓的,斜着眼睛看了看伊利亚·伊利奇,心里想:

"瞧!又琢磨出一个让人心里难受的词儿啦!听着倒耳熟!"

"快擦啊,站着干什么?"奥勃洛莫夫说。

"擦什么?我今天擦过了!"扎哈尔固执地说。

"你擦过了,那灰尘又是从哪儿来的呢?看这儿,这儿!都擦掉!马上擦!"

"我擦过了,"扎哈尔坚持说,"用不着左擦右擦!灰尘是从街上带进来的……这附近都是野地、别墅,街上的灰尘多的是。"

"扎哈尔·特罗菲梅奇,"阿尼西娅突然从另外一间屋里探出头来说,"你先扫地,后擦桌子,那算白干,灰尘又落了一地……你该先……"

"我要你指教?"扎哈尔声音嘶哑地怒吼起来,"滚回去!"

"哪儿见过先扫地后擦桌子的?……怨不得老爷生气……"

"去,去,去!"扎哈尔一面吼,一面挥动着胳膊肘儿向阿尼西娅的胸部捣去。

阿尼西娅做了一个讪笑的鬼脸,躲开了。奥勃洛莫夫也摆了摆手,叫扎哈尔出去。他枕着绣花靠枕半躺在那里,把手放在心脏部位,开始倾听心脏的跳动。

"这可对健康有害,"他自言自语说,"怎么办?要是跟医生商量商量,他也许会让我到阿比西尼亚①去!"

扎哈尔娶阿尼西娅以前,各人干各人的,互不干涉,就是说,阿尼西娅管采购和做饭,只在一年一度擦洗地板的时候才参与打扫房间的工作。

他俩结婚以后,阿尼西娅到上房来比从前方便了,她就常帮着扎哈尔打扫,屋里也比从前干净。总之,她承担了她丈夫的一部分工作,既是出于自愿,也是扎哈尔对她实行专制的结果。

"把地毯拿出去拍一拍!"扎哈尔声音嘶哑地对她下命令,或者说:"那个犄角都堆满了,你清理清理,没用的东西拿到厨房去。"

这样的幸福日子只过了一个来月,屋里干干净净,老爷也不抱怨了,不再说什么"让人心里难受的词儿",扎哈尔整天闲待着。但是这样的幸福日子已经过去,且看原因何在。

自从扎哈尔和阿尼西娅一起照管上房以来,扎哈尔无论做什么事情都显得笨手笨脚,每走一步都不妥当。他活在世上已经五十五年,相信自己所做的一切都是好得不能再好的了。

可是在短短两个星期之内,阿尼西娅忽然向他证明,他这

---

① 即今埃塞俄比亚。

293

也不行那也不行,而且是以一种让人难堪的宽容态度轻言细语地向他证明,就像人们对待不懂事的小娃娃或者十足的傻子,还望着他讪笑。

"扎哈尔·特罗菲梅奇,"阿尼西娅温柔地说,"你不该先关烟道,后开气窗,这样屋里又凉了。"

"照你说该怎么办?"他以做丈夫的粗暴态度问她,"什么时候开?"

"生炉子的时候开,等烟子出去了,再把屋子烧热。"她轻言细语地说。

"蠢货!"扎哈尔说,"我这么干了二十年啦,能为你变个样儿……"

他把茶叶、白糖、柠檬、银器,和鞋油、刷子、肥皂放在柜子里同一块搁板上。

有一天,他忽然发现肥皂搁在洗脸台上,刷子和鞋油放在厨房窗台上,茶叶和白糖收在五斗柜的一个抽屉里。

"你自作主张给我捣什么乱,嗯?"他声色俱厉地问阿尼西娅,"我成心把这些东西搁在一块儿,伸手就拿得着。你倒好,四处乱放。"

"免得茶叶有肥皂味。"阿尼西娅温和地说。

还有一回,阿尼西娅把老爷的衣服上两三个虫蛀的窟窿指给扎哈尔看,对他说,每个星期必须把衣服拿出去抖搂一次,并且刷干净。

"让我用小笤帚拍一拍。"最后阿尼西娅温柔地说。

扎哈尔却把小笤帚和燕尾服从阿尼西娅手中夺过来,放回原处。

有一天,扎哈尔又像往常那样埋怨伊利亚·伊利奇不该拿蟑螂这事儿平白无故地骂他,因为蟑螂"不是他发明的"。阿尼西娅不声不响地把搁在搁板上不知多长时间的黑面包渣和别的残剩食物收拾了,又擦了柜子,洗了餐具,蟑螂也就几乎绝迹了。

这究竟是怎么一回事,扎哈尔还是不大明白,他只承认阿尼西娅勤快。可是有一天,他端着一托盘茶杯,砸了两个,又按他的老脾气骂开了,恨不得把整个托盘都扔在地上。这时候阿尼西娅接过他手中的托盘,搁上别的杯子,外加糖罐和面包,都摆得好好的,不让一个杯子晃动,然后向他示范怎么样用一只手托着,另一只手扶住,在屋里来回走了两趟,还把托盘左晃右晃,而托盘上连一把小勺儿都没有移动过。扎哈尔忽然明白了,阿尼西娅比他聪明!

他把托盘从阿尼西娅手中抢过来,杯子摔了一地。为这件事他始终不肯原谅阿尼西娅。

"你看见了,该怎么端托盘!"阿尼西娅还轻声说了这么一句。

他摆出一副呆傻的高傲姿态瞪了阿尼西娅一眼,阿尼西娅却在讪笑。

"你这个臭婆娘,想显摆!我们奥勃洛莫夫庄园大宅哪像这个样子!全仗我一个人!那边大小听差就有十五个,像你这样的婆娘多得连名字都叫不上来……你在这儿倒……嘿,你呀!……"

"我是为你好……"阿尼西娅说。

"去,去,去!"扎哈尔声音嘶哑地说,同时威胁地用胳膊肘儿向阿尼西娅的胸部捣去,"从上房滚出去,到厨房……干你们娘儿们的事去!"

阿尼西娅笑了笑就走开了,扎哈尔还阴沉着脸站在那里侧目望着阿尼西娅的背影。

扎哈尔的自尊心受了伤,因此拿他老婆出气。可是每当伊利亚·伊利奇要什么东西而那东西又找不着或者已经被打碎的时候,每当屋里弄得乱七八糟而那伴随着"让人听了难受的词儿"的暴风雨就要降临到扎哈尔头上的时候,扎哈尔就向阿尼西娅递眼色,朝书房点点头,同时伸出拇指向那边指一指,低声命令阿尼西娅:"你到老爷屋里去一趟,看他要什么。"

阿尼西娅走进去,简单地解释几句,暴风雨就过去了。于是只要奥勃洛莫夫的话里一蹦出"让人听了难受的词儿",扎哈尔就建议叫阿尼西娅来。

多亏有阿尼西娅,不然奥勃洛莫夫的那几间屋子又该杂乱无章了。阿尼西娅已经把自己算做奥勃洛莫夫家的人,不知不觉地像她丈夫那样把自己与伊利亚·伊利奇的生活、家庭,乃至他本人紧紧地联系在一起。她凭着女性的细心和勤快在这些无人照管的屋子里精神抖擞地操持着。

只要扎哈尔一走开,阿尼西娅就来掸桌子上和沙发上的灰尘,打开气窗,拉好窗帘,把撂在屋子当中的长筒靴和搭在大圈手椅上的裤子放回原处,整理好所有的衣服,甚至写字台上的纸张、铅笔、削笔刀和鹅毛笔,拍平睡乱了的床铺,搁好枕头。这些事情她三下两下就做完了,然后再把整个房间扫上一眼,挪挪这把椅子,关上那个五斗柜的抽屉,收起桌子上的餐巾,一听见扎哈尔的皮靴响就赶紧溜到厨房去。

阿尼西娅是个性格活泼、动作麻利的女人,约莫四十七岁,脸上挂着关切的微笑,眼睛滴溜溜地转个不停,脖子粗壮,胸脯结实,两只手红红的,放下这个拿起那个,总不闲着。

她的脸颊几乎没了,只见一个鼻子在那儿,虽然不大,却像是异军突起,或者说安放得不妥当,而且下面一截向上翘着,使得松弛而没有血色的双颊难以被人发现。结果是,你对她的鼻子早有明确的认识,而面部如何却没有注意到。

世界上像扎哈尔这样的丈夫多得很。外交家有的时候并不把妻子给他出的主意当一回事,听了不过耸耸肩膀而已,事后却悄悄地按照妻子的主意行事。

行政官员听他妻子叨唠一件重要的事情的时候也会吹口哨,做出一副真拿你没办法的苦脸相,可是第二天却郑重其事地向部长报告妻子叨唠的那番话。

这些先生同样令人不快或者轻率地对待妻子,难得赏脸和妻子说话,即使不像扎哈尔那样把妻子看成婆娘,也不过当作花儿,供他们办完正事以后消遣消遣……

正午的太阳早已把公园里的小径晒得烫人。人们都坐在阴凉的地方和布篷下面,只有保姆们带着孩子,三五成群,在毒日头下勇敢地走来走去,或者干脆坐在草地上。

奥勃洛莫夫照旧躺在长沙发上。早晨他同奥莉加的一段对话究竟意味着什么,他没有把握。

"她爱我,为我动了感情。这可能吗?她想着我,为了我才唱得那么热情,音乐使得我俩心心相印。"

他心中升起一股自豪感,生活及其迷人的前程大放光彩,这些夺目的光与色不久以前还不存在。他仿佛看见自己和她已经在国外,在瑞士的湖泊上泛舟,在意大利罗马的废墟间漫步,乘威尼斯的画船游览,然后消失在巴黎、伦敦街道上的人群中,然后……然后回到自己的人间天堂——奥勃洛莫夫庄园。

她是天仙,语调那么动听,五官那么秀美,皮肤白皙,脖颈纤细娇柔……

农民们从来没有见过这样的尤物,他们像遇到天使一般跪倒在她面前。她在草地上轻盈地走动,和他漫步在桦树林的阴影中,为他唱歌……

于是奥勃洛莫夫感觉到了生命,生命的缓缓流动,生命之水的甘甜,生命之水的激溅……奥勃洛莫夫的心愿得到了满足,幸福感充满他的身心,使他陷入沉思之中……

忽然间,他的脸上又布满了乌云。

"不,这不可能!"他大声说,并且从沙发上起来,在屋里踱步,"爱我这个睡眼惺忪、委靡不振的可笑的人……她总是在笑我……"

他走到镜子前面停下来,照了许久,起初并无好感,后来竟眉开眼笑了。

"我好像比在城里的时候气色好些了,"他说,"眼睛不那么无神……本来有麦粒肿,现在也不见了……想必是因为这里的空气新鲜,我活动得多,酒完全不喝了,也不成天躺着……用不着到埃及去了。"

奥莉加的婶娘玛丽亚·米哈伊洛夫娜派人来请他过去吃中饭。

"就来,就来!"奥勃洛莫夫说。

来人正要走,奥勃洛莫夫把他叫住,对他说:

"这是给你的。"

他给了来人一点钱。

奥勃洛莫夫的心情轻松愉快。大自然一片光明。人人都那么和善,怡然自得,满脸幸福的神情。只有扎哈尔脸色阴沉,总是侧目看他。阿尼西娅倒是面带好心的微笑。奥勃洛莫夫决定:"养一只狗,或者一只猫……还是养猫好些,猫更温顺,会打呼噜。"

他向奥莉加那边跑去。

"唔,不过……奥莉加爱我!"他一路上这样想,"这年轻的崭新的造物啊!人生最富诗意的天地此时在她的想象中已经展开,她在梦中见到的该是有一头黑色鬈发的挺拔秀美的青年,身上蕴蓄着力量,神情勇武,脸上挂着自豪的微笑,眼睛里闪着极易打动心魂的忽隐忽现的火花,嗓音柔和清脆有如金属弦声。不过也有许多人爱的不是秀美的青年,不是勇武的神情,不是灵活的舞步,不是骑术……假定奥莉加不是可以用小胡子和马刀的铿锵打动的平庸女子,那么就需要别的东西……才智的力量,比如能使一个女子倾倒并且博得社会名流敬仰的才智……或者著名的艺术家……而我算什么呢?不过是奥勃洛莫夫而已。施托尔茨可就不同了,他是智慧,是力量,他能支配自己,支配别人,甚至支配命运。无论到什么地方,无论同什么人打交道,他一下子就适应了,就像掌握了弹奏乐器的技巧……我呢?……我连扎哈尔都支配不了……也支配不了自己……我是奥勃洛莫夫!而施托尔茨!我的上帝!……她爱的是他啊,"奥勃洛莫夫惊骇地想,"她说像爱朋友一样,那是说谎,也许是不自觉的谎话……男女之间不存在友谊……"

他的步子逐渐慢下来,满腹狐疑。

"万一她是在跟我调情呢?……只要……"

他停住脚步,呆立了片刻。

"万一是诡计,是阴谋……我根据什么认为她爱我?她

299

没有说过,这是虚荣心在作怪!那么,难道是安德烈?……不可能,她是这样的,这样的……"这时候奥勃洛莫夫看见奥莉加迎面走来,忽然高兴地说:"瞧,她是怎样的一位女子啊!"

奥莉加快乐地微笑着向他伸出手来。

奥勃洛莫夫断定:"不对,她不是那种女子,她不是骗人的女子,骗人的女子不会用这么温柔的目光看人,也没有这种发自内心的笑声……她们总是嗲声嗲气的……不过……她并没有说过她爱我呀!"接着忽然又惊恐地想,一定是自己主观的推断……"可是她为什么懊丧呢?……主啊!我怎么也理不出一个头绪!"

"您手里拿的是什么?"奥莉加问。

"一枝花。"

"什么花?"

"您看,是丁香。"

"您从哪儿弄来的?这儿没有丁香啊!您上哪儿去了?"

"这是您早上折下来又扔掉的。"

"您捡它干什么?"

"您……懊丧地扔了它,我很高兴。"

"懊丧会让人高兴,这倒是新闻!为什么?"

"我不说。"

"请您告诉我……"

"绝对不行,不管给我什么好处!"

"我求您了。"

奥勃洛莫夫使劲摇头。

"要是我给您唱歌呢?"

"那倒……也许……"

"这么说,只有音乐能打动您?"她皱起眉头问,"对不对?"

"对,只有您演绎的音乐……"

"好吧,我就唱……圣洁的女神①……"奥莉加唱了诺尔玛的这一段祈祷,停下来以后说:

"好了,现在您说吧!"

奥勃洛莫夫思想斗争了一阵,更加坚决地说:

"不行,不行!绝对不行……我永远不说!万一不是事实,万一是我的错觉呢?……我永远不说,永远不说!"

"究竟是怎么一回事?很严重吗?"奥莉加一心想着这个问题,眼睛探究地望着奥勃洛莫夫说。

接着奥莉加脸上渐渐露出会意的神色,先是脸上的线条逐一泛出寻思和若有所悟的光彩,忽然间,整个面部都被会意的光辉照得通明……太阳有的时候就是像这样从云端露出脸来,起初把它的光芒投到一株灌木上,渐渐扩展开去,照亮了其他的树木,甚至屋顶,忽然间,把一整幅风景呈现在我们面前。奥莉加已经猜透了奥勃洛莫夫的心思。

"不行,不行,我说不出口……"奥勃洛莫夫坚持说,"别问我了。"

"我没有问您,"奥莉加淡淡地说。

"怎么没有?您刚才……"

"我们回去吧,婶婶等着呢。"奥莉加一本正经地说,没有听奥勃洛莫夫说下去。

她一直向前走,径自走回自己的房间,让婶娘去接待奥勃洛莫夫。

---

① 原文为意大利语。

八

这一天对于奥勃洛莫夫是个希望逐渐渺茫的日子。他一直和奥莉加的婶娘在一起。这位太太人很聪明体面,衣着华丽,总是穿一件十分合身的新绸衫,领口总是镶着精致的花边,软帽做得也很别致,帽子上的缎带俏丽地烘托着对一个年近五十的人来说还很滋润的脸颊,一副金丝边长柄眼镜挂在链子上。

她仪态雍容,身上十分巧妙地搭着一条华贵的披肩,一只胳膊肘适当地倚着绣花靠枕,气度威严地坐在沙发上。从来没有见过她做什么活儿,像弯腰、缝纫、处理杂务这一类的事情与她的脸面和仪态可不相宜。她对男仆女仆下命令的语调也是漫不经心的,话说得简短而又冷淡。

有的时候她也看看书,但是从不提笔写字。她善于言谈,不过说的多半是法国话。她立刻发现奥勃洛莫夫的法国话说得不太流利,第二天就对他说俄国话。

在交谈中她既不凭空想象,也不自作聪明。她头脑中似乎有一条理智从不超越的严格界线。总的看来,感情,任何好感,甚至爱情,参与她的生活的程度和其他因素相等,而从别的女人身上你马上就会发现,爱情在她们生活中的一切问题上都有份儿,别的因素则是次要的,视爱情留下多大余地而定;即使事实上不是如此,口头上也是如此。

婶娘最重视的是生活能力,控制自己的能力,保持思想与意图以及意图与实行之间的平衡的能力。她从来不会显得毫无准备、措手不及,就像一个警觉的敌人,你无论什么时候窥伺他都会发现他的目光严阵以待地注视着你。

与上流社会交往是她的天性,因此她考虑任何问题,她的一言一行,无不严守分寸和谨慎的原则。

她从不在人前表露自己的内心活动,从不把心中的秘密告诉任何人。在她身边看不到她可以与之边喝咖啡边密谈的好友或者老妪。只有冯朗瓦根男爵常常单独和她在一起,晚上偶尔会坐到半夜,但是几乎总有奥莉加在场,而且他俩多半沉默不语,虽然这沉默看上去似乎大有深意,暗示他俩彼此会意的事情别人不得而知,不过也仅此而已。

他俩显然喜欢彼此相伴,这是旁观者所能作出的唯一结论。她对待他和对待别人一样殷勤和善,也一样不冷不热。

好搬弄是非的人据此推断他俩早就是朋友,说他俩曾经一起出国旅行,然而从她对他的态度上却看不出有一丝一毫不可告人的私情的痕迹,照理说那种私情是包不住的。

顺便说一句,男爵是奥莉加名下一处不大的田产的委托人,那田产不知怎么一来成了抵押品,至今尚未赎回。

男爵帮着提起诉讼,就是说,叫一名官吏草拟文稿,写好了由男爵借助长柄眼镜审读、签字,再派这名官吏将文稿拿到法庭上去,他自己则利用他在上流社会的关系使诉讼得以顺利进行。他说有希望尽快圆满解决。这件事使得那些好搬弄是非的人闭上了嘴,人们都习惯于把男爵看成这家人的亲戚。

男爵虽然年近五十,看上去精力还很充沛,只是口髭染了色,一条腿行动起来略有些瘸。他的礼貌做到了极致。他从不在女士面前吸烟,不跷二郎腿,并且严厉指责年轻人在大庭广众间四仰八叉地半躺在圈手椅里,把膝盖和长筒靴举得齐鼻高。他在室内也戴手套,吃饭的时候才脱下来。

他穿着入时,燕尾服的扣眼里坠着许多绦带。他出门都坐有弹簧的轿式马车,而且非常爱惜他的马,上车之前总要巡视一周,检查马具,甚至马蹄,有的时候还掏出白手帕揩揩马的肩胛或者脊背,看看洗刷干净了没有。

遇见熟人,他会露出殷勤有礼的微笑;遇见陌生人,他的表情一上来是冷漠的,不过经人介绍之后,那冷漠的表情也会换成微笑,此后再见面他就总是笑脸相迎了。

他议论任何问题——道德也好,物价也好,科学也好,上流社会也好,观点都一样清楚,几句话就把自己的想法明确而完整地表述出来,仿佛是在摘引现成的,已经纳入某教程中并且成为社会通用原则的格言。

奥莉加和她婶娘的关系到目前为止还是单纯而融洽的。她们从不过分亲昵,彼此亦无不满之处。

这一方面归因于婶娘的性格,另一方面也因为双方都没有什么理由不这样做。婶娘从来不想叫奥莉加做与她的愿望截然相反的事情,奥莉加做梦也不会不照婶娘的愿望行事,不会不听婶娘的忠告。

这些愿望究竟关系到什么呢?不外乎穿什么衣服、梳什么发式、去法国剧院还是去歌剧院这一类的事情。

婶娘说多少,奥莉加做多少,绝不再多一点;而婶娘说话一向适度到冷淡的程度,从不超出婶娘的权利范围。

她们的关系淡得让人无法断定:从本性来说,婶娘是否要求奥莉加顺从她,和她特别亲热;奥莉加又是否顺从婶娘并且和她特别亲热。

不过你第一次看见她们两人在一起就可以断定:她们不是母女,而是婶娘和侄女。

"我去商店,你要不要什么?"婶娘问。

"对了,婶婶①,我要去换那件丁香色连衣裙。"奥莉加说。于是她俩一块儿出门。或者奥莉加说:"不要,婶婶,我才去过。"

于是婶娘用两根手指捏着奥莉加的双颊,吻一吻她的额头,奥莉加吻一吻婶娘的手,一个出门,一个留在家中。

"这回我们还租那个别墅吗?"婶娘说这话的口气既不像发问,也不像决定,倒像是和自己商量,一时还拿不定主意。

"对,那个地方很好。"奥莉加说。

于是别墅租了下来。

如果奥莉加说:

"哟,婶婶,您不觉得那片树林和沙地怪没意思的?不如到别处去看看。"

"再看看吧。"婶娘说。

"奥莉加,去不去看那个戏?"婶娘问,"人家早就在嚷嚷了。"

"好。"奥莉加回答说,但是既不急于满足婶娘的愿望,也没有俯首听命的表示。

她们之间偶尔也发生一点争执。婶娘说:

"哟,亲爱的②,绿缎带对你的脸色合适吗?还是要淡黄

---

①② 原文为法语。

305

的吧。"

"唉呀,婶婶!淡黄的我已经用过六次,让人看腻了。"

"那就要深紫的①。"

"这种您喜欢吗?"

婶娘仔细看了看,慢慢地摇摇头,说:

"随你,亲爱的,我要是你,就选深紫的,或者淡黄的。"

"婶婶,我还是拿这种吧!"奥莉加温和地说,并且选了她想要的那种。

奥莉加有事请教婶娘,并不像请教一位权威——权威的意见非听不可,而是像和一位比她有经验的女士商量。比如她问:

"婶婶,这本书您看过,怎么样?"

"啊,糟透了!"婶娘一面说,一面把书推开,然而并不将书藏起来,或者想方设法不让奥莉加看。

于是奥莉加再也不会想看这本书。在她俩都说不上来的情况下,这个问题会交给冯朗瓦根男爵,或者施托尔茨解决,如果施托尔茨在场的话。究竟要不要看这本书,也就由他二人定夺。

有的时候婶娘会说:"亲爱的奥莉加!提起那个在扎瓦茨基家常常过来和你搭话的年轻人,昨天有人告诉我,他做过一件蠢事。"

话也就说到这里为止。以后奥莉加是否还和他说话,那就是奥莉加的事了。

奥勃洛莫夫在这个家庭里出现,没有产生任何问题。婶

---

① 原文为法语。

娘,男爵,甚至施托尔茨,都没有特别予以注意。施托尔茨把自己的朋友介绍给这个家庭是因为这里比较拘礼,不仅饭后不能睡觉,连跷二郎腿也不行,又必须衣着整洁,注意言辞。总而言之,不许打盹儿,不许躺下,还要不停地进行生动而合乎时代潮流的谈话。

此外,施托尔茨觉得,把一位年轻、可爱、聪明、活泼而又有点好嘲弄人的女士引进奥勃洛莫夫那昏睡般的生活中,就好比把一盏灯拿进一间阴森森的屋子里,可以使它那柔和的光辉照亮所有黑暗的角落,让室温升高几度,让屋里的气氛也变得欢快一些。

他把自己的朋友介绍给奥莉加的目的不过如此,却没有料想到他拿来的是花炮。奥莉加和奥勃洛莫夫就更加料想不到了。

奥勃洛莫夫规规矩矩地陪着婶娘坐了约两个小时,一直没有跷二郎腿,话也都说得很得体,甚至机灵地给婶娘递了两次搭脚凳。

男爵进来以后,彬彬有礼地向奥勃洛莫夫微笑,并且亲热地握了握他的手。

奥勃洛莫夫的举止更加彬彬有礼,他们三个人彼此再满意不过了。

至于奥勃洛莫夫和奥莉加到一边去谈话,或者到外面去散步,对此婶娘的看法是……或者不如说婶娘根本没有什么看法。

如果奥莉加和一个少年郎,一个花花公子出去散步,那就不一样了。即便如此,婶娘也不会说什么,只会以她平素的分寸感在人们不知不觉间作出另外一种安排,比如她会亲自和他们一起出去一两次,或者叫别人跟他们去,他们自然就不会再一起去散步了。

和奥勃洛莫夫先生一起去散步,和他单独坐在大客厅的一隅或者阳台上……那有什么关系?他已经是三十开外的人了,不会对奥莉加说无聊的话,或者给奥莉加看什么书……谁都不会想到这上头去。

再者,婶娘听见施托尔茨临走嘱咐奥莉加别让奥勃洛莫夫打盹儿,更别让他睡觉,要折磨折磨他,给他点压力,叫他去做各种各样的事情,一句话,对他发号施令。施托尔茨还请求婶娘关照奥勃洛莫夫,如果他不出国就多邀请他过来玩,拖他出去散步或者乘车兜风,想尽办法让他动起来。

奥勃洛莫夫陪婶娘坐着的时候,奥莉加一直没有露面,时间过得真慢。奥勃洛莫夫又觉得身上一阵热一阵冷的。现在他有点明白奥莉加的情绪变化原因何在了。不知道为什么,这一次的变化比上一次更让他心里难过。

上次的错误只不过使他觉得恐惧和羞耻。这一次呢,他心里沉重,不安,发冷,郁闷,好像碰上了潮湿阴雨的天气。他已经向她暗示他猜到她爱他,也许猜得不对,那可就太伤她的自尊心,再难挽回了。即使猜得对,也做得太笨!简直是轻浮!

他可能已经吓退了那羞怯地叩击少女心扉的情感,那情感像小鸟一样小心地、轻盈地落到树枝上,一有风吹草动就会飞离这里。

他忐忑不安地等着奥莉加下楼来吃饭,想听听她说什么,看看她的眼神……

她下来了,使他惊异不止的是,她完全变了一个人,不仅换了一副面孔,连嗓音也不似从前。

她的嘴上再也没有露出过年轻的,天真得带孩子气的微笑,她的眼睛再也没有因为疑惑不解或者出于单纯的好奇而大大地睁开过,仿佛她已经没有什么要问的,没有什么想知道的,没有什么可惊异的了!

她的目光不像从前那样追寻他。她的眼神使人觉得她似乎早已了解他,把他研究透了,他对于她没有什么,就像男爵对于她一样。总之,他像是有一年没见过她的面,她又长大了一岁。

昨日的懊丧和严峻神情踪影全无,她说说笑笑,甚至笑出声来,对于从前她不会回答的问题说得头头是道。看得出来,她打定主意勉强自己去做别人都做而她从前没有做的事情。她的无拘无束,她的坦诚,不见了。这些一下子都跑到哪里去了呢?

饭后奥勃洛莫夫走到她跟前去问她是否想出去散步。她没有回答,而是转过脸去问婶娘:

"我们去散步吗?"

"就在附近走走吧。"婶娘说,"叫他们给我拿阳伞。"

大家一起出门,一路上没精打采地走着,不时眺望远方,眺望彼得堡,走到树林边就转回露台上来。

"您今天好像没有心情唱歌了,是吗?我不敢请您唱。"奥勃洛莫夫说,等着看这种别别扭扭的局面会不会结束,她会不会又高兴起来,会不会从一言一语、一颦一笑间,最终从歌声里,闪现出坦诚、天真、信赖的光辉来。

"天太热啦!"婶娘说。

"没关系,我试试看。"奥莉加说着就唱起了一支抒情曲。

听着那歌声,奥勃洛莫夫简直不相信自己的耳朵。

这不是她,从前那充满激情的歌声到哪里去啦?

她嗓音清纯、中规中矩地唱着,然而……然而……却跟所有的小姐应邀在大庭广众间唱歌一样,毫不动人。她自己不动情,也没有使听者的任何一根神经颤动一下。

她是不是言不由衷,故作镇静,而实际上在生气?怎么也无法断定,虽然她看上去挺亲切,说话随和,但是也像所有的小姐一样……究竟是怎么一回事?

奥勃洛莫夫不等喝茶的时刻到来就拿起帽子告辞回家。婶娘说:

"平时家里只有我们几个,要是您不觉得乏味,就请常来玩。星期天总有客人来,星期天您就不会觉得乏味了。"

男爵彬彬有礼地站起来向他鞠了一躬。

奥莉加只对他点了点头,像对任何一个熟人一样。他向外走的时候,她转过身去望着窗外,冷淡地听着奥勃洛莫夫的脚步声逐渐消逝。

这两个小时以及其后的三四天,乃至一个星期,对她产生了深刻的影响,使她有了很大的长进。只有女子能够以这样快的速度在肉体和精神的各个方面成熟起来。

她的生活课程仿佛不是以天计,而是以小时计。每一小时所包含的不易让人觉察的细微经验和偶然事件,对于男子会像小鸟一般掠过,而女孩子却会以无法说明的敏捷抓住它,追随它飞向远方,那弯曲的飞行路线,会作为一个抹不掉的印记,指示,或者教训,留在她的记忆中。

男子需要立一块有字的路标的地方,女孩子只需有一阵微风拂过使空气发生耳朵勉强能听到的震颤就够了。

究竟是什么原因使得上个星期还那么无忧无虑、天真得可笑的女孩子脸上忽然有了严肃的思想？又是什么思想？什么内容？其中似乎包含着一切，包含着属于男子的全部逻辑、全部思辨的和经验的哲学，包含着全部生活体系！

表兄不久前离开的时候她还是个小姑娘，现在他学成归来，戴上了肩章，看见她就嘻嘻哈哈地跑过去，还想象从前一样拍拍她的肩膀，拉着她的手转圈子，从一把把椅子和一张张沙发上跳过去……忽然间，他仔细看了看她的脸，竟畏缩起来，羞怯地退到一旁，意识到自己的举动还像个男娃娃，而她已经是一位女士了！

怎么会这样？发生了什么事情？遭遇过什么？经历过什么重大事件？听到什么轰动全城的新闻了吗？

妈妈也好，叔叔也好，婶婶也好，保姆也好，女仆也好，谁都不知道。从时间上来看，也不可能发生什么大事，她只不过跳了两次玛祖卡舞，几次对舞①，就说头有点痛，夜里失眠……

后来好了，只是神色有些改变，看人的目光不似从前，也不大声笑了，一只梨也不肯一次吃完，不再讲学校里的事情……她也完成了学业。

第二天、第三天，奥勃洛莫夫就像上面说的表哥，几乎认不出奥莉加了。他不好意思看她，而她倒没什么，只是不像以前那样好奇，那样温情脉脉，对他的态度和别人的一样。

"她怎么啦？她的思想感情起了什么变化？"这些问题苦恼着奥勃洛莫夫，"我真的一点也不明白！"

~~~~~~~~~~

① 一种十七、十八世纪的英国民间舞，跳时男女分成两列，面面相对。

他怎么能明白！她身上发生的变化,对于一个男子需要花二十五年时间,还要有二十五位教授和图书馆的协助,在世上漂泊过一阵子,甚至要失去一些道德的芳香、思想的新颖和若干头发才能完成。这变化是,她已经步入自觉的领域,如此轻而易举,代价又如此低廉。

"不行,这太叫人受不了啦！"奥勃洛莫夫最后说,"我要搬到维堡区去,我要工作、读书,我要去奥勃洛莫夫庄园……一个人去！"接着他又十分沮丧地说,"没有她相伴！永别了,我的乐园,我理想中的光明而宁静的生活！"

第四天、第五天他都没有去看奥莉加,也没有读书写字。出外散步吧,他只走到尘土飞扬的大路上,再往前就要爬坡了。

"这么热还有兴致散步！"他自己对自己说,于是打了一个哈欠,转身回来,躺在沙发上,沉沉睡去,就像他在戈罗霍夫大街上那间到处是灰尘、窗帘全都放了下来的书房里一样。

他的梦也是乱糟糟的。一觉醒来,眼前是摆好饭菜的桌子,有冷鱼汤、肉排。扎哈尔站在那里睡眼惺忪地望着窗外,阿尼西娅在另外一个房间里弄得盘碟咣啷啷地响。

他吃罢饭,坐到窗前去。总是一个人,真寂寞啊！不像话！又不想动了,什么欲望也没有！

"老爷,街坊把小猫送来了,您看看,行不行？是您昨天要的。"阿尼西娅说着把小猫搁在老爷的膝头上,想让他开开心。

他开始抚摩小猫,可是跟小猫玩还是寂寞！

"扎哈尔！"他喊道。

"您有什么吩咐？"扎哈尔没精打采地问。

"我还是搬回城里去罢!"奥勃洛莫夫说。

"回哪儿去?房子都没了。"

"去维堡区嘛。"

"这算哪门子事啊!从这个别墅搬到那个别墅?那边有什么您没见过?没见过米海·安德烈伊奇吗?"

"这儿不方便……"

"又要搬了?主啊!这回已经累得不行了,还有两个茶杯、一把地板刷没找着,不是米海·安德烈伊奇搬过去了,就是丢了。"

奥勃洛莫夫没有说话。扎哈尔刚走出去就拖着一只皮箱和一个旅行袋折回来。

"这些东西往哪儿搁?还不卖了去?"他踢了踢箱子说。

"你疯了吗?我过两天就要出国。"奥勃洛莫夫生气地说。

"出国!"扎哈尔忽然咧开嘴笑了,"幸亏您只是说说,有那么容易!"

"有什么奇怪的?我一动身,不就完了……我的护照都办好了。"奥勃洛莫夫说。

"到了那边,谁给您脱靴子?"扎哈尔讥讽地问,"叫姑娘们来干?离了我您就完了!"

扎哈尔又咧开嘴笑了,使得颊须和眉毛都向两旁移去。

"你尽说蠢话!把东西拿出去,走开!"奥勃洛莫夫心烦地说。

第二天早上九点多钟,奥勃洛莫夫刚睡醒,扎哈尔就端了茶来,并且说他去买面包的时候看见小姐了。

"哪位小姐?"奥勃洛莫夫问。

"哪位?伊林斯基家的小姐奥莉加·谢尔盖耶夫娜啊!"

"怎么样?"奥勃洛莫夫急切地问。

"叫我问候您,问您身体可好,在干什么。"

"你怎么说?"

"我说,老爷身体挺好,我说,他能干什么?……"扎哈尔这样回答。

"你干吗添油加醋胡说?"奥勃洛莫夫指责道,"'他能干什么'!你怎么知道?还说了什么?"

"小姐问您昨天在哪儿吃的中饭。"

"你怎么说呢?……"

"我说您在家吃的,夜宵也是在家吃的。小姐问:'他还吃夜宵?'我说您只吃了两只小鸡……"

"蠢——货!"奥勃洛莫夫厉声说。

"怎么是蠢货!我说的不是实话?"扎哈尔说,"我兴许还能把鸡骨头找出来……"

"真是个蠢货!"奥勃洛莫夫又说,"她怎么样呢?"

"小姐笑了。后来她说:'怎么这样少?'"

"看你蠢不蠢!"奥勃洛莫夫说,"你还应该告诉她,你给我反穿衬衣。"

"小姐没问,我就没说。"扎哈尔说。

"她还问什么?"

"小姐问您这几天都干什么了。"

"你怎么说呢?"

"我说您什么也不干,总躺着。"

"唉!……"奥勃洛莫夫气得把两个拳头举到太阳穴边,大喝一声"滚!"他又声色俱厉地说,"你再敢这样瞎说我,看我怎么收拾你!这个人真恶毒!"

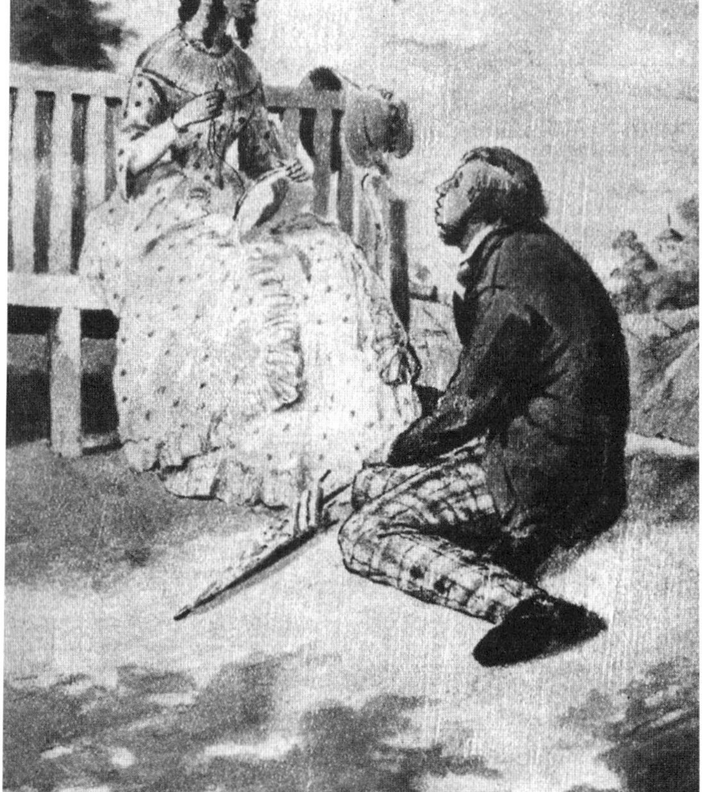

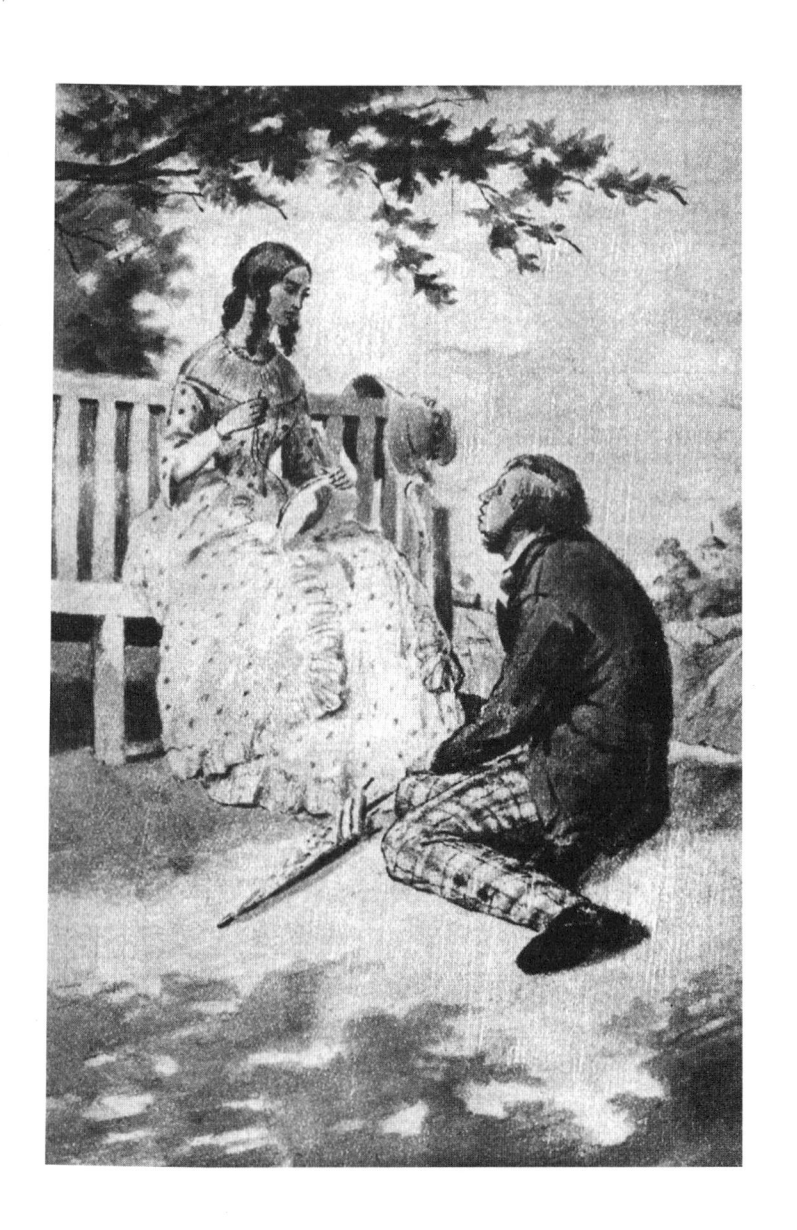

"那我怎么办？这么大年纪还编瞎话不成？"扎哈尔辩解说。

"滚！"伊利亚·伊利奇又大喝一声。

扎哈尔不怕挨骂，只要伊利亚·伊利奇不说让人心里难受的词儿就行。

"我还说，您想搬到维堡区去。"扎哈尔说。

"出去！"奥勃洛莫夫大声命令道。

扎哈尔走出去对着整个外室大声叹了一口气，奥勃洛莫夫开始喝茶。

他呷了一口茶，从一大堆配餐面包和小甜面包圈中只拿起一个配餐面包吃了，生怕扎哈尔再去出他的丑。接着他点燃一支雪茄，坐到桌前，打开一本书，看完一页，正想翻过去，发现书页还没有裁开。

奥勃洛莫夫用一个手指裁开书页，纸边成了狗牙形，而这本书不是他的，是施托尔茨的。施托尔茨可是个一板一眼的人，无论做什么事情都有一套严格得不得了的规矩，尤其是对待书籍！他的纸张、铅笔、一切小东西都放在一定的地方，不乱挪动。

奥勃洛莫夫本该用一把骨制的小刀来裁书页，可是他没有。当然，也可以要一把餐刀来裁，但是奥勃洛莫夫情愿把书放回原处，朝沙发走去。他刚把一只胳膊支在绣花靠枕上，想以更舒服的姿势躺下去，扎哈尔突然走进来说：

"对了，小姐请您上那个……叫什么来着……唉！……"

"你刚才，两个钟头之前怎么不说？"奥勃洛莫夫连忙问。

"您叫我出去，没让我把话说完……"扎哈尔辩解说。

"你坏了我的事，扎哈尔！"奥勃洛莫夫动情地说。

"瞧,又来了不是!"扎哈尔以左颊对着他老爷,眼睛看着墙壁,心想,"跟上回一样……又要说那个词儿了!"

"去哪儿?"奥勃洛莫夫问。

"上那个叫什么来着?是花园吧……"

"是去公园吗?"奥勃洛莫夫问。

"公园,没错,小姐说:'去走走,如果他愿意的话。我要到那边去……'"

"穿衣服!"

奥勃洛莫夫跑遍了整个公园,所有的花坛和亭子都看过了,没有发现奥莉加。他又向着他曾在那里吐露了心曲的小径走去,发现奥莉加在那里,坐在一张长椅上,离开她那天折了一枝丁香又扔掉的地方不远。

"我以为您不会来了。"她亲切地对他说。

"我一直在公园里到处找您。"奥勃洛莫夫说。

"我知道您会找我,故意坐在这儿,在这条小径上,我想您一定会从这儿走过。"奥莉加说。

奥勃洛莫夫本想问她:"为什么您这样想?"但是看了她一眼,就把话咽下去了。

她的神色已不似早些时候他俩在这里散步的那一天,而像最近他怀着忐忑的心情离她而去的那一回。她的亲切也有点拘谨,整个面部表情显得专注而又明确。他看到,今后不能再和她玩捉迷藏、打哑谜的游戏,不能再向她提那种天真的问题,快乐的童稚时期转瞬已经过去。

许多没有说穿而又可以用巧妙的问话来沟通的心事,在他们之间不知怎么一来已经有了结论,无须多言,但是再回到初始状态就不可能了。

317

"怎么好久不见您了?"奥莉加问。

奥勃洛莫夫没有回答。他很想再用旁敲侧击的办法让奥莉加明白,他们之间那隐秘的美妙关系已不复存在,如今她的这种像云雾一般围绕着她的沉思默想的神情使他苦恼,他不知道该怎么办,对她采取什么态度。

不过他又感觉到,只要他对此稍加暗示,奥莉加就会向他投来惊讶的目光,以后态度更加冷淡,那刚一冒头就被他不小心弄灭了的火花或许永不再现。应该慢慢地、小心地让死灰复燃。可是究竟如何去做呢——他束手无策。

他模糊地意识到,奥莉加长大了,几乎比他还高,今后再不会以孩子气的轻信态度对待他了。为了找回失去的幸福,必须渡过鲁比肯河①。

如何渡河呢?万一只有他一个人过去了,怎么办?

奥勃洛莫夫心里在想什么,奥莉加比他更清楚,因此是她占上风。她洞察奥勃洛莫夫的心灵,看得出感情如何在他心底产生,如何活动,又如何表现出来。她看得出,少女的那些武器,诸如女性的狡黠、把戏、媚态,对于奥勃洛莫夫都是多余的,根本无用武之地。

她甚至发现,别看她年轻,在这场情感的纠葛中,起首要作用的是她,而奥勃洛莫夫只能在心里产生深刻的印象,表现出怀着激情的懒洋洋的顺从,让自己的脉搏永远随着她的脉搏跳动,然而不会有任何意志的活动,任何积极的念头。

她一下子就掂量出自己对奥勃洛莫夫的支配能力究竟有

---

① 鲁比肯河是古意大利与高卢之间的一条界河。历史上恺撒曾渡此河向庞贝进军。

多大,她喜欢起北极星的作用,喜欢把自己的光芒倾泻到一潭死水上,再由它反映出来。她以各种方式庆祝自己在这场角逐中占了上风。

无论这是一场喜剧也罢,悲剧也罢,视情况而定,男女主人公几乎自始至终演着同样的戏,不是这个折磨那个,就是那个折磨这个。

奥莉加与任何一个占上风的女子,即扮演折磨人的女主人公一样,应该说她比别人好一点,而且是无意的,却少不了要像猫玩老鼠似的得意地把对方玩弄一下。她偶尔也会有刹那间的感情爆发,犹如任性的突然发作,接着她又突然收了回去。更多的时候是她推着奥勃洛莫夫向前走,因为她知道奥勃洛莫夫不会主动向前迈一步,她若不推,奥勃洛莫夫就不动了。

"您很忙吧?"奥莉加问,同时继续绣她的十字花。

"我倒想说忙,可是扎哈尔那张嘴呀!"奥勃洛莫夫在心里这样叹息。于是他随口回答说:

"嗯,我看了一点东西。"

"是小说吗?"奥莉加又问,并且抬起眼睛来望着他,看他摆出什么面孔来说谎。

"不是,我几乎不看小说。"奥勃洛莫夫很镇定地说,"我看的是《发现与发明史》。"他说完心里想:

"感谢上帝,今天我好歹浏览了一页!"

"是俄文本吗?"奥莉加问。

"不,是英文本。"

"您能看英文书?"

"能,虽说比较吃力。您进城去过吗?"奥勃洛莫夫这样问,主要是想转移话题。

"没有,我一直在家。我总在这儿,在这条林荫路上做活计。"

"总在这儿?"

"对,我很喜欢这条林荫路,谢谢您带我来,这条路几乎没有人走……"

"我并没有带您来,"奥勃洛莫夫打断了奥莉加的话,"我们是在这儿偶然相遇的,记得吗?"

"不错,是这样。"

他俩沉默了一会儿。

"您的麦粒肿全消了?"奥莉加直视着奥勃洛莫夫的右眼问。

奥勃洛莫夫涨红了脸,说:

"消了,感谢上帝。"

"如果眼睛痒起来,您用普通的酒擦一擦就不会长麦粒肿了,"奥莉加接着说,"这是保姆教我的。"

"她怎么总说麦粒肿?"奥勃洛莫夫想。

"还有,别吃夜宵。"奥莉加又认真地说。

"扎哈尔!"奥勃洛莫夫差点愤怒地喊出来。

"只要您夜宵吃得太饱,再躺上三天,尤其是仰面躺着,就一定会长麦粒肿。"奥莉加接着说,眼睛一直看着她的活计。

"蠢——货!"奥勃洛莫夫在心里向扎哈尔怒吼了。

"您做的是什么活计?"为了改变话题,他这样问。

"叫人铃的套子,"奥莉加一面说,一面把卷成一卷的十字布展开,让他看那上面绣的花,"给男爵绣的,好吗?"

"嗯,很好,花样很可爱。这是一枝丁香吗?"

"好像……是的,"奥莉加漫不经心地回答说,"我随便挑的……"她脸上泛起一点红潮,动作敏捷地卷起了那块布。

"如果从她嘴里得不到什么,尽这样谈下去,未免太无趣。"奥勃洛莫夫想,"换了别人,比如施托尔茨,一定能得到,我真无能。"

奥勃洛莫夫皱起眉头,迷茫地望着四周。奥莉加看了看他,把活计放进小提篮里。

"我们往小树林那边走吧。"她说,同时把小提篮交给奥勃洛莫夫拿着,自己撑开了阳伞,整了整衣裙,向前走去。

"您为什么闷闷不乐?"奥莉加问。

"不知道,奥莉加·谢尔盖耶夫娜。我有什么可快乐的呢?怎么才能快乐?"

"找点事情做,多与人交往。"

"找点事情做!有目的才能去做。我有什么目的?没有。"

"生活就是目的。"

"如果不知道为什么活着,那就只能过一天算一天;看到白昼已尽、夜色降临就高兴,在睡梦中可以把今天为什么活着、明天又为什么活着这个枯燥无味的问题搁置起来。"

奥莉加默默地听着,目光冷峻,两道蹙起的蛾眉间隐含着严厉的神色,唇纹像蛇一般在蠕动,似疑惑,又似轻蔑……

"为什么活着!"她说,"会有哪个人的存在是没用的吗?"

"会有,比如我的。"奥勃洛莫夫说。

"您到现在还不知道您的生活目的何在?"奥莉加驻足问他,"我不相信,您这是自己诋毁自己,否则您就不值得活着……"

"我已经过了应该有目的的阶段,往后什么也不会有了。"

奥勃洛莫夫叹了一口气,奥莉加却露出了笑容。

"什么也不会有了?"她反问道,语气是活泼愉快的,伴着笑声,似乎并不相信那句话,而是预见到他还会有什么。

"您笑吧,"奥勃洛莫夫说,"可是的确如此!"

奥莉加垂下头,缓步向前走去。

"我为了什么,为了什么人活下去啊?"奥勃洛莫夫跟在她身后说,"应该追求什么?使自己的思想和意图趋向何方?生命之花已经萎谢,只剩下刺了。"

他俩慢慢走去,奥莉加心不在焉地听着,顺手折了一枝丁香,看也不看就给了奥勃洛莫夫。

"这是什么?"奥勃洛莫夫茫然失措地问。

"您看见了,是一枝花。"

"什么花?"奥勃洛莫夫睁大眼睛望着奥莉加问。

"丁香花。"

"我知道……不过它意味着什么呢?"

"生命之花和……"

他停住脚步,她也停住脚步。

"和什么?……"奥勃洛莫夫又问。

"我的懊恼。"奥莉加说,专注的目光直射向奥勃洛莫夫,而脸上的微笑说明她这样做有自己的用意。

包围着她的云雾散了。她的目光在说话,而且是明白易懂的话。她似乎有意翻开了一本书的某一页,让奥勃洛莫夫看那只可意会的字句。

"原来我还有希望……"奥勃洛莫夫突然容光焕发地说。

"有希望得到一切！不过……"

奥莉加没有说下去。

奥勃洛莫夫忽然得到了新生。这回轮到奥莉加认不出他来了,只见他那张犹如被云遮雾障的睡眼惺忪的脸刹那间变了样,眼睛睁开了,双颊泛出了红晕,思想活动起来,眼睛里有了希望和意志的光辉。从这张面孔的无声的变化中,奥莉加清楚地看到奥勃洛莫夫顿时有了生活目的。

"生活啊,生活又向我敞开了大门。"他梦呓似的说,"它就在您的眼睛里,在您的微笑里,在这枝丁香花里,在圣洁的女神里……全部都在这里……"

奥莉加摇了摇头,说：

"不对,不是全部……是一半。"

"好的一半。"

"大概是吧。"奥莉加说。

"另外一半在哪儿呢？除此以外还有什么？"

"您去找呀。"

"为了什么？"

"为了不失去头一半。"奥莉加终于把话说明,由奥勃洛莫夫挽着手一起回去了。

奥勃洛莫夫一会儿兴奋地偷偷看一眼奥莉加那可爱的头,她的身段,她的鬈发,一会儿攥一攥手中的丁香花枝。

"这都是我的！我的！"他沉思着一遍又一遍对自己说,真不敢相信自己。

"您不搬到维堡区去了吧？"当他告辞的时候,奥莉加问。

他笑了,甚至不骂扎哈尔是蠢货了。

九

自那以后,奥莉加身上并没有发生突变。在婶娘和外人面前,她表现得很平静,只有和奥勃洛莫夫在一起,她才在生活,才感受到生活。她不再向任何人讨教她该做什么,如何举止,也不再理会少女遵奉的权威。

随着生活的,亦即情感的各个发展阶段依次在她面前展开,她敏锐地观察着种种现象,倾听着自己的本能的呼声,并且拿它们与过去积累下来的不多的经验相对照,小心地试探着向前迈步。

她也没有人可以讨教。莫非去问婶娘?对于这一类问题,婶娘的回答一向是轻描淡写,不痛不痒,使奥莉加得不出刻骨铭心的具有教诲意义的结论。施托尔茨又不在。奥勃洛莫夫呢?他就像伽拉忒亚,而奥莉加倒扮演着皮格玛利翁的角色。①

奥莉加的生活就是这样悄悄地充实起来,没有表现出感情的阵阵勃发和焦躁,毫不引人注目,在别人不知不觉间她已生活在新天地中。在别人看来,她的行为同以前一样,其实完

---

① 传说塞浦路斯国王皮格玛利翁创作了一座海中神女伽拉忒亚的象牙雕像,并且钟情于它。最后爱神阿佛洛狄忒赋予这雕像生命,使神女做了国王的妻子。

全两样。

她照旧去法国剧院看戏,然而戏的内容与她的生活有了某种联系。她照旧看书,字里行间却总会迸出她的智慧的火花,某些地方还会燃起她的情感的火焰,记下她昨天说过的话,作者似乎偷听到她的心如今是怎样跳动的。

树林里的树木依旧,但是它们的沙沙声却包含了特殊的意义,在树木和她之间产生了有灵气的和谐。鸟儿的叽喳声也不似平常,好像在交谈着什么。周围的一切都会说话,和她的心情一致。看见花开了,她似乎就听到了花的呼吸声。

她的生活也出现在梦中,有许许多多的幻影和形象,有的时候她和他们大声谈话……他们对她说的话十分模糊,她听不懂;她对他们说话,问他们问题,也很吃力,很模糊。不过早晨卡佳会告诉她,她夜里说梦话了。

她想起施托尔茨预先说过的话,施托尔茨常对她说,她还没有开始生活,有的时候惹得她很不高兴,怪他不该把她看成小娃娃,她已经二十岁了。现在她才明白,施托尔茨的话是对的,她现在才开始生活。

"等到您的机体中的全部力量都活跃起来,您周围的生活才会活跃起来,那时候您就会看到您现在看不到的,听见您现在听不见的东西。神经的音乐奏响了,您会听到万种天籁,您会去倾听小草生长的声音。等着吧,别着急,那个时候自然会到来!"他伸出一个指头警告说。

那个时候来到了。"一定是力量在活动,机体苏醒了……"她借用施托尔茨的话说,同时仔细倾听前所未有的悸动,怀着忐忑不安的心警觉地观察正在苏醒的新力量的每一种新表现。

她不再耽于幻想,也不为树叶突然颤动、眼前出现夜的幻影、似乎有人夜间神秘地在她耳畔说些含糊费解的话所动了。

"神经!"有的时候她噙着眼泪、含着微笑对自己说,竭力克服恐惧心理,以觉醒的力量去控制还不够坚强的神经。她从床上起来,喝下一杯水,推开窗户,用手帕扇一扇脸,从幻觉中清醒过来。

而奥勃洛莫夫早晨醒来,脑海中出现的第一个形象就是奥莉加的全身形象,手里拿着丁香花枝。他无论在睡梦中,还是散步和看书的时候,心里只想着奥莉加。

他的思想日夜都在与奥莉加没完没了地交谈。他总是把他从奥莉加的外貌或者性格中获得的新发现,糅合到《发现与发明史》那本书中去。他还发明了与奥莉加不期而遇、送书给她、送小礼品给她的机会。

回到家中,他仍然继续着他和她见面时的谈话,甚至在扎哈尔进来的时候,也用极其温软的口吻对扎哈尔说:"你这个秃鬼,这回又把没有擦过的皮靴拿给我穿,小心我跟你算账……"

然而,从奥莉加第一次为他唱歌的那一刻起,他脸上的那种无所挂虑的神情已经荡然无存。他的生活也不像从前那样,仰面躺着两眼望墙壁也行,阿列克谢耶夫在他旁边坐着也行,他自己在伊万·格拉西莫维奇家里坐着也行,一切都无所谓。那个时候,无论白天还是黑夜,他没有什么人、也没有什么事情可以等待。

如今无论白天还是黑夜,甚至早晨和晚上的每一个时辰,都有自己不同的形象,或者充满七色光彩,或者黯然失色,这取决于奥莉加是否在场。如果奥莉加不在,时间当然就过得死气沉沉,没有意思。

这一切在奥勃洛莫夫身上都有反映,他的头脑每日每时都在思考,猜度,预料,因前途茫茫而苦恼,总是离不开那些问题:能不能见到她?她会怎么说怎么做?她会怎么看?会交给他什么任务?向他提什么问题?满意还是不满意?考虑这些问题已经成为他的生活必需。

"如果只感受这爱情的温暖而不知忧虑,那该多好!"奥勃洛莫夫这样幻想着,"唉,生活真烦人,无论躲到哪儿去都不得安宁!一下子添了多少新的活动和事情啊!恋爱是人生最难的课程!"

他已经看完了几本书,奥莉加请他讲一讲书的内容,并且以令人难以置信的耐心洗耳恭听。他还写了几封信到乡下去,把村长撤换了,又通过施托尔茨与一位邻居建立了联系。如果他认为可以离开奥莉加的话,他甚至会到乡下去。

他已经不吃夜宵,而且有两个星期不知道白天躺着是什么滋味了。

这两三个星期以来,他们遍游彼得堡各郊区。婶娘、奥莉加、男爵和奥勃洛莫夫不止一次出现在郊区的音乐会和大节日游艺会上。他们还说起去芬兰看著名的伊马特拉急流。

其实奥勃洛莫夫是不会走到比公园更远的地方去的,都是奥莉加的主意。只要他对她发出的邀请有踌躇之意,这次出行就算定了。奥莉加因此满脸笑容,喜不自胜。别墅附近方圆五俄里以内的小丘,没有一座奥勃洛莫夫没登过几次。

与此同时,他们之间的感情也在增长、发展,并且依照自己确定不移的规律表现出来。在这个过程中,奥莉加日益增添光彩。她的眼睛更亮了,仪态更优美了,胸脯更丰满了,在一呼一吸间起落得那么匀调。

"奥莉加,到别墅来以后你变得更漂亮了。"婶娘对她说。男爵的微笑中也含着同样的谀词。

奥莉加红着脸把头靠在婶娘的肩上,婶娘爱抚地拍拍她的脸颊。

有一天,在奥莉加指定的小丘下面他们会合后一起去散步的地点,奥勃洛莫夫小心翼翼地,几乎像是耳语一般呼唤了奥莉加两声。

因为没有听到回答,奥勃洛莫夫看了看表,接着又喊了一声:"奥莉加·谢尔盖耶夫娜!"

还是没有回答。

此刻奥莉加正坐在小丘上面,听到了呼唤,但却忍住笑,不回答,想迫使奥勃洛莫夫登上小丘。

"奥莉加·谢尔盖耶夫娜!"奥勃洛莫夫穿过灌木林,爬到半山腰,望着山上又喊了一声,然后自言自语地说,"五点半是她自己定的呀!"

这下奥莉加忍不住笑出声来。

"奥莉加,奥莉加! 唉,原来您在那儿!"他说着登了上去。

"哟! 您躲在山上,真想得出!"他在奥莉加身边坐下说,"您想叫我受点罪,结果您自己也受罪了。"

"您从哪儿来? 直接从家里来吗?"奥莉加问。

"不,我先到您家去了一趟,他们说您已经出门了。"

"您今天都干什么了?"奥莉加问。

"今天……"

"跟扎哈尔拌嘴了吗?"她接着问。

奥勃洛莫夫笑了,表示这种事情绝对不可能发生,他说:"没有,我看《评论》①了。不过,奥莉加……"

他没有说下去,只坐在奥莉加身边专注地观察她的侧面、头部,以及那只在绣花的手一上一下的动作。他把自己的目光像聚光玻璃似的对准了奥莉加,无法移开。

他一动不动,只以目光时左时右、时下时上地追随着奥莉加的手的动作。他的体内却进行着积极的活动:血液加速循环,脉搏剧烈跳动,心脏在沸腾。这些对他产生了强有力的影响,使得他的呼吸困难起来,如临死刑,又如灵魂处于极乐时刻。

他默然失语,甚至动弹不得,只有一双因动情而湿润了的眼睛紧盯着奥莉加。

奥莉加时不时地向他投来深深的一瞥,领会着那明明白白写在他脸上的并不深奥的意思,心里想:"我的上帝!他多爱我啊!又多么温柔啊!"她欣赏着匍匐在她脚下以及她的力量面前的这个男人,并且以此自豪!

使用象征性的暗示、意味深长的微笑以及丁香花枝的阶段已经一去不复返。爱情日益严肃而苛刻起来,变成一种义务,各自对于对方拥有的权利产生了。双方越来越不掩饰,误会和疑惑一个个消失,或者让位给更加明确和肯定的问题。

奥莉加总是以轻松的讥讽谴责奥勃洛莫夫过去虚度光阴,而对此作出的判决却毫不留情,比施托尔茨更深、更有效地惩罚他的冷漠。在与他接近的程度逐渐加深的过程中,奥莉加对他的委靡不振也从讥讽变为专制。她大胆地向他指出

---

① 原文为法语。指十九世纪法国出版的杂志《两个世界的评论》。

人生的目的和义务何在,严格地要求他行动起来,不停地呼吁他表现自己的智慧,时而引他思索她熟悉的微妙的实际问题,时而向他请教她不清楚、不明白的问题。

于是奥勃洛莫夫拼命努力,拼命挣扎,拼命挖脑浆子,以免在奥莉加眼里掉价,也可以说是为了帮奥莉加释疑解难,或者像英雄一般为她剖开疑团。

奥莉加的全部女性战术都充满柔情,而奥勃洛莫夫紧紧跟上她的智力活动的一切努力都喷发着激情。

然而常常是奥勃洛莫夫精疲力竭地躺在奥莉加的脚边,把手按在心上,倾听自己的心脏如何跳动,却又不能把含着惊喜和赞美的痴痴呆呆的目光从奥莉加身上移开。

在这样的时刻,奥莉加就一面欣赏他,一面反复对自己说:"他多爱我啊!"一旦发现隐藏在奥勃洛莫夫心灵中的"故我"——一点点疲乏困倦的影子,几乎难于捕捉的昏沉,而奥莉加又善于探视他的内心深处,奥莉加就要对他大加责难,责难中有时不免夹杂着悔恨和害怕失误的苦涩情绪。

比如奥勃洛莫夫刚张开嘴要打哈欠,一看到奥莉加的惊讶的目光,就吓得立刻把嘴闭上,以至牙齿碰得咯咯响。连他脸上出现一丝困意奥莉加也不放过,不仅要盘问他目前在干什么,还要盘问他将来打算干什么。

当他看到他的倦意会使奥莉加也产生倦意,并且对他敷衍而又冷淡的时候,他就比受到奥莉加责难的时候更加振作。于是他的生命、精力、活动都积极起来,阴影重又退去,爱河像清澈的泉水一般喷涌出来。

然而这种种思虑都还没有跑出爱情的魔圈,奥勃洛莫夫的活动并不是积极的:他不睡觉了,而是看书,有的时候想一想如何订他的计划,常常出去活动。至于今后的方向,人生的意义本身,还有事业,都有待考虑。

"安德烈还要我过什么样的生活,做什么样的工作呢?"吃罢中饭,奥勃洛莫夫生怕自己又睡着,瞪大眼睛说,"难道这不是生活?难道谈恋爱不是工作?叫他来试一试!每天步行十俄里!昨天晚上在城里一家糟透了的旅店过夜,和衣而卧,只脱去皮靴,扎哈尔又不在,都是她派给我的!"

他最受不了的是奥莉加向他提出专业性的问题,要求他回答得像大学教授一样让她完全满意。可是奥莉加常常这样做,又全然不是出于学究气,只不过想知道那是怎么一回事罢了。她甚至常常忘记她对奥勃洛莫夫这样做的目的,迷上了问题本身。

奥莉加热中地听着奥勃洛莫夫讲某项人们习惯于认为女子无须懂得的知识,有的时候会怀着遗憾的心情沉思地说:"怎么不教我们这个呢?"

有一次,她突然向奥勃洛莫夫提出有关双星的一些问题,奥勃洛莫夫一不小心引用了赫歇耳①的话,就被她派进城去查书,回来讲给她听,直到她满意为止。

还有一次,奥勃洛莫夫和男爵谈天的时候又不小心漏了几句有关画派的议论,他又必须花一个星期时间去看书和讲解,还要陪奥莉加跑一趟埃尔米塔日宫②,用实物向她证明从

---

① 威廉·赫歇耳(1738—1822),英国天文学家,用他制作的望远镜于一八〇三年发现双星现象。
② 彼得堡的埃尔米塔日宫与冬宫组成一个建筑群,在十九世纪是世界上最大的欧洲名画博物馆之一。"埃尔米塔日"是法语音译,有"隐修处"之意。

书本上读到的东西。

如果他胡说一气,奥莉加立刻就能察觉,并且不会放过他。

他又必须花一个星期去转商店,搜寻名画的刻印版。

可怜奥勃洛莫夫不是重弹老调就是去书店买新作,有的时候通宵不能合眼,要潜心钻研,以便第二天早上装出忽然想起从前读过的样子,去回答昨天的问题。

奥莉加提这些问题不是出于女性的无心,也不是一时兴起,想了解了解,而是急不可待地非要探个究竟不可。如果奥勃洛莫夫不做声,她就以考问的目光长时间盯着他来惩罚他。在这种目光的注视下,奥勃洛莫夫吓得发抖。

"您怎么不说话?"奥莉加问,"让人觉得您厌烦了。"

"唉!"奥勃洛莫夫长叹一声,仿佛刚刚从昏厥中清醒过来,说,"我太爱您了!"

"真的吗?如果我不问您,可不像有这回事。"奥莉加说。

"我心里起了什么变化,您真的感觉不到?"奥勃洛莫夫问,"连说话我都觉得困难,这儿……您摸摸……堵得很,好像有块大石头压着,人在极度悲伤的时候往往会有这种感觉。奇怪的是,对于痛苦和幸福,机体的反应竟是一样的,都有一种沉重感,呼吸起来几乎觉得疼痛,真想哭!如果我大哭一场,流些眼泪会让我轻松一些,就像痛苦的时候一样……"

奥莉加默默地看了看他,仿佛在检查他的话是否真实。她把他说的话与他的面部表情对照了一下,得到了满意的答案,于是微微一笑。她脸上洋溢着幸福神情,是和美的幸福,似乎没有什么东西能搅乱它。她心中显然没有沉重感,只有在这个宁静的清晨大自然给与人的美好的感觉。

"我究竟怎么啦?"奥勃洛莫夫沉思地说,仿佛在对自己说话。

"要我说吗?"奥莉加问。

"您说吧。"

"您……恋爱了。"

"那是当然的。"奥勃洛莫夫肯定地说,同时拉起奥莉加那只正在绣花的手,又不去亲吻,只紧紧地把她的手指按在自己的嘴唇上,似乎打算长久地这样握下去。

奥莉加试着轻轻把手抽回,可是他握得很紧。

"好啦,松手吧!"奥莉加说。

"您呢?"奥勃洛莫夫问,"您……没有恋爱……"

"我恋爱了,不……我不喜欢这样说。我爱您!"奥莉加说完,看了他许久,似乎在检查自己是否真的爱他。

"爱……!"奥勃洛莫夫说,"不过也可以爱母亲、父亲、奶妈,甚至小狗,这只是个一般性的、综合的概念,就像过时的……"

"大袍?"奥莉加笑问道,"对了,您的大袍呢?"

"什么大袍? 我没有什么大袍。"

奥莉加看了他一眼,露出责备的微笑。

"您倒提起过时的大袍来!"奥勃洛莫夫说,"我可是迫不及待地想听听您内心的情感如何勃发,您给这些勃发冠以什么名称,可是您……上帝保佑,奥莉加! 我是'爱上'您了,我说只有这才叫恋爱,一个人不会'爱上'父亲、母亲、奶妈,而只是爱他们……"

"我不知道,"奥莉加沉思地说,仿佛在探察自己的内心,竭力想弄清楚自己心里究竟产生了什么,"我不知道我是不是'爱上'您了。如果没有,也许是因为时候还不到。我只知道我没有像这样爱过我的父亲、母亲、奶妈……"

"究竟有什么不同?您感觉到有什么特别的地方吗?……"奥勃洛莫夫又问。

"您想知道吗?"奥莉加调皮地问。

"对,对,对!莫非您没有表白的要求?"

"您为什么非要知道不可呢?"

"为了时时刻刻靠这个生存——今天,今夜,明天,直到下次相见……我只为这个活着。"

"您看,您必须每天给自己的柔情增添新的内容!这就是'爱上'和'爱'的不同之处。我……"

"您怎么样?……"奥勃洛莫夫迫不及待地等她回答。

"我可不一样,"她说,同时把脊背靠在长椅上,两眼望着天上的行云,"您不在,我觉得寂寞。与您暂时分别,我也舍不得,时间长了,更觉得难过。我一下子就看出来并且相信,您爱我,我觉得幸福,即使您永远不再对我说您爱我。比这更多更好地去爱,我不会。"

"这好像是……考狄利娅①的话!"奥勃洛莫夫心里想,同时满怀激情地望着奥莉加……

"如果您……死去,"奥莉加结结巴巴地接着说,"我会永远为您服丧,而且永远不再微笑。如果您爱上别的女子,我绝不抱怨,绝不诅咒您,而会暗自祝您幸福……爱对于我就是……人生,而人生……"

她斟酌着如何表达自己的思想。

~~~~~~~~~~

① 指莎士比亚的名剧《李尔王》的主人公李尔王的幼女。

"人生在您看来是什么呢?"奥勃洛莫夫问。

"人生是责任,是义务,爱当然也是责任,仿佛是上帝指派给我的,"奥莉加说着举目望天,"叫我去爱。"

"考狄利娅!"奥勃洛莫夫说出声来,接着又沉思地说,"她也只有二十一岁!原来爱情在您看来是这样的!"

"对,而且我似乎有力量活一辈子爱一辈子……"

"这是谁灌输给她的啊!"奥勃洛莫夫几乎是崇敬地望着奥莉加这样想,"她并不是通过亲身经历的磨难和坎坷达到对人生和爱情如此明确而朴素的认识的。"

"可是还有狂喜,还有激情呢?"奥勃洛莫夫说。

"我不知道,"奥莉加说,"没有体验过,因此不懂这是什么。"

"哦,现在我可懂呢!"

"也许我逐渐会体验到,也许我也会有像您那样的冲动,在遇见您的时候,也会不相信站在我面前的就是您……这一定很可笑!"奥莉加笑嘻嘻地说,"有的时候您像那样以眉目传情,我猜婶婶一定注意到了。"

"如果您没有我体验到的那种狂喜,那么您的爱情带来的幸福是什么呢?……"奥勃洛莫夫问。

"是什么?就是这个!"奥莉加说着指了指奥勃洛莫夫,又指了指自己和周围的幽静环境,"莫非这不是幸福?莫非我以前这样生活过?以前在这些树木中间,如果没有书,没有音乐,我连一刻钟也坐不住。除了安德烈·伊万内奇,和任何男人谈天我都觉得无聊,无话可说,总想一个人待着……现在呢……两个人默默地静坐也很愉快!"

她环顾四周,看看树木和小草,最后将目光转向奥勃洛莫夫,微笑着把手伸给了他。

"您一离开,难道我不会觉得难过?"她接着说,"难道我不会连忙上床睡觉,免得眼睁睁地守着寂寞的夜晚?难道第二天早上不会派人给您送信?难道……"

奥莉加每说一次"难道",奥勃洛莫夫的脸上就增添一分喜色,两只眼睛放射着光辉。

"对,对,"奥勃洛莫夫说,"我也盼着早晨快点到来,也觉得夜晚寂寞,第二天一早派人到您那里去,并不是有什么事情,只不过是为了多说一遍,也多听一遍您的名字,从下人嘴里打听到一点您的生活细节,羡慕他们又见到了您……我们所想的,所盼的,赖以生存的,寄予希望的,全都相同。奥莉加,请原谅我多疑。现在我确信,您爱我胜过爱自己的父亲、姊娘……"

"还有小狗。"奥莉加说,并且笑出声来。最后她说:

"请相信我,就像我相信您一样。不要怀疑,不要拿无缘无故的怀疑把这幸福吓跑。我既然已经称它为自己的幸福,就不会放弃,除非有人夺去。这一点我心里明白,尽管我很年轻……您知道吗,"她的声音里充满自信,"我认识您这一个月以来,想得很多,有了很多新的体验,像是独自循序渐进地读完了一本厚厚的书……您可别怀疑……"

"我不能不怀疑,"奥勃洛莫夫打断了她的话,"请别强求。现在当着您的面,我什么都相信,您的目光和声音说明了一切。您看着我,就像在对我说话,我不需要语言,我能解读您的目光。可是只要您不在我面前,种种疑惑和问题就开始折磨我,我必须再跑到您那里去看看您,否则我就不相信。这是怎么一回事?"

"可是我相信您,这是为什么呢?"奥莉加问。

"您岂能不相信我!"奥勃洛莫夫说,"我在您面前是个被激情弄得疯疯癫癫的人!我想您从我的眼睛里可以清楚地看到自己,就像照镜子一样。再说您才二十岁。您看看自己吧!有哪一个男子遇见您能不对您表示惊喜……即使只以目光表示?及至认识您,听您说话,长时间地望着您,爱您——哦,真会让人发疯!可是您却如此沉稳,平静。如果有一两天我听不到您说:'我爱……'这里就恐慌起来……"

他说着指了指自己的心。

"我爱,我爱,我爱!这够您用三天三夜的了!"奥莉加说着从长椅上站起身来。

"您总是开玩笑,而我却是认真的!"奥勃洛莫夫叹了一口气,和奥莉加一起走下坡去。

这个调子在他们之间不断地变奏着。无论是约会还是谈天,永远是同样的歌,同样的调,同样的光源——虽然明亮,但是经过曲折分成了玫瑰色的、绿色的、淡黄色的,在他们周围的大气中颤动着。每一天,每一小时都带来新的声音和新的光华,不过光源还是那一个,调子也没有变。

他和她都谛听着这些声音,力图抓住它们,赶紧把它们唱出来,唱给对方听,没有想到明天的声音会和今天的不同,明天还会出现新的光华,到了明天就会忘记今天的唱法是另外一个样子。

奥莉加给流露出来的心声披上此时此刻由她的想象散射出来的光彩,并且相信它们是合乎自然的,急于穿上这身美丽的衣服,以浑然不自知的媚态出现在朋友的面前。

奥勃洛莫夫更加相信这些神奇的声音,这个迷人的光源,并且急于向奥莉加展现自己的全部激情,以及烧灼着他的灵魂的爱火的全部光辉和力量。

他们既未欺骗自己,也未欺骗对方。他们说的都是真心话,而心的声音是通过想象发出来的。

实际上奥勃洛莫夫并不在乎奥莉加是否就是考狄利娅的化身并且永不改变,又是否会走上另一条路而幻化成另一个形象,只要奥莉加出现的时候披着她在他心中具有的光彩,让他感觉到幸福就好。

奥莉加也不去考验她的狂热的朋友会不会把她投进狮子嘴里的手套抢出来,会不会为她跳下深渊,只要看到了这种激情的征兆,只要他仍是个理想的男子,而且是个因为她才恢复了生命活力的男子,只要她的顾盼和微笑能够在他身上点燃朝气的火,只要他始终视她为人生目的就好。

因此,考狄利娅那一闪即逝的形象,奥勃洛莫夫的情焰,都只出现在一个瞬间,是爱情的一次虚幻的呼吸,爱情的一个早晨,一个精巧的构图。而明天,明天的光与色又不同了,也许一样美丽,但毕竟不同……

十

奥勃洛莫夫现在的心情就像一个人刚刚目送夏日西沉,还在欣赏它的余晖,两眼凝视着西天的霞光,而不回过头去看夜色正从背后升上来,只想着明天太阳的光和热会重返大地。

他仰面躺在那里,回味昨天与奥莉加会面的种种情景。奥莉加说的"我爱,我爱,我爱"还在他的耳朵里回荡,比她唱的任何歌都好听。她深情的目光也还留有余波。他继续研究其中的含义,掂量她的爱到了什么程度,渐渐睡意蒙眬起来,突然……

第二天早上,奥勃洛莫夫起来的时候脸色苍白而忧郁,有失眠的痕迹。他的额头上布满皱纹,眼睛里没有火焰,没有欲望。一个有事可做的人的自尊自重,他的快活而有朝气的目光,以及适度的有意识的忙碌——全都不见了。

他没精打采地喝了茶,没有碰任何一本书,也没有坐到桌边去,而是若有所思地点燃一支雪茄烟,坐到了沙发上。如果是从前,他肯定躺下了,现在他已经不习惯那样做,甚至对靠枕失去了兴趣。不过他还是把胳膊肘支在一个靠枕上,使人想起他过去的癖好。

他心情不好,偶尔叹一口气,或者忽然耸耸肩膀,伤心地摇摇头。

他内心有东西在剧烈地活动,然而不是爱情。奥莉加的形象在他眼前,不过离他很远,仿佛在雾里浮动,一点光彩也没有,看上去很陌生。他痛苦地望着这形象叹气。

"俗话说得好:要照上帝的旨意,而不是凭自己的愿望去生活,但是……"他陷入沉思之中。

"对,不能凭自己的愿望去生活,这很清楚,"他内心有个阴郁的声音执拗地说,"你会陷进一大堆矛盾之中,而一个人无论怎样聪明勇敢,单靠自己是解决不了那些矛盾的!昨天你发下宏愿,今天拼了命去争取实现,到了后天你却会为此而脸红,然后诅咒人生不该让这个愿望实现,这就是在人生的道路上凭自己的任性胆大妄为的结果。应该摸索着向前走,对许多事情闭眼不看,不要念念不忘幸福,不要抱怨它溜走了,人生就应该如此!谁说人生是要幸福,要享乐?荒谬!奥莉加说:'人生就是这样,是责任,是义务,而义务有的时候很重。我们要尽责……'"于是他叹了一口气。

"不再和奥莉加见面……我的上帝!你使我睁开了眼睛,你指出了我的责任,"他望着天空说,"可是力量从何处来?分手!现在还有可能,虽然会有痛苦,不过将来就不会诅咒自己为什么不和她分手了。可是她就要派人来了,要送来……她想不到……"

究竟是什么原因?什么风突然吹到奥勃洛莫夫身上?带来了什么样的云雾?为什么他要扛起使人如此悲哀的轭?昨天他好像还探视了奥莉加的心灵深处,发现那里有一个光明的世界和美好的前景,看清了自己的和她的命运。究竟发生了什么事情?

肯定是因为他吃了夜宵,或者仰面躺得太久,诗意的情绪让位给了恐惧。

常有这样的事,夏天,你在万里无云、繁星满天的静静的夜里睡去,想着第二天晨光下的田野会多么美好!跑到树林深处去避暑又是多么愉快!……突然,淅淅沥沥的雨声把你从梦中惊醒,只见满天灰色的愁云,又冷又湿……

一到晚上,奥勃洛莫夫就照他的老习惯仔细倾听自己的心脏如何跳动,然后用两只手抚摩它,看看里面的硬块是不是扩大了,最后专心地去分析他的幸福,忽然尝到一滴苦汁,就中了毒。

这毒液的毒性来得既猛又快。奥勃洛莫夫回顾了自己的一生,对逝去的日子追悔莫及的自怨自艾情绪第一百次袭上心头。他想象当初自己如果一往直前,那么现在会是怎样一个人;如果当初积极努力,现在必定会生活得充实些,丰富些。最后他提出一个问题:现在他算什么,奥莉加怎么可能爱上他,他什么地方值得她爱?

"这会不会是一个错误?"这个念头像电光一般忽然在他脑海里闪了一下,直落到他的心田,击碎了他的心。他呻吟起来。"一个错误!嗯……原来如此!"他反复这样想。

忽然,他的记忆中又响起奥莉加说的:"我爱,我爱,我爱!"心里变得热乎乎的,可是转瞬间又冷却下去。奥莉加说了三遍的"我爱"是什么意思?是她的眼睛受骗了吧?是至今仍然空闲着的心在怂恿她吧?那不是爱情,而只是爱情的预感!

这私语似的声音迟早会传开,像用力弹下去的一组和声发出的轰响,整个世界将为之震动!婶娘和男爵都会知道,那轰鸣声会远远地传开!那情感再不会像小溪似的藏在小草间静静地流淌,发出几乎听不到的潺潺声。

她现在的爱就像绣十字花,那花样不慌不忙、懒洋洋地逐渐出现在十字布上,她更加不慌不忙地展开她绣好的东西来欣赏,接着会将它搁在一边,置诸脑后。对,这只不过是准备去恋爱,是一次尝试,而他碰巧是第一个到手的勉强可用的试验品……

是偶然的机会把他俩拉到了一起,使他们接近起来。她本来不会注意到他,是施托尔茨把他介绍了一番,以自己的情绪感染了她那颗年轻而善感的心,于是她心中萌发了对他的怜悯,为了满足自我欣赏的心理要求,决心把睡魔从这个委靡不振的人身上驱开,然后由他自便。

"就是这么一回事!"奥勃洛莫夫惊骇地说,同时从床上起来,用颤抖的手点燃了一支蜡烛,"没有更多的东西,也不曾有过!她已经到了接受爱情的时候,她的心敏感地等待着,一个男人偶然与她相逢,铸成错误……只要出现另外一个,她就会心惊胆战地从错误中清醒!到那个时候,她会用什么样的眼光来看这一个,会怎样转过脸去……可怕呀!我在窃取别人的东西!我是个贼!我在做什么,我在做什么?我真瞎了眼!——我的上帝!"

他照了照镜子,看见自己苍白、焦黄,两眼无神。他想起那些幸运的年轻人,他们的眼睛像奥莉加的一样水汪汪的,目光若有所思,但却有力,而且深邃,里面有火星在跳动,微笑中显出必胜的自信,走起路来昂首阔步,说起话来声音洪亮。总有一天他们当中的一个会出现在她面前,她会突然涨红了脸,再把他奥勃洛莫夫看上一眼,于是……放声大笑!

他又照了照镜子,说:"像我这样的人不会有人爱!"

接着他躺下来,把脸埋在枕头里,又说:"别了,奥莉加,祝你幸福。"

"扎哈尔!"奥勃洛莫夫一早醒来喊道,"要是伊林斯基家来人请我去,你就说我不在家,进城去了。"

"是。"

"嗯……不,我最好给她写封信,"奥勃洛莫夫自言自语地说,"不然她会觉得奇怪,为什么我突然失踪了。必须解释清楚。"

他坐到桌边,迅速、冲动而急切地写起来,与他五月初给房东写信的情形完全不同。不恰当地混用两个连接词的现象一次也没有发生。他写道:

"奥莉加·谢尔盖耶夫娜!我们经常见面,现在您看到的不是我,而是一封信,一定会觉得奇怪。等您把信看完,您就会明白,我不能不这样做。我一开始就应该给您写这样一封信,省得我们日后受良心的种种责备,不过现在写也还不迟。我们相爱得太突然,太快,好像两个人一下子病倒了,使得我不能早一些清醒。话说回来,一小时一小时地谛视您的芳颜,聆听您的话语,有谁肯主动承担从迷人的幻境中清醒过来的沉重义务呢?又到哪里去获得足够的谨慎和毅力,以求一分一秒都不至于见坡就往下走,而能及时止步呢?每天我都在想:'不能再往下走了,我停步吧,这取决于我。'但我还是继续往下走。现在我面临一场内心的斗争,需要您的帮助。我今天,昨晚,才明白,我向下滑得有多快。昨天我才向我正跌进去的深渊深处看了一眼,决心停步。

"我只顾谈自己,并不是因为我自私,而是因为,一旦我落到这深渊的底部,您依然是在高空飞翔的纯洁的天使,到那个时候,我真不知道您还肯不肯向这深渊里看一眼。请听我直言不讳地说:您并不爱我,也不可能爱我。请听听我的经验之谈,并且毫无保留地相信我吧。我的心早就动过,即便是假象,不是那么一回事,却使我学会分辨什么是真动,什么是偶然的一动。您不能够,而我能够,并且应该知道,哪个是真,哪个是伪,因此我有义务警告还没有来得及了解这一点的人。现在我就警告您:您错了,快回头吧!

"当爱情像一个飘忽的、微笑的幻影在我们之间出现,当它的声音通过圣洁的女神送出,又在丁香花的芬芳中、在心照不宣的共鸣中、在羞涩的目光中翻飞的时候,我只把它看作想象的游戏和自我欣赏的私语而并未相信它。然而玩笑终于过去,我患上了相思病,感觉到了狂热的种种症候。您变得沉默而严肃了。您把您的空闲时间都给了我。您渐渐不耐烦了。您开始不安,于是,也就是现在,我才惊骇地感觉到,我有责任就此停步,并且把话说明。

"我对您说了,我爱您。您也用同样的话回答了我,不过这其中有不谐和音,您听到了吗?没有听到?那么,等我落到深渊底部以后您就会听到了。您看看我,想想我这个人,您能爱我吗?您真的爱着我吗?您昨天说:'我爱,我爱,我爱!'而我要毅然回答:'不对,不对,不对!'

"您并不爱我,不过您也没有说谎——我要补充说——您没有欺骗我。当您的内心说'不'的时候,您口里是说不出'是'的。我只想向您证明,您现在所说的'我爱'并非现实的爱,而是未来的爱。这只不过是对爱的下意识的需求,由于缺乏真正的养料,没有火种,燃烧不起来,只发出一种虚假的没有热度的光,有的时候就表现为女性对幼儿的疼爱,或者对另一位女性的温情,甚至干脆表现为大哭大闹的歇斯底里。我一开始就应该严肃地对您说:'您错了,您面对的并不是您期待和梦想的人。请等一等,他会来的。到那个时候,您就会清醒过来,为自己犯下的错误感到懊恼和羞惭,而您的懊恼和羞惭又会使我痛苦。'如果上天给我的头脑更颖悟些,心胸更豁达些;如果我更真诚些,我就应该对您这样说……其实我说了,不过,您记得我是怎么说的吗?我一面说,一面又害怕您会相信我的话,害怕事情真像我说的那样。我提前说了别人以后才会说的话,为的是让您不听这些话,不相信这些话,而我又急于和您见面,心里想:'另外一位谁知道什么时候才来,暂时我是幸福的。'这就是热恋的逻辑。

"现在我的想法不同了。我想:等到我舍不下她,等到我和她见面已经不是生活的奢侈,而是生活的必需,等到爱情深入我心中(难怪我觉得心里堵着一块东西),我会怎么样呢?到那个时候我怎样抽身?我经得住这痛苦吗?我的情况会很糟。就是现在,想到这一点,我也不能不胆寒。如果您更有经验一些,年龄再大一些,我也会感谢上帝赐予我这幸福而把手永远伸给您了。可是……

"为什么我要写这封信?为什么不来当面对您说:我要见您的愿望与日俱增,可是我不应该再见您?当面对您说——我有这勇气吗?您想想看!有的时候我想对您说类似的话,可是嘴上说出来的却完全不同。也许是怕您脸上露出哀戚的神色(如果您真的不厌烦和我在一起),或者您不理解我的好意而觉得受辱,这两种情况都是我无法忍受的。于是我又没有把真心话说出来,真诚的意图如烟消云散,最后还是约定第二天见面。此刻您不在我面前,情形就完全不同。我看到的不是您的温柔的眼睛和充满善意的姣好面庞,而是一张容忍一切、不会出声的纸,我可以平心静气地(这是谎话)写:'我们别再见面了(这不是谎话)!'

"换了别人,也许会加上一句:'我一边写,一边泪流满面。'可是我不愿意在您面前装腔作势,故作悲戚,因为我不愿意加重痛苦,加深惆怅伤感。这种装腔作势往往掩盖着把根更深地扎入情感的土壤中的意图,而我却要灭绝我和您心中的情感的种子。况且哭泣只适合于那些用花言巧语抓住女性不谨慎的自我欣赏心理的诱惑者,或者那些神思倦怠的构筑空中楼阁的人。我说这些话向您告别,就像人们送别一位即将远行的好友。三个星期或者一个月以后再说就太迟了,也太难了:爱情进展的速度是不可思议的,如同精神上患了坏疽病。现在我已经神魂颠倒,没有了时间概念,分不清日出日落,只知道:见到您了——没见到您,会见到您——不会见到您,您来过——您没有来,您会来……这对年轻人没有什么,无论是愉快的还是不愉快的刺激他们都能承受。而我适合过平静的生活,虽然百无聊赖,死气沉沉,却是我熟悉的。我对付不了暴风骤雨。

"我的行为会使许多人诧异,他们会说:'他为什么逃跑?'还有一些人会嘲笑我。我只好由他们去了。既然我决心不再见您,当然也就决心接受一切了。

"在我万分痛苦之时,我稍感安慰的是,我们这个短短的人生插曲永远给我留下了如此纯洁、温馨的回忆,足以使我不再回到从前那种心灵昏睡状态中去,而对于您也没有什么害处,反倒会在您将来按常规恋爱的时候起指导作用。别了,天使,赶快飞走吧,好像一只误栖到某根树枝上的小鸟惊骇地离它而去,您也像那样轻盈、矫健、快活地离去吧!"

奥勃洛莫夫心潮澎湃地写着,手中的笔在纸上飞舞。他两眼放光,双颊火辣辣的。信写得很长,所有的情书都是如此,恋人们说起来就没个完。

"奇怪!我既不觉得无聊,也不觉得沉重了!"奥勃洛莫夫想,"我几乎是幸福的……原因何在?大概在于我把心上的重负卸到信里了。"

他把信重读了一遍,叠好,上了封漆。

"扎哈尔!"他说,"等伊林斯基家的人来了,你就把我写给小姐的这封信交给他。"

"是。"扎哈尔说。

奥勃洛莫夫真的几乎快乐起来了。他盘腿坐在沙发上,竟然问早饭有没有什么可吃的。他吃了两个鸡蛋,点燃一支雪茄烟。他的心灵和头脑都很充实,他在生活。他想象奥莉加怎样收到这封信,怎样吃惊,看完信脸上的表情又会怎样。然后呢?……

这一天的前景和情况的新变化使他觉得愉快……他屏声息气地倾听是否有敲门声,伊林斯基家是否有人来,想着奥莉加是否已经在看信了……然而外室里寂静无声。

"这是什么意思?"他不安地想,"没有人来,怎么会这样?"

就在这个时候暗中有个声音对他悄声说:"你为什么不安?没有人来正合你的意思啊!你不是要断绝关系吗?"但是他把这个声音压了下去。

半小时以后,他把在院子里和马车夫闲坐的扎哈尔叫进来问:"没有人来过吗?"

"来过了。"扎哈尔说。

"你怎么说?"

"我说您不在家,进城去了。"

奥勃洛莫夫瞪大了眼睛问扎哈尔:

"你怎么这样说?我叫你等那边来了人怎么做?"

"可来的是个女仆。"①扎哈尔沉着冷静地说。

"信交出去了吗?"

"那可没有,您开头叫我说您不在家,后来才叫我交信。等人来了,我就把信交给他。"

"哎呀呀……你简直是杀人不见血!信呢?拿来!"奥勃洛莫夫说。

扎哈尔把信拿回来,信已经脏得不成样子。

"把你的手洗干净,你看!"奥勃洛莫夫指着污迹生气地说。

"我的手干干净净的。"扎哈尔望着一边说。

"阿尼西娅,阿尼西娅!"奥勃洛莫夫喊道。

阿尼西娅从外室探进半个身子来。

"你看看扎哈尔干的好事!"奥勃洛莫夫向她抱怨说,"把这封信拿去交给伊林斯基家来的人,男仆也行,女仆也行,叫他们转交给小姐,听见了吗?"

"听见了,老爷。让我去交。"

阿尼西娅刚走进外室,扎哈尔就从她手中夺走了那封信。

"去,去!"他大吼,"干娘儿们的活去!"

---

① 上文说的"人",原文是阳性名词单数,在沙皇俄罗斯时代可以特指男仆,扎哈尔就是把它理解为男仆了。

不久伊林斯基家的女仆又跑过来。扎哈尔去开门,阿尼西娅正要走上前去,扎哈尔凶神恶煞似的瞪了她一眼,声音嘶哑地问:

"你来干吗?"

"我只想听听,你怎么……"

"去,去,去!"扎哈尔一面朝阿尼西娅挥动胳膊肘,一面大吼,"没你的事儿!"

阿尼西娅抿嘴一笑,走开了,却走进另一个房间去从门缝里向外张望,看扎哈尔是不是照老爷的吩咐去做。

奥勃洛莫夫听见外面有人说话,从屋里跑了出来,并且问:

"什么事,卡佳?"

"小姐叫我来问,您上哪儿去了。原来您没走,在家!我赶紧去回话。"女仆说着就要往回跑。

"我在家。都是他胡说。"奥勃洛莫夫说,"你把这封信交给小姐吧!"

"是,我这就交!"

"这会儿小姐在哪儿?"

"小姐到村里去了,叫我来说,要是您看完了书,就请您一点多钟到花园去。"

女仆走了。

"不行,我不去……既然这一切都必定要结束,又何必再动感情?……"奥勃洛莫夫这样想着,朝村子那边走去。

他远远地看见奥莉加正向坡上走,女仆卡佳追上去把信交给了她。他又看见奥莉加停下来看了看信,想了想,接着向卡佳点了点头,径自走到公园的林荫路上去了。

奥勃洛莫夫绕过那个坡,从另一端走进那条林荫路,走了一半,就在草地上的灌木丛间坐下来等着。

"她一定会从这儿走过,"他想,"我只想偷偷地看她一眼,然后就永远走开。"

他屏声息气地等候她的脚步声响起来。但是静极了。大自然在忙它的生活,于无形中热火朝天地进行着细小的工作,虽然看上去一切都处在庄严的宁静之中。

不过草丛里一直有活物在动,在爬,在忙。瞧,一些蚂蚁四处奔跑,时聚时散,匆匆忙忙,观察它们与从高处观察任何人类的市场无异,同样的东一群西一伙,同样的拥挤,同样的乱动。

瞧,一只丸花蜂在一朵花的周围嗡嗡地飞了一阵以后爬进花萼里去了。瞧,一群苍蝇像是粘在由椴树裂缝里冒出来的一滴汁液四周。有一只小鸟在叶丛深处长时间重复着一种叫声,也许是在呼唤它的同类吧。瞧,两只蝴蝶在空中你追我逐地转圈子,围着树干跳华尔兹舞。青草散发着浓郁的香气,由草丛间不停地传来唧唧唧的虫鸣声……

"真忙啊!"奥勃洛莫夫一面观察自然界的这种忙忙碌碌的生活,倾听自然界的细微的喧声,一面这样想,"可是表面上却如此寂静,安详!……"

一直没有脚步声传来。最后,瞧……"哟!"奥勃洛莫夫轻轻扒开树枝说,"是她,是她……怎么了?她在哭!我的上帝!"

奥莉加缓步走来,用手帕揩着泪水。她刚把泪水擦去,新的又涌出来。她觉得难为情,把泪水往肚里咽,甚至不愿意让树木看见,可是做不到。奥勃洛莫夫从来没有见过奥莉加哭,也没有料到奥莉加会哭。她的泪水似乎烧灼了他,但是他感觉到的不是炙痛,而是温暖。

他连忙跟上去。

"奥莉加,奥莉加!"他在她身后柔声呼唤。

奥莉加浑身震颤了一下,回过头来,惊讶地看了他一眼,又转身继续向前走去。

奥勃洛莫夫和她并肩前行。

"您哭了?"他问。

奥莉加的泪水流得更厉害了,以至她忍不住用手帕捂着脸失声痛哭,当即在路边的一张长椅上坐下来。

"我都干了些什么啊!"奥勃洛莫夫恐惧地低声说,并且抓住奥莉加的手拼命试图拉开。

"别管我!"奥莉加说,"走开!您在这儿干什么?我知道我不应该哭,有什么可哭的?您说得对,什么事情都可能发生。"

"我怎么做才能让您不哭呢?"奥勃洛莫夫在她面前跪下来问,"您说吧,您下命令吧,我什么都肯去做……"

"眼泪是您引出来的,但不是您要止住就能止住……您没有这么大的力量!别管我!"奥莉加用手帕扇着脸说。

奥勃洛莫夫看了看她,心里直骂自己。

"倒霉的信!"奥勃洛莫夫懊悔地说。

奥莉加打开女红提篮,拿出那封信,还给了奥勃洛莫夫。

"拿回去吧,省得我一看见就要哭。"奥莉加说。

奥勃洛莫夫一言不发地把信塞进衣袋里,在奥莉加身边坐下来,垂下了头。

"您至少承认我的动机是好的吧,奥莉加?"他低声说,

"这是我珍惜您的幸福的明证。"

"哼,珍惜!"奥莉加吁了一口气说,"伊利亚·伊利奇,您一定是嫉妒我生活得这样平静幸福,所以急着来破坏。"

"破坏!您没看我的信?我再对您说一遍……"

"我没看完,因为满眼都是泪水,我是傻气未尽!不过我猜得出下面的内容,您别再说了,免得我又哭起来……"

泪珠重又滴下来。

"我是因为预见到您的幸福还在前头,愿为您的幸福牺牲自己才决定和您分手的啊!……"奥勃洛莫夫说,"莫非我是冷静地这样做的?我的内心不也在哭泣?我这样做为的是什么?"

"为的是什么?"奥莉加忽然停止哭泣,转过脸来对他说,"您这样做的目的,和刚才您躲在树丛间偷看我会不会哭以及怎么个哭法的目的是一样的!如果您真心想照信上写的去做,如果您确实认为应该分手,您就不会来见我,而是到国外去了。"

"您这样想!……"奥勃洛莫夫责备地说,但是没有把话说完。这个假设使他大吃一惊,他忽然明白,事情正是如此。

"对,"奥莉加肯定地说,"您昨天需要我说'我爱',今天需要的是我的眼泪,明天呢,也许想看我怎么死。"

"奥莉加,怎么能这样作践我!莫非您不相信,为了听到您的笑声,而不是看到您的眼泪,现在我甘愿舍弃半条性命……"

"是啊,现在您已经看到一个女子在为您哭泣,您也许……不对,您没有心肝。您说您不想看到我的眼泪,那么您就不该这样做……"

"莫非我事先会知道?!"奥勃洛莫夫双手按着胸部,用疑问的语气惊呼。

"一颗心在恋爱的时候是很聪明的,"奥莉加反驳说,"它知道它向往什么,也能事先知道会发生什么。昨天我们家忽然来了客人,我不能出门,但是我知道您等我会等得难受,也许晚上会睡不好觉。我今天来是因为我不愿意让您那么烦恼……可是您……您看到我哭反而很高兴。您看吧,看吧,让您心满意足好了!……"

于是奥莉加又哭起来。

"即使这样,我昨晚也没有睡好,奥莉加,我苦恼了一夜……"

"而我昨晚睡得好,我不苦恼,您就觉得遗憾,对吗?"奥莉加插话说,"如果刚才我没有哭,您今晚还会睡不好。"

"我现在应该怎么办,求您原谅?"奥勃洛莫夫温柔顺从地问。

"只有小孩子或者在人多的地方踩了别人的脚才请求原谅。对于我们这种情况,原谅不起作用。"奥莉加又用手帕扇着脸说。

"奥莉加,如果事实的确如此,如果我的想法是对的,就是说您爱我是犯了一个错误,那么怎么办呢?万一将来您爱上别人,到那个时候,您看我一眼都会脸红……"

"那又怎么样?"她望着他问,目光含着讥刺而又大有深意,好像把他看透了,使他惶惑不安起来。

"她想考问我!"奥勃洛莫夫自忖道,"坚持住呀,伊利亚·伊利奇!"

"什么'怎么样'!"他机械地说,眼睛不安地望着她,猜不透她脑子里转的是什么念头,她会怎么解释她说的"那又怎么样",如果他们的恋爱是个错误,显然无法为这个错误的后果辩白。

奥莉加望着他的目光是那样有主见,有信心,看来她已经形成了自己的观点。

"您是害怕自己落到'深渊底部',"她讥讽地说,"害怕将来受到我不再爱您的屈辱!……您在信上说,'我的情况会很糟'……"

奥勃洛莫夫仍旧不大明白。

"不错,如果将来我爱上别人,我的情况当然会很好,我会幸福!可是您说,您预见到我的幸福在前头,愿意为我牺牲一切,甚至生命,是不是?"

奥勃洛莫夫睁大眼睛,几乎是目不转睛地望着奥莉加。

"竟然得出这样的逻辑!"他低声说,"我真没料到……"

奥莉加含恨地把他从头到脚打量了一番。

"那么您为之神魂颠倒的幸福呢?"她接着说,"一个个早晨和晚上,这个公园,还有我说的'我爱',这些都毫无价值,不值得为之付出任何代价,作出任何牺牲,承受任何痛苦吗?"

"唉,要是有地缝让我钻下去就好了!"奥勃洛莫夫想。他越明白奥莉加的意思,心里越痛苦。

"如果您也像厌倦了书本、公务、社交界一样,厌倦了这次恋爱呢?"奥莉加热烈地说下去,"如果将来没有了竞争对手,没有了下一次恋爱,您会突然在我身边睡去,就像在您的沙发上睡去一样,连我的声音都无法把您叫醒;如果堵在您心里的那块东西终于消散,如果不单是另外一个女人,而是您的大袍对您来说更加珍贵呢？……"

"奥莉加，这是不可能的！"奥勃洛莫夫很不高兴地打断了她的话，向一旁走了几步。

"怎么不可能？"奥莉加问，"您说我犯了错误，以后会爱上别人。可是我有的时候觉得，将来您会不再爱我。到那个时候怎么办？我怎么证明我现在做的一切是正确的？不管别人，不管社交界，我怎么向我自己解释？……所以我有的时候也睡不着觉，但是我没有拿对将来的种种推测来折磨您，因为我相信美好的东西。对于我，幸福能制服恐惧。当您因为我而两只眼睛有了神采，为了找我奋力爬上山坡，冒着暑热急急忙忙进城去给我买一束花或者一本书而忘记慵懒为何物的时候，当我看到是我使得您的脸上有了笑容，产生去生活的愿望的时候，我觉得值得……我期待，我寻求的只有一样东西，那就是幸福，而且相信我已经找到了。如果我错了，如果我将来真的会为自己犯下的错误哭泣，至少我这里（她说着把手按在心上）感觉那不能怪我，那是命运的安排，上帝的旨意。可是我不怕将来流泪，我的眼泪不会白流，因为我的付出得到了回报……我曾经……那么幸福！……"

"但愿您将来再一次获得幸福！"奥勃洛莫夫恳切地说。

"可是您只用阴暗的眼光去看未来，"奥莉加接着说，"幸福对于您一文不值……这是忘恩负义，这不是爱，这是……"

"利己主义！"奥勃洛莫夫接过来说。他不敢看奥莉加一眼，不敢再说什么，不敢请求她原谅。

"您走吧，"奥莉加低声说，"到您想去的地方去。"

奥勃洛莫夫看了看她。她沉思地看着脚下，用阳伞在沙地上画着，眼睛里的泪水已经干了。过了一会儿，她又说：

"您再去躺着吧,那样就不会犯错误,不会'跌进深渊'了。"

"我害了自己,也害了您,而我本来可以轻轻松松、直截了当地做一个幸福的人……"奥勃洛莫夫悔恨地喃喃说。

"您去喝您的克瓦斯吧,那害不了您。"奥莉加尖刻地说。

"奥莉加!这样说可不大度!"奥勃洛莫夫说,"我已经惩罚了自己,意识到……"

"对,您口头上是在惩罚自己,往深渊里跳,牺牲半条性命。可是疑虑一上来,夜不成寐,您就那么疼爱自己,那么小心谨慎,顾这顾那,深谋远虑!……"

"句句是实情,真理多朴素啊!"奥勃洛莫夫心里这样想,但却羞于说出口。为什么他自己不能给自己讲清这个道理,而要由一位刚刚跨进生活大门的女子来讲呢?她领会得多快啊!不久前她还像个孩子。

"我们之间再也没有什么可谈的了。"最后奥莉加站起来说,"再见,伊利亚·伊利奇,您……安安稳稳地过日子吧,这是您的幸福所在。"

"奥莉加!看在上帝分上,别这样!现在话都说明了,您别赶我走……"他拉住她的手说。

"您要我做什么呢?您担心我爱您是一个错误,我无法消除您的疑虑。也许是一个错误吧,我不知道……"

奥勃洛莫夫放下她的手,似乎重又面临千钧一发的危险。

"怎么不知道?您没有感觉吗?"奥勃洛莫夫问,脸上又露出怀疑的神色,"难道您怀疑?……"

"我什么也不怀疑。昨天我对您说了我现在的感觉,至于一年以后会怎么样,我不知道。莫非得到一次幸福以后还会有第二次、第三次同样的幸福？"奥莉加睁大眼睛望着他问，"您比我有经验，您说吧。"

奥勃洛莫夫又不愿意肯定她的这种想法了，只把一株槐树摇了几下，没有答话。

"爱情只有一次！"他像小学生背书似的说。

"您看，我也相信这一点，"奥莉加说，"否则我将来也许真会不爱您了，也许真会为这个错误感到痛苦，您也一样。也许我们会分手！……爱两次，三次……不，不……我不愿意相信这个！"

奥勃洛莫夫叹了一口气。"也许"这两个字在他心里翻腾，他若有所思地跟在奥莉加身后走着。但是他每向前跨一步就觉得轻松一点，他昨天夜里琢磨出的那个"错误"变成了遥远的未来……"不仅爱情如此，整个人生也是如此……"他脑海里突然冒出这么一个念头，"如果把每一次机会都当成错误推开，那么什么时候才不是错误呢？我怎么啦？好像瞎了眼……"

"奥莉加，"奥勃洛莫夫用两个指头轻轻触了触她的腰部（她停住了脚步）说，"您比我聪明。"

奥莉加摇摇头说：

"不，我只是比您单纯些，勇敢些。"她又自尊自信地问："您害怕什么？您真的认为有可能不再爱了？"

"现在我也不害怕了！"奥勃洛莫夫振奋地说，"和您在一起，命运也不可怕了！"

"这话我最近在哪儿看到过……好像是欧仁·苏[1]的书

---

[1] 欧仁·苏(1804—1857)，法国小说家。

里,"奥莉加忽然转过身来讥讽地对他说,"不过在书里这话是一个女子对一个男子说的……"

奥勃洛莫夫涨红了脸。他哀求地说:

"奥莉加!让一切恢复昨天的样子吧,我不再害怕错误了。"

奥莉加没有说话。

"好吗?"奥勃洛莫夫胆怯地问。

奥莉加没有说话。

"好吧,您不愿意说,那就给我一个暗示……一枝丁香花……"

"丁香花……已经谢了,完了!"奥莉加说,"您看,剩下什么了,都褪色了!"

"谢了,褪色了!"奥勃洛莫夫看着那枝丁香说,"这封信也成了过去了!"他忽然又说。

奥莉加用力摇了摇头。奥勃洛莫夫跟在她身后暗自思索着这封信,思索着昨天的幸福和褪色的丁香花。

"丁香花真的谢了!"他想,"我为什么要写这封信?为什么我一夜不睡,早晨写这封信?现在心里倒又平静了……(他打了一个哈欠)……我困得要命。如果没有写这封信,就不会发生今天这些事情,她不会哭,一切都和昨天一样,我们安安静静地坐在这林荫路上,相互对望,谈论幸福。今天如此,明天也……"他张大嘴打了一个哈欠。

接着他忽然产生一个念头:万一这封信的目的达到了,万一她同意他的观点,像他一样害怕犯错误,害怕遥远的未来会发生的风暴,听从他所谓的经验和理智的呼声,同意分手,彼此忘记对方,又会怎样呢?

上帝保佑！和她分手，回到城里，搬进新居！接下去是漫漫长夜，百无聊赖的明天，难以忍受的后天，以及一连串越来越黯淡的日子……

这怎么行？这是死啊！而情况如果真会如此！他一定会病倒。他并不想分手，他会受不了，他会来求见。"为什么我要写这封信？"他问自己。

"奥莉加·谢尔盖耶夫娜！"他说。

"什么事？"

"我还要向您表白一句……"

"什么？"

"完全没有必要写这封信……"

"不对，有必要写。"奥莉加坚定地说。

她转过身来，看到奥勃洛莫夫的脸相，看到睡意一下子从他脸上消失，两只眼睛吃惊地大大睁开，不由得哑然失笑。

"有必要写？"奥勃洛莫夫吃惊地盯着她的脊背慢慢地说，眼前只看到她的披肩上的两条穗子。

那么她的眼泪和责难意味着什么呢？是耍花招吗？奥莉加可不是这种人，这一点他很清楚。

只有那些智能有限的女子才耍花招，靠耍花招吃饭。她们没有头脑，只好靠花招来处理日常生活琐事。她们对待家政就像织花边，看不到周围生活的主流在哪里，流向何方，又在何处汇合。

花招不过是一枚铜板，买不到多少东西。靠一枚铜板可以活一两个小时，靠花招也可以掩盖真相，歪曲事实，欺世盗名，却无助于放开眼界展望远方的地平线，弄清重大事件的原委。

花招是近视眼,只看得清鼻子底下的东西而看不清远处的东西,因此常常掉进自己为别人设下的陷阱中。

奥莉加很聪明。就拿今天这件事情来说,她处理得多么轻松利落啊!其他事情也无不如此!她一下子就能看清问题的实质,并且单刀直入地加以解决。

耍花招就要像耗子一样兜圈子,躲躲藏藏……奥莉加也不是这种性格的人。那么究竟是怎么一回事?怎么会这样?

"为什么说这封信有必要写呢?"奥勃洛莫夫问。

"为什么?"奥莉加猛然转过身来,笑嘻嘻的,似乎很高兴看到她让他越来越摸不着头脑,接着一字一板地说,"就因为您一夜没睡,是为我才写的。我也是个利己主义者!这是第一……"

"既然您现在同意我的看法,那么您刚才为什么责备我?"奥勃洛莫夫打断了她的话。

"因为您臆造痛苦。我没有臆造,我的痛苦是自己产生的。我高兴的是,这些痛苦已经过去了,而您是提前制造痛苦,并且以此为乐。您真狠心!因此我才责备您。第二……您的信里有思想,有感情……昨天夜里和今天早晨您都没有按照自己的方式生活,而是像您的朋友和我所希望的那样生活了。第三……"

她离他那么近,使他的血液直往心脏和大脑冲,呼吸也困难起来,情绪激动。她直视着他的眼睛说:

"第三是因为您的信像一面镜子,清楚地反映出您的温柔、谨慎、对我的关怀、为我的幸福担忧、心地纯洁……总之,都是安德烈·伊万内奇向我提起过,也是我爱上的种种方面,以致不顾您的慵懒……没精打采……您无意中在这封信里表明了自己不是一个利己主义者,伊利亚·伊利奇！您写这封信根本不是要分手,您并不想分手,而是怕欺骗了我……这是诚实的表现,否则这封信就会伤害我,而我出于自尊是不会哭的！您看,我知道我为什么爱您,并不怕犯错误,我没有看错人……"

奥莉加说这番话的时候,奥勃洛莫夫觉得她大放异彩。她的眼睛投射出爱情得胜和她自觉是强者的光辉,两颊泛出红晕。这都是因他而起！他以诚实的内心活动向她的心灵投去这火种,引发了这闪光,这异彩。

"奥莉加！……您……胜过一切女子,您是世界上最出类拔萃的女子！"奥勃洛莫夫兴奋地说,并且忘乎所以地张开双臂向奥莉加俯下身去。

"看在上帝分上……吻我一下,作为无法表述的幸福的保证吧！"奥勃洛莫夫梦呓似的低声说。

就在这一瞬间,奥莉加倒退一步,胜利的光辉熄灭了,红晕也从她脸上消失,温柔的眼睛里起了风暴。

"决不！决不！您别过来！"奥莉加惊骇地,几乎是恐惧地说,并且伸直两条胳膊和阳伞来挡住他,屏住呼吸,化石一般威严地侧身伫立在那里,怒目看着他。

他立刻被驯服了。站在他面前的不是温柔的奥莉加,而是受辱的高傲与愤怒的女神,她双唇紧闭,眼睛里射出雷电的火光。

"原谅我吧！……"奥勃洛莫夫无地自容,沮丧地喃喃说。

奥莉加慢慢转身向前走去,同时害怕地从肩头上向后观察,看他会怎样。他没什么,缓步跟在她后面,就像一条被人踩了一脚而拖着尾巴的狗。

奥莉加本想走快一点,可是一见他脸上那副神情,又强忍住笑,放慢了脚步,只是不时地还有些发抖,双颊红一阵白一阵。

她越往前走,神情越开朗,呼吸越平缓,步履又变得不慌不忙的了。她看到她说的"决不"二字对于奥勃洛莫夫是何等神圣,怒气一点一点地消散,让位给了怜悯。她走得越来越慢……

她想缓和她造成的紧张气氛,又不知如何开口。

这时候奥勃洛莫夫望着蔫了的丁香花心里想:"全都让我弄糟了!这才是真正的错误呢!'决不!'上帝呀!丁香花褪色了,昨天褪色了,信也褪色了,我生命中这最好的一刻——一位女子第一次以来自天堂的声音对我说我好在哪里——也褪色了!……"

他看了看奥莉加,奥莉加垂着眼帘站在前面等他。

"把信给我吧!……"奥莉加低声说。

"信已经褪色了!"奥勃洛莫夫一面把信递给奥莉加,一面悲哀地说。

奥莉加又一次靠近奥勃洛莫夫,而且还低下了头,眼帘也完全垂了下来……她几乎是在发抖。奥勃洛莫夫把信给了她,她没有抬头,也没有走开。

"您吓着我了。"奥莉加柔声说。

"原谅我吧,奥莉加。"奥勃洛莫夫喃喃地说。

她没有答话。

"好厉害的'决不!……'"奥勃洛莫夫难过地说,并且叹了一口气。

"会褪色的!"奥莉加涨红了脸,声音轻得几乎听不见。她向奥勃洛莫夫投去羞涩而亲切的一瞥,然后拉起他的双手,紧紧地握住,按在自己的心上。

"您感觉到了吗?跳得多厉害!"她说,"您吓着我了!让我走吧!"

于是奥莉加不再看奥勃洛莫夫一眼,微微提起衣裙前襟,转身沿小径向前跑去。

"您这么急上哪儿去?"奥勃洛莫夫说,"我累了,跟不上您……"

"别管我。我要赶快去唱,唱,唱!……"她满面通红地说,"我心里憋闷得很,甚至隐隐作痛!"

奥勃洛莫夫站在原地,久久地目送奥莉加像天使一般飞去。

"莫非这一刻也会褪色?"他几乎是悲哀地这样想,连自己是在向前走还是站在原地都不知道了。

"丁香花已成过去,"他又想,"昨天已成过去,充满幻影、令人窒息的黑夜也已成过去……是啊!连这一刻也会像丁香花一样成为过去!然而在昨夜渐渐过去的同时,今晨之花却在渐渐开放……"

"这又叫什么呢?"茫然中他说出声来,"连爱情……爱情?我还以为爱情像酷热的正午的太阳,高悬在恋人们的头上,在这种氛围中什么也不会动,连气也不喘一下。原来连爱情也没有宁静的时刻,它一直在向前运动……'就像整个生活一样',这是施托尔茨说的。能够命令它'站住,别动!'的约书亚①还没有出世呢。明天又会怎么样呢?"他担心地自

---

① 参见《圣经·旧约·约书亚书》第十章。传说的书亚是摩西的继任者,他与敌交战,眼看太阳将落,尚未取胜,就对太阳说:"站住,别动!"

问,若有所思地拖着步子回去了。

　　奥勃洛莫夫经过奥莉加的窗下的时候,听见她在唱舒伯特的歌,她那压抑的心胸舒畅起来,仿佛因为幸福而恸哭着。

　　我的上帝!活在世上多好啊!

十一

奥勃洛莫夫回到家里，又看到一封施托尔茨的来信，开头和末尾都写着："要么现在就起来，要么永远不起来！"此外通篇是责备他不爱动的话，还请他一定要去瑞士，施托尔茨自己就要去了，最后是去意大利。

不然的话，施托尔茨就叫奥勃洛莫夫到乡下去清理他的庄园事务，使农民们振作起来，弄清自己究竟能有多少进款，并且亲自督造新宅。

"记着，我们讲好的：要么现在就起来，要么永远不起来。"末了他这样写道。

"现在，现在，现在！"奥勃洛莫夫想，"安德烈不知道，我的生活正在发生怎样诗意的变化。他还想要我做什么？我什么时候能像现在这样投入？真该让他来试一试！书上写的法国人也好，英国人也好，似乎总是在工作，一天到晚想的都是工作！其实他们在整个欧洲大陆游逛，现在竟逛到亚洲和非洲去了，而且没有什么正经事，不是作画就是发掘古代文物，不是猎狮就是抓蛇，不然就在家中过悠闲自在的生活，由朋友们和女士们陪着用餐。这就是他们的全部工作！为什么偏偏要我去服苦役？安德烈只知道叫别人'干活，干活，像马一样！'为的是什么？我吃得饱，穿得暖。不过奥莉加也问我打算不打算去奥勃洛莫夫庄园……"

他赶紧写啊,筹划啊,甚至去找建筑师谈。不久,新大宅和新花园的设计方案就摆到了他的小桌子上。大宅是供一家人住的,宽敞,有两个阳台。

"我在这儿,奥莉加在这儿,这是卧室,这是育儿室……"他面带微笑地想着。"但是农民呢,农民……"微笑从他脸上消失,他发愁地皱起了额头。"邻居来信尽讲些琐碎的事情,耕地啦,脱粒啦……真烦人!还倡议集资修一条路到商业大村,并且在河上架一座桥,要我出三千卢布,希望我把奥勃洛莫夫庄园抵押出去……可是我怎么知道有没有必要这样做?……将来会不会有好处?他是不是在骗我?……就假定他是个诚实的人,施托尔茨认识他,那他本人也有可能上当受骗,我的钱就白扔了!三千卢布可是一大笔钱呢!上哪儿筹去?不行,太可怕了!邻居在信上还说,必须把几户农民迁到荒地上去,要我尽快答复——什么都要尽快。他说他负责把抵押庄园所需的一切文件送往监护院①,我只需寄给他一份委托书,再到法院去认证一下。这就是他对我提出的要求!可是我根本不知道法院在什么地方,门朝哪边开。"

一个多星期过去了,奥勃洛莫夫还没有答复,连奥莉加都问他有没有去过法院。前不久施托尔茨也给他和奥莉加来过信,询问:"他在干什么?"

其实奥莉加只能从表面上观察他在干什么,而且也只在力所能及的范围内。比如说,他看上去是否快乐,是否乐意各

---

① 监护院是沙皇俄国时代管理教养院、孤儿院、养老院的机构,从一八〇八年起,开始给以田产作抵押的地主发放巨额贷款。

处走走,是否在约定的时刻到小树林里来,对城里的新闻和大家都在议论的话题关注到什么程度,等等。她最注意的是他有没有忽略生活的主要目的。即使她问他有没有去过法院,也只是为了在给施托尔茨回信的时候能说得出他的朋友在干什么。

那个时候正是盛夏七月,天气好极了。奥勃洛莫夫和奥莉加几乎形影不离。晴天他们在公园相会,烈日炎炎的正午则在小树林里的几棵松树之间,他坐在她的脚边给她念点什么,她已经给他绣好一块十字布,正在绣第二块。他们之间的关系也像夏天一样热,纵然偶尔飘来几片云,慢慢也就过去了。

即使他还做噩梦,还有种种疑虑叩击他的心扉,但是奥莉加像天使一样护佑着他,只要她用她那双明亮的眼睛把他看上一眼,弄清楚压在他心上的是什么,一切复归平静,感情又像一条小河似的舒缓地向前流去,映着天上的新图案。

奥莉加对生活,对爱情,对一切事物的看法更加明确起来。她判断周围的事物也比先前更有把握,不为未来担忧了。她的心智向新的方面扩展开来,性格也有了新的特征,时而像诗一样多彩、深邃,时而又表现为循规蹈矩、明确无疑、按部就班、合乎自然……

她身上有一股子倔劲儿,不仅敌得过命运的一切风暴,甚至能克服奥勃洛莫夫的慵懒和冷漠。一旦她打定主意要干一件事情,这件事情就一定会红红火火地干起来,并且从此只听见她在讲这件事情。即使没听见她嘴上说,也看得出她总想着,不会忘记,不会罢休,也不会手足无措,而是仔细加以考虑,力争达到目的。

奥勃洛莫夫不明白她的这股劲儿是从哪里来的,为什么无论发生什么事情她都知道应该怎么办,而且办得恰如其分。

"这是因为她总是微微耸起一道眉毛,那上面还有一丝隐约可见的皱纹……"奥勃洛莫夫想,"她的这股倔劲儿就藏在那一丝皱纹里。"

无论她脸上的表情多么平静、愉快,那一丝皱纹总不展开,那道眉毛也仍旧耸着。但她不显示自己的力量,不采取激烈的做法,也没有任性的表现。她的坚持和倔强没有使她越出闺秀的雷池一步。

她并不想做社交圈内的核心,用激烈的言词使她的仰慕者无言以对,用她的机敏使满座震惊,赢得什么人从客厅某个角落里发出的叫好声。

她甚至也有许多女人都有的胆怯。虽说看见耗子她不会发抖,一把椅子倒了也不会使她晕过去,但是她不敢离家太远,一看见她认为可疑的男人就往回走,夜间关窗睡觉,以免贼人爬进来,这些都是女人的心理表现。

此外,她很富于同情心和恻隐心!要她流泪并不难,打动她的心是很容易的。在恋爱中她又是那么温柔,她对一切人都那么心软,那么关切。总之,她是一个女人!

有的时候她的言词也会露出讥刺的锋芒,却又伴着雍容的仪态,含着温婉可亲的智慧,以致任何人听了都乐于接受。

但是她不怕穿堂风,日暮时分穿着单薄的衣裳在外面走也不会有事。她很健康,胃口很好,有几样特别爱吃的菜,而且自己会做。

其实这些事情许多女人都懂,只不过许多女人一碰到具体情况就不知道应该怎么办了,即使知道,也只是按照学过或者听到过的去做,知其然而不知其所以然,以七大姑八大姨的权威意见为依据……

许多女人连自己都不知道自己究竟想要什么,如果打定主意做什么,也没有多大劲头,好像可做可不做似的。这其中的原因想必在于她们的两道柳叶眉左右对称,而且给扯得细细的,额上也没有皱纹。

在奥勃洛莫夫和奥莉加之间形成了一种别人看不出来的秘密关系。每一顾盼,当着别人说的任何一句似乎无关紧要的话,对于他俩都有特殊的意义。任何事物在他俩看来都包含着对爱情的暗示。

别看奥莉加自信心那么强,席间偶尔有人谈起某某人的恋爱史,与她的相似,她也会脸红。可是恋爱史一般都大同小异,因此她经常脸红。

大家在一起喝茶的时候,奥勃洛莫夫如果听到这类暗示,也会突然不知所措地抓起一大把面包干,惹得别人笑出声来。

他们变得敏感而又谨慎。有的时候奥莉加竟然不告诉婶娘她和奥勃洛莫夫见了面,奥勃洛莫夫对家里人声称他要进城一趟,其实他去的是公园。

尽管奥莉加是个聪慧、有见地、健康而又朝气勃勃的姑娘,在她身上也开始出现某些新的病态征兆。她常常觉得不安,左思右想,也不知道这是怎么一回事。

有的时候,在烈日炎炎的正午,她挽着奥勃洛莫夫的胳膊,懒洋洋地靠在他的肩上,机械地走着。她是那么疲惫,一直不想开口。她的朝气不见了,目光倦怠,生机全无,呆呆地凝视着一个地方,懒得把目光转移到别处去。

她的心情变得沉重起来,仿佛有个东西压在心坎上,使她不安。她揭去披肩和三角巾也没有用,胸中还是发闷发紧。她很想到树下去躺上几个小时。

奥勃洛莫夫不知如何是好,拿枝叶来给她扇脸,而她用一个不耐烦的手势叫他别操心,自己则苦不堪言。

后来她忽然叹了一口气,若有所思地看看四周,看看他,握握他的手,微微一笑,又恢复了朝气和欢笑。她重新控制住了自己的情绪。

尤其是有一天晚上,她像患了恋爱梦游症似的惶恐不安,以一种新的面貌出现在奥勃洛莫夫眼前。

那天闷热,熏风从树林里传来呼呼的声音。天上布满乌云,越来越暗。

"要下雨了。"男爵说着就回家去了。

婶娘也到自己屋里去了。奥莉加久久地、若有所思地弹着钢琴,后来也不弹了,对奥勃洛莫夫说:

"我弹不下去,手指都在颤抖,好像透不过气来。我们到花园里去走走吧。"

他俩手拉着手在一条条林荫路上默默地走了许久。她的手汗津津的,软软的。最后他俩走进公园。

高大的树和矮小的灌木混成黑黝黝的一团,两步以外什么也看不清,只有曲曲折折的沙土小径泛着白光。

奥莉加紧偎着奥勃洛莫夫,向黑暗中凝望。他俩默默地、毫无目的地走着。

"我真害怕!"她颤抖了一下,突然说。当时他俩几乎是摸索着走在一条狭窄的小径上,两旁的树林黑森森的,犹如两堵不透光的墙。

"怕什么?"奥勃洛莫夫说,"别怕,奥莉加,有我呢。"

"我连你也怕!"她低声说,"不过怕得很愉快!心好像都要停止跳动了。你来摸摸看,我的心跳得多快啊!"

她战栗着向四下里张望。

"看见了吗?看见了吗?"她浑身一颤,用两只手紧紧地抓住他的肩膀低声说,"你没看见有个人在黑暗中时隐时现?……"

她更紧地偎依着他。

"什么人也没有……"他说,同时也觉得毛骨悚然。

"快把我的眼睛蒙上……蒙紧点!"她低声说……"现在好了……是神经过敏。"接着她又激动不安地说,"又来了!瞧,是谁?我们找一张长椅坐下来吧……"

他摸到了一张长椅,扶她坐下。

"奥莉加,你不舒服,我们回去吧。"奥勃洛莫夫劝说道。

她把头靠在他的肩上,说:

"不,这儿的空气新鲜些,我心里堵得很。"

她呼出的气烫着他的面颊。

他摸摸她的头,她的头也是热乎乎的。由于呼吸困难,她不住地叹气。

"不如回去吧!"奥勃洛莫夫不安地又说,"必须躺下……"

"不,不,别管我,别碰我……"她精疲力竭地说,声音轻得几乎听不见,"我这里面像着了火一样……"她指着自己的胸膛说。

"我们还是回去吧……"奥勃洛莫夫催促着。

"不,等一等,会过去的……"

奥莉加捏捏他的手,不时地挨近他,注视他的眼睛,许久

371

没有说话,随后哭了起来,起初是啜泣,后来竟失声痛哭。他慌了神。

"奥莉加,看在上帝分上,赶快回家吧!"他不安地说。

"没关系,"奥莉加唏嘘着说,"别管我,让我哭个够……眼泪能让心里的火泄出来,让我轻松一点,都是神经在作怪……"

奥勃洛莫夫在黑暗中听着奥莉加的沉重的呼吸声,感觉到她的烫人的泪水滴到他的手上,她的手时不时痉挛地握握他的手。

奥勃洛莫夫没有动一个手指,甚至屏住呼吸。奥莉加的头就靠在他的肩上,呼出的气烫着他的脸……他也在颤抖,但是不敢用嘴唇去碰奥莉加的脸。

奥莉加渐渐平静下来,呼吸越来越匀……终于不做声了。奥勃洛莫夫想:她是不是睡着了? 连动也不敢动一下。

"奥莉加!"奥勃洛莫夫轻轻地唤了一声。

"什么?"奥莉加也轻轻地说,并且叹了一口气。"现在……过去了……"她无力地说,"我好些了,呼吸轻松了。"

"走吧,"奥勃洛莫夫说。

"走吧!"奥莉加不情愿地说,"我亲爱的!"她握紧他的手,温柔地低声说,然后倚着他的肩,迈着蹒跚的步子回家。

在客厅里,奥勃洛莫夫看了奥莉加一眼,发现她很虚弱的样子,脸上挂着奇怪的无意识的微笑,仿佛在做梦。

他扶奥莉加坐到沙发上,在她身边跪下,大为感动地吻了她的手几次。

奥莉加始终含着那样的微笑望着他,由他摆布她的双手,最后目送他向门外走去。

奥勃洛莫夫走到门口转过身来,发现奥莉加仍望着他,脸上仍是那副倦容,那种热辣辣的微笑,仿佛她对付不了自己……

奥勃洛莫夫满腹心事地离开了。他好像在什么地方见过这种微笑。他想起一幅画,那画上的女人也这样微笑着……不过不是考狄利娅……

第二天,他派仆人去打听奥莉加的健康状况。仆人回来传话说:"好了,感谢上帝!今天请过去吃饭,晚上大家一起到五俄里以外的一个地方去看烟火。"

奥勃洛莫夫不相信,亲自登门探视。奥莉加像一朵花似的鲜艳,目光炯炯,两颊泛起两片玫瑰红,声音清亮!奥勃洛莫夫走到她面前的时候,她忽然着了慌,几乎叫出声来。奥勃洛莫夫问她"昨天分别后觉得怎么样",她竟然涨红了脸。

"那是神经系统有点失调,"她连忙说,"婶婶说应该早点上床睡觉。最近我才有这个毛病……"

她没有把话说完就转过脸去,似有歉意。为什么她会着慌?连她自己也不知道。为什么想起昨天晚上神经系统的失调她心里就火烧火燎的呢?

她似乎羞于谈起什么事,而且埋怨着什么人,不知是自己,还是奥勃洛莫夫。有的时候她又觉得奥勃洛莫夫对于她比过去更可爱、更亲近了,对他依恋到流泪的程度,仿佛从昨天晚上起他们之间已经有了一种神秘的亲属关系……

昨天夜里她久久不能入睡,今天早晨一个人在从别墅到公园的林荫路上来来回回走了许久,左思右想,总是茫然。她时而蹙眉,时而忽然满面通红,不知对什么微笑,但是始终未能做出决定。她烦恼地想:"唉,索涅奇卡,你多幸福啊!你会立刻做出决定!"

那么,奥勃洛莫夫呢?昨天她呼出的气烫着他的脸,她的热泪滴到了他的手上,后来他几乎是把她抱回家去的,而且听到了她的内心的不顾体面的私语,那个时候他为什么缄默不语,没有反应,无动于衷?……换了别人呢?别人的目光可大胆了……

虽然奥勃洛莫夫的青年时代是在一帮早就解决了种种切身问题、什么都懂、什么都不信、对一切都采取冷静理智的分析态度的青年中间度过的,而他的内心仍怀有对友谊、爱情、人格的热烈信仰。无论他在人世间犯过多少错误,还会犯多少错误,尽管他心里痛苦,而他的善良和对善的信仰的根基却从未动摇过。他暗自崇拜着女性的纯洁,承认女性的权利和权益,愿意为之作出牺牲。

但是他的个性又不足以使他公然表露自己接受行善和尊崇贞洁的教导。他暗自醉心于贞洁的芳香,有的时候却又公然附和那些惟恐别人以为他们贞洁或者尊崇贞洁的玩世不恭之徒,跟着说些轻佻的话。

他从来没有好好想过,那投入芸芸众生的语言洪流中的真、善、纯几个字分量有多重,又要经过怎样曲折的途径才能投入其中。他也没有想过,不带虚伪的赧颜勇敢、大声说出的那几个字决不会被上流社会那帮色情狂的不堪入耳的叫嚷所湮没,而会像珍珠一般沉入社会生活的深层,并且总是找得到能保存它的贝壳。

许多人说话符合善的时候往往结结巴巴,羞得满面通红,而说起轻狂的话来则毫无顾忌,哇啦哇啦。他们想不到,不幸的是,轻狂的话也不是白说的,会留下长长的,有的时候甚至是无法消除的恶的痕迹。

奥勃洛莫夫行为端正,他的良心上没有任何污点,无法指责他是那种没有感情和内心斗争的冷漠而无耻的玩世不恭之徒。人们天天在说某某人花多少钱换了马和家具,某某人花多少钱换了女人……这一类的话他是听不下去的。

他不止一次为某个男子丧失了尊严和人格而痛苦,为某个与他毫不相干的女子堕入风尘而流泪。但是他害怕上流社会,所以保持沉默。

人们应该估计到这一点,奥莉加就估计到了。

男人们往往嘲笑这种怪物,女人们却立刻认出这种怪物的真面目。纯良贞洁的女人喜欢这种怪物是因为与他们共鸣,堕落的女人想接近这种怪物是为了洗涤自己的灵魂。

夏季渐渐过去,早晚变得阴暗而潮湿。不仅是丁香,连椴树的花也已萎谢,浆果都没了。奥勃洛莫夫和奥莉加天天见面。

奥勃洛莫夫跟上了生活的步伐,换句话说,他又熟悉了他早已荒疏的东西,知道法国公使为什么离开罗马,英国人为什么用军舰运兵到东方去,连德国或者法国什么时候要修新路他也感兴趣了。然而他却不考虑修一条路经过奥勃洛莫夫庄园到大村,不去法院认证委托书,给施托尔茨写的回信也还没有寄出。

他重新熟悉的只不过是在奥莉加的家里天天谈到的那些事,以及那里收到的报纸上发表的东西。多亏奥莉加坚持,他相当勤奋地研究着当代外国文学。其余的一切就都淹没在纯爱情中了。

这玫瑰色的氛围虽然时有变化,它的基调却是万里无云的长空。只要奥莉加静下心来思索奥勃洛莫夫其人,考虑自己对他的爱情,只要这爱情在她心中还有没占据的时间和空间,只要她的问题在他头脑中没有都得到现成的圆满的答案,他的意愿对她的意愿的召唤不予回答,她的振奋和勃勃生机碰到的只是他那凝然不动的痴情的目光,她就堕入痛苦的沉思之中,一种像蛇一样冰凉的东西就爬进她的心里,使她从梦幻中清醒过来,而那个童话般的温馨的爱情世界就变成了万物萧索的秋天。

她想知道:这种幸福不圆满的感觉从何而来?她缺少什么?还要什么?爱奥勃洛莫夫不是命中注定的吗?他温顺,一心信仰善,特别是温柔,她从来没有见过哪一个男人有他这样温柔的目光,这些足以证明她爱他是对的。

至于他不能对她的每一顾盼都报以心领神会的一瞥,他的声音有时候听上去和她不知是在梦里还是清醒的时候听到过的不一样……等等,这又有什么关系呢?这是心理作用,是神经在作怪,何必据此胡思乱想?

最后,即使她想摆脱这爱情,又怎样摆脱呢?木已成舟,她已经爱了,不能把爱情像一件衣服似的随便脱掉啊。"一生不爱两次,"她想,"据说爱两次是不道德的……"

她就是这样学着去爱,试着去爱,以眼泪或者微笑去迎接她将跨出的每一步,并且反复考虑。接着她脸上就出现那种掩盖着眼泪和微笑的专注神情,使得奥勃洛莫夫非常害怕。

但是她在奥勃洛莫夫面前只字不提她的想法和内心斗争。

奥勃洛莫夫没有学着去爱,他在他曾经向施托尔茨口头描绘过的甜美的幻景中昏睡。有的时候他竟然相信生活可以永远没有云翳,于是他又梦见奥勃洛莫夫庄园,那里的人都有一副善良的、友好的、无忧无虑的面孔。他还梦见他坐在露台上,因为得到了圆满的幸福而遐想着。

就是现在他偶尔也独自这样遐想,有两次在树林里等候来迟的奥莉加,他睡着了……不料忽然飘来一片云。

有一天,他俩从什么地方回来,懒洋洋地走着,彼此都没有说话。正当他俩要横穿大路的时候,前面起了滚滚烟尘,一辆马车向他们急驶而来,车上坐着索涅奇卡和她的丈夫,还有一位先生、一位太太……

"奥莉加!奥莉加!奥莉加·谢尔盖耶夫娜!"从车上传来呼唤声。

车停了。那几位先生和太太下来围住奥莉加,互相问好,彼此亲吻,大家七嘴八舌地说着,好久都没有注意到奥勃洛莫夫。后来他们忽然一齐把目光转向他,有一位先生还举起了长柄眼镜。

"这是谁?"索涅奇卡悄声问。

"伊利亚·伊利奇·奥勃洛莫夫!"奥莉加介绍说。

众人徒步向别墅走去。奥勃洛莫夫很不自在。他跟不上这群人。正当他抬起腿跨过篱笆,想经过黑麦地溜回家去的时候,奥莉加递了个眼色叫他回来。

这本来没有什么,但是那些先生和太太却用十分怪异的目光看他。其实这也没有什么。从前,由于他总是昏昏欲睡、百无聊赖的样子,加上衣着不整,人家一向都以怪异的目光看他。

问题是这些先生和太太又以同样怪异的目光去看奥莉加。这目光中包含的疑惑使奥勃洛莫夫的心忽然凉了。不知什么东西开始咬啮他,使他痛苦得无法忍受,于是闷闷不乐地回家去了。

第二天,奥莉加无论怎样亲热地和他说笑玩闹也没有办法使他高兴起来。奥莉加左问右问,他只好推说头痛,并且容忍别人拿价值七十五戈比的花露水往他头上洒。

到了第三天,他俩很晚才回家。婶娘好像特别大有深意地看了他俩一眼,尤其是这样看了他一眼,接着就垂下她那大而有些浮肿的眼帘,可是眼睛似乎还透过眼帘看着他俩,然后若有所思地闻酒精,闻了大约一分钟。

奥勃洛莫夫心里很难受,但是没有说什么。他没有勇气向奥莉加道出自己心上的疑惑,害怕惊扰了她,吓坏了她。而且要说就必须说真话。他也为自己担心,害怕用如此严重的问题打破这安泰的、万里无云的宁静。

现在问题已不在于她爱上他奥勃洛莫夫是不是一个错误,而在于他俩的这次恋爱,在树林里幽会,有的时候甚至是深夜单独见面——整个说来是不是一个错误。

"我还企图吻她,"他惊骇地想,"这在道德法典中可是刑事罪行,而且不是最轻的一种!前面还列出了好些种,如握手、表白、通信……这些我们都做过了。但是,"他抬起头来,继续想下去,"我的本意是真诚的,我……"

阴云忽然消散,眼前展现出奥勃洛莫夫庄园,像节日里一样喜气洋洋,整个沐浴在阳光之中。山岗是那样翠绿,小河泛着银光。他搂着奥莉加的腰,沿着长长的林荫路默默地走去,在亭子里或者露台上小坐……

周围的人都怀着仰慕的心情向奥莉加致敬。总之,都是他对施托尔茨说过的。

"嗯,嗯,一开始就应该像这样!"他又害怕地想,"那说了三次的'我爱',那丁香花枝,那表白,都应该是毕生幸福的保证,一个贞洁女子是不会一再重复这些做法的。那么我呢?我又是什么人呢?"这个问题像一把小锤敲击着他的头颅。

"我是个好诱惑女人的色迷!只不过还没有像那个小眼睛、红鼻子的老无赖塞拉东①,把从女人那里偷来的一朵玫瑰花插到自己的衣服扣眼里,却向朋友耳边去吹嘘自己的胜利,以便……以便……我的上帝,我走得太远了!这才是深渊!奥莉加也不是在深渊上空高高飞翔,而是在底部……究竟为了什么……"

他筋疲力尽,因为他的生命的彩虹忽然褪色,奥莉加会成为牺牲品而哭得像孩子一样。他的这次恋爱完全是犯罪,成了他良心上的一个污点。

随后他那一时惊惶不安的头脑复归平静,意识到还有一条合理合法的出路,那就是向奥莉加求婚……

"对呀,对呀,"他高兴得颤抖,"她一定会以目光羞涩地表示同意……她不会说一个字,她会涨红了脸,一直乐到心底,然后满眼是泪水……"

先是泪水和微笑,默默伸出的一只手,接着是嬉笑玩闹,幸福的奔忙,然后是长时间的交谈和喁喁私语,那是心心相印的私语,将两条生命合而为一的神秘的协议!

在种种琐碎的事情和涉及日常生活的谈话中,将会贯穿着只有他俩才看得见的爱情。谁都不敢用目光来侮辱

---

① 塞拉东是法国作家于尔菲(1568—1625)的田园小说《阿斯特雷》中的主人公。

他们……

奥勃洛莫夫的面孔忽然变得那么严厉,不苟言笑。

"不错,"他对自己说,"这就是直截了当的,高尚而又稳固的幸福的世界!可是直到现在我还像个孩子,把这些花朵藏着,沉醉在爱的芳香之中,找机会单独见面,在月下漫步,偷听少女的心怎样跳动,捕捉她的缥缈的梦……上帝呀!真叫我羞愧!"

他的脸红到了耳根。

"今天晚上奥莉加就会知道,爱情赋予我们多么严肃的义务。今天是最后一次单独见面,今天……"

他把手按在心上,心跳得厉害,却很均匀,与正直人的心跳无异。想到当他说出他俩不应该再单独见面这句话的时候,奥莉加起初会伤心,接着他就要探听她的想法,欣赏她的赧颜,然后才畏怯地宣布自己的打算,然后……想到这里他又激动起来。

随后他一直梦想着她的羞涩的应允、微笑和眼泪,还有默默伸出的手,长时间的神秘的低语,以及众目睽睽下的亲吻。

十 二

奥勃洛莫夫跑去找奥莉加,她家里的人说她出去了。他又到村子里去找,也没有找到。他远远地看见奥莉加像天使升天一般往坡上走去,步履那么轻盈,优美地扭动着腰。

他跟着追上去,可是奥莉加的脚几乎不沾草地,真像在飞一样。到了半山坡上,他开始呼唤她。

奥莉加停下来,等他走上前才两俄丈,又径自往前去了,拉大了他们之间的距离,然后再次停下来,站在那里笑。

最后他确信奥莉加不会再往前走了,才停步。她朝他跑过来几步,伸出一只手,笑着拉着他走。

他俩进了一片树林,他摘下帽子,她用手帕给他擦去额头上的汗,然后用阳伞给他扇风。

奥莉加今天特别活泼爱说,不是嬉笑就是忽然柔情似水,忽然沉思不语。

"你猜猜,昨天我干什么了?"等他俩在树荫下坐定以后,奥莉加问。

"看书了?"

她摇摇头。

"写东西了?"

"不对。"

"唱歌了?"

"不对。我算命了!"她说,"伯爵夫人的女管家昨天来了,她会用纸牌算命,我请她给我算了。"

"怎么样?"

"没什么。先是要出远门,后来又有一群人,到处都有一个金发男子,到处都有……她当着卡佳的面忽然说,有个方块王心里想着我,羞得我满脸通红。她还想说我心里想着谁,我就把牌弄乱,跑了。"接着奥莉加忽然问,"你心里想着我吗?"

"唉!"奥勃洛莫夫说,"我要少想你一点也不行啊!"

"而我!"奥莉加沉思地说,"人们不这样生活又该怎样生活我都忘了。上星期你不高兴,两天没来,记得吗?你生气了!我忽然变了一个人,变得凶狠。我跟卡佳吵架,就像你跟扎哈尔吵架一样。我看见卡佳悄悄地哭,一点也不可怜她。婶婶问我话,我也不回答,听而不闻,什么也不干,哪儿也不想去。可是你一来,我忽然又变了,还送给卡佳一件丁香色连衣裙……"

"这是爱情啊!"奥勃洛莫夫满怀激情地说。

"什么是?丁香色连衣裙吗?"

"都是!我从你说的这些话里认出了我自己。没有你,我觉得天昏地暗,无法生活,夜里梦见的都是开满鲜花的山谷。见到你,我就变得善良、爱活动;见不到你,我就觉得无聊,没劲,想睡觉,什么也不愿意想……爱吧,别不好意思爱……"

奥勃洛莫夫突然闭上嘴,心里想:"我说些什么呀?我来的目的并不在此啊!"他干咳几声,皱起了眉头。

"要是我突然死了呢?"奥莉加问。

"真想得出!"奥勃洛莫夫不经意地说。

"真的,"奥莉加说,"要是我着了凉,发高烧,你到这儿来没有遇见我,再去我们家,我们家的人说我病了,第二天还是不见好,卧室的百叶窗都关着,大夫直摇头,卡佳流着泪蹑手蹑脚出来见你,悄声对你说:她病得很重,要死了……"

"唉! ……"奥勃洛莫夫忽然说。

奥莉加哈哈大笑。

"到那个时候你会怎么样?"她直视着奥勃洛莫夫问。

"会怎么样?我会发疯,或者开枪自杀,可是你忽然又恢复了健康!"

"别说了,别说了!"奥莉加害怕地说,"我们说到哪儿去啦!不过,你死了可别来找我,我怕死人……"

奥勃洛莫夫哈哈大笑,奥莉加也笑了。

"我的上帝,我们俩真孩子气!"奥莉加终于从这无稽之谈中清醒过来。

奥勃洛莫夫又干咳了一声。

"听着……我想告诉你。"

"什么?"奥莉加立刻转过身来问。

奥勃洛莫夫胆怯地沉默着。

"说呀!"奥莉加轻轻地拉拉他的袖子说。

"没什么……"他畏怯地说。

"不,你心里有事,对不对?"

奥勃洛莫夫没有回答。

"要是很可怕,你最好别说,"奥莉加说,接着忽然又加上一句,"不,你说!"

"真的没什么,瞎说呢。"

"不对,不对,一定有事,你说!"奥莉加紧紧地抓住奥勃洛莫夫的上衣的两片衣襟,而且把他拉向自己,使他不得不把脸扭过来扭过去,以免吻着她。

按他的心愿,他不想把脸扭过来扭过去,但是他耳朵里响着她的那声威严的"决不"。

"说呀!……"奥莉加缠着他不放。

"不行,没有必要……"他推托说。

"你不是说,'相互信赖是共同幸福的基础','心里不应该存着任何让朋友的眼睛看不到的弯弯拐拐'吗?这是谁的话?"

"我只想说,"奥勃洛莫夫说,"我太爱你了,以至于如果……"

奥勃洛莫夫迟疑起来。

"什么?"奥莉加急切地问。

"如果你现在爱上别人,爱上一个比我更能使你幸福的人,我会……默默地把我的痛苦咽下去,让位给他。"

奥莉加忽然放开他的衣襟,诧异地问:

"为什么?我不懂。我可不会把你让给任何人。我不愿意你和别的女子在一起感到幸福。这太深奥了,我不懂。"

她的目光若有所思地在树木间徘徊。

"这么说,你并不爱我?"她随后问。

"相反,我愿意牺牲自己,说明我爱你到了忘我的程度。"

"为什么要牺牲?谁求你牺牲?"

"我说这话的前提是,如果你爱上别人。"

"别人!你疯了吗?既然我爱你,为什么要去爱别人?莫非你会爱上别人?"

"我的话你是怎么听的？上帝知道我说些什么,你竟然相信！我不是那个意思,我想说的完全……"

"你想说的是什么？"

"我想说我对不起你,早就对不起……"

"什么事？怎么对不起？"奥莉加问,"你不爱？也许只是开了个玩笑？快说呀！"

"不对,不对,完全不对！"奥勃洛莫夫苦恼地说,"你发现没有……"他犹豫地说,"我们见面是……偷偷的……"

"偷偷的？怎么说是偷偷的？我几乎每次都告诉婶婶,我见到你了……"

"每次都说吗？"奥勃洛莫夫不安地问。

"有什么不好？"

"我对不起你,我早就应该对你说,这样做……不行……"

"你说过。"奥莉加说。

"我说过？哦！真的,我……暗示过。这么说我尽到了责任。"

奥勃洛莫夫立刻感到轻松愉快,因为奥莉加如此轻而易举地卸却了他的责任。

"还有什么？"奥莉加问。

"还有……就这些了。"奥勃洛莫夫说。

"不对,"奥莉加肯定地说,"一定还有,你没有完全说出来。"

"嗯,我考虑……"他想把话说得随便一点。

奥勃洛莫夫停下来,奥莉加等着。

"我们应该少单独见面……"奥勃洛莫夫胆怯地看了她

一眼。

她没有说话。

"为什么?"她想了想,问道。

"我的良心十分不安……我们单独见面的时间太长,我很激动,心脏好像就要停止跳动,你也不平静……我怕……"奥勃洛莫夫好不容易才把话说到这儿。

"怕什么?"

"奥莉加,你还年轻,阅历有限。人有的时候会控制不住自己,一种地狱的恶势力会钻进人的心里,使心里一片黑暗,眼睛闪出电火,理智失去清醒,对纯良和贞洁的尊敬像是被狂风卷走了,人也忘乎所以,不再控制自己,而是受制于情欲。这个时候,深渊就在他脚下张开了。"

奥勃洛莫夫甚至打了一个寒颤。

"那又怎么样?让它张开好了!"奥莉加张大眼睛望着他说。

他沉默了。往下他已无话可说,或者不必再说什么了。

奥莉加看了他许久,好像逐句阅读文章那样阅读他额头上的皱纹中包含的东西,而心里却在回味他刚才说的每一句话和他的目光,从头审视自己的这次恋爱,一直审视到那天夜里在花园中的幽会,她忽然脸红了。

"你尽胡说八道!"她望着一旁急速地说,"我根本没发现你眼睛里有什么电火……你看着我的样子多半是像……我的奶妈库兹明尼奇娜!"她说着笑出声来。

"你还开玩笑,奥莉加,我可不是开玩笑……而且我还没把话说完呢。"

"还有什么?"奥莉加问,"还有什么样的深渊?"

奥勃洛莫夫叹了一口气。

"还有,我们不应该再见面……私下里……"

"为什么?"

"这不好……"

奥莉加沉思起来。

"嗯,据说这不好,"她若有所思地说,"不过,为什么?"

"别人知道了,事情传开了,大家会说什么呢……"

"谁会说?"奥莉加问,"我没有母亲,只有母亲会问我为什么和你私下见面,只有在她面前我才会哭着回答说,我没有做任何坏事,你也没有。她会相信我的话。除了她还有谁?"

"婶娘。"奥勃洛莫夫说。

"婶娘?"

奥莉加悲哀地摇摇头说:

"她永远不会问我。要是我离家出走,她也不会去找我,打听我的下落,我也不会再回来告诉她,我到什么地方去了,做什么了。还有谁呢?"

"其他人,大家……前几天索涅奇卡望着你和我笑,还有那些和她在一起的先生、太太也望着我们笑。"

接着奥勃洛莫夫就把从那个时候起他是如何担惊受怕的情形都讲给奥莉加听了。

"她只望着我的时候,我还没觉得怎么样,"奥勃洛莫夫又说,"后来她的这种目光又落到了你身上,我的手脚就凉了……"

"怎么样?……"奥莉加冷冷地问。

"从那个时候起,我日夜不安,苦于不知道怎么样才能不让这件事传出去,又怕吓着你……我早就想和你谈谈……"

"你白操心了!"她说,"你不说我也知道……"

"怎么知道的?"奥勃洛莫夫吃惊地问。

"索涅奇卡不止一次跟我说这件事,盘问我,挖苦我,甚至教我怎么对待你……"

"可是你一个字也没告诉我,奥莉加!"奥勃洛莫夫责备地说。

"你也一直没把你的心事告诉我!"

"你对她说了些什么呢?"奥勃洛莫夫问。

"什么也没说!我能说什么?我只是脸红了。"

"我的上帝!已经到了这种地步,你脸红了!"奥勃洛莫夫惊骇地说,"我们太不小心!后果会怎么样呢?"

他询问似的看着奥莉加。

"我不知道。"奥莉加简短地说。

奥勃洛莫夫本想对奥莉加说出自己的心事,使自己平静下来,并且从她的目光和明确的话语中吸取意志的力量,结果事与愿违。他没有得到积极的断然的回答,十分丧气。

他脸上现出犹豫的神色,目光愁闷地左顾右盼。在他体内已经发作了轻微的寒热症。他几乎忘记了奥莉加的存在,眼前只见索涅奇卡和她的丈夫,还有一些客人;只听见他们在议论和讥笑。

奥莉加也一反平日善于应对的常态,默不做声,目光冷淡,回答他"我不知道"的口气更加冷淡。而他也不肯或者是不善于去领会"我不知道"这句话的言外之意。

他也默不做声,因为没有别人的帮助,他的思想或者意图就不会成熟,永远不可能像苹果似的熟透了自己掉下来,而必须由人去摘。

奥莉加把他观察了几分钟,然后披上披肩,从树枝上取下三角头巾,不慌不忙地系在头上,并且拿起阳伞。

"上哪儿去?这么早!"奥勃洛莫夫忽然清醒过来,问她。

"不,已经晚了。"她心灰意冷地说,"你说得对,我们走得太远,又找不到出路,应该赶快分手,把过去的痕迹抹掉。永别了!"她的话冷淡而又苦涩,说完她低下头就沿着小径走了。

"奥莉加,别这样,上帝保佑!怎么能不见面!而且我……奥莉加!"

她不听他的,走得更快了,皮鞋踩得沙子沙沙作响。

"奥莉加·谢尔盖耶夫娜!"奥勃洛莫夫喊道。

她听而不闻,继续向前走。

"看在上帝分上,回来吧!"奥勃洛莫夫已经不是在喊叫,而是在号哭。"就是罪犯,也该听他说一句话啊……我的上帝!她还有心肝吗?……这就是女人!"

他一屁股坐下来,用双手捂住眼睛。脚步声听不见了。

"她走了!"他几乎是恐惧地说,同时抬起头来。

奥莉加站在他面前。

他高兴得一把抓住她的手。

"你没有走,你不会走吧?……"奥勃洛莫夫说,"别走,记着,你走了,我就成死人了!"

"如果我不走,我就是个罪人,你也是,记住这话,伊利亚。"

"唉,不对……"

"怎么不对?如果索涅奇卡和她丈夫又碰见我们在一起,我就完了。"

奥勃洛莫夫打了一个寒颤。他连忙结结巴巴地说：

"听我说，我还没有把话说完……"说到这里，他又打住。

他在家觉得那么简单、自然、必要、向着他微笑的那件事，也是他的幸福的那件事，忽然变成一个深渊，他没有勇气一步跨过这个深渊。这一步应该是坚决的，勇敢的。

"有人来了！"奥莉加说。

旁边的一条小径上响起了脚步声。

"会是索涅奇卡吗？"奥勃洛莫夫问，吓得眼睛都不会转了。

两个男子伴着一位夫人走了过去，是陌生人。奥勃洛莫夫松了一口气。

"奥莉加，"他急匆匆地说，并且拉起她的手，"我们到那边去吧，那边没有人。"

"我们在这儿坐下吧！"他让她在一张长椅上坐下来，自己坐到她脚边的草地上。

"奥莉加，你刚才一生气就走了，可是我还没有把话说完。"奥勃洛莫夫说。

"要是你再要我，我还会走，而且不再回头！"奥莉加说，"你那天说喜欢我的眼泪，今天可能又想看见我跪在你的脚下，就这样一点一点地把我变成你的奴隶，对我使性子，教训我，然后又痛哭流涕，吓唬自己，吓唬我，过后再问：我们该怎么办？记住，伊利亚·伊利奇，"她忽然从长椅上站起来，自尊地说，"自从了解您以后，我长大了很多，懂得您玩的是什么把戏了……不过您再也看不到我的眼泪了……"

"哎呀，我发誓，我没有玩把戏！"奥勃洛莫夫恳切地说。

"那对您更不好了，"奥莉加冷淡地说，"对您的所有这些顾虑、警告、暗示,我的回答只有一个:今天见面以前我是爱您的,但是不知道我该怎么做。现在我知道了,再也不会和您商量了。"她语气坚决地结束了这段话,又打算离开。

"我也知道了,"奥勃洛莫夫说,并且拉住奥莉加的手,让她坐下,又沉默了片刻,鼓了鼓勇气。

"你想想看,"他说,"我心里只有一个愿望,头脑里只有一个想法,但是意志和舌头都不听我指挥,想说又说不出口。其实这本来很简单,很……帮帮我吧,奥莉加!"

"我不知道您的想法是什么……"

"看在上帝分上,别说'您'!你的骄傲的目光真叫我受不了,你说的话字字都像严寒一样使我的血液冻结起来……"

奥莉加笑了。

"你是个疯子!"她把手放在他头上说。

"就这样,这样我就有了思维和语言的能力!"奥勃洛莫夫说着就在她面前跪下来。"奥莉加,做我的妻子吧!"

她没有回答,而且把脸扭开了。

"奥莉加,把手伸给我!"奥勃洛莫夫又说。

奥莉加没有把手伸出来。奥勃洛莫夫自己拿起奥莉加的手放到唇边。奥莉加没有抽回。那手是暖暖的,软软的,微微有点汗。奥勃洛莫夫很想看她的脸,可是她越发把脸向后扭去。

"沉默?"奥勃洛莫夫吻着她的手不安地、疑惑地说。

"就是同意!"奥莉加低声接下去说,仍旧不看他。

"你现在有什么感觉?什么想法?"奥勃洛莫夫问,不免想起他一直幻想看到含羞的允诺和眼泪。

"和你的一样。"奥莉加说,眼睛仍旧望着树林中某个地方,只是胸脯一起一落,说明她在克制自己。

"她眼睛里有泪水吗?"奥勃洛莫夫想,但是奥莉加固执地垂着眼帘。

"你无所谓,你很平静?"奥勃洛莫夫问,同时拼命把她往自己身边拉。

"不是无所谓,但是很平静。"

"为什么?"

"因为我早就预见到这一幕,所以习惯了。"

"早就!"奥勃洛莫夫惊讶地说。

"对,自从我给你那枝丁香花的时候起……我心里就把你称作……"

她没有把话说完。

"从那个时候起!"

奥勃洛莫夫张开双臂想拥抱她。

"深渊张开了,电光闪闪……小心点吧!"奥莉加调皮地说,同时用阳伞挡住他的双臂,巧妙地避开了他的拥抱。

他又想起那威严的"决不",只好作罢。

"可是你从来没有说过,甚至没有流露过……"他说。

"我们女子都不是自主嫁人,而是任人嫁出去,或者娶过去。"

"从那个时候起……真的吗?……"奥勃洛莫夫又沉思地说。

"你以为我不了解你就会单独和你在这儿见面,一晚上一晚上和你坐在亭子里,听你说,信你的话?"奥莉加自尊地说。

"那么这……"奥勃洛莫夫的神色又起了变化,并且放开了奥莉加的手。

奥勃洛莫夫忽然有了一个古怪的念头。奥莉加心平气和地、自尊地、坚定地等他说下去,而他这时候极想看到的不是自尊,不是坚定,而是眼泪、激情、醉心的幸福,哪怕只有一刹那,以后就让生活的洪流平平静静地流下去!

可是现在既没有因幸福突然降临夺眶而出的眼泪,也没有含羞的允诺!这怎么理解!

疑惑像一条蛇似的在奥勃洛莫夫心中苏醒了,蠕动起来……奥莉加是在恋爱呢,还是仅仅想出嫁?

"不过,还有另外一条通向幸福的路。"奥勃洛莫夫说。

"什么路?"奥莉加问。

"有的时候恋爱并不期待什么,容忍什么,计较什么……女子整个是一团火,浑身战栗。她体验到的既是痛苦,同时又是那样的快乐……"

"我不知道这是什么路。"

"这条路就是女子牺牲一切,包括她的平静、别人对她的看法和尊敬,而在爱情中找到回报……她以爱情换取一切。"

"我们必须走这条路吗?"

"不。"

"你想通过牺牲我的平静和别人对我的尊敬这条路去寻找幸福?"

"哦不,不!我向上帝发誓,决不。"奥勃洛莫夫着急地说。

"那你为什么提起这条路来呢?"

"连我自己也不知道,真的……"

"可是我知道。你很想知道,我会不会为你牺牲自己的平静,会不会跟着你去走这条路,对吗?"

"嗯,好像让你猜到了……怎么样?"

"永远不会,绝对不会!"奥莉加肯定地说。

奥勃洛莫夫想了想,叹了一口气。

"是啊,这是一条可怕的路,要一个女子跟着一个男子去走这样一条路——即使葬送自己依然爱他,必须爱得很深才行。"

奥勃洛莫夫询问似的看了看奥莉加的脸,她的神色没有变,只是眉毛上端的一条皱纹动了一下。

"你想想,"他说,"抵不上你一个小指头的索涅奇卡见到你忽然会认不出你了!"

奥莉加微微一笑,她的目光仍旧是清明的。而奥勃洛莫夫一心只想求奥莉加为爱作出牺牲,以使自己的自尊心从中得到极大的满足。

"你想想,如果男人们走到你面前的时候,不是怀着敬畏的心低下他们的眼睛,而是大胆地、嬉皮笑脸地直视着你……"

他看了看她,她一个劲儿地用阳伞拨弄着沙地上的小石子。

"如果你一走进客厅,几个戴包发帽的女人就愤怒地交头接耳,有的甚至站起来,坐到离你远一点的地方去……而你仍不失自尊感,你能清楚地意识到自己比她们高,比她们好。"

"你为什么对我说这些可怕的话?"奥莉加平静地说,"我永远不会走这条路。"

"永远不会?"奥勃洛莫夫懊丧地问。

"永远不会!"奥莉加又说了一遍。

"嗯,"他沉思地说,"你没有足够的力量正视耻辱。也许你并不怕死,可怕的不是死刑本身,而是死刑前的种种准备,一小时一小时的酷刑,你受不了,你会垮的,对吗?"

奥勃洛莫夫不停地观察奥莉加的眼神,看她有什么反应。

奥莉加显得挺快活,这幅可怖的图画并没有使她惊慌,她的唇上还漾着一丝微笑。

"我既不想垮,也不想死!根本不是这么回事。"她说,"可以不走这条路而爱得更强烈……"

"既然你不怕,为什么不走这条路?……"奥勃洛莫夫不依不饶地,几乎是懊丧地问。

"因为走这条路……结果总是……分手,"奥莉加说,"而我……和你分手!……"

她没有说下去,把一只手搭在奥勃洛莫夫的肩上,看了他许久,忽然把阳伞扔到一边,猛地紧紧搂住他的脖子,吻了吻他,接着涨红了脸,偎在他的怀里,低声说:

"永远不会!"

奥勃洛莫夫发出一声狂喜的呼喊,扑倒在她脚下的草地上。

(1857年)

第 三 部

一

奥勃洛莫夫往家走的时候精神焕发。他的血液在沸腾，两眼熠熠生辉。他觉得连他的头发都在燃烧。他就是像这个样子走进自己的房间。突然，他的光彩全无，目光惊愕而不快地停留在一个地方，原来他的圈手椅里坐着塔兰季耶夫。

"等半天也不见你的人影儿，上哪儿逛去了？"塔兰季耶夫向奥勃洛莫夫伸出一只毛森森的手，厉声问他，"你那个老鬼一点儿也不听使唤了。我问他要点小吃，他说没有；要点伏特加酒，他也不给。"

"我在附近的小树林里散步。"奥勃洛莫夫敷衍地说。这位老乡偏偏在这个时候出现，真叫他恼火！

他已经忘记他长期在其中生活过的那个阴郁的环境，对那种令人窒息的空气也不习惯了。塔兰季耶夫似乎一下子把他从天上又拉回泥潭里。他痛苦地反复自问："塔兰季耶夫来干吗？要待很久吗？"他估计客人会留下吃饭，自己就不能去伊林斯基家，为此心中万分苦恼，只想着如何把客人打发走，即使要付出一些代价。他一言不发，闷闷不乐地等着听塔兰季耶夫说什么。

"老乡，你就不想去瞧瞧房子？"塔兰季耶夫问。

"现在用不着了，"奥勃洛莫夫说，竭力不去看塔兰季耶夫,"我……不往那边搬了。"

"什——么?怎么不搬了?"塔兰季耶夫声色俱厉地问,"租了房子不搬去住?租约怎么办?"

"什么租约?"

"你忘了?你签了一年的租约。拿八百卢布钞票来,你爱上哪儿上哪儿。四个房客看过房子都想租,全都给回绝了。有一个要租三年呢。"

奥勃洛莫夫这才想起来,在他迁往别墅的那一天,塔兰季耶夫拿来一份文件,他看也没有看就匆忙签了字。

"唉,我的上帝,我干了些什么啊!"他心里这样想,嘴上却说:

"我不要房子了,我要出国……"

"出国!"塔兰季耶夫打断了他的话,说,"跟那个德国佬一块儿去?你哪儿行啊,你走不了!"

"怎么走不了?我的护照都办好了,等我拿给你看。箱子也买了。"

"你走不了!"塔兰季耶夫漠然地说,"你最好先交半年的房租。"

"我没有钱。"

"你爱上哪儿找钱上哪儿找去,我干亲家母的哥哥伊万·马特维伊奇可不爱开玩笑。他马上会去管理局告状,你脱不了干系。再说,我已经垫付了,你还我钱。"

"你哪儿来这么多钱?"奥勃洛莫夫问。

"关你什么事?我收了一笔旧账。拿钱来!我就是为这事儿来的。"

"好吧,过两天我去把房子转租了,现在我有急事……"

奥勃洛莫夫开始扣外衣的纽扣。

"你想要什么样的房子？全城找不到比这更好的了。你不是还没看过吗？"塔兰季耶夫说。

"也不想看，"奥勃洛莫夫回答说，"我搬到那边去干吗？太远……"

"离哪儿远？"塔兰季耶夫毫不客气地问。

奥勃洛莫夫没有回答，过了一会儿才说：

"离市中心远。"

"什么市中心？你要市中心干吗？去躺着？"

"不，现在我不躺着了。"

"怎么回事儿？"

"就是这么回事。我……今天……"奥勃洛莫夫刚要说，塔兰季耶夫又打断了他的话。

"怎么样？"

"不在家吃饭……"

"把钱给我就见你的鬼去吧！"

"什么钱？"奥勃洛莫夫不耐烦地又说，"过两天我到那边去和房东太太谈。"

"哪个房东太太？我干亲家母吗？她知道什么？妇道人家！不行，你跟她哥哥谈谈就知道了！"

"好吧，我去谈。"

"行，叫他等你！你把钱交了再走！"

"我没有钱，要去借。"

"你起码得先给我三个银卢布[①]车马费。"塔兰季耶夫继

[①] 当时三个银卢布合十一个卢布纸币。

续纠缠。

"你的出租马车夫在哪儿？为什么要三个银卢布？"

"我把他打发走了。什么为什么？给这么多他都不肯拉我，说'还要走沙路？'从这儿回去还得花三个银卢布，总共二十二卢布钞票！"

"坐公共马车只要半个银卢布，"奥勃洛莫夫说，"拿去！"

他给了塔兰季耶夫四个银卢布。塔兰季耶夫把钱塞进衣袋里以后说：

"你还欠我七卢布钞票，再给点饭钱！"

"什么饭钱？"

"我现在进城赶不上饭了，只好到路边的小饭馆去吃，那儿什么东西都贵，要花掉我五个卢布。"

奥勃洛莫夫一句话也没有说，又拿出一个银卢布扔给塔兰季耶夫。他不耐烦得坐立不安，只想让塔兰季耶夫快点离开，可是他偏不走。

"叫人拿点小吃给我嘛。"他说。

"你不是要上小饭馆吗？"奥勃洛莫夫说。

"那是正餐！现在才一点多钟。"

奥勃洛莫夫叫扎哈尔拿点小吃来。扎哈尔满脸不高兴地望着塔兰季耶夫，冷冷地说：

"什么也没有，还没做。对了，米海·安德烈伊奇，您什么时候把老爷的衬衫、西服背心送回来？……"

"你要什么衬衫、西服背心？"塔兰季耶夫抵赖说，"我早还了。"

"什么时候还的？"扎哈尔追问他。

"你们搬家的时候我没亲手交给你？准是你塞到哪个包

袱里了,还来问我……"

扎哈尔呆了。

"主啊!伊利亚·伊利奇,他有脸没脸!"扎哈尔对着奥勃洛莫夫大喊大叫起来。

"又来了不是!"塔兰季耶夫说,"是你换酒喝了吧,倒来问我要……"

"没那事儿,我这辈子没拿过东家的东西换酒喝!"扎哈尔声音嘶哑地说,"可您……"

"住嘴,扎哈尔!"奥勃洛莫夫厉声打断了他的话。

"是您拿了我们的一个地板刷子、两个碗吧?"扎哈尔又问。

"什么刷子?"塔兰季耶夫吼叫起来,"哼,你这个老浑蛋!还是拿点小吃来吧!"

"您听听,伊利亚·伊利奇,听听他怎么骂人!"扎哈尔说,"小吃没有,家里连面包都没有,阿尼西娅也出门了。"说到这里扎哈尔就走了。

"你到底在哪儿吃饭?"塔兰季耶夫问,"真稀奇,奥勃洛莫夫在小树林里散步,不在家吃饭……你什么时候才搬过去?秋天都到了。去瞧瞧房子吧。"

"好,好,过几天……"

"别忘了带上钱!"

"是,是,是……"奥勃洛莫夫不耐烦地说。

"新居不需要什么东西吗?人家把地板、天花板、门窗都给你油漆了一遍,总共花了一百多卢布。"

"嗯,好……对了,我想和你谈一件事,"奥勃洛莫夫忽然想起来说,"请你去法院一趟,有一份委托书需要认证……"

"我是给你跑腿的吗?"塔兰季耶夫说。

"我给你加点饭钱。"奥勃洛莫夫说。

"还费靴子呢,你加的饭钱贴补不上。"

"你坐车去吧,我出钱。"

"我不能去法院。"塔兰季耶夫面有难色。

"为什么?"

"有仇人,对我心狠手辣,会设法坑我。"

"那好,我自己去。"奥勃洛莫夫说,并且去拿自己的制帽。

"等你搬过去了,伊万·马特维伊奇会把所有的事情都给你办妥。老乡,这可是个能干人,什么德国佬暴发户都没法跟他比!人家是土生土长的俄国官吏,在一把交椅上坐了三十年,整个衙门都听他的,钱也有,可是出门不雇马车,身上的燕尾服不比我的好,人老实巴交的,说话轻言细语,也不到异乡去游荡,像你那位……"

"塔兰季耶夫!"奥勃洛莫夫举起拳头在桌子上捶了一下,大声说,"你不懂就闭上嘴!"

看到奥勃洛莫夫的这种前所未有的举动,塔兰季耶夫瞪大了眼睛,甚至忘记了为别人把他看得比施托尔茨矮一截而动肝火。

"瞧你今天……"他拿起自己的便帽,喃喃地说,"来劲了!"

塔兰季耶夫用袖子拂一拂自己的便帽,看了一眼,又看了看搁板上奥勃洛莫夫的一顶便帽。他把奥勃洛莫夫的那顶便帽拿下来戴在自己头上,边试边说:

"你有制帽,不戴便帽,就给我夏天戴吧……"

奥勃洛莫夫一言不发地把自己的便帽从塔兰季耶夫头上摘下来,放回原处,然后把两臂抱在胸前,等他走。

"那就见你的鬼去吧!"塔兰季耶夫颇不灵便地走出房门,口里说,"老乡,你今儿个有点……不对劲……嘿,你去跟伊万·马特维伊奇谈谈,休想不带钱去!"

二

塔兰季耶夫走了,奥勃洛莫夫很不愉快地在圈手椅里坐下来,好久好久都摆脱不了塔兰季耶夫的粗鄙给他留下的印象。最后他想起这天早晨发生的事情,塔兰季耶夫的丑恶形象就从他的头脑中飞逝,脸上又露出了笑容。

他站到镜子前面去,长时间地整理领带,长时间地微笑,查看脸上有没有奥莉加的热吻留下的印迹。

"两个'永远不会',"他怀着一颗暗自快乐地激动着的心说,"二者之间的差别有多大啊!一个已经失色,另一个却是一朵盛开的花……"

接着他越来越深地陷入沉思之中,感觉到那个光辉的、万里无云的爱情节日已经过去,爱情实际上在逐渐成为一种责任,与整个生活混合在一起,构成日常起居的一个部分,并且开始褪色,失去绚丽的色彩。

也许今天早晨爱情闪射出的是最后一道玫瑰色的光芒,以后再也不会耀眼,而只是在无形中温暖着生活。它会被生活吞没,当然,会成为生活的强大的,却又是隐蔽的动力。今后它的表现将是简单而平常的了。

浪漫的诗篇正在结束,严肃的故事即将开始:先上法院,然后去奥勃洛莫夫庄园,盖房子,向监护院抵押田产,修路,没完没了地处理与农民的纠纷,安排农活,收割,打场,拨拉算盘子,看管家操心的面孔,参加贵族代表选举,听法庭审理案件。

奥莉加的目光只偶尔在什么地方闪一闪,偶尔传来圣洁的女神的歌声或者匆匆的接吻声,接着又出门监工,进城办事,管家再次找上门来,再次拨拉算盘子。

客人来访也不是什么让人高兴的事情。他们开口就是谁酿多少酒,谁向官府交多少尺呢料……这叫什么?莫非这就是他给自己做出的安排?这就是生活?……可是人们都这样生活,仿佛这就是生活的全部内容。而施托尔茨就喜欢这样的生活!

结婚,成家——这毕竟是生活的诗篇,是盛开的花朵。他想象自己怎样领着奥莉加走向祭坛,奥莉加头上戴着用酸橙树枝编的花冠,披着婚纱。人群中发出惊讶的耳语。她高傲而又优雅地低着头,胸部微微地一起一伏,腼腆地把手伸给他,不知道应该怎样看在场的人。她时而露出灿烂的微笑,时而两眼含泪,时而蹙眉思索。

等家里的客人一走,奥莉加还身着盛装就像今天那样扑到他的怀里……

"不行,我要赶快到奥莉加那里去,我不能独自想,独自感受。"奥勃洛莫夫梦想着,"我要告诉所有的人,告诉全世界……不,首先告诉婶娘,随后是男爵,还要写信告诉施托尔茨,他一定会大吃一惊!接着我要告诉扎哈尔,他会给我磕头,高兴得大哭起来,我要赏他二十五卢布。阿尼西娅会来吻我的手,我要赏她十卢布,然后……然后,我高兴得向全世界大声呼喊,全世界的人都会说:'奥勃洛莫夫真幸福,奥勃洛莫夫结婚了!'现在我就去找奥莉加,我们要久久地窃窃私语,暗中约定把两个生命结合到一起!……"

他跑到奥莉加那里。奥莉加微笑着倾听了他的梦想。可是,他刚刚纵身起来,要跑去向婶娘宣布,奥莉加就皱紧了眉头,使得他畏缩不前。

"别对任何人说一个字!"奥莉加把一个手指放在嘴唇上说,并且警告他说话声音要轻一点,免得婶娘在隔壁房间听见了,"现在还不是时候!"

"什么时候才是时候?我们不是已经决定了吗?"奥勃洛莫夫急不可耐地问,"现在该怎么办呢?先做什么?不能抄着手坐着等呀!义务和严肃的生活开始了……"

"对,开始了。"奥莉加凝视着他说。

"所以我想跨出第一步,到婶娘那儿去……"

"这是最后一步。"

"第一步是什么呢?"

"第一步是……去法院,不是要写什么文书吗?"

"对……我明天去……"

"为什么不今天就去?"

"今天……今天是什么日子,叫我离开你,奥莉加!"

"好吧,明天去。然后呢?"

"然后告诉婶娘,再给施托尔茨写一封信。"

"不,然后去奥勃洛莫夫庄园……安德烈·伊万内奇来信说了嘛,应该下乡去办事。我不知道你们说的是什么事,是盖房子吧?"奥莉加望着他的脸问。

"我的上帝!"奥勃洛莫夫说,"要是听施托尔茨的话,我们的事情一辈子也到不了婶娘那儿!他说要先盖房子,然后修路,办学校……这些事情一辈子也做不完。奥莉加,我们一起去吧,到那个时候……"

"我们去哪儿?那儿有房子吗?"

"没有,老房子不好,我想那木台阶已经完全不行了……"

"那我们上哪儿去?"奥莉加问。

"必须在这儿找一套房子。"

"为此你也要进城一趟,"奥莉加说,"这是第二步……"

"然后……"奥勃洛莫夫说。

"你先走这两步,以后……"

"这是怎么啦?"奥勃洛莫夫愁闷地想,"既没有久久地窃窃私语,也没有暗中约定把两个生命结合到一起!全都不是那么回事。这个奥莉加真怪!她总不停留在一个地方,连诗一般的时刻也引不起她甜蜜的遐想,好像她根本就没有梦想,没有沉思默想的需要!叫你马上就去法院,去看房子,简直和施托尔茨一模一样!他们真像是商量好要忙着过日子!"

第二天,奥勃洛莫夫带着一张公文纸进城去了,先上法院,完全是出于无奈,坐在车上直打哈欠,东张西望。他不清楚法院在什么地方,先去向伊万·格拉西莫维奇打听,应该由哪个部门认证。

伊万·格拉西莫维奇见到奥勃洛莫夫很高兴,不吃饭不让他走。后来他又派人去请了一位朋友来,以便问清楚这件事情应该怎么办,因为他自己早已不问世事。

他们吃饭、商量到下午三点钟才结束,去法院已经晚了,而明天又是星期六,不办公,只好推迟到下星期一。

于是奥勃洛莫夫到维堡区去看他新租的房子。他坐着马车在一些两边都是长长的木板篱笆的街巷里走了很久,最后才找到一个岗警。岗警说,那房子在另一个街区,紧挨着这个街区,沿着这条道走下去——他指了指两边没有房屋、只有篱笆和野草的一条街,路上留下的两道泥泞的车辙已经干了。

奥勃洛莫夫继续前行,欣赏着篱笆边的荨麻和从篱笆里面探出头来的花楸树。最后岗警指着一家院子里的一座很旧的房屋说:"就是它。"

奥勃洛莫夫看见大门上有"十品文官普舍尼岑遗孀之宅"的字样,就叫车夫把马车驶进这个院子。

院子只有一间房那么大,所以车辕碰着了屋角,吓得一群鸡咕哒咕哒地四散奔逃,有的甚至向上蹿。还有一条用铁链锁着的大黑狗也左奔右突地狂吠起来,想咬马儿的脸。

奥勃洛莫夫在马车里的座位与那房屋的窗户一般高,他不好下车。摆满木犀草、万寿菊和金盏花的窗户里有几个人头乱晃起来。奥勃洛莫夫好不容易才从马车里钻出来,狗也叫得更凶了。

他走上台阶,碰见一个穿一件无袖长衫、把下摆掖在腰间的满脸皱纹的老太婆。

"您找谁?"老太婆问。

"找女主人普舍尼岑太太。"

老太婆疑惑地低下头问:

"您是要找伊万·马特维伊奇吧?他不在家,还没下班。"

"我找女主人。"奥勃洛莫夫说。

屋里的人仍旧乱作一团,一会儿从这个窗口,一会儿从那个窗口探出头来。老太婆身后的一道门时开时关,有不同的面孔从门缝里向外张望。

奥勃洛莫夫转过身去就看见院子里有两个孩子,一个是男孩,一个是女孩,都好奇地看着他。

不知道从什么地方走出来一个睡眼惺忪的汉子,他身上穿的是羊皮桶子,手打遮阳懒洋洋地看着奥勃洛莫夫和马车。

那大黑狗一直声音低沉地、断断续续地叫着,只要奥勃洛莫夫动一动身子,或者有一匹马顿一顿足,它就带着链子又蹦又跳,不停地叫。

奥勃洛莫夫越过篱笆向右边看去,只见一片望不到头的菜地,种着圆白菜;左边篱笆外面有几棵树和一座绿色小木亭子。

"您找阿加菲娅·马特维夫娜?"老太婆问,"什么事?"

"你去禀报女主人,"奥勃洛莫夫说,"我想见见她,我租了这儿的一套房子……"

"这么说,您是新房客,认识米海·安德烈伊奇?请等一等,我去回话。"

老太婆一开门,有几个人立刻从门口闪开,向内室奔去。奥勃洛莫夫看见一个女人露着脖子和胳膊肘儿,没有戴包发帽,皮肤白净,躯体相当丰满;那女人发现自己已被外人看见,莞尔一笑,也从门口跑开了。

"请进屋吧。"老太婆转回来的时候说,并且领着奥勃洛莫夫经过小小的外室,走进一间相当宽敞的房间,请他稍候,说,"女主人这就出来。"

"狗还在叫呢!"奥勃洛莫夫环顾这房间的时候心里想。

突然,他看到许多熟悉的东西,原来屋里塞满了他的家什。几张桌子蒙着灰尘,椅子都堆在空床上,褥子、垫子、餐具乱放着,还有一些柜子。

"这是怎么一回事？怎么没有摆好，没有收拾？"他说，"乱七八糟！"

忽然，他身后的一道门响了一声，他刚才看见的那个露着脖子和胳膊肘儿的女人走了进来。

这女人有三十来岁，脸很白很胖，以至于红晕似乎难以透过两颊泛上来。她几乎没有眉毛，只有两道稍稍隆起的发亮的眉骨，上面长着几根淡色的毛。眼睛是浅灰色的，神情像脸上的一样憨朴。两只手白白的，但是皮肤粗糙，青筋暴突。

她身上紧紧地绷着一件连衣裙。很明显，她没有想办法哪怕多穿一条裙子来加大臀围，缩小腰身。结果她即使不披肩巾，不袒着胸部，也可以给画家或者雕塑家充当一名有健美胸部的模特而不违反她的质朴的本性。她这身衣服与华丽的大肩巾和考究的包发帽相比显得破旧。

她没有料到会有客人来，所以当奥勃洛莫夫表示想见她的时候，她就在家常便服上披一条礼拜天才用的大肩巾，并且戴上一顶包发帽。她怯生生地走出来，站在那里腼腆地看着奥勃洛莫夫。

奥勃洛莫夫欠身起来鞠了一躬，说：

"我有幸见到的是普舍尼岑夫人吧？"

"是的，先生！"她回答说，接着犹豫地问，"您也许是想跟家兄谈吧？他还在办公，五点以前不会回来。"

"不，我想见的是您。"奥勃洛莫夫说，这时候她已经在离他尽可能远的一张沙发上坐下来，眼睛看着自己的肩巾的两角，那肩巾就像马衣一样盖在她身上，直垂到地板上。她还把双手也藏在肩巾下面。

"我租了您的房子，但是现在情况变了，我必须在市内别的地方另找一套,所以来和您商量……"

她毫无表情地听着,又毫无表情地想了想,然后才说:

"现在家兄不在家。"

"可是这房子是您的吧?"奥勃洛莫夫问。

"我的。"她简短地回答说。

"所以我想您自己就能决定……"

"可是家兄不在家,我们的事情都是他在管。"她第一次正眼看了看奥勃洛莫夫,接着又垂下双目看着肩巾,呆板地说。

奥勃洛莫夫宽容地断定:"她的相貌虽然一般,看上去却让人愉快,想必是个心地善良的女人!"这时候一个小女孩从门外探进头来。房东太太严厉地偷偷向她点了点头,小女孩就不见了。

"令兄在哪儿高就?"奥勃洛莫夫问。

"在厅里。"

"哪一个厅?"

"管农民登记的……我不知道叫什么厅。"

她憨朴地一笑,接着她的面部立刻又恢复了平常的表情。

"您不是一个人和令兄住在这儿吧?"奥勃洛莫夫问。

"不是,先夫留下的两个孩子跟着我,男孩八岁,女孩六岁。"房东太太打开了话匣子,面部的表情也生动一些了,"还有我们奶奶,她有病,不大走动,只去教堂。从前她还跟阿库林娜上市场,从圣尼古拉节起就不去了,因为两条腿浮肿。上教堂也多半是坐在台阶上。就这些人。有时候小姑子来串门,还有米海·安德烈伊奇。"

"米海·安德烈伊奇常到你们这儿来吗?"奥勃洛莫

夫问。

"有时候来个把月。他跟家兄是好朋友,总在一块儿……"

房东太太的思想和言词都已告罄,于是不再做声。

"你们这儿多清静呀!"奥勃洛莫夫说,"要是狗不叫,会以为连一个活人都没有。"

她笑了笑,算是回答。

"你们常常出门吗?"奥勃洛莫夫问。

"夏天有时候出去。前几天,圣以利亚节,我们才去过火药厂。"

"怎么样,去的人多吗?"奥勃洛莫夫问,一边观察着从她那敞开的肩巾下面高耸起来的、如沙发靠枕一般结实的、从不起伏的胸脯。

"不,今年人不多。一清早就下雨,后来才放晴。要不然去的人会很多。"

"你们还上哪儿去?"

"我们去的地方不多。家兄和米海·安德烈伊奇有时候去渔场,在那儿煮鱼汤。我们总在家。"

"总在家?"

"真的。去年去过科尔皮诺①,有时候到那边的小树林里去玩。六月二十四是家兄的命名日,那天我们有家宴,厅里的官员都来吃饭。"

"也出去做客吗?"

"家兄常常去,我和孩子们只在复活节和圣诞节到先夫

---

① 此地在彼得堡郊区,建有一些著名的工厂。

的亲属家吃饭。"

再没有什么话可说了。

"你们养花。您喜欢花?"奥勃洛莫夫问。

房东太太笑了笑说:

"不,我们没工夫伺候花。孩子们和阿库林娜到伯爵家的花园去玩,那儿的花匠给的。天竺葵和芦荟早就有了,先夫在世的时候就有了。"

这时候阿库林娜忽然闯进来,手里抱着一只大公鸡,那公鸡拼命扇动翅膀,声嘶力竭地叫着。

"阿加菲娅·马特维夫娜,是不是把这只公鸡交给小铺老板?"老太婆问。

"你来干吗?出去!"房东太太不好意思地说,"你瞧,有客人!"

"我只问问,"老太婆倒提着公鸡说,"他给七十戈比。"

"去,到厨房去!"房东太太说,接着又连忙吩咐,"给他那只麻灰的,不是这只!"她觉得难为情,把双手藏在了肩巾下面,并且垂下眼帘。

"家务嘛!"奥勃洛莫夫说。

"是的,我们养了好多鸡,卖鸡蛋和小鸡。这条街的人,住别墅的人,伯爵家的人,都买我们的。"她说着看了奥勃洛莫夫一眼,胆子比先前大多了。

于是她脸上露出能干的、操心的表情。谈起她熟悉的事物,她一点也不迟钝了。但是对任何与她所知道的实际目的无关的问题,她总是以微笑和沉默作答。

"这些东西该收拾收拾才好……"奥勃洛莫夫指着自己的那一堆家什说。

"我们本来想收拾,可是家兄不让动。"她急忙插话说,而且简直是雄赳赳地看了奥勃洛莫夫一眼。"家兄说:上帝知道他那些桌子和柜子里有什么东西……万一将来找不到了,他不会放过我们……"说到这里她闭上嘴,嫣然一笑。

"令兄为人真谨慎!"奥勃洛莫夫又说。

她又淡淡一笑,恢复了她平常的表情。

当她不知道在这种或者那种场合应该怎么说怎么做的时候,她往往用微笑来掩饰。

"我不能久等了,"奥勃洛莫夫说,"也许您能转告他,情况变了,我不需要这套房子了,请转租给别的房客,我自己也会去找愿意租这房子的人。"

她呆呆地听着,不慌不忙地眨着眼睛。

"至于租约嘛,请您告诉他……"

"他现在不在家,"她又说,"您最好明天再来一趟。明天星期六,他不去办公……"

"我忙得要命,一分钟空闲时间都没有,"奥勃洛莫夫推托说,"麻烦您告诉他,既然定金归你们,房客由我去找,那么……"

"家兄不在,不知道为什么还不回来……"她呆板地说,并且朝街上望了望。"他总从这扇窗户前面走过,能看见他回来,可是不见人!"

"那么我就走了……"奥勃洛莫夫说。

"等家兄回来了,我怎么跟他说呢?您什么时候搬过来?"她从沙发上站起身来问。

"请您把我的要求转告他,因为情况变了……"奥勃洛莫夫说。

"您最好明天亲自来跟他谈……"她又说了一遍。

"明天我不行。"

"那么后天,星期天,午前礼拜以后我们家里总有伏特加酒和小吃。米海·安德烈伊奇也来。"

"米海·安德烈伊奇也来吗?"奥勃洛莫夫问。

"真的。"她说。

"后天我也不行。"奥勃洛莫夫不耐烦地推托着。

"那就下星期来……"她说,"您什么时候搬家?我好叫他们擦洗地板,把灰尘扫掉。"

"我不搬了。"奥勃洛莫夫说。

"怎么?我们往哪儿搁您的东西呢?"

"请告诉令兄,"奥勃洛莫夫凝视着她的胸脯,一字一板地说,"情况变了……"

"他怎么还不回来,看不见人。"她还是那句话,说的时候两眼望着把那条巷子和院子隔开的篱笆。"我听得出他的脚步声。谁在木板路上走过都听得见。这儿很少有人走过……"

"那么就请您把我的要求转告他?"奥勃洛莫夫说,同时一面鞠躬一面往外走。

"再过半小时他就回来了……"房东太太的话音里透露出她少有的不安,似乎竭力想用这种腔调留住奥勃洛莫夫。

"我不能再等了。"奥勃洛莫夫决心已定,开门走了出去。

大黑狗一见他出现在台阶上,又狂吠起来,带着链子乱蹦乱跳。伏在胳膊上打盹儿的马车夫这时候也拉起缰绳让马向后退。一群鸡又惊惶地四散奔逃,有几个人头探出窗外。

"那我就告诉家兄您来过。"等奥勃洛莫夫在马车里坐定以后,房东太太又不安地说。

"对,还请您说一声,情况变了,我不能保留这房子,我要把它转让给别人,或者请他……另找……"

"他总是这个时候回来……"房东太太说,并没有注意听他的话,"我告诉他您还要来。"

"对,过几天我再来。"奥勃洛莫夫说。

马车在狗的狂吠声中驶出院子,摇摇晃晃地沿着巷子中间那条没有铺木板、布满干土疙瘩的路走去。

在巷子尽头出现了一个中年人,他穿一件很旧的大衣,腋下夹着一个大纸袋,手里拿一根很粗的棍子,脚上还穿一双胶皮套鞋,虽然天气干燥炎热。

他走得很快,不时地左顾右盼,而且一步一步重重地踏下去,就像要踩断铺在人行道上的木板似的。奥勃洛莫夫回过头来就看见他跨进了普舍尼岑夫人家的大门。

"一定是她哥哥回来了!"奥勃洛莫夫想,"算了吧!和他谈还要花一个小时,而我又饿又热!奥莉加还等着我呢……下回再说!"

"快走!"奥勃洛莫夫对马车夫说。

"要不要看看别的房子呢?"他望着巷子两边的篱笆忽然想到,"那又要折回去,去海员街或者马厩街……下回再说!"

"快走!"

三

八月底下起雨来。有取暖炉的别墅开始生火取暖,烟囱冒着青烟,而住在没有取暖炉的别墅里的人只好裹起两腮,终于别墅渐渐空了。

奥勃洛莫夫一直没有进城。一天早上,他看见一些人搬着伊林斯基家的家具从他的窗前走过。虽然他已不再把搬家、顺路随便找个地方吃饭、整天不着床,看成一种英勇行为,却仍旧有惶惶然无所归依之感。

公园和树林里阒无一人,奥莉加的房间百叶窗紧闭。在这样的情况下独自留在别墅是他无论如何也受不了的。

他在她的几间空房里转了转,又绕公园走了一圈,从坡上下来,心中好生惆怅。

他派扎哈尔和阿尼西娅到维堡区去,决定在找到新房子以前就住在那里,自己却进了城,在一家小饭馆里匆匆吃了一顿饭,晚上一直待在奥莉加那里。

然而城里的秋夜不同于公园和树林里的那些漫长而晴朗的白昼、黄昏。在城里他不可能一天见她三次。在城里她的女仆卡佳不会跑来找他,他也不会派扎哈尔走五俄里路去送一张便条。于是像盛开的鲜花一般的夏季爱情诗篇似乎告一段落,接下去似乎因为内容贫乏而拖沓起来。

有的时候他俩默然相对达半小时之久。奥莉加专心做活计,只顾数十字花纹的针数,他则胡思乱想,生活在离当前还很远的未来。

他只偶尔凝视着她,激动得震颤一下;或者她不经意地把目光投向了他,在他眼睛里捕捉到一线温柔的顺从和无言的幸福的光芒,于是微微一笑。

他接连三天进城去看奥莉加,在她家吃饭,借口是他的住所还没有安排好,这个星期才能搬过去,因此目前还不能把新居当作自己的家。

第四天,他觉得确实不好再到伊林斯基家去了,只在那附近徘徊了一阵,然后唉声叹气地回家去。

第五天,他们没有在家吃中饭。

第六天,奥莉加约他到她要去的一家商店见面,然后他可以步行送她回家,让马车跟在后面。

这些事情都使他觉得尴尬。他们常常遇见他或她的熟人,不免要鞠躬问好,有的人还停下来说几句话。

"唉,我的上帝,真折磨人啊!"奥勃洛莫夫说,他害怕和尴尬得浑身冒汗。

婶娘也用一双懒洋洋的大眼睛望着他,若有所思地闻着酒精,好像是他让她头疼似的。而且要走多远的路啊!从维堡区坐车来,晚上再坐车回去,足足三个小时!

"我们告诉婶娘吧,"奥勃洛莫夫坚持说,"这样我就能从早到晚待在你们家里,谁也不会说⋯⋯"

"你到法院去过了吗?"奥莉加问。

奥勃洛莫夫恨不得说:"去过了,事情都办好了。"可是他知道,奥莉加会很注意地看他一眼,立刻从他的脸上看出他在撒谎,所以叹了一口气作为回答。

"唉,你不知道这有多难!"他说。

"那你跟房东太太的哥哥谈过了吗？找房子了吗？"奥莉加又问,连眼睛都没有抬起来。

"上午他从来不在家,晚上我总在这儿。"奥勃洛莫夫说,因为有充足的理由搪塞而感到高兴。

这回是奥莉加叹了一口气,但是没有说什么。

"明天我一定去和房东太太的哥哥谈。"奥勃洛莫夫宽慰奥莉加说,"明天是星期天,他不去办公。"

"只要这些事还没有办妥,"奥莉加若有所思地说,"就不能告诉婶婶,我们还应该少见面……"

"对,对……是这样。"奥勃洛莫夫胆怯地说。

"星期天是我们招待客人的日子,你来吃饭,然后星期三也行,一个人来,"奥莉加说,"我们还可以在剧场见面,你弄清楚我们什么时候去,你也去好了。"

"对,就这样。"他高兴的是奥莉加主动安排约会。

"如果哪天天气好,我就去夏园散步,你也可以去。这会让我们想起那个公园……那个公园!"她深情地重复了一遍。

奥勃洛莫夫默默地吻了吻奥莉加的手,和她道别,约好星期天再见面。奥莉加闷闷不乐地目送他离去,然后在钢琴前面坐下来,完全沉浸在琴声里。她的心不知在为什么在哭泣,琴声也在哭泣。她想唱,却唱不出来!

第二天,奥勃洛莫夫起床以后,穿上他在别墅常穿的那件古怪的常礼服。他早就告别了大袍,命人把它藏在衣柜里了。

扎哈尔像往常一样,摇摇晃晃地用托盘端着咖啡和小面包圈进来,笨拙地朝一张桌子走去。在他身后,阿尼西娅也像

421

往常一样,从门缝里探进半个身子,看扎哈尔能不能把杯子端到桌上去。如果扎哈尔顺顺当当地把托盘放在桌上了,阿尼西娅立刻不声不响地退去;如果有一样东西从托盘上掉下来,她会一个箭步冲到扎哈尔身边,扶住其余的东西。这时候扎哈尔就要破口大骂,先骂那些东西,然后骂他老婆,并且拿胳膊肘朝她的胸脯捣去。

"咖啡真好!是谁煮的!"奥勃洛莫夫问。

"房东太太亲自煮的,"扎哈尔说,"这六天都是她煮的。她说:'你们把菊苣根粉放得太多,煮的时间也不够。让我来吧!'"

"真好,"奥勃洛莫夫说着又倒了一杯,"你去谢谢她。"

"她就在那儿,"扎哈尔指着隔壁房间那扇半开的门说,"那兴许是他们的食橱间,她在那儿干活,他们的茶叶、白糖、咖啡、餐具都搁在那儿。"

奥勃洛莫夫只能看见房东太太的脊背、后脑勺、一部分雪白的脖子和裸露的胳膊肘儿。

"她干吗把胳膊肘儿飞快地甩来甩去?"奥勃洛莫夫问。

"谁知道!兴许是在熨花边吧。"

奥勃洛莫夫看着她怎样晃动胳膊肘儿,怎样把脊背弯下去又直起来。

她弯下去的时候露出干净的衬裙、干净的长袜和浑圆的腿。

"一个小官太太,可是胳膊肘儿长得不比哪位伯爵夫人的逊色,还带小窝窝呢!"奥勃洛莫夫想。

中午扎哈尔来问,要不要尝尝他们做的馅饼,是房东太太让问的。

"今天星期天,他们烤馅饼!"

"嘿,馅饼大概不错!"奥勃洛莫夫随口说,"是洋葱和胡萝卜馅的吧……"

"不比咱们奥勃洛莫夫庄园的差,"扎哈尔说,"是笋鸡肉和鲜蘑菇馅的。"

"啊,那肯定好吃,拿来吧!谁烤的?是那个脏兮兮的老太婆吗?"

"她哪儿行啊!"扎哈尔轻蔑地说,"多亏有房东太太,那老婆子连发面都不会。厨房的事儿全靠房东太太。馅饼是房东太太跟阿尼西娅两人一块儿烤的。"

五分钟以后,从隔壁房间向奥勃洛莫夫这边伸过来一只裸露的胳膊,胳膊上随便搭着他见过的那块肩巾,手里拿着一只盘子,上面是一大块热气腾腾的馅饼。

"多谢多谢!"奥勃洛莫夫接过馅饼的时候温存地说,并且朝那扇门里面看了一眼,视线就停在了她那高耸的胸脯和裸露的肩膀上。那扇门随即匆匆关上。

"要点伏特加酒吗?"有个声音问。

"我不喝酒,多谢多谢!"奥勃洛莫夫更加温存地说,"你们有什么样的伏特加酒?"

"自家酿的,我们用醋栗叶泡。"那个声音说。

"我从来没有喝过醋栗叶泡的,就请让我尝尝!"

裸露的手再一次用盘子端着一杯酒伸过来。奥勃洛莫夫喝了这杯酒,很是喜欢。

"非常感谢!"他一面说,一面努力朝那扇门里望去,但是门又砰的一声关上了。

"您怎么不露面,不让我向您说一声早上好?"他埋怨说。

房东太太在门那边笑了。她说：

"我还穿着便服呢，一直在厨房忙。我这就去换衣服。家兄做礼拜快回来了。"

"说到①令兄，"奥勃洛莫夫说，"我必须和他谈谈。您请他到我这边来一下。"

"好的，他一回来我就告诉他。"

"你们家里是谁咳嗽？谁这样干咳？"奥勃洛莫夫问。

"是奶奶，她咳了七年多了。"

那扇门又砰的一声关上了。

"她真……单纯，"奥勃洛莫夫想，"可是身上有那么一种……她把自己收拾得干干净净！"

奥勃洛莫夫至今还没有和房东太太的"家兄"打过交道，只偶尔在清晨，从床上，透过板条篱笆的缝隙看见一个人夹着个大纸袋晃过去，消失在巷子里；下午五点钟这个人回来了，仍旧夹着那个纸袋，又从窗前晃过，消失在台阶后面。家里却听不见他的声音。

然而那边显然住着一些人，早晨尤其能够感觉到这一点——由厨房里传来剁菜的声音，窗外有个女人在院子的一角洗涮什么东西，扫院工要么劈柴，要么用两轮车拉一桶水回来，隔壁有小孩子哭，或者一个老婆子一个劲儿地干咳。

奥勃洛莫夫租的是整个正面的四间穿廊式房间。房东太太一家人住着非正面的两间房，她哥哥住楼上。

奥勃洛莫夫的书房和卧室的窗户朝前院开，起居室朝着小花园，客厅朝着种有圆白菜和土豆的大菜园。起居室的窗

---

① 原文为法语。

户上挂着褪色的印花布窗帘。靠墙挤挤促促地摆着几把普通的胡桃木椅子。镜子下面有一张呢面牌桌。窗台上摆满栽着天竺葵和万寿菊的瓦盆,上端吊着四个养黄雀和金丝雀的鸟笼。

房东太太的哥哥踮着脚走进来,奥勃洛莫夫向他问好,他以三鞠躬作答。他身上的文官制服纽扣一直扣到脖根,所以看不出他有没有穿衬衫。领带打的是普通结,两端藏在制服下面。

他的年纪在四十岁上下,额头上搭着一绺蓬起的头发,鬓角上也有同样的两绺,任其随风飘拂,像两只中等大小的狗耳朵。灰色的眼睛不是一下子直视某个东西,而是先偷觑一眼,第二次才定睛看。

他似乎羞于暴露他的手,说话的时候,不是尽量把双手都藏在背后,就是把一只藏进怀里,另一只搁在背后。他向上司呈递文件、说明情况的时候也总是把一只手放在背后,而伸出另一只手的中指,指甲向下,小心翼翼地指出某一行或者某一个字,随即又把手缩回去。也许是因为他的手指既粗又红,还微微发抖,他不无道理地觉得频繁地展示它们不大体面。

"您叫我来。"他用他的二步观察法看了看奥勃洛莫夫,然后才开口说。

"是的,我想和您谈谈房子的事。请坐!"奥勃洛莫夫彬彬有礼地说。

伊万·马特维伊奇在对方两请之后才决定坐下,把身子往前一倾,再把两手插进袖筒里。

"由于情况变化,我不得不另找一套住房,"奥勃洛莫夫说,"因此想把这套住房转租出去。"

"现在转租难了。"伊万·马特维伊奇用手指捂着嘴咳了一声,立刻将它们藏进袖筒里,然后说,"如果您在夏末光临就好了,那个时候有很多人来看房子。"

"我来过,可是您不在家。"奥勃洛莫夫插话说。

"舍妹提起过,"这位官员说,"不过您别担心房子的事。您住在这儿会觉得很方便。也许是禽鸟①吵您了吧?"

"什么禽鸟?"

"鸡。"

奥勃洛莫夫虽然天天从大清早就听见窗下有抱窝母鸡的低沉的咕哒声和小鸡的唧唧声,但是他哪里顾得上这个?奥莉加的形象时刻在他眼前,周围的事物他几乎察觉不到。

"不,这个没有关系,"奥勃洛莫夫说,"我以为您指的是金丝雀,大清早就叫。"

"我们拿走。"伊万·马特维伊奇说。

"这个也没有关系,"奥勃洛莫夫说,"只是情况变了,我不能留下来。"

"悉听尊便,"伊万·马特维伊奇说,"可是假如您找不到房客,租约怎么办?您给补偿吗?……那您就吃亏了。"

"该付多少?"奥勃洛莫夫问。

"我这就给您结算。"

他拿来租约和算盘,说:

"您瞧,房租八百卢布纸币,定金一百卢布已收,还欠七百卢布。"

"我住在你们这儿还不到两个星期,您就要我付一年的

---

① 在俄语中"鸟"和"家禽"是一个字。

426

租金?"奥勃洛莫夫插话说。

"您说怎么办,先生?"伊万·马特维伊奇温和而又不好意思地说,"让舍妹受损失是不公平的。她一个穷寡妇,全靠房租过日子,除此以外也只有卖鸡卖蛋挣点钱给孩子们做衣服。"

"您别这么说,我不能付,"奥勃洛莫夫说,"您想想,我住了还不到两个星期。这算怎么一回事,凭什么?"

"您瞧,租约上写着,"伊万·马特维伊奇用中指点了点租约上的两行字,随即把那个指头藏在袖筒里,说,"请您念念:'若我奥勃洛莫夫欲提前迁出,必须按同样条件转租给他人,否则必须给与普舍尼岑夫人补偿,即付足全年租金至明年六月一日。'"奥勃洛莫夫念完了这段话,说:

"怎么能这样?这不公平。"

"这是合法的,先生,"伊万·马特维伊奇指出,"您自己签了字,瞧,这是签字!"

他的中指又出现在签字下面,随后又藏起来。

"究竟是多少?"奥勃洛莫夫问。

"七百卢布,"伊万·马特维伊奇仍旧用那个中指拨拉起算盘子来,每拨一下都灵巧地把它攥进拳头里,"还有马厩和板棚的租金一百五十卢布。"

他说着又拨了一下。

"什么话,我没有马,也不养马,要马厩和板棚干吗?"奥勃洛莫夫急忙反问。

"租约上有,先生,"伊万·马特维伊奇指着一行字说,"米海·安德烈伊奇说过,您会有马的。"

"米海·安德烈伊奇胡说!"奥勃洛莫夫沮丧地说,"把租约给我!"

"请您收下副本,正本归舍妹,"伊万·马特维伊奇收起租约正本,温和地说。接着他又念道:"外加菜园及其产物——圆白菜、萝卜及其他蔬菜——按人头计算,约合二百五十卢布……"

他还想拨拉算盘子,奥勃洛莫夫几乎是声色俱厉地说:

"什么菜园?什么圆白菜?我连知道都不知道,您算了吧!"

"您瞧,租约上有,米海·安德烈伊奇说,您连带也租……"

"这叫什么,你们也不问问我就安排我的膳食?我不要圆白菜,不要萝卜……"奥勃洛莫夫一面说一面站起来。

伊万·马特维伊奇也从椅子上站起来,说:

"瞧您说的,怎么能不问您,有您的签字!"

他的一根粗手指又颤抖着出现在签字上,整个文件也在他的手里颤动。

"您算出来总共是多少?"奥勃洛莫夫不耐烦地问。

"还有油漆天花板和房门,改装厨房窗户,做新的挂门锁环,总共用了一百五十四卢布二十八戈比纸币。"

"怎么,连这也算在我的账上?"奥勃洛莫夫惊讶地问,"这些事情向来都是由房东出钱做。谁会搬进一处没有装修好的住宅?……"

"您瞧,租约上说了,由您出钱,"伊万·马特维伊奇说,同时遥指租约上写着的那个地方,"总共是一千三百五十四卢布二十八戈比纸币!"他把两只手和租约藏到背后,温和地总结说。

"我上哪儿去拿这些钱？我没有钱！"奥勃洛莫夫在房间里走来走去地说,"我会要你们的萝卜和圆白菜！"

"悉听尊便！"伊万·马特维伊奇又轻声说,"其实您不用担心,您住在这儿会很方便。至于钱……舍妹可以等一等。"

"我不能在这儿住,情况变了！您听见了吗？"

"我听着呢,先生。悉听尊便。"伊万·马特维伊奇向后退了一步,顺从地说。

"好吧,我考虑考虑,想办法把房子转租出去！"奥勃洛莫夫向那位官员点了点头说。

"难哪,先生,不过悉听尊便！"伊万·马特维伊奇最后说。三鞠躬之后,他出了房门。

奥勃洛莫夫拿出钱包来数钱,总共只有三百零五卢布。他呆了。

"我把钱弄到哪儿去了？"奥勃洛莫夫惊讶地,几乎是恐惧地问自己。"夏初从乡下送来一千二百卢布,现在只剩三百了！"

他开始计算和回忆一笔一笔的花销,只想得起二百五十卢布的账。

"钱到哪儿去了？"他说。

"扎哈尔,扎哈尔！"

"您有什么事儿？"

"我们的钱都到哪儿去啦？我们没有钱了！"他说。

扎哈尔在几个衣袋里摸索了一阵,掏出一个半卢布的银币、一个十戈比的银币,放在桌上,说：

"瞧,我忘了交给您,是搬家剩下的。"

"你把零钱塞给我干吗？你说说,八百卢布用到哪儿去了?"

"我怎么知道?我能知道您的钱花到哪儿去了?您坐出租马车花了多少钱?"

"对,车钱用了不少。"奥勃洛莫夫望着扎哈尔想起来了,"你记不记得我们在别墅给了马车夫多少钱?"

"哪儿能记得清?"扎哈尔说,"有一次您让我给人家三十卢布,这我记得。"

"你用笔记下来不就好了吗?"奥勃洛莫夫责备他说,"人不识字真糟糕!"

"我不识字也活了一辈子,感谢上帝,不比别人差!"扎哈尔望着一边顶撞说。

"施托尔茨说得对,应该在村里办一所学校!"奥勃洛莫夫想。

"听底下人说,伊林斯基家有个当差的识字,"扎哈尔又说,"他就把银餐具偷走了。"

"竟有这种事!"奥勃洛莫夫畏怯地想,"倒也是,识点字的人都不规矩——上小馆,拉手风琴,喝茶……不行,办学校还不是时候!……"

"还有什么地方花钱了?"奥勃洛莫夫问。

"我怎么知道?上回在别墅您不是给了米海·安德烈伊奇……"

"对呀,"奥勃洛莫夫想起了这笔钱,好高兴,"给了出租马车夫三十卢布,好像给了塔兰季耶夫二十五卢布……还有呢?"

他用沉思的、询问的目光看着扎哈尔。扎哈尔阴郁地斜睨着他。

"阿尼西娅记得吗?"奥勃洛莫夫问。

"她哪儿记得?傻娘儿们知道什么?"扎哈尔轻蔑地说。

"我想不起来了!"奥勃洛莫夫最后沮丧地说,"是不是闹贼了?"

"要是闹贼,那还不把咱们的东西偷光!"扎哈尔一面向门外走一面说。

奥勃洛莫夫在圈手椅里坐下来,陷入沉思之中。"我上哪儿去拿钱?"他左思右想,竟至出了一身冷汗,"乡下什么时候再送钱来,又能送多少呢?"

他看了看钟,已经两点,该去见奥莉加了。今天是约定在一起吃饭的日子。他渐渐快活起来,叫人雇了一辆出租马车,动身去海员街。

四

奥勃洛莫夫告诉奥莉加他和房东太太的哥哥谈过了,并且连忙表示有希望在本周内把房子转租出去。

饭前奥莉加陪婶娘乘车出访,奥勃洛莫夫就去附近找房子。他看了两处,一处是四间一套,租金四千卢布纸币;另一处是五间,要六千卢布。

"可怕!可怕!"他掩着耳朵从诧异地看着他的扫院工面前逃走,口里这样说。他把必须付给普舍尼岑夫人的一千多卢布加到这笔钱上,吓得一时算不出总数,只加快步子向奥莉加那里跑去。

那里已经来了许多客人。奥莉加很兴奋,又说又唱,博得满堂喝彩。只有奥勃洛莫夫一个人心不在焉地听着,其实奥莉加又说又唱都是为了他,为了不让他垂头丧气地坐在那里,而是心里也在不停地说话和歌唱。

"明天你到剧场来,我们订了包厢。"奥莉加说。

"晚上走泥水路,又那么远!"奥勃洛莫夫想,但是看了奥莉加一眼以后,以表示同意的微笑回答了她的微笑。

"你去订一张池座的长期票吧,"奥莉加又说,"下星期马耶夫斯基一家要来,婶婶邀请他们到我们的包厢去看戏。"

她看着奥勃洛莫夫的眼睛,想知道他是不是很高兴。

"主啊!"奥勃洛莫夫惊恐地想,"我只剩三百卢布了。"

"你去求求男爵。那儿的人他都认识,他明天就要派人去订池座票。"

奥莉加说完又笑了笑,奥勃洛莫夫也望着她笑了笑。他微笑着请男爵帮忙,男爵也微笑着答应派人去订票。

"现在你先坐池座,"奥莉加又说,"等你办完事,你就可以名正言顺地坐在我们的包厢里了。"

最后她露出在她感到十分幸福的时候才有的笑容。

奥莉加把她以鲜花般的笑容遮掩着的迷人远景的帷幕刚刚掀起一点,奥勃洛莫夫就感到难言的幸福一下子扑面而来!

奥勃洛莫夫把钱的事也抛到了脑后,直到翌日清晨,他看见房东太太的哥哥腋下夹着纸袋从窗前闪过,才想起委托书,并且请伊万·马特维伊奇带到法院去认证一下。后者看了委托书以后说,里面有一处不清楚,而且动手帮他写清楚了。

委托书重抄了一遍,终于被认证,并且付邮。奥勃洛莫夫洋洋得意地把这个情况告诉了奥莉加,安安心心过他的日子去了。

他高兴的是,在收到回信以前不必去找房子,还可以把要付的冤枉钱找补一些回来。

"其实这儿也住得,"他想,"只不过离哪儿都远。可是这家人日子过得井井有条,家务管得极好。"

这儿的家务的确管得很好。虽然奥勃洛莫夫单独起伙,房东太太对他的饭菜还是很留意。

有一天,奥勃洛莫夫顺便到厨房去,看见房东太太和阿尼西娅亲热得不得了。

如果心灵的共鸣是存在的,如果两颗近似的心能够远远地互相感应，那么房东太太和阿尼西娅彼此间的好感就是从来没有过的明证。刚一见面，听到对方的一句话，看到对方的一个动作，已经使她俩彼此理解，互相看重。

就凭阿尼西娅怎样干活，怎样拿了火钩和抹布、卷起袖子、五分钟把半年没有生火的厨房收拾停当，怎样用板刷一下子把搁板上、墙上、桌子上的尘土刷掉，怎样干脆利落地扫地扫条凳，怎样在顷刻之间把炉膛里的炉灰清除干净，房东太太立刻断定阿尼西娅是个人才，能成为她在家务上的得力助手。阿尼西娅从此在她心目中有了地位。

阿尼西娅也一样，一朝目睹房东太太怎样在厨房里发号施令，用没有眉毛的鹰眼把不灵便的阿库林娜的每一个笨拙的动作都看在眼里，怎样喝令她拿出这个、摆上那个、烧热、加盐，而在市场上只消看上一眼，最多用手指碰一碰，就能准确无误地判断这只母鸡有几个月大，那条鱼是不是刚死，香菜或者莴苣从菜地拔出来有多久。阿尼西娅就以惊叹敬畏的目光去看房东太太，认定自己的才能至今未能施展，她阿尼西娅的舞台不在奥勃洛莫夫的厨房，在这里她终日忙碌，奋力干活，目标只不过是及时接住从扎哈尔手中掉下来的杯盘，她的丰富经验和精明头脑还要受到阴郁嫉妒而又粗暴高傲的丈夫的压制。两个女人互相赏识，从此形影不离。

奥勃洛莫夫不在家吃饭的时候，阿尼西娅就待在房东太太的厨房里。她喜欢干活，不停地跑来跑去，把铁锅放进炉膛或者取出来，几乎在转瞬之间，不等阿库林娜弄明白是怎么一回事，已经打开柜门，取出需要的东西，又关上了柜门。

阿尼西娅得到的奖赏是一顿中饭、早晚各六杯咖啡、和女主人坦诚的长谈、有的时候甚至是推心置腹的私语。

奥勃洛莫夫在家吃饭的日子,房东太太总过来帮阿尼西娅的忙,也就是用嘴或者用手指点一下,说明现在把烤肉从炉子里取出来是不是时候,要不要在调味汁里加点葡萄酒或者酸奶油,鱼不能这样做而要那样做……

我的上帝,她们之间交流了多少家政知识啊!不仅只在烹调方面,而且涉及织布、纺线、缝纫、洗涤内衣外衣、清除丝织花边、普通花边、手套以及各种料子上的污渍、使用各种家庭常备药剂和草药,总之,凡是善于观察的头脑和世世代代积累的经验给生活的某一领域带来的东西,都涉及了!

奥勃洛莫夫早晨九点起床,有的时候他能透过板条篱笆的缝隙看见房东太太的哥哥夹着纸袋上班去,然后他喝咖啡。咖啡总是那么香,鲜奶皮很稠,甜面包很松软。

然后他点燃一支雪茄,仔细听抱窝母鸡、小鸡、金丝雀、黄雀的不同叫声。他没有叫人把这些家禽和小鸟弄走,说它们让他想起乡下,想起奥勃洛莫夫庄园。

然后他坐下来继续看他在别墅已经开始看的几本书,有的时候是拿着一本书随随便便躺在沙发上看。

这里太安静了,只偶尔有个把士兵或者一群腰间别着斧头的农民从这条巷子走过。难得有小贩转到这个偏僻的地方来,站在篱笆前面吆喝:"苹果,西瓜,阿斯特拉罕的!"他要吆喝半个钟头之久,使人不得不买一点。

有的时候房东太太打发她女儿玛莎来告诉奥勃洛莫夫,有白蘑菇或者黄蘑菇卖,问他要不要一小桶。有的时候是奥勃洛莫夫把房东太太的儿子万尼亚叫来,问他学了些什么,要他念来听听,或者写来看看。

如果孩子们出去不把门带上,奥勃洛莫夫就看得见房东太太那裸露的脖子和晃来晃去、永远活动不止的胳膊肘儿和脊背。

她总在干活,不是熨什么就是捣什么擦什么,对奥勃洛莫夫已经不再拘礼,发现他从半掩的门外看得见她的时候也不再披上肩巾,只是笑一笑,又在一张大桌子上忙忙碌碌地捣着,熨着,擦着。

有的时候奥勃洛莫夫会拿着一本书走到门边,看看房东太太,和她说几句话。

"您总在干活!"有一回他对房东太太说。

房东太太嫣然一笑,又继续用心地摇咖啡磨的把手,她的胳膊肘儿那么敏捷地画着圆圈,使奥勃洛莫夫眼花缭乱。

"您会累垮的。"奥勃洛莫夫接着说。

"不,我习惯了。"房东太太回答说,咖啡磨在她手中继续发出哔哔剥剥的声响。

"没有活儿的时候您干什么?"

"怎么会没有活儿?"房东太太说,"活儿总是有的,上午做中饭,下午做针线,到了黄昏就该做晚饭了。"

"你们还吃晚饭?"

"怎么不吃晚饭?我们吃晚饭。逢节我们要去做彻夜祈祷。"

"好,"奥勃洛莫夫称赞说,"去哪个教堂?"

"去圣诞教堂,是我们教区的。"

"您看书吗?"

房东太太呆呆地看了他一眼,没有说话。

"您有书吗?"奥勃洛莫夫问。

"家兄有,可是他不看。报纸我们到小饭馆去买,有的时候家兄念给大家听……万尼亚倒有好多书。"

"您从来不休息？"

"确实是这样！"

"也不上剧场？"

"逢圣诞节家兄有的时候去。"

"您呢？"

"我哪有时间？晚饭怎么办？"房东太太斜睨了他一眼说。

"您不在，厨娘可以……"

"您指阿库林娜！"房东太太吃惊地说，"那怎么行？我不在她能做什么？一顿晚饭做到第二天早晨也做不出来。所有的钥匙都在我身上。"

接着是沉默。奥勃洛莫夫欣赏着房东太太的两只圆圆胖胖的胳膊肘儿。

"您的手臂真美，"奥勃洛莫夫忽然说，"马上可以入画。"

房东太太笑了，显得有点害羞。

"袖子碍事。"她为自己辩解说，"现在时兴穿的那种衣服，袖子容易弄脏。"

她又闭上了嘴，奥勃洛莫夫也没有说话。

"等我磨完咖啡，"她低声自言自语说，"我就来把糖块敲碎。还不能忘了打发人去买桂皮。"

"您应该再嫁人，"奥勃洛莫夫说，"您是一位出色的主妇！"

她笑了笑，接着就把咖啡粉倒进一只大玻璃罐里。

"真的。"奥勃洛莫夫又说。

"我有孩子，谁肯娶我？"她说，然后默默地计算起来。

437

"二十……"她沉思地说,"她要把这些全都搁进去吗?"说着她把玻璃罐放进柜子里,往厨房跑去。奥勃洛莫夫回自己房间去看书……

"这个女人还这么年轻、健壮,又这么能干!真的应该嫁人……"奥勃洛莫夫自言自语地说,转而想到……奥莉加。

天气好的日子,奥勃洛莫夫也会戴上帽子去附近走走。然而他不是踩一脚泥就是遇见恶狗,只好回来。

家里已经摆好饭桌,喷香的菜肴干干净净地端上来。有的时候从门缝里还会伸进一只裸露的胳膊,送过一盘房东家烤的馅饼请他尝尝。

"这一带真安静,真好,就是寂寞了些!"奥勃洛莫夫去歌剧院的时候这样说。

有一次,他很晚才从剧场回来,和出租马车夫一起敲大门,敲了差不多一小时。大黑狗带着链子又跳又叫,叫得声音都嘶哑了。他冻僵了,发了一顿脾气,声言第二天就搬走。但是第二天,第三天,一个星期过去了,他还没有搬走。

在没有约会的日子,不见奥莉加的面,听不到她的声音,不能从她的眼睛里感受到那始终不变的温存、爱情和幸福,奥勃洛莫夫觉得非常寂寞。

但是在约定的日子,他又像夏天一样,出神地听她唱歌,或者凝视她的眼睛;有别人在场的时候,只要她看他一眼——那目光在别人看来没有什么,而对于他却大有深意,他就满足了。

不过随着冬天临近,他们单独见面的机会越来越少。伊林斯基家不断有客人来,奥勃洛莫夫往往一连几天和奥莉加说不上一句话。他们互递眼色。她的眼色有时候显得疲倦而不耐烦。

她皱着眉头看所有的客人。有两次奥勃洛莫夫甚至觉得无聊起来,有一次刚吃完饭他就去拿帽子要走。

"上哪儿去?"奥莉加忽然出现在他身旁,夺下他手中的帽子,惊讶地问。

"让我回去吧……"

"为什么?"奥莉加问。她的一道眉毛耸了上去。"您回去干什么?"

"我不过……"他说,困得几乎睁不开眼睛。

"谁让您走?您是想回去睡觉吧?"奥莉加严厉地看看他的一只眼睛,又严厉地看看他的另一只眼睛,问他。

"哪儿的话!"他连忙否认,"大白天睡觉!我不过觉得无聊而已。"

于是他把帽子给了奥莉加。

"今天要上剧场去。"奥莉加说。

"但是不能一起进包厢。"他叹了一口气说。

"那有什么?我们彼此能够望见,幕间休息的时候你可以上来看我,散戏以后你过来,送我上马车,这些都没有意思吗?……请您一定去!"奥莉加用命令的口吻说,"这还用说!"

毫无办法,他去了剧场,坐在那里打哈欠,仿佛要把舞台一口吞下去似的,还不时地搔后脑勺,交替地把一条腿跷起在另一条腿上。

"啊,快点结束吧,让我和她坐在一起,不要老远地跑到这儿来!"他思忖着,"不然在那样一个夏天之后,还只能时不时地偷偷会面,扮演一个坠入情网的男孩子的角色……说真的,如果我结了婚,今天就不会到剧场来,这部歌剧我听过五次了……"

幕间休息的时候,他到奥莉加的包厢里去,好不容易才从两个花花公子中间挤到她身边。五分钟以后他就溜走了,站在池座入口处的人群当中。下一幕开始了,人们急忙回到自己的座位上去。从奥莉加的包厢里出来的两个花花公子也在这里,他们没有看见奥勃洛莫夫,其中一个人问另一个人:

"刚才到伊林斯基家的包厢里来的那位先生是什么人?"

"是个姓什么奥勃洛莫夫的。"另一个人随便回答说。

"奥勃洛莫夫是什么人?"

"是……一位地主,施托尔茨的朋友。"

"啊!"问的人意味深长地说,"施托尔茨的朋友。他来这儿干什么?"

"天晓得①!"另一个人说,然后各就各位。奥勃洛莫夫听了这段毫无意义的对话却惘然若失。

"那位先生是什么人?……一个姓什么奥勃洛莫夫的……他来这儿干什么……天晓得②。"这些话字字敲击着奥勃洛莫夫的头,他想,"'一个姓什么的!'我来这儿干什么?什么话?我爱奥莉加,我是她的……可是在社交界已经产生一个问题:我来这儿干什么?他们注意到了……啊,我的上帝!不错,是应该……"

他已经看不见舞台上演的是什么,有哪些骑士和女子出场。乐队在轰鸣,他却听不见。他向四面张望,数着剧场里的熟人。瞧,这儿一个,那儿一个,到处都是,他们异口同声地

---

①② 原文为法语。

问:"去包厢里找奥莉加的那位先生是什么人?……"——"一个姓什么奥勃洛莫夫的!"人人都这么说。

"不错,我是一个'姓什么的'人!"他想,心里感到怯懦和沮丧,"人家知道我,因为我是施托尔茨的朋友。我为什么去找奥莉加?'天晓得①!……'瞧,瞧,这些花花公子先看看我,再看看奥莉加的包厢!"

奥勃洛莫夫看看包厢,发现奥莉加的观剧镜正对着他。

"主啊!"他想,"她一直盯着我!她在我身上发现了什么?宝贝一个!瞧,现在她在点头,指着台上……花花公子们好像望着我笑呢……主啊,主啊!"

他又激动得拼命搔后脑勺,再一次把下面的一条腿跷到上面来。

奥莉加请几个花花公子散戏以后去她家喝茶,答应唱今晚这部歌剧里的一支抒情曲,叫奥勃洛莫夫也去。

"不,今天我不去了,"奥勃洛莫夫想,"要快点拿定主意,然后……乡下的代理人怎么还不回信?……我本来早就可以动身,临行前和奥莉加订婚……唉,她总是望着我!真糟糕!"

奥勃洛莫夫不等散场就回家了。刚才的印象渐渐淡下去,他又像从前一样,单独和奥莉加在一起的时候怀着一颗为幸福而颤动的心望着她,在众人面前忍住狂喜的眼泪听她唱歌,回到家里,未经奥莉加许可,就往沙发上一躺,不过不是为了睡觉,也不像活死人,而是在想她,脑海里浮动着幸福的幻景,激动地展望未来宁静的家庭生活,奥莉加要在其中大放光

---

① 原文为法语。

彩,她周围的一切也都光华四射。在展望未来的时候,奥勃洛莫夫时而无心时而有意地看看那扇半开的门和房东太太的两只晃来晃去的胳膊肘儿。

一天,屋里屋外都静极了,既听不见马车的辚辚声,也听不见关门的砰砰声,只有外室里那只钟的钟摆发出均匀的笃笃声,还有几只金丝雀在歌唱,非但没有破坏这宁静的气氛,反倒增添了一点生活的色调。

奥勃洛莫夫随随便便地躺在沙发上玩他的便鞋——先把鞋掉在地板上,再用脚把它举起来,在空中旋转,鞋又落下,他再用脚把它从地板上举起来……扎哈尔走进屋,站在门边。

"你怎么啦?"奥勃洛莫夫漫不经心地问。

扎哈尔不做声,差不多是从正面看着他。

"嗯?"奥勃洛莫夫问,惊讶地看了扎哈尔一眼,"是不是馅饼做好了?"

"您找到房子没有?"扎哈尔反过来问。

"还没有。怎么啦?"

"东西我还没拾掇完,锅碗瓢盆、衣服、大木箱子还都堆在储藏室。拾掇不拾掇?"

"不忙,"奥勃洛莫夫心不在焉地说,"我等乡下回信。"

"这么说,婚礼要过了圣诞节才办?"扎哈尔说。

"什么婚礼?"奥勃洛莫夫忽然站起来问。

"那还用说,您的!"扎哈尔肯定地说,好像他们谈的是早已决定的事情。"您不是要结婚吗?"

"我结—婚!跟谁?"奥勃洛莫夫用诧异的目光瞪着扎哈尔惊恐地问。

"跟伊林斯基家的小……"扎哈尔还没有说完,奥勃洛莫夫差不多已经扑过来。

"你这个招灾惹祸的东西!这是谁告诉你的?"奥勃洛莫夫一面逼近扎哈尔,一面激动而又矜持地大声说。

"我怎么招灾惹祸?主啊!"扎哈尔说着向门口退去,"是谁?伊林斯基家的人夏天就在说了。"

"嘘! ……"奥勃洛莫夫向上伸出一个指头警告扎哈尔,然后压低声音说,"别再说一个字!"

"是我瞎编的吗?"扎哈尔说。

"别再说一个字!"奥勃洛莫夫又说了一遍,并且怒目看着扎哈尔用手指了指房门。扎哈尔走出去向着所有的房间大声叹了一口气。

奥勃洛莫夫无法冷静下来,一时呆立在那里,惊恐地望着扎哈尔刚才站立的地方,然后绝望地抱着头坐到圈手椅里。

"都知道了!"这句话在他的脑海里翻腾,"听差室、厨房里议论纷纷! 事情弄到这步田地! 他竟敢问婚礼什么时候办。婶娘还没有想到,即使想到,也可能不是这么一回事,而是不祥的……哎呀呀,她会怎么想啊! 而我呢? 奥莉加呢?"

"我这个倒霉蛋,我都干了些什么啊!"他说着在沙发上翻了个身,把脸对着靠枕。"婚礼! 这是情侣们一生中充满诗意的时刻,是幸福的顶峰,——现在连仆人、车夫都在议论,而事实上什么也没有定下来,乡下没有回信,我囊空如洗,房子也没有找到……"

他开始分析一经扎哈尔说出口立刻失色的那个诗意的时刻,看到了事情的另一面,痛苦地在沙发上翻来覆去,最后仰面躺在那里,忽然又一跃而起,在室内走了两三步,然后重新躺下。

443

"嘿,没好事!"扎哈尔在外室害怕地想,"我这是让鬼迷了心窍!"

"他们从哪儿知道的?"奥勃洛莫夫一遍又一遍地问自己,"奥莉加秘而不宣,我连自言自语都不敢,而外室里的下人却把事情定了下来!这就是那些约会、朝辉晚霞的诗意、炽热的目光和迷人的歌声招来的!啊,这些浪漫的爱情从来没有好结局!应该先举行婚礼,然后再到粉红色的天空里去翱翔!……我的上帝!我的上帝!现在就该赶快到婶娘那里去,拉着奥莉加的手说:'这就是我的未婚妻!'可是什么也没有准备好,乡下没有回信来,钱也没有,房子也没有!不行,首先要打消扎哈尔脑袋里的这个想法,像灭火一样扑灭流言,不让它蔓延开来,还要做到既无火亦无烟……婚礼!什么叫婚礼?……"

回忆起从前他对婚礼的充满诗意的理想,长长的披纱,酸橙枝编的花冠,人群里的窃窃私语……他忍不住要粲然微笑。

然而色彩已经不同从前,人群里有粗鲁邋遢的扎哈尔和伊林斯基家的全体家奴,还有一长串的马车,许许多多陌生的、冷漠而又好奇的面孔。然后,然后他就隐隐约约地看到了同样乏味的可怕情景……

"要打消扎哈尔脑袋里的这个想法,让他明白这是胡说。"奥勃洛莫夫时而焦躁不安,时而痛苦地沉思,终于拿定了主意。

一小时以后,他大声呼唤扎哈尔。

扎哈尔假装没有听见,想悄悄溜到厨房去。他轻轻推开一扇门,正要侧身挤过去,不料把肩膀重重地撞到了另一扇门上,结果两扇门砰的一声一齐敞开。

"扎哈尔!"奥勃洛莫夫用命令的口气喊道。

"您有什么事儿?"扎哈尔在外室问。

"进来!"奥勃洛莫夫说。

"要东西吗?要什么?您说,我去拿来!"

"进来!"奥勃洛莫夫不紧不慢地、固执地说。

"唉,死了才好呢!"扎哈尔挤进屋里的时候声音嘶哑地说。

"您到底要什么?"他站在两扇门之间问。

"过来!"奥勃洛莫夫用庄严而神秘的口吻说,同时指着一个地方叫扎哈尔站在那儿,可是那地方离他太近,扎哈尔差不多要坐到他的双膝上去。

"上那儿干吗?挤在一块儿。我在这儿也听得见。"扎哈尔固执地站在门边说。

"叫你过来!"奥勃洛莫夫的语气很严厉。

扎哈尔向前迈了一步,又像一块碑似的立在那里,眼睛望着在窗外踱步的鸡群,把一边脸上那板刷样的颊须伸向伊利亚·伊利奇。由于激动不安,伊利亚·伊利奇在这一小时之内变了模样,好像脸瘦了下去,眼睛不安地转动着。

"嘿,等着吧!"扎哈尔想,表情越来越阴沉。

"你怎么能向东家提出这种没头没脑的问题?"奥勃洛莫夫问。

"又来了!"扎哈尔想,同时使劲地眨眼,愁苦地等着伊利亚·伊利奇说出"让人心里难受的词儿"。

"我问你,你怎么能把这种胡言乱语装进你的脑袋里?"

扎哈尔不做声。

"扎哈尔,听见没有?你怎么不单是敢这样想,还敢说出口来?……"

"得了,伊利亚·伊利奇,我还是叫阿尼西娅来吧……"扎哈尔说着就向门口跨了一步。

"我想跟你说,不是跟阿尼西娅说,"奥勃洛莫夫没有同意,"你为什么凭空想出这种荒唐事来?"

"我可没凭空想,是伊林斯基家的人说的。"

"那又是谁告诉他们的呢?"

"我哪儿知道!"扎哈尔说,"卡佳跟谢苗说,谢苗跟尼基塔说,尼基塔跟瓦西莉萨说,瓦西莉萨跟阿尼西娅说,阿尼西娅跟我说……"

"主啊,主啊!都在说!"奥勃洛莫夫惊恐地说,"这都是胡说八道,毫无道理,谣言,流言蜚语,你听见没有?"奥勃洛莫夫握起拳头在桌子上捶了一下。"这是不可能的!"

"怎么不可能?"扎哈尔满不在乎地打断了他的话。"结婚又不是什么新鲜事儿!不光是您,人人都要结婚。"

"人人!"奥勃洛莫夫说,"你就会拿我跟别人比,跟人人比!这不可能!现在没有这回事,以前也没有!听听你说的:结婚不是什么新鲜事儿!什么叫结婚?"

扎哈尔想看他老爷一眼,但是发现老爷正怒目注视着他,立刻把视线转移到右边的一个角落去了。

"听我给你讲什么叫结婚。"奥勃洛莫夫接着说,"一些没事干的人,各种各样的女人,孩子,在听差室,在商店里,在市场上,都说起'结婚'这两个字来。有个人的名字就不再叫伊利亚·伊利奇,或者彼得·彼得罗维奇了,而叫'未婚夫'。昨天还没人想看他一眼,可是明天人人都瞪大眼睛盯着他,就像看一个骗子。不管在剧场里还是大街上,谁都不放过他,都在交头接耳地说:'瞧,瞧未婚夫!'一天之内有多少人走到他面前来,摆出一副蠢得不能再蠢的嘴脸,就像你现在这副嘴脸(扎哈尔连忙把目光转向窗外),说些荒唐得不能再荒唐的话。一开头就像这样!你好比一个受到诅咒的家伙,每天必须大清早去未婚妻家,而且必须戴上淡黄色手套,穿一身崭新的衣服,还要显得殷勤,不能好好地吃好好地喝,只靠空气和鲜花活着!三四个月都要这样过日子!明白吗?我怎么行?"

奥勃洛莫夫停顿了一下,看看他描述的种种结婚的不便之处对扎哈尔有没有什么影响。

"要我出去?"扎哈尔问,同时向着房门转过身去。

"不,你等等!你既然善于散布谣言,你就该知道,为什么说那是谣言。"

"要我知道什么?"扎哈尔环顾四壁说。

"你忘了未婚夫、未婚妻有多忙。谁替我跑裁缝店、鞋店、家具店,你吗?我一个人不能分身往四面八方跑。城里的人都会知道:'奥勃洛莫夫要结婚了,您听说了吗?''是吗?娶谁呀?她是什么人?什么时候办婚礼?'"奥勃洛莫夫用不同的腔调说。"到处都在议论!光是这一点我就受不了,我会病倒,而你倒想得出:婚礼!"

他又看了扎哈尔一眼。

"叫阿尼西娅来吧?"扎哈尔问。

"叫阿尼西娅来干吗?胡思乱想的是你,不是阿尼西娅。"

"上帝今天惩罚我为的是那桩事啊?"扎哈尔轻声说,并且深深叹了一口气,连肩膀都端了起来。

447

"开销有多大?"奥勃洛莫夫接着说,"钱又在哪儿呢?你看见我有多少钱了吧?"奥勃洛莫夫几乎是声色俱厉地问。"房子呢?这一套要付一千卢布,另外租一套又要付三千卢布,装修还要花多少!还有马车、厨子、日常用度!我上哪儿拿钱去?"

"别人有三百农奴是怎么结婚的?"扎哈尔反问,可是这话刚说出口他就后悔了,因为他老爷几乎从圈手椅里跳起来。

"你又说'别人'?小心点!"奥勃洛莫夫伸出一个指头警告他。"别人住两间,顶多三间房,餐厅和客厅合用,有些人还在那儿睡觉,孩子们就在旁边。一个女仆侍候全家。太太亲自上市场!可是奥莉加·谢尔盖耶夫娜会上市场吗?"

"我也上市场嘛。"扎哈尔指出。

"你知道我们从奥勃洛莫夫庄园能收入多少吗?"奥勃洛莫夫问,"你听见村长来信说什么了吧?收入'要减少两千'!还要修路,办学校,到奥勃洛莫夫庄园去一趟,那儿连住的地方也没有,房子还没盖好……办什么婚礼?胡思乱想!"

奥勃洛莫夫在这里打住。严峻的,毫无乐趣可言的前景把他自己吓坏了。玫瑰、酸橙花、节日的光辉、人群里惊讶的耳语,忽然都黯淡失色。

他脸色大变,陷入沉思之中。等到他逐渐镇静下来,回头就看见了扎哈尔。他阴沉沉地问了一句:

"你干吗?"

"您不是叫我等着嘛!"扎哈尔说。

"去吧!"奥勃洛莫夫不耐烦地朝他挥了挥手。扎哈尔急步向门口走去。

"等等!"奥勃洛莫夫忽然又把他叫住。

"一会儿要我走,一会儿要我等等!"扎哈尔用一只手扶着门抱怨说。

"你怎么敢给我散布这些毫无道理的谣言?"奥勃洛莫夫焦急不安地低声问。

"伊利亚·伊利奇,我什么时候散布过? 不是我,是伊林斯基家的人说,老爷您已经求亲了……"

"嘘……"奥勃洛莫夫威严地挥着一只手说,"一个字也不许说,永远不许说! 听见了吗?"

"听见了。"扎哈尔畏怯地回答。

"你再也不散布这种胡说八道了吧?"

"不了。"扎哈尔低声说,老爷的话他有一半没听懂,只知道那是些"让人心里难受的词儿"。

"注意,只要你听见有人说起这件事情,问起这件事情,你就说:都是胡扯,根本没有这回事,也不可能有!"奥勃洛莫夫又悄声说。

"是。"扎哈尔的声音轻得几乎听不见。

奥勃洛莫夫回头看了一眼,伸出一个手指警告扎哈尔。扎哈尔惊恐地眨着眼睛,踮起脚正要走开,奥勃洛莫夫又叫住他问:

"谁第一个说起这件事?"

"卡佳跟谢苗说,谢苗跟尼基塔说,尼基塔跟瓦西莉萨说……"扎哈尔低声说。

"可是你对所有的人瞎说! 看我收拾你!"奥勃洛莫夫压低嗓子威严地说,"造东家的谣! 哼!"

"您干吗总拿那些让人心里难受的词儿来折磨我?"扎哈尔说,"我去叫阿尼西娅来,她都知道……"

"她知道什么？说，马上说！……"转眼间扎哈尔已经夺门而出，飞快地冲进厨房。

"放下煎锅，到老爷那儿去！"他用大拇指指着老爷的房门对阿尼西娅说。阿尼西娅把煎锅交给阿库林娜，又把衣服下摆从腰间扯出来，用两只手掌拍了拍大腿，还用食指抹了抹鼻子，到老爷那儿去了。五分钟她就让伊利亚·伊利奇平静下来，说：结婚的事谁也没说过什么，她不怕对上帝发誓，甚至把圣像从墙上取下来，她这还是头一回听说呢。别人说的完全是另外一码事，别人说男爵向小姐求婚了……

"怎么是男爵！"奥勃洛莫夫突然跳起身来说，他不仅心凉了，连手脚都凉了。阿尼西娅看见一波未平一波又起，急忙说：

"这也是瞎说！卡佳只告诉了谢苗，谢苗告诉马尔法，马尔法传到尼基塔那儿的时候就全说错了，所以尼基塔说：'要是你们老爷伊利亚·伊利奇向小姐求婚就好了……'"

"这尼基塔真是个蠢货！"奥勃洛莫夫说。

"确实是个蠢货！"阿尼西娅肯定地说，"他出门跟车的时候也跟睡着了一样。瓦西莉萨根本不信他的话，"阿尼西娅又急又快地继续说，"圣母升天节那天她就告诉我，保姆是怎么跟她说的。保姆说，小姐根本不想出嫁，要说你们老爷想结婚，他哪能到现在还没找到对象，说她前不久见过萨莫伊拉，连萨莫伊拉都觉得可笑，说办什么婚礼？哪像要办婚礼，倒不如说办葬礼，姐娘总是头疼，小姐总是哭，不说话，家里也没见有人制备嫁妆，小姐有一大堆没织补的袜子，也没见有人打算织补，上星期还去当银器来着……"

"当银器？她们也没有钱！"奥勃洛莫夫一面想，一面惊恐地环顾四壁,最后把目光停在阿尼西娅的鼻子上,因为没有别的地方可以停留。她这一席话好像不是用嘴,而是用鼻子说出来的。

"小心点,闲话少说!"奥勃洛莫夫说,同时伸出一个指头警告她。

"说什么闲话!我想都没想过怎么说。"阿尼西娅喋喋不休地说着,就像在劈引火柴,"根本没有,今天我头一回听说,我对上帝发誓,说瞎话下地狱!老爷跟我说,我还大吃一惊呢,吓得浑身直哆嗦!这怎么行?办什么婚礼?谁做梦都没梦见过。我跟谁都不说话,总在厨房待着。我有一个月没见着伊林斯基家的人了,连他们叫什么都忘了。在这儿能跟谁说闲话?跟房东太太只谈家务,跟老奶奶没法说话,她总咳嗽,耳朵还背。阿库林娜蠢得不行,扫院工是个酒鬼。只剩下孩子们,跟他们有什么好说的?我连小姐的模样都忘了……"

"行了,行了,行了!"奥勃洛莫夫说,同时不耐烦地挥了挥手,让她走。

"没有的事儿怎么能说?"她一面往外走,一面继续说,"要说尼基塔说了,蠢货可是没治的人。我自个儿根本没那个想法,整天忙活,我顾得上吗?上帝知道,真是这样!还有墙上的圣像呢……"接着她那会说话的鼻子就消失在门后,但是从门后继续传来她的声音,约有一分钟之久。

"原来如此!连阿尼西娅也一口咬定:哪会有这样的事!"奥勃洛莫夫合掌低声说。

"幸福啊,幸福!"接着他嘲讽地说,"你多么脆弱,多么不可靠啊!婚纱啦,花冠啦,爱情呀,爱情!但是钱在哪儿?靠什么生活？爱情啊，你这纯洁的，合理合法的福气，也必须用钱买。"

从这一刻起，奥勃洛莫夫不再有梦想和内心的平静。他睡不好觉，吃得很少，心神恍惚，目光忧郁。

他起初是想吓唬吓唬扎哈尔，等到他把结婚问题的实际方面深入探讨一番之后，发现结婚纵然富有诗意，却也是在本质上向着严肃的现实以及一系列非同小可的义务跨出的实际的，正式的一步，自己反而给吓得更加厉害。

他与扎哈尔的谈话在他的想象中原来并不像这个样子。他回忆起他曾经打算向扎哈尔庄严地宣布这件事情，料想扎哈尔会高兴得号叫起来，并且匍匐在他脚下；他会赏给扎哈尔二十五卢布，赏给阿尼西娅十卢布……

一桩桩事他都想起来了：当时幸福得战栗，还有奥莉加的手，她的热吻……他呆了，内心有个声音说："褪色了，消逝了！"

"现在怎么办？……"他问自己。

五

奥勃洛莫夫不知道如今他该怎样去见奥莉加,奥莉加会说什么,他又说什么,于是决定星期三不去她家,把约会推迟到星期天,那天她家里人多,他俩就没有机会单独谈话了。

他不想把下人的愚蠢议论告诉奥莉加,免得拿这种可恶而又无法修正的事情惊动她。不过隐瞒也很难,他不会在奥莉加面前装假,不管他把心事藏得有多深,奥莉加都一定要全部从他心里掏出来。

奥勃洛莫夫作出这个决定以后心情平静了一些,他就给乡下的邻居,也是他的代理人,又写了一封信,请代理人务必快一点给一个尽可能让他满意的答复。

接着他开始考虑,如何消磨那漫长的、难以忍受的后天。本来整天都有奥莉加和他在一起,有他们两颗心之间的无形的交谈,还有她的歌声。不料扎哈尔非常不是时候地冒出来惊扰了他。

他决定去伊万·格拉西莫维奇家,在那里吃饭,尽量让那难以忍受的一天在不知不觉间过去。到星期天他就准备好了,也许乡下的回信也及时到达。

后天终于来临。

拴在铁链上的大黑狗的一阵乱蹦乱跳,疯狂吠叫,把他从梦中惊醒。有人走进院子里来打听什么人。扫院工把扎哈尔叫出去。扎哈尔给奥勃洛莫夫递上一封从市邮局发来的信。

"是伊林斯基家的小姐写的。"扎哈尔说。

"你怎么知道?"奥勃洛莫夫生气地问。"胡说!"

"住别墅的时候从她那儿来的信都这样。"扎哈尔坚持说。

"她身体好吗?这是什么意思?"奥勃洛莫夫拆信的时候心里想。

"我不想等星期三了(奥莉加写道),好久没见面,寂寞得很。明天下午三点钟我一定在夏园等您。"

只有这么两句话。

奥勃洛莫夫又从心底里感到恐慌,又为如何同奥莉加说话、以怎样的神情去面对奥莉加而不安起来。

"我不会,我不行,"他说,"该去向施托尔茨讨教!"

但是奥莉加也许会和婶娘一起来,或者和另外一位女士,比如非常爱她、非常欣赏她的玛丽亚·谢苗诺夫娜,一起来。这样一想,奥勃洛莫夫放宽了心。有她们在场,他就还有希望掩盖自己的窘态。他准备要显得殷勤,健谈。

"正好是吃中饭的时候,她真会找时间!"奥勃洛莫夫不无懒态地往夏园去的时候这样想。

他刚走进长长的林荫道就看见一位戴面纱的女子从长椅上起身迎着他走来。

他无论如何想不到那是奥莉加,一个人!这不可能!她不敢,也没有借口从家里出来。

然而……步态却像是她的,轻盈而急速,两只脚似乎不是在迈步,而是在滑动;姿势也像她的,头和脖子微微前倾,似乎在脚下找什么东西。

如果是别人,凭帽子,凭衣服就能认出奥莉加,而奥勃洛莫夫和奥莉加坐在一起一个上午,过后从来说不出奥莉加穿的是什么衣服,戴的是什么帽子。

夏园里几乎没有人。一位上了年纪的先生急步走着,显然是在锻炼身体。还有两位……普通妇女,不是贵夫人,再就是一个保姆带着两个冻青了脸的孩子。

树叶已经落尽,视野开阔。树上的老鸦叫得很难听。不过天气晴好,如果多穿一点衣服,甚至会觉得挺暖和。

戴面纱的女子离他越来越近……

"是她!"奥勃洛莫夫说。他不相信自己的眼睛,吓得停住了脚步。

"是你吗?你怎么啦?"奥勃洛莫夫握住她的手问。

"你来了我真高兴。"奥莉加没有回答他的问题,说,"我以为你不会来,有点害怕了!"

"你是怎么到这儿来的?"奥勃洛莫夫慌张地问。

"不说这个。这有什么,有什么好问的?没意思!我想见你就来了,就这样!"

奥莉加紧握奥勃洛莫夫的手,高兴地、无忧无虑地望着奥勃洛莫夫,坦然享受着从命运那里窃取来的一瞬间,使奥勃洛莫夫自觉没有奥莉加那种快活的心情而产生了妒意。不过,不管奥勃洛莫夫怎样忧心忡忡,一见奥莉加眉开眼笑、心事全无的样子,也不能不暂时将自己的心事置诸脑后。现在奥莉加脸上没有那种非常老成、往往使奥勃洛莫夫局促不安的蹙眉凝神的神态。

奥莉加此时满脸是对命运,对幸福,对奥勃洛莫夫本人的天真的信赖……非常可爱。

"啊,我真高兴,真高兴!"奥莉加微笑地看着奥勃洛莫夫一再说,"我本来以为今天见不到你了。昨天我忽然心烦起来,也不知道为什么,就给你写了一封信。你高兴吗?"

她瞥了奥勃洛莫夫一眼,又说:

"你今天怎么愁眉苦脸的?为什么不说话?不高兴吗?我本来以为你会高兴疯了,可是你就像睡着了一样。醒醒吧,先生,奥莉加和您在一起呢!"

奥莉加责备地轻轻把奥勃洛莫夫推开,然后盯着他问:

"你不舒服吗?你怎么啦?"

"不,我很好,很幸福。"奥勃洛莫夫连忙回答,生怕奥莉加来挖掘他心中的秘密,"我只是担心,你怎么一个人……"

"这是我的事,"奥莉加不耐烦地说,"莫非我和婶婶一起来倒好些?"

"好些,奥莉加……"

"早知道是这样我就请她来了。"奥莉加委屈地插话说,而且松开了奥勃洛莫夫的手,"我本来以为,对你说来没有比和我在一起更大的幸福了。"

"没有,也不可能有!"奥勃洛莫夫说,"不过你怎么一个人……"

"别总说这个,我们最好谈谈别的。"奥莉加无忧无虑地说。

"听我说……啊,我想说什么来着,忘了……"

"是不是想说你是怎么一个人到这儿来的?"奥勃洛莫夫心神不安地环顾四周说。

"唉,不是!你总是这句话!真不嫌烦!我想说什么来

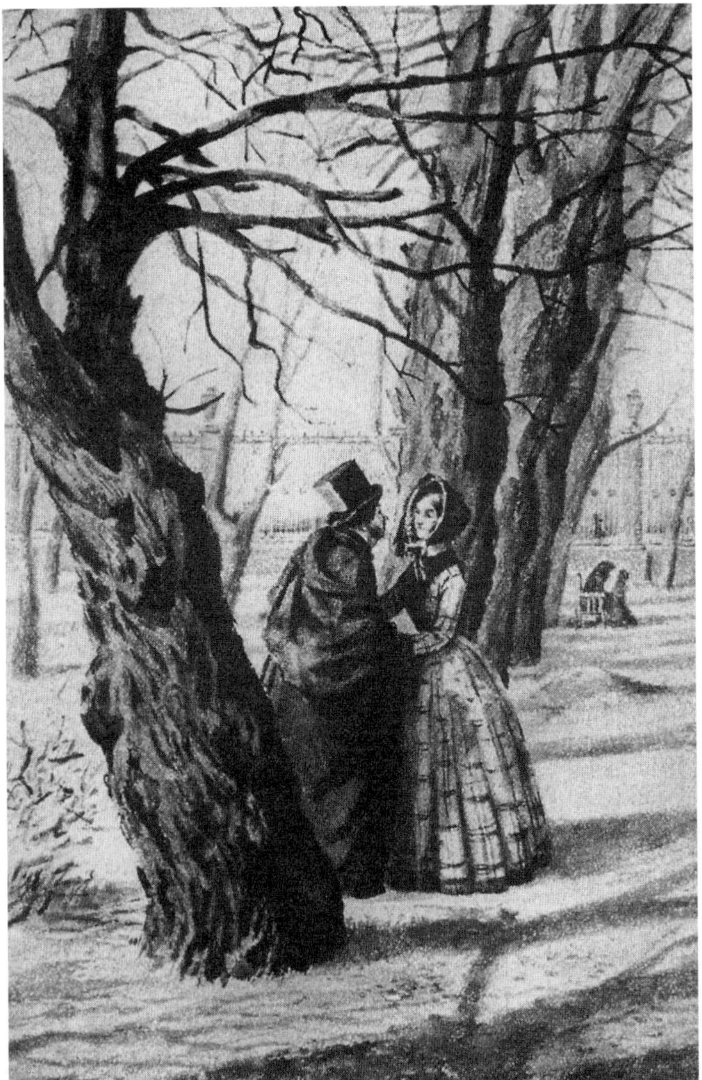

着?……算了,以后会想起来。啊,这儿多好呀,树叶全落了,秋叶①——你记得雨果的作品②吗?看那边的太阳,还有涅瓦河……我们到涅瓦河上去,坐船玩玩……"

"你怎么啦?上帝保佑!天这么冷,我只穿着一件棉里大衣……"

"我穿的也是棉衬连衣裙。有什么关系。走吧,走吧。"

奥莉加拉着奥勃洛莫夫跑。奥勃洛莫夫不肯走,嘴里不停地抱怨,最后还是不得不上船。

"你是怎么一个人到这儿来的?"奥勃洛莫夫惶恐地再一次问奥莉加。

"要我说吗?"船走到河心的时候,奥莉加调皮地逗奥勃洛莫夫说,"现在可以了,现在你跑不掉,在岸上你会跑掉……"

"怎么回事?"奥勃洛莫夫害怕地问。

"明天你到我家来吗?"奥莉加没有回答,却反问一句。

"唉,我的上帝!"奥勃洛莫夫想,"她好像猜到了我的心思,知道我不想去。"然而他大声回答说:

"来!"

"一早来,待一整天。"

奥勃洛莫夫踌躇起来。

"那我就不说。"奥莉加说。

"我来待一整天。"

"你瞧……"奥莉加一本正经地说,"今天我叫你到这儿

---

① 原文为法语。
② 法国著名作家雨果于一八三一年发表诗集《秋叶集》。

来,就是为了告诉你……"

"什么?"奥勃洛莫夫惊恐地问。

"让你……明天到我家来……"

"唉,我的上帝!"奥勃洛莫夫不耐烦地打断奥莉加的话说,"你是怎么到这儿来的?"

"到这儿来?"奥莉加心不在焉地说,"我是怎么到这儿来的? 我就这么来了……等等……这有什么好说的!"

奥莉加用手舀了些水,洒到奥勃洛莫夫脸上。奥勃洛莫夫眯起眼睛,颤抖了一下,奥莉加却笑了。

"水真凉,手都麻木了! 我的上帝! 多快活,多好啊!"她望着两旁又说,"明天我们再来,不过是直接从家里来……"

"今天不是直接从家里来吗? 你从哪儿来的?"奥勃洛莫夫着急地问。

"从商店来的。"奥莉加回答说。

"什么商店?"

"怎么了? 我在夏园就告诉过你,从哪家……"

"没有,你没有说……"奥勃洛莫夫着急了。

"没有说! 真奇怪! 我忘了! 我带了一个仆人从家里出来,到首饰店去……"

"是吗?"

"嗯……那是什么教堂?"奥莉加忽然指着远处问船夫。

"哪一座? 是这座吗?"船夫问。

"斯莫尔尼!"奥勃洛莫夫忍不住说,"好,你到商店去了,那儿怎么样?"

"那儿……东西很漂亮……我看见一只手镯,真美!"

"我们现在谈的不是手镯!"奥勃洛莫夫插话说,"后来呢?"

"就这些。"奥莉加欣赏着四周的景物,心不在焉地说。

"仆人呢?"奥勃洛莫夫又问。

"回家了。"奥莉加凝视着对岸的房屋随口说。

"你呢?"

"那边真好!能上那边去吗?"奥莉加用阳伞指着对岸问,"你不是住在那边吗?"

"是的。"

"哪条街?指给我看看。"

"仆人呢?"奥勃洛莫夫问。

"他嘛,"奥莉加漫不经心地说,"我叫他去取手镯。他回家去了,我就到这儿来了。"

"你怎么能这样?"奥勃洛莫夫瞪大眼睛看着奥莉加说。

他摆出一副吓坏了的面孔。她也故意摆出这样一副面孔。

"奥莉加,说正经的,别开玩笑了。"

"我没开玩笑,真的是这样!"奥莉加平静地说,"婶婶叫我到商店去一趟,我故意把手镯忘在家里。你无论如何也想不出这个办法!"她说这话的时候洋洋得意,好像办成了一件大事。

"如果仆人转回来,怎么办?"奥勃洛莫夫问。

"我让那儿的人告诉他,叫他等我一下,我到另外一家商店去了,其实我到这儿来了……"

"如果婶娘问你还去了哪家商店,怎么办?"

"我就说去裁缝店了。"

"如果她到裁缝店去问,怎么办?"

"如果涅瓦河里的水全流进了大海,如果船翻了,如果海员街和我们家陷下去了,如果你忽然不爱我了……"奥莉加说着又往奥勃洛莫夫脸上洒了点水。

"仆人恐怕已经转回来了,正等着……"奥勃洛莫夫一面揩去脸上的水,一面说,"喂,船夫,靠岸!"

"不要,不要!"奥莉加命令船夫。

"靠岸!仆人已经转回来了。"奥勃洛莫夫坚持说。

"别管他!不要靠岸!"

奥勃洛莫夫坚持按自己的意思做,带着奥莉加匆匆走上夏园的路,奥莉加却拉着他的胳臂慢慢走。

"你忙什么?"她说,"等等,我想和你待一会儿。"

她紧靠在奥勃洛莫夫肩头,从近处观察他的脸,走得更慢了,奥勃洛莫夫却沉闷而乏味地对她讲责任和义务。她露出懒洋洋的微笑,低头看地下,或者又凑近他的脸观察他,心不在焉地听着,心里想着别的事情。

"奥莉加,听我说,"最后奥勃洛莫夫郑重其事地说,"虽然我怕惹你不高兴,怕挨骂,我还是要毫不犹豫地说,我们走得太远了。我有责任,有义务跟你说。"

"说什么?"奥莉加不耐烦地问。

"我们私下见面,这种做法太不好了。"

"这话你还在别墅就说过。"奥莉加若有所思地说。

"对,不过那个时候我着了迷,一只手要推开,另一只手又抓住不放。你很轻信,我呢……好像在……误导你。那个时候的感觉还新鲜……"

"现在已经不新鲜了,你开始觉得乏味了……"

"不,奥莉加!这样说不公平。我是说,因为感觉新鲜,所以没有时间,也不可能想个明白。现在我的良心让我寝食不安:你还年轻,涉世不深,人又那么纯真,爱得那么圣洁,绝对想不到,我们的行为会让我们,尤其是我,遭到多么严厉的谴责。"

"我们到底干了什么?"奥莉加停住脚步问。

"干了什么?你骗婶娘,偷偷从家里出来,和一个男人单独见面……你试试,星期天在客人面前把这些事情都说出来……"

"怎么不能说?"奥莉加若无其事地说,"也许我会说……"

"那你就会发现,"奥勃洛莫夫接着说,"你婶婶要晕过去了,女士们连忙走开,男人们用心术不正的放肆的眼光看你……"

奥莉加思索起来。

"我们是未婚夫妻啊!"她说。

"对,对,亲爱的奥莉加,"奥勃洛莫夫握住她的双手说,"正因为有这层关系,我们对自己要更加严格要求,每走一步都要更加谨慎。我希望怀着自豪感和你挽着手走在这条林荫道上,堂堂正正,而不是偷偷摸摸;希望别人在你面前尊敬地垂下眼帘,而不是放肆地、心术不正地看着你;希望任何人都不敢怀疑你这位自尊的姑娘会忘掉羞耻和教养,着迷到忘乎所以,不守本分……"

"我没有忘记羞耻,没有忘记教养,没有忘记本分。"奥莉加把自己的手从奥勃洛莫夫的手中抽出来,自尊地说。

"我知道,我知道,我的纯洁的天使,不过这不是我的话,是别人,是社交界要这样说,他们才不会原谅你呢。看在上帝分上,你要明白我的意思。你本来纯洁无瑕,我希望你在社交界眼中也是如此……"

奥莉加沉思地向前走去。

"你要明白我为什么对你说这番话:我担心你会不幸,而责任在我一个人身上。别人会说是我诱惑你,有意不让你看到沉沦的危险。你和我在一起纯洁,稳重。可是你能叫谁相信?谁会相信?"

"这倒是真的。"奥莉加颤抖了一下,然后毫不犹豫地说,"听我说,我们去对婶婶说清楚,请她明天就为我们祝福……"

奥勃洛莫夫吓白了脸。

"你怎么啦?"奥莉加问。

"等等,奥莉加,何必这么急?……"奥勃洛莫夫连忙说。他的嘴唇在发抖。

"两个星期以前不是你自己在催我吗?"奥莉加冷淡而又留心地望着他问。

"那个时候我没有想到还有准备工作要做,要做的事情多得很!"奥勃洛莫夫叹了一口气说,"等乡下来信再说。"

"何必等这封信?一封信就能改变你的主意?"奥莉加问,同时更加留心地望着他。

"你怎么这样想!但是一切情况都必须考虑到。要告诉婶娘的是什么时候举行婚礼,而不是我们怎么谈恋爱,可是我根本没有准备好。"

"那就等你收到信再说,也让所有的人都知道我们是未婚夫妻,我们要天天见面。我闷得很,"奥莉加又说,"这种日子长得让我受不了。所有的人都发现了,都来问我,故意暗示你……我真烦透了!"

"暗示我?"奥勃洛莫夫好不容易说出口。

"对,都怪索涅奇卡。"

"你看看,你看看! 当时你不听我的话,还生气!"

"看什么? 我什么也没看见,只看见你是个胆小鬼……我才不怕那些暗示呢。"

"不是胆小,而是谨慎……不过,奥莉加,看在上帝分上,我们离开这儿吧! 瞧,那边有一辆马车过来了。会不会是熟人? 啊呀,我都出汗了……走吧,走吧……"奥勃洛莫夫害怕地说,弄得奥莉加也害怕起来。

"好,快走吧。"她又急又快地悄声说。

他俩几乎是跑步经过林荫道,直奔夏园尽头,没有说一句话。奥勃洛莫夫一路不安地东张西望,奥莉加把头整个低了下去,而且蒙上面纱。

"那么明天见!"他俩走到仆人等候着的那家商店的时候,奥莉加说。

"不,最好后天……要不星期五或者星期六!"奥勃洛莫夫回答说。

"为什么?"

"嗯……你看,奥莉加……我一直在想,那封信能不能及时到达?"

"说不定能。但是明天你要来吃中饭,听见了吗?"

"行,行,好,好!"奥勃洛莫夫匆忙地说,而奥莉加已经走进商店去了。

"唉,我的上帝,怎么弄成这样! 一块大石头忽然压到我身上来! 现在我怎么办? 索涅奇卡! 扎哈尔! 花花公子们……"

六

奥勃洛莫夫没有注意到扎哈尔给他端来的饭菜已经完全凉了,也没有注意到饭后他是怎么上床,怎么睡得如此酣沉的。

第二天,想到必须去见奥莉加,他竟不寒而栗:这怎么行!他鲜明地想象到,人人以后会怎样意味深长地看他。

如今门房接待他已经有点过于殷勤。他要一杯水,谢苗就十万火急地跑去给他端来。卡佳和保姆总是对他露出友善的微笑。

"未婚夫,未婚夫!"人人额头上都写着这几个字,而他还没有征得婶娘的同意,身上没有一文钱,也不知道什么时候会有钱,甚至不知道今年他能从乡下拿到多少进款,乡下连房子也没有,好一个未婚夫!

他决定,在乡下的好消息到达之前,他只在星期天,有别人在场的情况下,才去见奥莉加。因此第二天他就没有一早准备出门的打算。

他没有刮脸,没有整装,只懒洋洋地翻阅着上个星期从伊林斯基家拿来的法文报纸,没有不停地看钟,也不嫌指针走得太慢。

扎哈尔和阿尼西娅以为他像平常一样不在家吃中饭,所以没有问他中饭做什么。

奥勃洛莫夫把他俩大骂了一顿,声称他根本不是逢星期三都去伊林斯基家吃中饭,说这是"流言蜚语",说他在伊万·格拉西莫维奇家也吃过,说从今以后,除了星期天(也不是每一个星期天)以外,他都要在家吃饭。

阿尼西娅忙不迭地上市场去买下水来做老爷喜欢吃的杂碎汤。

房东太太的两个孩子到他这里来,他检查了万尼亚做的加减题,发现两处算错的地方,又帮玛莎在她的练习本上画了线,并且写上大写字母,然后就倾听金丝雀如何鸣叫,观看半开的门内房东太太那两只胳膊肘儿如何晃动。

中午一点多钟,房东太太隔着门问他想不想吃点什么,她烤好了奶渣饼,接着就给他端来几块奶渣饼,还有一杯醋栗酒。

奥勃洛莫夫的情绪好了一些,但也只是呆呆地坐在那里沉思,几乎一直到开中饭的时候都是如此。

饭后他刚在沙发上躺下就困得打起盹儿来,这时候通往房东太太那边的门开了,房东太太双手托着两大堆袜子走进来。

她把两堆袜子放在两把椅子上,奥勃洛莫夫立刻跳起身来,请她在第三把椅子上坐下,可是她没有坐下,她没有这个习惯,她总是站着,不停地操劳。

"今天我把您的袜子整理了一下,"她说,"总共五十五双,差不多都不行了……"

"您心肠真好!"奥勃洛莫夫说着走到她面前,开玩笑地轻轻抓住她的胳膊肘儿。

她笑了笑。

"您何必费心？我真不好意思。"

"没什么，我们就是干家务的嘛。没有人给您收拾，我倒愿意帮忙。"接着她又说，"这二十双根本不能穿了，连补都不值得补。"

"不必了，都扔掉吧！您别管这些破烂。可以买新的……"

"扔掉？干吗？这些都还可以补。"于是她开始敏捷地清点袜子。

"请坐请坐，干吗站着？"奥勃洛莫夫对她说。

"不啦，多谢多谢！我没工夫歇着，"她说，仍旧没有应邀坐下，"今天我们洗衣服，要把该洗的都找齐。"

"您真了不起，不是一般的主妇！"奥勃洛莫夫一面盯着她的脖子和胸脯，一面说。

她笑了笑。

"袜子补不补？"她问，"我要去订购棉纱和线。有个老太婆从乡下给我们送来，可别在这儿买，这儿的都不结实。"

"既然您这么好心，那就麻烦您了，"奥勃洛莫夫说，"不过，我真不好意思麻烦您。"

"没关系，有什么办法？这些我自己补，这些让奶奶补。明天小姑子来串门，晚上没事我们就一块儿补了。我女儿玛莎也开始学织补了，就是总掉针。棒针太粗，她拿不住。"

"连玛莎也会？"奥勃洛莫夫问。

"可不是。"

"我不知道怎么感谢您才好，"奥勃洛莫夫一面说，一面高兴地看着她，心情与上午看着热气腾腾的奶渣饼一样。

467

"我非常非常感谢您,不会欠您的人情,尤其是玛莎。我要给她买几件丝绸衣服,把她打扮得像玩偶一样。"

"您怎么啦?说什么感谢?她哪儿配穿丝绸衣服?连布的也供她不起。她穿什么都是一穿就破,特别是鞋子,简直买不过来。"

房东太太拿起袜子,准备离开。

"您忙什么?"奥勃洛莫夫说,"坐坐吧!我没事。"

"改天吧,等过节的时候。您也请到我们那边去喝咖啡。现在要洗衣服,我得去看看阿库林娜开始洗了没有……"

"好,您请吧,我不敢耽误您。"奥勃洛莫夫说,在她离去的时候望着她的脊背和胳膊肘儿。

"我还把您的大袍从储藏室拿出来了,"房东太太又说,"可以补一补,洗干净,料子多好!且穿呢。"

"您多余费心!我不穿了,不要了,用不着了。"

"还是拿去洗洗吧。说不定您还会穿……到办婚礼那天!"她说完笑着碰上了门。

奥勃洛莫夫的睡意忽然消失,他尖起耳朵,瞪大了眼睛。

"连她也知道——都知道!"奥勃洛莫夫一面在他刚才请房东太太坐的那把椅子上坐下来,一面说。"啊,扎哈尔,扎哈尔!"

一堆"让人难受的"词儿又劈头盖脸地落到扎哈尔身上,阿尼西娅又用鼻子说她还是"头一回听到房东太太谈起婚礼的事,以前她俩聊天压根儿没提到过;婚礼的事根本没有,能有这事吗?准是魔鬼编的,说瞎话立马下地狱,房东太太也愿意从墙上取下圣像来发誓,她从来没听说过伊林斯基家的小姐,以为是另外一位小姐……"

阿尼西娅啰唆了半天,奥勃洛莫夫只好作罢。第二天扎哈尔想到戈罗霍夫大街的老房子去串门,奥勃洛莫夫骂得他狗血喷头,他好不容易才脱身。

"那儿的人还不知道,所以要去散布流言蜚语。在家待着!"奥勃洛莫夫厉声说。

星期三过去了。星期四奥勃洛莫夫收到奥莉加的一封信,也是通过市邮局寄来的,问他不上门是什么意思,出了什么事。信里说,她哭了整整一个晚上,几乎通宵没有合眼。

"我的天使哭了,没有合眼!"奥勃洛莫夫感叹说,"主啊!她为什么爱我?我为什么爱她?我们为什么相逢?都怪安德烈,是他给我们俩像种牛痘一样种下了爱情。没完没了的焦虑不安,这叫什么生活?什么时候才有平静的幸福,安宁?"

他连连发出大声的叹息,躺下又起来,甚至走到街上去,不停地探寻着常规的生活,既要有充实的内容,又要在对大自然的静观和平静的家庭琐事中日复一日地、一点一滴地缓缓流逝。他不愿意把生活想象成施托尔茨想象中的那样一条波涛汹涌、奔腾向前的大江大河。

"那是病态,"奥勃洛莫夫说,"是发烧,好比石滩上的急流,好比决堤和泛滥。"

他给奥莉加回信说,他在夏园着了点凉,必须喝热热的汤药,在家待两天;现在已经好了,希望星期天能见到她。

奥莉加又来信夸他会保养身体,说如果有必要,建议他星期天也待在家里,还说只要他保养好身体,她宁愿寂寞一个星期。

这封信由尼基塔送来,就是阿尼西娅所说的那个散布闲话的主犯。他还带来小姐的几本新书,说小姐请奥勃洛莫夫看一看,见面的时候告诉她值不值得她看。

奥莉加要求奥勃洛莫夫回信谈谈他的健康状况。奥勃洛莫夫写好回信以后亲手交给了尼基塔,又亲自把尼基塔从外室送到院子里,并且目送他走到篱笆门口,免得他心血来潮跑到厨房里去再说那些闲话,也免得让扎哈尔送他出门。

奥勃洛莫夫因为奥莉加建议他保养好身体、星期天不必上她家去而十分高兴,他在回信中说,为了完全康复,确实需要在家多待几天。

星期天他拜访了房东太太,在她那里喝咖啡,吃热气腾腾的馅饼,饭前还派扎哈尔过河去给孩子们买冰淇淋和糖果。

扎哈尔好不容易才渡河回来,因为吊桥已经拆了,涅瓦河就要结冰。星期三奥勃洛莫夫到奥莉加那里去的事连想也别想了。

当然,奥勃洛莫夫可以现在就过河,在伊万·格拉西莫维奇家里住几天,这样就能天天见到奥莉加,甚至在她家里吃饭。

借口合情合理:涅瓦河结冰的时候他在对岸,来不及过河回来。

起初他想这样做,并且迅速把两只脚放下来,但是考虑了一下之后,脸上就出现了心事重重的表情,他叹了一口气,又慢慢躺了下去。

"不行,等别人停止议论,等去她家做客的那些不相干的人多少忘了我这个人,等我俩宣布订婚以后,再让他们天天看见我在她家吧。"

"等待很乏味,但也只好如此。"他一面叹气,一面拿起奥莉加叫人送来的书看。

他看了十五页,玛莎来问他想不想到河边去,说大家都去看涅瓦河怎么封冻。他去了,喝午茶的时候才回来。

一天一天就这样过去。奥勃洛莫夫很寂寞,他或者看书,或者到街巷里去走走,在家的时候常常向房东太太的门内张望,和她说两句话解闷。有一天他甚至帮房东太太磨了三磅咖啡,干得十分起劲,额头都汗湿了。

他想让房东太太看一本书。房东太太慢慢翕动嘴唇默念了书名就把书还给了他,说等圣诞节到了她再借去叫万尼亚念给她听,让奶奶也听听,现在没工夫。

这期间涅瓦河上铺了木板。一天,铁链拴着的大黑狗又跳又叫,报告尼基塔再次带信来了,奥莉加询问奥勃洛莫夫的健康状况,还送来一本书。

奥勃洛莫夫害怕让他从木板上到对岸去,就躲起来不见尼基塔,回信说他的喉头有点肿,现在还不敢出门,还说"残酷的命运使我还有几天没福气去见我看不够的奥莉加"。

他严厉禁止扎哈尔跟尼基塔闲扯,并且又一次目送尼基塔走到篱笆门口;当阿尼西娅从厨房里伸出鼻子想问尼基塔什么话的时候,他还伸出一个指头警告她。

七

一个星期过去了。奥勃洛莫夫早晨起来首先就不安地打听河上的桥架好没有。

听说"还没有",他就平安地度过这一天,听钟摆的笃笃声、咖啡磨的噼啪声、金丝雀的歌声。

再也没有小鸡吱吱叫了,它们早已成了老母鸡,躲在鸡舍里。奥莉加派人送来的书他还没有看完,有一本翻到第一百零五页就扣在那里,几天都没有动过。

他在房东太太的两个孩子身上花的时间却更多了。万尼亚是个聪颖的孩子,念三遍就把欧洲的主要城市名记住了。伊利亚·伊利奇保证一过河就买个小地球仪来送给万尼亚。玛莎给伊利亚·伊利奇锁了三条手帕的边,活儿做得不好,但是她的两只小手干起活来很好玩,每锁好一寸她都要跑来叫伊利亚·伊利奇看。

他只要通过半开的房门看见房东太太的胳膊肘儿,就没完没了地和她聊天。他已经习惯于根据那两只胳膊肘儿的动作来判断房东太太在干什么活儿:是筛,是磨,还是熨。

他甚至想和老奶奶说说话,可是她怎么也不行,才说了半句就停下来,用拳头抵着墙,弯下腰去使劲咳嗽,好像在干一种很费劲的活儿,然后呻吟不已,谈话也就到此结束。

他见不着的只有房东太太的哥哥一个人,或者说只看得见那个大纸袋在窗前晃过去,家里听不见他的声音。有一次奥勃洛莫夫无意中走进他们一家人挤在一起吃饭的那个房间,房东太太的哥哥连忙用手指抹抹嘴唇,躲回自己屋里去了。

一天早晨,奥勃洛莫夫刚刚无忧无虑地醒来,端起咖啡,扎哈尔突然来向他报告:桥架好了。奥勃洛莫夫的心咚的撞击了一下。

"明天是星期天,"他说,"必须到奥莉加那里去,整天鼓足勇气去忍受不相干的人投来的意味深长的、好奇的目光,还要向奥莉加宣布,他打算什么时候和婶娘谈。可是他至今仍旧不可能前进一步。"

他鲜明地想象到,他怎样被宣布为未婚夫,第二天,第三天就有各色男女来访,他一下子成了人们好奇的对象,接着是举行正式宴会,大家为他的健康干杯。然后……然后根据未婚夫的权利与义务,他要给未婚妻送上礼品……

"礼品!"奥勃洛莫夫惊恐地对自己说,接着就大声苦笑起来。

礼品! 可是他口袋里只有二百卢布! 即使钱能送来,也要等到圣诞节前,说不定还要晚一些,要等粮食卖出去,至于什么时候才能卖出去,粮食究竟有多少,又能卖多少钱,都要由乡下来信说明,而信至今未到。怎么办? 别了,两个星期的安宁!

在为这些事情操心的时候,他的脑海里也浮现出奥莉加的姣好的脸庞,茸茸的、会说话的眉毛,聪慧的灰蓝色眼睛,她的整个头部,以及她梳理得垂在脑后的那根使她的整个体态

473

更显高贵的辫子。

然而只要他的心为爱情颤动起来,沉重的思虑立刻像一块大石头似的压到他身上:怎么办?怎么对待婚姻问题?钱从哪儿来?以后靠什么过日子?……

"我再等一等,说不定信明后天就到。"于是他开始计算,他写的信应该什么时候到乡下,邻居会耽搁多久才写回信,回信又要多长时间才能到达。

"三天,顶多四天,回信该到了。我等一等再去见奥莉加。"奥勃洛莫夫就这样决定了,何况奥莉加未必知道桥已经架好……

"卡佳,桥架好了吗?"也是在这天早晨,奥莉加醒来就问她的女仆。

她每天都问这个问题。这是奥勃洛莫夫料想不到的。

"小姐,我不知道。马车夫、扫院工我今天都还没见着,尼基塔不知道。"

"我要什么你总是不知道!"奥莉加躺在床上看着脖子上的项链不高兴地说。

"我这就去打听,小姐。我怕您醒了叫我,不敢走开,要不早就跑去问了。"于是卡佳出去了。

奥莉加拉开小桌子的抽屉,拿出奥勃洛莫夫最后写的一张字条,关切地想:"他病了,可怜的人,他一个人在那边,很寂寞……唉,我的上帝!还要等多久……"

她正这样想的时候,冻得脸通红的卡佳飞也似的跑进屋里来。

"架好了,昨天晚上架好的!"她高兴地说,并且一把抱住立刻从床上跳起来的小姐,给她披上短衫,又把小巧的便鞋挪到她的脚边。奥莉加敏捷地拉开抽屉,从里面拿出一枚硬币放在卡佳手里,卡佳吻了吻小姐的手。这一连串动作是在一分钟之内完成的。"啊,明天是星期天,多巧!他要来了!"奥莉加想。她迅速穿好衣服,匆匆喝完茶就和婶娘一起到商店去了。

"婶婶,明天我们去斯莫尔尼教堂做礼拜吧!"奥莉加说。

婶娘稍稍眯起眼睛想了想,说:

"行啊,就是太远,亲爱的!大冬天怎么想起上那儿去!"

奥莉加想到那儿去只是因为奥勃洛莫夫在游船上曾经指给她看这座教堂,她想去……为他祈祷,祝他健康,希望他爱她,因她而感到幸福,但愿……这迟疑不决和前途未卜的状况快点结束……可怜的奥莉加!

星期天到了。奥莉加完全按照奥勃洛莫夫的口味巧妙地安排了中饭。

她穿上一件白色连衣裙,把奥勃洛莫夫送给她的手镯藏在花边下面,梳了一种他喜欢的发式。前一天她就叫人调好了钢琴,早上试唱了一遍"圣洁的女神"。从别墅回来以后,她的嗓子还没有这么好过。然后她开始等待。

她正以这种心情等待着的时候,男爵来了,说她又像夏天一样漂亮,不过瘦了一点。

"没有乡村的好空气,生活也不大有规律,对您都有明显的影响。"男爵说,"亲爱的奥莉加·谢尔盖耶夫娜,您需要野外的空气,需要乡村。"

男爵吻了奥莉加的手好几下,以致染过色的小胡子在她的手指上留下了一点印迹。

"是啊,乡村。"奥莉加若有所思地说,但不是对男爵,而

475

像是对半空中的一个人。

"提起①乡村,"男爵说,"下个月您的那个案子就结了,四月份您可以到您的田庄上去。田庄不大,地点却好极了!您一定会满意。多漂亮的大宅!花园!坡上有一座凉亭,您一定会喜欢。能眺望河景……您不记得了,令尊带着您离开田庄的时候,您才五岁。"

"啊,我太高兴了!"奥莉加说,接着又沉思起来。

"事情有了定局,"她想,"我们要到那儿去,不过让他知道以前必须先……"

"是下个月吗,男爵?"奥莉加急切地问,"真的?"

"就像您总是漂漂亮亮,今天尤其漂亮一样。"男爵说完就到婶娘屋里去了。

奥莉加留下来,她开始幻想近在眼前的幸福,但是决定不把这个消息和她未来的计划告诉奥勃洛莫夫。

她彻底探明,看看爱情究竟如何使奥勃洛莫夫慵懒的灵魂发生根本的转变,如何最终丢掉精神上的包袱,不能不为即将到来的幸福所动,在得到乡下来好消息以后兴高采烈地跑来,飞奔而至,把那封回信放在她的脚边,两人如何争先恐后地跑到婶娘那里去,然后……

然后她要出其不意地告诉奥勃洛莫夫,她也有田庄、花园、凉亭、能眺望的河景,还有现在就可以住的大宅,应该先去她的田庄,以后再去奥勃洛莫夫庄园。

"不,我不想看到叫人高兴的回信,"她想,"因为这样一来他就会神气起来,甚至不会因为我有自己的田庄、大宅、花

---

① 原文为法语。

园而高兴……不,宁可让他收到一封叫人不愉快的回信,垂头丧气地来,说他的乡下事务一团糟,他必须亲自出马。于是他不顾一切地赶往奥勃洛莫夫庄园,匆匆作出一切必要的安排,许多事情忘了做,不会做,马马虎虎处理一下就赶回来,突然得知根本不需要跑这一趟,因为大宅、花园、可以眺望河景的凉亭都有了,没有他的奥勃洛莫夫庄园也有地方住……对,对,决不向他透露,要保留到最后。让他跑一趟,动一动,有点生气——这都是为了我,为了将来的幸福啊!不过,为什么要他到乡下去,为什么要分别?不,等他穿一身上路的服装,面色苍白而忧郁地来辞行,说要离开一个月的时候,我就突然告诉他,夏天到来以前不必去,到了夏天我们两人一起去……"

奥莉加这样幻想着跑到男爵那里去,巧妙地向他授意,不到时候不要把这些情况告诉任何人,无论是谁。她说的无论是谁指的就是奥勃洛莫夫一个人。

"是的,是的,有什么必要?"男爵表示同意,"不过奥勃洛莫夫先生例外,如果谈到……"

奥莉加沉住气,若无其事地说:

"不,对他也别说。"

"您知道,您的意愿对我说来就是法律……"男爵殷勤地说。

奥莉加有的时候也会耍点滑头。如果当着别人的面她很想看奥勃洛莫夫一眼,她就先分别看看另外三个人,然后再看奥勃洛莫夫。

她费了多少心思啊!都是为了奥勃洛莫夫!她的双颊曾多少次泛起红晕!她多少次去触动这个或者那个琴键,听听琴音是不是调得过高,或者把乐谱从这里挪到那里!可是奥勃洛莫夫突然不来了！这是什么意思？

三点钟了、四点钟了，还不见他来！到了四点半钟，奥莉加这朵美丽的花渐渐失去光彩，明显地蔫了。最后她脸色苍白地来到餐桌边坐下。

谁也没有觉察到什么，大家吃着为奥勃洛莫夫做的菜，高高兴兴、若无其事地交谈着。

饭后天色渐暗，还是不见奥勃洛莫夫的身影。一直到晚上十点钟，希望和恐惧使奥莉加焦躁不安。十点钟，她回自己屋里去了。

起初她把胸中沸腾的怒气全部发泄到奥勃洛莫夫头上，在心里用她知道的一切刻薄的、激烈的言词责罚他。

她忽然觉得全身热得似火烧，后来又冷得像结了冰一样。

她脑海里闪过一个念头："他病了，孤单单一个人，连写信的力气也没有……"

这个想法完全控制了她，使她彻夜不能成寐。她一阵热一阵冷地只胡乱睡了两小时，常说梦话，早晨起来虽然脸色苍白，却又显得十分平静，坚定。

星期一早晨，房东太太把头探进奥勃洛莫夫的书房里来对他说：

"有个姑娘找您。"

"找我？不可能！"奥勃洛莫夫说，"她在哪儿？"

"就在这儿，她找错了，走到我们那边的台阶上。让她进来吗？"

奥勃洛莫夫还不知道应该怎么办，卡佳已经出现在他面前。房东太太就走开了。

"卡佳！"奥勃洛莫夫惊讶地说，"你怎么来了？什么事？"

"小姐在这儿呢,"卡佳悄声说,"叫我来问……"

奥勃洛莫夫脸色大变。

"奥莉加·谢尔盖耶夫娜!"他压低声音,惊恐地说,"不可能,卡佳,你开玩笑吧?别折磨我了!"

"真的,小姐在出租马车上,停在茶叶店门口,等着要到这儿来。小姐派我先来跟您说,请您把扎哈尔支走。她过半小时就到。"

"还是我自己去吧。她怎么能到这儿来?"奥勃洛莫夫说。

"您来不及了,小姐眼看就要进门。小姐以为您病了。再见,我得赶紧走:小姐一个人,等着我呢……"

卡佳走了。

奥勃洛莫夫飞快地打好领结,穿上西服背心和靴子,并且大声呼唤扎哈尔。

"扎哈尔,前不久你好像求过我让你到对岸戈罗霍夫大街去串门,你现在就去!"奥勃洛莫夫心急火燎地说。

"我不去。"扎哈尔斩钉截铁地说。

"不行,快走!"奥勃洛莫夫坚持说。

"平常日子串什么门?我不去!"扎哈尔固执地说。

"走吧,老爷开恩放你走,你就去玩玩,别犟……找你的朋友去吧!"

"哼,去他们的,朋友!"

"你不想见见他们?"

"都是浑蛋,有时候真不想看他们一眼!"

"走吧,走吧!"奥勃洛莫夫坚持说,血直往他的头上冲。

"不,今天我在家待一天。星期天我兴许出一趟门!"扎哈尔无动于衷地推辞着。

"现在马上走!"奥勃洛莫夫着急地催他,"你应该……"

"叫我跑七俄里去喝一杯酸果羹?"扎哈尔反问。

"那你就出去逛两个钟头。瞧你那副嘴脸,没睡醒的样子,吹吹风去吧!"

"我的嘴脸没什么,我们这号人的嘴脸都这样!"扎哈尔懒洋洋地望着窗外说。

"唉,我的上帝,就要到了!"奥勃洛莫夫一面揩额头上的汗,一面想。

"好啦,请你出去逛逛,求你了!这二十戈比你拿去跟朋友喝啤酒吧。"

"我还是在台阶上待一会儿好些,大冷天叫我上哪儿去?在大门口坐坐还行……"

"不行,离大门远点,"奥勃洛莫夫连忙说,"到另外一条街上去,往那边,向左转,朝园子那边走……到对岸去。"

"真稀奇!"扎哈尔心里想,"赶我出去逛,从来没有的事儿。"

"伊利亚·伊利奇,我还是星期天再……"

"你走不走?"奥勃洛莫夫咬牙切齿地说,同时上前逼扎哈尔离开。

扎哈尔出去了,奥勃洛莫夫把阿尼西娅叫来,对她说:

"上市场去买中饭吃的菜……"

"都买齐了,饭就得……"阿尼西娅的鼻子刚说到这儿,奥勃洛莫夫就吼叫起来:

"住嘴,听着!"

阿尼西娅吓呆了。

"去买……有点芦笋也好……"奥勃洛莫夫想不出差她去干什么好。

"老爷,现在哪儿还有芦笋?上哪儿找去……"

"走!"奥勃洛莫夫大喊一声,阿尼西娅就跑了,奥勃洛莫夫还在她背后大声命令她,"拼命跑,别回头,回来要尽量慢,两点钟以前不许露面!"

"真稀奇!"扎哈尔在大门外碰见阿尼西娅的时候对她说,"赶我出去逛,还给二十戈比。我上哪儿逛去?"

"这是老爷的事儿。"机灵的阿尼西娅说,"你去找伯爵家的马车夫阿尔捷米,请他喝茶,他总请你喝。我赶紧上市场去。"

"阿尔捷米,这事儿真稀奇!"扎哈尔又对阿尔捷米说,"老爷赶我出来逛,还给钱喝啤酒……"

"是他自己想灌黄汤吧?"阿尔捷米机灵地猜出了原因,"也给你来点儿,省得你眼馋。咱们走!"

他对扎哈尔挤挤眼睛,并且朝着一条街晃了晃脑袋。

"咱们走!"扎哈尔说,也朝那条街晃了晃脑袋。

"真稀奇,赶我出来逛!"他讪笑着自言自语说。

他俩走了,阿尼西娅跑到第一个十字路口就在一道篱笆后面的小沟里坐下来等着瞧。

奥勃洛莫夫倾听着,等候着。有人在篱笆外叩门环,大黑狗立刻狂吠起来,带着链子又蹦又跳。

"该死的狗!"奥勃洛莫夫咬牙切齿地说,同时抓起帽子奔向大门,打开门以后几乎是把奥莉加抱到了台阶前。

奥莉加一个人。卡佳在离开大门不远的马车上等她。

"你没有生病?没有卧床?你怎么啦?"他俩走进书房以

481

后,奥莉加不脱大衣,也不摘帽子,从头到脚打量着奥勃洛莫夫问他。

"现在我好些了,喉咙……差不多完全好了。"他摸摸喉咙,轻轻咳了一声说。

"昨天你怎么不来?"奥莉加问这话的时候,用一种要探个究竟的目光看着奥勃洛莫夫,他一句话也说不出来。

"奥莉加,你竟敢采取这样的行动?"奥勃洛莫夫惊恐地说,"你知道不知道你在干什么……"

"这个以后再说!"奥莉加不耐烦地打断了他的话,"我问你:你不露面是什么意思?"

他没有做声。

"又长麦粒肿了?"奥莉加问。

他还是不做声。

"你没有生病,喉咙也不痛。"奥莉加蹙起眉头说。

"我没有病。"他像小学生回答问题似的说。

"你骗我!"奥莉加惊讶地看着他说,"为什么?"

"奥莉加,我会向你解释清楚,"他辩解说,"有一个重要原因使得我两个星期没有露面……我怕……"

"怕什么?"奥莉加一面坐下,一面摘帽子脱大衣。

他接过衣帽放在沙发上。

"怕议论,怕流言蜚语……"

"你就不怕我睡不着觉?上帝知道我翻来覆去想了多少,差一点病倒。"奥莉加说,同时一直在打量他。

"奥莉加,你不知道我这儿怎么样。"他指指自己的心和头说,"我整个人都像被火烧一样惶恐。你不知道出了什么事吧?"

"还出了什么事?"奥莉加冷冷地问。

"你我的事传得太远啦!我不想惊动你,所以害怕露面。"

他把他从扎哈尔和阿尼西娅口中听到的议论都告诉了奥莉加,还提到两个公子之间的谈话,最后说,从那个时候起他就睡不着觉,觉得每个人的目光中都包含着疑问,或者责难,或者戏谑的暗示,暗示知道他俩的幽会。

"我们不是已经决定这个星期向婶婶宣布吗?"奥莉加说,"以后这些议论就会停止……"

"嗯。但是在这个星期,在收到乡下的回信以前,我不想和婶娘谈。我知道,她不会问我的感情如何,她要问的是我的田产,要了解详细情况,可是在收到代理人的回信以前我什么也说不清楚。"

奥莉加叹了一口气,沉思地说:

"如果我不了解你,上帝知道我会怎么想。你怕仆人的议论惊动我,可是不怕我惶惶不安!我真不明白你是怎么一回事。"

"我想他们的闲话会让你心烦。卡佳、马尔法、谢苗和那个蠢货尼基塔,上帝知道他们说些什么……"

"我早就知道他们说些什么。"奥莉加毫不在意地说。

"怎么,你知道?"

"对。卡佳和保姆早就告诉我了。她们常常问起你,还祝贺我……"

"还祝贺?"他惊恐地问,"你呢?"

"没什么,我表示感谢,送给保姆一块头巾,她答应步行去朝拜谢尔盖教堂。我还答应替卡佳张罗,把她嫁给糖果商,她有她的罗曼史……"

奥勃洛莫夫既害怕又惊讶地看着奥莉加。

"你天天来我家,下人们自然会议论,"奥莉加接着说,"是他们先议论起来的。索涅奇卡也一样,怎么会把你吓成这个样子?"

"原来流言是从那儿来的!"奥勃洛莫夫拖长声音说。

"莫非他们的话没有根据?这是事实,对吗?"

"是事实!"奥勃洛莫夫跟着说,既不是反问,也不是否定。后来他又说,"其实你是对的。只不过我不想让他们知道我们幽会,所以我害怕……"

"你像个小孩子一样怕得发抖……我不明白!莫非你把我偷走了?"

奥勃洛莫夫狼狈不堪,奥莉加仔细地端详着他,说:

"听我说,这事有点不对,不像那么回事……来,把你心里的话都说出来。出于谨慎,你可以一天,两天,也许一个星期不露面,但是总该事先告诉我,来封信。你知道,我不是小孩子了,胡言乱语没有那么容易让我觉得难为情。你到底是什么意思?"

奥勃洛莫夫想了想,然后吻了吻奥莉加的手,叹了一口气,说:

"奥莉加,这段时间想到这些可怕的灾难我为你吓破了胆,种种让人操心的事情折磨着我,时而有希望,时而没有希望,时而又盼望着,使我心如刀绞,我的整个身体都受到强烈的刺激,变得麻木起来,需要哪怕是暂时的平静……"

"为什么我不麻木,为什么我只在你身边寻找平静?"

"你浑身是年轻、健壮的活力。你爱得明朗,安详,而我……你知道我多爱你!"奥勃洛莫夫说着就跪下去吻奥莉加的双手。

"不,我还是不太明白。你真古怪,让我琢磨不透。我慢慢失去了思考能力和希望……要不了多久你我彼此就无法理解了,那就糟了!"

他俩都沉默了。

"这些日子你都干什么了?"奥莉加问,并且第一次环顾这间书房,"你这个地方不好,房间太矮!窗户也小,壁纸都旧了……别的房间呢?"

奥勃洛莫夫连忙带奥莉加去看,以便回避这些日子他都干什么了这个问题。最后奥莉加在沙发上坐下来,奥勃洛莫夫又坐到地毯上她的脚边。

"这两个星期你到底干什么了?"奥莉加又追问。

"看书,写字,想你。"

"看了我的书吗?怎么样?我今天带回去。"

奥莉加把桌子上的那本书拿起来,看了看翻开的那一页,上面有一层灰。

"你没有看!"奥莉加说。

"没有看。"奥勃洛莫夫回答说。

奥莉加又看了看揉皱的绣花靠枕、乱糟糟的房间、脏兮兮的窗户、写字台,翻了翻蒙着灰尘的纸张,晃了晃插在干墨水瓶里的鹅毛笔,惊讶地看看奥勃洛莫夫。

"你到底干什么了?"她又问,"你没有看书,也没有写字吧?"

"时间不够,"奥勃洛莫夫结结巴巴地说,"早晨一起床,他们就来收拾房间,妨碍我,然后议论中饭吃什么,这时候房

485

东太太的两个孩子来请我检查作业,接着就该吃饭了。饭后……什么时候看书呢?"

"饭后你睡觉了。"奥莉加说得那么肯定,以致奥勃洛莫夫踌躇片刻才轻声回答说:

"我睡觉了……"

"为什么?"

"为了打发时间。奥莉加,你不在我身边,没有你生活真无聊,无法忍受……"

奥勃洛莫夫不往下说了,奥莉加严厉地看着他。

"伊利亚!"奥莉加严肃地说,"记得吗,在别墅的公园里,你说生命之火在你身上燃烧起来了,要我相信我是你的生活目的,你的理想。你握住我的手说它是你的,我是怎么表示同意的,你还记得吗?"

"这样的事情还能忘记?它没有改变我的全部生活吗?你没有看见我多幸福?"

"对,我没有看见。你欺骗了我,"奥莉加冷冷地说,"你又消沉了……"

"欺骗!你这样说不罪过吗?我对上帝发誓,我能立刻跳下深渊!……"

"如果深渊此时此刻就在这儿,在你脚下,"奥莉加插话说,"往后推三天你就会改变主意,吓坏了,尤其是听到扎哈尔或者阿尼西娅议论起来……这不是爱情。"

"你怀疑我的爱情?"奥勃洛莫夫激烈地说,"你以为我迟迟不动是为我自己,而不是为你担心?我不像一堵墙似的捍卫着你的名誉,不像母亲一样警惕着不让风言风语传到你耳朵里?……唉,奥莉加!你要我证明!我对你再说一遍,如果你和别人在一起更幸福,我会毫无怨言地放弃我的权利;如果需要我为你而死,我会高高兴兴地去死!"他含着眼泪说了这番话。

"根本不需要这样做,也没有人要求!我要你的命干吗?你去做你应该做的事吧。表示要作出不必要或者不可能作出的牺牲,以便不作出必要的牺牲——这是狡诈之徒的诡计。我知道你不狡诈,不过……"

"你不知道,激情和操心严重地损坏了我的健康!"奥勃洛莫夫接下去说,"从我认识你那天起,我就没有别的想法……是的,我再说一遍,现在你仍然是我的生活目的,只有你是。没有你和我在一起,我立刻会死,会疯!我现在是通过你来呼吸,观察,思考,感觉。在见不到你的日子,我就瞌睡,消沉,你有什么可奇怪的?什么都让我反感,让我觉得无聊。我就像一架机器:会走动,会做事,却不知道在做什么。你是这架机器的动力啊。"奥勃洛莫夫直挺挺地跪在地上说。

他的两眼又像在别墅的公园里那样放射出光辉,又流露出自尊和坚毅的神情。

"我这就去你要我去的地方,做你要我做的事情。只要你看着我,对我说话,唱歌,我就感觉到我活着……"

奥莉加认真思索着倾听了这番激情的表白,然后说:

"伊利亚,听我说。我相信你爱我,相信我能够影响你。但是你为什么要用踌躇不决的态度来吓我,引起我的种种怀疑呢?你说我是你的生活目的,可是你追求这个目的的步子那么胆怯,那么慢,而你的路还很长。你应该站得比我高。这是我对你的期望!我见过幸福的恋人,见过他们彼此如何相爱。"奥莉加叹了一口气,接着说,"他们的一切都是炽热的,他们安静的时候也不像你。他们不垂头,他们的目光坦然,他们很少睡觉,他们在行动!而你……不,爱情和我不像是你的生活目的……"

奥莉加怀疑地摇摇头。

"是,是!……"奥勃洛莫夫说着又去吻奥莉加的手,在她的脚边激动不已。"只有你是!我的上帝,多幸福啊!"他梦呓似的说,"你倒以为你会受骗,以为一个人在这样的觉醒之后还会睡去,而不成为英雄!你们,你和安德烈,会看到,"他的目光露出感悟的神情,"像你这样一位女子的爱情能把一个人提升到什么地步!你看,你看我不是重生了吗?我现在不是活着吗?我们离开这儿吧!走!走!我一分钟也不能在这儿待下去了。我觉得憋闷,恶心!"他十分厌恶地环顾四周说。"让我在这种感觉的支配下过完今天吧……啊,真希望现在烧灼着我的火明天继续烧灼,永远烧灼下去!不然,没有了你,我就会熄灭,消沉!现在我又活过来,重生了。我觉得,我……奥莉加,奥莉加!你胜过世上的一切,你是天下第一女子,你……你……"

奥勃洛莫夫把脸贴在奥莉加的手上不动了。他再也说不出什么话来,只把手压在胸膛上抑制内心的激动,眼睛火辣辣而又泪汪汪地望着奥莉加。

"他多温存啊!"奥莉加在心里反复这样想,然而她叹了一口气,已经和从前在别墅公园里的情形不同,并且深深地思索起来。

"我该走了!"她回过神来温柔地说。

奥勃洛莫夫忽然清醒了。

"我的上帝!你在这儿,在我家里?"他说,感悟的目光换成了怯懦的,口里再也说不出热情的话来。

他慌忙抓起女帽和女大衣,差点把大衣套在奥莉加头上。

奥莉加笑出声来。

"别为我担心,"奥莉加安慰他说,"婶婶出门一整天,家里只有保姆和卡佳知道我不在。送我走吧。"

奥莉加把手伸给奥勃洛莫夫,大大方方、理直气壮地穿过院子,任那只拴在链子上的大黑狗拼命蹦跳狂吠,径自坐上马车走了。

有几个人从房东太太那边的窗户里探出头来,阿尼西娅在一道篱笆后面的小沟里伸着脖子向外张望。

马车转到另一条街上,阿尼西娅才回来,说她跑遍整个市场也找不到芦笋。扎哈尔逛了三个多钟头才回来,接着睡了整整一天一夜。

奥勃洛莫夫在室内来回走了很久,步履轻捷,甚至有点飘飘然。

带走他的生命和幸福的马车碾着雪地发出的吱吱声刚一消失,他的不安也随之消失。他昂起头,直起腰,感悟的神情又回到他的脸上,幸福和感动使他两眼泪汪汪的。他感到浑身那么温暖、清爽而富有朝气。他又像从前一样,忽然想去游历,到遥远的地方去,和奥莉加一起,去找施托尔茨,去乡下、田野间、树林里,想独自在书房里埋头工作,也想亲自去雷宾码头,去修路,或者看看新近出版的、人人都在议论的一本书,去听歌剧,今天就去……

啊,今天奥莉加到他这儿来,他要去她家,然后去歌剧院。这一天过得多充实啊!在这种生活中,在奥莉加的天地里,在她的处女风采、活力、年轻却又细致深邃的健全智慧的光芒照耀下,呼吸有多畅快啊!他走起路来像是在飞,仿佛有人抱着他在屋里转。

"向前,向前!"奥莉加说,"高些,再高些,向着柔弱与雅致失势而男性的统治开始的地方奔去!"

奥莉加对生活的理解多明确啊!她在生活这本奇书里不仅找到了自己的道路,而且本能地摸索到了他的道路!两个生命应该像两条河一样汇合,而他将是她的带路人、领导者!

她看到了他的力量和才干,知道他能有多大作为,温顺地等着他来统治。了不起的奥莉加!她是个沉着,不胆怯,单纯而又坚毅的女子,像生命本身一样自然!

"这个地方的确让人恶心!"奥勃洛莫夫环顾四周说,"而这位天使竟降临到泥沼中,以她的光临使这个地方变得圣洁!"

他深情地看着奥莉加刚才坐过的椅子,两眼突然发射光辉,那椅子旁边的地板有一只小小的手套。

"信物!她的手,这是预兆!① 啊!……"他拾起手套贴在嘴唇上,狂热地说。

房东太太伸出头来请他过去看看布,说有人拿来卖,问他要不要。

他冷淡地表示了谢意,没有想看她的胳膊肘儿,还向她道歉说,他很忙。随后他就陷入对夏天的回忆之中,想起一个个细节,一棵棵树,一丛丛灌木,一条条长凳,以及那个时候说过的每一句话,觉得这一切比当时更加可爱。

他完全不再控制自己,他唱歌,和阿尼西娅亲热地说话,

---

① 男方向女方求婚,俄语说:просить руку у...(向……求手)。

开玩笑说她没有孩子,答应一旦她的孩子生下地他就做教父。他和玛莎玩的时候闹翻了天,以致房东太太伸出头来把玛莎赶回家去,免得妨碍房客"工作"。

在这一天余下的时间他还有些别的疯狂行为。奥莉加很高兴,她唱了歌,后来还看了歌剧,奥勃洛莫夫还到她家去喝了茶,喝茶的时候和婶娘、男爵、奥莉加推心置腹地谈天,因而觉得自己完全是这个小家庭的成员了。别再过单身汉的日子了,现在他有了归宿,于是他紧紧抓住自己的生活。他有了光明和温暖,这样生活多好啊!

夜里他没有睡多久,一直在看奥莉加派人送来的书,看完了一本半。

他想,"明天乡下该会有信来。"他的心跳呀……跳呀……终于等到了这一天!

八

第二天,扎哈尔收拾屋子的时候,在写字台上发现一只小手套,拿起来左看右看,笑了笑,递给奥勃洛莫夫,说:

"兴许是伊林斯基家小姐忘在这儿的。"

"魔鬼!"奥勃洛莫夫大吼一声,从他手里夺去那只手套。"胡说!什么伊林斯基家小姐!是女裁缝从店里来量衬衫尺寸。你竟敢胡编!"

"怎么是魔鬼?我胡编什么了?房东太太那边在说……"

"说什么?"奥勃洛莫夫问。

"说伊林斯基家小姐带着女仆来过……"

"我的上帝!"奥勃洛莫夫惊恐地说,"他们凭什么认为是伊林斯基家小姐?是你或者阿尼西娅多嘴……"

阿尼西娅突然从外室探进半个身子来说:

"扎哈尔·特罗菲梅奇,罪过啊,你怎么瞎说?老爷,您别听他的。谁都没说,也不知道,我对基督我主发誓……"

"去,去,去!"扎哈尔用胳膊肘儿向她的胸部捣去,同时声音嘶哑地对她说,"没人问你,你管不着。"

阿尼西娅走了。奥勃洛莫夫举起两个拳头警告扎哈尔,然后迅速打开通向房东太太那边的房门。房东太太正坐在地板上收拾一只大箱子里的旧衣物,身边是一堆一堆的破布、棉花、旧衣服、纽扣和毛皮碎料。

"您听我说,"奥勃洛莫夫温存而又激动地说,"我的下人尽胡说八道,您千万别相信他们的话。"

"我什么也没有听到,"房东太太说。"他们说什么啦?"

"说昨天来客人的事。他们说,来了一位小姐……"

"谁来看望房客,关我们什么事?"房东太太说。

"总之,请您不要相信,那是一派胡言乱语!根本没有来过什么小姐,不过是一个做衬衫的女裁缝。她来量尺寸……"

"您在哪儿定做衬衫?谁给您做?"房东太太连忙问。

"在一家法国店……"

"等他们送来,您让我瞧瞧。我认识两个姑娘,她们缝得好极了,针脚那么匀,什么法国女人也赶不上。我见过她们做的活儿,她们拿来给我看过,是给梅特林斯基伯爵做的,谁也缝不了那么好。瞧您身上穿的,哪儿比得上……"

"好极了,我记住了。不过,看在上帝分上,您千万别以为有一位小姐来过……"

"谁来看望房客,关我们什么事?哪怕是一位小姐……"

"不,不!"奥勃洛莫夫说,"扎哈尔说的那位小姐身材高大,嗓音低沉。这个女裁缝呢,您也许听见了,说话声音尖细,她有一副好嗓子。请别以为……"

"关我们什么事?"奥勃洛莫夫离开的时候房东太太说,"您别忘了,需要做衬衫的时候告诉我一声,我那两个熟人缝出来的针脚特别匀……一个叫丽莎韦塔·尼古拉夫娜,一个叫玛丽亚·尼古拉夫娜。"

"好的,好的,我不会忘记。不过请您别那么想。"

493

奥勃洛莫夫从房东太太的屋里出来,穿好衣服就到奥莉加那里去了。

他晚上回来,看见写字台上有一封信,是他的邻居,他的代理人,从乡下寄来的。他连忙跑到灯下,看完信就泄了气。邻居写道:

> 乞将委托书转交他人,愚兄诸事繁杂,不克分身料理贤弟之田产。吾意以贤弟亲临视察为上,若能迁此则更佳妙。该田产本为宝地,只是过于荒废。必得先认真派定劳役租与代役租。鉴于耕夫疏懒怠惰,新村长无人理会,非庄主莫能为也。老村长亦狡诈之徒,不可不防。田产之收益无法确定。就目前状况而言,恐难超过三千,尚需贤弟亲临督察。愚兄仅以谷物一项计算,代役租方面希望甚微。对缴代役租之农户,必得严加管束,清理欠租。凡此种种,需时三月左右。谷物收成好,价亦不低,若贤弟亲临督售,三四月份可望拿到现金,目前则无有分文。铺路经韦尔赫廖沃村及修桥之事,因久不得贤弟回音,愚兄已决定与奥东佐夫、别洛沃多夫合作,将路由愚兄之庄园铺至涅利基,则距奥勃洛莫夫庄园远矣。复次恳请贤弟火速前来,三个月内可望得知明年之收益为几何。再者,目前正值地方选举,贤弟是否有意出任县法官?事不宜迟。

> 又及:贤弟之庄宅敝败不堪,愚兄已令养牛妇、老车夫、并二老仆妇迁至农舍居住,免生意外。

来信附有字条一张,注明收割了多少俄石谷物,打出了多少粮食,入仓多少,准备卖出多少,以及其他杂事。

"现金无有分文,要等三个月,还要亲自去,处理农民的事务,弄清收入有多少,参加选举。"这些事情像幽灵一样包围着奥勃洛莫夫。他仿佛是在夜间置身于森林中,每一株灌木和每一棵树看起来都像是强盗,僵尸,野兽。

"真丢脸,我不能就这样算了!"他一遍又一遍对自己说,同时竭力想看清这些幽灵的真面目,不过是像胆小鬼那样眯起眼睛去看,心里冰凉,手脚瘫软。

奥勃洛莫夫本来指望的是什么呢?他原以为来信会明确告诉他收入有多少,自然是多多益善,比如说六七千卢布;大宅还好,必要时可以先住着,同时再盖新房;最后代理人会派人送来三四千卢布。一句话,他希望在信里看到奥莉加的便条里常有的那种欢笑、生命的火花和爱。

他走起路来不再飘飘然了,也不再和阿尼西娅开玩笑,不再为对幸福的种种期待而激动,因为这些期待要推迟到三个月以后。不行!三个月只够他清理财务,查明他的田产状况,至于结婚……

"一年之内连想都不能想,"他害怕地说,"对,对,要在一年以后,不能更早!我还必须完成我的规划,和建筑师一起做出决定,然后……然后……"他叹了一口气。

"借钱!"他脑海里忽然闪过这个念头,但是他打消了这个念头。

"那怎么行!到期还不了怎么办?万一经济情况不好,人家就会起诉,一向清白无瑕的奥勃洛莫夫家的名誉就要……"上帝呀!他就再也不会有安闲自得、自尊……不行,不行!借了钱的人后来都不得安生,要干活,睡不着觉,像恶魔附身一样。对,债务是恶魔,只有用钱才能祛除!

有这样一些人,他们一辈子靠别人养着,到处要钱,东抓一把,西抓一把,满不在乎!他们怎么能安心睡觉,怎么吃得下饭?真不明白!借债!其后果不是像苦役犯一样无休止地劳作就是身败名裂。

把村子抵押出去?这不同样是借债,而且是逃不掉也不能延期的债?每年都要支付一大笔钱,恐怕连过日子的钱都没有了。

幸福还要推迟一年!奥勃洛莫夫痛苦地呻吟起来,他刚要躺下,忽然醒悟,纵身起来。奥莉加怎么说的?她把他当作男子汉求助于他,信赖他的力量。她等着他往前走,走到能向她伸出手、领着她走、给她指路的那个高度!对,对!但是从哪儿开始呢?

奥勃洛莫夫左思右想,忽然在自己的额头上拍了一下,向房东太太那边走去。

"令兄在家吗?"他问房东太太。

"在家,已经睡下了。"

"那么请他明天到我这儿来一趟,我要见他。"

九

伊万·马特维伊奇走进来的方式和上次一模一样,也像那样小心翼翼地在椅子上坐下,把两只手缩进袖子里,等着奥勃洛莫夫发话。

"我收到乡下来的一封让人很不愉快的信。您还记得那份委托书吧?"奥勃洛莫夫说,"这是答复,请您看看。"

伊万·马特维伊奇接过信,用他那双看惯公文的眼睛迅速看下去,信纸在他的手指间微微颤动。他看完以后,把信放在桌上,把手藏在背后。

"您认为现在应该怎么办?"奥勃洛莫夫问。

"他们建议您去一趟,"伊万·马特维伊奇说,"行,一千二百俄里算什么!再过一星期路就冻结实了,您去好了。"

"我已经出不得门了,不习惯了,又是冬天。我承认我很难走这一趟,不想动……再说,一个人在乡下太寂寞。"

"您那儿交代役租的农民多吗?"伊万·马特维伊奇问。

"嗯……我不知道,好长时间没去过乡下了。"

"您应该知道,不知道怎么行? 没办法弄清楚您能有多少收入。"

"对,应该知道,"奥勃洛莫夫说,"邻居在信上也是这么说的,可是碰上这大冬天。"

"您的代役租是多少?"

"代役租?好像是……对不起,我有一张清单……还是施托尔茨造的表,不过不好找,肯定是扎哈尔塞到什么地方去了。我以后再给您看……好像是每户三十卢布。"

"您的农民怎么样?日子过得怎么样?"伊万·马特维伊奇问,"是富裕呢,还是一贫如洗,没吃没喝?劳役租又是怎么定的?"

"您听我说,"奥勃洛莫夫走到他面前,信任地抓住他的制服的两片衣襟。

伊万·马特维伊奇敏捷地站起身来,奥勃洛莫夫请他重新坐下。

"您听我说,"奥勃洛莫夫几乎是耳语般一字一板地又说,"我不知道什么是劳役租,什么是农活儿,什么样的农民算穷,什么样的算富;不知道一俄石黑麦或者燕麦是多少,值多少钱,哪个月种什么,哪个月收什么,怎么卖,什么时候卖;也不知道我是富是穷,一年以后还能吃饱肚子还是会沦为乞丐。我什么都不知道!"他沮丧地说到这里,放开伊万·马特维伊奇的制服衣襟,退到一旁,"因此,就请您把我当个小孩子一样告诉我,给我出出主意……"

"那当然,应该知道,不然什么事情都没办法考虑。"伊万·马特维伊奇温顺地微笑着说,并且欠一欠身子,把一只手放在背后,而另一只手藏在怀里。"地主应该了解自己的田产,知道怎么经营……"他以教训的口吻说。

"可是我不知道。如果您能教,那就请您教教我。"

"我本人没有干过这一行,应该找懂行的人商量。您瞧,信上说,"伊万·马特维伊奇伸出中指,指甲朝下,指着来信的一页说,"希望您参加选举,这可太好了!您可以在那边住下,到县法院去供职,并且抽空了解您的经营情况。"

"我不知道县法院是怎么一回事,那儿的人在干什么,如何供职!"奥勃洛莫夫一直走到伊万·马特维伊奇的鼻子跟前,极富表情地低声说。

"您会习惯。您本来就在本城部里供职嘛,公务到处都一个样,只是形式上稍有差别。到处都有指令、公函、笔录……只要有一个好秘书,您还有什么可操心的?签字画押就行了。既然您知道部里怎么办事……"

"我不知道部里是怎么办事的。"奥勃洛莫夫还是这句话。

伊万·马特维伊奇用他的二步观察法看了看奥勃洛莫夫,没有说话。

"您大概总在看书?"他说,脸上仍旧挂着温顺的微笑。

"看书!"奥勃洛莫夫酸楚地欲言又止。

他没有勇气也没有必要在这位官员面前把自己的内心世界和盘托出。"我连书也不知道。"这句话在他脑海里闪了一下,但是没有脱口说出,只化作一声悲哀的叹息。

"您还是做点事才好,"伊万·马特维伊奇恭顺地说,似乎猜到了奥勃洛莫夫脑海里关于书的答复,"总不能……"

"能,伊万·马特维伊奇!您看这儿有一个活生生的证据,那就是我!我是谁?是什么人?您去问扎哈尔,他会对您说:我是'老爷'!对,我是老爷,什么也不会做!如果您会,您就去做;如果您能帮忙,您就帮帮忙。至于酬金,您要多少拿多少,为了学问付酬嘛!"

奥勃洛莫夫开始在屋里踱步,而伊万·马特维伊奇站在原地,奥勃洛莫夫往哪边走,伊万·马特维伊奇的整个身躯就向那边转过去一点。两人沉默了一会儿。

"您在哪儿念过书?"奥勃洛莫夫在伊万·马特维伊奇面前停步的时候问他。

"我刚念中学六年级,家父就把我安排到衙门里去做事。我们有什么学问! 读、写、语法、算术,就这些。我好歹把差事应付下来,勉强混碗饭吃。您可就不一样了,您学过真正的学问……"

"对,"奥勃洛莫夫叹了一口气肯定地说,"不错,高等代数啦,政治经济学啦,法律啦,我都学过,可是总应付不了差事。您看见了,我学过高等代数而不知道自己的收入是多少。我到了乡下,听一听,看一看,才发现,我们家里、庄园上、周围人的情况,与我学的法律不相干。我到这儿来,本打算靠政治经济学闯荡一番……可是听说我的这些学问要等到将来,也许是我老了以后,才派得上用场,必须先做官,而做官只需要一种学问:拟公文。所以我应付不了差事,成了一个老爷,而您能应付,那就请您拿主意帮我摆脱困境。"

"行,这没什么!"最后伊万·马特维伊奇说。

奥勃洛莫夫在他面前站住,等他说下去。

"可以把这些事情都交给一个内行人去办,委托书也转到他名下。"伊万·马特维伊奇接着说。

"上哪儿去找这样一个人呢?"奥勃洛莫夫问。

"我有一位同事,名叫伊赛·福米奇·扎焦尔特。他有点口吃,可是能干,内行。他管过大田产,管了三年,东家只因为他口吃把他辞了。他就到我们这儿来了。"

"人可靠吗?"

"再诚实不过了,您放心!为了让委托他的人满意,他能把自己的钱也搭上。在我们衙门干了十二年了。"

"他既然有公务在身,怎么能外出?"

"没关系,可以请四个月假。您决定吧,我去把他接来。他当然不能白跑一趟……"

"当然不能。"奥勃洛莫夫肯定地说。

"您给他一笔车马费,还有每天的津贴,办完事以后按商定的条件付报酬。没关系,他能去!"

"非常感谢,您省了我好大的麻烦。"奥勃洛莫夫向对方伸出手说,"他叫……?"

"伊赛·福米奇·扎焦尔特。"伊万·马特维伊奇又说了一遍,同时用左边的袖口迅速擦擦右手,握了握奥勃洛莫夫的手,接着立刻把这只手藏进袖子里,说,"明天我跟他谈谈就带他来。"

"你们来吃饭,我们边吃边谈。多谢多谢!"奥勃洛莫夫一面送伊万·马特维伊奇出门,一面说。

十

当天晚上,伊万·马特维伊奇和塔兰季耶夫在一面向着奥勃洛莫夫所在的那条街、另一面靠沿河大街的一幢两层楼房的楼上会面。

这是一家所谓的"酒肆",门口总是停着两三辆空的出租轻便马车,车夫们坐在楼下端着小碟子。楼上只接待维堡区的"上等人"。

伊万·马特维伊奇和塔兰季耶夫两人面前摆着茶和一瓶罗木酒。

"道地的牙买加罗木酒,"伊万·马特维伊奇一面用颤抖的手给自己斟酒,一面说,"别嫌弃,老兄,请。"

"你可没白请客。"塔兰季耶夫说,"等房子朽了你也等不着这样的房客。"

"没错,没错!"伊万·马特维伊奇插话说,"要是咱们的事儿成了,扎焦尔特下了乡,另有酬谢!"

"你老弟真小气,跟你得讲讲价钱,"塔兰季耶夫说,"给你找这么一个房客,你才出五十卢布!"

"我担心哪,他吓唬我说他要搬走。"伊万·马特维伊奇说。

"你呀,还算行家呢!他搬到哪儿去?现在你赶也赶他不走了。"

"万一他结婚呢？听说他要娶亲了。"

塔兰季耶夫哈哈大笑，说：

"他娶亲！我说他娶不了，你想不想打赌？他连上床睡觉都要扎哈尔帮忙，还娶亲呢！我一直在关照他。没有我，我的老弟，他不是饿死，就是坐大牢了。督察来了也好，房东问话也好，他一句话也答不上来，全靠我！他什么都不懂……"

"真是什么都不懂，他说他不知道县法院的人、部里的人都干些什么，也不知道他的农民是些什么人。脑袋怎么长的！我差点笑出声来……"

"还有租约呢，嘿，租约签得怎么样？"塔兰季耶夫吹嘘起来，"伊万·马特维伊奇老弟，你是个写文书的高手，真高！叫我想起了先父。我本来也挺在行，现在手生了，真的生了。我一坐下来就流眼泪。他看也不看就大笔一挥签了字！租约上可是又有菜园，又有马厩，又有粮仓。"

"对，老兄，只要这种不看文书就签字的糊涂虫在俄国没死绝，咱们这号人还能活下去。不然咱们就完了！老辈人说的可不一样！我在衙门干了二十五年，攒下什么资产了？在维堡区蹲着不出头，日子也过得去，没什么可抱怨的，面包吃不完！要说到铸炮厂街去找一幢房子，铺上地毯，娶个富家女子，让孩子显贵什么的，那种时候已经过去了！我这长相也不行嘛，瞧，连手指头都是红红的，那干吗要喝酒呀……能不喝吗？你试试看！人家说，我还不如听差，如今连听差都不穿这样的靴子，还天天换衬衫呢。受的教育不一样，臭小子们抢到前头去了，他们会装腔作势，读法文书，说法国话……"

"可是他们不懂怎么办事。"塔兰季耶夫说。

503

"不,老兄,他们懂。如今办事也不一样了。谁都要求简化,这就坏了咱们的事儿啦。人家说没必要这么写,誊清也是多此一举,浪费时间,可以办得快一点……坏了咱们的事儿啦!"

"可是租约签了,没坏事!"塔兰季耶夫说。

"那当然是神圣不可侵犯的。喝酒,老兄!等他把扎焦尔特派到奥勃洛莫夫庄园去,扎焦尔特准能捞一把,将来就给继承人留下……"

"得了吧!"塔兰季耶夫说,"什么继承人!都是八竿子打不着的。"

"我就怕他结婚!"伊万·马特维伊奇说。

"跟你说,不用怕。记住我的话!"

"真的?"伊万·马特维伊奇很高兴,接着又悄声说,"他可是老盯着我妹妹看……"

"你说什么?"塔兰季耶夫吃惊地问。

"别吭声!是真的……"

"老弟,"塔兰季耶夫好不容易从惊愕中恢复常态,"我做梦也没想到!那你妹妹怎么样?"

"她怎么样?她这个人你还不知道,哼!"

伊万·马特维伊奇说着举起拳头在桌面上捶了一下。

"她会保住自己的利益吗?母牛一头,道道地地的母牛!你打她也罢,搂她也罢,她只会咧着嘴笑,就像马看见燕麦一样。换了别的女人……喝!我紧盯着呢,明白吗,我要看看到底是怎么一回事!"

十一

"四个月！还有四个月要勉强自己，私下幽会，面对那些叫人起疑的脸孔和微笑！"奥勃洛莫夫登上伊林斯基家的楼梯的时候这样想，"我的上帝！什么时候才到头？奥莉加又要催我：今天，明天。她真固执，真倔！很难说服她……"

奥勃洛莫夫几乎一直走到奥莉加的房门口也没有遇见一个人。她正坐在她的卧室前面那间小起居室里专心看一本书。

奥勃洛莫夫突然出现在她面前，把她吓了一跳。她温柔地微笑着向奥勃洛莫夫伸出手来，可是眼睛似乎还在看书，一副心不在焉的样子。

"你一个人吗？"奥勃洛莫夫问。

"对，婶婶去皇村了，本来叫我也去。今天在家吃饭的几乎没有别人，只是玛丽亚·谢苗诺夫娜要来，不然我就没法接待你了。今天你不能宣布，真让人扫兴！不过明天……"她笑了笑，接着开玩笑地问，"如果今天我去了皇村，会怎么样？"

奥勃洛莫夫没有说话。

"你心里有事？"奥莉加又问。

"乡下来信了。"奥勃洛莫夫毫无表情地说。

"信呢？带来了吗？"

奥勃洛莫夫把信交给了奥莉加。她看了看，说：

"我一点也不明白。"

奥勃洛莫夫把信拿过去念给她听。她沉思起来。

"现在怎么办？"她沉默了一会儿问。

"我今天和房东太太的哥哥商量过，"奥勃洛莫夫说，"他向我推荐了一位代理人，叫伊赛·福米奇·扎焦尔特。我打算把事情都委托给他去办……"

"委托给外人，一个不认识的人！"奥莉加吃惊地说，"让他去收租，处理农民事务，负责粮食出售……"

"他说，这个人再诚实不过了，和他共事十二年……只是有点口吃。"

"你那房东太太的哥哥为人怎么样？你了解他吗？"

"不了解。不过他那个人好像挺正派，挺能干，何况我住在他家，他不好意思骗我！"

奥莉加垂下眼帘坐在那里，没有说话。

"不然我就要亲自去，"奥勃洛莫夫说，"我承认我不想去。我已经完全不习惯出行了，尤其是冬天……我甚至从来不出行。"

奥莉加一直看着脚下，晃着鞋尖。

"即使我去，"奥勃洛莫夫又说，"也绝不会有什么结果。我弄不清楚，农民们会骗我，村长信口胡言，我只能相信。他想给多少钱就给多少钱。"接着他懊恼地说，"唉，可惜安德烈不在这儿，他能把所有的事情都办好！"

奥莉加笑了笑，只是嘴唇笑了笑，心却没有笑，而是感到痛楚。她微微眯起一只眼睛向窗外望去，看着每一辆驶过的马车。

"再说这位代理人曾经管理过大田产，"奥勃洛莫夫接着说，"就是因为他口吃东家辞退了他。我给他一份委托书，把规划都交给他，他会去安排采购盖房子需要的材料，去收租，去卖粮，把钱送来，这样一来……我真高兴，亲爱的奥莉加，"他吻着奥莉加的手说，"我不必离开你了！我受不了分离。一个人待在乡下，没有你在身边……太可怕！不过现在我们必须格外小心谨慎。"

奥莉加把眼睛瞪得大大的看了他一眼，等他说完。

"对，"他慢吞吞，几乎是结结巴巴地说，"只能偶尔见一面。昨天房东太太那边又议论起来了……我不希望这样……等所有的事情安排好了，代理人着手盖房子了，把钱送来了……也就是一年左右吧……到那个时候我们就再也不分离了，我们就向婶娘说清楚，然后……然后……"

奥勃洛莫夫看看奥莉加，发现她晕过去了。她的头倒向一边，牙齿从两片发青的嘴唇间露出来。奥勃洛莫夫刚才太高兴，太耽于梦想，竟然没有注意到，在他说"安排好，代理人着手"的时候，奥莉加已经面色苍白，没有听见他的结束语。

"奥莉加！……我的上帝，她晕过去了！"奥勃洛莫夫说着拉了拉铃。

"小姐晕过去了，"他对跑进来的卡佳说，"快点拿水来！……酒精……"

"主啊！小姐一早上都高高兴兴的……她怎么啦？"卡佳从婶娘的桌子上拿来了酒精，又忙着倒一杯水，口里低声说。

奥莉加终于清醒，由卡佳和奥勃洛莫夫搀扶着从圈手椅里站起身来，摇摇晃晃地向她的卧室走去。

"一会儿就好,"她有气无力地说,"是神经性的,夜里我没睡好。卡佳,关上门。您等等我,我好了就出来。"

奥勃洛莫夫一个人留在起居室。他把耳朵贴在门上倾听,又从锁孔中往里面看,但是什么也听不见,什么也看不见。

半小时以后,他经过走廊来到女仆室问卡佳:"小姐怎么样?"

"没事,"卡佳说,"她一躺下就把我打发走了。后来我进去,看见她坐在圈手椅里。"

奥勃洛莫夫又回到起居室去,从门缝中往卧室里看,还是什么声息也没有。

他用指头轻轻敲了一下门,没有回音。

他坐下思索起来。在这一个半小时里他重新考虑了许多事情,改变了许多主意,作出了许多新的决定。最后他决定和代理人一起去乡下,但是行前要征得婶娘对婚事的认可,和奥莉加订婚,委托伊万·格拉西莫维奇找房子,甚至可以先借钱……借一点来办婚礼。

这笔债可以用卖粮的钱来偿还。他何必这样沮丧?上帝呀,原来一切都能在一分钟之内改观!到了乡下,他就和代理人一起去收租。最后他再给施托尔茨写一封信,施托尔茨就会给他钱,然后来帮他把奥勃洛莫夫庄园整顿得好好的,到处铺路修桥,办学校……他和奥莉加一起在那里!……上帝呀!这就是幸福啊!……他怎么一直没有想到!

他忽然感到如此轻松愉快,在屋里踱起步来,甚至轻轻地弹着手指,高兴得几乎叫起来。他走到奥莉加的卧室门口,声音欢快地轻轻叫她:

"奥莉加,奥莉加!听我说!"他用嘴唇贴着门缝说,"你绝对想不到……"

他甚至决定今天不离开奥莉加,要等婶娘回来。"今天我们就向她宣布,等我离开这儿的时候,我已经是未婚夫了。"

门轻轻地开了,奥莉加出现在门口。奥勃洛莫夫看了她一眼就泄了气,高兴的心情消失得无影无踪。奥莉加显得老了一些,脸色苍白,然而两眼熠熠生辉,紧闭的双唇和整个面容都隐藏着她内心的,仿佛被强装的镇静冰封般锁住的紧张活动。

奥勃洛莫夫从奥莉加的目光中看到决定已经作出,究竟是什么决定,他还不知道,只觉得自己的心从来没有这样跳过。他从来没有经历过这样的时刻。

"奥莉加,听我说,别这样看着我,我害怕!"奥勃洛莫夫说,"我改变了主意,应该采取完全不同的做法……"接着他渐渐降低语调,不时地停顿一下,竭力想弄明白奥莉加的眼睛、嘴唇、会说话的眉毛此刻向他表露的新的含义,"我决定亲自下乡,和代理人一起去……好在那里……"他的声音轻得几乎听不见。

奥莉加不做声,像幽灵一样凝视着他。

他模糊地猜到什么样的判决在等待着他,于是拿起帽子,却又迟迟不发问,害怕听到致命的,可能是没有回旋余地的决定。最后他终于克服了自己的怯懦,用变了调的声音问:

"你的意思是这样,对吗?……"

奥莉加慢慢地、温顺地低下头,表示同意。他虽然已经猜到奥莉加的想法,脸色还是一下子白了,站在她面前不动。

奥莉加有点无精打采,却像石雕一样平静,纹丝不动。这是一种超自然的平静,一个念念不离的想法或者受到震撼的情感会突然给人以极大的力量来控制自己,不过这种平静是短暂的。奥莉加像一个受伤的人,用手捂住伤口,以便把要说的话说完再死去。

"你会恨我吗?"奥勃洛莫夫问。

"凭什么?"奥莉加有气无力地说。

"凭我对你做过的一切……"

"你做了什么?"

"我爱过你,这是冒犯!"

奥莉加露出怜悯的微笑。

"因为你错了……"奥勃洛莫夫低下头说,"等你回想起我曾经提醒过你,说你会为此感到羞耻,你会后悔,到那个时候你也许能原谅我……"

"我不后悔。我真难过,真难过……"说到这里,奥莉加停下来喘了一口气。

"我更难过,"奥勃洛莫夫说,"不过我是罪有应得。你何必呢?"

"我自视太高,"奥莉加说,"因此受到惩罚。我过于相信自己的力量,这才是我的错误所在,而不在你害怕的事情上。我梦想的不是含苞欲放的青春和美。我以为我能使你振作起来,你还能为我活着,其实你早就死了。我没有预见到这个错误,我一直在等待,在期望……结果是!……"她吃力地把话说完,又叹了一口气。

她闭上嘴,然后坐下。

"我站不住了,两条腿发抖。"她声音倦怠地说,"我所做的足以使顽石活起来。现在我什么都不想做了,一步也不走了,连夏园也不去了,因为一切都徒劳无益,你已经死了!"她沉默了一会儿以后又说,"伊利亚,你同意我的看法吗?你永远都不会指责我是因为自视太高或者任性才和你分手的,对吗?"

奥勃洛莫夫摇摇头。

"你确信我们之间彻底完了,没有任何希望了?"

"是的,"奥勃洛莫夫说,"是这样……"接着他又犹豫地说,"不过,也许……一年以后……"他没有勇气给他的幸福以致命的打击。

"你以为一年以后你能把你的事情和生活安排好?你想想吧!"奥莉加说。

奥勃洛莫夫叹了一口气,低头沉思,内心起了斗争。奥莉加从他的脸上看出了他内心的斗争。

"听我说,"奥莉加说,"我刚才看我母亲的肖像,看了很久,似乎从她的眼睛里得到了忠告和力量。如果你还是一个诚实的人……伊利亚,记住,我们不是小孩子,不是在闹着玩,事情关系到整整一生啊!我相信你,我了解你,你认真问问自己的良心再告诉我:你能一辈子像个人一样活着吗?你会为了我成为我需要的那样一个人吗?你了解我,所以你明白我想说什么。如果你经过深思熟虑勇敢地说:能,我就收回我的决定,答应嫁给你,跟着你去你想去的地方,或者出国,或者下乡,甚至去维堡区!"

奥勃洛莫夫沉默着。

"如果你知道我有多爱……"

"我等待的不是爱情的盟誓,而是简短的回答。"奥莉加几乎是冷冰冰地打断了他的话。

"别折磨我,奥莉加!"奥勃洛莫夫沮丧地恳求说。

"怎么样,伊利亚,我的话对不对?"

"对,"奥勃洛莫夫清楚而果断地说,"你是对的!"

"那么现在是我们分手的时候了,"奥莉加做出了决定,"趁别人没有碰见你,没有看见我怎么闹情绪!"

奥勃洛莫夫迟迟不走。

"假定你结了婚,以后会怎么样?"奥莉加问。

奥勃洛莫夫没有回答。

"你会一天比一天睡得更酣,对不对?我呢?你看到我是怎么样一个人了吧?我永远不会老,永远不会厌倦生活。但是和你在一起我们就会一天天混日子,等来了圣诞节,等谢肉节,到这家去做客,到那家去跳舞,什么也不想。上床睡觉的时候感谢上帝让一天很快就过去了,第二天早晨醒来希望今天和昨天一个样……这就是我们的前途,是不是?莫非这叫生活?我会憔悴而死……为的是什么,伊利亚?你会幸福吗……"

奥勃洛莫夫痛苦地看看天花板,真想拔腿就跑,但是腿不听使唤。他想说什么,可是嘴里发干,舌头转不动,嗓子发不出声。他向奥莉加伸出手去。

"这么说……"他声音低沉地说,但是没有把话说完,只用目光示意:"别了!"

奥莉加也想说什么,但是什么也没有说,只向奥勃洛莫夫伸出手来,然而她的手还没有碰到奥勃洛莫夫的手就垂了下去。她本来也想说"别了",才说一半就变了调,脸抽搐得变了形。她把手和头放在奥勃洛莫夫的肩上失声痛哭起来,好像有人从她手中夺去了武器。聪明的奥莉加不复存在,站在这里的只是一个在灾难面前没有自卫能力的女子。

"别了,别了……"她一面痛哭,一面断断续续地说。

奥勃洛莫夫没有说话,只恐惧地听着她哭而不敢劝阻,无论对她,还是对自己都没有怜惜之意,因为他自己太可怜。奥莉加坐到圈手椅里,用手帕捂着脸,靠在桌上悲哀地哭着。这眼泪不是由突如其来的、一时的痛苦引发的热流,如像在别墅公园里的那一回,而是像无情地洒向田野的凄苦而寒冷的秋雨。

"奥莉加,"奥勃洛莫夫最后说,"你何必折磨自己?你爱我,你受不了分离!接受我这样一个人吧!爱我身上好的一面吧!"

奥莉加摇了摇头,没有抬起头来。

"不……不……"后来她好不容易才说出口,"不要为我和我的痛苦担心。我了解自己,我把痛苦哭出来,以后就不会哭了。现在你让我哭吧……你走……唉,不,等一等!……是上帝在惩罚我!……我很难过,啊,真难过……心疼……"

她又失声痛哭起来。

"如果痛苦不能解除,你的身体垮了怎么办?"奥勃洛莫夫说,"这样哭很伤身体。奥莉加,我的天使,别哭了……把这些都忘掉吧……"

"不,让我哭吧!我哭的不是将来,而是过去……"奥莉加费力地说,"过去'褪色了,谢了'……不是我在哭,是回忆在哭!……夏天……公园……记得吗?我惋惜我们的林荫路、丁香花……这些都已经长在心上了,扯掉真让人心疼啊!……"

她绝望地摇着头大哭,一再说:

"啊,太难受了,太难受了!"

"万一你死了怎么办?"奥勃洛莫夫忽然恐惧地说,"奥莉加,你想想……"

"不,"奥莉加抬起头来,用力透过泪水看了奥勃洛莫夫一眼,说,"我不久前才明白,我爱的是我希望在你身上看到的东西,是施托尔茨向我介绍的,是我和他一起臆造的。我爱的是未来的奥勃洛莫夫!伊利亚,你温和,诚实。你温柔得……像一只鸽子。你把头藏在翅膀下面,别的什么也不要。你打算一辈子在屋檐下面咕咕叫……可我不是这样一个人,这对我不够,我还需要别的,究竟是什么,我也不知道!你能不能教我,告诉我,我缺少的是什么,并且给我,使我……而温柔……哪儿没有温柔啊!"

奥勃洛莫夫两腿发软,他在圈手椅里坐下来,用手帕擦擦手和额头。

奥莉加的话是残酷的,深深地刺伤了奥勃洛莫夫,使他五内俱焚,又像寒风扑面而来。他可怜巴巴地,痛苦而又羞怯地笑了笑,作为回答,就像一个因为赤身露体而受人指责的乞丐。他带着这种无可奈何的微笑坐在那里,由于激动和委屈而浑身无力。他那无神的目光明明白白地在说:"是啊,我是个穷光蛋,可怜虫,乞丐……打吧,打我吧!……"

奥莉加忽然发现自己说的话太恶毒了,急忙跑到奥勃洛莫夫面前,含着眼泪温柔地说:

"原谅我吧,我的朋友!我不记得我都说了些什么,我疯了!把这些都忘了吧。我们还像以前那样。让一切都和过去一样……"

"不!"奥勃洛莫夫蓦地站起来,并且做了一个坚决的手势来平息她的冲动,接着沮丧地说,"不会和过去一样了!你不要因为说了真话而惊慌,这是我应得的……"

"我太爱空想,太爱幻想!"奥莉加说,"这是我的倒霉的性格。为什么别人,为什么索涅奇卡那么幸福……"

她又哭起来。

"你走吧!"最后她双手揪着她的湿手帕果断地说,"我受不了,我还很珍惜过去……"

她又用手帕捂住脸,力图抑制住恸哭。

"为什么都完了?"她忽然抬起头来问,"是谁诅咒了你,伊利亚?你做了什么错事?你善良,聪明,温柔,高尚……却……毁了!是什么毁了你?这灾祸真难以命名……"

"可以。"奥勃洛莫夫的声音低得几乎听不见。

奥莉加用充满泪水的眼睛询问地看了看他。

"叫奥勃洛莫夫精神!"他悄声说,然后握住奥莉加的一只手,想吻一吻,却又不能,只把它紧按在自己的嘴唇上,热泪滴到了奥莉加的手指上。他没有抬头,没有再面对奥莉加,转身走了出去。

十二

上帝知道这一整天奥勃洛莫夫在什么地方徘徊,又做了些什么,直到深夜才回家。房东太太第一个听见敲门和狗叫的声音,就去把阿尼西娅和扎哈尔推醒,告诉他们老爷回来了。

奥勃洛莫夫几乎没有觉察到扎哈尔怎样给他脱掉衣服,拔下长筒靴,披上——大袍!他看看大袍,只问了一句:

"这是什么?"

"是房东太太今天送过来的,她洗干净了,还补好了。"扎哈尔说。

奥勃洛莫夫往圈手椅里一坐,就待在那儿了。

他周围的一切都已沉入睡梦和黑暗之中。他用一只手托着头坐着,没有注意到黑暗,也没有听见钟响。他的意识淹没在一大堆不清楚、无定形的想法之中,像天上的行云一样漫无目的、互不关联地浮过,他一个也抓不住。

他的心已被击毙,生命在其中暂时寂灭,而恢复生命、恢复秩序、使活力积聚到能正常流动的程度的过程是缓慢的。

这冲击太厉害,以致奥勃洛莫夫感觉不到自己还有身体,感觉不到疲乏和任何需要。他要么几天几夜像一块石头似的躺着,要么几天几夜像一架机器似的步行,乘车,活动。

一个人要么一点一点、艰难地形成听天由命的态度,使身体的各种机能得以逐渐恢复,要么让悲哀压倒,再也站不起来——这就要看是什么样的悲哀,也要看是怎样一个人了。

奥勃洛莫夫想不起他坐在什么地方,甚至想不起他是不是坐着。他视而不见,看不到清晨天色渐渐发白。老奶奶的干咳声,扫院工的劈柴声,家里的敲打声,奥勃洛莫夫一概听而不闻。房东太太和阿库林娜上市场去了,有个人夹着个大纸袋从篱笆旁边闪过,奥勃洛莫夫也都视而不见。

鸡鸣狗吠,大门嘎嘎作响,都没有能够把奥勃洛莫夫从呆滞状态中拉出来。杯子叮叮当当响起来,茶炊发出咝咝声。

终于又到了九点多钟,扎哈尔用托盘顶开他的房门,照例向后踢了一脚,想把门关上,又照例踢了个空,不过总算拿住了托盘。长期实践毕竟让他熟练一些了,何况他知道阿尼西娅在后面往门缝里瞧,只要有东西掉下去,她马上会跑过来使他难堪。

他把胡子戳在托盘里,紧紧抱住托盘,平平安安地走到老爷的床前,正想把茶杯放在床边的桌子上,并且叫醒老爷,突然发现被褥没有动过,老爷不在!

他打了一个寒颤,一个茶杯就飞到了地板上,糖缸跟着落下。他去接那尚未落到地上的东西,又晃动了托盘,别的东西也纷纷落下。托盘里只剩一把小勺儿。

"真倒霉!"扎哈尔说,同时看着阿尼西娅捡起糖块、茶杯碎片、面包,"老爷呢?"

老爷坐在圈手椅里,面无人色。扎哈尔张大了嘴巴看着他。

"伊利亚·伊利奇,您这是怎么啦,在椅子上坐一宿,不躺下?"他问。

奥勃洛莫夫慢慢转过头来,心不在焉地看看扎哈尔,看看洒了的咖啡和散落在地毯上的糖块儿,说:

"你又为什么砸了茶杯呢?"然后他走到窗口去。

外面下着鹅毛大雪,地上已经铺了厚厚的一层。

"雪,雪,雪!"奥勃洛莫夫望着篱笆和菜畦上的厚厚一层积雪无意识地说。随后他又绝望地低声说,"把什么都埋葬了!"于是上床睡去,他的梦像铅一样沉重,毫无乐趣。正午过后,房东太太那边的房门吱呀一响,把他惊醒,从门后伸出一只裸露的胳膊,手里拿着盘子,盘子上的馅饼冒着热气。

"今天是星期天,"一个声音温柔地说,"我们烙了馅饼,不想吃一点吗?"

他没有回答,他发作了寒热病。

第 四 部

一

自从奥勃洛莫夫发作了寒病,已经过去一年。在这一年当中,世界各地发生了许多变化,这个地方动荡不安,那个地方平静下来;这个地方有一颗世界巨星陨落了,那个地方又有一颗巨星冉冉升起;这个地方掌握了大自然存在的新奥秘,那个地方几代人和他们的家园统统毁灭。在旧的生命死亡的地方,新的生命像幼苗一般破土而出……

在维堡区普舍尼岑的遗孀家里,日子过得平静而单调,没有剧烈的、突如其来的变化发生,四季像头年一样地周而复始,然而生活没有停顿,它的面貌一直在改变,不过变化是缓慢的,逐渐的,类似我们这个星球的地质变化:那里,一座山峰在悄然塌陷,这里,几百年来海浪不断带来泥沙,海水退去以后就形成新的土地。

奥勃洛莫夫已经病愈。代理人扎焦尔特到了乡下,并且把卖粮的钱全部寄来,从中扣除了他的车马费、生活津贴和酬金。

至于代役租,扎焦尔特来信说,这笔钱收不上来,有的农民破产了,有的农民出门在外,究竟在哪儿也不清楚,他正在当地努力调查。

信上说,铺路修桥的事不急,农民情愿翻山越岭去赶集也不肯出工铺路修桥。

总的说来,得到的信息和钱数还令人满意,奥勃洛莫夫没有非亲自出马不可的必要,于是安下心来,等来年再看。

有关盖大宅的事,代理人也作了安排。他与省城的建筑师商定了所需材料的数量,又指令村长开春就运木料,还吩咐搭一座板棚来堆砖。奥勃洛莫夫只需春天去一趟,祈福一番就可以亲督开工。预计到那个时候代役租也收上来了,此外还考虑把村子抵押出去,如此则需要支付的款项可望筹齐。

奥勃洛莫夫病后长期精神忧郁,往往一连几个小时陷入病态的沉思之中,连扎哈尔问话他有时候也不予回答,扎哈尔把茶杯掉到地板上也好,不抹桌子上的灰尘也好,他都好像没有看见。房东太太每逢节日给他端馅饼来的时候,常常碰见他泪流满面。

后来钻心的疼痛逐渐让位给无言的冷漠。奥勃洛莫夫一连几个小时看着雪片怎样纷纷落下,怎样在院子里和街巷中积成雪堆,怎样厚厚地盖在柴堆、鸡舍、狗窝、花圃、菜地上,怎样在篱笆的一根根柱子上筑起小小的金字塔,万物怎样死去并且裹上尸布。

他久久地倾听咖啡磨的哗剥声,拴在链子上的大黑狗的蹦跳吠叫声,扎哈尔擦靴子弄出的嚓嚓声,钟摆发出的均匀的笃笃声。

房东太太像从前一样到他房里来,问他要不要买什么或者吃什么。两个孩子也常常跑来。他淡漠而又亲切地和房东太太说话,教两个孩子功课,听他们朗读,对他们的稚气的饶舌报以倦怠而勉强的微笑。

然而山峰在一点点地塌陷,大海有潮涨潮落,奥勃洛莫夫也慢慢回到原先的正常生活轨道上来。

夏季、秋季、冬季平平淡淡、百无聊赖地过去了。奥勃洛莫夫又等待着春的来临,向往着乡村之行。

三月烤了云雀形的小面包,四月取下第二层玻璃窗,听说涅瓦河已经解冻,春天到了。

他到花园里来散步了。人们开始在菜园里种菜。节日一个跟着一个来到:圣三一节①、七七节②、五一节,插桦树枝,编花环,到小树林里去喝茶。

夏天一到,家里又谈起即将到来的两大节日:圣约翰节和圣以利亚节,前者刚好是房东太太的哥哥伊万的命名日③,后者刚好是奥勃洛莫夫的命名日④,因此是大家心目中的两件大事。房东太太在市场上偶然买到或者看见一块上好的小牛肉,或者烤出特别好的馅饼的时候,总要说:"啊,要是在圣约翰节或者圣以利亚节能有这样的小牛肉、这样的馅饼就好了!"

他们谈圣以利亚节,谈一年一度去火药厂游玩,谈科尔平诺村斯摩棱斯克公墓的节日活动。

窗下又传来抱窝母鸡那低沉的咕哒咕哒声和新一代小鸡的吱吱声。仔鸡肉和鲜蘑菇馅儿的馅饼、新腌的黄瓜上了餐桌。不久连草莓也上市了。

"现在的下水不好,"房东太太对奥勃洛莫夫说,"昨天两小副下水要七十戈比。不过有新鲜的鲑鱼肉,天天做波特文

---

① 复活节后第五十天为圣三一节。
② 复活节后第七个星期四为七七节。
③ 俄国人名"伊万"相当于基督教《圣经》中的人名"约翰"。
④ 奥勃洛莫夫的名字"伊利亚"相当于基督教《圣经》中的人名"以利亚"。

尼亚凉拌都可以。"

房东太太家的家务呈现一片繁荣景象。这不仅因为她是一位模范主妇,认为家务是她的天职,也因为伊万·马特维伊奇是一个美食方面的享乐主义者。在衣着上他马虎到极点,一件外衣要穿许多年,最讨厌花钱买新的,买了以后又不好好挂起来,只随便扔在一个角落里。至于内衣,他像干粗活的人一样,星期六才换一次。但是他舍得花钱满足口腹之欲。

他所以这样行事,部分是由于他供职以来就遵循着他自己创造的一个逻辑:"肚子里的东西别人看不见,也就不会招来闲话,而沉甸甸的表链、崭新的燕尾服、闪闪发光的靴子都会引起不必要的议论。"

所以房东太太家的餐桌上有上等小牛肉、琥珀色的鲟鱼肉、白色的松鸡肉。伊万·马特维伊奇偶尔还亲自上市场或者米柳京的小铺去,像只猎犬一样嗅遍每一个角落,弄一只上好的阉母鸡藏在衣襟下带回家来,甚至不惜花四卢布买一只火鸡。

他从交易所带葡萄酒回来,而且亲自收藏,亲自取出。餐桌上一向只摆一瓶泡醋栗叶的伏特加酒,葡萄酒由他在楼上独自享用。

他和塔兰季耶夫出去钓鱼的时候,大衣口袋里都藏着一瓶上等马德拉葡萄酒。如果他俩去那个酒肆喝茶,他就带上自家的罗木酒。

逐渐沉降的过程,或者说海水退潮、山峰塌陷的过程,从各个方面表现出来,在阿尼西娅身上也不例外。她和房东太太的关系从相互吸引发展到形影不离,融为一体。

奥勃洛莫夫看到房东太太对他的事情如此关心,有一次竟以开玩笑的口吻建议房东太太把他的饮食完全管起来,省得他麻烦。

房东太太满脸高兴,甚至有意识地笑了笑。这样一来,她的活动天地扩大了多少啊!不是管一个家,而是管两个家,或者说还是管一个家,却又是多大的一个家啊!此外,她还得到一个阿尼西娅。

她和她哥哥谈了,第二天奥勃洛莫夫厨房里的东西就都搬到了房东太太的厨房里,他的银器和餐具也进了房东太太的食橱间,而阿库林娜却被贬去养鸡种菜。

一切都有了大气派,无论是采购白糖、茶叶、食品,还是腌黄瓜、渍苹果、渍樱桃、做果酱,全都大规模地进行。

房东太太似乎长高了,阿尼西娅有如老鹰展翅,生活沸腾起来,像江河一样奔流。

奥勃洛莫夫和房东太太一家人三点钟吃中饭,只有伊万·马特维伊奇晚些时候自己单吃,多半在厨房里吃,因为他下班回来已经很晚了。

茶和咖啡不再由扎哈尔,而是由房东太太亲自端给奥勃洛莫夫。

扎哈尔如果愿意,可以抹抹灰尘,如果不愿意,阿尼西娅就会像旋风一般闯进来,几分用围裙,几分是徒手,几乎是通过鼻子一下就把灰尘吹跑抹净,把室内的东西该扯下的扯下,该收拾的收拾,然后退下。不然房东太太也会趁奥勃洛莫夫去花园散步的工夫走进他屋里看看,发现什么不整齐就摇摇头,一面自言自语地埋怨,一面把靠枕拍得像小山一般,再看看枕套,又自言自语地说该换了,于是将枕套扯下来,再擦擦窗户,看看沙发背后,这才离开。

海水退潮,山峰塌陷,泥沙淤积,间或也有轻微的火山爆发——这个渐变过程对房东太太的命运影响最大,可是谁也没有注意到,尤其是她自己。这个渐变过程只能从许许多多出人意料的、无穷无尽的后果中看出来。

为什么从某个时候起她变得不能自持了?

从前,如果菜烧煳了,或者鱼煮过了头,或者肉汤里没有放青菜,她会严厉地,但是沉着而不失身份地指责阿库林娜,过后也就忘了。现在呢,如果发生类似的事情,她竟会从餐桌边跳起来,跑进厨房去把阿库林娜痛骂一顿,甚至生阿尼西娅的气,第二天还要亲自去看肉汤里放了青菜没有,鱼是不是煮过头了。这是为什么?

也许有人会说,这表明她羞于在外人面前显得她在家务方面不灵,因为家务是她献身的唯一事业,也是涉及她的自尊心的领域。

好吧。那么为什么从前一到晚上八点她就已经困得睁不开眼,九点打发两个孩子上床睡觉,再去看看厨房的火灭了没有,烟道关上没有,东西收拾好没有,然后就躺下,早晨六点以前什么炮也轰她不醒?

现在呢,如果奥勃洛莫夫去了剧场,或者在伊万·格拉西莫维奇家久留不归,她就在床上翻来覆去不能成寐,不断地画十字,唉声叹气,闭上眼睛却没有睡意!

只要街巷里有一点响动,她就抬起头来,有的时候竟然从床上一跃而起,打开通风小窗倾听:是他吗?

如果听见有人敲大门,她就穿上裙子,跑到厨房里去推醒扎哈尔和阿尼西娅,叫他们去开门。

也许有人会说,这表明她是一位尽职尽责的家庭主妇,不愿意家里没有章法，不愿意让房客夜里在大门外一直等到喝得醉醺醺的扫院工听见了才出去开门，而且长时间敲门会把她的两个孩子吵醒……

好吧。那么奥勃洛莫夫生病的时候，她不让任何人进他的房间，亲自去给他铺毡子，铺地毯，挂窗帘，一听见自己的孩子喊叫起来，或者放声大笑，那么和善、温顺的她竟然会勃然大怒，这是为什么？

她对扎哈尔和阿尼西娅都放心不下，通宵亲自守在奥勃洛莫夫的床前，目不转睛地看着病人，直到午前祈祷时分才披上大衣，拿一张纸写上"伊利亚"几个大字，跑到教堂去，把这张纸放在祭坛上为病人祈福，随后退到一个角落里，双膝跪下，长时间以头触地祈祷，然后再赶到市场上去采购，提心吊胆地回家来，往奥勃洛莫夫的房门门缝里看一眼，悄声问阿尼西娅："怎么样？"这是为什么？

有人会说，这不过是女人特有的恻隐心和同情心而已。

好吧。可是奥勃洛莫夫康复期间，一个冬季都闷闷不乐，很少和她说话，也不到她屋里去看她，不关心她在干什么，不和她开玩笑，不随她一起笑，她就消瘦了，突然对一切都冷淡了，无所谓了，磨咖啡的时候竟然不记得自己在干什么，会放进好多好多菊苣根粉，弄得咖啡不能喝了，而她一点都感觉不到，好像没有舌头似的，这是为什么？再比如阿库林娜烧鱼没有烧熟，伊万·马特维伊奇唠叨起来，甚至离席而去，她却像一块石头似的不闻不问。

从前谁也没见过她有沉思默想的时候，这不是她的本色；她总在走动，敏锐地观察着一切，把什么都看在眼里。现在呢，她在膝上捧着一个研钵也会突然不动了，好像睡着了一样,随后突然又用小杵使劲捣起来,以致那大黑狗以为有人敲门而放声吠叫。

但是奥勃洛莫夫刚刚复原,脸上刚刚露出善良的微笑,刚刚像以前一样温柔地看着她,向她门内张望,和她说笑话,她就又胖起来,又生气勃勃、高高兴兴地操持她的家务了,只是和以前比较稍有不同。以前她像一台组装得很好的机器,整天均匀而合乎规则地转动着:走路从容不迫,说话声音不大不小,磨咖啡、斫糖块、筛东西无不如此,即便是坐下来缝纫,那缝针一上一下也均匀得像钟表的指针在走动;随后她不慌不忙地起身往厨房走,中途停下来打开柜门,取出什么东西拿走——一切都做得像机器一样。

现在呢,奥勃洛莫夫成了她的家庭成员,连捣和筛这一类的事情她做起来也和过去不同。她几乎把自己的花边抛在了脑后,刚舒舒服服坐下来要缝,忽然听见奥勃洛莫夫叫扎哈尔送咖啡去,她就三脚两步跑进厨房,像要瞄准目标似的瞪大眼睛,抓起一把小勺儿对着光来回浇三次,看看煮得好不好,有没有渣子,再看看鲜奶皮上有没有一层浮沫。

如果做的是奥勃洛莫夫喜欢的菜,她就要亲临督察,揭开锅盖闻一闻,尝一尝,然后接过去亲自掌勺儿。如果是为奥勃洛莫夫磨杏仁或者捣碎别的什么东西,她也格外热心,格外卖力,以至于干得大汗淋漓。

她的全部家务,捣、熨、筛等等,都有了新的、实际的意义,那就是为了奥勃洛莫夫的舒适和方便。以前这些事情在她看来是她的责任,现在变成了她的享受。她开始按自己的方式过起一种充实而又多样化的生活来。

她并不知道自己身上发生了什么变化,也从未问过自己,而是无条件地挑起了这副使她感到甜蜜的担子,既没有抗拒,也没有入迷;既没有心灵的颤动和强烈的欲望,也没有模糊的预感和苦恼,更没有复杂的情绪变化。

她好像忽然改信另外一种宗教而不问它的教义是什么,盲目地遵守着它的教规。

这副担子不知怎么一来自然而然地落到了她的肩上,她仿佛就走到了一片乌云下面,既没有向后退,也没有向前跑。她爱上奥勃洛莫夫也很简单,就像是着了凉,患上了无法治愈的寒热病。

她自己什么也没有觉察到,如果别人对她说破,她还会当成新闻,报以一笑,面红耳赤呢。

她默默地承担起对奥勃洛莫夫的职责,学会了辨认他的每一件衬衣,数过他的袜子磨破了多少后跟,知道他起床的时候哪一只脚先下地,看得出他的眼睛是不是快要长麦粒肿了,喜欢吃什么菜,又能吃多少,现在是高兴还是无聊,睡得多还是少,好像她一辈子都在这样做,也不问自己为什么这样做,奥勃洛莫夫是她什么人,为什么她要这样忙忙碌碌。

如果有人问她爱不爱奥勃洛莫夫,她又会笑一笑,并且作出肯定的回答。不过奥勃洛莫夫在她家才住了一个星期的时候,她也会这样回答。

究竟出于什么目的、什么原因她爱上的偏偏是奥勃洛莫夫呢?为什么她在并未萌发爱情的状态下出嫁,又这样一直生活到三十岁,现在却突然像着了魔一样呢?

人们都把爱情说成是一种变化莫测的、不由自主的、类似发病一样的感情,其实爱情与万事万物一样有它的规律和缘由。至于这些规律直到现在还研究得很不够,那只是因为人一旦染上爱情这种病，就顾不上用学者的眼光去探究：印象如何潜入灵魂，如何像梦魇一般缚住感觉，如何先使双目失明，从某一刻起又使脉搏和心脏加速跳动，而昨天如何忽然萌发了至死不渝和牺牲自己的热望，自我如何渐渐消失，转变成他或她，头脑如何变得异常迟钝或者异常敏锐，一个人的意志如何屈从另一个人的意志，怎么一来头就低了下去，双膝瑟瑟发抖，眼泪夺眶而出，身上发作起寒热病……

房东太太以前很少见过奥勃洛莫夫这样的人，即使见过也是远远地，也许那个时候她就喜欢这样的人，然而他们生活在另外一个不属于她的圈子里，她没有任何机会接近他们。

奥勃洛莫夫走路不像她的亡夫十品文官普舍尼岑那样迈小碎步、一路小跑，不无休止地写公文，不因为害怕上班迟到而瑟瑟发抖，看人的眼神也不像请求对方骑在他背上走。相反，奥勃洛莫夫看任何人和任何事都有一种不管不顾、我行我素的气派，仿佛要求别人听命于他。

奥勃洛莫夫的面孔不粗糙，不发红，而是白白嫩嫩的。他的手也不像她哥哥的手：不颤抖，不发红，白白净净，而且不大。他一坐下来就把一条腿搭在另一条腿上，用手托着头，动作是那么潇洒，从容，漂亮。他说的话和她亡夫，她哥哥，以及塔兰季耶夫说的都不一样，虽然有许多她听不懂，但是感觉得出那是些聪明、美妙、不同寻常的话；即使是她听得懂的，由他说起来也有点和别人不一样。

他穿细布内衣，每天都换，用香皂洗脸，还刷手指甲。总而言之，他整个人都那么可爱，那么干净，可以什么也不干，事实上什么也不干，一切事情都有人帮他做，除了这个扎哈尔，他还有三百个扎哈尔……

他是贵族,他光彩照人!再说他的心肠又那么好,步态和动作都很轻柔,碰到他的手就像碰到天鹅绒一样,而她亡夫的手碰人一下却像打人一样!他的目光和谈吐也都那么柔和,充满善意……

这一切房东太太既没有想过,也没有意识到,但是如果有人要探明奥勃洛莫夫的出现在她心灵中造成了什么印象,并且加以解释,那也只能这样说了。

奥勃洛莫夫明白他对这片小天地,从房东太太的哥哥起,直到链子拴着的大黑狗,意味着什么。他搬来以后,那只狗就得到比从前多两倍的骨头。然而他却不了解这意义有多深远,他又如何意外地征服了房东太太的心。

在他看来,房东太太为他的饮食、内衣、房间忙碌操心只不过是一种天性的表露而已,他第一次来访就注意到了房东太太的天性中这个主要特征——那天阿库林娜倒提着一只拼命挣扎的公鸡突然闯进屋里,这种不得体的热心虽然使房东太太感到难堪,房东太太还是吩咐阿库林娜不给小店老板这只公鸡,而给一只灰色的。

房东太太没有能力和奥勃洛莫夫调情,或者以某种方式向他暗示自己内心的变化,何况,正如上面说过的,她从来没有意识到,也不懂得这种变化。她甚至忘记不久以前她心里还没有这些东西,那个时候她的爱情只表现为至死不渝的无限忠诚。

奥勃洛莫夫没有看到房东太太对他的态度的实质是什么,仍然只以为她天性如此。她的感情是那么正常,自然,无私,这对奥勃洛莫夫,对她周围的人,甚至对她自己,至今仍然是一个秘密。

这种感情确实是无私的,房东太太在教堂里插上一支蜡烛为奥勃洛莫夫的健康祈祷的时候,目的只在于希望奥勃洛莫夫康复,而奥勃洛莫夫本人对此一无所知。房东太太通宵守在奥勃洛莫夫的床头,黎明时分才离开,事后也从不提起。

奥勃洛莫夫对房东太太的态度却要简单得多。房东太太这个人,她那永远晃动的胳膊肘儿和关注一切的眼睛,她从食橱间到厨房、从厨房到储藏室、从储藏室到地窖地来回走动,对家务和家什的精通,对于奥勃洛莫夫来说都体现着他理想中的那种像海洋一般广阔无涯的、打不破的安宁。这幅生活图景还在他童年时代有父母庇护的时候就不可磨灭地印到了他的心上。

在老家,父辈、祖辈、子辈、孙辈、客人们懒懒地、舒舒服服地坐着或者躺着,知道家里永远有一只无微不至的眼睛在关注着他们,还有许多双勤快的手给他们缝衣服,做饭,烧茶,穿衣服,脱鞋,侍候他们上床睡觉,在他们断气以后给他们合上眼睛。在这里,奥勃洛莫夫也一动不动地坐在沙发上,看见有某种活跃而敏捷的活动在为他进行,知道即使明天不出太阳,满天刮起旋风,暴风从宇宙的一端扫到另一端,他的餐桌上照样会有热汤热菜,他的内衣照样会是干干净净的,墙上的蜘蛛网也会给摘掉,而他不去打听这些事情是怎么做到的,也不麻烦自己考虑还需要什么,自然会有人想到并且送到他面前,不是由扎哈尔的脏手懒洋洋地、粗鲁地递给他,而是由裸露着胳膊肘儿的一双白白净净的手在神采奕奕而又温顺的目光伴送下,含着极为忠诚的微笑捧来献给他的。

他和房东太太一天比一天亲近,却根本没有想到爱情,就是不久前他经历过的那种类似天花、麻疹或者寒热病的东西,让他一想起来就发抖。

他接近房东太太仿佛是向火炉靠拢,火使人感觉越来越温暖,人却不能与火恋爱。

中饭后他喜欢留在房东太太屋里抽一袋烟,看着她把银器和餐具收进食橱里,拿出杯子来斟咖啡,把其中一只特别仔细地洗净擦干,先斟一杯给他,端给他以后还要看看他是不是满意。

房东太太的房门开着的时候,他喜欢把目光停留在她那丰满的脖子和浑圆的胳膊肘儿上。如果房门很久不开,他甚至会主动用脚轻轻推开,和房东太太说说笑话,和两个孩子玩耍。

如果他一上午都没有看见房东太太,也并不感到寂寞,中饭后就不在房东太太屋里逗留,往往去睡两个小时。但是他知道,只要他一睡醒,甚至就在他醒来的那一刻,他的茶已经端上来。

主要的是,这些事情都在平静的状态中进行,他的心没有长过肿块,也从不为是否能见到房东太太,她会怎么想,该怎么对她说,怎么回答她的问话,她的眼神会怎么样等等事情担惊受怕。

他不再有烦恼、不眠之夜、甘甜而又苦涩的眼泪。他坐在那里吸烟,看房东太太做针线活,有的时候说两句话,有的时候什么话也不说,而他的心是平静的,什么都不需要,也不想到别处去,好像他需要的这里都有了。

房东太太对他从不催逼,更无要求。奥勃洛莫夫也没有任何建功立业的雄心壮志,从不因为虚度光阴、糟蹋心智、坏事好事都没有做、游手好闲混日子而自怨自艾。

533

他好比一棵珍奇植物,被无形的手种植在遮风挡雨的屋顶下一块热浪袭击不到的阴凉地上并且细心呵护着。

"阿加菲娅·马特维耶夫娜,您的针在鼻子底下一来一去走得真利索!"奥勃洛莫夫对房东太太说,"您从下往上扎得那么快,我真怕您把鼻子缝在裙子上!"

房东太太笑了。

"等我缝完这一行就吃晚饭。"她差不多是自言自语地说。

"晚饭吃什么?"奥勃洛莫夫问。

"酸菜鲑鱼肉。鲟鱼肉哪儿也没有,我走遍了所有的商店。哥哥也问过,就是没有。要是有活鲟鱼——马车市场有一位老板订购了,答应切一块给我们。还有小牛肉,炒饭……"

"太好了!阿加菲娅·马特维耶夫娜,您真好,想得起。要是阿尼西娅没忘记就好啦。"

"那我是干什么的?您听见咝咝响吗?"房东太太把厨房门推开一点,说,"已经在煎了。"

她终于缝完,咬断线头,卷起活计,拿回卧室去。

奥勃洛莫夫就是这样,像靠拢一炉暖烘烘的炭火似的逐渐向房东太太靠拢,有一天靠得非常近,几乎酿成火灾,至少火已经燃起来了。

那天他在自己的房里踱步,转身走到房东太太房门口的时候,看见那两只胳膊肘儿动得异常迅速。

"您总是忙!"他走进房东太太屋里说,"这是什么?"

"我捣桂皮呢。"房东太太回答说,眼睛好像往深渊里瞧似的盯着研钵,手里的小杵拼命捣着。

"要是我捣乱呢?"他问,并且抓住房东太太的胳膊肘儿,不让她捣。

"您松手吧!还得捣碎糖块、拿酒来做布丁呢。"

他仍旧抓住她的胳膊肘儿不放,并且把脸凑到了她的后脑勺边。

"您说说,要是我……爱上了您,怎么办?"他问。

房东太太笑了笑。

"您会爱上我吗?"他又问。

"干吗不?上帝要我们爱一切人。"

"要是我吻您一下呢?"他轻声说,同时向着房东太太的脸颊低下头去,呼出的热气烫着了她的脸颊。

"还没到复活节。"房东太太笑着说。

"来,您吻我一下吧!"

"要是上帝让我们活到复活节,我们就互相亲吻。"房东太太说,并没有惊讶、羞涩、胆怯的表示,只挺直身子一动不动地站在那里,犹如一匹马等着人来给它套上颈圈。他就在这女人的脖子上轻轻地吻了一下。

"小心,我会把桂皮撒了,您的点心里可就没有桂皮了。"房东太太说。

"不要紧!"他说。

"您的大袍上怎么又有了污迹?"房东太太提起大袍下摆关切地问,"好像是油渍吧?"她闻了闻又说,"您在哪儿弄脏的?是不是长明灯滴的油渍?"

"我不知道在哪儿弄脏的。"

"对了,是在门上蹭的吧?"房东太太忽然猜到了,"昨天给合页上了油,门总是轧轧响。快脱下来,我去把油渍弄掉,洗干净,明天一点痕迹也不会有。"

"阿加菲娅·马特维耶夫娜,您心真好!"奥勃洛莫夫一面懒洋洋地脱下大袍,一面说,"这样吧,我们一起到乡下去住,那儿的家务呀!什么没有?蘑菇呀,草莓呀,果酱呀,家禽呀,牛棚呀……"

"不,干吗去?"房东太太叹了一口气说,"我们生在这儿,一辈子住在这儿,也就该死在这儿。"

奥勃洛莫夫有点激动地望着房东太太,但是眼睛没有闪闪发光,没有充满泪水,灵魂也不想攀登高峰,建立奇功。他只想在沙发上坐下来,目不转睛地看着房东太太的胳膊肘儿。

二

圣约翰节过得很隆重。前一天伊万·马特维伊奇就没有上班,左一趟右一趟往城里跑,每次不是带回一大包,就是带回一大筐。

房东太太一连三天只喝咖啡,单给奥勃洛莫夫一个人做三道菜,其他人就随便凑合了。

节日前夕,阿尼西娅通宵都没上床。扎哈尔一个人睡足了两个人的觉,对各种准备工作非但一点不热心,好像还有几分蔑视的样子。

"在我们奥勃洛莫夫庄园,"他对从伯爵家请来帮忙的两个厨师说,"不管过什么节,都得上五道甜点心,调味汁的花样多得数不过来!东家们整天吃也吃不完,第二天接着吃。剩下的东西还够我们吃五天。刚刚吃完,瞧,客人又来了,又得做了。这儿呢,一年才一回!"

吃饭的时候扎哈尔总是先给奥勃洛莫夫上菜,怎么也不肯先给一位脖子上挂着大十字勋章的先生。

"我家老爷可是世袭贵族,"他骄傲地说,"这算什么客人!"

至于坐在末座的塔兰季耶夫,扎哈尔或者根本不给他上菜,或者随便往他的盘子里扔一点,扔多少由扎哈尔自便。

伊万·马特维伊奇的同僚都来了,约有三十人。

为了庆祝这一年一度的大节日,准备了丰盛的食物,有一尾特大的淡水鲑鱼,不少填馅仔鸡和鹌鹑,还有冰激凌和上等葡萄酒。

散席的时候客人们互相拥抱,盛赞主人的品位不凡,然后坐下玩牌。伊万·马特维伊奇向他们鞠躬致谢,声称为了有幸款待贵宾,他不惜花掉三分之一的薪俸。

醉得东倒西歪的客人们凌晨才散去。家里又沉寂下来,直到圣以利亚节。

圣以利亚节那天,外来的客人只有伊万·格拉西莫维奇和那位沉默寡言而又对人百依百顺的阿列克谢耶夫,在这个故事开讲的时候此人曾经来邀请奥勃洛莫夫去参加五一节的叶卡捷琳娜宫游园会。奥勃洛莫夫不仅不愿意比伊万·马特维伊奇逊色,甚至尽力以这个地方从未见过的精美菜肴来炫耀自己。

他以气鼓代替油腻的大馅饼,上肉汤之前先上牡蛎,地菇烤仔鸡装在小纸卷中,还有腿肉、做得极精致的蔬菜、英国肉汤。

餐桌正中漂漂亮亮地摆着一只极大的菠萝,菠萝四周摆着桃、杏、樱桃。花瓶里插着鲜花。

大家要喝汤的时候,塔兰季耶夫刚刚大骂厨师,说气鼓里不搁馅儿是馊主意,就听见拴在链子上的大黑狗狂吠起来。

一辆有弹簧的轿式马车驶进院子,有人打听奥勃洛莫夫。在座的人都张大了嘴。

"想必是去年认识的什么人想起了我的命名日,"奥勃洛莫夫说,接着就压低嗓门对扎哈尔嚷道,"告诉他我不在家,不在家！"

宴会在花园中的凉亭里举行,扎哈尔正要跑去谢绝来客,不料在小径上撞见了施托尔茨。他声音嘶哑地高兴地喊了一声：

"安德烈·伊万内奇！"

"安德烈！"奥勃洛莫夫大声招呼他,并且跑过去拥抱他。

"我来得真巧,赶上吃饭！"施托尔茨说,"给我一份,我饿了。好不容易才找到你！"

"来,来,快坐下！"奥勃洛莫夫一面忙不迭地说,一面让施托尔茨挨着他就座。

施托尔茨一出现,塔兰季耶夫第一个疾步越过篱笆,溜进菜园。接着伊万·马特维伊奇就消失在凉亭后面,回自己屋里去了。房东太太也站起身来。

"我打扰你们了。"施托尔茨连忙站起来说。

"上哪儿去？干吗？伊万·马特维伊奇！米海·安德烈伊奇！"奥勃洛莫夫叫道。

他让房东太太坐下,却没有能够叫住伊万·马特维伊奇和塔兰季耶夫。

"你从哪儿来,怎么来的,会久住吗？"问题一个接一个提出来。

施托尔茨因事回来两个星期,他要下乡,还要到基辅和天晓得什么地方去。席间他说得少,吃得多,显然是真的饿了。别的人更加只吃不说。

饭后,收拾完餐桌,奥勃洛莫夫叫人留下香槟酒和矿泉水,他和施托尔茨待在亭子里。

两人沉默了一阵。施托尔茨目不转睛地把奥勃洛莫夫观

察了许久,最后终于开口说:

"伊利亚,怎么样?!"

施托尔茨的语气是那么严厉,像是质问。奥勃洛莫夫垂下眼帘,一言不发。

"那么你是'永远'了?"

"什么'永远'?"奥勃洛莫夫问,像是没有听懂。

"你忘了:'要么现在就起来,要么永远不起来!'"

"现在我不一样了……安德烈,"奥勃洛莫夫终于说,"感谢上帝,我的情况不错。我不是无所事事地躺着,规划差不多要完成了,我还订了两份杂志,你留下的书我差不多都看完了……"

"为什么你不出国?"施托尔茨问。

"不出国是因为……"

他说不出口。

"奥莉加?"施托尔茨意味深长地看着他问。

奥勃洛莫夫脸红了。他看了施托尔茨一眼,急促地问:

"怎么,莫非你听说了……她现在在哪儿?"

施托尔茨没有回答,仍旧看着他,窥探着他的内心深处。

"我听说,她和她婶娘出国了,"奥勃洛莫夫说,"就在……"

"就在她认识到自己的错误以后不久。"施托尔茨接过他的话说。

"莫非你知道……"奥勃洛莫夫羞得无地自容。

"全都知道,连丁香花枝也知道。你就不觉得惭愧,不觉得痛苦吗,伊利亚?心里没有火辣辣的悔恨、遗憾?……"

"别说了,别提了!"奥勃洛莫夫连忙打断施托尔茨的话,说,"我看清我和她之间距离有多大,确信我配不上她以后,好不容易熬过了一场寒热病……唉,安德烈!你如果爱我,就不要折磨我,不要提她。我早就对她说明她错了,可是当时她不肯相信……我的过错不太大,真的……"

"我不怪你,伊利亚。"施托尔茨友好地、和婉地说,"我看了你写的那封信。我的过错最大,其次是她,再其次才是你,你的过错很小。"

"她现在怎么样?"奥勃洛莫夫胆怯地问。

"怎么样?忧郁,哭泣,可是眼泪不能让她宽慰,她还诅咒你……"

施托尔茨每说出一句话,奥勃洛莫夫脸上跟着就露出惊恐、同情、骇然和悔恨的神情。

"你说什么,安德烈!"奥勃洛莫夫一面站起身来,一面说,"看在上帝分上,我们现在就动身,我要跪在她脚下乞求原谅……"

"乖乖地坐下吧!"施托尔茨笑着打断了他的话,"奥莉加现在很快活,甚至很幸福,叫我问候你,还想给你写信,我劝她不要写,说这又会让你激动不安。"

"啊,感谢上帝!"奥勃洛莫夫几乎是含着眼泪说,"我真高兴,安德烈,让我吻吻你,然后我们为她的健康干一杯。"

他们各自喝干了一杯香槟酒。

"她现在在哪儿?"

"在瑞士。入秋前她要和婶娘到她的庄园去。我就是为了这件事回来的,还需要到法院去办一些最后的手续。男爵没有办完,他忽然心血来潮向奥莉加求婚……"

"是吗?真有这回事?"奥勃洛莫夫问,"她怎么答复呢?"

"自然是拒绝了。男爵很伤心,就走了。现在我来把事情办完!下星期可以结束。你怎么样?为什么躲到这个偏僻的角落里来?"

"这儿舒坦,安静,安德烈,谁也不来打搅……"

"打搅你什么?"

"做事……"

"算了吧,"施托尔茨一面环顾四周,一面说,"这儿一样是奥勃洛莫夫庄园,只不过更糟。我们一起下乡去吧,伊利亚!"

"下乡……也许不错,那儿就要开工盖房子了,不过别说走就走,安德烈,让我考虑考虑……"

"又要考虑!我知道你是怎么考虑的,就像两年前考虑出国不出国一样。下星期我们就走吧。"

"怎么说走就走,下星期就走?"奥勃洛莫夫还在躲闪,"你是在旅途中,我还需要准备……这儿有我的全部家当,我怎么能扔掉?我什么也没有准备。"

"什么也不需要。你需要什么?"

奥勃洛莫夫没有说话。

"我身体不好,安德烈,"他说,"喘得真难受。麦粒肿又长出来了,一会儿在左眼上,一会儿在右眼上。两条腿也有点浮肿。有的时候夜里刚睡着,忽然像是有人在我头上或者背上打了一拳,我一下子跳起来……"

"伊利亚,你听着,我认真对你说,你必须改变你的生活方式,否则你会得水肿病或者中风。我对你的前程已经不抱希望。既然奥莉加这位天使都没有能够用她的双翅带你飞离你的泥沼,我更是无能为力。不过给你自己选择一个小小的活动天地，把小村庄管好，和农民们打打交道，参与他们的事务，修筑、种植这一类的事情是你应该做也能够做的……我不会放过你。现在我不仅只是遵从我一个人的愿望，同时也是遵从奥莉加的心意，她希望——听见了吗？——你不要完全死去，不要把自己活活埋葬了，我已经保证要把你从坟墓里挖出来……"

"她还没有忘记我！我哪儿配啊！"奥勃洛莫夫充满感情地说。

"没有，她没有忘记你，而且我觉得她永远不会忘记你。她不是那样的女子。你还应该去她的庄园做客。"

"不过现在不行，看在上帝分上，现在不行，安德烈！先让我忘掉。唉，这儿还有……"

奥勃洛莫夫指了指自己的心。

"有什么？是爱情吗？"施托尔茨问。

"不是，是羞愧和痛苦！"奥勃洛莫夫叹了一口气说。

"好吧！那么我们到你的庄园去，你不是要盖房子吗？现在是夏天，宝贵的时间在一点点过去……"

"不，我有代理人。他目前就在乡下，我可以过些时候再去，等我准备准备，考虑考虑。"

于是他在施托尔茨面前吹嘘起来，说他不出门也把事情安排得十分妥当，说代理人正在调查逃亡农民的情况，说粮食卖了好价钱，已经送来一千五百卢布，年内大概还能收齐代役租送来。

施托尔茨听了这番话不禁拊掌，说：

"你给人剥光了！有三百农奴才收入一千五百卢布！代理人是谁？是怎么样一个人？"

"一千五百多,"奥勃洛莫夫更正说,"他从卖粮的进款中拿了一笔酬金……"

"多少钱呢?"

"记不得了,不过我一定给你看,我有账单,不知搁在哪儿。"

"唉,伊利亚!你真的死了,完了!"施托尔茨说,"穿上衣服,到我那儿去!"

奥勃洛莫夫想表示反对,施托尔茨几乎是把他硬拉到自己的住处去,写了一份以他自己为委托对象的委托书,强迫奥勃洛莫夫签字,然后向他宣布,他租下奥勃洛莫夫庄园,直到奥勃洛莫夫本人来到庄园并且习惯了亲自经营为止。

"你的收入会增加两倍,"施托尔茨说,"不过我不打算长期租你的庄园,我有我自己的事情。我们现在就一起下乡,或者我先走,你跟着来。我要到奥莉加的庄园上去,离你的庄园有三百俄里,顺便到你那边去一趟,把你的代理人赶走,把那边的事情安排好,然后你就来。我不会放过你。"

奥勃洛莫夫叹了一口气,又说:

"唉,这就是生活!"

"生活怎么样?"

"生活真烦人,让人不得安宁!我真想躺下睡过去……再也别醒过来……"

"就是说,你想把火灭了,待在黑暗里!生活多美妙啊!唉,伊利亚!你哪怕来点高谈阔论也好啊,真的!生命转瞬即逝,而你却要躺下睡过去!让生命之火不停地燃烧吧!要是能活二百年、三百年,可以做多少事情啊!"

"你不一样,安德烈,"奥勃洛莫夫说,"你有翅膀。你不是在生活,而是在飞翔。你有天才,有抱负。你不发胖,不长麦粒肿,不会给难倒。你生来就有点不同……"

"算了吧!人生来就是要自己塑造自己,甚至改变自己的天性。有人长了大肚子还以为这包袱是老天爷给他的!你有过一双翅膀,是你自己卸掉了。"

"这双翅膀在哪儿呢?"奥勃洛莫夫沮丧地说,"我什么也不会……"

"就是说,你不想会,"施托尔茨插话说,"什么也不会的人不存在,真的!"

"我就不会!"奥勃洛莫夫说。

"听你这么说,好像你连给管理局写个文件、给房东写封信也不会。你不是给奥莉加写过一封信吗?并没有混用两个连接词啊!而且你用的是高级纸,墨水也是从英国商店买来的,书法流畅,对吗?"

奥勃洛莫夫脸红了。

"一旦需要,思想和语言都有了,写出来的东西甚至可以印成小说出版。不需要的时候,你就说不会,有眼看不见,有手不爱干!你自小在奥勃洛莫夫庄园生活在姑妈、姨妈、嬷嬷、老家人当中的时候就失去了你的本领。从不会穿袜子起,直到不会生活。"

"你这些话也许都对,安德烈,但是没有办法,无法挽回!"奥勃洛莫夫坚决地叹了一口气说。

"怎么无法挽回!"施托尔茨生气地反驳说,"一派胡言。听我的话,照我说的去做,你就能挽回!"

可是施托尔茨还是一个人去了乡下,奥勃洛莫夫没有走,答应入秋前去。

545

"给奥莉加带什么话呢?"施托尔茨临行前问奥勃洛莫夫。

奥勃洛莫夫低下头,悲哀地沉默着,最后叹了一口气,难为情地说:

"别在她面前提起我!你就说你没有见到我,没有听到我的消息……"

"她不会相信。"施托尔茨说。

"那你就说,我完了,死了,失踪了……"

"她会哭,而且很久都不能宽慰自己,何必让她难过?"

奥勃洛莫夫很受感动,沉思起来,眼睛也湿润了。

"好吧,我就对她撒个谎,说你一直怀念着她,认真在寻找严肃的生活目的。你可要注意,生活本身和劳动才是生活的目的,而不是女人。在这一点上你们两个人都错了。她听到了会非常满意!"

于是二人互相道别。

三

圣以利亚节的第二天晚上,塔兰季耶夫和伊万·马特维伊奇又在酒肆碰头。

"来茶!"伊万·马特维伊奇阴沉地对堂倌说。等到茶和罗木酒端上来的时候,他气恼地把酒退还给堂倌,说"这不是罗木酒,是冒牌货!"然后从大衣口袋里掏出自己带来的一瓶,打开瓶塞,让堂倌闻了闻,说:

"以后再别上你那个。"

堂倌走开以后,伊万·马特维伊奇说:

"老兄,大事不好!"

"可不是,鬼叫他冒出来了!"塔兰季耶夫恶狠狠地说,"这个德国佬真够滑的!把委托书废了,还把庄园租了去!咱们这儿有这么干的吗?他要扒那绵羊的皮呢。"

"如果他精明,老兄,我怕要出事。只要他打听到代役租已经收了,钱咱们拿了,他说不定要打官司……"

"打官司!你成孬种了,老弟!扎焦尔特捞地主的钱又不是头一回,露不了马脚。你以为他会给农民开收据吗?收租的时候准没别人在场。那德国佬闹一阵,吼一阵,也就完了。打什么官司!"

"真的吗?"伊万·马特维伊奇高兴起来,说,"好,咱们干杯!"

他给自己和塔兰季耶夫续上一点罗木酒。

"有的时候好像在这个世上没法活下去了,可是两杯酒下肚以后又行了!"他宽慰地说。

"你倒是该做这么一件事,老弟,"塔兰季耶夫接着说,"你立个账,想怎么记就怎么记,劈柴啦,白菜啦,反正奥勃洛莫夫的家务都交给了干亲家母,最后把总支出的钱数拿给他看。等扎焦尔特一到,咱们说他带来的代役租款就这么多,都拿来抵支出了。"

"要是以后他把账单拿去给德国佬看,德国佬一算,说不定……"

"得了吧!他把账单随便往什么地方一塞,连鬼都找不着。德国佬人还没到,他早忘了这回事……"

"真的吗?老兄,干杯!"伊万·马特维伊奇一面斟酒,一面说,"这么好的东西拿茶冲淡了太可惜。你闻闻,三个银卢布呢。来不来点杂拌?"

"行。"

"喂!"

"哼,真够滑的!说什么'租给我!'"塔兰季耶夫又恶狠狠地说,"这种办法咱们俄国人压根儿就想不到!这是从德国那边来的。那边尽办农场,搞租赁。你等着,他还会拿股票来烦他。"

"股票是什么玩意儿?我总弄不清楚。"伊万·马特维伊奇说。

"德国玩意儿!"塔兰季耶夫气愤地说,"这好比一个骗子发明一种耐火房子,想建一座城,需要钱,他就卖出一叠比方说五百卢布一张的票子,一群蠢货就去买,还彼此转手。要是听说事情进行得顺利,票子就涨价,不顺利呢,全完。你手头还有这种票子,可是已经不值钱了。你去问:那城呢?人家说:没建完就着火烧了。发明家也带上你的钱跑了。这就是股票!德国佬肯定要把他拖下水!到现在还没拖下去真是怪事!都是我在碍他的事,给我老乡帮了大忙!"

"嗯,这个项目完了,结了案,归了档,咱们是最后一次拿奥勃洛莫夫庄园的代役租来打牙祭啦……"微醺的伊万·马特维伊奇说。

"让它见鬼去吧,老弟!你的钱堆得拿铁锹都翻不转了!"塔兰季耶夫回敬了一句,他的头脑也有点迷糊了,"财源没问题,你就舀吧,别嫌累。干杯!"

"这算什么财源,老兄?总这么一卢布、三卢布地攒……"

"可是你攒了二十年,老弟!别昧良心!"

"二十年!"伊万·马特维伊奇口齿不清地说,"你忘了,我当文官才当了九年多。以前只有十戈比、二十戈比的银币在口袋里晃荡,有的时候,说来寒碜,连铜子儿也得攒。这叫什么日子!唉,老兄!世上真有些福人,在别人耳朵根说一句话,或者口授一行字,或者干脆把自己的大名写在文书上,人家的口袋一下就胀得鼓鼓的,像个枕头,可以靠在上面睡大觉。有这样的差事干干真不错。"他醉意越来越浓地说,"来求见的连人家的面都几乎见不着,也不敢走到跟前去。人家坐上马车喊一声:'去俱乐部!'俱乐部那边就有戴勋章的人跟他握手,打牌不玩五戈比的,吃饭呢,吃饭——嘿!连杂拌都提不得,丢人,又皱眉头又啐唾沫。冬天偏要吃笋鸡,四月份偏要上草莓！家里老婆的衣服都带丝织花边,孩子们有家庭教师,连小不点儿都穿得漂漂亮亮,梳得整整齐齐。唉,老兄！天堂是有的,就是罪人进不去。干杯！瞧,杂拌端来了！"

"别发牢骚,老弟,别昧良心:资本你有,还不少呢……"喝得醉醺醺、眼睛血红的塔兰季耶夫说,"三万五千银卢布可不是个小数！"

"小声点,小声点,老兄！"伊万·马特维伊奇打断他的话说,"总是三万五,没劲！什么时候才能攒到五万？有了五万也进不了天堂。结了婚就得小心谨慎过日子,花每一个卢布都得算计,牙买加罗木酒你就别想了——这叫什么日子！"

"不过没心事,老弟。这个给一个银卢布,那个给俩,瞧,一天就能往衣兜里装七卢布。没碴儿可找,不见痕迹,不见冒烟。你签了一笔大买卖呢,事后就得擦一辈子屁股。不,老弟,别昧良心！"

伊万·马特维伊奇没听他说这番话,早想自己的心事去了。

"你听着,"他突然开口说,而且瞪圆了两只眼睛,好像有什么高兴事,以致醉意几乎消失殆尽,"算了,我害怕,不说了,我不让这只鸟儿飞出我的脑袋。嘿,要发大财了……干杯,老兄,快干杯！"

"你不说我不喝！"塔兰季耶夫推开酒杯说。

"事关重大,老兄！"伊万·马特维伊奇不时地看看门,悄声说。

"什么事？……"塔兰季耶夫急不可待地问。

"我有个好主意了。老兄,你知道吗,这跟签一笔大买卖一样,真的!"

"那你说不说?"

"酬谢可大了!"

"说呀!"塔兰季耶夫催促说。

"等等,让我再想想。嗯,没什么要销毁的,完全合法。好吧,老兄,我说,也因为我需要你,没有你不好办。不然,上帝作证,我不会说。这种事情可不能让外人知道。"

"我对你是外人吗,老弟?我给你干好像不止一回了,证人也当过,还有副本……记得吗?你这个狗娘养的!"

"老兄,老兄!一点儿口风也不能漏。你这个人哪,就爱放炮!"

"在这种地方哪个鬼听得见?我是个不知深浅的人吗?"塔兰季耶夫恼火地说,"你干吗折磨我?说呀!"

"听我说,奥勃洛莫夫这个人胆小怕事,什么程序都不懂。那张房屋租约已经把他弄糊涂了,委托书寄来以后他也不知道该干什么,连代役租是多少都想不起来,他自己说:'我什么也不知道'……"

"怎么样?"塔兰季耶夫急不可待地问。

"他到我妹妹屋里去得太勤了。前几天坐到夜里十二点多钟才出来,在外室碰到我,就像没看见我似的。咱们再等等,看他会怎么样,有没有……你从侧面去跟他谈谈,就说家里弄出丢人的事可不好,她是个寡妇,说别人已经知道了,说现在她嫁不出去了,本来有人来求婚,是个富商,现在听说奥勃洛莫夫晚上总在她屋里坐着就不干了。"

"那又怎么样,他吓坏了,往床上一躺,像骟猪似的翻过来翻过去,唉声叹气——也就这样。能捞到什么好处?怎么酬谢?"

"嘿,你这个人!你就说我要去告状,说有人偷偷看见了,有人证……"

"怎么样?"

"要是他真吓坏了,你就说可以私了,只要拿出一小笔钱。"

"他哪儿有钱?"塔兰季耶夫问,"他吓坏了倒是能应承,哪怕叫他掏一万卢布,他也能应承……"

"你只要给我递个眼色,我就把借据开好……开在我妹妹名下,说:'立据人奥勃洛莫夫向某某寡妇借到一万卢布,偿还期为……等等。'"

"有什么用,老弟?我不明白,钱归你妹妹和她的孩子们。拿什么酬谢?"

"我妹妹再给我立个借据,也借这么多,我让她签字。"

"要是她说什么也不肯签呢?"

"我妹妹!"

伊万·马特维伊奇尖声笑起来。

"她肯定签,老兄,就是判她死刑的判决书她也一声不吭地签,只笑一笑就歪歪扭扭地写上'阿加菲娅·普舍尼岑娜',永远不会知道她签的是什么。你瞧,咱俩不出面,我妹妹有权要求十品文官奥勃洛莫夫还钱,我有权要求十品文官夫人普舍尼岑娜还钱。让德国佬发火去吧,这事合法!"他举起一双颤抖的手说,"干杯,老兄!"

"这事合法!"塔兰季耶夫欣喜若狂,"干杯!"

"要是干成了,两年以后可以再干一次,这事合法!"

塔兰季耶夫赞许地点点头,高呼一声:

"这事合法！咱们再干一次！"

"再干一次！"

他俩干了一杯。

"就怕你老乡死活不肯答应,而且事先写信告诉德国佬,"伊万·马特维伊奇担心地说,"那可就糟了,老兄！什么官司也打不成,因为她是个寡妇,不是黄花闺女！"

"他会写信！他才不会写呢！两年以后才写。要是他的牛脾气上来,我就臭骂他一顿……"

"不行,不行,千万别这样！你这么干就把事情全毁了,老兄。他会说他是受人逼迫,也许还会说他挨了打,那可就成了刑事案件。不行,这不合适！不过可以这样:先跟他吃一顿、喝一顿,他爱喝醋栗酒。等他脑袋里嗡嗡地响起来,你就给我递个眼色,我马上拿着借据进来。借的是多少钱,他看也不看就会签字,跟上次签房屋租约一样。经纪人认证之后,你诘问去吧！这样一位贵族肯定不好意思招认他是喝醉了酒签的字。这事合法！"

"这事合法！"塔兰季耶夫跟着说。

"到那个时候就让奥勃洛莫夫庄园归继承人吧。"

"就归他们！干杯,老弟！"

"为糊涂虫的健康干杯！"伊万·马特维伊奇说。

他们又干了一杯。

553

四

现在应该回过头来讲一讲,施托尔茨赶来参加奥勃洛莫夫的命名日家宴之前,在远离维堡区的一个地方发生了什么事情。那里有读者认识的一些人物,他们的情况如何,施托尔茨出于一些特殊的考虑,没有把他所知道的全部告诉奥勃洛莫夫,也许奥勃洛莫夫也有一些特殊的考虑,因此没有详细打听。

一天,施托尔茨走在巴黎的一条林荫大街上,心不在焉地看着过往的行人和商店招牌,并没有特别注意什么。他很久没有收到来自俄国的信件了,基辅、敖德萨、彼得堡都没有信来。他觉得寂寞,刚才把三封信带出来投邮,现在回住处去。

忽然间,他惊讶得两眼盯着一个地方不动了,随后又恢复了常态。原来他看见两位女士从这条林荫大街上转身走进一家商店去了。

"不,不可能,"他想,"我怎么会有这种想法!如果是她们,我事先会知道!这不是她们。"

然而他还是走到这家商店的橱窗前面,透过玻璃仔细看那两位女士,可是两位女士背对橱窗站着,他看不清楚。

他走进商店,正为买一样东西讲价钱,那两位女士当中的一位向亮处转过身来,他这才认出奥莉加·伊林斯卡娅——

简直变了一个人！他想跑到她跟前去，却仍旧站在原地审视她。

我的上帝！变化多大啊！既是她，又不像是她。轮廓没有变，但是脸色苍白，两眼有点下陷，唇边那稚气的微笑不见了，天真的、无忧无虑的神情也已消失。一种既像严肃又像痛苦的思绪在眉毛上端浮动，眼睛表露出许多过去她不懂、不曾表露过的东西，目光不像从前那样坦率、开朗、平静，整个面部笼罩着一层悲哀的或者是茫然的云翳。

他走到奥莉加面前。奥莉加稍稍皱起眉头，困惑地看了一会儿才认出他是施托尔茨。于是她的眉头舒展开来，匀称了，眼睛闪射出静静的，不是冲动而是深深的喜悦的光芒。任何一个哥哥让自己所爱的妹妹这样高兴都会感到幸福。

"我的上帝！是您吗？"奥莉加说，那快活的声音动人心弦。

婶娘迅速转过身来，他们三个人同时说了起来。施托尔茨责怪两位女士不给他写信，两位女士一再解释。她们两天前才到巴黎，正四处找他呢。一处住所的人说他去里昂了，她们不知道该怎么办。

"你们怎么想起出来？也不告诉我一声！"施托尔茨责怪说。

"我们走得匆忙，就不想给您写信了。"婶娘说，"奥莉加想给您一个惊喜。"

施托尔茨看了奥莉加一眼，她的面部表情并没有证实婶娘的话。施托尔茨更仔细地看了看她，她一副莫测高深的样子，让人看不清底里。

"她怎么啦？"施托尔茨想，"从前我往往一下子就能猜透她的心思,可是现在……变化真大啊!"

"您长大了,成熟了,奥莉加·谢尔盖耶夫娜,"施托尔茨说,"我认不出您了! 不过是一年没见面。您干什么了,出了什么事? 讲讲吧,讲讲吧!"

"嗯……没什么特别的。"奥莉加看着一块布料说。

"还唱歌吗?"施托尔茨一面说,一面继续研究面前这位与过去不同的奥莉加,竭力想看明白奥莉加脸上的一种他从来没有见过的表情,但是这种表情像闪电一样倏忽即逝。

"好久不唱了,有两个月了。"她不经意地说。

"奥勃洛莫夫怎么样?"施托尔茨突然提出这个问题,"还活着吗? 给您写信吗?"

要不是婶娘及时过来帮忙,奥莉加恐怕会不由自主地泄露自己的秘密。

"您想想,"婶娘一面走出商店,一面说,"他天天都到我们家来,后来突然失踪了。我们准备出国,我派人去找他,他家里的人说他病了,不见客人,所以我们没见着面。"

"您也不知道吗?"施托尔茨关切地问奥莉加。

奥莉加透过长柄眼镜紧盯着一辆驶过的敞篷马车。

"他真的病了。"她说,同时装出注意观察那辆马车的样子。"婶婶,您看,好像是和我们同路来的那几个人坐车过去了。"

"不行,请您把我的伊利亚的情况说清楚,"施托尔茨坚持说,"您和他怎么了? 为什么不带他一起出来?"

"婶婶刚才已经告诉您了。"奥莉加用法语说。

"他懒得要命,"婶娘说,"而且特别不合群,只要有三四个人到我家来,他马上就走。您想想,他买了歌剧院的长期票,可是看了还不到一半。"

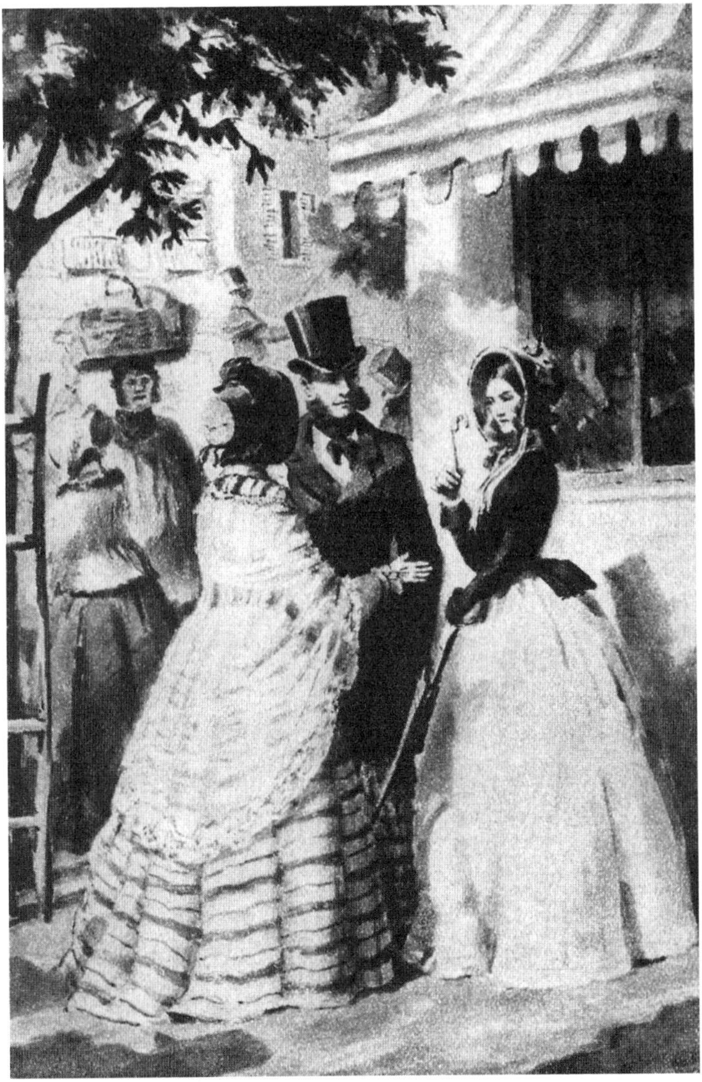

"连鲁比尼①他都没听过。"奥莉加接过话说。

施托尔茨摇摇头,叹了一口气。

"你们竟然拿定这个主意!准备待很久吗?怎么突然想起出国?"施托尔茨问。

"是大夫建议她出国,"姊娘指着奥莉加说,"彼得堡明显地影响她的健康,我们就出来过冬,不过还没拿定主意在哪儿过冬,是尼斯②,还是瑞士。"

"您变多了。"施托尔茨若有所思地说,同时紧盯着奥莉加,仔细研究她的每一根神经。

奥莉加和她姊娘在巴黎逗留半年,这期间施托尔茨每天都来陪她们聊天,担任她们的向导,除他以外没有别的客人。

奥莉加明显地开始复原,从满腹心事转变为平静泰然,至少表面上是如此。她的内心活动只有上帝知道,不过她逐渐又成了施托尔茨昔日的女友,虽然逗她的时候,她不再像过去那样发出响亮的、孩子气的、银铃般的笑声,只拘谨地微微一笑,有的时候甚至因为不能不笑而似乎有些苦恼。

施托尔茨立刻发现,无法再逗奥莉加笑了。奥莉加常常扬起一道眉毛,蹙着额头听他说笑话,而脸上并无笑容,只默默地望着他,像是指责他轻浮,或者感觉不耐烦,或者不理会他的玩笑而突然提出一个大有深意的问题,同时紧盯着他,使他悔不该随便闲扯。

有的时候奥莉加对人们天天无谓地奔忙和闲聊表现出发自内心的厌倦,使得施托尔茨忽然进入一个他很少又很不情

---

① 鲁比尼(1795—1854),意大利男高音歌唱家。
② 法国东南部一座滨海城市。

愿同女人一起进入的领域。他费尽心机,只为了使奥莉加那充满疑惑的深邃目光开朗起来,安详起来,不再绕开他去远处苦苦求索!

每当他随便作出的解释使奥莉加的目光变得空虚严峻,眉头皱紧,脸上泛出一层无言的,却是极为不悦的阴影的时候,他是多么惊慌啊!他必须花两三天时间绞尽脑汁,甚至施用诡计,发起猛攻,拿出他和女人打交道的全副本领,才能一点一点好不容易地使晴朗的霞光从奥莉加的心头回到她的脸上,让和睦的温婉在她的目光和微笑中重现。

一天下来,他往往斗得精疲力竭的回到住处,但是只要赢得胜利,他就感到幸福。

"她成熟多了,我的上帝!这个小姑娘有了多大的长进啊!她的老师是谁?她跟谁上了生活课?是男爵吗?男爵做人四平八稳,从他的华丽辞藻中汲取不到任何东西!也不会是伊利亚吧!……"

他不能理解奥莉加,第二天又跑去见她,已经是小心谨慎、忐忑不安地去观察她的脸色,常常不知所措,全凭自己的智慧和生活经验才得以对付奥莉加脸上浮现出来的疑惑和要求。

他举着经验的火炬走进奥莉加的头脑和性格的迷宫,每天都在发现并且研究新出现的特点和事实,而总是看不到尽头。他惊惶不安地看到,奥莉加的头脑每天都需要食粮,她的心灵并未沉默,而是不停地要求经验和生活。

施托尔茨的全部活动,全部生活都有另一个人的活动和生活越来越多地参与其中。他在奥莉加的房间里摆上鲜花、书籍、乐谱和画册以后就放了心,估计这些东西在相当长时间内足够他的女友消磨闲暇时光,自己则去工作,或者参观矿山和模范田庄,结识新人或者名流,回到奥莉加那里已经很疲乏,挨着她的钢琴坐下来,准备在她的歌声中休息休息。忽然间,他从奥莉加脸上看到了准备好的问题,那目光坚决要求他予以回答。于是他不知不觉、不由自主地就把他参观了什么,为什么要参观,一点一点地在她面前和盘托出。

有的时候奥莉加表示愿意亲自去看看和了解他所看到和了解的事物。于是他带上奥莉加再次去参观某座建筑、某个地方、某台机器,凭着刻画在墙壁上和石碑上的东西去了解历史。他渐渐地,不知不觉地养成了当着奥莉加的面把自己的想法和感受说出来的习惯。有一天,他严格地自我检查一番以后,忽然意识到他现在已经不是一个人在生活,而是两人在一起生活,就从奥莉加到达之日开始。

他几乎像自言自语一般无意识地在奥莉加面前评价他获得的宝物,对自己、对奥莉加都觉得诧异。然后他注意观察奥莉加的目光里是否全然没有疑问了,她的脸上是否出现得到满足的思想的彩霞,她是否像目送胜利者一样目送他离开。

如果他得到的答案是肯定的,他就会怀着自豪感和激动的心情返回住处,夜里暗自为明天作长时间的准备。连最乏味而又非做不可的事情他也不觉得乏味了,只觉得非做不可,这些事情更深地进入他的生活的基底,成为他的生活的织体。种种思想、观感、现象不是默然随便地堆积在记忆库里,而是在给每一天增加鲜明的色彩。

当他不等奥莉加那询问的、渴求的目光投过来就连忙热情地、精力饱满地把新的积累和新的材料展示在她面前的时候,她那苍白的脸庞是怎样一下子变得艳丽起来啊!

当奥莉加的头脑以同样的关注和可爱的恭顺急于从他的目光和每一句话里捕捉其中的含意,两人彼此敏锐地观察着——他看她的目光里是否还有疑问,她看他是否还有话没有说完,是否忘记了,更糟的是,是否不屑于向她揭示她理解不了的被云遮雾障的一角,不屑于对她发挥他的思想,这时候他真幸福极了!

问题越重要,越复杂,他越是细心向她说明,她的感激的目光也越长久、越专注地停留在他身上,并且变得更热情,更深邃,更亲切。

"奥莉加这孩子要超过我了!"施托尔茨惊异地想。

他任何时候对任何事物也没有像现在对奥莉加这样用过心思。

春天他们一起去了瑞士。还在巴黎的时候,施托尔茨已经确定,今后他没有奥莉加无法生活。他做出这个结论之后就开始考虑,奥莉加没有他能不能生活。但是这个问题却不那么容易解答。

他慢慢地、小心翼翼地探索这个问题,有的时候摸索着前进,有的时候放胆迈步,心想,他离目标已经很近,只要捕捉到一个确定无疑的信号,一个目光,一句话,一点烦闷的表现或者高兴的神情,再加上一个小小的迹象——奥莉加的两道蛾眉的难以觉察的动作,她的一声叹息,明天秘密就解开了:她爱他!

他从奥莉加脸上看出她像孩子一样信任他。奥莉加从未用看他的目光去看过别人,也许只有她的母亲是一个例外,如果她的母亲还在世。

他的来访,他把全部闲暇时间用来使奥莉加高兴的做法,在奥莉加看来既不是施恩,也不是献殷勤求爱,而只不过是尽义务,好像他是她的兄长、父亲、甚至丈夫似的。这已经足够了,这种情意包含了一切。奥莉加和他在一起的时候,每说一句话,每走一步路,都是那么无拘无束,真心实意,仿佛他对她有无可争议的影响和权威。

他也知道他有这种权威,奥莉加时时刻刻都在证实这一点。她说她只相信他一个人,在生活中能盲目依靠的只有他,除他以外世上再没有第二个人可以依靠的了。

他自然引以为荣,不过任何一个年长、有头脑有经验的叔叔,甚至男爵,只要有头脑而又有性格,都会引以为荣。

问题在于:这是不是爱情的权威?这权威是不是包含了富有魅力的爱情的欺骗色彩?那种使女人甘愿为之碰得头破血流而仍视之为幸福的痴迷?……

不对,奥莉加是自觉地顺从他的。不错,当他在奥莉加面前发挥某一种思想或者袒露自己的胸怀的时候,奥莉加的确两眼发光,用射出光芒的两眼望着他,但是原因何在总是清楚的,有的时候奥莉加自己会把原因说出来。而爱情的产生总是盲目的,不由自主的,幸福正是包含在这盲目和不由自主中。如果奥莉加觉得委屈,立刻就看得出来她为什么觉得委屈。

他从来没有发现奥莉加突然脸红了,或者兴奋到令人吃惊的程度,或者两眼放射出脉脉含情或者炽热的光辉。只有一次,他觉得发生了类似的情况,那天他说最近他要去意大利,奥莉加的脸似乎痛苦得变了样。正当这宝贵的、难得的瞬间使他的心一热,仿佛就要停止跳动的时候,忽然又出现一片云翳,遮住了一切。奥莉加天真而坦率地说:"真遗憾,我不能跟您一起去,可我真想去!以后您把您的所见所闻一五一十地都讲给我听,让我像是亲自去过一样。"

美妙的瞬间就被这个在任何人面前都无须隐瞒的愿望和对他的口才不带感情色彩的恭维破坏了。他刚把所有最细微的迹象都收集到,刚织出最精美的花边,只需再打一个结就……

忽然间,奥莉加又变得那么平静,稳重,单纯,有的时候甚至是冷淡。她坐在那里做活儿,默默地听他说话,不时地抬起头来,向他投去好奇的、询问的、只关注事情本身的目光,使他不止一次沮丧地放下书本,或者中断对某件事情的说明,站起身来要走。可是一回头,他发现奥莉加正惊讶地看着他,他又觉得难为情,再折回去,找个理由为自己开脱。

奥莉加老老实实地信他的话,脸上甚至没有一丝怀疑的,狡黠的微笑。

"她究竟爱我还是不爱我呢?"这个问题一直萦绕在施托尔茨的心头。

如果爱,那她何必如此谨慎,如此深藏不露?如果不爱,又为什么如此殷勤,如此顺从呢?他从巴黎到伦敦去一个星期,事先没有说,临行那天才告诉奥莉加。

如果奥莉加突然大惊失色,那么事情就清楚了,秘密暴露了,他是那个幸运儿!可是奥莉加紧紧地握了握他的手,只是神色黯然,这使他感到悲观。

"我要寂寞死了,"奥莉加说,"真想哭,现在我就像个孤儿。"接着她哭丧着脸说,"婶婶!您看,安德烈·伊万内奇要走了!"

奥莉加弄得他说不出话来,他想:

"有什么必要向婶娘求助!真是!我看得出她舍不得我走,像是爱我……不过,这种爱同交易所的商品一样,用一些时间,花一些精力去周旋,就可以买到……我不回来了,"他闷闷不乐地想,"我求你了,奥莉加,小姑娘!你从前那么听话,现在怎么啦?"

施托尔茨深深地思索起来。

她怎么啦?有一件小事施托尔茨并不知道,就是奥莉加一度恋爱过,已经尽她所能地越过了不善于控制自己、会突然脸红、藏不住心头的痛楚、藏不住初次热恋的征候的少女阶段。

如果施托尔茨了解这个情况,那么即使不知道奥莉加是否爱他这个秘密,至少会明白,为什么她的心思这样难猜测。

在瑞士,游客常去的地点他们都去了。但是他们更喜欢在人迹罕至的幽静处流连。他们两人,至少是施托尔茨,极为关注"自己个人的事情",而旅行对于他们是次要的,甚至使他们感到厌倦。

施托尔茨跟着奥莉加登山,欣赏悬崖和瀑布,在任何场合奥莉加都是主角。他跟着她在羊肠小道上漫步,婶娘坐在山下的敞篷马车里等着。他暗中密切观察,注意奥莉加登上山以后怎样停下来喘气,用什么目光看他,一定会看他,而且是首先看他,对这一点他已经深信不疑。

这多好,他会觉得心里既温暖又亮堂。可是接着奥莉加把那个地方扫视一下,忽然呆了,出神了,他在奥莉加眼前也不复存在了。

只要他稍微动一动,表明他的存在,或者说一句话,奥莉加就会大吃一惊,有的时候甚至惊呼一声,显然她已经忘了施托尔茨就在眼前,或者说根本忘了世上还有施托尔茨这样一个人。

不过等回到住处,奥莉加在窗前或者阳台上和他单独谈话又谈得很久,把留在心里的印象一个个理出来告诉他,直到全部讲完为止,讲得兴奋入迷,偶尔停下来挑选适当的字眼,敏捷地把他的提词接过去,眼睛里立刻闪射出感激的光芒;或者累得脸色发白,往一张大圈手椅里一坐,只有一双渴求的、并无倦意的眼睛告诉他,她想听他说下去。

奥莉加一动不动地听着,不漏掉一个字,也不放过一个细节。施托尔茨闭上嘴了,她还在听,眼睛还在问。这无言的吁请促使施托尔茨重振精神,津津有味地讲下去。

这多好,光明、温暖、心儿在跳动,那么奥莉加的生命就在这里,她别无所求,因为这里有她的光明、烈火和理性。可是她忽然疲惫地站起身来,刚才还在询问的目光现在请他离开,或者她说想吃点东西,而且吃得有滋有味……

这都很好,施托尔茨不是幻想家,他和奥勃洛莫夫一样,并不想要突发的激情,虽然各有各的原因。但是他希望感情在流入平缓的河道以前,先在源头沸腾起来,让人痛饮一番,随后一生一世都记得这幸福之泉是从哪里涌出来的……

"她究竟是爱,还是不爱?"施托尔茨内心的不安煎熬着他,几乎使他精疲力竭,流下眼泪。

这个问题像烈焰一样越来越厉害地烧灼着他,使他无法作出任何安排。这已经不是爱情的,而是生命的主要问题。现在他心里已经装不下任何别的东西了。

他与女人接触的时候,一向十分巧妙地防范爱情带来的痛苦和折磨,而半年以来这样的痛苦和折磨似乎一下子集中降临到了他的头上。

他感觉到,如果这种头脑、意志和神经的紧张状态再持续几个月,就连他这强健的肌体也要承受不住了。他懂得了(虽然至今不曾体验过)心智与情欲间的无形斗争如何消耗精力,无法治愈的创伤虽不流血而仍旧会留在心上,使人长吁短叹,生命随之渐渐逝去。

他一向自信到高傲的程度,如今已有所减弱。当他听说一些人由于各种原因,包括……爱情的原因,竟然丧失理智,形销骨立,他也不再轻率地嘲笑他们了。

他感到恐惧。

"不行,我要了结这件事,"他说,"我要像从前一样探察她的心灵,明天我得不到幸福就离开!"

"筋疲力尽啦!"他一面照镜子,一面说,"看我像什么样子……够了!……"

他直奔他的目标,去见奥莉加。

奥莉加怎么样呢?她是没有注意到施托尔茨的现状呢,还是对他无动于衷?

她不可能没有注意到,即使不像她那样细心的女人,也能把朋友的忠诚和好意与不同性质的柔情的表露区分开来。她有既非伪装亦非由他人灌输的正确而真实的道德观念,因此绝不会卖弄风情。她的情操高出于此。

唯一可能的假设是,奥莉加喜欢施托尔茨这样的人不断地向她表示充满理性和热情的崇拜,却没有任何实际打算。她当然喜欢,因为这种崇拜使得她那受到伤害的自尊心渐渐复原,使她渐渐又回到她从前站立的台座上,重新有了自豪感。

至于这种崇拜的结局如何,她又是怎样考虑的呢?总不能让这种崇拜永远止于施托尔茨以他的探求去向她的固执的沉默进攻吧。至少她是否预感到,施托尔茨的进攻不是徒劳的,他以如此坚强的毅力和个性去进行的事业定会成功呢?施托尔茨会白白耗费他的光和热吗?这光是否能湮没奥勃洛莫夫和那一次恋爱的映像呢?……

这些问题奥莉加都还没有想明白,没有明确地意识到,只拼命躲闪着,自己与自己搏斗,不知道如何走出困境。

她该怎么办?不能就这样踌躇下去,锁在心里的感情的无言的闪变和搏斗总有一天会通过言语表露出来,到那个时候,问起过去那一段,她如何回答呢?她该把过去那一段称做什么,又该把今天对施托尔茨的感情称做什么呢?

如果她爱施托尔茨,那么上一次恋爱是什么?是卖弄风情,轻佻浮浪,还是更糟?一想到这一点她就羞得面红耳赤,浑身发热。她绝不肯背上这样的罪名。

如果上一次是纯洁的初恋,那么她和施托尔茨的关系又算什么?又是玩弄、欺骗、算计,目的在于诱使施托尔茨和她结婚,借此掩盖她的轻佻浮浪吗?……这个念头使她不寒而栗,惊惧失色。

如果不是玩弄,不是欺骗,不是算计,那么……是又一次恋爱吗?

这个推断使她惶惑,初恋之后才过了七八个月就第二次恋爱!谁会相信她呢?她一启齿,不叫人吃惊也会……遭人白眼!她连想都不敢想,她没有这个权利!

她搜索枯肠,却找不出什么与第二次恋爱有关的说法。她想起一些有权威的姑妈、姨妈、老姑娘、聪明女子,还有作家和"恋爱问题思想家",可是从各方面听到的都是铁面无私的判决:"女人真正的恋爱只有一次。"奥勃洛莫夫也曾经这样宣告他的判决。索涅奇卡对第二次恋爱有什么说法呢?从俄国出来的人说,她这位女友已经在谈第三次恋爱了……

她认定,她对施托尔茨没有,也不可能产生爱情!她爱过奥勃洛莫夫,而这爱情已经死去,生命之花永远凋谢了!她对施托尔茨的感情只是建立在施托尔茨的卓越品质,以及他对她的友情、关怀和信任的基础之上的友情。

于是奥莉加一再排除她对这位老朋友产生了,甚至有可能产生爱情的想法。

正因为如此,施托尔茨无法从奥莉加的脸上或者言词中捕捉到任何迹象足以说明她是完全没有动心呢,还是有过哪怕一丝超越温馨、真挚,然而却是普通友谊的界限的情感像电光一样闪了一闪。

要想一刀两断,奥莉加现在只有一条路可走:一旦发现施托尔茨有爱情萌动的迹象,就别再火上浇油,别让它发展,赶快离开。然而奥莉加已经失去了时机,她早该料到施托尔茨的感情会发展成为热恋,何况施托尔茨不是奥勃洛莫夫,甩掉他是不可能的。

即便人可以离去,奥莉加在精神上却不能离去。起初她只使用了昔日友情赋予她的权利,像很久以前一样,时而把施托尔茨看作一个爱玩爱闹、说话俏皮、喜欢嘲讽的谈天对象,时而发现他善于准确而深刻地观察生活现象,包括他们自己生活中发生的一切和他们周围发生的、使他们感兴趣的一切。

但是他们见面的次数越多,两个人在精神上就越接近,施托尔茨所起的作用也越大。在不知不觉间,他从一个事物的旁观者转变为事物的说明人,奥莉加的导师。他无形中成了奥莉加的理性和良知,于是产生了新的权利,产生了束缚住奥莉加的整个生活的新的隐秘纽带,只有一个不可告人的领域除外,就是奥莉加仔细隐藏着不让施托尔茨观察和评说的那个领域。

奥莉加接受了施托尔茨对她的头脑和心灵的这种精神上的监护,并且看到自己对施托尔茨也有了影响。他俩交换了权利,奥莉加似乎是不动声色地默许了这个交换。

现在怎能忽然丢掉这一切?……何况其中包含着那么多……那么多趣味……欢愉,五光十色的天地……生活。如果这一切忽然没有了,她怎么办?她想到应该逃跑的时候已经迟了,她没有力量这样做。

哪一天她没有和他一起度过,哪一个想法没有告诉过他、和他交流分享,对于她就失去了色彩和意义。

"我的上帝!我能做他的妹妹就好了!"奥莉加想,"对这样一个人,不单在智慧方面,同时也在心灵方面,能够拥有永恒的权利,能够合法而公开地享受与他相处的快乐而不必为此付出惨重的牺牲,不必伤心,不必以倒霉的往事相告,那该有多幸福啊!现在我算什么呢?他要走,我不仅无权留住他,而且应该自愿和他分手。即使我留住他,又对他说什么呢?我有什么权利希望每分钟都见到他的身影、听到他的声音?……就因为我寂寞,我愁闷,他能教我,给我解闷,对我有好处,招人喜欢?当然,这些都是原因,却不是权利。我能给他什么作交换呢?给他没有私心杂念地欣赏我、不得希望回报的权利吗?多少女人会以此为幸福啊……"

奥莉加痛苦地思索着,想摆脱这困境却又看不到任何目标和终点,只有施托尔茨的失望和永别的可怕前景。有的时候奥莉加真想对施托尔茨和盘托出,一举结束他俩的内心斗争,但是再考虑一下立刻就觉得喘不上气来。她羞于这样做,难于这样做。

最奇怪的是,自从她和施托尔茨形影不离,由他主宰了她的生活以来,她已不再看重她的往事,甚至羞于想到她的往事。如果男爵或者别的什么人知道了,她当然也会不好意思,感觉难堪,但是却不会像现在这样,一想到让施托尔茨知道就心如刀绞。

她恐惧地想象着施托尔茨的脸上会出现什么表情,以后怎么看她,对她说什么,怎么想。她忽然在施托尔茨眼里显得那样渺小,软弱,浅薄。不行不行,绝对不行!

她开始观察自己,于是惊恐地发现,不仅是她过去那一段恋爱史,就连她恋爱的对象都让她感到羞耻……她也懊悔不该对如此忠实于她的旧友忘恩负义,这负疚感烧灼着她的心。

也许她能渐渐习惯于她的羞耻,隐忍下去——人对什么不能习惯啊!只要她对施托尔茨的友谊不包含任何自私的打算。然而,即使她能压抑任何狡猾地怂恿她的心声,也无法控制幻想。这第二次爱情的形象不受她的管束,常常在她眼前出现,发光。对美满婚姻的梦想越来越诱人,——不是和奥勃洛莫夫一起懒洋洋地打盹儿,而是和施托尔茨一起登上多彩多姿的生活的广阔舞台,进入生活的深层,去体验这幸福的一切喜与忧……

这时候她就以泪洗刷自己的过去,但是又洗不掉。她从梦幻中清醒过来,更加小心地躲藏在折磨着施托尔茨的那一堵让人捉摸不透的沉默和淡淡的友情的高墙后面。后来她又忘乎所以,没有私心杂念地爱与施托尔茨相处,在他面前显得迷人、殷勤、信任,直到这非分的对幸福的妄想再一次提醒她:她已经失去了这种权利,没有了前途,玫瑰色的梦已经成为过去,生命之花已经萎谢。

也许随着岁月流逝她会像所有的老姑娘一样渐渐安于自己的处境,不再对前途抱什么希望,变得冷漠,或者去从事慈善事业。可是施托尔茨脱口而出说的几句话就使她清楚地看到,他不再是她的朋友,而是她的热烈的爱慕者,她的非分的妄想忽然又变得更加咄咄逼人。于是友谊被爱情淹没。

那天上午,她脸色苍白,没有出门,心里焦躁不安,正努力克制自己,考虑现在她应该怎么办,她的责任是什么,但是找不到答案。她只骂自己为什么起初不克服羞耻感,早一点向施托尔茨说出自己的往事,现在还要克服恐惧感。

有几次她下定了决心,胸口作痛,泪水在里面沸腾,真想跑到施托尔茨面前,不用言词而用恸哭、抽搐、昏厥道出自己上一次的恋爱,让他看到她为之付出的代价。

她听到过别人在类似情况下是怎么做的。比如索涅奇卡向她的未婚夫谈起那位骑兵少尉的时候就说是她愚弄了对方,对方还是个孩子,她不止一次故意叫对方大冷天留在外面等她出门上车,等等。

换了索涅奇卡,她会不假思索地谈起奥勃洛莫夫,说她和奥勃洛莫夫开了个玩笑,为的是寻开心,他那么可笑,难道能爱上那样一个"笨手笨脚"的人?谁也不会相信。然而这种做法只对索涅奇卡的丈夫和许许多多其他男人有效,对施托尔茨却无效。

奥莉加可以把事情说得冠冕堂皇一些,声称她只是想把奥勃洛莫夫从深渊里拉上来才友好地卖弄了一下风情……为的是挽救一个垂死的人,等他活过来再离开他。不过这种说法未免太不合情理,太牵强,显然是胡诌……不行,完了!

"上帝呀,我陷进一个什么样的泥潭里了!"奥莉加痛苦地想,"坦白!……啊,不行!尽量别让他知道,最好永远不让他知道!可是不坦白等于偷窃,与欺骗、回避无异。上帝呀,帮帮我吧!……"然而她得不到帮助。

不管她多么喜欢和施托尔茨在一起,有的时候她宁愿不再和施托尔茨见面,宁愿像难以觉察的影子一般在他的生活中一闪而过,不以非分的激情给他那清澈明朗、充满理性的生活蒙上阴影。

她会为自己的没有成功的恋爱苦恼一阵子,为往事痛哭流涕,把对施托尔茨的思念埋葬在心里,然后……然后或许会找到一个"不错的对象"(这样的对象很多),做一个聪明体贴的贤妻良母,把过去的事情看成是少女的幻想,不再追求真正的生活,而是把这辈子熬过去。大家都是这样做的啊!

然而事情不只关系到她一个人,还牵涉到另外一个人,这另外一个人把自己对人生最美好的希望和自己的归宿都寄托在她身上了。

"为什么……我那个时候会爱?"她苦恼地自问,回忆起一天上午在公园里发生的事情:奥勃洛莫夫想跑开,而她想的是,如果他跑了,她的一生这本书就永远地合上了。那个时候她那么大胆而轻易地处理爱情问题,一生的问题,似乎一切都很清楚明白。现在呢,全都乱成一团,结成了死结。

她自作聪明,以为只要简单地看待事物,笔直地走路,生活就会像地毯一样服服帖帖地铺在脚下,结果呢……她甚至无法诿过于人,错在她自己一个人身上!

奥莉加不知道施托尔茨今天为何而来,没事人似的从沙发上站起身来,放下书本,迎上前去。

"我没打搅您吧?"施托尔茨一面问,一面在她屋里临湖的窗前坐下来。"您在看书?"

"不,我已经不看了,天黑下来了。我在等您呢!"她温柔、友好、信任地说。

"那更好,我必须和您谈谈。"施托尔茨给奥莉加挪过一张圈手椅来,严肃地说。

奥莉加颤抖了一下,呆立在那里。随后她机械地坐进圈手椅里,垂下头,也不抬眼,一副苦不堪言的样子。她真希望此时此刻身在一百俄里以外。

这时候往事像电光一样在她的记忆中闪过。她仿佛听见一个人的声音,说:"审判的时间到了!不能像玩弄玩偶一样玩弄生活!别拿生活开玩笑,否则会受到惩罚!"

他俩沉默了几分钟。施托尔茨显然在紧张地思索。奥莉加胆怯地看看他那张清瘦下去的脸、蹙起的眉头、表明他下定决心的紧闭的双唇。

"涅墨西斯①!……"奥莉加颤抖着暗想。他俩像是准备决斗一场。

"奥莉加·谢尔盖耶夫娜,您肯定在猜我要说什么,对吗?"施托尔茨用询问的目光望着她说。

施托尔茨坐在窗间壁旁,他的脸在暗处,而由窗玻璃透进来的光线正好照着奥莉加,施托尔茨能看出她的心思。

---

① 希腊神话中的惩罚女神。

"我哪能知道?"奥莉加低声说。

在这位厉害的对手面前,奥莉加没了她在奥勃洛莫夫面前一向显示出的那种意志和性格的力量,也没了洞察一切和控制自己的本领。

奥莉加明白,到目前为止她还能躲过施托尔茨的锐利目光顺利作战,这与她和奥勃洛莫夫之间的较量不同的是,她仰仗的根本不是自己的力量,而只是施托尔茨的固执的沉默不露。一旦摊牌,优势就不在她这边了,因此她反问:"我哪能知道?"只是为了赢得一寸空间和一分钟时间,让对手更清楚地暴露他的意图。

"您不知道?"施托尔茨天真地说,"那好,我告诉您……"

"啊,不!"奥莉加脱口说。

她抓住施托尔茨的一只手,求饶似的望着他。

"您看,我猜您是知道的!"施托尔茨说,接着又忧郁地问,"那您为什么说'不'呢?"

奥莉加没有回答。

"您既然料到我早晚会说,当然知道怎么答复我吧?"施托尔茨问。

"我料到了,而且很苦恼!"奥莉加说,同时仰身靠在椅背上,避开光线,暗自祈求黄昏快点来帮她,别让施托尔茨从她脸上看出羞涩和苦闷在她心中争战。

"您很苦恼!这话真可怕,"施托尔茨几乎是耳语般地说,"就像但丁说的:'把一切的希望抛在后面吧'①。一切尽在其中,我没话说了!不过我还是要感谢您,"他深深地叹了

---

① 但丁所著《神曲》之《地狱》第三篇中地狱门上的题词。

一口气,接着说,"我从混沌和黑暗中走了出来,现在至少知道我该怎么办。解脱的方法只有一个——赶快逃走!"

施托尔茨站起身来。

"不,看在上帝分上,不!"奥莉加扑过去重新抓住施托尔茨的手,惊恐地恳求说,"可怜可怜我吧,想想看,我会怎么样?"

施托尔茨坐下来,奥莉加也坐下来。

"可是我爱您,奥莉加·谢尔盖耶夫娜!"施托尔茨几乎是严厉地说,"您亲眼看见了,这半年我有多大的变化!您究竟想要什么,是彻底的胜利吗?是要我憔悴或者发狂吗?不敢当!"

奥莉加的脸色大变。

"您走吧!"她不失尊严地说,却又无法掩饰强忍着的委屈和深深的悲哀。

"原谅我,我错了!"施托尔茨抱歉地说,"我们无缘无故就吵起嘴来。我知道您不愿意这样,但是您又不能设身处地为我想,所以我要逃走您觉得奇怪。人有的时候会不知不觉地变成利己主义者。"

奥莉加换了换姿势,仿佛在圈手椅里坐得不舒服,但是没有说话。

"好吧,我留下来,那又怎么样呢?"施托尔茨接着说,"您当然会表示要给我友情,可是我已经有了您的友情。我离开一两年之后还是会有。奥莉加·谢尔盖耶夫娜,友情是个好东西,如果是青年男女互相依恋或者老夫老妻对爱情的回忆的话。不过千万不能在一方是友情,在另一方是爱情,那可就不好了!我知道,您和我在一起不觉得无聊,但是我和您在一起的感觉呢?"

"既然这样,您还是走吧,上帝保佑您!"奥莉加的声音低得几乎听不见。

"留下来!"施托尔茨自言自语地说,"在刀刃上走,这样的友情真叫好!"

"我就比您轻松吗?"奥莉加忽然说。

"这话从何说起?"施托尔茨立刻反问,"您……您并不爱……"

"我不知道,我在上帝面前发誓,我不知道! 如果您……如果我现在的生活发生变化,我会怎么样?"奥莉加沮丧地,几乎是自言自语地说。

"我应该怎么理解这话? 看在上帝分上,开导开导我吧!"施托尔茨一面把自己坐的圈手椅挪到奥莉加跟前,一面说,奥莉加说的话和毫不做作的深沉语调让他大惑不解。

施托尔茨竭力想看清奥莉加的神态。奥莉加沉默着,虽然心中渴望安慰施托尔茨,收回她"很苦恼"这句话,或者作出某种与施托尔茨所理解的不同的解释,但是又不知道应该怎样解释,只模糊地感觉到,他俩都处在严重误解重压之下的一种不自然的状态中,彼此都很不好受,只有他,或者她在他的协助下,才能把过去和现在说清楚,理出一个头绪。而要做到这一点,就必须经过那个深渊,向他坦白她的往事。她多么盼望又多么害怕他的裁判呀!

"连我自己也不明白,我心里比您更乱,更糊涂!"奥莉加说。

"听我说:您信任我吗?"施托尔茨握住奥莉加的一只手问。

"无限信任,就像信任我母亲一样,这您是知道的。"奥莉加声音微弱地说。

"那么就把我们上次分手以来您遇到的事情告诉我。现在您真让我摸不透,以前我从您脸上就能看出您在想什么,这好像是我们相互理解的一个办法。您同意吗?"

"唉,是的,必需这样做……应该想办法结束了……"奥莉加由于非吐露不可而烦恼地说。"涅墨西斯!涅墨西斯!"她一面这样想,一面把头低到了胸前。

奥莉加垂下了头,而且沉默不语。她刚才说的几句简单的话,特别是她的沉默,使施托尔茨感到恐慌。

"她很痛苦!上帝呀!究竟发生过什么事情?"施托尔茨想,额头沁出了冷汗,连手脚都在发抖。他想象中出现了十分可怕的事情。奥莉加仍旧沉默着,显然在作思想斗争。

"那么……奥莉加·谢尔盖耶夫娜……"施托尔茨催促说。

奥莉加沉默着,只是又做了一个神经质的动作,因为屋里光线很暗,施托尔茨看不清楚,只听见奥莉加的绸衣发出一阵沙沙的声响。

"我在鼓足勇气,"奥莉加终于开口说,过了一会儿才接着说下去,"真难,要是您知道就好了!"然后她把脸扭向一边,竭力克制内心的斗争。

奥莉加本来希望施托尔茨不是从她的口中,而是通过某种奇迹获悉一切。幸而天黑了,她的脸在阴影里,只有声音能暴露她内心的秘密,而话总说不出口,好像她不知道用什么口气开始说才好。

"我的上帝! 今天我这么难为情,这么痛苦,我的罪过该有多大啊!"她心里难过极了。

不久以前她还那么信心十足地掌握着自己和别人的命运,那么聪明,那么坚强有力!现在轮到她像小姑娘一样吓得发抖!既往使她羞愧难当,现在又使她的自尊心备受折磨,再加上目前的不自然状态,这些都撕裂着她的心……她真受不了!

"我来帮您吧……您……谈过恋爱了?……"施托尔茨好不容易说了出来,这句话使他非常痛苦。

奥莉加以沉默作出了肯定的回答。施托尔茨又恐慌起来。

"爱的是谁?不是秘密吧?"施托尔茨尽量镇静地问,可是连自己也感觉到嘴唇在颤抖。

奥莉加更加痛苦了。她真想说出另外一个名字,编出另外一个故事。她犹豫片刻,但是无法可想,就像一个人在极端危险的时刻纵身跳下陡岸或者投身火海一样,突然说出:"奥勃洛莫夫!"

施托尔茨惊呆了。沉默持续了两分钟。

"奥勃洛莫夫!"施托尔茨诧异地说。随后他降低声调,又肯定地说,"这不是真的!"

"是真的!"奥莉加平静地说。

"奥勃洛莫夫!"施托尔茨重复一遍,然后信心十足地说,"这不可能!这里面有问题,您没有真正懂得您自己,没有懂得奥勃洛莫夫,甚至也没有懂得爱情。"

奥莉加没有说话。

"我说这不是爱情,而是别的什么!"施托尔茨坚持说。

"我是向他卖弄风情了,牵着他的鼻子走,使得他不幸……然后,您看,现在我又来对您这样做!"奥莉加沉稳地说,但是声音里又有委屈的眼泪在沸腾。

"亲爱的奥莉加·谢尔盖耶夫娜!别生气,别这样说话,您从来不用这种口气说话。您知道,我根本不是这样想的。不过,我不能设想,我不明白,奥勃洛莫夫怎么会……"

"但是他配得到您的友谊,您甚至不知道怎么珍视他才好,他为什么就不配得到爱情呢?"奥莉加为自己辩解说。

"我知道,爱情不像友谊那样挑剔,"施托尔茨说,"甚至往往是盲目的,人们不是因为值得爱才爱,的确如此。但是爱情需要一种有的时候是微不足道的东西,既无法给它下定义,也叫不出它的名字,而在我那位无与伦比却又笨手笨脚的奥勃洛莫夫身上没有这种东西,所以我很吃惊。您听我说,"施托尔茨热烈地说下去,"像这样谈,我们永远谈不清楚,彼此无法理解。您不必羞于讲细节,花半小时抛开自尊心把全部情况讲给我听,我会告诉您,那究竟是怎么一回事,也许我还能告诉您,您面临的是什么……我总觉得……不是那么一回事……"接着施托尔茨兴奋地说,"啊,真的是这样就好了!"最后施托尔茨平静地,几乎是快乐地说:"如果您爱过的是奥勃洛莫夫,而不是别人!是奥勃洛莫夫!那您就与过去无关,与爱情无关,您不受任何约束……说吧,快说呀!"

"好吧,看在上帝分上!"奥莉加信赖地说,由于卸下了一部分枷锁而高兴起来。"我一个人面对过去会精神失常。您不知道我有多可怜!我不知道我是不是错了,不对,我不知道我该不该为过去感到羞愧、惋惜,对未来该不该抱希望……您说您很痛苦,但是没有想到我也痛苦。您听我把话说完,不过请别用您的理智来听,我害怕您的理智,最好用心来听,也许您的心能做出判断:我没有母亲,我好像迷失在森林里了……"奥莉加有气无力地说到这里,又连忙改口说,"不,不要可怜我。如果上一次是恋爱,那您就……走吧。"她停顿了一下,接着说,"等到您对我又只有友情的时候再来。如果上一次是行为轻浮,卖弄风情,那您就惩罚我,跑得远远的,忘记我。请您听着。"

施托尔茨紧紧地握了握奥莉加的双手作为回答。

于是奥莉加开始了她的既长又详尽的自白。她把长期以来啮噬着她、使她脸红的一切,把曾经使她陶醉、认作幸福、后来又突然使她堕入悲哀和怀疑的深渊的一切,清清楚楚、一字一句地吐露给了另一个人。

她谈到散步、公园、她的希望、奥勃洛莫夫的清醒和沉沦,也谈到丁香花枝,甚至接吻。她只回避了那个闷热的晚上在花园里发生的事情,或许因为她至今还拿不准,那究竟是怎么一回事。

最初只听见她难为情地耳语着,但是她越往下讲声音越清楚,越不拘束,耳语变成低声,渐渐上升为丰满的胸音,最后平静地结束,仿佛讲的是别人的事情。

帷幕在她面前落下,此前她不敢正视的往事一幕幕展开。她看明白了许多,如果不是天黑,她会勇敢地抬起眼睛看一看这个听她讲述的人。

奥莉加讲完了,静候审判。然而回答她的是死一般的沉寂。

施托尔茨怎么啦?没听见他说一句话,有一点动静,甚至呼吸一下,好像她面前没有人似的。

这沉寂又使她产生了疑虑。缄默继续下去。它意味着什么?世界上最明鉴、最宽容的法官会对她作出什么判决呢?即使其他一切都无情地判她有罪,他一个人也会为她辩护,她会选他做辩护人……他会明白一切,权衡一切,比她本人更妥当地作出有利于她的裁决!可是他不开口,难道她败诉了?……

奥莉加又害怕起来……

门开了,女仆拿进来的两支蜡烛照亮了他俩所在的那个角落。

奥莉加向施托尔茨投去胆怯的、却又是热切的、询问的一瞥。施托尔茨把两手抱在胸前,十分温柔、坦诚地望着奥莉加,欣赏着她的窘态。

奥莉加的心平静了,暖和过来。她舒了一口气,几乎哭出声来。她立刻又有了对自己的宽容和对他的信任,像一个得到原谅、安慰和爱抚的孩子一样幸福。

"完了?"施托尔茨低声问。

"完了!"奥莉加说。

"他写的那封信呢?"

奥莉加从皮包里拿出信来递给施托尔茨。施托尔茨走到蜡烛跟前,看了信,把它放在桌上,两只眼睛又带着奥莉加很久都没有看到的那种表情望着她。

先前那位自信,有点好嘲笑,但却无比善良的宠爱她的朋友站在她面前,脸上没有一丝痛苦或怀疑的痕迹。他握住她的双手,吻了吻这一只,又吻了吻那一只,然后低头深思。她也静下来,目不转睛地从他脸上观察他的思想活动。

忽然间,施托尔茨站起身来。

"我的上帝,早知道是奥勃洛莫夫,我哪儿会这样痛苦!"

他一面说,一面非常温柔、非常信任地看着奥莉加,好像她不曾有过这样一段可怕的经历。她心里高兴起来,像过节一样轻松。现在她清楚了,她只在他一个人面前感到羞耻,而他并不惩罚她,也不会逃走! 即使世上的人都指责她也无所谓了!

施托尔茨重新控制住自己,显得很快活,但是奥莉加觉得这还不够。她看到她已被宣判无罪,可是,作为一名被告,她还想知道判决书的内容。施托尔茨却拿起了帽子。

"您上哪儿去?"她问。

"您太激动了,休息休息吧! 我们明天再谈。"

"您想叫我今天一夜失眠吗?"奥莉加打断他的话说,同时拉住他的手,让他坐下来,说,"您还没说那……是怎么一回事,我现在怎么样,将来……又怎么样,就想走吗? 安德烈·伊万内奇,您可怜可怜我吧! 您不说谁说呢? 如果我该受到惩罚,谁来惩罚我? 或者……谁来原谅我?……"她两眼含着那么温柔的友情望着施托尔茨说,施托尔茨只好扔下帽子,几乎要在她面前跪下来。

"天使——请允许我说——我的天使!"施托尔茨说,"别白白折磨自己了,既不必惩罚您,也不必宽恕您。对您刚才谈的,我甚至没有什么要补充的。您还怀疑什么呢? 您想知道,那是怎么一回事,应该把它叫做什么,对吗? 其实您早就知道……奥勃洛莫夫写的信呢?"他从桌上拿起那封信。

"您听听!"接着施托尔茨念道:"'您现在所说的我爱并非现实的爱,而是未来的爱。这只不过是对爱的一种下意识的需求,由于缺乏真正的养料,有时就表现为女性对幼儿的疼爱,或者对另一位女性的温情,甚至干脆表现为大哭大闹的歇斯底里!……您错了(施托尔茨特别强调最后两个字),您面对的并不是您期待和梦想的人。请等一等,他会来的。到那个时候,您就会清醒过来,为自己犯下的错误感到懊恼和羞惭……'您看,说得多对!后来您确实为……自己的错误感到羞惭和懊恼。没有什么需要补充的了。他说得对,而您不相信他的话,这就是您的全部过错。你们那个时候分手就好了,可是您的美貌征服了他……而打动了您的是——他的鸽子一样的柔顺!"最后这句话施托尔茨说得带有一点嘲弄的意味。

"我没有相信他的话,我以为心是不会错的。"

"不对,心也会犯错误,有的时候甚至会犯致命的错误。"施托尔茨又说,"可是您的心并没有被触动,那是想象和自尊心在作怪,同时也是软弱……何况您曾经担心您的生活中再也不会有欢乐,担心这一线苍白的光会照着您的一生,以后是永恒的黑夜……"

"那么眼泪呢?"奥莉加说,"难道说我哭的时候眼泪不是从心里流出来的?我并没有撒谎,我是真诚的……"

"我的上帝!女人碰到什么事情不哭?您自己说的,您为那束丁香花,为那条心爱的长凳难过,还可以加上受骗的自尊心,演得不成功的救星角色,一点习气……哭的原因多了!"

"我们约会,在一起散步也是错误吧?您记不记得,我……到他那儿去过……"奥莉加难为情地说,似乎执意把自己要说的话压下去。她尽量谴责自己,为的只是让施托尔茨更起劲地为她辩护,使她在他看来更无罪一些。

"从您讲的情况当中可以看出,你们最后几次约会已经无话可说。你们的所谓'爱情'缺少内容,继续不下去了。你们分手以前实际上已经分手,当时你们不是忠于爱情,而是忠于你们臆造出来的爱情的幻影——这就是全部秘密。"

"那么接吻呢?"奥莉加的声音很低,以至施托尔茨不是听见了,而是猜到了。他故意拉下脸说:

"哦,这倒很重要,应该给您……少上一道菜。"施托尔茨看着奥莉加,眼睛里含着越来越多的温存和爱意。

"玩笑不能为这种'错误'辩解!"奥莉加被施托尔茨的随随便便、满不在乎的语调惹恼了,严肃地说,"如果您义正辞严地惩罚我,直言不讳地指出我的过错是什么,我倒会觉得轻松一些。"

"如果不是与奥勃洛莫夫有关,而是与别人有关,我就不会开玩笑了,"施托尔茨说,"与别人有关的错误可能造成……灾难性的后果。但是奥勃洛莫夫这个人我了解……"

"别人?永远不会!"奥莉加涨红了脸插话说,"我比您更了解他……"

"可不是!"施托尔茨同意了。

"但是,如果他……变了一个人,振作起来,听我的话……难道说我会不爱他吗?在这种情况下,难道说还会有虚假的东西和错误存在?"奥莉加说。她想从各个角度来看这个问题,不留下一点污迹和可疑之处。

"就是说,如果把他换成另外一个人,你们的关系毫无疑问会发展成爱情,会巩固下来,而且……不过这是另一部罗曼史,另一位主人公,与我们无关。"

奥莉加舒了一口气,仿佛把压在心上的最后一个包袱放下了。两个人一时都没有说话。

"康复……多幸福啊……"奥莉加像花朵开放一样,慢慢地吐出这句话,并且向施托尔茨投去感激不尽、极为热烈、空前友好的目光。从这目光中,施托尔茨看到了近一年来他徒然寻觅的火花。欣喜之情如同电击一般穿透他的全身。

"不,康复的是我!"施托尔茨说,并且沉思起来。"唉,我早点知道这罗曼史的主人公是伊利亚就好了!白费了多少时间、多少心血啊!为了什么?何苦呢?"他几乎是沮丧地说。

忽然间,他好像一下子从沮丧和沉重的思索中回过神来。额头上的皱纹舒展开了,眼睛闪出快活的光辉。

"不过,这显然是无法避免的。现在我多放心……多幸福啊!"他又陶醉地说。

奥莉加对自己这突如其来的重生惊讶不已。

"一场梦,好像什么事情也没有发生过!"奥莉加沉思地说,声音低得几乎听不见,"您不仅拔去了我的羞愧和悔恨,也拔去了我的痛苦、烦恼,等等……您是怎么做到的?这一切,这个……错误都会过去吗?"

"是的,我想已经过去了!"施托尔茨说,第一次用充满激情的目光看了奥莉加一眼,不加掩饰。"就是说,以前的事情全都过去了。"

"将来的……就……不是错误……是真的?……"奥莉加问,但是没有把话说完。

"这里面说到了,"施托尔茨又拿起奥勃洛莫夫的信来念道,"'您面对的并不是您期待和梦想的人。请等一等,他会来的。到那个时候,您就会清醒过来……'我再加上两句:您会爱上他,不仅一年的时间不够,整整一生的时间也嫌少。只是我不知道……您会爱上谁?"他两眼紧盯着奥莉加。

奥莉加垂下眼帘,紧闭双唇,然而却有光芒透过眼帘喷射出来,双唇也抑制不住笑意。她看了看施托尔茨,笑出声来,这发自内心的笑使她热泪盈眶。

"奥莉加·谢尔盖耶夫娜,您过去的事是怎么一回事,连您将来会怎么样,我都对您说了。可是您还没有给我的问题一个答案来解决这个问题。"

"我能说什么呢?"奥莉加难为情地说。她腼腆地看了施托尔茨一眼,接着耳语般说下去:"即使我能说出您很想听到……也是您当之无愧的话,我有这权利吗?"

施托尔茨又感觉到了奥莉加的目光中包含的前所未有的友情的火花,再一次幸福得颤抖。

"别忙,"施托尔茨说,"等您这合乎礼仪的伤悼情绪过去以后,您再说那句我当之无愧的话。这一年来我也明白了一些事情,现在只求您做一个决定:我是走呢,还是……留下来?"

"听我说,您这是在对我调情!"奥莉加忽然高兴地说。

"不!"施托尔茨一本正经地说,"现在这个问题已经和从前不同,有了不同的含义:如果我留下,那么……以什么资格呢?"

奥莉加忽然露出窘态。

"您看,我不是调情!"施托尔茨笑着说,因为抓住了奥莉加而颇为自得。"在今天这场谈话之后,你我之间的关系应该不同,您和我都和昨天不一样了。"

"我不知道……"奥莉加低声说,她窘得更加厉害了。

"您允许我给您出个主意吗?"

"您说吧……我会不加考虑地照办!"奥莉加几乎是怀着热烈的顺从情绪说。

"您期待的人还没有来,先嫁给我吧!"

"我还不敢……"奥莉加两手蒙着脸低声说,她很激动,但很幸福。

"为什么不敢?"施托尔茨也低声问道,并且让奥莉加的头靠在他身上。

"过去的事呢?"奥莉加又低声说,同时把头靠在施托尔茨胸前,好像偎着母亲一样。

施托尔茨把奥莉加的手从她脸上轻轻拿开,吻了吻她的头,久久地欣赏着她的窘态,愉快地看着她的泪水怎样涌进眼眶又渐渐消退。

"过去的事像您的丁香花一样,也会凋谢!"施托尔茨说,"您上了一课,现在该运用您学到的东西了。生活就要开始,把您的未来交给我,什么也不要想,一切由我担当。我们到婶娘那里去吧。"

这天施托尔茨很晚才回家。

"我找到属于我的东西了,"他一面想,一面用深情的眼睛望着树木、天空、湖水,甚至望着从水面上升起的雾气,"我终于等到了这一天!可是经过了多少年的感情饥渴、忍耐、心力的节制啊!我等了很久,现在都得到了回报,这就是一个人最好的归宿!"

此时此刻这幸福在他的眼里遮盖了一切,包括事务所、父亲的马车、麂皮手套、油污的账本,一句话,全部商务活动。他只忆起他母亲的香气扑鼻的房间、赫尔茨的变奏曲、公爵的画廊、天蓝色的眼睛、扑了粉的栗色头发,而这一切又都淹没在奥莉加的温柔的声音里,他仿佛听见她的歌声……

"奥莉加——我的妻子!"激情使得他颤抖了一下,"一切都有了,再也不需要寻觅什么,再也不需要东奔西跑了。"

施托尔茨陶醉在幸福中,信步走回住处,连自己走在哪一条街上都不知道……

奥莉加久久地目送他离去,然后打开窗户,呼吸了一阵夜间的凉爽空气。激动的心情渐渐平复,胸部均匀地一起一伏。

她向湖上眺望,极目远方,静静地深思,像睡着了一样。她想弄清她的思想和情感,但是什么也抓不住。思绪像波浪似的平稳向前,血液在血管里缓缓地流动。她体验到了幸福,却无法确定它的界限,说不出它究竟是什么。她想,为什么她这样安宁,平静,心情这样好,这样放心,同时……

"我是他的未婚妻了……"她悄声说。

"我是未婚妻了!"当一位少女终于等到了照亮她一生的这个时刻,她就会自豪地颤抖着这样想,而且她仿佛长高了,从高处回头俯瞰那条黑暗的小径,昨天她还不为人知地踽踽独行在那条小径上。

为什么奥莉加没有颤抖呢?她也曾经独自沿着一条不为人知的小径前行,也是在十字路口遇见了他,可是他向她伸出手来,不是把她引到耀眼的光芒之中,而仿佛是引到滔滔的大河边、广阔的田野间和向她亲切微笑的小山上。她没有被强光射得睁不开眼,心脏没有突然收缩,头脑也没有发出奇想。

她怀着平静的喜悦心情注视着生活的洪流、生活的广阔田野和青翠的小山。她的双肩没有战栗,目光没有一点自豪的神情。只有当她把目光从田野和小山上移到向她伸出手来的那个人身上的时候,她才感觉到一滴眼泪顺着她的一边脸颊缓缓流下……

她一直坐着,仿佛已经入睡。她的幸福之梦是那么平静,她一动也不动,几乎连气都不喘。她出了神,思绪飞向一片光线柔和、既温暖又芳香的静静的蓝色夜空。幸福之梦展开宽阔的翅膀,像天空里的一片云,在她头上缓缓浮动……

她没有梦见自己戴过两小时婚纱以后就一辈子穿着家常便服。她也没有梦见华筵、辉煌的灯火和快乐的喧闹。她梦见的是幸福,而且是平平常常、不加修饰的幸福,所以她又一次没有自豪地颤抖,只是深情地低声说:"我是他的未婚妻了!"

五

奥勃洛莫夫上次过他的命名日,施托尔茨无意中赶到,那是一年半以前的事了。如今,我的上帝,他屋里一切都显得多么阴暗、乏味啊!他本人也虚胖虚胖的,无聊好似一种虚弱症,侵入他的双目,由他的眼神反映出来。

他在屋里来来回回地走一阵子,然后躺下望着天花板,或者从书架上拿一本书,才浏览了几行就打起哈欠来,并且用手指弹桌子。

扎哈尔变得更加笨拙,更加邋遢。他的衣袖在肘弯处打上了补丁,看上去一副穷酸相,仿佛吃得不好,睡眠不足,一个人干着三个人的活儿。

奥勃洛莫夫的大袍已经穿破,无论怎样仔细缝补还是处处开裂,早该换新的了。床上的被子也破了,有的地方打上了补丁。窗帘早已褪色,虽然洗得干干净净,还是像破布一样。

扎哈尔把一块旧桌布铺在靠近奥勃洛莫夫的那半边桌子上,然后他紧闭着嘴,小心翼翼地端来餐具和一瓶伏特加酒,放下面包就出去了。

房东太太那边的房门开了,女主人拿着盛有煎蛋、还在咝咝作响的平底锅走进来。

她的变化也大极了,也是不利于她的变化。她消瘦了,脸颊不再是圆圆的、白白的,不再会红一阵、白一阵,稀疏的眉毛失去了光泽,眼睛塌陷了下去。

她穿一件旧印花布衫,两只手也许是给太阳晒黑了,也许是由于操持家务、与水火打交道而变得粗糙起来,也许两方面的原因都有。

阿库林娜已经不在这家干活了。做饭、种菜、喂鸡、擦地板、洗衣服这些事情都由阿尼西娅一个人做。阿尼西娅忙不过来的时候,房东太太不管愿不愿意都必须亲自下厨,她很少捣、筛、磨了,因为家里已经很少享用咖啡、桂皮、杏仁之类的东西。至于花边,她脑子里已经没了这回事。现在她干得比较多的活儿是剁洋葱、擦洋姜和其他一些佐料。她的脸上挂着深深的沮丧神情。

她叹气不是为了自己,不是因为自己没有咖啡喝;伤心也不是因为自己再也不能忙里忙外地宽裕地持家、捣桂皮、往调味汁里加香草或者熬厚厚的鲜奶皮,倒是因为奥勃洛莫夫已经一年多吃不上这些东西,他的咖啡不是几普特几普特地从最好的商店买回来,竟是从一家小店几十戈比几十戈比地买;因为鲜奶皮不是由芬兰女人送来的,而是由那家小店供应;因为早餐她不能给奥勃洛莫夫嫩肉饼,而只能给他煎鸡蛋,配上几片还是那家小店存放多时的硬火腿。

这说明什么问题?说明一年多来施托尔茨如数送上的奥勃洛莫夫庄园收入全都拿去付了奥勃洛莫夫本人开给房东太太的借据上的借款。

伊万·马特维伊奇所说的"合法的事"出乎意料地获得成功。塔兰季耶夫一暗示所谓的"丑事",奥勃洛莫夫立刻面红耳赤,无地自容,决定私了。后来他们三个人一起喝了酒,奥勃洛莫夫就在一张为期四年的借据上签了字。一个月以后,房东太太也签了一张类似的借据给她哥哥,没怀疑这是个什么东西,为什么要她签字。她哥哥说是跟房产有关的必不可少的文件,叫她写上:"此借据由某某人(头衔、姓名)签押。"

她只为要写许多字犯难,就请哥哥让她儿子万尼亚写,说"他现在写得很流利",而她亲自动笔说不定会把事情弄乱了。但是哥哥坚持要她写,她只好歪歪扭扭地写了几个大字。以后这事就没有再提起过。

奥勃洛莫夫签字的时候,想到这些钱是用在两个孤儿身上而多少感到宽慰。第二天他清醒过来,想起这件事就羞愧万分,竭力忘掉它,避免和伊万·马特维伊奇见面。塔兰季耶夫一谈起这件事,奥勃洛莫夫就威胁说他要立刻搬到乡下去。

后来他又收到乡下送来的钱的时候,伊万·马特维伊奇来找他,说他最好立刻用这笔收入来还债,三年之内全部债务就可以偿清,否则期限一到就要罚款,他的庄园就要拿去拍卖,因为他现在没有,将来也不像会有足够的现金。

奥勃洛莫夫明白了他的境况有多窘迫,施托尔茨送来的钱都要拿去抵债,他只剩下很少一点生活费。

伊万·马特维伊奇担心夜长梦多,急于在两年内结束这项债务人自愿做的交易,致使奥勃洛莫夫突然陷入困境。

起初还不大明显,因为奥勃洛莫夫向来不清楚他口袋里有多少钱。后来伊万·马特维伊奇突发奇想,向一个粮店老板的女儿求婚,另租了一处住房搬走了。

房东太太的家政忽然失去了原先的气派,鲟鱼肉、鲜嫩的小牛肉、火鸡都跑到另一个厨房,跑到她哥哥的新居里去了。

晚上那边灯火通明,伊万·马特维伊奇未来的亲属、他的同事和塔兰季耶夫经常聚会,要什么有什么。房东太太和阿尼西娅望着自己的空锅空罐目瞪口呆,无可奈何。

房东太太破天荒头一次发现,她只有一座房子、一片菜园和一些小鸡,而她的菜园既不长桂皮,也不长香草;市场上的店主们渐渐不再满面笑容地向她深深鞠躬,他们的微笑和鞠躬现在转归她哥哥家的那个新来的爱打扮的胖厨娘。

奥勃洛莫夫把伊万·马特维伊奇留给他的生活费如数交给房东太太,有三四个月时间房东太太还像从前一样不管不顾地磨着论普特购进的咖啡,捣桂皮,煎炸小牛肉和火鸡,直到花完最后七十戈比的那一天她才去对奥勃洛莫夫说,她没有钱了。

奥勃洛莫夫听到这个消息,在长沙发上翻了三次身,然后拉开抽屉,发现一文钱也没有了。他这才开始回想,钱到哪儿去了,但是什么也想不起来。他在桌面上摸了一阵子,看看有没有铜板留下,又问扎哈尔,扎哈尔说他做梦也没见着钱。房东太太就去找她哥哥,还天真地告诉他家里没有钱了。

"我可是给了那位大人一千卢布生活费,你们都花到哪儿去啦?"房东太太的哥哥问,"叫我上哪儿拿钱去?你知道我就要正式结婚了,我一个人可养不起两个家,请你跟那位老爷量入为出吧。"

"哥哥,您干吗总拿老爷来咒我?"房东太太说,"他有什么对不起您的?他没招谁惹谁,自己过自己的日子。又不是我把他引来住在这儿,是您和米海·安德烈伊奇呀。"

哥哥给了妹妹十卢布,还说就这么多了。后来他和塔兰季耶夫在酒肆里把这件事情一琢磨,又觉得不能这样扔下妹

593

妹和奥勃洛莫夫不管,万一事情传到施托尔茨耳朵里,万一施托尔茨突然跑来,弄清原委,说不定会把事情翻过来,那可就来不及讨债了。说这事"合法"也没用,德国佬狡猾得很呢!

于是伊万·马特维伊奇每月给他们加五十卢布,准备从奥勃洛莫夫第三年的收入中扣除这笔钱,同时告诉他妹妹,竟至指天发誓地说,他多一个铜板也不会给了。他已经考虑好这边应该怎样开伙、怎样减少开销,甚至规定出什么时候该做什么菜,还计算出他妹妹靠养鸡和种圆白菜能收入多少钱,说靠这些收入就能过得很不错。

房东太太平生第一次不是为家务,而是为别的事情低头沉思;第一次不是因为阿库林娜打碎了杯盘或者没把鱼烧熟挨哥哥的骂而哭泣;第一次遇到可怕的穷困,不是为自己感到害怕,而是为奥勃洛莫夫感到害怕。她想:

"怎么能叫这位老爷突然去吃萝卜加黄油,而不是芦笋;吃羊肉,而不是松鸡;吃腌渍的鲈鱼,甚至吃从小店买来的肉冻,而不是最好的鲑鱼或者琥珀色的鲟鱼肉啊……"

可怕呀!她不敢往下想,匆匆穿好衣服,雇了一辆马车,到亡夫的亲属家去,不是出席复活节或者圣诞节的家宴,而是一大清早就心事重重地去谈一件不寻常的事情,问他们该怎么办,找他们借钱。

他们有的是钱,一听说是为了奥勃洛莫夫,立刻会解囊相助。如果是为了给她自己买咖啡、茶叶,给孩子们买衣服、鞋子这一类非分的要求,她一声也不会吭。现在急需给奥勃洛莫夫买芦笋,买松鸡,买他爱吃的法国豌豆……

亲戚们很吃惊,没有给她钱。他们说,如果奥勃洛莫夫有值钱的东西,比如金器银器,哪怕是皮货,可以拿去典当,会有好心人肯出她索价的三分之一,等奥勃洛莫夫从乡下收到钱以后再赎回来。

换了别的时候,这位天才的主妇哪里听得进这种实用课程,她无论如何不会接受。现在呢,她用她的心明白了,考虑好了,于是……把自己的陪嫁珍珠拿出来过了秤。

奥勃洛莫夫什么也没有发觉,第二天有极好的鲑鱼下醋栗泡的伏特加酒,还吃到心爱的杂碎和鲜嫩的松鸡。房东太太和孩子们吃的却是下人才吃的菜汤和稀饭,只是为了陪陪奥勃洛莫夫她才喝了两杯咖啡。

房东太太典当了自己的珍珠以后不久,又从百宝箱里拿出她的项坠,接着是银器、女大衣……

从乡下送钱来的日子到了,奥勃洛莫夫把钱如数交给了她。她赎回了珍珠,付了项坠、银器和皮货的利息,又给他做芦笋和松鸡,只为了装装样子才和他一起喝咖啡。珍珠又去了它该去的地方。

她一个星期接一个星期、一天接一天地苦熬着,挣扎着。她卖了披肩,又打发人去卖掉考究的衣服,只能穿家常布衣,露着胳膊肘儿,星期天出门做礼拜用一块破旧的三角巾遮住脖子。

这就是她消瘦下去、两眼塌陷、亲自给奥勃洛莫夫送早饭的原因。

当奥勃洛莫夫通知她,明天塔兰季耶夫、阿列克谢耶夫或者伊万·格拉西莫维奇要来吃饭的时候,她还有勇气装出高兴的样子。饭菜精美,她没有给主人丢脸。但是为此她费了多少心血,跑了多少路,向商店老板们求了多少次情,以后又度过多少不眠之夜,流了多少眼泪啊!

她忽然深深地掉进动荡的生活漩涡中,尝到了幸福和不幸的滋味。但是她爱这种生活。纵然她的眼泪和操劳如此苦涩,她也不肯拿这种生活换回她认识奥勃洛莫夫以前的平静日子。那个时候她可是很体面地在噼噼啪啪、咝咝作响的盛满食物的大锅小锅之间指挥阿库林娜和扫院工干活。

当她忽然想到死的时候,她竟恐惧得发抖,虽然死能够一下子结束她的流不尽的眼泪、日复一日的操劳和一夜夜的失眠。

奥勃洛莫夫吃罢早饭,听玛莎读过法文,然后到房东太太屋里去闲坐一阵,看她给万尼亚补短上衣,她把那件衣服翻过来翻过去差不多有十次之多,这当中还不断地跑到厨房去看中饭吃的羊肉烤得怎么样,是不是该煮鱼汤了。

"您干吗总忙来忙去?"奥勃洛莫夫说,"别管啦!"

"我不管谁管?"她说,"等我在这儿打上两块补丁,我就去煮鱼汤。万尼亚这孩子坏透了!上星期我才把他的上衣重新补得好好的,他又撕破了!你笑什么?"她问坐在桌旁的万尼亚,那孩子只穿着一件衬衫和一条吊着背带的裤子,"这回我得补到明天早上,你也没法跑到大门外去了。肯定是让别的孩子撕破的,你打架了吧?"

"没有,妈妈,是它自己破的。"

"自己破的!你最好在家温习功课,别到街上去乱跑!等伊利亚·伊利奇再说你法文没学好,我就把你的靴子也脱下来,你不愿意也得坐下读书!"

"我不喜欢学法文。"

"为什么?"奥勃洛莫夫问。

"法文有好多不好的词儿……"

房东太太脸红了,奥勃洛莫夫哈哈大笑。看来他们以前就谈到过那些"不好的词儿"。

"闭嘴,坏孩子,"房东太太说,"你最好把鼻子擦干净,没看见吗?"

万尼亚噗嗤一声笑了,但是没有擦鼻子。

"等我收到乡下送来的钱,我给他做两套新衣服,"奥勃洛莫夫插嘴说,"做一件蓝色短上衣,再做一身制服明年穿,他该上中学了。"

"旧衣服还能穿,"房东太太说,"钱得留着家用。我们要存一点腌牛肉,再给您做一点果酱……我去瞧瞧阿尼西娅买回酸奶油没有……"于是她站起身来。

"今天吃什么?"奥勃洛莫夫问。

"棘鲈鱼汤,烤羊肉,还有甜馅饺子。"

奥勃洛莫夫没有做声。

忽然来了一辆轿式马车,有人敲门,链子拴着的大黑狗又跳又叫。

奥勃洛莫夫以为是卖肉的、卖菜的这一类人来找房东太太,就回自己的屋里去了。那些人一般都是来要钱的,房东太太不给,他们就威胁她,然后是她求他们缓几天,有人就破口大骂,或者摔门,大黑狗拼命地跳啊叫啊——总之,是个令人不愉快的场面。然而今天来的却是一辆轿式马车,这意味着什么呢?卖肉的和卖菜的不会坐轿式马车来。

忽然间,房东太太惊恐地跑进来对他说:

"您有客人!"

"谁啊,塔兰季耶夫,还是阿列克谢耶夫?"

"不,不,是圣以利亚节来吃饭的那一位。"

"施托尔茨?"奥勃洛莫夫惊慌地说,同时环顾四周找地方回避,"我的上帝!他看见我会说什么啊……请您告诉他我出门了!"他说完急忙躲到房东太太屋里去了。

阿尼西娅正好走上前来。房东太太还来得及把奥勃洛莫夫交代的话转达给她。施托尔茨信了这话,不过觉得奇怪:奥勃洛莫夫竟然会不在家。

"那么,你告诉他,我过两小时再来,来吃饭!"施托尔茨说完就向附近的一个公园走去。

"他要来吃饭!"阿尼西娅惊惶地转达了施托尔茨的话。

"他要来吃饭!"房东太太提心吊胆地转告奥勃洛莫夫。

"应该另外备饭。"奥勃洛莫夫沉默了一会儿作出这个决定。

房东太太以万分恐惧的眼神看着奥勃洛莫夫。她口袋里只剩半个卢布,而离下月初她哥哥给钱还有十天。现在谁也不肯赊东西给她了。

"来不及了,伊利亚·伊利奇。"她胆怯地说,"让他有什么吃什么吧……"

"他不吃这些,阿加菲娅·马特维耶夫娜。他讨厌鱼汤,连鲟鱼汤也不喝,羊肉也从来不沾。"

"可以到香肠店去买口条!"房东太太好像忽然来了灵感似的说,"也近便。"

"好,这个可以。再叫人买点青菜、嫩豌豆……"

"豌豆八十戈比一磅呢!"这句话到了房东太太的嗓子眼儿里,但是没有说出来。

"好,我去办……"她说,暗自决定用圆白菜代替豌豆。

"再叫人买一磅瑞士干酪!"奥勃洛莫夫下了这道命令,

却不知道房东太太有多少钱,"别的什么也不要了!我会道歉,说我们没有料到他来……要是能有一道肉羹就好了。"

房东太太正要离开,奥勃洛莫夫忽然想起来:

"酒呢?"

房东太太又以恐惧的眼神作答。

"该买叫人买点拉斐特红葡萄酒。"奥勃洛莫夫最后冷静地说。

六

两个小时以后施托尔茨来了。

"你怎么啦？大变样了,虚胖,苍白！身体好吗？"施托尔茨问。

"不好,安德烈,"奥勃洛莫夫一面拥抱他,一面说,"左腿不知道为什么总是发麻。"

"你这儿真腌臜！"施托尔茨环顾四周说,"这件大袍怎么还不扔掉？瞧,打满了补丁！"

"穿惯了,安德烈,舍不得丢。"

"被子呢,窗帘呢……也是用惯了？舍不得扔掉这些破布？算了吧！你能用这样的被褥？你到底怎么啦？"

施托尔茨仔细地看看奥勃洛莫夫,又看看窗帘和被褥。

"没什么,"奥勃洛莫夫难为情地说,"你知道,我对我的房间向来不大在意……还是吃饭吧。扎哈尔！快摆桌子。你怎么样？在这儿待多久？从哪儿来？"

"你猜猜,我怎么样,从哪儿来？活人世界的消息传不到你这儿来,对吗？"

奥勃洛莫夫好奇地望着他,等他说下去。

"奥莉加怎么样？"奥勃洛莫夫问。

"啊,你没忘记她！我本来以为你会忘记。"施托尔茨说。

"不,安德烈,能忘记她吗?忘记她就等于忘记我曾经到过、生活过的天堂……现在呢,你瞧!……"他叹了口气,问:"她在哪儿?"

"在她的庄园料理家务。"

"和婶娘在一起?"奥勃洛莫夫问。

"也和她丈夫在一起。"

"她出嫁了?"奥勃洛莫夫忽然睁大了眼睛问。

"怎么失魂落魄了?是不是想起了往事?……"施托尔茨轻声地,几乎是温柔地说。

"哪儿的话,上帝保佑!"奥勃洛莫夫镇静下来,为自己辩解说,"我没有失魂落魄,而是觉得奇怪,不知道为什么觉得震惊。很久了吗?她幸福吗?告诉我,看在上帝分上。我觉得你给我卸下了一个大包袱!虽然你要我相信她原谅了我,但是你知道……我一直不能平静!总有个什么东西在折磨我……亲爱的安德烈,我真感谢你!"

他从心里感到高兴,竟至在沙发上蹦了几下,把身子扭过来扭过去,施托尔茨觉得有趣,甚至受到了感动。

"你真是个大好人,伊利亚!"施托尔茨说,"你的心配得上她!我以后都讲给她听。"

"不,不,别说!"奥勃洛莫夫打断了他的话,"她会认为我是个没有感情的人,听说她结了婚倒高兴。"

"高兴就不是感情,不是一种没有私心的感情吗?你只是为她的幸福而高兴。"

"真的,真的!"奥勃洛莫夫又打断他的话说,"哎呀,我尽说废话……到底是谁?谁是这个有福之人?——我也不必打听了。"

"谁?"施托尔茨说,"伊利亚,你真迟钝!"

奥勃洛莫夫忽然目不转睛地注视着他的朋友,在一瞬间呆若木鸡,脸上的血色也消失了。

"是……你吗?"他忽然问。

"你又失魂落魄了!为什么?"施托尔茨笑问道。

"别开玩笑,安德烈,说真的!"奥勃洛莫夫激动地说。

"是真的,我不开玩笑。我和奥莉加结婚已经一年多了。"

奥勃洛莫夫脸上的惊愕神情渐渐消失,变为安详的沉思。他暂时还没有抬起眼睛,但是一分钟之后他的沉思已经充满了平静的、深深的喜悦。等到他慢慢地抬起眼睛来看施托尔茨的时候,那里面满含着泪水,透出柔情。

"亲爱的安德烈!"奥勃洛莫夫一面拥抱他,一面说,"亲爱的奥莉加……谢尔盖耶夫娜!"他又压抑着狂喜的心情呼唤她的名字。"是上帝赐福给你们!我的上帝!我真幸福!你告诉她……"

"我会告诉她,我了解的奥勃洛莫夫就是这样一个人!"深受感动的施托尔茨打断了他的话。

"不,你告诉她,提醒她,说我和她相遇是为了把她引上康庄大道,我为这次相遇祝福,也为她走上一条新的道路祝福!如果是别人,会怎么样……"他惊恐地加上一句,最后高兴地说,"现在我不会为我扮演过的角色脸红,也不后悔了。沉重的包袱卸掉了,心里亮堂了,我很幸福。上帝啊,感谢你!"

他激动得几乎又要从沙发上跳起来,一会儿流泪,一会儿笑。

"扎哈尔,中饭上香槟酒!"他喊道,已经忘记他一个铜板也没有了。

"我全都告诉奥莉加!"施托尔茨说,"难怪她忘不了你。你真的配得上她,你的心像水井一样深!"

扎哈尔从外室探头进来说:

"请您来一下!"他向他老爷眨了眨眼睛。

"什么事?"奥勃洛莫夫不耐烦地问,"去吧!"

"请您拿钱来!"扎哈尔低声说。

奥勃洛莫夫忽然不做声了。后来他朝门口低声说:

"那就不要了!你回话说,你忘了,来不及!去吧!……不,你过来!"接着他又大声说,"有一件新闻你还不知道呢,扎哈尔!来道喜吧,安德烈·伊万内奇结婚了!"

"啊,上帝可让我活到这大喜日子了!给您道喜啦,安德烈·伊万内奇老爷,上帝保佑您长命百岁,多子多孙。主啊,真叫人高兴!"

扎哈尔声音嘶哑地说,同时一面鞠躬,一面微笑。施托尔茨拿出一张钞票给他,说:

"给你拿去买一件常礼服,瞧你,简直像个叫花子。"

"娶的是谁啊,老爷?"扎哈尔问,想抓住施托尔茨的手来亲吻。

"娶的是奥莉加·谢尔盖耶夫娜,记得她吗?"奥勃洛莫夫说。

"伊林斯基家的小姐!主啊!多好的一位小姐!伊利亚·伊利奇,您那个时候骂我这老狗骂得对!我错了,真是罪过,总往您身上扯。那个时候是我对伊林斯基家的下人说的,不是尼基塔!真成了瞎话。主啊,我的上帝!……"扎哈尔一面说,一面往外室走去。

"奥莉加请你到她的庄园去做客。你的爱情已经冷却,没有危险了。你也不会嫉妒。我们一起去吧。"

奥勃洛莫夫叹了口气说:

"不,安德烈。我怕的不是爱情,也不是嫉妒,可我还是不到你们那儿去。"

"你究竟怕什么?"

"怕羡慕。对我来说,你们的幸福就像一面镜子,会让我时时刻刻看到我的痛苦的,被毁掉的一生,而我又不会换一个方式生活,我不行。"

"别这么说,亲爱的伊利亚!愿意不愿意你都要像你周围的人一样生活。你可以算账,管家,读书,听音乐。她的嗓子练出来了!你还记得'圣洁的女神'吗?"

奥勃洛莫夫挥挥手,不让他提起。

"我们一起去!"施托尔茨坚持说,"这是她的意思,她不会放弃。我失去耐心她也不会。她是一团火,那么生气勃勃,有的时候连我都要受责罚。往事又会浮现在你心头。你会想起公园和丁香花,会动起来……"

"不,安德烈,看在上帝分上,别提了,别把那些事情翻出来!"奥勃洛莫夫严肃地打断了他的话,"我只会觉得痛苦,而不是快乐。回忆生气勃勃的幸福是最伟大的诗篇,而触动愈合的伤口就要引起钻心的疼痛了……我们谈谈别的吧。啊,我还没有感谢你为我乡下的事务操心呢。我的朋友!我没有办法,没有能力答谢。请你在你自己的心里,在你的幸福中——在奥莉加……谢尔盖耶夫娜身上去找我的谢意吧,而我……我……没有办法!原谅我吧,一直到现在我还在麻烦你。不过春天快到了,我一定到奥勃洛莫夫庄园去……"

"你知道奥勃洛莫夫庄园现在的情况吗?"施托尔茨说,"你肯定认不出来!我没有写信告诉你,因为你不回信。桥造好了,房子去年夏天已经封顶。内部陈设由你根据自己的爱好去安排,我就不管了。管家的是个新手,我派去的。你看过开支账目了吧……"

奥勃洛莫夫没有说话。

"你没有看过?"施托尔茨望着他问,"账目呢?"

"等一会儿,吃过饭我再找。要问扎哈尔……"

"哎呀,伊利亚·伊利奇!真叫人哭笑不得。"

"吃过饭我们再找。先吃饭!"

施托尔茨皱着眉头在桌旁坐下。他想起上回圣以利亚节的那顿饭,有牡蛎、菠萝、大鹅。现在只看见厚厚的桌布,醋瓶和油瓶没有塞子,用纸塞着,每个人面前的盘子里放了一大块黑面包,叉子的柄也断了。给奥勃洛莫夫上的菜是鱼汤,给他上的是麦米汤和煮小鸡,然后是硬口条、羊肉。还有红葡萄酒。施托尔茨斟了半杯,尝了一口就把杯子放下,没再动它。奥勃洛莫夫接连喝了两小杯醋栗泡的伏特加酒,然后贪馋地吃起羊肉来。

"这种酒简直没法喝!"施托尔茨说。

"对不起,我们来不及过河去买。"奥勃洛莫夫说,"你不想喝点醋栗泡的伏特加酒吗?好极了,安德烈,尝尝吧!"他又斟上一小杯喝干了。

施托尔茨惊讶地看看他,没有说话。

"是房东太太阿加菲娅·马特维耶夫娜亲自泡的,这个女人好极了!"奥勃洛莫夫说,他已经有了醉意。"说实在话,

605

我真不知道没有她我在乡下怎么生活,这样的主妇没处找。"

施托尔茨听了这句话略略皱起了眉头。

"你想这桌菜都是谁做的?是阿尼西娅吗?不对!阿尼西娅喂鸡,在白菜地里除草,擦地板。这些菜都是阿加菲娅·马特维耶夫娜做的。"

施托尔茨没有吃羊肉,也没有吃甜馅饺子。他放下叉子看着奥勃洛莫夫津津有味地吃这些东西。

"你再也看不到我反穿衬衫了,"奥勃洛莫夫接着说,同时津津有味地啃着一块骨头,"她什么都管,什么都看在眼里,没有一双袜子没补好,都是她亲自动手。咖啡煮得多好!吃完饭我请你喝。"

施托尔茨默默地听着,脸上露出焦虑的神色。

"现在她哥哥搬走了,要结婚,所以家务摊子不像从前那样大了。从前她家里可是干得热火朝天!她从早到晚就像飞一样地跑商场,跑客商市场……你知道吗,我告诉你,"奥勃洛莫夫的舌头已经不大好使,"要是我有两三千卢布,我就不会用口条和羊肉招待你了,我一定给你吃整条鲟鱼、淡水鲑鱼、一级里脊肉。阿加菲娅·马特维耶夫娜不用厨子也能创造奇迹,真的!"

他又喝干了一小杯伏特加酒。

"干杯,安德烈,干杯,好酒!奥莉加·谢尔盖耶夫娜给你做不出这样的酒来!"他已经口齿不清了。"她能唱'圣洁的女神',可是不会做这样的伏特加酒!也不会做这种鸡肉蘑菇馅饼!只有奥勃洛莫夫庄园从前能烤出这样的馅饼,再就是这儿了!还有一点好,那就是,不由厨子做。天晓得厨子用什么样的手捏馅饼,而阿加菲娅·马特维耶夫娜绝对干净!"

施托尔茨尖起耳朵仔细听着。

"她那双手本来白白的,"醉得迷迷糊糊的奥勃洛莫夫接着大有深意地说,"吻一吻真不错!现在变得粗糙了,因为什么事她都亲自做!亲自给我浆洗衬衫!"奥勃洛莫夫很有感情,几乎是含着眼泪说,"这可是我亲眼所见。妻子照顾丈夫也照顾不到这个程度,真的!阿加菲娅·马特维耶夫娜这个女人好极了!唉,安德烈!你和奥莉加·谢尔盖耶夫娜搬到这儿来吧,在这儿租一幢别墅,我们好好过日子!我们可以去树林里喝茶,圣以利亚节去火药厂野餐,要一辆车带着食品和茶炊跟在我们后面。到了那边,在草地上铺一块毯子,我们可以躺下!阿加菲娅·马特维耶夫娜会教奥莉加·谢尔盖耶夫娜管家,一定能教会。不过现在情况不好,她哥哥搬走了。如果给我们三四千,我一定给你吃那样的火鸡……"

"你从我手里收到的是五千卢布!"施托尔茨忽然说,"你把这些钱弄到哪儿去了?"

"那我欠的账呢?"奥勃洛莫夫脱口而出。

施托尔茨跳起身来。

"欠账?"他说,"欠什么账?"

施托尔茨像一位严厉的教师看着回避他的小学生。

奥勃洛莫夫忽然语塞。施托尔茨坐到他身边去,又问:

"你欠谁的钱?"

奥勃洛莫夫清醒了一点,回过神来,说:

"不欠,我胡说呢。"

"不对,你这才是胡说,而且不高明。你怎么了?出了什么事,伊利亚?唉,难怪吃羊肉,喝酸葡萄酒!你没有钱!你的钱上哪儿去了?"

"我确实欠……房东太太一点伙食费……"奥勃洛莫夫说。

"就因为买了羊肉和口条!伊利亚,你说说,你的情况怎么样?哥哥搬走了,家务就不行了,哪有这样的事……一定有问题。你欠多少钱?"

"按借据,欠一万卢布……"奥勃洛莫夫低声说。施托尔茨听了从沙发上跳起来,随后又坐下了。他惊恐地说:

"一万?欠房东太太?伙食费?"

"对,我们买东西买得多。我花钱大手大脚……你记得吧,菠萝呀、桃子呀……所以就欠账了……"奥勃洛莫夫含含糊糊地说,"不过何必谈这事?"

施托尔茨没有回答。他在想:"哥哥搬走了,家务就不行了,的确如此,到处空荡荡,又穷又脏!房东太太究竟是怎样一个女人?奥勃洛莫夫夸她!她照顾他,他说起她来那么热情……"

忽然间,施托尔茨悟到了实情,脸色大变,浑身发冷。

"伊利亚!"施托尔茨说,"这个女人……是你什么人?……"这个时候奥勃洛莫夫已经把头伏在桌子上打起盹儿来。施托尔茨想:

"她剥他的皮,把他的东西都偷走……这种事情常有,而我竟然至今没有料到!"

施托尔茨站起来,迅速走过去打开房东太太的房门,房东太太看见他吃了一惊,以致把手里的一把调咖啡的小勺儿掉到了地上。

"我必须跟您谈谈。"施托尔茨彬彬有礼地说。

"请到客厅去吧,我就来。"房东太太怯生生地说。

她披上三角巾,跟着施托尔茨走进客厅,在长沙发的末端坐下来。她已经没有长披肩了,只好尽量把两只胳膊藏在三角巾下面。

"伊利亚·伊利奇给您开了一张借据吗?"施托尔茨问。

"没有,"房东太太回答说,她那惊讶的目光显得呆滞,"他没有给过我什么字据。"

"怎么会没有?"

"我没有见过什么字据!"房东太太肯定地说,脸上仍旧挂着呆滞的惊讶表情……

"借据!"施托尔茨又说了一遍。

房东太太想了想,说:

"您还是和家兄谈谈吧,我没有见过什么字据。"

"她究竟是傻还是滑?"施托尔茨想。

"可是他欠您的钱,对吗?"施托尔茨问。

房东太太呆呆地望着施托尔茨,忽然像是明白了什么,脸上甚至显出惊惶的神色。她想起她典当的珍珠、银器、大衣,以为施托尔茨暗示的是这笔债,只是怎么也弄不明白,外人怎么会知道这个秘密。她不仅没有向奥勃洛莫夫吐露一个字,甚至瞒着阿尼西娅,虽然平常她每花一个戈比都要告诉这个女仆。

"他欠您多少?"施托尔茨不安地问。

"什么也不欠!一个戈比也不欠!"

"她瞒着我,不好意思了,这个贪心的家伙,放高利贷!"施托尔茨想,"但是我一定要弄个水落石出。"

"那一万卢布呢?"施托尔茨问。

"什么一万卢布?"房东太太惊恐地问。

"按借据,伊利亚·伊利奇欠您一万卢布,有这回事没有?"

"他什么也不欠。斋期欠卖肉的十二个半卢布,两个多星期以前就还清了。欠卖牛奶的女人鲜奶皮的钱也还了。他什么也不欠。"

"您这儿没有他立的字据吗?"

房东太太呆呆地看了看施托尔茨,说:

"您还是和家兄谈谈吧,他就住在街对面,是扎梅卡洛夫的房子,瞧,就是这儿,那房子还有地窖呢。"

"不,请允许我跟您谈,"施托尔茨态度坚决地说,"伊利亚·伊利奇认为他欠您的,而不是欠令兄的……"

"他不欠我的,"房东太太说,"要说我把银器、珍珠、皮货拿去当,我是为我自己当。我给玛莎和我自己买了皮鞋,给万尼亚买了衬衫,还给蔬菜店付了钱。一个戈比也没有用在伊利亚·伊利奇身上。"

施托尔茨望着房东太太,听着她这番话,极力想了解其中的含义。看来只有他比较接近房东太太那个谜的谜底了,于是他和她谈话的时候向她投去的轻慢的、近乎蔑视的目光在不知不觉间变成了好奇的,甚至是同情的目光。

从典当珍珠和银器这件事情上,施托尔茨隐约解读出了房东太太所作的牺牲这个谜,只是还不能确定,她这样做是出于一片忠心,还是为了将来得到什么好处。

施托尔茨不知道该为奥勃洛莫夫悲哀呢,还是该为他高兴。现在清楚的是,他不欠她的钱,这笔债是她哥哥的诈骗勾当。其他许多事情也随之渐渐明朗……那么典当珍珠和银器说明什么呢?

"这么说,您对伊利亚·伊利奇并没有什么债权?"施托尔茨问。

"麻烦您跟家兄谈谈,"房东太太还是那句话,"现在他应该在家。"

"您说伊利亚·伊利奇不欠您的,对吗?"

"一个戈比也不欠,真的!"她望着圣像画十字发了誓。

"您能当着证人的面这样说吗?"

"当着谁的面我都这么说,哪怕是告解呢!要说我当了珍珠和银器,那是为了我自己的花销……"

"好极了!"施托尔茨打断了房东太太的话,说,"明天我带两个朋友来您家,您不会拒绝当着他们的面说这句话吧?"

"您最好跟家兄谈谈。"房东太太又说,"瞧我这身衣服……总在厨房,外人看见不好,会见怪。"

"没关系,没关系,明天等您在一张字据上签字以后,我就去找令兄……"

"我已经完全不会写字了。"

"不需要写很多,就两行字。"

"不,免了吧。最好让万尼亚写,他写得整齐……"

"不,您别推辞。"施托尔茨坚持说,"如果您不在字据上签字,那就是说,伊利亚·伊利奇欠您一万卢布。"

"不,他什么也不欠,一个戈比也不欠,真的!"房东太太又说。

"那么您就该在字据上签字。明天见。"

"明天您最好去找家兄……"房东太太送施托尔茨出门的时候说,"他就住在这儿,街对面,拐角上。"

"不,我还要请您在见到我之前什么也别告诉令兄,否则会给伊利亚·伊利奇带来很大的麻烦……"

"那我就什么也不告诉他!"房东太太顺从地答应了。

七

第二天,房东太太给施托尔茨签了一张证明书,证明她对奥勃洛莫夫没有任何债权。施托尔茨拿着这张证明书突然出现在伊万·马特维伊奇面前。

这对伊万·马特维伊奇无异于晴天霹雳。他拿出他的文件,用右手的发抖的中指,指甲向下,指出奥勃洛莫夫的签字和经纪人的认证。

"这是法律,"他说,"与我无关。我只维护舍妹的利益,至于伊利亚·伊利奇借了什么钱,那我就不知道了。"

"您的事还没完。"施托尔茨临走严厉地对他说。

"这事是合法的,与我无关!"伊万·马特维伊奇一面为自己辩解,一面把手藏进袖筒里。

第三天,伊万·马特维伊奇刚进衙门,将军的听差就来了,说将军立刻要见他。

"去见将军!"全衙门的人都惊骇地说,"什么事?怎么啦?是不是要调阅案卷?究竟是什么案卷?快,快!把卷宗订好,造好清单!怎么回事?"

晚上伊万·马特维伊奇失魂落魄似的来到酒肆。塔兰季耶夫早就在那儿等他了。

"怎么样,老弟?"他急不可待地问。

"怎么样!"伊万·马特维伊奇毫无表情地说,"你以为怎么样?"

"挨了一顿臭骂,是吗?"

"挨了一顿臭骂!"伊万·马特维伊奇学着他的腔调说,"倒不如揍我一顿!你真行!也不告诉我这个德国佬是怎么样一个人!"

"我可告诉过你,他滑着呢!"

"滑算什么!滑的人咱们见得多了!你怎么不说他有势力?他跟将军的关系就像你我一样,彼此称'你'。早知道是这种人,我还会跟他打交道?"

"事情可是合法的!"塔兰季耶夫说。

"合法的!"伊万·马特维伊奇又学着他的腔调说,"你上那儿去说说看,舌头就不听你使唤了。你知道将军问我什么吗?"

"什么?"塔兰季耶夫好奇地问。

"'听说您伙同一个恶棍把地主奥勃洛莫夫灌醉,强迫他签了一张借据给令妹,有这回事吗?'"

"'伙同一个恶棍'是这么说的吗?"塔兰季耶夫问。

"对,是这么说的……"

"这个恶棍到底是谁?"塔兰季耶夫又问。

伊万·马特维伊奇看了他一眼,恼火地说:

"你还不知道?不就是你吗?"

"怎么把我扯进去了?"

"你得谢谢那个德国佬和你的老乡。德国佬全都嗅出来、查出来了……"

"老弟,你该指证别人,就说我不在场!"

"哟嚄！你算哪门子圣人！"伊万·马特维伊奇说。

"将军问：您伙同一个恶棍如何如何，有这回事吗？你怎么回答的？……这个时候就该糊弄过去。"

"糊弄？你去试试！我两眼发花，鼓了半天勇气，想说：'没那回事，那是诬蔑，大人！我根本不认识什么奥勃洛莫夫，全都是塔兰季耶夫干的！……'可是舌头不听使唤，我就跪倒在他脚下了。"

"他们是不是要打官司？"塔兰季耶夫声音低沉地问，"这不关我的事，老弟你……"

"不关你的事！真的不关你的事？不对，老兄，要上绞架，头一个就是你：是谁一再劝奥勃洛莫夫喝酒的？谁羞辱他、威吓他来着？……"

"是你教唆的。"塔兰季耶夫说。

"你是未成年人吗？我连知道都不知道。"

"老弟，这话可昧良心！你利用我捞了多少，我统共才得了三百卢布……"

"怎么，叫我一个人扛着？你可真够滑的！不行，我连知道都不知道。妇道人家不会办事，我妹妹求我把借据交给经纪人去认证，就是这么回事。你和扎焦尔特是证人，你们就有责任！"

"你该好好教训教训你妹妹，她怎么敢跟哥哥作对？"塔兰季耶夫说。

"我妹妹傻，你能拿她怎么样？"

"她现在怎么样？"

"怎么样？一个劲儿哭，嘴里总是那句话：'伊利亚·伊利奇不欠我钱，就是这样，我什么钱也没给过他。'"

"不过你有她的借据,"塔兰季耶夫说,"你的钱丢不了……"

伊万·马特维伊奇从口袋里掏出他妹妹的借据,撕成碎片,递给塔兰季耶夫,说:

"拿去,我送给你,要不要?从她那儿能得到什么?房子加菜园?连一千卢布都不值,房子都快塌了。再说,我就这么没良心?叫她拖着两个孩子去讨饭?"

"这么说,要侦讯了?"塔兰季耶夫胆怯地问。"老弟,能便宜点了事就行,你帮个忙!"

"侦讯什么?根本不侦讯!将军说要把我驱逐出城,那个德国佬出来说情,他不想让奥勃洛莫夫丢脸。"

"你瞧瞧,老弟!包袱甩了!干杯!"塔兰季耶夫说。

"干一杯?钱从哪儿出?花你挣的吗?"

"你挣的呢?今天你说不定又捞了七卢布!"

"得一了!别再想捞了。将军的话我还没传达完呢。"

"还说了什么?"塔兰季耶夫忽然又胆怯了。

"叫我交辞呈。"

"你说什么,老弟!"塔兰季耶夫瞪大眼睛看着对方说。"行啊,"最后他怒不可遏地说,"这回我得把我老乡臭骂一顿!"

"你光知道骂人!"

"不管你怎么样,我要臭骂他一顿!"塔兰季耶夫说,"不过,说真的,最好等一等。我有个主意,老弟你听着!"

"还有什么主意?"伊万·马特维伊奇心事重重地说。

"有个好办法。只可惜你搬出来了……"

"什么?"

"什么!"塔兰季耶夫看着伊万·马特维伊奇说,"得盯着奥勃洛莫夫和你妹妹,看他俩干些什么勾当,还要有……证人!这样一来,德国佬就一点办法也没有了。你现在无牵无挂了,要打官司也是合法的!说不定德国佬会吓得同意私了。"

"真的可以干!"伊万·马特维伊奇一面考虑,一面说,"出点子你不蠢,干事可就不行了,扎焦尔特也一样。我会有办法,等着瞧!"他渐渐兴奋起来,"有他们好受的!我把我的厨娘安插到我妹妹的厨房去,她准能跟阿尼西娅搞好关系,什么都打听得到,然后……干杯,老兄!"

"干杯!"塔兰季耶夫也说,"然后我再把我老乡臭骂一顿!"

施托尔茨想把奥勃洛莫夫带走,但是奥勃洛莫夫苦苦哀求施托尔茨让他拖一个月,施托尔茨不能不可怜他。奥勃洛莫夫说他需要一个月时间来清理所有的账目,交出房子,把他在彼得堡的事情处理完,以后就不必再回来了。再说他还要购买装饰乡下的大宅需要的东西,最后找一个像房东太太那样好的女管家,他甚至有希望说服房东太太卖掉这房子搬到乡下去,登上她能大显身手的舞台——管理一大摊子复杂的家务。

"说到房东太太,"施托尔茨打断了他的话,"我正想问你,伊利亚,你跟她是什么关系……"

奥勃洛莫夫的脸刷的一下红了,他急忙问:

"你想说什么?"

"你很清楚,"施托尔茨说,"不然不会脸红。伊利亚,听我说,如果警告还有点用的话,我以我们的全部友情求你多加小心……"

"小心什么?算了吧!"奥勃洛莫夫不好意思地辩解说。

"你谈到她的时候那么热情,我真的以为,你……"

"你想说爱上了她!算了吧!"奥勃洛莫夫打断了他的话,同时不自然地笑了笑。

"那就更糟,如果没有任何精神的火花,如果只是……"

"安德烈!你看我什么时候放荡过?"

"那你为什么脸红?"

"因为你竟然产生这样的念头。"

施托尔茨疑惑地摇摇头。

"小心,伊利亚,别陷进泥坑里。头脑简单的女人,粗俗的生活,令人窒息的愚昧环境,下流——呸!……"

奥勃洛莫夫沉默不语。

"那就再见啦!"施托尔茨最后说,"我就告诉奥莉加,夏天我们会见到你,不在我们家就在奥勃洛莫夫庄园。记住,她不会放过你!"

"一定,一定,"奥勃洛莫夫信誓旦旦地说,"你还可以加上一句,如果她允许,我想在你们那儿过冬。"

"那你太让我们高兴了!"

施托尔茨当天就走了,晚上塔兰季耶夫来找奥勃洛莫夫。他忍不住要为伊万·马特维伊奇臭骂奥勃洛莫夫一顿。不过有一点他没有估计到:奥勃洛莫夫和伊林斯基家的人交往以后,再也容忍不了塔兰季耶夫这类人了,他对粗俗和无赖的态度已经由麻木和容忍变为厌恶。这种变化本来早就该表露出来,当奥勃洛莫夫还住在别墅的时候多少已经表露出来,只不过塔兰季耶夫这一向很少拜访他,来的时候也总是有别人在场,所以他们之间还没有发生过冲突。

"你好哇,老乡!"塔兰季耶夫恶狠狠地说,并且没有向他伸出手来。

"你好!"奥勃洛莫夫望着窗外冷淡地说。

"把你的恩人送走了?"

"送走了。怎么样?"

"好一个恩人!"塔兰季耶夫话里带刺地说。

"怎么,你不喜欢他?"

"我恨不能把他吊死!"塔兰季耶夫用他那沙哑的嗓子充满仇恨地说。

"哦!"

"把你跟他吊在一棵杨树上!"

"为什么?"

"做事要老实,欠人钱就得还,不赖账。现在你都干些什么了?"

"米海·安德烈伊奇,你听着,别再对我说你那些鬼话了。我因为懒,不爱操心,一直听你的,以为你总该有一点良心,其实你没有。你和那个老奸巨猾的家伙联手来骗我。我不知道你们两个谁更坏,但是你们两个我都讨厌。是我的朋友搭救了我……"

"好一个朋友!"塔兰季耶夫说,"我听说他把你的未婚妻都挖去了。是恩人,没话说!你可是个笨蛋,老乡……"

"请收起这些甜言蜜语!"奥勃洛莫夫不让他说下去。

"不,我要说!你不想认我了,你这个忘恩负义的家伙!是我把你安顿在这儿,给你找了个别提多好的女人,让你安安静静,舒舒服服,全都是为你好,你倒把你那副嘴脸扭开。你有个恩人了,就是那个德国佬! 他把你的庄园租去了。等着瞧,他还会扒光你的皮,再塞给你一些股票,叫你去讨饭,记住我的话! 我跟你说你是个笨蛋,不只是笨蛋,还是个忘恩负义的畜生!"

"塔兰季耶夫!"奥勃洛莫夫厉声喊道。

"你喊什么? 我倒要喊给全世界的人听:你是笨蛋,是畜生! 我跟伊万·马特维伊奇照顾你,爱护你,像农奴一样侍候你,在你跟前踮起脚走路,奉承你,而你倒在上司面前说他的坏话。现在他的差事丢了,饭碗砸了! 真下贱,真卑鄙! 你得把财产分一半给他,开一张票据给他。你现在没喝醉,脑子清醒,跟你说快开,不开我不走……"

"米海·安德烈伊奇,您嚷什么?"房东太太和阿尼西娅从门外探头进来说,"有两个过路人站住了,听这儿嚷什么……"

"我就要嚷,"塔兰季耶夫怒吼道,"叫这个糊涂蛋出丑! 叫那个德国骗子把你扒光,现在他已经勾搭上你的情人了……"

只听得啪的一声响,挨了奥勃洛莫夫一记耳光的塔兰季耶夫立刻闭上了嘴,一屁股坐在椅子上,惊讶地转动着吓傻了的眼睛。

"怎么回事? 怎么回事——呃? 这叫什么!"面色苍白、气喘吁吁的塔兰季耶夫捂着脸颊说,"侮辱人吗? 我要跟你算账! 我马上去总督那儿告你,你们都看见了吧?"

"我们什么也没看见!"两个女人齐声说。

"哦! 这儿的人都串通好了,这儿是个贼窝! 一帮骗子! 抢劫,杀人……"

"恶棍,滚出去!"奥勃洛莫夫大叫,他脸色苍白,气得浑身发抖,"马上滚,再别上这儿来,不然我就把你像狗一样打死!"

他两眼寻找着棍子。

"老天爷!抢人了!救命!"塔兰季耶夫喊道。

"扎哈尔!把这个坏蛋撵出去,叫他不敢再来!"奥勃洛莫夫叫道。

"请吧,您瞧,这儿是上帝,这儿是门!"扎哈尔指了指圣像,又指了指门说。

"我不是来找你,我是来找我干亲家母!"塔兰季耶夫吼道。

"上帝保佑!米海·安德烈伊奇,我可不找您,"房东太太说,"您来都是找我哥哥,不是找我!您让我讨厌死了!白吃白喝还骂街。"

"哦!好哇,干亲家母!好,您哥哥会叫您明白!你呢,你侮辱人,我要跟你算账!我的帽子呢?你们都见鬼去吧!强盗,杀人犯!"他一面往外走,一面大声说,"侮辱人,我要跟你算账!"

拴在链子上的大黑狗又跳又叫。

此后塔兰季耶夫和奥勃洛莫夫再也没有见过面。

八

施托尔茨好几年没有来过彼得堡了。奥莉加的庄园和奥勃洛莫夫庄园他也只去看过一次,时间都很短。奥勃洛莫夫收到过他的一封信,他在信里劝奥勃洛莫夫亲自去乡下接管已经整顿好的产业,说他要带奥莉加去克里木岛南岸,有两个目的,其一是处理他自己在敖德萨的事务,其二是他妻子产后需要休养。

他们夫妻俩住在海边一处僻静的地方,房子不大,而且简朴。房屋的外部结构和内部装饰却都有独特的风格,表现出主人的思想和情趣。他们自己带来许多家什,从俄罗斯和国外还运来许多大包裹、皮箱、成车的东西。

一个喜欢舒适的人看看这些表面上不成套的家具、陈年旧画、手脚残缺的雕像、做工粗糙但却能引起美好回忆的珍贵版画和各种小玩意儿,也许会不以为然。不过行家见了某一幅画、某一本发黄的旧书、某一件古瓷器或者玉石、古钱币,眼睛里却会一再闪出渴求的光芒。

这些不同时代的家具和绘画,这些对于别人毫无意义,而对于他们两人却标志着值得纪念的幸福时刻的小玩意儿,这书籍和乐谱的海洋,都散发着温暖的生活气息和一种激活人的思维和美感的东西。处处都存在活跃的思想,闪耀着由人创造的美的光彩,就像周围闪耀着大自然的永恒美一样。

这里有安德烈·施托尔茨的父亲从前用过的高高的斜面写字台,有时髦的麂皮手套。在靠近一个陈列着矿石、贝壳、禽鸟标本,以及各种黏土、商品样品的柜子的屋角,挂着一件漆布雨衣。最尊贵的地方摆着一台有镶嵌装饰的金光闪闪的埃拉尔钢琴①。

由葡萄、常春藤和桃金娘的枝蔓组成的网把这座小屋从上到下遮掩着。从长廊上可以眺望大海,从另一侧可以看见一条通往市区的大路。

安德烈出门办事的时候,奥莉加总是在那里守望,一看见丈夫的身影立刻走下长廊,跑过一片美丽的花坛和长长的杨树林荫道,扑到丈夫怀里,双颊总是泛着喜悦的红晕,目光总是熠熠生辉,充满不变的无法抑制的幸福的热情,虽说她出嫁已经几年了。

施托尔茨的爱情婚姻观也许与众不同,言过其实,不过确实有其独到之处。在这方面他走的也是一条不受约束的路,一条他觉得是普普通通的路。不过在学会迈出这些"普普通通的步子"之前,他通过了多么艰苦的观察、忍耐、劳作的训练啊!

他从他父亲那里继承了认真对待生活中的一切(包括小事)的态度,也许还会继承父亲的刻板——德国人的观念和在人生道路上每走一步,包括婚嫁,都带有的那种刻板。

他父亲的一生就像刻在石碑上的铭文,人人看得一清二楚,没有任何隐讳。但是母亲的歌声和温柔的低语,公爵家性

---

① 法国乐器大师埃拉尔制造的钢琴。

格各异的成员,后来的大学生活、书本、上流社会——这一切使他偏离了父亲划定的笔直的轨道。俄罗斯的生活留下了肉眼看不见的纹路,把平淡的铭文变成一幅色彩鲜明、规模宏大的图画。

他没有给自己的感情套上刻板的枷锁,甚至在不失去"立足点"的前提下,让自己心中的幻想有合理的自由,虽然由于德国人的天性或者别的什么原因,他清醒过来的时候还是忍不住要作出一个结论,在自己的铭文中添上一笔。

他的体魄强健,因为他的智力强健。他幼小的时候活泼好动,也很顽皮,不淘气的时候就在父亲的监督下做事。他没有时间沉溺在幻想中。他的想象力没有受到损伤,心灵没有变坏,是母亲警惕地保护了两者的纯洁和天真。

青年时代的施托尔茨本能地保持精力充沛,他很早就发现,精力充沛使人朝气蓬勃,心情愉快,有男子气概,而心灵正是应该用男子气概来锻炼,才不至于在无论什么样的生活面前失色,才能不把人生看成沉重的枷锁和负担,而只看成义务,并且毫无愧色地打完人生这场战斗。

关于人心及其复杂的规律,施托尔茨也想得很多。他留心周围的人和事,有意无意地在观察美对想象的影响,以及印象怎样逐渐向感情过渡,感情的种种征兆、波动和发泄,而在即将跨入生活的大门的时候,他就已经确立了自己的信念:爱情能用阿基米德杠杆的力量推动世界;爱情有多少涵盖一切、毋庸置疑的真实和幸福,在它未被理解、在它被滥用的情况下也会产生多少虚假和丑恶的现象。幸福究竟在哪里?邪恶又在哪里?哪里是它们的分界线?

在考虑虚假在哪里这个问题的时候,他的想象中出现了当代和上一个时代的五光十色的面具。他面带微笑,时而脸红,时而皱起眉头看着那没有尽头的一长串爱情故事的男女主人公,比如戴钢手套的堂吉诃德们和他们崇拜的夫人们,他们即使分开五十年仍旧彼此忠于对方;比如两颊绯红、眼睛天真无邪的牧童们和赶着小绵羊的赫洛亚①们。

他眼前又出现了穿戴着饰有花边的衣帽、涂脂抹粉的侯爵夫人们,她们的眼睛里闪着智慧的光芒,而脸上却挂着淫荡的微笑;还有开枪自杀和自缢的维特②们。接着是永远以爱情之泪洗面的青春已逝的修女们和她们不久前爱恋过的满面胡须、两眼喷出无法抑制的欲火的天真的和老练的唐璜③们。更有一帮自作聪明之徒,生怕别人怀疑他们谈恋爱,暗中却垂涎他们的女管家⋯⋯等等,等等!

真实究竟在哪里?他考虑这个问题的时候远近求索,用想象和眼睛寻找单纯、至诚、海枯石烂永结同心的恋爱实例,可就是找不到。有的时候他似乎找到了,也只是似乎而已,随后又会失望。他忧郁地沉思,甚至感到绝望。

"看来这方面不会有完美的幸福。"他想,"有些人被这种爱情的光辉照亮了心房,但是羞羞怯怯,躲躲藏藏,不去和自作聪明之徒争个高低,也许出于怜悯,因为自己幸福而原谅他们践踏花朵——那花朵由于没有土壤而无法深深地扎下根去,长成荫蔽一生的大树。"

他观察一些人的婚姻,总能从丈夫对妻子的态度上发现

---

① 古希腊作家朗戈斯写过一部田园诗式的爱情小说《达夫尼斯和赫洛亚》,赫洛亚是一个天真的牧羊女。
② 德国大作家歌德(1749—1832)的名著《少年维特之烦恼》的主人公。
③ 英国大诗人拜伦(1788—1824)的杰作《唐璜》的主人公。

斯芬克斯①和它的谜语,发现没有讲清楚、让人不明白的东西,而这些丈夫并不去思考那些难以回答的问题,只管迈着方步沿着婚后生活的道路走下去,好像没有什么问题需要他们解决和探索了。

一些人很快就走过了恋爱阶段,仿佛读完了一本婚姻生活的入门课本,或者完成了一种礼仪,如像一个人走进社交圈,打过招呼就——马上转入正题!看到这种情况,他不免疑惑地想:"也许他们是对的吧?也许确实不需要再做什么了。"

这些人急不可耐地撇下人生的春天,许多人甚至一辈子对自己的妻子侧目而视,好像当初爱上她们是犯傻,因而感到沮丧。

另外一些人的爱情保持得很久,甚至直到老年,不过脸上总是会露出色迷迷的微笑⋯⋯

大多数人结婚就像购置地产,他们享受的是至关重要的实际利益:让妻子把家管得秩序井然,她是女主人、母亲、孩子们的导师。这些人对待爱情好比务实的主人对待田产所在的地方,立刻习以为常,以后再也不去注意它。

"这叫什么?是自然规律作用之下的与生俱来的无能,还是教育的缺陷?⋯⋯"施托尔茨想,"从不失去天然的魅力、从不穿上戏装、多姿多彩而又永不消退的情在哪里呢?这四处洋溢、充实着一切的幸福,这生命的汁液,它的天然色彩是什么啊?"

---

① 希腊神话中的人面狮身怪物,坐在悬崖上叫过路人猜谜,猜不出的都要被害死。

他像先知一样高瞻远瞩,在前方的迷雾中看到了爱情的形象,接着是一个女人的形象,她穿着爱情的彩衣,闪耀着爱情的七彩,那么朴素,同时又光明,纯洁。

"幻想!幻想!"他笑着从无益的遐想中清醒过来。然而这幻想的轮廓已经活在他的记忆中。

最初他梦中的这个形象是笼统的未来的一个女人。后来他在长大成人的奥莉加身上不仅看到盛开的花朵般的艳丽,而且看到一股准备投入生活、渴望理解生活并与之搏斗的力量,与他的幻想素质相同,于是他脑海中又浮现出早先那个几乎被他忘却的爱情形象,这形象在他的梦中就成了奥莉加,他觉得在遥远的将来他们相互间的好感能够产生不穿戏装、没有庸俗目的的真情。

施托尔茨不把爱情和婚姻当成儿戏,不把金钱、关系、地位等任何其他实际打算掺杂进去,但是他也考虑:如何把他至今不知疲倦地在外面从事的事业与内部的家庭生活协调起来,从一个羁旅中人,一个批发商,变成一个恋家的男人?一旦他坐下来,不到外面去跑了,他用什么来充实他的家庭生活?教育培养子女,指导他们生活,这当然不是轻而易举的小事,但是这一天还远,在这之前他做什么?

这些问题早已是常常困扰他的问题,再说他并不觉得独身生活是个负担,也从来没有打算一旦他的心感觉到美近在咫尺,因此加速跳动,就给自己套上婚姻的枷锁。所以他似乎没有把奥莉加姑娘放在心上,只把她当作一个大有希望的可爱的孩子来欣赏,把大胆的新思想和对生活的准确观察以说说笑笑的方式不经意地灌输进她那渴求知识、敏于感受的头脑里,无意中帮助她形成对各种现象的切实理解和正确观点,之后就把奥莉加连同他对她不经意地讲授的课程置诸脑后。

他时不时地发现奥莉加的才智和观点非同寻常,她不虚伪,不追求一般人的崇拜,她的感情流露和消失都很自然,无拘无束。她没有什么是从别人那里贩来的,全都是自己的,而且那么大胆、新鲜、坚实。他诧异这些东西是从哪里来的,没有想到他无意间的授课和议论起了作用。

施托尔茨当时如果细心观察奥莉加,肯定会明白,奥莉加几乎是独自走着自己的路,只有婶娘表面上的监护,防止她走极端,而她并没有受到嬷嬷、奶奶、姥姥、七大姑八大姨等众多监护人的限制,也没有家族与阶层的传统、社会旧风俗习惯和陈腐教条的束缚,没有人强迫她走老路,她走的是一条新路,而且不得不靠自己的智慧、见解和感情去披荆斩棘。

奥莉加完全具备这方面的天赋。婶娘并不像暴君一样控制她的意愿和头脑,许多事情是她自己猜想到、领悟到的。她谨慎地观察着生活,也倾听……施托尔茨这位朋友的谈话和劝告……

施托尔茨一点也没有想到这些,只是对奥莉加的未来,遥远的未来,有很高的期望,而从未把她当作自己的女友。

奥莉加呢,出于自尊自爱的羞怯,长时间不肯让施托尔茨猜透她的心思。只是到了国外,施托尔茨经过一番痛苦的斗争之后才惊讶地发现,这个大有希望,但却被他忘掉的小女孩,已经成长为一个纯朴、有力、自然的形象。在国外,奥莉加的心灵深谷逐渐向他显露出来,他必须去填充,而又永远填不满。

起初他不得不长时间地与奥莉加的活泼天性斗争,中止青春的狂躁,平抑阵阵的冲动,让生活平缓地向前流去。不过只能奏效一时,他刚刚放心地闭上眼睛,她又不安起来。生活像泉水一样喷涌,不安分的头脑和被激动的心又提出新的问题,必须安抚她那被激发起来的想象,制服或者唤起她的自尊心。看见她在思考一种现象,他就连忙把理解的线索提供给她。

对偶然现象的迷信,幻觉的迷雾,逐渐从奥莉加的生活中消失。光明而自由的远方在她眼前逐渐展现出来,就像清澈见底的水,让她看得见里面的每一块小石头、每一个坑洼,然后是洁净的水底。

"我真幸福!"奥莉加用感激的眼光审视她以前的生活,悄声说。想到未来,她回忆起她有一天在瑞士做的少女的幸福梦,回忆起那静静的、蓝色的夜,发现这个梦现在正像影子一般在她的生活里飘动。

"我怎么会有这样好的福气?"她谦逊地想。她沉思,有的时候甚至害怕这幸福会中断。

时光一年年地过去,他们对生活没有感到厌倦。风平浪静的日子到来,不再有冲动。现在人生旅途中的波折是可以理解的了,他们能够耐心地、情绪饱满地承受,而生活并未沉寂。

奥莉加终于能够严肃地理解生活了。她和安德烈·施托尔茨两个人的生命汇合到了一起。他们之间只有和谐与宁静,绝无一点情欲的放纵。

看来这两个人一定会在他们有权享受的安逸中酣睡,像边远地方的居民那样享自己的福,一天碰三次头,在无聊的谈话中打哈欠,昏昏沉沉地打盹儿,从早到晚发愁的只是:一切都反反复复地想过,谈过,做过,再没有什么好谈好做的——

"人世间的生活不过如此。"

表面上,别人做什么他们也做什么。虽然不是黎明即起,也起得相当早。他们喜欢在喝茶的时候多坐一会儿,有的时候甚至像是懒得说话,随后各人去干自己的事,或者一起工作、吃饭、看庄稼地、弹琴……同所有的人一样,同奥勃洛莫夫曾经梦想过的一样……

只是他们从不昏睡,从不垂头丧气,从不觉得无聊或者情绪低落,也没有委靡不振的目光和言语。他们有说不完的话,往往谈得非常热烈。

他们的响亮的声音在各个厅室回荡,甚至传到花园里,有的时候又变成几乎听不见的心灵低语,像是互相描绘着自己的梦幻,轻声诉说言语不易表达的思想的最初萌动……

连他们的沉默有的时候也是奥勃洛莫夫曾经追求的遐想的幸福,或者是对互相提供的无穷无尽的素材单独进行的思索……

面对永远新鲜、永远灿烂夺目的自然美,他们常常默然惊叹。他们的敏感的心总是不能对这种美习以为常——大地、天空、海洋都使他们动情。他们静静地并肩而坐,用同一双眼睛和同一个灵魂去领略造物的辉煌,无须交谈已相互理解。

他们不能冷漠地迎接清晨的来临,也不能呆呆地没入南方那温暖的繁星之夜的昏暗中。他们的思想永远在活动,他们的心灵永远在震颤,他们需要两个人一起思考,一起感受,一起交谈!……

他们热烈争论、轻声交谈、一起阅读的是什么?远游的目标又是什么?

是一切。还在国外的时候施托尔茨已经不习惯单独看书和工作了。如今他连思考也要和奥莉加一起才行。奥莉加的思想和意向形成得非常之快,他总赶不上。

在家庭生活中他应该做什么的问题已经自然而然地解决了。他甚至不得不让奥莉加参与他自己的工作和业务活动,因为没有活动的生活会使奥莉加像没有空气一样窒息。

无论什么建设项目,无论是他们自己的田庄事务,还是奥勃洛莫夫庄园的事务,或者公司的业务,没有一件不是在奥莉加知情或者参与的情况下办的。他没有一封信不是在读给奥莉加听过之后才发出,也没有一个意图,特别是意图的执行,是瞒着奥莉加的。奥莉加什么都知道,什么都感兴趣,因为他感兴趣。

起初他这样做是因为无法瞒过奥莉加,无论他写信也好,和代理人或者包工头谈话也好,奥莉加都在场。后来他就习惯于这样做,终于变成非这样做不可。

奥莉加的意见和建议,奥莉加赞成还是不赞成,已经成为他对自己是对是错的不可或缺的检查。他看到,奥莉加对问题的理解和他完全一样,考虑问题和判断事物的本领也不比他逊色……扎哈尔因为妻子能干而觉得委屈,许多人也都这样,施托尔茨却因此觉得幸福!

读书和学习能使思想不断地得到滋养,不断地发展!任何没有给奥莉加看过的书或者报刊上的文章奥莉加都非看不可,当他自认为某一份材料过于严肃枯燥,奥莉加看不懂,没有必要给她看的时候,奥莉加真的会生气,或者觉得委屈,说这是迂腐、庸俗、落后,还骂他是"德国老朽"。两个人不止一次为此激烈地争吵。

奥莉加生气的时候,施托尔茨却笑嘻嘻的,奥莉加因此就气得更加厉害。只有施托尔茨不再开玩笑,把他的想法、知识和读到的东西拿出来与她分享,她才肯罢休。结果凡是施托尔茨需要知道、很想知道的东西,也是奥莉加需要的。

施托尔茨不把学术强加给奥莉加,免得奥莉加日后最愚蠢不过地以做一个"有学问的妻子"而自豪。如果奥莉加谈话的时候无意中表露出,甚至只是暗示自己有这种企望,施托尔茨就会脸红,其程度胜过奥莉加以茫然无知的眼神来回答一个虽说一般,然而在当代妇女教育条件下仍是她无法回答的知识性问题。施托尔茨希望于奥莉加的,也是奥莉加更加想要的,不是没有什么是她不知道的,只是没有什么是她不能理解的。

施托尔茨不给奥莉加看图表和数字,但是什么都和奥莉加谈,多半念给奥莉加听,并不过分回避经济理论、社会问题、哲学问题。他谈得津津有味,热情洋溢,好像在给奥莉加画一幅无穷无尽的生动的知识图。事后一些细节渐渐从奥莉加的记忆中消失,然而印在她那敏于接受的头脑里的图画却留存下来,永不褪色,施托尔茨用来照亮他为她创造的宇宙的火炬也不熄灭。

当施托尔茨事后发现,这火炬的火光在奥莉加的眼睛里闪亮,他向她转述的思想在她的话语里引起回响,这思想进入她的意识,被她理解,在她头脑里重新加工,又在她的言谈中显露出来,并不生硬,却更具一种女性的妩媚,特别是看到他讲解过、朗读过、描绘过的哪怕一点一滴好东西像珍珠一般落到了她的清澈见底的生命深处,他就会骄傲和幸福得颤抖。

作为思想家和艺术家,施托尔茨为奥莉加编织着理性的人生。无论在他求学的年代,还是在他与生活搏斗、克服生活的波折、在生活对毅力的种种考验中锻炼自己、使自己逐渐坚强起来的艰难岁月里,他都没有像现在关心妻子的心灵中那永无休止的火山一般的活动这样专心致志。

"我真幸福!"施托尔茨对自己说。他以自己的方式提前设想婚姻生活最甜蜜的年代过去以后的情况。

远处又有一个新的形象在向他微笑,不是利己主义的奥莉加,不是狂热地爱他的妻子,也不是在平平淡淡、谁也不需要的生活中逐渐衰老下去的母亲兼保姆,而是一种与此迥然不同的,崇高的,几乎是前所未有的东西……

他仿佛看到一位既创造又参与整整一代幸福的人的精神生活和社会生活的母亲。

他担心她没有足够的意志和力量……急于帮助她尽快驾驭生活,积蓄与生活搏斗需要的勇气,趁现在他们两人都还年轻力壮,生活对他们也比较宽容,或者说他们还没感觉到生活的打击有多沉重,趁忧伤淹没在爱海中。

他们也有阴暗的日子,不过不长。事务中的挫折,大量钱财的损失,都不过是轻轻触动了他们一下,给他们增添了一点麻烦,使他们不得不奔走一番,然后很快就被淡忘了。

婶娘去世使奥莉加痛苦地流了许多真诚的眼泪,给她的生活蒙上一层阴影达半年之久。

他们最害怕孩子们生病,没有一天不为此操心。但是只要危险一过去,幸福就又回来了。

最使施托尔茨担忧的是奥莉加的健康状况,她产后迟迟不能复原,复原之后施托尔茨也放心不下,他不知道还有什么比伤逝更可怕的。

"我真幸福!"奥莉加对自己的生活欣赏之余一再这样

说,而且往往不由得沉思起来……特别是在结婚三四年后。

人多奇怪啊！她的幸福越美满,她越喜欢沉思默想,甚至……变得越更胆怯。她开始认真观察自己,发现生活的宁静,生活在幸福时刻的停滞,使她惶惑不安。她奋力摆脱心灵的沉思状态,加快生活的步伐,狂热地寻求纷扰、活动、操劳,要求和丈夫一起进城,去社交场合看看,与人接触,但是时间不长。

她刚刚接触到一点人世间的浮华就匆匆返回自己的小天地,去从心里驱除她不习惯、使她苦恼的印象,重新钻进家庭生活的琐事里,好几天不离开儿童室,尽母亲兼保姆的职责,或者和丈夫一起埋头读书,讨论"严肃而枯燥"的问题,或者读诗,谈去意大利旅行的事。

她害怕自己变得或多或少像奥勃洛莫夫那样委靡不振。但是无论她怎样努力消除须臾的周期性的精神麻木和昏睡,时不时地总有幸福的梦幻悄然降临,起初像蓝色的夜一样包围着她,使她昏昏欲睡,接着又是沉思般的静止,好像生命休息了,然后是……惶惑、畏惧、倦怠,某种深沉的忧伤,在她那不宁静的头脑里出现一些模模糊糊的问题。

奥莉加仔细倾听自己的心声,询问自己,但是毫无结果。她弄不明白她的心灵时不时地在寻求什么,只知道它在寻求,而且,说来可怕,她甚至觉得苦闷,仿佛只有幸福生活还不够,仿佛这种生活渐渐使她厌倦,她还要求新的、不曾有过的东西,两眼朝前望着未来……

"这叫什么?"奥莉加惊恐地想,"还需要,还可以有更多的期望吗? 应该往哪里走? 没有地方可去了! 前面没有路……真的没有路? 莫非我完成了人生的一个周期? 就这些了吗？……"奥莉加的心灵这样说，意犹未尽……她惊慌地环顾四周，生怕有人偷听到这心灵的低语……她用两眼询问天空、大海、森林……哪里也没有答案，那边遥远，深邃，幽暗。

大自然的语言是单调而重复的，奥莉加从中看到生命按同一方式无始无终地、不间断地流动。

她知道应该找谁去问这些使她不安的问题，而且能够得到答案，不过是什么答案呢？也许这不过是闲置不用的智慧发出的怨言，或者更糟，是渴求并非为爱，亦非为女性的心设置的东西！上帝呀！她是他的偶像，这偶像没有心肝，而有对什么都不满意的冷酷的头脑！她究竟会变成怎样一个人？女学究吗？如果她向他道出这些不曾有过的、新近产生的、他当然并不陌生的痛苦，她在他眼里就要一落千丈了！

于是她竭力掩饰，当她的眼睛违反她的意愿失去天鹅绒般的柔和而显得有些严厉和急躁的时候，当她脸上阴云密布而她无论怎样努力也不能勉强自己微笑和说话的时候，当她漠不关心地听着最热门的政治新闻或者有关科学新成就和艺术新作的最有趣的说明的时候，她往往推说自己身体不适。

不过她不像少女时代自身的力量还处在逐渐萌发和觉醒状态中那样神经质了，她不想哭，也不会突如其来地颤抖。不，情况已经不同！

在使人沉思的美妙黄昏，或者在摇篮旁边，甚至在丈夫爱抚和说话的时候，她忽然会觉得无聊，对一切都漠然，这时候她常常绝望地问自己："这是怎么一回事？"

她突然发呆，不说话了，然后假装忙得不可开交，以掩饰自己的怪病，或者借口偏头痛发作，躺下睡觉。

然而她很难躲过丈夫的锐利目光，这一点她很清楚，所以心里焦急地等着和他谈谈,就像从前准备忏悔她的过去一样。谈话的时刻终于来临。

一天傍晚,他俩在杨树林荫道上散步。奥莉加几乎是紧靠在丈夫的肩上沉默不语,她正苦于莫名其妙的情绪低落,不管丈夫说什么,她都只回答一两个字。

"保姆说,小奥莉加夜里咳嗽,要不要明天请大夫来?"施托尔茨问。

"我给她喝了一点发汗的,明天不让她出去玩,再等等看!"奥莉加干巴巴地回答说。

他俩默默地走到林荫道尽头。

"你怎么不给你的朋友索涅奇卡回信?"施托尔茨问,"我一直在等你,差点误了邮班。她已经来了三封信,你一封也没有回。"

"嗯,我想快点忘掉她……"奥莉加说完就闭上了嘴。

"我代你向比丘林问好了,"施托尔茨又说,"你知道他钟情于你,这也许能给他一点安慰,让他不至于因为麦子不能如期运到而太难过。"

奥莉加淡淡地笑了笑,不关痛痒地说:

"嗯,你说过了。"

"你怎么啦,困了?"施托尔茨问。

奥莉加的心扑通跳了一下,这已经不是第一次了。只要一接近正题,她就有这样的反应。

"还没困,"她装出精神饱满的样子说,"什么事?"

"你不舒服吗?"施托尔茨又问。

"没有。你怎么这样想?"

"看你没精打采的!"

奥莉加紧紧抓住丈夫的双肩,假装满不在乎地否认说:"没有,没有!"而她的声音却说明她的确觉得无聊。

施托尔茨带她走出林荫道,让她的脸向着月光。

"你看着我!"施托尔茨凝视着她的眼睛说。

"看你这样子,会以为你……不幸福!今天你的眼睛真奇怪,不仅是今天……奥莉加,你怎么啦?"

施托尔茨搂着她的腰,又带她走进林荫道。

"告诉你吧,我……饿了!"她勉强笑了。

"别撒谎,别撒谎!我不喜欢你撒谎!"施托尔茨装出一副严肃的面孔说。

"不幸福!"奥莉加让施托尔茨在林荫道上停步,用责备的口吻说,"要说我不幸福,那……只是因为我太幸福了!"她的语调是那么温柔,施托尔茨禁不住吻了她一下。

奥莉加的胆子大起来。也许她不幸福,这个假定虽然说得随便,像开玩笑,却出乎意料地唤起她一吐为快的愿望。

"我不觉得无聊,也不可能无聊,这你是知道的,当然不会相信你自己刚才说的话。我也没有病,可是……我觉得抑郁……有的时候觉得抑郁……瞧我这人多讨厌,躲不过你的眼睛!是的,抑郁,也不知道为什么!"

她把头靠在丈夫肩上。

"原来是这样!什么原因呢?"施托尔茨向她低下头去悄声问道。

"不知道。"她说。

"总该有原因吧。如果不在我身上,不在你周围,那就在你自己身上。有的时候这种抑郁是疾病的先兆……你身体好吗?"

"嗯,也许有这方面的问题,"她严肃地说,"虽然我一点感觉也没有。你看见我怎么吃饭,散步,睡觉,工作。忽然我觉得有点不对劲,有点忧郁……生活好像……缺点什么……不,你别听我的,没什么……"

"你说,你说!"施托尔茨一个劲儿逼奥莉加说,"生活缺点什么,还有呢?"

"有的时候我好像很害怕,"奥莉加接着说,"怕这一切会改变,会结束……我自己也不明白!以后还会怎么样?这个愚蠢的念头使我苦恼……这幸福……整个人生……究竟是什么?"她的声音越来越低,为自己有这些问题而难为情。"所有的欢乐、悲伤……大自然……都引我奔向前方,渐渐地什么也满足不了我……我的上帝!这些愚蠢的念头……这种想入非非……真让我难为情……你别管,别注意……"她一面和丈夫亲热,一面恳求地接着说,"这种抑郁情绪很快会过去,我又会高兴起来,开朗起来,就像现在一样!"

奥莉加胆怯而温柔地偎依着丈夫,真的不好意思了,好像在请求丈夫原谅她有这些"愚蠢念头"。

丈夫久久地询问妻子,妻子像病人面对医生一般,久久地诉说自己的抑郁征候,把一些隐隐约约存在的疑惑都谈出来,向丈夫描绘了心灵的骚动以及后来幻象又是如何消失的。总之,把她想得起、注意到的都吐露了出来。

施托尔茨低头沉思,继续沿着林荫道走去,困惑不安地、全神贯注地考虑妻子这番含糊不清的自白。

奥莉加几次想看看丈夫的眼睛,可是什么也看不见。当他们第三次走到林荫道尽头的时候,她不让丈夫转身,而是把丈夫拉到月光下,用询问的目光察看了他的眼睛。

"你怎么啦?"奥莉加羞涩地问,"你笑我有这些愚蠢念头,是吗? 这种抑郁情绪很蠢,对吗?"

施托尔茨没有说话。

"你怎么不说话?"奥莉加急切地问。

"你当然知道我早就注意到你的变化了,可是很久以来你一直保持沉默。现在你也让我沉默一些时候,考虑考虑。你给我出了一道难题。"

"你现在要考虑,而我会因为不知道你一个人会琢磨出什么来而痛苦。我真不该说! 你最好说一点……"

"我能对你说什么呢?"施托尔茨沉思地说,"也许这还说明你有点神经失调。如果是这样,那就该由大夫,而不是我来判断你怎么了。明天应该去请大夫……如果不是这样……"他说了半句,又沉思起来。

"'如果不是这样',那又怎么样,说呀!"奥莉加心急如焚地缠着他。

施托尔茨一面走,一面想。

"说呀!"奥莉加摇晃着他的手说。

"可能是想得太多,你的生命力太旺盛……也可能是你已经成熟到这样一个阶段……"施托尔茨几乎是自言自语地说。

"请你大声点,安德烈! 你这样自言自语,我受不了!"奥莉加抱怨说,"我对你说了一大堆蠢话,你倒低着头自言自语! 我真害怕跟你待在这个漆黑的地方……"

"我不知道该说什么……你说你'觉得抑郁,一些问题让你不安',这话究竟怎么理解? 我们以后再谈,看看是怎么一回事,也许又该下海游泳了……"

"你自言自语地说'如果……可能……已经成熟到……',你心里想的是什么?"奥莉加问。

"我想……"施托尔茨慢吞吞地、沉思地说,连他自己也不大相信自己的想法,好像说出来也难为情似的,"你看……有的时候……我想说,如果这不是神经失调的征兆,如果你完全健康,那么,可能你已经成熟到生命停止发展的阶段……再没有什么没猜破的谜,生命已经全部展现在你面前……"

"你好像想说,我已经老了,是吗?"奥莉加立刻打断他的话说,"你敢!"她甚至做了一个威胁的手势,"我还年轻力壮……"她一面说,一面挺直身子。

施托尔茨笑了。

"别害怕,"他说,"你好像永远不想老!不,不是那个问题……人到老年气衰力竭,不再与生活搏斗。你的抑郁、苦恼——如果像我理解的那样——更像是力量的表现……活跃的、兴奋的头脑有时会越出日常生活的界限去探寻,当然是找不到答案,结果就产生抑郁……对生活暂时的不满足……这是心灵向生命询问它的奥秘的时候产生的抑郁……也许你就是这样……如果确实如此,那就不是愚蠢的念头了。"

奥莉加叹了一口气,更多的是由于高兴,高兴她无须再担心,她在丈夫眼里没有一落千丈,而是相反……

"但是我很幸福,我并不是无所用心,我没有想入非非,我的生活丰富多彩——还需要什么呢?怎么会产生这些疑惑?这是病,是忧郁症!"

"是的,对于蒙昧、孱弱、没有经过训练的头脑说来或许是忧郁症。这种抑郁,这些疑惑可能使许多人精神失常,而对于另一些人却像是种种无定形的幻觉,像心灵的谵语……"

"幸福满得外溢,太想生活了……可是忽然有一丝苦味掺杂进来……"

"啊!这是为普罗米修斯之火付出的代价!你不仅要忍受这抑郁,还要喜欢它,要尊重疑惑——那是生命过于旺盛、过于华美的表征,多半在人处于幸福的巅峰、没有粗鄙的欲望的时候出现。平淡的日常生活不会产生这些东西,生活在不幸和贫困中的芸芸众生顾不上这些,他们只是活着而不会有什么由疑惑产生的迷惘和苦闷……但是对于适逢其时碰到了这些问题的人说来,它们就不是压力,而是受欢迎的客人。"

"可是你对付不了它们,它们使你烦闷,使你……几乎对一切……都失去兴趣。"奥莉加犹豫地说。

"时间能长吗?过后会使生活焕然一新,"施托尔茨说,"它们把你带到不能提供任何答案的深渊边上,然后以更多的爱迫使你重新观察生活……它们唤起经过考验的力量来与自己搏斗,仿佛是为了不让这种力量睡去……"

"让你受迷雾和幻象的折磨!"奥莉加抱怨说,"本来一片光明,突然有不祥的阴影投到生活上面!就没有办法对付吗?"

"怎么没有,依靠生活支柱!如果没有生活支柱,即使没有疑惑,活着也让人厌烦!"

"那该怎么办?屈服,苦闷吗?"

"没有关系,"施托尔茨说,"要坚强,耐心而顽强地走自己的路。我俩不是提坦①,"他搂着奥莉加继续说,"我们不

---

① 指希腊神话中天神和地后的儿子们。人们常把出类拔萃的人物称为"提坦"。

641

跟着曼弗雷德①、浮士德②们去迎战叫人叛逆的疑惑,也不接受它们的挑战。我们低下头,顺从地度过困难时刻,然后生活、幸福又会向我们微笑……"

"如果疑惑一直缠着人不放,抑郁也越来越让人忐忑不安呢?……"奥莉加问。

"那有什么?我们就把抑郁当作生活的新现象接受下来……不过我俩的生活中没有,也不会有这东西!这抑郁不是你一个人才有,而是人类的通病,只不过有一滴溅到了你身上……如果一个人脱离生活……没有支柱,那就可怕了。而我们……但愿你的抑郁正像我想的那样,而不是什么疾病的征兆……否则就糟了。碰到这样的灾难,我会孤立无援、精疲力竭地倒下……但是迷惘、抑郁、疑惑、问题怎么能夺去我们的幸福、我们的……"

施托尔茨还没有把话说完,奥莉加已经发疯似的投入他的怀抱,搂住他的脖子一动不动,像酒神的狂女③一般瞬间忘却了一切。

"迷惘、抑郁、疾病……甚至死亡,都不能!"奥莉加狂喜地低声说,她又成了一个幸福、平静、快乐的人。她觉得自己从来没有像此时此刻这样热烈地爱过丈夫。

"当心,别让命运女神偷听到你的怨言,"体贴入微的丈夫最后用迷信的话提醒妻子说,"别让她以为你忘恩负义!她可不喜欢人们不珍重她的恩赐。到目前为止你还处在认识

---

① 英国著名诗人拜伦的诗剧《曼弗雷德》的主人公。
② 德国著名诗人歌德的戏剧《浮士德》的主人公。
③ 希腊神话中的酒神狄俄倪索斯出行时,总有一帮女人吵吵嚷嚷地、疯疯癫癫地相随,被称为酒神的狂女。

生活的阶段，以后你就要去经受生活的考验了……等着吧，等着那疾风骤雨、艰难困苦的时刻吧……这样的时刻会到来，到那个时候……你就顾不上这些疑惑了……爱惜自己的力量吧！"施托尔茨小声地，几乎是自言自语地说了这番话来回答妻子突然迸发的激情。他的话含着忧郁，仿佛他已经远远地看到了"艰难困苦"。

施托尔茨的忧郁的调子顿时震撼了奥莉加，奥莉加沉默了。她无限信赖丈夫，信赖丈夫的声音。丈夫的沉思感染了她，使她想得出了神。

奥莉加偎依着丈夫，机械地沿着林荫道慢慢向前走去，一直沉默不语。她随着丈夫畏怯地眺望生活的远方，就是她丈夫所说的"考验"的时刻会到来的远方，那里等待着他们的是"艰难困苦"。

她在梦中看到的再也不是蓝色的夜。展现在她眼前的是另一片生活天地，不是和他单独在一起的闲散无虑、无比丰富的幽居生活……

她梦见的是一连串让人以泪洗面的损失、艰辛、无法避免的牺牲，是不得不放弃由无所事事产生的闲情逸致而过斋戒式的生活，是他们现在还不知道的新情感引起的哀号和呻吟。她梦见疾病、事业受挫、丈夫亡故……

她浑身发抖，虚弱无力，却又怀着勇敢的好奇心注视这种新的生活方式，恐惧地观察它，同时衡量着自己的力量……在这个梦里，只有爱情没有背弃她，而是新生活的忠实卫士，不过也已不似从前！

没有了爱情的烫人的呼吸，没有了明亮的光辉和蓝色的夜晚。若干年以后，在深厚而严酷的生活所领会的遥远未来的爱情面前,眼前的一切都像是儿戏。到那个时候,在大自然和生活的喜庆日子就再也听不见从小树林和花丛中传出来的接吻声、笑声,以及使人激动、深思的谈话……一切都"褪色了,消逝了"。

那永不凋谢、永不泯灭的爱情,就像生命力本身,在他们夫妻二人脸上显得更加坚强有力——在同心感受悲痛的岁月里可以从他们默默地缓缓交换着的饱含共同痛苦的目光中看到它的闪光,在无穷尽地相互宽容以对付生活的磨难,在强忍住的眼泪和压低的哭声中也都能觉察到它的存在……

另一些梦虽然遥远,但是明确而令人恐惧,悄悄渗入奥莉加的模糊的抑郁和疑惑中……

丈夫所说的坚定而令人宽慰的话,以及奥莉加对丈夫的无限信任,都有助于奥莉加放下她的不是人人都会有的谜一样的抑郁,放下关于未来的预言性的噩梦,情绪饱满地向前走。

"迷雾"消散之后是明朗的早晨,她要忙于尽母亲和主妇的责任。花坛和田地,或者丈夫的书房在召唤她。不过她并非以无忧无虑的自我陶醉态度游戏人生,而是暗自勇气十足地生活着,准备着,等待着……

她在不停地成长,越来越高大……施托尔茨看到,他从前理想中的女人,妻子,是个不可能达到的标准,但是只要在奥莉加身上有些许这理想的影子,他已经感到很幸福,这是他始料未及的。

他还必须长时间地,几乎是毕生,花不少心思在自视甚高、自尊自重的奥莉加眼里把他的男子汉的尊严保持在不低于奥莉加的高度上,不是出于庸俗的嫉妒心理,而是为了使清澈如水晶的生活不致蒙上阴影。只要奥莉加对他的信任稍有动摇,这种情况就可能发生。

这对于许多女人都是毫无必要的,她们一旦出嫁,就顺从地接受丈夫的一切品质,无论好坏,无条件地随遇而安,或者同样顺从地向任何偶然的移情别恋让步,马上承认抗拒是不可能的,或者是不必要的,说什么"这是命,是情欲,女人生性软弱"等等。

纵然丈夫才智超群,而才智正是男人的魅力所在,这种女人以丈夫的这个优势自豪也无异于以贵重的项链自豪,而且还要以丈夫对她们女流之辈的种种可怜的诡计视而不见为条件。如果丈夫敢于看清她们的狡猾、无聊,有时甚至是邪恶的生活闹剧,他的才智就要叫她们难受,叫她们不自在了。

奥莉加不懂这种对目盲的命运女神俯首帖耳的逻辑,也不理解女人的情欲和移情别恋。她一旦认定她所选择的男人具有的优点和他对她的权利,就信任他,并且因此爱他。如果她不再信任他,她也就不再爱他了。她和奥勃洛莫夫之间发生的事情就是如此。

不过那个时候她的步子还不稳,意志也不坚定。她刚刚开始观察和思考生活,刚刚开始意识到自己天生有着怎样的智慧和性格,并且在收集素材;创造的过程还没有开始,生活的道路还没有探明。

现在呢,她已经不是盲目地,而是自觉地信任施托尔茨,视他为尽善尽美的男子的典范。她对施托尔茨的信任越深、越自觉,施托尔茨就越难使自己与她保持在同一个高度上,越难使自己不单只做她的心智的英雄,还要做她的想象英雄。她相信他到了这种程度,以至除上帝之外,她认定他俩之间没有任何其他中介,其他等级。

因此,她所认定的他的优点哪怕降低一丝一毫都是她不能忍受的,他的性格或者头脑里出现任何一个走调的音都会产生惊人的不谐和音。倒塌的幸福大厦会把她埋在瓦砾堆下,或者,万一她还有幸存的力量,她就会再去找寻……

不,这样的女人不会犯第二次错误。这样的信任和这样的爱情一旦崩溃就不可能重生。

充实的、波涛汹涌的、青春永驻的生活使施托尔茨感到十分幸福,他小心翼翼地、积极机警地培育它,保护它,珍爱它。只是一想起奥莉加差一点被毁掉,已经找到的道路——两个生命汇合到一起——还可能分岔,不了解各种生活道路还可能铸成毁灭性的错误,正如奥勃洛莫夫……他就从心底感到恐惧。

施托尔茨吓得发抖。怎么!让奥莉加过奥勃洛莫夫给她安排的那种生活!一天天地熬日子,当地主太太、孩子们的保姆、家庭主妇,如此而已!

她的一切问题、疑惑、生命的起伏波动都会消失在为家务操劳、为即将到来的节日、客人、家庭聚会、孩子诞生宴和洗礼宴做准备,以及丈夫的冷漠和昏睡之中!

那么婚姻不就只有形式而没有内容,只是手段而非目的,成为做客、待客、宴会、晚会、无聊的闲谈的一个宽阔而固定不变的框架了吗?……

她怎么能忍受这种生活?起初她会挣扎,会寻求和探测生活的奥秘,哭泣,痛苦,然后渐渐习以为常,身体发胖,吃吃睡睡,一天天迟钝下去……

不,她不会这样。她会哭泣,痛苦,憔悴,在爱她的善良而软弱的丈夫怀里渐渐死去……可怜的奥莉加！

如果火不熄灭、生命不终止，如果力量支持得住并且要求自由，如果她像一只暂时被软弱的手俘获的体躯强健、目光锐利的雌鹰，看见高高的岩石上有一只比她的体躯更强健、目光更锐利的雄鹰，就振翅向那边飞去呢？……可怜的伊利亚！

"可怜的伊利亚！"一天，想起过去的事情，施托尔茨大声说。

奥莉加一听见这个名字就垂下拿着女红的双手，把头往后一仰，深深地沉思起来。丈夫的感慨唤起了她的回忆。

"他现在怎么样？"过了一会儿奥莉加问，"不能打听打听吗？"

施托尔茨耸耸肩说：

"好像我们是生活在没有邮政的时代，人们各自东西之后就以为对方死了，也真的就渺无音信了。"

"你最好再给你的哪一位朋友写一封信，我们至少能够打听到……"

"除了已经知道的以外，什么也打听不到。没有朋友帮忙我也知道，他活着，身体健康，还住在那套房子里。至于他的情况如何，怎么忍受他现在这种生活，是不是在精神上已经死了，或者还有生命的火星阴燃着，这些旁人是无法了解的……"

"啊，安德烈，别这么说，我听着又害怕又难过！我真想知道，又害怕知道……"

奥莉加几乎要哭了。

"春天我们上彼得堡，亲自去了解。"

"光了解还不够，应该尽一切努力……"

"我没有尽力吗?我没少劝他,没少为他奔走,把他的产业也整顿好了。他呢,哪怕有一点反应也好啊!当面他什么都答应,你一走开,完了,他又睡着了。跟他打交道就像跟酒鬼打交道一样!"

"为什么走开呢?"奥莉加急不可耐地说,"对他应该采取坚决果断的行动,把他拽上马车拉走。现在我们也要搬到庄园去住,他离我们就近了……我们可以带他走。"

"这下可有我们操心的了!"施托尔茨一面在室内来回踱步,一面说,"而且没完没了!"

"你觉得是个负担?"奥莉加说,"这倒是新闻!我第一次听见你埋怨为他操心。"

"我不是埋怨,"施托尔茨说,"只是发点议论。"

"这种议论是哪儿来的?你自己明白,这事挺没意思,挺麻烦,对吗?"

奥莉加探究地望着施托尔茨。施托尔茨摇摇头。

"不,不是麻烦,而是徒劳无益,有时候我这样想。"

"别说了,别说了!"奥莉加不让丈夫说下去,"我又会像上次那样整天想这件事,为这件事发愁。如果你对他的友情已经熄灭,出于对人的爱心你也应该承当。如果你累了,我就一个人去,不带上他不出他的家门。我的请求会感动他。如果看见他像死人一样没有一点生气,我觉得我会痛哭失声!也许眼泪……"

"能够使他复活,你是不是这样想?"施托尔茨打断了奥莉加的话。

"不,不能使他复活到起来干一番事业,但是至少能迫使他看看周围的人,多多少少把自己的生活弄得好一点。他就不会再待在泥潭里,而是靠近配得上他的人,和我们在一起。上次我刚露面他就清醒过来,感到羞愧……"

"你是不是还像从前一样爱他?"施托尔茨开玩笑地问。

"不!"奥莉加认真地、若有所思地说,仿佛在审视过去。"我并不像从前那样爱他,不过他身上有些东西是我喜欢的,我至今对此一如既往,不会变心,不像有些人……"

"有些人是谁?你说呀,毒蛇,咬我吧,是指我吗?你错了。如果你想了解实情,那么是我教会你去爱他,而且几乎促成好事。没有我,你会视而不见地从他身边走过。是我让你明白,他的头脑不比别人差,只是塞满乱七八糟的东西,被压抑着,在无所事事地沉睡。要不要我告诉你,为什么你珍视他,为什么你还爱他?"

奥莉加点点头表示同意。

"就是因为他有比任何头脑更可贵的东西:一颗诚实、忠诚的心!这是他生来就有的宝藏。经过生活的风风雨雨,这宝藏仍然完好无损。他在生活的碰撞下一次次跌倒,渐渐变得冷漠,终于感到幻灭和绝望而沉沉睡去,失掉了去生活的力量,但却没有失掉诚实和忠诚。他的心从来没有发出过一个走调的音,也沾不上一点污秽。任何漂亮的谎言都诱惑不了他,没有什么能把他引上歧途。任凭整个龌龊、邪恶的海洋在他四周汹涌,即使整个世界都中了毒,颠倒过来,奥勃洛莫夫也永远不会向谎言的偶像顶礼膜拜,他的心灵永远纯净、光明、诚实……这是一颗水晶般透明的心。这样的人不多,很少遇见,他们是芸芸众生中的珍宝!什么也收买不了他的心,随时随地都可以信赖他的心。你就是对这个至今没有变心,这也是你对他的关怀永远不会使我难过的原因。我认识许多品格高尚的人,但是从来没有遇见一个心地比他更纯洁、更光明、更朴实的人。我爱过许多人,但是从来没有爱谁像爱奥勃洛莫夫这样持久而热烈。只要认识了他,就不可能不再爱他了。是不是这样?我猜到了吧?"

奥莉加不做声,眼睛看着手中的女红。施托尔茨沉思起来。

"我说得不全吗?还漏掉了什么?哦!……"他从沉思中清醒过来,又高兴地说,"我忘了他的'鸽子般的温柔'……"

奥莉加笑了,她立刻放下女红,跑过去搂住丈夫的脖子,用一双熠熠生辉的眼睛看着丈夫的眼睛有好几分钟,然后把头靠在丈夫的肩上沉思起来。奥莉加的记忆中又浮现出奥勃洛莫夫那若有所思的温和的面容、他的温柔的目光、顺从的性格,最后是他俩分手的时候他回答她的责难脸上现出的满含羞愧的可怜的微笑……奥莉加难过极了,觉得他太可怜……

"你不会由他去,撒手不管吧?"奥莉加问,她的两条胳膊仍旧搂着丈夫的脖子。

"永远不会!除非在他和我之间突然出现一道鸿沟,一堵高墙……"

奥莉加吻了吻丈夫。

"到了彼得堡,你带我去看他吗?"

施托尔茨犹豫地沉默着。

"带我去吗?"奥莉加一定要他回答。

"奥莉加,你听着,"施托尔茨一面努力松开妻子的双臂,一面说,"首先应该……"

"不,你说带我去,你要保证,否则我不会放过你!"

"好吧,"施托尔茨说,"不过第一次不带,第二次才带。我知道你会怎么样,如果他……"

"别说了,别说了!……"奥莉加打断了他的话,"好,你带我去,我们两个一起会把事情都办好。你一个人办不了,你会不愿意!"

"就这样吧,不过你会闹情绪,也许要闹很久。"施托尔茨说,奥莉加强迫他同意,他有点不高兴。

"你可要记住,"奥莉加一面坐下,一面说,"只有在他和你之间'出现一道鸿沟,或者一堵高墙'的情况下,你才能撒手不管。我不会忘记这句话。"

九

安宁与寂静笼罩着维堡区,笼罩着那边没有铺砌的街道、木板人行道、可怜巴巴的园子、长满荨麻的水沟,篱笆下面有一只脖子上套着扯断了的绳子的山羊在起劲地吃草,或者呆呆地打盹儿。中午有个录事走过,他脚下的漂亮高跟皮靴在人行道上踏出橐橐的声响,一扇小窗上的纱帘动了一下,天竺葵后面就出现一张官太太的面孔,或者园子里的篱笆上端突然有个姑娘的嫩生生的脸露了一下又立即消失,接着就有另一张这样的脸露了一下,也立即消失,后来是这两张脸轮流出现,并且传来荡秋千的姑娘们的尖叫声和笑声。

普舍尼岑夫人家里静悄悄的。无论谁走进这个小院都会感觉到浓浓的田园诗情。公鸡母鸡看见有人来,争先恐后地往角落里躲藏,链子拴着的大黑狗跳起来叫起来,阿库林娜停止挤奶,扫院工停止劈柴,他们两个好奇地望着来客。

"您找谁?"扫院工问,在听到伊利亚·伊利奇或者女主人阿加菲娅·马特维耶夫娜的名字以后,默默地指了指台阶,接着又劈他的柴去了。客人沿着铺了沙子的洁净小道走向台阶,踏着铺在梯级上的朴素洁净的小地毯登上去,拉拉擦得锃亮的门铃铜拉手,于是阿尼西娅,或者孩子们,间或是女主人自己或者扎哈尔就出来开门,扎哈尔总是最后一个出来。

家里的一切都显得丰盛兴旺,女主人以前和她哥哥住在一起的时候也没有过这样的景象。

厨房、储藏室、食橱间都摆设了一些矮柜,里面有大大小小、正圆椭圆的盘子,调味汁缸和茶杯,成堆的碟子,铁的、铜的、陶瓷的罐子。

几个大玻璃柜里陈列着女主人自己的和奥勃洛莫夫的银器。女主人的银器早已赎回,没有再典当过。

还有成排的肚子挺大的大茶壶和小茶壶,几排瓷茶杯——有普通的、彩绘的、描金的、印着箴言的、带大红心的、画着中国人的。再就是一个个用来装咖啡、桂皮、香草的大玻璃缸,水晶玻璃茶叶罐,盛黄油和醋的盂。

一层层隔板上堆满了一包一包、一瓶一瓶、一盒一盒的家用成药、药草、湿敷用药水、药膏、酒精、樟脑、药面、薰香,还有肥皂、清洗花边和去污的制剂等等。任何外省的任何一个家庭,任何一位善于持家的主妇拥有的,那里都有。

每当女主人猛然打开一个堆满这些东西的柜子的时候,她都不免要把头暂时扭到一边去,回避扑面而来的各种熏人的气味。

在储藏室里,火腿、干酪、糖块、干鱼、一袋袋干蘑菇和从芬兰人那里买来的干果都挂在天花板下面,以免老鼠来糟蹋。

地板上搁着一桶一桶的食用油,好几大坛子酸奶油,还有一筐一筐的鸡蛋——什么东西没有啊!必须再来一位荷马才能完整而详细地记述这个家庭生活小方舟的所有角落和所有搁板上存放的东西。

厨房是这位伟大主妇和她的得力助手阿尼西娅的一切活动的真正支柱。家里什么都有,样样都在该放的地方,拿起来

653

十分方便，而且整齐清洁，如果不算这幢房子里的唯一死角，那个光线和新鲜空气永远进不去的地方，不仅女主人的眼睛看不到，连阿尼西娅那双横扫一切的敏捷的手也扫不到。这个死角就是扎哈尔的窝。

他的小屋没有窗户，永恒的黑暗把这间屋子从人的居室变成了黑洞洞的兽穴。扎哈尔偶尔在他屋里碰上女主人，女主人提出一些改善和打扫这个窝的计划，他听了总是斩钉截铁地声称，刷子、鞋油、靴子该放在哪儿，怎样放，不是女人弄得清楚的事情，谁也管不着他为什么要把衣服堆在地板上、被褥塞在炉炕后面积满灰尘的角落里，说是他，而不是她，穿这衣服，用这被褥。至于他屋里为什么要放一把扫帚、几块木板、两块砖头、一个桶底、两块劈柴，他说那都是他干活的时候非用不可的东西，而为什么非用不可，他却不加解释。他还说，灰尘和蜘蛛网并不碍他的事，反正他不到厨房去干涉她们，因此也不愿意她们来管他。

有一次他在那小屋里碰见阿尼西娅，劈头盖脸地损了阿尼西娅一顿，用胳膊肘儿拼命朝阿尼西娅的胸口捣去，吓得阿尼西娅不敢再来光顾。后来这件事提到最高一级，交给伊利亚·伊利奇老爷裁夺，老爷本想亲自去察看一番之后从严处置，但是他把头探进那小屋里才看了一分钟就啐了一口唾沫，一言不发地走开了。

"怎么样，你们赢了？"扎哈尔问女主人和阿尼西娅，她们跟着老爷来了，本指望老爷的干预能够导致某种变革。结果是扎哈尔满脸堆笑，使得眉毛和颊须都往两边翘了上去。

别的房间处处明亮光洁。褪色的旧窗帘不见了，客厅和书房的门窗上挂着蓝色、绿色的帷幔，以及有红色穗边的薄纱帘子,都是女主人亲手缝的。

靠枕一个个雪白雪白,堆得像小山一样高,几乎触及天花板。被子是丝绸的,绗过的。

有好几个星期女主人屋里摆开几张呢面牌桌,拼在一起,上面铺着伊利亚·伊利奇的绸被和大袍。

女主人亲自裁剪,絮棉花,绗棉被。她的结实的胸脯贴在活计上,两眼盯住它,需要咬断线头的时候甚至把嘴也贴了上去。她很爱干这些活儿,干得起劲而又不觉得累。一想到这大袍、这被子要裹住出色的伊利亚·伊利奇的身子,让他暖和、舒适、安逸,女主人就感到快慰。

伊利亚·伊利奇整天整天躺在自己屋里的长沙发上欣赏女主人的裸露的胳膊肘儿随着针线前后晃动。他不止一次在女主人穿针和咬断线头的时候打个盹儿,像从前在奥勃洛莫夫庄园一样。

"别干了,您会累垮的!"他劝女主人歇下来。

"上帝喜欢人劳作!"女主人说,眼睛和手都没有离开活计。

他的咖啡总是细心地、干干净净地、香喷喷地端上来,与几年前他刚搬到这里来的时候一样。杂碎汤、通心粉加帕尔玛干酪、大鱼肉馅饼、冷鱼汤、自家养的小鸡——这些菜肴按照严格的顺序更换着,让这小屋里的单调生活使人愉快地变变花样。

欢乐的阳光从早到晚直射进窗里来,半天照着屋子的这一面,半天照着那一面;由于两面都是菜园,没有东西遮挡。

金丝雀高兴地唱着歌,天竺葵和孩子们偶尔从伯爵家的花园里采来的风信子在小房间里散发着浓烈的气味,与纯哈

655

瓦那雪茄烟味、女主人用力挥动胳膊肘儿捣碎的桂皮或者香草的气味混合在一起,沁人心脾。

伊利亚·伊利奇仿佛生活在一个金色画框里,框里的画是透景画,只有一般昼夜和季节的交替,没有别的变化,尤其没有足以从生活底部搅起全部往往是既苦又浊的沉渣的特大偶发事件发生。

自从施托尔茨解除了奥勃洛莫夫庄园对伊万·马特维伊奇那个窃贼的债务、伊万·马特维伊奇和塔兰季耶夫随之完全消失以后,一切敌对势力也从伊利亚·伊利奇的生活中消失了。现在围绕着他的只有单纯、善良、爱他的人,他们都愿意以自己的存在支撑他的生活,不让他对生活有所觉察,有所感觉。

女主人阿加菲娅·马特维耶夫娜正处在她一生的极盛时期,她感觉到自己的生活比以往任何时候都更充实,只是像以往一样说不出来,或者不如说,她就没有往这上面想过。她只是祈求上帝保佑伊利亚·伊利奇长寿,逃过一切"灾难、愤怒和穷困",而把她自己、她的两个孩子和这个家交给上帝去安排。不过显露在她脸上的却总是同样的幸福。这种幸福是完美的,满足的,没有欲望的,因而也是罕见的,对于任何其他天性不同的人说来都是不可能的。

她发福了,她的胸脯和双肩都闪耀着那同一种完美和满足的光辉,眼睛流露出温顺的心态和纯粹是对家务的操心。她恢复了过去主宰全家、指挥顺从的阿尼西娅、阿库林娜和扫院工那个时候的尊严和安详的态度。她像以前一样,走起路来好像在飘浮,从食橱间飘到厨房,从厨房飘到储藏室,不慌不忙、一字一板地下命令,很清楚她在做什么。

阿尼西娅比从前更加活跃,因为工作更多了。她总在走动,忙碌,奔跑,干活,一切都按女主人的吩咐去做。连她的眼睛都更亮了,那会说话的鼻子总是抢在她本人前面,在她操心、思考、盘算的时候先发红,在她沉默的时候还替她说话。

女主人和阿尼西娅两人的穿着符合她们各自的地位和职务。女主人添置了一个大衣柜来挂她的一排绸衣、披肩和大衣,她的包发帽是过河,几乎走到铸炮厂大街去定做的,鞋子来自市中心的客商市场,而不是阿普克拉辛街。外出戴的帽子呢,想想看,是从海员街买来的啊!阿尼西娅做完饭以后,尤其是星期天,竟然穿上了毛料衣服。

只有阿库林娜仍旧把衣服下摆掖在腰间,扫院工即使在盛夏也离不开短皮袄。

提到扎哈尔,那就没有什么好说的了。他把一件灰色燕尾服改成一件短上衣穿上。他的裤子是什么颜色的,领带又是用什么料子做的,都没法说。他刷靴子,然后睡觉,或者坐在大门口呆呆地望着稀少的行人,或者坐在附近一家小杂货铺里,做他从前在奥勃洛莫夫庄园、后来在戈罗霍夫大街做的那些事情。

奥勃洛莫夫本人呢?奥勃洛莫夫本人现在是安逸、满足、没人打搅的宁静生活的充分而又自然的体现。在不断审视和思考自己的生活的过程中,他越来越习惯于这种生活,最后认定:他再也没有什么地方可去,再也没有什么需要追求,他的人生理想已经实现,虽然缺乏他一度在想象中描绘的那种在自己的庄园、自己的农民和家奴中间过得无忧无虑的大气派地主生活所具有的诗意和光彩。

他把他目前的生活视为奥勃洛莫夫庄园生活的延续,只是

657

地方色彩不同,时代色彩也有些差异而已。在这里,和在奥勃洛莫夫庄园一样,他只付出很小的代价就能够摆脱生活的麻烦,从生活那里赚得有保障的安逸。

他在内心庆幸的是,他终于躲开生活提出的种种讨厌的、折磨人的要求和威胁,逃离闪着巨大欢乐的电光、响着巨大悲痛的迅雷的天边。在那边,有种种虚假的希望和幸福的美妙幻影来作弄人;在那边,人被自己的思想啃啮煎熬,又被情欲害得痛不欲生;在那边,理智时而失败时而胜利;在那边,人不停地搏斗,遍体鳞伤地退出战场,却仍然心怀不满,不知餍足。而他还没有体验到得自于搏斗中的欢乐就在思想上放弃了那些欢乐,只在这个与运动、斗争、生活无缘的被遗忘的天涯一角感觉到心灵的平静。

如果他的想象力再度活跃起来,被忘却的往事沉渣泛起,没有实现的梦想重新抬头,如果良知开始责备他过这种生活而不是另一种生活,他会睡不安稳,常常惊醒,从床上跳起来,时不时地为已经永远逝去的那个光明的人生理想流下冰冷的绝望的眼泪,就像人们哭他们亲爱的逝者,痛苦地意识到,当那位逝者在世的时候他们为他做得不够。

然后他会环顾四周,尝尝浮世的福祉,平静下来,若有所思地看着夕阳怎样徐缓而平静地沉没在火焰一般的晚霞里,最后认定,他的一生不只是碰巧如此简单,而且是注定要如此简单,以便表现人生也可能如此理想地平静。

他想,别人是注定了要表现人生的不安定,注定了要以创造力或者破坏力去推动它。各人有各人的命啊!

这就是奥勃洛莫夫庄园的柏拉图炮制出来的哲学。不管命运提出什么问题,什么严格要求,这种哲学都能催他入睡。

他的天性和他所受的教育决定了他不是竞技场上的斗士,而是竞技的一个心平气和的旁观者。他的怯懦而慵懒的心灵既不能为幸福担当惊惧,也承受不了生活的打击,因此他表现的是人生的一个边缘,那里没有什么可求索,没有什么可改变,没有什么可追悔。

随着岁月流逝,他已经很少激动和追悔。他逐渐悄悄地躺进他为自己的余生亲手制造的普通而宽大的棺材里,好像隐修院的长老,他们在离群索居的同时就在给自己挖掘坟墓。

他不再梦想建设庄园,让全家一齐搬过去。施托尔茨派去的管事在圣诞节前准时送来数目可观的进款,农民们还送来粮食、小家畜、小家禽,家里一派丰盛喜庆的景象。

伊利亚·伊利奇甚至养了两匹马。由于他生性谨慎,他养的马都是挨了三鞭子才肯动的懒家伙。两鞭子抽下去只有一匹马摇晃一下身子,向旁边跨出一步,然后另一匹马才跟着摇晃一下身子,也向旁边跨出一步。直到挨了第三鞭,它们才伸直脖子、脊背和尾巴,同时动起来跑起来,边跑边点头。它们送万尼亚到涅瓦河对岸的一所中学去上学,或者拉女主人出去购物。

逢谢肉节和复活节,全家人和伊利亚·伊利奇本人一道出去游玩和赶集。他们偶尔也订剧院的包厢票,全家一起去看戏。

夏天他们去城外,圣以利亚节去火药厂,生活在一个接一个的普通事件中过去。如果人生的打击根本达不到这些小小的平静的角落,也许可以说不会有什么毁灭性的变化发生。可惜雷霆在震撼山岳的根基和广袤的空间的时候,它的隆隆声也传到了老鼠洞里,虽然微弱些,低沉些,还是足以惊动老鼠洞。

伊利亚·伊利奇像在奥勃洛莫夫庄园一样,吃得很香,也很多。他也像在奥勃洛莫夫庄园一样,懒得走动懒得做事。他不顾自己的年纪一天天大起来,满不在乎地喝葡萄酒和醋栗叶泡的伏特加酒,更不在乎饭后久睡不起。

忽然间,这一切都改变了。

有一天,午休之后,伊利亚·伊利奇想从长沙发上起来,却动弹不得;想说话,舌头不听使唤。他惊恐万分,却只能挥手求援。

如果他和扎哈尔一个人生活在一起,他可能要把手挥到凌晨,最后死掉,第二天才会被人发现。然而女主人的眼睛有预知能力,她不需要智慧,单凭她的心就能猜到伊利亚·伊利奇情况不妙。

女主人一猜到发生了什么事,阿尼西娅立刻坐上出租马车朝大夫家飞奔而去,女主人则用冰块包住伊利亚·伊利奇的头,并且迅速从百宝箱里拿出各种酒精、药水——根据习惯和传闻需要使用的一切。连扎哈尔也及时穿上了一只靴子,就登着这一只靴子和大夫、女主人、阿尼西娅一起照料他的老爷。

大夫让伊利亚·伊利奇恢复了知觉,给他放了血,然后宣称这是中风,他必须改变生活方式。

除少数例外情况,他不能再喝伏特加酒、啤酒、葡萄酒、咖啡,也不能再吃一切油腻的、荤的、辛香的食品。大夫还规定他每天必须运动,只能在夜间适度睡眠。

没有女主人的眼睛,这些规定一项也不能照办,而她竟然能够使这些规定成为制度,叫全家人都服从,并且时而用巧计,时而以她的柔情来帮助伊利亚·伊利奇摆脱酒类、午睡和油腻的大鱼肉馅饼的诱惑。

伊利亚·伊利奇刚要打盹儿,室内就有一把椅子自动倒了,或者隔壁房间有什么没有用的餐具啪嗒一声掉在地上,摔得粉碎,或者孩子们忽然吵起来,嚷得叫人受不了。如果这些办法无效,那就会传来女主人的温柔的声音,呼唤他,问他点什么。

花园里的小径通到菜园,伊利亚·伊利奇早晚要在这条路上散步两个小时,由女主人作陪,如果女主人有事就换成玛莎,或者万尼亚,或者那位老相识——绝对服从、毫无异议的阿列克谢耶夫。

瞧,伊利亚·伊利奇正扶着万尼亚的肩膀沿着小径慢慢向前走。万尼亚几乎已经像个青年人了,穿一身中学生制服,好不容易控制住自己的矫健而急速的步伐,以便和伊利亚·伊利奇步调一致。伊利亚·伊利奇中风之后有一条腿行动还不大方便。

"好了,万尼亚,我们进屋去吧!"他说。

他们朝房门走去,迎面碰见阿加菲娅·马特维耶夫娜。

"这么早,你们往哪儿走?"她问,不让他们进屋。

"早什么!我们来回走了二十趟,从这儿到篱笆有五十俄丈,我们走了两俄里啦。"

"你们走了几趟?"她问万尼亚。

万尼亚踌躇起来。

"别胡说,看着我!"阿加菲娅·马特维耶夫娜注视着她儿子的眼睛严厉地说,"我马上能看出来。你记住,星期天我可不让你出去串门!"

"妈妈,我们真的走了……十二趟。"

"哎呀,你这个滑头!"伊利亚·伊利奇说,"你总揪洋槐叶子,我可一直在数……"

"不行,再走走,我的鱼汤还没有烧好呢!"女主人作出这个决定,把他们关在了门外。

奥勃洛莫夫只好再走八趟才得进屋。

鱼汤在一张大圆桌上冒着热气。奥勃洛莫夫独自坐在长沙发上他的老地方,女主人挨着他,坐在他右边的一把椅子上,而他左边是一个约莫三岁的小男孩,坐在儿童椅上。挨着这小男孩坐的是玛莎,她已经十三岁了,再过去是万尼亚。这天阿列克谢耶夫也来了,坐在奥勃洛莫夫对面。

"等我再给您一点棘鲈鱼,今天的真肥!"女主人一边说,一边往奥勃洛莫夫的盘子里放棘鲈鱼。

"就着鱼吃馅饼就好了!"奥勃洛莫夫说。

"我忘了,真的忘了!昨天还想到过,我一点记性也没有了!"女主人耍滑头说。

"我也忘了给您的肉饼配点圆白菜。"她对阿列克谢耶夫说,"请别见怪。"

这是她耍的又一个花招。

"没关系,我什么都能吃。"阿列克谢耶夫说。

"真的,怎么不给他做火腿加豌豆或者煎牛排?"奥勃洛莫夫问,"他爱吃……"

"我自己去看过,伊利亚·伊利奇,没有好牛肉!"女主人这样回答,接着她对阿列克谢耶夫说,"不过我吩咐给您做樱桃糖浆羹了,我知道您喜欢吃。"

果子羹对伊利亚·伊利奇无害,所以什么都同意的阿列克谢耶夫就该喜欢吃。

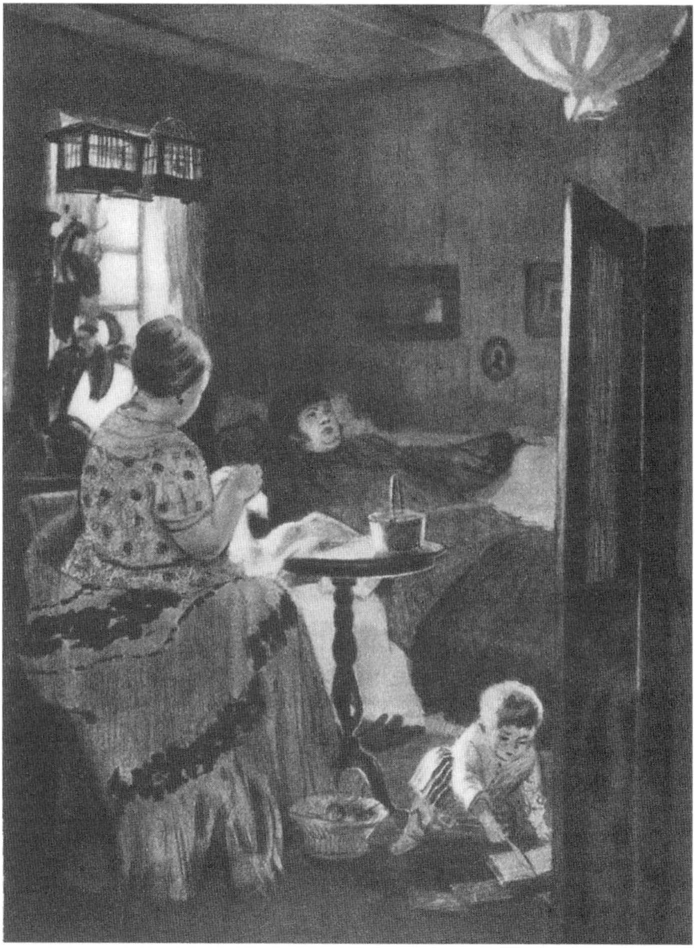

饭后任何人任何事都无法阻止奥勃洛莫夫躺下。他通常就仰卧在那张长沙发上,不过只能躺一个小时。为了防止他睡着,女主人就坐在这张长沙发上斟咖啡,让孩子们在地毯上玩,奥勃洛莫夫不得不参与。他看见万尼亚在逗小安德烈,就不赞成地说:

"别再逗小安德烈,他要哭了!"

看见小安德烈要爬到椅子底下去,他又关切地提醒玛莎,说:

"玛莎,看着,小安德烈要磕在椅子腿上了!"

玛莎就跑过去拉"弟弟",她管这孩子叫"弟弟"。

屋里沉寂了片刻,因为女主人到厨房去看咖啡煮好了没有,孩子们安静下来。屋里响起了鼾声,起初很轻,好像用了消音器一样,后来就大起来,等女主人端着热气腾腾的咖啡壶进来的时候,那种只有在驿站房里才听得到的鼾声使她大为惊骇。

她向阿列克谢耶夫摇摇头,有责备之意。阿列克谢耶夫为自己辩解说:

"我叫过他,他不听!"

女主人急忙把咖啡壶放在桌上,从地板上抱起小安德烈,把孩子轻轻地放到伊利亚·伊利奇脚边,孩子就从他身上爬过去,一直爬到他的脸上,抓住他的鼻子。

"哎!怎么啦?是谁?"奥勃洛莫夫醒过来不安地问。

"您睡着了,小安德烈爬上来把您弄醒了。"女主人温柔地说。

"我什么时候睡着了?"奥勃洛莫夫一面分辩,一面把孩子揽在怀里。"我没感觉到他的小手爬过来了吗?我全都感觉到了！啊，这个淘气包，抓我的鼻子！瞧我治你！你等着！"他一面这样说，一面抚爱孩子，跟他亲热，然后把他放在地毯上，大声叹了一口气。

"您讲点什么给我们听吧，伊万·阿列克谢伊奇！"他说。

"都讲过了，伊利亚·伊利奇，没什么可讲的了。"

"怎么没什么？您常跟人来往，没听到什么新鲜事儿吗？我想您也看书的吧？"

"是的，有时候看，或者别人朗读、谈天，我听着。比如昨天，在阿列克谢·斯皮里多内奇家，他的公子，是大学生，就朗读了……"

"他读了什么？"

"讲英国人的，英国人把枪支和火药给什么人运了去，阿列克谢·斯皮里多内奇说要打仗了。"

"究竟运给谁了？"

"运到西班牙还是印度，我记不清了，不过公使很不满意。"

"哪国的公使？"奥勃洛莫夫问。

"这个我倒忘了！"阿列克谢耶夫一面说，一面仰起鼻子对着天花板，尽力回忆着。

"跟谁打仗？"

"好像是跟土耳其巴夏。"

"好，还有什么政治新闻？"奥勃洛莫夫沉默了一阵子以后又问。

"有人写文章说，地球越来越冷，总有一天会完全冻上。"

"哦！这是政治吗？"奥勃洛莫夫说。

阿列克谢耶夫慌了神，他辩解说：

665

"那位大学生先提到政治,然后接二连三地读下去,没有说什么时候那条政治新闻告一段落。后来我才知道他已经在读文学方面的了。"

"文学方面他读了些什么呢?"奥勃洛莫夫问。

"说最优秀的作家是德米特里耶夫、卡拉姆津、巴丘什科夫和茹科夫斯基……"

"普希金呢?"

"普希金不在内。当时我也想过,为什么普希金不在内!他可是颠才。"阿列克谢耶夫把天说成颠。

接着大家都沉默了。女主人拿来女红,一针一针地缝起来,时不时地看看伊利亚·伊利奇,看看阿列克谢耶夫,用敏锐的耳朵仔细听着,有没有什么地方出了乱子,发出响声,扎哈尔是不是跟阿尼西娅在厨房里骂架,阿库林娜在不在洗碗,院门响了没有,就是说,扫院工是不是到"酒肆"去了。

奥勃洛莫夫沉默不语,陷入沉思之中。这沉思似睡非睡,他让思绪任意飘移,并不集中在哪一点上,安安静静地听着心脏有节律的跳动,并且像一个不特意看什么东西的人,偶尔不紧不慢地眨一下眼睛。他进入一种无法界定的、谜一样的状态,类似幻觉。

有的时候人在少有的沉思默想的瞬间忽然会觉得眼前的情景是他从前在某时某地经历过的,也许只是梦见过,也许确实经历过而已经淡忘,可是他亲眼看到:此刻坐在他身边的就是从前的那些人,他们说的话也是从前说过的,不过想象没有能力把他再带回去,记忆也没有能力使往昔复活,只能使人沉思了。

眼下奥勃洛莫夫的情况正是如此。从前某个地方有过的寂静忽然又荫庇着他,熟悉的钟摆在晃动,还有咬断线头的声音和熟悉的耳语:"我怎么也纫不上针。玛莎,你来吧,你的眼睛尖!"

奥勃洛莫夫懒洋洋地、机械地、仿佛在半睡半醒中望着女主人的脸,于是他在某个地方见过的一个熟悉的形象就从他的记忆深处浮现出来。他想弄清楚他是在什么时候和什么地方听见过这些声音……

他仿佛看见他的祖屋里那间用蜡烛照明的昏暗的大客厅,已经故去的母亲和她的客人们坐在圆桌旁默默地做针线活儿,父亲在默默地踱步。现在和过去汇合了,交织在一起。

他觉得他到了乐土,那里流着奶河和蜜河,人们不需劳作就有面包吃,而且穿金戴银……

他听见别人在谈梦和预兆,听见盘子和刀叉碰得丁当响,他紧偎着嬷嬷,听她用老人的嗓音一面对他说"绝代美女!",一面指着女主人的影像。

他觉得,此刻和当时一样,仍旧是那片云在蓝天上飘浮,同样的轻风吹进窗来,拂动他的头发,奥勃洛莫夫庄园的一只公火鸡在窗下走动,大声叫唤。

忽然间,大黑狗叫了起来,肯定有客人来到。莫非是安德烈和他父亲从韦尔赫廖沃村来了?这对于他就像过节一样。看来真的是他,脚步声越来越近,门开了……"安德烈!"奥勃洛莫夫说。站在他面前的是安德烈,不过不是小男孩,而是成年男子。

奥勃洛莫夫清醒了,真正的、现实中的施托尔茨站在他面前,不是幻觉。

女主人连忙抱起幼儿,又从桌子上拿了自己的活计,把两个大孩子也一齐领走。阿列克谢耶夫也不见了。留下施托尔茨和奥勃洛莫夫两个人面面相觑。施托尔茨的眼睛紧盯着奥勃洛莫夫。

"是你吗,安德烈?"奥勃洛莫夫激动得几乎说不出话来,只有久别重逢的情人对自己的女友才会这样发问。

"是我,"施托尔茨低声说,"你还活着,身体好吗?"

奥勃洛莫夫拥抱了他,紧贴在他身上。

"唉!"奥勃洛莫夫长吁一声,算是回答。这一声"唉"充分吐露出长久以来隐藏在他心中的忧愁和喜悦,这种感情可能是他俩分别以来他从未向任何人、就任何事发泄过的。

两个朋友坐下,各人又目不转睛地望着对方。

"你身体好吗?"施托尔茨又问。

"感谢上帝,现在还好。"

"这么说你病过?"

"是的,安德烈,我得过中风……"

"真的吗?我的上帝!"施托尔茨惊恐而又关切地说,"没有后遗症吧?"

"没有,只是左腿不大方便了……"奥勃洛莫夫回答说。

"唉,伊利亚,伊利亚!你怎么啦?你完全垮了!这段时间你都干什么了?我们有四五年没见面了!"

奥勃洛莫夫叹了一口气。

"你为什么不去奥勃洛莫夫庄园?为什么不写信?"

"对你说什么好呢,安德烈?你了解我,就别多问了!"奥勃洛莫夫悲哀地说。

"你一直住在这儿吗?"施托尔茨一面环顾四周,一面说,"没有搬家?"

"是的,一直住在这儿……现在我也不想搬了!"

"怎么,坚决不搬了?"

"是的,安德烈……坚决不搬了。"

施托尔茨凝视了他一阵,思索起来,并且在室内走来走去。

"奥莉加·谢尔盖耶夫娜怎么样?她身体好吗?她现在在哪儿?还记得吗?……"

奥勃洛莫夫没有把话说完。

"她身体很好,记得你,就像昨天才分手似的。我这就告诉你她在哪儿。"

"孩子们呢?"

"孩子们也都健康……不过,伊利亚,你告诉我:你说你要在这儿待下去,是开玩笑吧?我可是来接你的,要把你带到我们的庄园去……"

"不,不!"奥勃洛莫夫显然吓慌了,压低声音,看看房门说,"求你别提这件事,别说……"

"为什么?你怎么啦?"施托尔茨说,"你了解我,我早就给了自己这个任务,绝不退让。我一直事务繁杂,现在我有空了。你应该和我们在一起生活,在我们身边,我和奥莉加已经决定了,就这么办。幸好我看见你还是老样子,没有更糟。我本来就没指望……我们走吧!……我准备把你拖走!应该换个样子生活,你明白该怎么生活……"

奥勃洛莫夫不耐烦听他的长篇大论。

"别嚷嚷,请你小声点!"奥勃洛莫夫央求说,"那边……"

"那边怎么样?"

"听得见……女主人会以为我真的想走……"

669

"那又怎么样？让她以为好了！"

"哎呀，这怎么行！"奥勃洛莫夫打断了施托尔茨的话。"安德烈，你听我说！"他忽然用从未有过的坚决语气说，"别白费力气，别劝我，我要待在这儿。"

施托尔茨吃惊地看看他的朋友。奥勃洛莫夫平静而坚决地望着他。

"你完了，伊利亚！"施托尔茨说，"这座房子，这个女人……这种生活……不行，我们走，走！"

施托尔茨抓住奥勃洛莫夫的袖子，把他往门口拉。

"你干吗要把我带走？上哪儿去？"奥勃洛莫夫一面反抗，一面说。

"离开这个坑，这个泥潭，到外面有正常、健康生活的广阔天地里去！"施托尔茨严厉地、几乎是命令地坚持说，"你待在什么地方？你成了什么？好好想想吧！莫非这就是你追求的生活：像鼹鼠一样躲在洞里睡大觉？你想想过去……"

"别提了，别提过去，那是无法挽回的！"奥勃洛莫夫说，从他脸上可以看出他有思想，有充足的理智和意志。"你想拿我怎么样？我已经永远脱离了你想拉我去的那个世界。你不可能把裂开的两半焊接起来重新组成一个整体。我的弱点已经让我长在这个坑上了，你把我拉开我就会死。"

"你好好看看，你待在什么地方，跟什么人在一起？"

"我知道，我有感觉……唉，安德烈，我什么都感觉得到，什么都明白，活在世上我早就觉得惭愧！但是我不能跟着你去走你的路，即使我有这愿望……也许上一次还有可能。现在……（他垂下眼睛沉默了片刻）现在晚了……你走吧，别在我身上耗费时间。我配得到你的友谊，上帝明鉴；但是我不配让你操心。"

"不,伊利亚,你好像有话要说又没有都说出来。不过我还是要带你走,就因为我怀疑……你听着,穿好衣服,上我那儿去,在我那儿待一个晚上。我有好多好多事情要告诉你,你知不知道现在什么事情闹得沸沸扬扬的,你没听说吧?……"

奥勃洛莫夫用询问的目光看着他。

"我忘了,你不跟人来往。走吧,我都讲给你听……你知不知道谁在大门外马车上等我……我去叫进来!"

"奥莉加!"奥勃洛莫夫忽然惊恐万状地喊了一声,连脸色都变了。"看在上帝分上,别让她进来,你走吧。再见,再见,看在上帝分上!"

他几乎要把施托尔茨推出去,但是施托尔茨不动。

"不带上你我就不能去见她,我答应了的,你听见了吗,伊利亚?不是今天,就是明天……你只能拖延时间,但是不能把我撵走……明天,后天,总有一天我们还会见面!"

奥勃洛莫夫没有做声,他低下头,不敢看施托尔茨一眼。

"究竟什么时候?奥莉加会问我。"

"唉,安德烈,"奥勃洛莫夫抱住他,把头靠在他肩上,语气温柔而恳切地说,"再不要管我了……忘了吧……"

"怎么,永远不管吗?"施托尔茨一面惊讶地问,一面从他的怀抱中挣脱出来,看着他的脸。

"对!"奥勃洛莫夫低声说。

施托尔茨向后退了一步,责备地说:

"这是你吗,伊利亚?你疏远我也是为了她,为了这个女人!……我的上帝!"施托尔茨几乎要叫起来,像是感受到突

671

如其来的痛楚。"那个小男孩,我刚才看见的……伊利亚,伊利亚!快离开这儿,我们走,快走!你竟然落到这步田地!这个女人……她是你的什么人……"

"妻子!"奥勃洛莫夫平静地说。

施托尔茨呆了。

"那个小男孩是我的儿子!取名安德烈,为了记念你!"奥勃洛莫夫一口气说完了这句话,因为交了心、卸了包袱而舒了一口气。

这回轮到施托尔茨脸色大变,他转动着两只眼睛惊讶地,几乎是茫然地看看四周,面前忽然出现"一道鸿沟","一堵高墙",奥勃洛莫夫似乎已经不存在,从他眼前消失了,失踪了。他感受到的只有刺心的疼痛,同一个人怀着激动的心情赶去见久别的朋友却发现这位朋友早已不在人世的时候感受到的一样。

"完了!"施托尔茨机械地低声说,"我对奥莉加说什么好呢?"

奥勃洛莫夫听到最后这句话,似乎想说什么,但是说不出来。他向施托尔茨伸开双臂,两个人就像人们投入战斗之前或者面临死亡的时候那样默默地、紧紧地拥抱在一起。这拥抱压下了他们的语言、眼泪、情感……

"别忘了我的小安德烈!"这是奥勃洛莫夫说的最后一句话,他的声音消失在空中。

施托尔茨默默地缓步走出房间,心事重重地经过院子,坐上马车,而奥勃洛莫夫则在长沙发上坐下来,把两个胳膊肘儿支在桌子上,用双手捂住脸。

"不会的,我不会忘记你的小安德烈。"施托尔茨经过院子走出去的时候伤感地想,"你完了,伊利亚。现在已经用不着对你说,你的奥勃洛莫夫庄园再也不是穷乡僻壤,它也交上了好运,阳光照到了那里!我也不想告诉你,四年之后那儿就是铁路线上的一个站,你的农民要去修路基,以后你的粮食要用火车运到码头上去……还要……办学校……学文化,再往后……算了,新的幸福的曙光会吓坏你,刺痛你不习惯看它的眼睛。但是我要把你的小安德烈带到你没有能够去的地方……和他一起去实现我们青年时代的梦想。"他最后一次回头看了看那小屋的窗户又说:"再见吧,古老的奥勃洛莫夫庄园!你的时代已经过去了!"

"怎么样?"奥莉加怀着一颗剧烈跳动的心问。

"没什么!"施托尔茨生硬地说。

"他身体好吗?"

"嗯。"施托尔茨勉强回答说。

"你怎么这样快就出来了?为什么不叫我进去,也不把他带来?让我去!"

"不行!"

"出了什么事?"奥莉加惊恐地问,"莫非'出现一道鸿沟'?你告不告诉我?"

施托尔茨沉默着。

"究竟出了什么事?"

"奥勃洛莫夫精神!"施托尔茨阴郁地说。后来不管奥莉加怎样盘问,一直到家他都阴郁地沉默着。

十

又过了五年。维堡区也发生了许多变化,通往普舍尼岑夫人家的那条少有人走的街道两边盖了许多别墅,其间耸立起一幢长长的官家砖房,使得阳光再也不能欢快地照进这个慵懒与平静的居所。

这居所本身也有些破旧了,看上去没有好好收拾,不干不净,好像一个不洗澡也不刮脸的人。油漆剥落,排雨水的管子多处损坏,所以院子里有些淤泥积水,不得不像从前那样铺上一块窄木板走路。有人走进院门的时候大黑狗也不起劲地跳了,只在狗窝里待着懒洋洋地、嘶哑地叫几声。

屋里的变化更大!如今当家的是外来的一个女人,在这里玩闹的也不是以前那几个孩子。火爆性子的塔兰季耶夫那张酒糟脸时不时地又在这里出现,惟命是从的温顺的阿列克谢耶夫没了踪影。扎哈尔和阿尼西娅再也不露面,新来的胖厨娘主持厨房,她不爱执行阿加菲娅·马特维耶夫娜的轻声吩咐,态度还很粗野。把衣服下摆掖在腰间的阿库林娜仍旧在洗盆盆罐罐,那个睡眼惺忪的扫院工也仍旧穿着那件短皮袄在他的陋室里无所事事地度他的残年。在清晨和午间固定的钟点,女主人的哥哥伊万·马特维伊奇的身影重又在篱笆前面闪过,还是夹着一个大公文袋,不论冬夏都穿一双胶皮套鞋。

奥勃洛莫夫怎么样了?他在哪里?在哪里啊?他的遗体安息在附近的墓地上一个朴素的瓶形墓饰下面,那是灌木丛中一处幽静的地方。由友爱的手种植的丁香树枝在他的坟头打盹儿,苦艾安然散发着它的苦味。看上去好像有一位寂静的天使亲自守护着他的梦。

无论他妻子的那双充满爱的眼睛怎样看守着他的生命的每一瞬间,永恒的安逸、永恒的寂静和懒懒地匍匐过去的一天又一天终于使他的生命机器停止了转动。奥勃洛莫夫看来是没有痛苦没有折腾地逝去了,好像人们忘记上发条的一座钟停止走动一样。

谁也没有看见他活着的最后时刻,没有听见他临死的呻吟。第一次中风一年以后,他再次中风,并且再次幸免于难,只是变得苍白、虚弱,吃得少了,也很少去花园散步,越来越不爱说话,越来越爱沉思默想,有的时候甚至掉泪。他预感到死亡临近,害怕死。

有几次他觉得很不舒服,也都过去了。一天早晨,女主人照例给他端来咖啡,发现他已经安详地死在床上,就像睡着了一样,只是头从枕上滑下来了一点,一只手痉挛地按在心窝上,大概是血涌上来就停在那里了。

阿加菲娅·马特维耶夫娜寡居已经三年。在这段时间里,一切又恢复了老样子。她哥哥干过几次包工,可是破了产,靠耍花招、磕头作揖好歹恢复了原来的职位,在"农民登记处"任秘书,从此又像以前一样步行上班,带回一些二十戈比、二十五戈比、五十戈比的硬币,存放在一个避人耳目的小箱子里。伙食又像奥勃洛莫夫到来之前那样粗糙简单,但是油水大，量也多。

现在伊万·马特维伊奇的夫人伊琳娜·潘捷列耶夫娜成了家里的第一号人物，就是说她有权晚起床，一天喝三次咖啡，一天换三次衣服，家务事她关心的只有一件：她的裙子必须浆得尽可能硬。其余的事她一概不过问。阿加菲娅·马特维耶夫娜和以前一样是家里的活钟摆：她照管厨房和伙食，给全家人烧茶、煮咖啡、缝补、准备好床上用品、内衣内裤、餐巾桌布，还要管孩子们、阿库林娜和扫院工。

怎么会这样？她不是地主太太奥勃洛莫夫夫人吗？她不是可以自己单过，不依赖任何人，什么也不缺吗？是什么情况能够迫使她挑起别人的家务重担，为别人的孩子、为这些琐碎的事情奔忙？一个女人肯做这些事情不是出于爱情、出于对家庭的神圣责任感，就是为了有碗饭吃。她完全有权使唤的仆人扎哈尔和阿尼西娅都到哪里去了？她丈夫留给她的活信物小安德烈又在哪里啊？还有她前夫留下的两个孩子呢？

她的两个孩子都有了归宿。万尼亚大学毕业以后就任公职，玛莎嫁给一处官家房产的管理员，小安德烈被施托尔茨夫妇领去培养教育，他们把这孩子看作自己的家庭成员。阿加菲娅·马特维耶夫娜从来没有把小安德烈的命运和她两个大孩子的命运混淆在一起同等对待，虽然在心里也许无意中把他们三个摆在了相同的位置上，不过她还是在小安德烈的教育、生活方式和前途与万尼亚和玛莎的生活之间划了一道鸿沟。

"那两个算什么？跟我一样贱，"她漫不经心地说，"生来是贱民。这个呢，"她几乎是用尊敬的口吻谈小安德烈，即使不带几分胆怯也是小心翼翼地爱抚他，"这个可是小少爷！

瞧他长得多白净,多水灵,手脚多秀气,头发像丝似的。跟他过世的爸爸一模一样!"

所以她二话不说,甚至有几分高兴地接受了施托尔茨要培养小安德烈的建议,认为真正属于小安德烈的地方是那里,而不是这个"低贱的",她那些邋遢的侄儿侄女住的地方。

奥勃洛莫夫死后,她跟阿尼西娅和扎哈尔在这座小屋里过了半年,痛不欲生。她踩出一条通向亡夫的坟墓的小径,哭坏了两只眼睛,几乎不吃不喝,只靠喝茶维持生命,常常通宵不能成寐,至于心力交瘁。她从不向人诉苦,仿佛逝者离开她越久,她越孤僻忧伤,与世人隔绝,甚至疏远了阿尼西娅。谁也不知道她心里究竟想些什么。

"你们女主人还在哭她的丈夫吧?"市场上的小店主问来购物的厨娘。

"她还在为丈夫伤心。"墓地教堂的执事指着她对烤圣饼的女人说。这位悲痛欲绝的寡妇每周都去教堂祷告,哭泣。

"她还在伤心!"她哥哥家里的人说。

有一天,她哥哥全家,包括孩子,甚至还有塔兰季耶夫,突然闯进她的家门,借口是来吊唁。他们说了一大堆庸俗的劝慰话,劝她"别毁了自己,要为了孩子们保重"等等。这些话十五年前她第一个丈夫去世的时候就说过,那个时候起了应有的作用,而现在却不知为什么使她感到苦恼和反感。

他们谈起别的事情,向她宣布现在他们又可以住在一起了,她倒觉得轻松多了。他们说,她"在自己人中间痛苦的日子好熬些",还说这对他们也好,因为没有人能像她那样把家务安排得井井有条。

她要求给她一点时间考虑考虑。又过了大约两个月的伤心日子,她终于同意大家住在一起。这时候施托尔茨已经把小安德烈领走了,剩下她孤零零一个人。

她穿深色衣服,脖子上围一条黑色毛料头巾,影子似的从内室走进厨房,和从前一样开柜子关柜子,缝缝补补,熨平花边,但是动作慢了,有气无力,说话的声音也轻了,好像有些勉强。她的目光也不像从前那样无忧无虑地从一件东西上转移到另一件东西上,而是常常凝神呆望,含着隐藏在内心的思想。从她有意识地、久久地注视她丈夫那张僵死的脸的时候起,这思想无形中就挂在了她的脸上,并且一直挂在那里。

她在屋里走动,用双手做一切必须做的事情,而她的思想却没有参与。当她守在丈夫的遗体旁边的时候,她似乎突然由丈夫的离去悟到了自己的生命,开始思索它的意义,这思索就像阴影一般永远罩在了她的脸上。她哭出自己的极度悲伤之后,就把意念集中在对这个损失的知觉上。对她说来,除了小安德烈以外,一切都已死去。只在看见小安德烈的时候,她身上似乎才出现生命复苏的迹象,面容也生动起来,两眼充满喜悦的光辉,接着流下回忆的泪水。

她与周围的一切都格格不入。无论她哥哥因为白花了一个卢布或者未能少花一个卢布,因为菜烧焦了或者鱼不新鲜而生气也好,她嫂子因为裙子浆得不够硬或者茶不浓不热而发火也好,胖厨娘说话无礼也好,她都不在意,好像别人说的不是她。她甚至听不见这样恶毒的耳语:"人家是太太,是地主太太!"

她以居丧者的尊严和温顺的沉默来回答一切。

在热闹的圣诞节、复活节、谢肉节晚上,家里人欢天喜地地唱啊,吃啊,喝啊,她却在一片欢乐声中突然涕泗滂沱,躲到一边去了。

然后她又凝神呆望,有的时候仿佛怀着自豪感和怜悯心看着她的哥哥和嫂子。

她明白,她的生命已经逊色,散尽了光辉,上帝曾经把灵魂注入她的生命,然后又把它取走了。她明白,阳光曾经照亮她的心房,现在永远黯淡了……是的,永远。不过她也永远认清了她的生命的意义。现在她知道她为什么活着,知道她不是白白地活着。

她爱得那么多,那么充分:她是把奥勃洛莫夫当作情人、丈夫、贵族来爱的,只不过和从前一样,她永远不会把这一点讲给任何人听。她周围也没有人能够理解她。她又能从什么地方找到讲出这一点的语言呢?她哥哥、塔兰季耶夫、她嫂子的词汇里都不存在这种语言,因为他们没有这种观念。只有奥勃洛莫夫能够理解她,可是她从来没有对他说过,因为那个时候连她自己都还不明白,也不会表达。

随着岁月流逝,她越来越多、越来越清楚地明白了自己的过去,并且把一切越来越深地藏在心里,人也变得越来越沉默,越来越内向。七年转瞬间过去了,而这七年的宁静的光芒照亮了她的一生,她已无所希冀,无处可去。

只在施托尔茨从乡下来彼得堡过冬的时候,她才跑到施托尔茨家里去,看不够地望着小安德烈,温柔而胆怯地爱抚他,本想对施托尔茨说几句话感谢他,把积在胸中无释处的一切向他吐露,他一定会明白,可是她不会说,只跑到奥莉加跟前,把嘴唇紧紧地贴在奥莉加的手上,任热泪像泉水般涌出眼眶,使奥莉加禁不住和她一起痛哭。施托尔茨激动得连忙从房间里走出去。

共同的爱,对逝者水晶般清澈的心灵的共同怀念把他们联系在一起。施托尔茨夫妇恳求她跟他们到乡下去生活在一起,在小安德烈身边,可是她总说:"生在哪儿,长在哪儿,就该死在哪儿。"

施托尔茨给她送去奥勃洛莫夫庄园的经营情况报告,捎去她应得的一份收入,她统统退回,请施托尔茨代小安德烈保管。

"这是他的,不是我的,"她固执地说,"他将来用得着。他是贵族,我就这样也能过。"

十一

一天,中午时分,维堡区的木板人行道上走着两位绅士,他们身后有一辆轿式马车缓缓前行。一位绅士是施托尔茨,另一位绅士是施托尔茨的作家朋友,身子很胖,脸上表情冷漠,两眼露出沉思的,似乎困倦的神情。他俩来到教堂旁边,午前祈祷刚刚结束,人们从教堂里拥出来,走在众人前面的是形形色色、人数很多的乞丐。

"这些乞丐是从哪儿来的?我真想知道。"作家望着那些乞丐说。

"从哪儿来的?从各个角落和缝隙里爬出来的……"

"我问的不是这个,"作家说,"我想知道,一个人怎么会变成乞丐,怎么会落到这步田地?是突然变成这样,还是逐渐变成这样,是真的,还是假的?……"

"你了解这个干什么?是要写一篇《彼得堡的秘密》①吗?"

"也许是吧……"作家懒洋洋地打着哈欠说。

"现在机会来了:你随便找一个问,花一个银卢布把他的故事整个买下来,写成文字,转手卖出,就能赚一笔钱。你瞧

---

① 原文为法语。施托尔茨讽刺不少俄国作家模仿法国作家欧仁·苏的小说《巴黎的秘密》。

这个老乞丐,看上去最典型。喂,老头儿!过来!"

那个老乞丐听见有人叫就转过身来,摘下帽子,走到他们跟前。

"慈悲的老爷们!"他声音嘶哑地说,"帮帮我这个打过三十场仗、又穷又残废的老兵吧……"

"扎哈尔!"施托尔茨吃惊地说,"是你吗?"

扎哈尔忽然语塞,他手打遮阳,定睛看了看施托尔茨。

"大人见谅,我不认人……我完全瞎了!"

"把你东家的朋友施托尔茨都忘了。"施托尔茨责备他说。

"哎呀呀,是安德烈·伊万内奇老爷!主啊,我瞎了眼!老爷,我的亲爹!"

扎哈尔连忙去抓施托尔茨的手,没有抓到,只吻了吻他的衣襟。

"上帝让我这条该死的老狗活到让人这么高兴的日子……"他大声号叫起来,说不清是哭还是笑。他的脸好像给烧伤过,一条红疤从额头直延伸到下巴,而且鼻子发青。头完全秃了。两边的颊须和从前一样宽,但是乱蓬蓬的,像毡子一样,每边颊须都像是撒上了一把雪粉。他穿一件缺一边下摆、完全褪色的破军大衣,赤脚穿一双破套鞋,手里拿着一顶完全磨坏了的毛皮帽子。

"仁慈的主啊!今天过节主赐给我多大的恩典……"

"你怎么落到这步田地?为什么?你不害臊?"施托尔茨严厉地问。

"唉,安德烈·伊万内奇老爷!有什么法子?"扎哈尔深深地叹了一口气说,"吃什么?阿尼西娅活着的时候,我没这么闲逛过,还有一口饭吃。等她得霍乱病死了以后——愿她进天堂——太太的哥哥就不乐意要我了,说我白吃饭。我打米海·安德烈伊奇·塔兰季耶夫身边走过的时候,他总想方设法拿脚从后面踹我。那日子没法过!我挨了多少骂哟!先生,您信不信,我气得连面包都咽不下去。要不是太太——上帝保佑她健康!"扎哈尔一面说,一面画十字,"我早就冻死了。她给我过冬的衣服,面包要多少给多少,让我在炉炕上睡——这都是她的好心。就因为我,别人也数叨起她来,我就走了,走到哪儿算哪儿吧!我过这苦日子已经是第二个年头了……"

"为什么不找个地方安顿下来?"施托尔茨问。

"安德烈·伊万内奇老爷,现如今上哪儿找地方去?我去过两个地方,都不讨人喜欢。现在世道变了,跟从前不一样,不比从前了。现在人家要识字的当听差,再说那些大户的老爷都不兴让好多人挤在外室,都只要一个,顶多两个听差。老爷们自己脱靴子:有一种机器发明出来了!"扎哈尔伤心地接着说,"丢人现眼,老爷气派没了!"

他说完叹了一口气。

"我在一个做买卖的德国人家外室待过。开头挺好,可是他让我上食橱间去,那是我干的事吗?有一天我拿餐具,什么波希米亚餐具,地板又滑,该死的!我的两条腿一下子分开了,手上的餐具连托盘一块儿哗啦啦全摔在地板上,人家就把我撵出来了!后来有一位老伯爵夫人看好我的相貌,说我'模样令人敬重',雇我看门。这职位不错,自古以来就有:你摆足架子往椅子上一坐,把一条腿搁在一条腿上晃悠,见人来了别马上答理,先吼一阵子,然后再放他进去,或者撵他走,看情况办。对尊贵的客人,当然啦,得挥一挥锤锤,就像这样!"扎哈尔使劲挥了一下,"这事儿体面,这没说的!可那位太太真难侍候,上帝保佑!有一回,她到我小屋里来,看见臭虫就直跺脚,大喊大叫,好像臭虫是我发明的!哪家没有臭虫!还有一回,她从我旁边走过,闻见我身上有酒臭……好厉害!她就把我辞了。"

"你身上真的有股子酒臭,直冲鼻子!"施托尔茨说。

"是伤心闹的,安德烈·伊万内奇老爷,真是伤心闹的。"扎哈尔痛苦地皱起眉,声音嘶哑地说,"我也试过赶出租马车的活儿。人家雇了我,可我的脚冻伤了,人也没力气,老了!又碰到一匹野性马,有一回它往车子底下冲,差点伤了我。还有一回我撞了一个老太婆,给抓到警察局去……"

"行了,你别再流浪,也别再酗酒,上我那儿去,我给你一个落脚的地方,一块儿到乡下去,听见了吗?"

"听见了,安德烈·伊万内奇老爷,可是……"

扎哈尔叹了一口气。

"我不想离开这儿,不想离开他的坟!咱的恩人,伊利亚·伊利奇,"扎哈尔说着哭起来,"今天我又为他祈祷过,愿他进天堂!上帝把这么好的东家召了去!他活着让人高兴,他该活一百岁……"扎哈尔皱着眉头,哽咽地说,"今天我还到他的坟上去看过。只要我过这边来,我就到他的坟头上去坐坐,眼泪直往下流……有时候我想出了神,四外一点声音也没有,我觉得他好像在叫我:'扎哈尔!扎哈尔!'背上直起鸡皮疙瘩!这样的东家再也没有了!他多喜欢您啊!主啊,在你的天国追悼他的灵魂吧!"

"那么你到我家去看看小安德烈,我管你吃管你穿,以后怎么办由你!"施托尔茨说着给了扎哈尔一些钱。

"我去,怎么能不去看安德烈·伊利奇?他兴许挺大了!主啊!让我等到了这么大的喜事!老爷,我一定来,愿上帝赐给您健康长寿……"扎哈尔跟在驶去的马车后面喃喃地说。

"你听到这个乞丐的故事了,是吗?"施托尔茨问他的朋友。

"他提到的伊利亚·伊利奇是什么人?"作家问。

"就是奥勃洛莫夫,我跟你谈过他好多次了。"

"不错,我记得,他是你的同伴和朋友。他怎么啦?"

"完了,白白地毁了。"

施托尔茨叹了一口气,思索起来。

"他不比别人笨,心灵像玻璃一样纯净、光明,人品高尚,而且温柔,可是毁了!"

"为什么?什么原因造成的?"

"原因……什么原因!奥勃洛莫夫精神!"施托尔茨说。

"奥勃洛莫夫精神!"作家大惑不解地重复了一句,又问:"这是什么?"

"我这就告诉你,先让我好好想想,回忆回忆。你把我讲的都记下来,也许对人有用。"

于是施托尔茨向作家讲了这本书里写的故事。

(1857—1858)

"外国文学名著丛书"书目

第 一 辑

书 名	作 者	译 者
伊索寓言	〔古希腊〕伊索	周作人
源氏物语	〔日〕紫式部	丰子恺
堂吉诃德	〔西班牙〕塞万提斯	杨 绛
泰戈尔诗选	〔印度〕泰戈尔	冰 心 石 真
坎特伯雷故事	〔英〕杰弗雷·乔叟	方 重
失乐园	〔英〕约翰·弥尔顿	朱维之
格列佛游记	〔英〕斯威夫特	张 健
傲慢与偏见	〔英〕简·奥斯丁	王科一
雪莱抒情诗选	〔英〕雪莱	查良铮
瓦尔登湖	〔美〕亨利·戴维·梭罗	徐 迟
欧·亨利短篇小说选	〔美〕欧·亨利	王永年
特利斯当与伊瑟	〔法〕贝迪耶	罗新璋
巨人传	〔法〕拉伯雷	鲍文蔚
忏悔录	〔法〕卢梭	范希衡 等
欧也妮·葛朗台 高老头	〔法〕巴尔扎克	傅 雷
雨果诗选	〔法〕雨果	程曾厚
巴黎圣母院	〔法〕雨果	陈敬容
包法利夫人	〔法〕福楼拜	李健吾
叶甫盖尼·奥涅金	〔俄〕普希金	智 量
死魂灵	〔俄〕果戈理	满 涛 许庆道

书　名	作　者	译　者
当代英雄	〔俄〕莱蒙托夫	草　婴
猎人笔记	〔俄〕屠格涅夫	丰子恺
白痴	〔俄〕陀思妥耶夫斯基	南　江
列夫·托尔斯泰中短篇小说选	〔俄〕列夫·托尔斯泰	草　婴
怎么办？	〔俄〕车尔尼雪夫斯基	蒋　路
高尔基短篇小说选	〔苏联〕高尔基	巴　金 等
浮士德	〔德〕歌德	绿　原
易卜生戏剧四种	〔挪〕易卜生	潘家洵
鲵鱼之乱	〔捷〕卡·恰佩克	贝　京
金人	〔匈〕约卡伊·莫尔	柯　青

第 二 辑

荷马史诗·伊利亚特	〔古希腊〕荷马	罗念生　王焕生
荷马史诗·奥德赛	〔古希腊〕荷马	王焕生
十日谈	〔意大利〕薄伽丘	王永年
莎士比亚悲剧五种	〔英〕威廉·莎士比亚	朱生豪
多情客游记	〔英〕劳伦斯·斯特恩	石永礼
唐璜	〔英〕拜伦	查良铮
大卫·科波菲尔	〔英〕查尔斯·狄更斯	庄绎传
简·爱	〔英〕夏洛蒂·勃朗特	吴钧燮
呼啸山庄	〔英〕爱米丽·勃朗特	张　玲　张　扬
德伯家的苔丝	〔英〕托马斯·哈代	张谷若
海浪　达洛维太太	〔英〕弗吉尼亚·吴尔夫	吴钧燮　谷启楠
哈克贝利·费恩历险记	〔美〕马克·吐温	张友松
一位女士的画像	〔美〕亨利·詹姆斯	项星耀
喧哗与骚动	〔美〕威廉·福克纳	李文俊
永别了武器	〔美〕欧内斯特·海明威	于晓红

书　名	作　者	译　者
波斯人信札	〔法〕孟德斯鸠	罗大冈
伏尔泰小说选	〔法〕伏尔泰	傅　雷
红与黑	〔法〕司汤达	张冠尧
幻灭	〔法〕巴尔扎克	傅　雷
莫泊桑中短篇小说选	〔法〕莫泊桑	张英伦
文字生涯	〔法〕让-保尔·萨特	沈志明
局外人　鼠疫	〔法〕加缪	徐和瑾
契诃夫小说选	〔俄〕契诃夫	汝　龙
布宁中短篇小说选	〔俄〕布宁	陈　馥
一个人的遭遇	〔苏联〕肖洛霍夫	草　婴
少年维特的烦恼	〔德〕歌德	杨武能
德国，一个冬天的童话	〔德〕海涅	冯　至
绿衣亨利	〔瑞士〕戈特弗里德·凯勒	田德望
斯特林堡小说戏剧选	〔瑞典〕斯特林堡	李之义
城堡	〔奥地利〕卡夫卡	高年生

第 三 辑

埃斯库罗斯悲剧二种	〔古希腊〕埃斯库罗斯	罗念生
索福克勒斯悲剧二种	〔古希腊〕索福克勒斯	罗念生
欧里庇得斯悲剧二种	〔古希腊〕欧里庇得斯	罗念生
神曲	〔意大利〕但丁	田德望
西班牙流浪汉小说选	〔西班牙〕克维多　等	杨绛　等
阿拉伯古代诗选	〔阿拉伯〕乌姆鲁勒·盖斯　等	仲跻昆
列王纪选	〔波斯〕菲尔多西	张鸿年
蕾莉与马杰农	〔波斯〕内扎米	卢　永
莎士比亚喜剧五种	〔英〕威廉·莎士比亚	方　平
鲁滨孙飘流记	〔英〕笛福	徐霞村

书　名	作　者	译　者
彭斯诗选	〔英〕彭斯	王佐良
艾凡赫	〔英〕沃尔特·司各特	项星耀
名利场	〔英〕萨克雷	杨　必
人性的枷锁	〔英〕威廉·萨默塞特·毛姆	叶　尊
儿子与情人	〔英〕D. H. 劳伦斯	陈良廷　刘文澜
杰克·伦敦小说选	〔美〕杰克·伦敦	万　紫　等
了不起的盖茨比	〔美〕菲茨杰拉德	姚乃强
木工小史	〔法〕乔治·桑	齐　香
恶之花　巴黎的忧郁	〔法〕波德莱尔	钱春绮
萌芽	〔法〕左拉	黎　柯
前夜　父与子	〔俄〕屠格涅夫	丽　尼　巴　金
卡拉马佐夫兄弟	〔俄〕陀思妥耶夫斯基	耿济之
安娜·卡列宁娜	〔俄〕列夫·托尔斯泰	周　扬　谢素台
茨维塔耶娃诗选	〔俄〕茨维塔耶娃	刘文飞
德国诗选	〔德〕歌德　等	钱春绮
安徒生童话选	〔丹麦〕安徒生	叶君健
外祖母	〔捷〕鲍·聂姆佐娃	吴　琦
好兵帅克历险记	〔捷〕雅·哈谢克	星　灿
我是猫	〔日〕夏目漱石	阎小妹
罗生门	〔日〕芥川龙之介	文洁若

第　四　辑

一千零一夜		纳　训
培根随笔集	〔英〕培根	曹明伦
拜伦诗选	〔英〕拜伦	查良铮
黑暗的心　吉姆爷	〔英〕约瑟夫·康拉德	黄雨石　熊　蕾
福尔赛世家	〔英〕高尔斯华绥	周煦良

书　名	作　者	译　者
月亮与六便士	〔英〕威廉·萨默塞特·毛姆	谷启楠
萧伯纳戏剧三种	〔爱尔兰〕萧伯纳	潘家洵　等
红字　七个尖角顶的宅第	〔美〕纳撒尼尔·霍桑	胡允桓
汤姆叔叔的小屋	〔美〕斯陀夫人	王家湘
白鲸	〔美〕赫尔曼·梅尔维尔	成　时
马克·吐温中短篇小说选	〔美〕马克·吐温	叶冬心
老人与海	〔美〕欧内斯特·海明威	陈良廷　等
愤怒的葡萄	〔美〕约翰·斯坦贝克	胡仲持
蒙田随笔集	〔法〕蒙田	梁宗岱　黄建华
悲惨世界	〔法〕雨果	李　丹　方　于
九三年	〔法〕雨果	郑永慧
梅里美中短篇小说选	〔法〕梅里美	张冠尧
情感教育	〔法〕福楼拜	王文融
茶花女	〔法〕小仲马	王振孙
都德小说选	〔法〕都德	刘　方　陆秉慧
一生	〔法〕莫泊桑	盛澄华
普希金诗选	〔俄〕普希金	高　莽　等
莱蒙托夫诗选	〔俄〕莱蒙托夫	余　振　顾蕴璞
罗亭　贵族之家	〔俄〕屠格涅夫	陆　蠡　丽　尼
日瓦戈医生	〔苏联〕帕斯捷尔纳克	张秉衡
大师和玛格丽特	〔苏联〕布尔加科夫	钱　诚
茨威格中短篇小说选	〔奥地利〕斯·茨威格	张玉书　等
玩偶	〔波兰〕普鲁斯	张振辉
万叶集精选	〔日〕大伴家持	钱稻孙
人间失格	〔日〕太宰治	魏大海

第 五 辑

书 名	作 者	译 者
泪与笑　先知	〔黎巴嫩〕纪伯伦	冰　心　等
华兹华斯　柯尔律治诗选	〔英〕华兹华斯　柯尔律治	杨德豫
济慈诗选	〔英〕约翰·济慈	屠　岸
汤姆·索亚历险记	〔美〕马克·吐温	张友松
大街	〔美〕辛克莱·路易斯	潘庆舲
田园三部曲	〔法〕乔治·桑	罗　旭　等
金钱	〔法〕左拉	金满成
果戈理小说戏剧选	〔俄〕果戈理	满　涛
奥勃洛莫夫	〔俄〕冈察洛夫	陈　馥
谁在俄罗斯能过好日子	〔俄〕涅克拉索夫	飞　白
亚·奥斯特洛夫斯基戏剧六种	〔俄〕亚·奥斯特洛夫斯基	姜椿芳　等
复活	〔俄〕列夫·托尔斯泰	草　婴
静静的顿河	〔苏联〕肖洛霍夫	金　人
谢甫琴科诗选	〔乌克兰〕谢甫琴科	戈宝权　任溶溶
维廉·麦斯特的学习时代	〔德〕歌德	冯　至　姚可崑
叔本华随笔集	〔德〕叔本华	绿　原
艾菲·布里斯特	〔德〕台奥多尔·冯塔纳	韩世钟
豪普特曼戏剧三种	〔德〕豪普特曼	章鹏高　等
铁皮鼓	〔德〕君特·格拉斯	胡其鼎
加西亚·洛尔卡诗选	〔西班牙〕加西亚·洛尔卡	赵振江
你往何处去	〔波兰〕亨利克·显克维奇	张振辉
显克维奇中短篇小说选	〔波兰〕亨利克·显克维奇	林洪亮
裴多菲诗选	〔匈〕裴多菲	孙　用

书　名	作　者	译　者
轭下	〔保〕伐佐夫	施蛰存
卡勒瓦拉(上下)	〔芬兰〕埃利亚斯·隆洛德	孙　用
破戒	〔日〕岛崎藤村	陈德文
戈拉	〔印度〕泰戈尔	刘寿康
三个火枪手(上下)	〔法〕大仲马	李玉民
约翰-克利斯朵夫(上下)	〔法〕罗曼·罗兰	傅　雷
都兰趣话	〔法〕巴尔扎克	施康强